御製

佛光恩照　三千大千　隨緣徧滿
恒沙法界　普度衆生　悉證菩提
身心安泰　年時豐稔　風雨調順
日月升恒　乾坤清寧　百昌蕃熾
上下樂利　中外協和　庶物咸亨
萬善圓成　情與無情　同登正覺

大清雍正十三年四月初八日

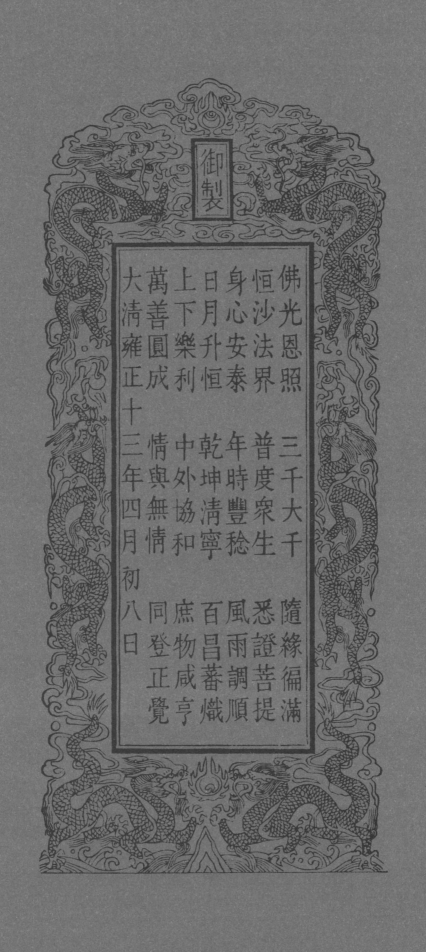

第二〇册　大乘經　寶積部（四）

佛說阿閦佛國經

後漢月支三藏支婁迦讖譯

清刻龍藏佛說法變相圖

佛說阿閦佛國經卷上

後漢月支三藏支婁迦讖譯

阿閦佛發意受慧品第一

聞如是一時佛在羅閱祇耆闍崛山中與大比丘衆千二百五十人俱皆阿羅漢也生死已斷無復有結悉壞衰牢獄已得自在意已善解智慧爲度諸天龍王皆爲之伏所作已辦諸當爲者已脫重擔便得所有用正慧解意得自在所度無極獨阿難未也爾時賢者舍利弗起長跪叉手白佛言善哉天中天昔者諸菩薩求無上正眞道者行德號發意便得至號是諸菩薩以義哀念安隱諸天及世間人爲作安諦多所安隱於衆人民以義故哀念安定以大身於世間無蓋哀傷諸天及人今現在及過去諸菩薩摩訶薩爲現光明乃

至法之明爲作照明令至佛光明而無有名若有求菩薩道者當如昔諸菩薩摩訶薩所願及行明照并僧那令入諸德號已聞者當如是學奉行之學如是者即爲成阿惟越致及無上正眞道也佛言善哉賢者舍利弗所問甚善汝乃問過去諸菩薩摩訶薩所願及行照明并僧那令至所號念諸當來菩薩令受取之諦聽是舍利弗善思念之爲汝解說過去諸菩薩摩訶薩所施行舍利弗言唯然世尊願樂欲聞佛語舍利弗有世界名阿比羅提其佛名大目於彼爲諸菩薩摩訶薩說法及六度無極之行爾時賢者舍利弗心念言我欲問如來天中天何所是阿比羅提世界及大目如來無所著等正覺爲諸菩薩摩訶薩說法及六度無極之行者乎時佛即知

賢者舍利弗心所念告舍利弗言東方去是千佛刹有世界名阿比羅提其佛名大目如來無所著等正覺爲諸菩薩說法及六度無極之行時有比丘從座起正衣服右膝著地向大目如來叉手白大目如來言唯天中天我欲如菩薩結願學所當學者如是舍利弗其大目如來告其比丘言如結願學諸菩薩道者甚亦難所以者何菩薩於一切人民及蜎飛蠕動之類不得有瞋恚如是舍利弗其比丘白大目如來言天中天我從今已往發無上正眞道意以意勸助而不離之用願無上正眞道也當令無諛諂所語至誠所言無異唯天中天我發是薩芸若意番如是願爲無上正眞道者若於一切人民蜎飛蠕動之類起是瞋恚第一意若發弟子緣一覺意第

二意唯意念婬欲第三若發意念睡眠念衆想猶豫第四發意念狐疑第五乃至成最正覺我爲欺是諸佛世尊諸不可計無央數不可思議無量世界中諸佛天中天今現在說法者唯天中天我發是薩芸若意審如是願爲無上正眞道者若我發意念殺生者第一若發意念盜取他人財物第二若發意念非梵行者第三若發意念妄語第四若發意念悔恨第五乃至成最正覺我爲欺是諸佛世尊諸不可計無央數不可思議無量世界中諸佛天中天今現在說法者唯天中天我發是薩芸若意審如是願爲無上正眞道者若我發意念罵詈第一若發意念惡口第二愚癡第三若發意念綺語第四若發意念邪見第五乃至成最正覺我爲欺是諸佛世尊諸不可計無央數不可思議無量世界中諸佛天中天今現在說法者佛語舍利弗其比丘如是爲已被是大僧那僧涅菩薩摩訶薩初發是意乃於一切人民蜎飛蠕動之類意無瞋怒亦無恚恨也舍利弗爾時其菩薩摩訶薩用無瞋恚故名之爲阿閦用無瞋恚故住阿閦地其大目如來無所著等正覺亦歡喜作是名四天王亦歡樂爲是名天帝釋及梵三鉢亦歡樂作是名佛語舍利弗其阿閦菩薩摩訶薩白大目如來無所著等正覺言唯天中天我發是薩芸若意審如是不離願爲無上正眞道者不奉行如今所語常不捨得律行迹不發薩芸若意而欲念成佛者世世不常作沙門世世不常著補納之衣世世作沙門以三法衣不具乃至成最正覺我爲欺

是諸佛世尊諸不可計無央數不可思議無量世界中諸佛天中天今現在說法者唯天中天我發薩芸若意審如是願爲無上正真道者世世不常爲人說法世世不常作法師世世所說事不有無所罣礙高明之行世世不有無量高明之智世世作沙門不常行分衞乃至成最正覺我爲欺是諸佛世尊諸不可計無央數不可思議無量世界中諸佛天中天今現在說法者唯天中天我發是薩芸若意審如是願爲無上正真道者世世作沙門已不常在樹下坐世世不常精進行三事何等三一者經行二者坐三者住世世若發意念罪本妄語欺人誹謗讒言世世爲女人說法及餘因緣若起想著笑爲說法者乃至成最正覺我爲欺是諸佛世尊諸不可計無央數不可思議無量世界中諸佛天中天今現在說法者唯天中天我發是薩芸若意審如是願爲無上正真道者世世若舉手說法世世見餘菩薩不發佛心世世若發意念供養外異道人捨諸如來世世若在座上聽法乃至成最正覺我爲欺是諸佛世尊諸不可計無央數不可思議無量世界中諸佛天中天今現在說法者唯天中天我發是薩芸若意審如是願爲無上正真道者世世若發意念我當布施與某不布施與某世世若發意念我當於某處立福施於某處不立福施世世若發意念我常持法施與某不持法施與某世世見孤窮困其人故不自分身命乃至成最正覺我爲欺是諸佛世尊諸不可計無央數不可思議無量世界中諸佛天中天今

現在說法者唯天中天我發是薩芸若意審如是願爲無上正眞道者我世世於諸菩薩所意無有異至無上正眞最正覺也佛語舍利弗爾時其比丘如是如來無所著等正覺爲作保任若如來爲作保任者諸天阿須輪世間人民亦爲作保任爾時大目如來爲作保任時諸天阿須輪世間人民亦爲作保任佛言若復有比丘菩薩摩訶薩以是色像僧那求無上正眞道者皆當成無上正眞道最正覺佛語舍利弗其阿閦菩薩白大目如來無所著等正覺唯天中天我發是薩芸若意審如是願爲無上正眞道者令我成最正覺時其刹所有比丘比丘尼優婆塞優婆夷若有罪惡者及讒罪惡者我爲欺是諸佛世尊諸不可計無央數不可思議無量世界中諸佛天中天今現在說法者復次天中天我當修行乃至成無上正眞道最正覺令我佛刹諸弟子一切皆無有罪惡者我當修佛道至令佛刹嚴淨唯天中天我發是薩芸若意審如是願爲無上正眞道者我若於夢中不失精進乃至成最正覺我爲欺是諸佛世尊諸不可計無央數不可思議無量世界中諸佛天中天今現在說法者復次天中天我當修行乃至成無上正眞道最正覺令我佛刹中諸菩薩出家爲道者於夢中不失精進唯天中天我發是薩芸若意審如是願爲無上正眞道者世間毋人有諸惡露我成最正覺時我佛刹中毋人有諸惡露者我爲欺是諸佛世尊諸不可計無央數不可思議無量世界中諸佛天中天今現在說法者是爲菩薩法

事如意所念行佛亦爲如應説法佛語舍利弗爾時有一比丘謂阿閦菩薩摩訶薩乃作是結願若使不退轉者當以右指按地令大震動爾時阿閦菩薩應時承佛威神自蒙高明力乃令地六反震動阿閦菩薩摩訶薩所感動如語無有異也佛語舍利弗若有菩薩欲成無上正眞道最正覺當學阿閦菩薩摩訶薩行菩薩摩訶薩以學阿閦菩薩行者不久亦當即取佛刹土當復成無上正眞道最正覺也爾時賢者舍利弗問佛言天中天阿閦菩薩摩訶薩初發意時有幾何天在會中佛告舍利弗阿閦菩薩初發意學時三千大千世界中四天王天帝釋及弊魔梵三鉢一切皆向阿閦菩薩叉手説是語昔所不聞是僧那諸天聞已便説言阿閦菩薩成無上正眞道若有人生其佛刹者是人福德不少也賢者舍利弗白佛言未曾聞餘菩薩摩訶薩以是色像學僧那我亦不見亦不聞如阿閦菩薩摩訶薩及天中天爲作如是之名佛言如是也舍利弗少有菩薩摩訶薩以是色像學僧那及無上正眞道如阿閦菩薩摩訶薩於是舍利弗陂陁劫中諸菩薩摩訶薩其德不及阿閦菩薩摩訶薩之功德也佛語舍利弗爾時大目如來無所著等正覺授阿閦菩薩無上正眞道決汝當來作佛號名阿閦如來無所著等正覺成慧之行而爲師父安定世間無上大人爲法之御天上天下尊佛天中天亦如提和竭佛授我決時佛語舍利弗大目如來授阿閦菩薩摩訶薩無上正眞道決時其三千大千世界皆爲大明譬我亦如

是受無上正眞道決時是三千大千世界皆爲大明復次舍利弗其阿閦菩薩摩訶薩成無上正眞道最正覺得薩芸若慧時其三千大千世界六反震動譬我亦如是成無上正眞道得薩芸若慧時是三千大千世界六反震動復次舍利弗阿閦菩薩摩訶薩受無上正眞決時是三千大千世界中諸藥樹木一切皆自屈低向阿閦菩薩作禮譬我亦如是成無上正眞道最正覺得薩芸若慧時是三千大千世界諸藥樹木一切皆自曲低向我作禮復次舍利弗其大目如來無所著等正覺授阿閦菩薩摩訶薩無上正眞道決時其三千大千世界中諸天龍鬼神揵沓惒阿須輪迦留羅眞陁羅摩休勒一切皆向阿閦菩薩叉手而作禮譬我亦如是成無上正眞道

最正覺得薩芸若慧時三千大千世界諸天龍鬼神揵陁羅阿須輪迦留羅眞陁羅摩休勒皆向我叉手作禮復次舍利弗其大目如來無所著等正覺授阿閦菩薩摩訶薩無上正眞道決時遍三千大千世界諸妊身女人皆安隱産盲者得視聾者得聽譬我亦如是成無上正眞道最正覺得薩芸若慧時是三千大千世界諸妊身女人皆安隱産盲者得視聾者得聽復次舍利弗大目如來無所著等正覺授阿閦菩薩摩訶薩無上正眞道決時遍三千大千世界中人非人皆燒香譬我亦如是成無上正眞道最正覺得薩芸若慧時遍三千大千世界中人非人皆燒香賢者舍利弗白佛言阿閦菩薩摩訶薩乃有是無極之德佛告舍利弗阿閦菩薩摩訶薩不但

有功德不獨大目如來授其決如是不可稱說無央數功德得度無極復次舍利弗大目如來授阿閦菩薩摩訶薩無上正眞道決時諸天阿須輪世間人其意皆得安隱得其時譬我亦如是成無上正眞道最正覺得薩芸若慧時諸天阿須輪世間人意皆得安隱悉得其時復次舍利弗其大目如來授阿閦菩薩摩訶薩無上正眞道決時和夷羅鬼神常隨後護之譬我亦如是成無上正眞道最正覺得薩芸若慧時和夷羅鬼神常隨我後行復次舍利弗大目如來授阿閦菩薩摩訶薩無上正眞道最正覺得薩芸若慧時諸天阿須輪世間人以天華天香供養之譬我亦如是成無上正眞道最正覺得薩芸若慧時諸天阿須輪世間人以天華天香來供養復次舍利弗大目如來授阿閦菩薩摩訶薩無上正眞道決時三十億人及三十億諸天發無上正眞道意大目如來無所著等正覺皆授其決復次舍利弗大目如來無所著等正覺授阿閦菩薩摩訶薩無上正眞道決時其地大動自然生優鉢華蓮華拘文華分陁利華布其地譬我亦如是成無上正眞道最正覺得薩芸若慧時其地大動自然生優鉢華蓮華拘文華分陁利華布其地復次舍利弗大目如來無所著等正覺授阿閦菩薩摩訶薩無上正眞道決時若干百天人若干千天人若干百千諸天人住於虛空以天衣用散阿閦菩薩上即說言是菩薩摩訶薩當疾成無上正眞道最正覺也復次舍利弗大目如來授阿閦菩薩摩訶薩無上正眞道決爾時諸

天阿須輪世間人民相愛剷父母哀其子譬我亦如是成無上正眞道最正覺時諸天阿須輪世間人民相愛剷父母哀其子也復次舍利弗大目如來授阿閦菩薩摩訶薩無上正眞道決時其三千大千世界中諸天及人民承佛威神皆聞授阿閦菩薩決如是舍利弗昔授菩薩決時其此月中人民一心布施爲福德快飮食若有求索者已所喜而施與譬我亦如是成無上正眞道最正覺時是三千大千世界中諸天及人民皆承佛威神聞授決時如是舍利弗昔此月中人民一心布施爲福德快飮食若有求索者已所喜而施與復次舍利弗其大目如來授阿閦菩薩摩訶薩無上正眞道決時諸欲界天人悉鼓天妓樂供養舍利弗是阿閦菩薩摩訶薩受決時之功德行賢者舍利弗白佛言難及天中天如來無所著等正覺誠諦說之不可思議諸佛佛之境界不可思議諸神神之境界不可思議諸龍龍之境界乃從阿閦菩薩摩訶薩初發意學受得此功德天中天是阿閦菩薩摩訶薩受決時亦不可思議是時賢者阿難謂賢者舍利弗阿閦菩薩摩訶薩初發意學僧那及德號如是也舍利弗謂阿難言是皆有因緣所致阿閦菩薩摩訶薩初發意學僧那及德號令佛當廣解說之時佛告舍利弗言阿閦菩薩初發是意時可令虛空有異我所結願不可使有異彼僧那僧涅乃如是佛語舍利弗如阿閦菩薩摩訶薩所被僧那僧涅寶英菩薩摩訶薩亦從阿閦菩薩學行舍利弗無央數菩薩不能及知阿閦菩薩所

被僧那僧涅甚堅積累德行乃如是舍利弗其阿閦菩薩以成無上正眞道最正覺今現在阿比羅提世界阿閦如來無所著等正覺行菩薩道時世世人求手足及頭目肌肉終不逆人意也舍利弗阿閦如來從初發意至成無上正眞道最正覺不中有頭痛亦無風氣上膈之病舍利弗是阿閦如來無所著等正覺昔行菩薩道時甚難及未曾有之法阿閦如來昔行菩薩道時世世見如來一切常奉梵行世世亦作是名阿閦菩薩從一佛刹復遊一佛刹所至到處目常見諸天中天生於彼佛言舍利弗譬如轉輪王得天下所從一觀復至一觀足未曾蹈地所至常以五樂自娛得自在至盡壽如是舍利弗阿閦如來行菩薩道行時世世常自見如來無所著等正覺常修梵行於彼所說法時一切皆行度無極少有行弟子道彼所行度無極爲說法有立於佛道者便勸助爲現正令歡喜踊躍皆令修無上正眞道便發是大尊意彼說法時諸所德本以願持作無上正眞道我持是德本願無上正眞道成最正覺時說法令我佛刹中諸菩薩摩訶薩佛說法時承佛威神皆受諷誦持之諷誦已是諸菩薩摩訶薩從一佛刹復遊一佛刹意常樂諸佛天中天至成無上正眞道最正覺我亦如是從一佛刹復遊一佛刹即住於兜術天得一生補處之法佛復語舍利弗如是諸菩薩摩訶薩從兜術天自以神力下入母腹中從右脅生菩薩生墮地時地爲大動以修行有是應菩薩在母腹中時都無有臭處亦無惡露亦無不可

意時佛語舍利弗譬如神通比丘若入交露精舍於虛空中遊行周帀虛空中行於交露精舍無所觸礙如是舍利弗菩薩入母腹中時如在虛空中遊觀周帀無所觸礙亦無臭處其阿閦如來昔行菩薩道時如是我亦如是行無上正眞道時一切皆破壞魔事我如是成無上正眞道最正覺阿閦佛剎求菩薩道及求弟子道者皆破壞諸惡降伏魔衆一切皆盡其佛剎人民不復作魔事我當修是佛道隨至得出家學道佛語舍利弗阿閦如來無所著等正覺昔行菩薩道聽說法時其身不生疲極意亦不念疲極舍利弗阿閦如來者求菩薩道聽說法時如是好法令我佛剎中諸菩薩摩訶薩好法如是

阿閦佛剎善快品第二

賢者舍利弗白佛言天中天是阿閦如來無所著等正覺昔行德號時以成號阿閦如來甚善天中天願佛當復廣說其佛剎之善快所以者何若有求菩薩道者聞知彼佛剎之善快及阿閦如來所現行教授若復有求弟子道未得度者聞彼佛剎之善快及阿閦如來所現教授恭敬清淨之行佛言善哉善哉舍利弗所問甚善汝問佛善快乃如是念阿閦佛剎之善快阿閦如來成無上正眞道最正覺得薩芸若慧時其三千大千世界皆爲大明地六反震動阿閦如來成最正覺時其三千大千世界中諸人民七日不食飲亦不安食飲亦不安諛諂身亦無疲極之想如是也俱想念安隱好喜相愛意歡喜意以得時念爾時諸人民諸欲天皆棄織濁思想所以

者何用阿閦如來昔時願所致得是德號其三千大千世界一切人民叉手向阿閦如來其佛刹如是無央數佛刹不及是阿閦佛刹之善快舍利弗是爲阿閦如來昔行菩薩道之所願而有持諸菩薩摩訶薩所願有持者佛刹便善快佛語舍利弗我昔行菩薩道時如所願今自然得之阿閦如來成無上正真道最正覺時其三千大千世界諸人民得天眼者未得天眼者皆見其光明舍利弗是爲阿閦如來昔行菩薩道時所願而有持佛復語舍利弗阿閦如來成無上正真道最正覺往詣佛樹時諸弊魔不能發念何況當復能往嬈薩芸若舍利弗是爲阿閦如來昔行菩薩道時所願而有持復次舍利弗阿閦如來成無上正真道最正覺得薩芸若慧時無央

數那術億百千諸天人於虛空住以天華天栴檀雜香天擣香妓樂供養散阿閦佛上供養巳其天華天香天擣香天栴檀香天雜香悉於虛空中合住化成圓華蓋舍利弗是爲阿閦如來昔行菩薩道時所願而有持阿閦如來光明皆照明三千大千世界常明阿閦如來光明悉蔽日月之光明及一切諸天光明皆令滅使人民不復見日月之明舍利弗是爲阿閦如來昔行菩薩道時所願而有持賢者舍利弗白佛言天中天阿閦如來無所著等正覺昔行菩薩道時以被是大僧那僧涅乃作是願佛言昔行菩薩道時若干百千人不可復計無央數人積累德本於無上正真道持是積累德本願作佛道及淨其佛刹即如所願欲嚴其佛刹即亦具足其願復次

舍利弗阿閦佛刹樹以七寶作之高四十里周帀二十里其枝葉傍行四十里其枝下垂其欄楯繞樹周帀五百六十里阿閦如來於其樹下得薩芸若慧佛語舍利弗如世間工巧人鼓百種音樂其聲不如阿閦佛刹中梯陛樹木之音聲風徧起吹梯陛樹木相扣作悲聲佛語舍利弗聽說阿閦如來無所著等正覺刹中之善快諦聽善思念之今當爲汝說之賢者舍利弗言唯然世尊願樂欲聞佛言阿閦如來刹中無有三惡道何等爲三一者泥犂二者禽獸三者薜荔一切人皆行善事其地平正生樹木無有高下無有山陵溪谷亦無有礫石崩山其地行足蹈其上即陷適舉足便還復如故譬如綩綖枕頭枕其上即爲陷適舉頭便還復如故其地如是其佛刹無有三病何等爲三一者風二者寒三者氣其佛刹人一切皆無有惡色者亦無有醜者其婬怒癡薄其佛刹人民皆悉無有牢獄拘閉之事一切皆無有衆邪異道其刹中樹木常有華實人民皆從樹取五色衣被衆共用著之其衣被甚姝妙無敗色者佛語舍利弗人民所著衣香譬如天華之香其飯食香美如天樹香香無有絶時諸人民著無央數種種衣服其佛刹人民隨所念食即自然在前譬如舍利弗忉利天人隨所念食即自然在前如是其刹人民隨所念欲得何食即自然在前人民無有貪於飲食者復次舍利弗其佛刹人民所卧起處以七寶爲交露精舍滿無有空鈌處其浴池中有八味水人民衆共用之其水轉相灌注諸人民終不失善法

行譬如舍利弗玉女寳過踰凡女人不及其德如天女如是舍利弗其佛刹女人德欲比玉女寳者玉女寳不及其佛刹女人百倍千倍萬倍億倍巨億萬倍不與等人民以七寳爲床上布好綩綖悉福德致自然爲坐舍利弗是阿閦如來無所著等正覺昔行菩薩道時所願而有持阿閦佛以福德所致成佛刹如是比佛復語舍利弗言其刹中人民飯食勝於天人飯食其食色香味亦勝天人所食其刹中無有王但有法王佛天中天佛言舍利弗譬如鬱單曰天下人民無有王治如是舍利弗阿閦如來無所著等正覺佛刹無有王但有阿閦如來天中天法王譬如忉利天帝釋於座適發念諸天便來受其教舍利弗是爲阿閦如來佛刹之善快其刹人民不從婬欲之事所以者何用是阿閦如來眞人法御天中天所致舍利弗是爲阿閦如來昔行菩薩道時願所致令佛刹善快爾時有異比丘聞説彼佛刹之功德即於中起婬欲意前白佛言天中天我願欲往生彼佛刹佛便告其比丘言癡人汝不得生彼佛刹所以者何不以立婬欲亂意著得生彼佛刹用餘善行法清淨行得生彼佛刹佛語舍利弗阿閦如來佛刹有八味水是諸人民所爲悉共用之人民意念欲令自然浴池有八味水滿其中用人民故即自然有浴池有八味水滿其中意念欲令水轉流行便轉流行意欲令滅不現即滅不現其佛刹亦不大寒亦不大熱風徐起甚香快是風用諸天龍人民故隨所念風便起若一人念欲令風起自吹風即獨吹

之意念不欲令風起風便不起風起時不動人身風隨人所念起舍利弗是爲阿閦如來佛刹之善快如昔時所願佛語舍利弗阿閦如來佛刹女人意欲得珠璣瓔珞者便於樹上取著之欲得衣被者亦從樹上取衣著之舍利弗其佛刹女人無有女人之態如我刹中女人之態也舍利弗我刹女人態云何我刹女人惡色醜惡舌嫉妬於法意著邪事我刹女人有是諸態彼佛刹女人無有是態所以者何阿閦如來昔時願所致佛復語舍利弗阿閦佛刹女人妊身產時身不疲極意不念疲極但念安隱亦無有苦其女人一切亦無有諸苦亦無有臭處惡露舍利弗是爲阿閦如來昔時願所致得是善法其佛刹無有能及者舍利弗阿閦佛刹人民無有治生者亦無有販賣往來者人民但共同快樂安定寂行其佛刹人不著愛欲婬泆以因緣自然受樂其刹風起吹梯陛樹便作悲音聲舍利弗極好五音聲不及阿閦佛刹風吹梯陛樹木之音聲也舍利弗是爲阿閦如來昔行佛道時所願而有持佛語舍利弗若有菩薩摩訶薩欲取嚴淨佛刹者當如阿閦佛昔行菩薩道時所願嚴淨取其刹佛復語舍利弗阿閦佛刹無有日月光明所照亦無有杳冥之處亦無有罣礙所以者何用阿閦如來無所著等正覺光明皆照三千大千世界常明譬如交露精舍堅閉門風不得入好細塗以白堊之持摩尼寶著其中其珠便以光明照其中諸人民晝夜承其光明如是舍利弗其阿閦如來無所著等正覺光明常照三千大千

世界舍利弗交露精舍者謂是阿比羅提世界也摩尼寶者謂是阿閦如來也摩尼寶光明者謂是阿閦如來之光明也精舍中人者謂是阿閦佛刹中人民安樂者也佛語舍利弗阿閦如來行所至處於足迹下地自然生千葉金色蓮華舍利弗是爲阿閦如來昔行菩薩道時所願而有持賢者舍利弗問佛言阿閦如來無所著等正覺入殿舍時自然生千葉金色蓮華耶爲在所至處自然生乎佛告賢者舍利弗阿閦如來若入郡國縣邑所至到處亦等如入殿舍時也亦自然生千葉金色蓮華若善男子善女人意念欲令入殿舍足下自然生蓮華者皆使蓮華合聚一處便合聚意欲令上在虛空中承佛威神其蓮華用人民故便上在虛空中而羅列成行佛復語舍利弗其三千大千世界乃如是阿閦如來無所著等正覺若遣化人到他方異世界彼亦自然生以佛威神所致其三千大千世界以七寶金色蓮華而莊嚴之

佛說阿閦佛國經卷上

音釋

阿閦 梵語也此云無動閦初六切 蜎 縈員切蟲行貌 蠕 乳兗切蟲動也 僧涅 梵語也此云著又梵語云僧那此云鎧僧涅僧那謂著鎧也涅乃結切 薩芸若 梵語也此云一切智若爾者切 讒 鋤咸切譖也 揵沓惒 梵語也亦名乾闥婆此云香陰揵巨言切沓達合切 姙身 姙汝鴆切孕也 劇 竭戟切甚也 蹈 徒到切踐也 脅 虛業切腋下也 諛諂 諛容朱切諂丑琰切 梯陛 梯天黎切木階也陛部禮切升堂之階也 薜荔 梵語具云薜荔多此云餓鬼薜毗意切荔力霽切 礫 狼狄切小石也 綩綖 綩於阮切綖音延 白堊 堊遏鄂切以白土飾牆壁也

佛說阿閦佛國經卷中

後漢月支三藏支婁迦讖譯

弟子學成品第三

佛復語舍利弗：阿閦如來說法時，於一一說法之中，不可計無央數人隨律之行，至有作阿羅漢道證者，如是比丘無央數。諸弟子聚會及復得八惟務禪者，阿閦如來佛刹諸弟子衆不可復計。佛語舍利弗：我都不見持計者與校計，詎能計數其衆會者也。已脫重擔，離於牢獄，遠於波頭犂、阿羅羅犂、阿比舍犂、阿優陁犂，如是舍利弗，衆會不可計數。諸善男子是弟子智慧無央數，不可計。衆在須陁洹、斯陁舍、阿那舍、阿羅漢道也。若懈怠者得須陁洹為七生七死是說法時其人為不得上持，爲七生七死。阿閦如來說法時，第一說法作須陁洹道證，第二說法作斯陁含道證，第三說法作阿那含道證，第四說法作阿羅漢道證者。其佛刹謂是善男子爲懈怠用不一坐聽法作阿羅漢道證，故其刹須陁洹不復七上下生死，便於人間坐禪得三昧。須陁洹即於彼自以威神力作阿羅漢道證。其刹斯陁含不復往還世間，以棄衆苦，便於彼得三昧，斯陁含便於其刹自以威神力作阿羅漢道證。其刹阿那含不復上生波羅尼蜜和耶越天，便於彼自以威神力作阿羅漢道證。其刹阿羅漢不上下，便於彼至無餘泥洹界般泥洹。其刹說沙門四道，如是至令得道果。佛言：舍利弗，若善男子善女人於法自在者，不復失學，住亦不失學。餘事如是。於不學地便般泥洹也，無所學地，謂是阿羅漢地。舍利

弗是爲阿閦如來無所著等正覺剎諸弟子學成無有麤立在上好要處者謂是阿閦如來剎弟子衆阿羅漢也生死已斷所作而辦所當爲者已脱重擔便得所有盡壞勤苦牢獄之事以中正解復知八維無禪阿羅漢行八維無禪舍利弗是爲阿閦如來剎弟子之善行是爲阿羅漢之功德所爲法行其剎以三寶爲梯陛一者金二者銀三者瑠璃從忉利天下至閻浮利地其忉利天人欲至阿閦如來所時從是梯陛下忉利天人樂供養於天下人民言如我天上所有欲比天下人民者天上所有大不如天下及復有阿閦如來無所著等正覺也佛語舍利弗忉利天人樂供養天下人民天下人若上至忉利天者便不樂供養忉利天人所以者何我天下佛説經如我天下所有於是天上無也不如我天下所有我天下樂供養有佛忉利天見天下人民天下人民遥見忉利天宫殿譬如此剎天下人遥見日月星辰殿舍如是舍利弗其佛剎天下人遥見諸天宫殿如是及欲行天承佛威神所致是爲阿閦如來佛剎所有善快佛復語舍利弗阿閦如來佛剎三千大千世界皆説法四輩弟子滿三千大千世界無空鈌阿閦佛剎弟子意不念今日當於何食今日誰當與我食亦不行家家乞時到飯食便辦滿鉢自然在前即取食食已鉢便自然去其剎飯食如是諸弟子不復行求衣鉢也亦不裁衣亦不縫衣亦不浣衣亦不染衣亦不作衣亦不教人作以佛威神所致同共安樂自然生阿閦如來不爲諸弟子説罪事如

我爲諸弟子説十四句法阿閦如來不爲諸弟子説如是之法所以者何其刹無有行惡者阿閦佛不復授諸弟子戒所以者何其佛刹人無有短命者亦無弊惡人無有穢濁劫亦無有諸結無有穢濁見其刹以除諸穢濁佛復語舍利弗阿閦佛説法時諸弟子便度於習欲所以者何以棄於惡道故其刹衆弟子終無有貢高憍慢不如此刹諸弟子於精舍行律其刹弟子無有作是行者也所以者何舍利弗用其人民善本具足故所説法悔過各得其所其刹不説五逆之事一切皆斷諸逆以諸弟子不貪飲食亦不貪衣鉢亦不貪衆欲亦不貪著也爲説善事行所以者何用少欲知止足故舍利弗阿閦佛不復授諸弟子戒如我於此授諸弟子戒所以者何其刹無有惡者是謂弟子但以苦空非常非身以是爲戒其刹亦無有受戒事譬如是刹正士於我法中除鬚髮少欲而受我戒所以者何其阿閦佛刹諸弟子得自在聚會無有怨仇舍利弗阿閦佛刹諸弟子不共作行便獨行道不樂共行但行諸善其刹無有過精進者亦不可見懈怠者舍利弗是爲阿閦如來佛刹出家諸弟子之德行佛語舍利弗阿閦如來爲諸弟子説法時弟子不左右顧視一心聽經中有住聽經者身不知疲極中有坐聽經者身亦不知疲極意亦不令疲極也阿閦如來於虚空中説法時諸弟子悉聽之是時得神足比丘未得神足比丘承佛威神皆於虚空中行而聽法者是諸弟子於虚空中以三品作行何等三一者住二者經行三者

坐中有坐般泥洹波藍坐居而般泥洹者諸弟子皆般泥洹時地即爲大動般泥洹已諸天人民共供養之中有阿羅漢身中自出火還燒身而般泥洹中有阿羅漢般泥洹時自以功德行如疾風中有譬如五色雲氣於空中行便不復知處中有弟子自以功德便沒去不復知處所般泥洹如是中有般泥洹時於虛空身中放水其水不墮地便滅不現其刹如是清淨而令身滅不現其刹如是清淨令身滅不現而般泥洹諸弟子般泥洹如是也舍利弗是爲阿閦如來無所著等正覺昔行菩薩道時所願而有持成無上正眞道諸弟子以是三品般泥洹復次舍利弗阿閦如來佛刹諸弟子無央數不可計諸弟子少有不具足四解之事者多有得四解事具足者諸弟子少有不得四神足安隱行者多有得四神足安隱行者舍利弗是爲阿閦如來佛刹諸弟子所成德行賢者舍利弗白佛言阿閦如來無所著等正覺佛刹諸弟子所行皆是無極者也

諸菩薩學成品第四

爾時賢者舍利弗心念言佛已說弟子所學成願佛當復說諸菩薩所學成所以者何皆當學成是諸菩薩所照光明時佛即知賢者舍利弗心所念即告舍利弗其阿閦如來無所著等正覺佛刹有若干百菩薩若千千菩薩若千億菩薩若千億百千菩薩大會如是佛語舍利弗諸菩薩摩訶薩於阿閦佛所下鬚髮皆承佛威神悉受法語諷誦持之如我於是所說法猶爲薄少耳阿閦佛所說法無

央數不可復計比我所說法百倍千倍萬倍億萬倍不在計中舍利弗是爲阿閦如來昔行菩薩道時所願我成無上正眞道最正覺時令我佛刹諸菩薩我說法時令諸菩薩皆承佛威神悉受諷誦持之佛復語舍利弗爾時諸菩薩摩訶薩皆承佛威神受所說法諷誦持是諸菩薩摩訶薩自生意念欲從其刹至他方世界俱至諸如來所聽所說法爲諸佛世尊作禮諷誦之復重問意解爲諸佛作禮諷誦已重問意解已便復還至阿閦如來所佛語舍利弗是陂陁劫中當有千佛甫始四佛過菩薩摩訶薩欲見是諸佛者當願生阿閦佛刹若有善男子善女人於是世界若他方世界終亡往生阿閦佛刹者甫當生者即當得住弟子緣一覺地所以者何其有因緣見如來者及衆僧爲以斷弊魔羅網去得近弟子緣一覺及佛地當得無上正眞道最正覺其人爲以成如來爲已見諸菩薩摩訶薩之事菩薩生阿閦佛刹者其行皆住清淨爲行諸法爲在諸法士爲已住於法爲佛道不可動轉復當堅住阿惟越致佛語舍利弗若善男子善女人於是世界若他方世界終亡生其刹者等輩得入諸佛住其菩薩爲得覺意入無恐懼覺意菩薩合會於智慧度無極在所各同義見世尊知所住其佛刹諸菩薩摩訶薩在家者止高樓上出家爲道者不在舍止佛告舍利弗阿閦佛說法時諸菩薩摩訶薩承佛威神皆受法語諷誦持之其不出家菩薩摩訶薩不面見佛所說時在所坐處承佛威神皆亦聞法語聞已即受諷誦持

之其出家菩薩摩訶薩身自面見佛説法時及所行至坐處亦承佛威神皆聞聞已即受諷誦持是菩薩摩訶薩終亡已後俱持法語所至生諸佛刹續念之舍利弗是爲阿閦佛之善快所以者何如昔所願自然得之佛語舍利弗若有一世菩薩摩訶薩欲見若干百佛若干千佛若干萬佛若干億那術百千佛者當願生阿閦佛刹菩薩已生阿閦佛刹者便見若干百佛若干千佛若干億萬佛若干億那術百千佛當於其刹種諸德本當爲無央數百千人無央數百千億人無央數億那術百千人説法亦當令種德本佛言舍利弗若菩薩摩訶薩於是陂陁劫中皆供養諸所佛天中天衣被飯食牀卧具病瘦醫藥供養以便出家學道悉於是諸佛天中天下鬚髮

爲沙門若復有菩薩摩訶薩不如於阿閦佛刹一世合會行度無極得福多佛言舍利弗是福德善本行具足百倍千倍萬倍巨億萬倍不與等舍利弗是爲阿閦佛刹之善快佛語舍利弗若一世菩薩於是世界他方世界終亡生阿閦佛刹者甫當生者皆得阿惟越致所以者何其佛刹無有弊魔事在前立弊魔亦不嬈人佛言舍利弗譬如人呪力語呪毒呪蛇除其毒便放捨其力不可勝救無央數人恐畏其蛇蛇亦不恐人亦不嬈觸人如是其人但以前世禪三昧行故自以功德得滅於蛇毒如是舍利弗阿閦佛昔求菩薩道時行願德本如是乃得佛道消除於弊魔毒不復嬈人阿閦佛成無上正真道最正覺時弊魔不能復來嬈亦不能復嬈諸菩薩摩訶

薩及凡人一切皆不復嬈三千大千世界中人如是先坐三昧寂定以自威神生和耶越致天於彼以前世因緣行廣普亦於和耶越致天以因緣三昧以自威神寂寞以是比於彼說法炎天聞之聞已便得信歡喜來供養諸弟子炎天言乃作是無所著知止足空閑處作行其剎諸魔教人出家學道不復嬈人舍利弗是阿閦佛剎德之善快夜初鼓時先哀念人民欲令度脫諸菩薩及學弟子并凡人安隱寂寞行賢者舍利弗白佛言唯天中天若善男子善女人以七寶滿三千大千世界持用布施得生阿閦佛剎者其人不當惜也便當布施所以者何其人不復墮弟子緣一覺道所以者何其人即爲立不退轉地從一佛剎復至一佛剎目常悉見諸佛皆悉諷誦諸佛道行當成無上正眞道最正覺常當見若干百佛若干千佛若干億那術百千佛於彼積德本舍利弗白佛言天中天以是故善男子善女人以七寶滿三千大千世界布施得生阿閦佛剎者其人當歡喜與便安隱至其佛剎佛言如是舍利弗菩薩摩訶薩爲安隱得生阿閦佛剎譬如出金地無有礫石亦無草木中有紫磨金人便取其金於火中試消合以作諸物著之如是舍利弗阿閦佛剎諸菩薩摩訶薩清淨微妙住清淨共會是諸菩薩摩訶薩行也其有生阿閦佛剎者甫當生者皆一種類道行悉等諸菩薩當成如來其人以過諸弟子緣一覺地是謂爲一類道無有衆邪異道菩薩欲得一類者當願生阿閦佛剎舍利弗是菩薩摩訶薩爲成阿惟

越致阿閦佛爲受決以我不欲遣菩薩摩訶薩至阿閦佛所譬如舍利弗轉輪王遣使者至諸小王所使持王寶物來於是聞王遣使者令諸小王來便愁憂涕泣用王寶物故夫人婇女及太子聞以寶物故皆畏王便往至大王所居城垣堅止頓其中得安隱不復恐見怨家穀貴若如是舍利弗我不欲遣諸菩薩至阿閦佛所譬如彼王以寶物故令諸夫人婇女及太子同等愁憂視求菩薩道人當如大王城所有寶處太子爲無有恐難觀阿閦佛刹當如大王弊魔見求菩薩道者如是不復嬈亂譬如王邊臣難當如是舍利弗魔及魔天官屬不能當如來無所著等正覺譬如孤寡恐懼之人畏對家便往至城中即安對家人無那之何所以者何是人已離於對

人得安隱處故如是舍利弗諸菩薩摩訶薩生阿閦佛刹者爲以斷魔及魔天之道其三千大千世界弊魔及魔天不復嬈求菩薩道及弟子道人及阿閦佛刹魔及魔天不復起魔事亦不復嬈復次舍利弗若有菩薩往生阿閦佛刹者甫當生者其人不復爲魔天之所嬈也所以者何阿閦佛昔行菩薩道便作是願德本令我成無上正眞道最正覺使我佛刹諸魔及魔天無有起魔事嬈亂者譬如人飲毒復飲餘毒藥其飲食便消其毒不行以等願故如是舍利弗阿閦佛昔時作是願德本乃至其佛刹諸魔及魔天子不復起魔事嬈亂其佛刹所有德等乃如是爾時賢者舍利弗心念言願欲見其佛刹及阿閦佛并諸弟子等於是佛即知舍利弗心所念即令

如其像三昧正受神足行承佛所致賢者舍利弗於其座中見阿閦佛刹及弟子等爾時佛告舍利弗言汝寧見阿閦佛及諸弟子并佛刹不對曰唯然見之天中天云何舍利弗汝意所知寧復有勝阿閦佛刹諸天及人不舍利弗白佛言天中天我不復知有城郭能勝者也其刹諸天及人民無有邪道但有正道耳極相娛樂所以者何我見其佛刹皆以天物快飲食相娛樂阿閦佛在中央遍爲諸弟子說法譬如天中天人在大海中央不見東方山樹木之際亦不見南西北方樹木之際如是天中天阿閦佛刹諸弟子不可得東方崖亦復不可得南西北方之崖如是思惟聞法身亦不動搖天中天於是思惟定身便不動搖阿閦佛刹諸弟子聽法身不動搖坐定如是聽法身亦不動搖若善男子善女人於是三千大千世界滿七寶施與布施已得生阿閦佛刹者當歡喜與其人便得安隱生阿閦佛刹菩薩摩訶薩所以者何其人如是得爲阿惟越致譬如天中天有人持王書及粮食以王印封書往至他國其人行至他國縣邑中道無有殺者亦無有能娆者獨自往還無他佛言如是也舍利弗菩薩摩訶薩生阿閦佛刹甫當生者於是世界若他方世界終亡生阿閦佛刹者皆得阿惟越致便見無上正眞道從一佛刹復遊一佛刹皆諷誦佛道事常樂於佛天中天至成無上正眞道最正覺舍利弗白佛言天中天是間須陁洹道菩薩摩訶薩生阿閦佛刹者是適等耳所以者何須陁洹以斷截惡道住於道迹如是天

中天若有菩薩摩訶薩生阿閦佛刹者甫當生者是人皆現斷惡道不復在弟子緣一覺地從一佛刹復遊一佛刹當樂於佛天中天及弟子至成無上正眞道最正覺也佛言如是舍利弗若有菩薩摩訶薩於是世界若他方世界終亡生阿閦佛刹者爲以現過弟子緣一覺地從一佛刹復遊一佛刹皆諷誦諸佛道事皆面見諸如來至成無上正眞之道最正覺譬如舍利弗須陁洹度脱異道惡法得道無有異如是舍利弗若有菩薩摩訶薩於是世界若他方世界終亡生阿閦佛刹者甫當生者其皆不復離無上正眞道從一佛刹復遊一佛刹皆諷誦諸佛道事常樂於佛天中天無上正眞道至成無上正眞道最正覺賢者舍利弗白佛言天中天是間斯陁含

住往來地菩薩摩訶薩生阿閦佛刹者是適等耳天中天是間阿那含住不復還地菩薩摩訶薩生阿閦佛刹者是適等耳天中天是間阿羅漢住無所著地菩薩摩訶薩生阿閦佛刹者是適等耳佛告賢者舍利弗言莫得説是語所以者何是間菩薩摩訶薩受無上正眞道決菩薩生阿閦佛刹者是適等耳復次舍利弗是間菩薩摩訶薩坐於佛樹下菩薩生阿閦佛刹者是適等耳所以者何舍利弗菩薩摩訶薩爲現如來弊魔不復能動搖過弟子緣一覺地從一佛刹復遊一佛刹常皆隨諸佛之教至成無上正眞道最正覺爾時阿難心念言我欲試須菩提知報我何等言賢者阿難問賢者須菩提言唯須菩提爲見阿閦佛及諸弟子等并其佛刹不須菩提

謂阿難言汝上向視阿難答言仁者須菩提我已上向視上皆是虛空須菩提謂阿難言如仁者上向見空觀阿閦佛及諸弟子等并其佛刹當如是爾時賢者舍利弗問言如屬天中天所說是閒菩薩摩訶薩受決菩薩生阿閦佛刹者是適等耳天中天以何故等而等佛告舍利弗言用法等故而等

佛說阿閦佛國經卷中

音釋

詎（臼許切猶豈也）縫（符容切紩也）浣（合管切濯衣垢也）怨仇（怨於袁切讎也仇渠尤切怨耦曰仇）般泥洹（梵語也亦云般涅槃那此云滅度又云圓寂洹胡官切）嬈（爾沼切擾也）

佛説阿閦佛國經卷下

後漢月支三藏支婁迦讖譯

阿閦佛般泥洹品第五

爾時賢者舍利弗心念言佛已説阿閦佛昔者行菩薩道時德號復説佛刹之善快亦復説諸弟子及諸菩薩所學成願佛當復説阿閦佛摩訶般泥洹時有何感應天中天於是佛即知舍利弗心所念便告舍利弗言阿閦佛摩訶般泥洹是日一切三千大千世界諸郡國變化作化人而説法所可説者如前所説法時人民復行阿羅漢道不復上下便令住阿羅漢道阿閦佛般泥洹時有菩薩摩訶薩名衆香手當授是衆香手菩薩決號曰羞洹那洹波頭摩如來無所著等正覺復次舍利弗其金色蓮華佛之刹所有善快亦當如阿閦佛刹之善快所有安諦金色蓮華佛所有衆弟子亦當如阿閦佛復次舍利弗阿閦佛摩訶般泥洹時當大動搖皆悉遍三千大千世界聲上聞阿漸貸羅天乃至復聞阿迦泥吒天阿閦佛般泥洹時當有是瑞應復次舍利弗阿閦佛刹諸好藥樹木皆曲向阿閦佛般泥洹所作禮阿閦佛摩訶般泥洹時諸天及人民持華香雜香擣香供養散其身上供養已其諸天人民華香雜香擣香及餘寶上至虛空四十里成圓華蓋阿閦佛摩訶般泥洹時其三千大千世界諸天龍鬼神揵陀羅阿須輪迦留羅眞陀羅摩休勒皆向阿閦佛摩訶般泥洹時是人民及諸天以佛威神所致悉見阿閦佛摩訶般泥洹時復次舍利弗阿閦佛摩訶般泥洹時諸天及人民晝夜

常愁憂言阿閦佛般泥洹大疾爲已亡人民娛樂不復得樂所欲意愁憂言阿閦佛般泥洹大疾亡失人民安隱意愁憂言亡天下眼佛語舍利弗若有菩薩摩訶薩於是世界若他方世界終亡生阿閦佛刹者甫當生者其人皆爲已受決從一方復至一方共等輩遊行若干百千等輩共遊行菩薩摩訶薩當見若干百千如來當見無數佛當見無數薩芸若若有菩薩摩訶薩於是世界若他方世界終亡生阿閦佛刹者甫當生者其人亦與衆等俱遊行以佛威神所致薩芸若故爲阿惟越致菩薩摩訶薩聞是阿閦佛德號法經皆爲離魔羅綱復次舍利弗阿閦佛摩訶般泥洹時至法行在者諸菩薩摩訶薩生阿閦佛刹者亦當與等輩遊行求索阿閦佛昔時願然後當生阿閦佛刹菩薩摩訶薩便當諷誦八百門諷誦已皆當諷誦諸法便有上微妙阿閦佛刹諸菩薩摩訶薩得念行住八百門我當生阿閦佛刹亦當諷誦八百門諷誦已皆當復諷誦諸法見上妙句如是諦受之菩薩摩訶薩阿閦佛現在及般泥洹時説法等無異佛刹等如來所示現從阿惟越致至成無上正眞道最正覺復次舍利弗阿閦佛身中自出火還燒身已便作金色即碎若芥子不復還復訖已便自然去譬如舍利弗有樹名坻彌羅若髮段斷已不復見自然生如是舍利弗阿閦佛摩訶般泥洹時身破碎不復見還自然生復次舍利弗阿閦佛摩訶般泥洹時其身骨坐處見自然譬如有山碎破其山不復見自然還其處如是舍利弗阿閦佛

摩訶般泥洹時其骨自破碎其身骨不復見還自然時一切三千大千世界人民皆供養其身以七寶作髻其三千大千世界當以七寶髻及葉金色蓮華而莊嚴復次舍利弗阿閦佛刹諸菩薩摩訶薩當作禮有瑞應乃如是自然諸寶於其處在前住其有菩薩摩訶薩往生阿閦佛刹者甫當生者當見佛意無亂命過時一切諸天人當供養其身諸天及人民願發起是供養其身菩薩摩訶薩自以功德稍於虛空疾行都不復知其處譬如舍利弗持草著火中熏煙而出其煙上於虛空中亦於虛空中而行亦於虛空中都滅不知所至處其佛刹諸菩薩摩訶薩法身如是復次舍利弗阿閦佛刹菩薩摩訶薩壽命盡臨壽終時見餘菩薩摩訶薩他方世界坐佛樹下時是諸菩薩摩訶薩臨壽終時瑞應復見餘菩薩入母腹中時亦復見餘菩薩摩訶薩從母右脅出生時行七步時見在婇女中相娛樂時見餘菩薩摩訶薩出家學道時見餘菩薩坐佛樹下降伏魔得薩芸若慧時見他方世界諸佛天中天轉法輪時佛言舍利弗阿閦佛刹菩薩臨壽終時以是比有自然瑞應復次舍利弗阿閦佛摩訶般泥洹時佛所說法當住至若干百千劫賢者舍利弗問佛言天中天以何等數佛所說法住至百千劫佛告舍利弗言二十小劫爲一劫是爲數佛所說法住至百千劫復次舍利弗其法滅盡時一切三千大千世界當大照明其地當大動其法不是弊魔及魔天之所滅亦不是天中天弟子所滅諸比丘稍樂寂徃還是稍寂

共往還已俱行不復大聽聞法不聽聞已亦不大承用復不得大精進法師比丘於法教亦寂說法少以是故法稍滅盡稍稍不見爾時賢者舍利弗問佛言云何天中天菩薩摩訶薩用何等德行故得生阿閦佛刹佛告舍利弗是菩薩摩訶薩當學阿閦佛昔求菩薩道時行當發如是意願令我生阿閦佛刹菩薩摩訶薩用是行故得生彼佛刹復次舍利弗菩薩行布施度無極積累德本持願無上正眞道得在阿閦佛邊菩薩摩訶薩用是行故得生彼佛刹菩薩行戒度無極持願無上正眞道得在阿閦佛邊菩薩摩訶薩用是行故得生彼佛刹菩薩行忍辱度無極持願無上正眞道得在阿閦佛邊菩薩摩訶薩用是行故得生彼佛刹菩薩行精進度無極持願無上正眞道得在阿閦佛邊菩薩摩訶薩用是行故得生阿閦佛刹菩薩行一心度無極持願無上正眞道得在阿閦佛邊菩薩摩訶薩用是行故得生彼佛刹菩薩行智慧度無極持願無上正眞道得在阿閦佛邊菩薩摩訶薩用是故得生彼佛刹復次舍利弗阿閦佛光明皆炎照三千大千世界我當願見是已令我成無上正眞道最正覺當復自炎照其佛刹菩薩摩訶薩用是行故得生阿閦佛刹我當見阿閦佛刹無央數不可計諸弟子見已我亦當作如是行令我成無上正眞道最正覺時使有無央數諸弟子菩薩摩訶薩用是行故得生阿閦佛刹阿閦佛刹有若干百菩薩若干千菩薩若干百千菩薩我當見是諸尊菩薩寂寞觀行我當學之當於處處

曉了知之我當與同學等無差特當與是一等類俱在一處欲具大慈大悲用佛故沙門義故無辟支佛義無有弟子之行無有弟子意無有緣一覺意諦住於空無有惡道法於諸佛名等諸如來名等薩芸若名等於諸法名等於衆僧名等常念諸名等如諸菩薩摩訶薩若有善男子善女人聞名得生阿閦佛刹何況合會諸度無極善本持願阿閦佛刹合會衆善本已便成無上正真道最正覺何況合會諸度無極衆善本便得生阿閦佛刹菩薩摩訶薩用是行故得生阿閦佛刹復次舍利弗菩薩摩訶薩欲生阿閦佛刹者當念東方不可計諸佛天中天善法品等因緣諸佛天中天所可説法念其無有等者令我成無上正真道最正覺當復説法如是如諸佛天中天念其衆弟子因緣等我何時成無上正真道最正覺亦當有無央數不可計諸弟子衆舍利弗若有善男子善女人當念三事當曉了念是三大事若善男子善女人以念是三大事合會德本爲一切衆生作迹念持願作無上正真道用一切衆生故願三事善男子善女人菩薩摩訶薩願無上正真道不可限一切衆生若有人來以器欲限取虚空來已謂言善男子持善本與我共分布之佛言舍利弗若使善本有色者一切衆生便可以器滿限取虚空不可竟是善本以器取如是舍利弗願善本於無上正真道是亦不可以器取如是謂爲薩芸若善本若有念三事善本便轉得三寳若有菩薩摩訶薩念是三事善本願皆見善法菩薩行三事善本願降

伏衆魔及官屬所向欲念生阿閦佛刹即得生其佛刹南方西方北方上方下方亦如是四維亦如是若有菩薩摩訶薩念是三事善本積累以持作勸助勸助已持願向阿閦佛刹其人即得生其佛刹佛告舍利弗若干百佛刹若干千佛刹若干百千佛刹如是佛刹之善快諸佛刹之善快空耳阿閦佛刹亦如是我當見其佛刹之善快見是以我亦當取如是比佛刹之善快當勸助若干百菩薩若干千菩薩若干百千菩薩爲現故令歡喜踊躍上及阿閦世尊等菩薩摩訶薩用是行故得生阿閦佛刹若有菩薩摩訶薩專發是意向阿閦佛若使不行者如是爲欺專發是意便得生阿閦佛刹譬如有城中無市無有園浴池及萬物亦無有象馬亦無有往來中者云何舍利弗其城寧有彊王在其中止不是城德爲最下如是爲快不彊王在大城其城有善德萬物如是城爲最上也如是舍利弗於是我三千大千世界佛刹力之善快如我佛刹爲下耳是不爲上好也是聞我佛刹所有之善快如是舍利弗若菩薩欲淨其佛刹之善快者欲取者當如是清淨取之如阿閦佛昔行菩薩道時所取清淨佛刹之善快復次舍利弗於是成無上正眞道最正覺令人民在須陁洹道斯陁含阿那含阿羅漢道復教令在辟支佛道我所教授諸弟子及餘弟子皆共合會當令在阿閦佛刹諸弟子衆邊百倍千倍萬倍億百千倍巨億萬倍不與等但說解脫者無有異我諸弟子及彌勒佛所有諸弟子及復餘弟子皆復共合會當令在

阿閦佛刹諸弟子衆邊是亦百倍千倍萬倍億萬倍不與等所以者何阿閦佛一一說法時人民得道者不可復計佛言舍利弗置我諸弟子復置彌勒佛諸弟子於陂陁劫中諸佛天中天所有諸弟子及餘得道弟子復共合會當令在阿閦佛刹諸弟子衆邊百倍千倍萬倍億萬倍巨億萬倍不與等但說解脫者無異人爾時賢者舍利弗白佛言如天中天所說如我所知當觀其佛刹爲阿羅漢刹不爲凡夫之刹也所以者何彼阿羅漢甚衆多佛言如是舍利弗彼刹阿羅漢生死已盡者甚衆多三千大千世界所有星宿不可計亦不可知多少阿閦佛一一說法時得阿羅漢者不可計如是舍利弗一一聚會時不可計無央數人得阿羅漢道三千大千世界中

星宿可知數阿閦佛刹是諸天人民以天眼見光明用積累德本阿閦佛刹三千大千世界是諸人民善男子善女人晝夜往至阿閦佛所若有聞是德號法經聞已即受持諷誦者舍利弗是善男子善女人前世爲皆已聞見阿閦佛昔求菩薩道時所以者何若有聞是德號法經即有信者是阿閦佛德號法經十方等世界佛刹求菩薩道及求弟子道之人悉受諷誦持說之他方佛刹諸阿惟越致菩薩摩訶薩住及餘菩薩亦說阿閦佛所結願及生阿閦佛刹者甫當生者東方如是南方西方北方上方下方等十方亦如是一切諸佛刹求菩薩道人皆受是德號法經諷誦持說之阿惟越致菩薩摩訶薩住復有成無上正眞道最正覺及餘菩薩亦如是說阿閦

佛所結願及生其佛刹者甫當生者如是舍利弗阿閦佛阿比羅提世界住炎照十方等諸求菩薩道之人若有善男子善女人諷誦阿閦佛德號法經聞已即持諷誦願生阿閦佛刹者臨壽終時阿閦佛即念其人所以者何儻弊魔得其便即轉所願如來故念之其善男子善女人不復轉會當得所願及無上正眞道若有他異因緣無能嬈害者如是火刀毒水是亦不行若復有撾捶者是亦不向亦不畏人非人其人如是等見護便生阿閦佛刹佛言譬如舍利弗日宮殿遠住遥炎照天下人如是阿閦佛遠住炎照他方世界諸住菩薩摩訶薩譬如得天眼比丘遠住遥見色之光如是舍利弗阿閦佛遠住遥見他方世界諸住菩薩摩訶薩見其顏色形類譬如神通比丘遠住知他人意所念如是舍利弗阿閦佛遠住遥知他方世界諸住菩薩摩訶薩意譬如神通比丘遠住遥以天耳聞聲如是舍利弗阿閦佛遠住遥聞他方世界諸菩薩摩訶薩語及生其刹者是善男子善女人阿閦佛知其名字及種姓若有受是德號法經諷誦持者舍利弗是人爲見阿閦佛當知是人臨壽終時阿閦佛即爲其人賢者舍利弗白佛言難及天中天諸佛世尊諦囑累諸菩薩摩訶薩佛言如是舍利弗諸佛天中天諦囑累諸菩薩摩訶薩所以者何菩薩諦受囑累者便爲諦受一切衆生已譬如轉輪王若有第一第二第三第四第五第十第二十不可計諸倉中有稻米大麥小麥及種種穀穀貴時便出令穀賤如是舍利弗菩薩如來

說竟菩薩摩訶薩未成最正覺時譬如穀貴已成無上正眞道最正覺便安隱說法如穀賤是故諸佛天中天諦囑累諸菩薩摩訶薩佛言舍利弗若有菩薩摩訶薩聞是阿閦佛德號法經聞已即受諷誦持雖不願生阿閦佛剎者當知是菩薩摩訶薩爲比阿惟越致若有菩薩摩訶薩受是阿閦佛德號法經持已受諷誦爲若干百人若干億百千那術人解說之當令若干億那術百千人積累德本是人如所積德本其菩薩是德本不可計是菩薩摩訶薩德本衆多已便坐無上正眞道佛言舍利弗若有菩薩摩訶薩欲疾成無上正眞道最正覺者當受是德號法經當持諷誦受持諷誦已爲若干百若干千若干百千人人解說之便念如所說事即得大智慧其罪即畢以得是大智慧其罪畢已其人自以功德便盡生死之道佛告舍利弗若有善男子善女人求弟子道者聞是阿閦佛德號法經便當受持當諷誦受持諷誦已爲若干百人若干千人若干百千人解之若有善男子善女人受是法經自以功德即自取阿羅漢證佛言舍利弗若有善男子善女人專持說是德號法經是人如是便捨等正覺自以功德取阿羅漢證佛語舍利弗是阿閦佛德號法經終不至癡人手中當至黠人手中佛言舍利弗是善男子善女人是德號法經至其手中者爲見如來已譬如舍利弗種種諸寶其價甚重從大海採來者云何舍利弗從大海採種種寶當先至誰手中舍利弗言天中天當先至國王若太子左右手中佛言如是

舍利弗是阿閦德號法經當至菩薩手中及阿惟越致復次舍利弗菩薩摩訶薩聞是阿閦德號法經便受持諷誦諷誦已即當專成無上正眞道最正覺賢者舍利弗白佛言是阿閦佛德號法經薄德之人終不得聞受持諷誦所以者何天中天不能得阿惟越致故佛告賢者舍利弗審如是若有善男子善女人持金銀滿是天下以布施願言我持是使聞阿閦佛德號法經薄德之人終不得聞是經亦不得受持諷誦菩薩摩訶薩聞阿閦佛德號法經者爲成阿惟越致行聞已受持諷誦是故專得無上正眞道行佛語舍利弗二生補處三生補處等正覺求弟子道人所不能及若有聞阿閦佛德號法經受持諷誦爲若干百人若千千人若干百千人説之譬如舍利弗轉輪王以福德自然生七寶如是舍利弗阿閦佛昔願所致我爲説是德號法經若有菩薩摩訶薩説是德號法經若復有菩薩摩訶薩聞是經甫當聞者亦福德所致佛語舍利弗阿閦佛德號法經於是陂陁劫中所有諸佛天中天皆當説是經如是令無缺減安諦亦如我所説若有菩薩摩訶薩欲疾成無上正眞道最正覺者當受是阿閦佛德號法經當持諷誦説之當令廣普若是德號法經在郡國縣邑有善男子善女人受持諷誦其菩薩摩訶薩有是經爲護郡國縣邑其有受是德號法經當持諷誦復出家學道離罪菩薩摩訶薩當令居家學道者知之所以者何善男子善女人儻不能究竟是德號法經佛語舍利弗若遠郡國縣邑有行是經菩

薩摩訶薩往至彼當受是經諷誦持說善男子善女人雖不諷誦但有是經卷當說供養之若不得經卷者便當寫之若使其人不與是經卷持歸寫者菩薩便就其家寫之若使善男子善女人言自卧寫當自卧寫之若言經行寫當經行寫之若言住寫當住寫之若言坐寫當坐寫之

佛說阿閦佛國經卷下

音釋

坻音遲　嘏音古　撾捶撾職瓜切捶主蘂切撾捶擊也　黠胡八切猶慧也

佛說大乘十法經

梁僧伽婆羅譯

清刻龍藏佛說法變相圖

佛說大乘十法經

梁 僧伽婆羅 譯

如是我聞一時佛住王舍城耆闍崛山中與大比丘五千人俱無量菩薩衆爾時彼大菩薩衆中有菩薩摩訶薩名曰淨無垢妙淨寶月王光集彼菩薩大衆中爾時淨無垢妙淨寶月王光菩薩摩訶薩即從座起捨蓮華臺往至佛所偏袒右肩右膝著地合掌白佛言世尊世尊大乘比丘住大乘比丘者何故名住大乘比丘復以何義故此大乘名曰大乘爾時世尊告淨無垢妙淨寶月王光菩薩摩訶薩言善哉善哉淨無垢妙淨寶月王光汝能問如來此甚深妙義善男子善思念之吾當爲汝分別解說爾時淨無垢妙淨寶月王光菩薩白佛言世尊如尊教爾時世尊告淨

無垢妙淨寶月王光菩薩言善男子菩薩摩訶薩成就十法名住大乘何等爲十所謂成就正信成就行成就性樂菩提心樂法樂觀正法行於正法及順法遠離慢我慢等事善好通達諸密語不樂聲聞及緣覺等善男子菩薩摩訶薩成就如是十法名住大乘善男子菩薩摩訶薩成就不諂曲柔和行柔和行故能信諸佛如來正眞正覺無上菩提善能信一念中三世諸佛智信如來藏不斷常不老死不可盡亦信實際法界一切種智一切種智相諸力無畏不共佛法復信諸佛如來不可灌頂亦信三十二大人之相八十妙好圓光等法復信聲聞所說或緣爲所說菩薩及餘所說亦信世間及出世間復信正行行者順行等沙門及婆羅門亦信諸善根業報最勝上愛果若天天王若人人王復信不善業報最下惡不可樂聞不愛甚重麤過或地獄畜生餓鬼等處彼如是信已遠離三法何等爲三所謂疑惑不決等事善男子菩薩成就如是諸法名爲正信爾時世尊欲重宣此義而說偈言

信爲最上乘　以是成正覺　是故信等事
智者敬親近　信爲最世間　信者無窮乏
是以信等事　智者正親近　不信善男子
不生諸白法　猶如焦種子　不生於根芽

善男子云何菩薩摩訶薩成就諸行善男子菩薩摩訶薩剃除鬚髮以被正服殷重信心捨家出家出家已習學菩薩威儀戒等諸行或復聲聞威儀戒等諸行亦學緣覺威儀等行彼如是或以所有身口意等同習煩惱彼

一切同滅是中何者身所有同習煩惱所謂殺生偷盜惡欲邪婬刀杖瓦石等執慳悋於他動手足等往來逃走等事是名身有同習煩惱是中何者口家同習煩惱所謂妄語兩舌惡口綺語恒說惡語毀謗甚深諸典於諸尊長修梵行中廣說惡名是名口同習煩惱是中何者意家同習煩惱所謂慳貪邪見嫉妬樂著名聞利養親族姓慢色慢幼年慢無患慢長壽多聞慢思惟慢欲覺妄想覺惡覺親覺士覺飲食衣服卧具醫藥資用等覺著處著乘著牀著諸飲食妻子男子營作梨樓奴婢等錢財穀麥倉庫貯積等事乃至著種種資用之具彼如是吝著已所說事中若失一事便生其憂苦惱妄想等事彼如是遠離愛潤心已生於思惟善男子略說意業猶如世間輪轉故說意業同習氣煩惱彼如是離身口意業同習煩惱已於和尚所起其尊想其阿闍黎所起和尚想於同梵行若老若少起殷重恭敬彼獨在空閑之處作如是思惟我不應作如是我爲度一切衆生爲解一切衆生爲令安調伏靜定衆生故發諸行然我自不調伏不隱諸根未爲寂滅我必修正行令有見我者必得成受調伏亦順諸佛微妙等教復令歡喜諸天神龍夜叉乾闥婆等善男子此名爲菩薩慙彼作如是思惟勿有令我若道若俗於諸威儀行中取諸過失所謂行戒行不正中或見形或威儀行或行資用壽命行等彼如是慙愧已日夜之中六時觀於持戒等法彼善持戒已無復疑悔令入住如來佛法中無有休息善男子此之名爲菩

薩愧善男子是名菩薩成就如是諸行爾時世尊欲重宣此義而說偈言

諸佛行爲本　及聲聞弟子　是故智者修
行行常堅固　諸菩薩大智　行諸無畏行
令證離垢道　諸佛所讚歎

善男子云何菩薩成就性佛子菩薩性成少欲瞋恚愚癡等不妬不悋不惱不說麤言不欲調戲不輕動調和柔輭已可親近性能成就上妙供具供養諸佛所謂資用等財惠施與他具足成就手足頭目等若見如來或如來弟子見已即生恭敬歡喜之心善男子菩薩如是名爲性成就爾時世尊欲重宣此義而說偈言

相煙即知火　鴛鴦以顯水　復相知諸性
菩薩大名稱　柔和不諂曲　捨離慳嫉妬
慈念一切衆　名之爲菩薩

善男子云何菩薩摩訶薩喜樂菩提心若有菩薩摩訶薩體性微發菩提心時值佛菩薩或聲聞緣覺等教化勸發而生阿耨多羅三藐三菩提心是名喜樂初發菩提相彼聞菩提及菩提功德已即發阿耨多羅三藐三菩提心是名第二喜樂菩提相彼菩薩見諸衆生無能救護無所歸依孤獨無能濟拔無覆護無舍宅無有洲已即起悲慈心彼發心已作如是念我今爲諸衆生作救護歸依濟拔覆護舍宅洲等爲彼因緣故發無上菩提心是名第三喜樂發菩提心彼若見如來或菩薩聲聞緣覺等滿足諸行見已心生歡喜愛敬安心以是因緣發阿耨多羅三藐三菩提心是名第四發菩提心彼菩薩爲諸衆生利

益安樂故行布施持戒修忍發精進行思禪定修正慧云何菩薩行布施所謂須飲與飲須食與食須乘給乘須牀榻敷具者給牀榻敷具等須衣施衣須金銀寶冠環釧等諸莊嚴具乃至已身皮肉潤益衆生彼如是行於布施已然彼布施迴向發阿耨多羅三藐三菩提雖施而不生我慢等心云何持戒成就身口意業彼捨離身口意業等已善離能防無礙無漏純淨無雜奉持禁戒然彼持戒迴向阿耨多羅三藐三菩提雖行持戒然不起我慢等心善男子云何菩薩修忍彼瞋罵説枷鎖繫閉切割撾打若道若俗能忍能容不起諸習等煩惱如是修忍已然彼迴向阿耨多羅三藐三菩提雖修忍然不起我慢等心善男子云何菩薩發精進心彼作如是念猶如虛空界無量無邊衆生界亦無量無邊然此衆生界我獨無二令安無餘涅槃界中是以爲彼因緣故發行精進身不離身念觀受彼觀受已觀心心行彼觀心心已順觀諸法彼如是善憶念觀已爲未生諸不善法令不生故起欲修勤精進持心等正行爲未生諸善法令生故起欲修勤精進直心等正行已生諸不善法爲令滅故起欲修勤精進持心等正行已生諸善法爲令久住故復令增長思故起欲修勤精進持心等正行彼發精進已令成初如意足分如是第二第三乃至成第四如意足分彼成就如意分能令住一劫若減一劫或具足行令滿精進波羅蜜如是發精進已然彼精進迴向阿耨多羅三藐三菩提雖發如是精進心然不生憍慢善男子

云何菩薩思禪定行離意欲離意滅離欲靜不依内不依外不依色不依受想不依識不依欲色無色界不依空無相無願不依世間出世間不依布施持戒忍辱精進等善男子乃至略說一切有想繫縛等名爲禪如是修諸禪然彼禪迴向阿耨多羅三藐三菩提雖思修此禪然不起我慢等心善男子云何菩薩修智彼作如是念無量無邊衆生界令入涅槃然無一衆生可入涅槃何以故如佛所說一切法無我無衆生無命無壽無不伽羅如是修觀智然彼智迴向阿耨多羅三藐三菩提雖觀修般若然不起我慢等心善男子如是菩薩摩訶薩樂菩提心爾時世尊欲重宣此義而說偈言

猶如摩尼珠　顯於寶藏中　師以加功用
倍明於本色　成就如是性　求正菩提心
二邊既寂靜　令魔不得便

善男子云何菩薩樂法成就善男子若菩薩性樂法喜法愛法彼若見沙門若婆羅門所有資用命具飲食等事彼能奉上使世間所有受用等根莖枝葉華果等彼收已施諸衆生持諸法者令往禮拜恭敬合掌迎接已般重敬納心有所疑處問於正義是以持法者隨所聞義善能解釋彼於聞法者起世尊想善知識想起同世間諸海想起和尚想阿闍黎想久失導師世間曠野生死難中能訪覓起訪覓想久遠愚者闇閉目開故令起覺悟想墜没世間煩惱泥中而起濟拔之想久遠失正路爲作導師故而起導師之想久伏在世間牢獄能解故而起解者想久遠著患癩

治故而起良醫之想以煩惱火焦滅身令住滅故而起大雲雨想彼爲法爲法因故能忍寒熱風雨蚊蝱等亦忍飢渴或見他人受樂報者不起希求樂心然作如是念唯我世間獨樂而我能聞正法彼爲是事故爲彼因彼緣故不生憂悲苦惱恨等彼如是離憂悲苦惱恨等已發如是心我堪能荷負如來所說一法句故在阿鼻地獄住一劫若滅一劫彼如是無疲倦心已自然不行諸行而得一切種智未得諸佛法而令速得善男子以是義故菩薩名爲樂著諸法爾時世尊欲重宣此義而說偈言

大智樂諸法　而成諸佛子　親近正妙法
而不生疲倦　敬心求正法　諸深心佛子
及以心憶持　亦顯正妙行

善男子云何菩薩摩訶薩正觀諸法善男子若菩薩作如是觀一切諸法猶如幻迷惑凡夫故一切諸法如夢不實故一切諸法如水中月非事故一切諸法如響非衆生故一切諸法如影計妄想故一切諸法如響聲生滅壞故一切諸法生滅壞緣假成故一切諸法本不生不移同眞如體故一切諸法不滅本不生故一切諸法無作無作者故一切諸法如虛空不可染故一切諸法定寂滅性不染故一切諸法無垢離一切諸垢故一切諸法性滅離煩惱故一切諸法非色不可見故一切諸法離心境界無體性故一切諸法不住滅諸毒故一切諸法不可求滅愛憎等心故一切諸法無著離煩惱境界故一切諸法如毒蛇離善巧方便故一切諸法如芭蕉無堅

實故一切諸法如水沫體性弱故善男子菩薩如是觀名爲正觀諸法爾時世尊欲重宣此義而說偈言

一切法如幻　迷惑愚迷者　處色猶如夢
汝等如是持　法如水中月　亦如響等事
復如影像等　智者諸不覺

善男子云何菩薩摩訶薩行法順法等善男子若菩薩摩訶薩觀色無常而不猒離色欲證於法已正智助法界同用等法善自觀入善持彼者諸相善思善記彼記此相善持善修善記已自然行法界等行受想行識亦觀無常然不猒離識等之入法界已正智助同法界等法善自觀達亦記彼相善持善修善記已自然入法界等行如無常苦空無我亦爾彼觀色無常已於色中不生恐怖驚等何以故色是妄想顛倒所起然彼如實知觀受想行識無常乃至於識中不恐不怖不驚何以故識者妄想顛倒所起故然彼如實知善男子譬如善巧幻師或幻師弟子化作種種幻事象兵馬兵車兵步兵彼智者見已不生恐怖驚等何以故彼如實知是幻師所作不實未曾有虛誑詐菩薩亦如是觀色無常已於色中不生恐怖驚等何以故色是妄想顛倒所起然彼如實知觀受想行識無常已乃至於識中不生恐怖驚等何以故識者妄想顛倒所起故然彼如實知爾時淨無垢妙淨寶月王光菩薩白佛言世尊云何菩薩觀諸色無常然不猒離色而證法界已正智觀入助法界等法爾時世尊告淨無垢妙淨寶月王光菩薩言善男子吾當爲汝分別說喻善

男子譬如有智男子常事諸毒善持善覆善惜起我相已種種莊嚴具貿易然是不食彼毒勿令我因此事斷其正命菩薩亦如是向涅槃心潤向涅槃順向涅槃近取涅槃然不證彼涅槃何以故勿令我因於此事退菩提行善男子譬如有人事其火神然彼人日夜香華等供養恭敬尊重讚歎親侍然彼人不作是念我以事火供養恭敬尊重讚歎親近已我以二手接取之何以故勿令我因此事於身有苦於心有惱菩薩如是向涅槃心潤向涅槃順向涅槃及取涅槃然後不證涅槃何以故勿令我因此事退菩提行爾時淨無垢妙淨寶月王光菩薩白佛言世尊如我知世尊所說意趣菩薩者應住世間佛言如是如是善男子菩薩應住世間問曰世尊云何菩薩住世間而不以世間諸患所染佛言善男子爲此事故略說一喻善男子譬如呪術之人以大呪術力故諸惡毒蟒蛇等弄戲然彼人不以此事斷其命根何以故以彼人善通達呪術力故菩薩亦如是行世間住世間住世間已大智方便呪力故共諸煩惱毒蛇而居戲暴亦弄行住坐卧菩薩不以此事故於菩提而有退還何以故彼成就大智方便呪力故爾時淨無垢妙淨寶月王光菩薩言世尊希有希有彼諸菩薩而能不證涅槃復不以世間煩惱毒之所染世尊我今歸依諸大菩薩世尊是諸衆生成就諸善根聞此法已而生一歡喜心世尊彼善男子善女人諸佛已記若能聞此法門佛言善男子說此法時五百比丘未證無漏而得解脱彼得解脱

已即從座起偏袒右肩右膝著地合掌向佛白佛言世尊諸菩薩者可敬可正禮拜佛語諸比丘如是如是如汝所說爾時世尊欲重宣此義而說偈言

敬禮諸大智　敬禮得無畏　敬禮淨諸目
敬禮親佛子　方便善巧故　及以勝妙智
菩薩大名稱　能過二乘地　如實知諸陰
謂生滅諸等　見世間渴仰　故不證涅槃

善男子云何菩薩摩訶薩離慢及增上慢等善男子慢者我自亦可若家若姓若色或復異事金銀等資用象兵馬兵步兵車兵如是心所有高下者名曰慢我慢者生我身高想若家若姓若色等或金銀財物倉庫象兵馬兵步兵車兵如是心喜高意不下諸他者名曰增上慢菩薩捨如是等法名曰離慢及增上慢爾時世尊欲重宣此義而說偈言

離慢增上慢　常以慈心念　及常懷悲念
恒怖世間中　常以行乞食　善說人天益

善男子云何菩薩摩訶薩善巧秘密語善男子若菩薩摩訶薩如來所說諸甚深經中秘密之教彼不隨說取何者是秘密之教如來記諸聲聞於阿耨多羅三藐三菩提者非如所說佛語阿難吾患背痛不隨說取退老患朽敗爲我訪覓侍者不隨說而取汝目連往至耆婆醫王所取諸妙藥不應如說取如來共諸外道尼揵子等諍其諸伎不應如說取如來佉陁羅刺刺足者是事不應如說而取提婆達多是如來久遠害者怨家不應隨說而取如來入舍梨耶婆羅門村空鉢而出不應如說而取旃遮及孫陁利謗佛者不應隨

說而取須那國毗羅若婆羅門請佛至巳食麥亦不應如說而取爾時淨無垢妙淨寶月王光菩薩白佛言世尊世尊云何記諸聲聞當得阿耨多羅三藐三菩提佛言善男子吾記諸聲聞得無上正眞正道者以有性故淨無垢妙淨寶月王光菩薩白佛言世尊云何諸無漏聲聞斷諸有習煩惱設有性而成阿耨多羅三藐三菩提佛言善男子吾今說喻譬如灌頂轉輪聖王有子彼欲學一切技藝等事然是中根復非利根彼應後學是先學應前學復後學善男子於汝意云何彼以此事故可說非王子也答曰不也世尊是善王子善男子菩薩亦爾巳成就中根性故修道門先除諸煩惱障後成阿耨多羅三藐三菩提善男子於汝意云何彼以此事故可說不成正覺答曰世尊我不見有衆生若天若魔若梵若沙門若婆羅門人天阿脩羅衆中說言不成正覺者除一闡提佛言善男子復聽一喻善男子十地菩薩爲斷諸煩惱坐於道場爲不斷答曰世尊以斷故善男子於汝意云何彼以此豈不成正覺答曰世尊此名爲成佛言善男子此亦如是淨無垢妙淨寶月王光菩薩白佛言世尊云何告阿難比丘吾患背痛佛言善男子吾愍念後世衆生故說此言金剛身諸佛尚患背痛況其餘者然彼愚癡衆生隨教而取彼旣自壞亦壞於他吾朽敗老退患爲我訪覓侍者善男子我此言亦爲後世所說於我滅後後世無弟子故諸沙門婆羅門朽敗老退患者如是以侍者所加身故彼以佛聽故不生之意爲此畬故說

如來朽敗老退患耳世尊云何可取汝目連往至耆婆大醫王所取藥善男子我此言亦爲後世故說吾諸聲聞必須諸藥知佛聽故而無有之爲此事故如來所說彼諸愚癡衆生如所說取如來是患身目連比丘往至耆婆所而不禮拜及不生恭敬速疾之意聞已忽忽說其藥善男子此亦說諸欲等患證見法者尚妄何況凡夫世尊云何可取如來共諸外道尼揵子等諍其諸技者我爲後世衆生故說此言如來尚有怨家況其我等然彼愚癡衆生如實說取如來有怨家等轉輪聖王微善根故尚無諸怨況如來成就諸功德藏世尊云何可取佉陁羅刺刺如來足如來亦說過去業報如來尚受過去業報況餘凡夫衆生爲是事故爲彼因彼緣故示於惡業爲此義故而示其業果報事然彼愚癡衆生如實所取佉陁羅刺刺如來足世尊云何可取提婆達多是善知識復是如來久遠親近是怨家者善男子若無提婆達多善知識者不顯如來諸佛功德善男子是以提婆達多善知識共如來諍彼等道德示怨家等事然是顯如來諸大智功德善男子若提婆達多承王教已於大衆中放護財大象此象若往堪害如來而如來力令降伏善調爾時無量人衆見彼象調伏已生希有心即歸依三寶所謂佛寶法寶僧寶是名提婆達多善知識之相然有愚癡之人如說而取提婆達多者是如來怨家如是五百世中現菩薩行是提婆達多所示現者顯如來道德然愚癡衆生隨教而取提婆達多者是如來怨家害者以

是因緣捨身墮阿鼻地獄餓鬼畜生之處何以故善男子提婆達多者善集諸行善集諸善根已曾供養無量諸佛於諸佛所種諸善根及大乘行正學菩提順向菩提不退於大菩提近阿耨多羅三藐三菩提是諸衆生偏起惡故於命終後墮阿鼻地獄餓鬼畜生之中歷受諸苦善男子云何所取如來入舍梨耶婆羅門村善男子我爲愍後世故行示此教何以故無有業報而對如來然我護後世故所有乞食比丘入聚落村邑城王都等以薄福力故不得其食彼爾時正憶於我是其佛世尊具足一切功德空鉢而出何況我等微薄善根我等以是故心不應生退爲此事故如來入村空鉢而出然復所說言魔波旬治諸婆羅門令不給如來食不應隨說而取何以故魔無如是神力堪障施如來食爾時諸佛神力故令魔處處治諸婆羅門及居士等而如來無有過咎爲顯彼衆生故如來示現此方便善巧等事爾時如來及諸聲聞斷食之後魔及魔民并諸餘天觀如來心是沙門瞿曇及諸聲聞弟子爲憂惱不彼曰觀如來及諸弟子無有意恨憂惱心已亦不高不下如前後亦如是爾時彼衆中七千諸天子以心歡喜歸依於佛如來爲彼善化說妙法彼聞法已於如來法中得法眼淨如是如來觀後世事佛無業報世尊云何可取旃遮孫陁利等以木器置腹上而謗如來答曰善男子如來無有業患果報如來成就諸神通力令旃遮孫陁利過無量恒河沙等世界令安彼人然是如來方便力故示現業報諸謗等

事於我法中出家者彼被虛謗既聞謗已而生憂愁疑悔彼作如是說是如來成就一切諸白法對面被謗何況我等而不被謗彼爾時忍其諸謗行清淨梵行而不成退旃遮孫陁利者以惡業所牽乃至夢中謗其如來謗已捨身墮於惡趣若如來知是可救者便應救之何以故如來無有衆生而是可捨者世尊云何可取如來於脩羅婆國毗蘭若婆羅門所謂請三月安居已唯食其麥荅曰如來知諸婆羅門居士等請已而不供養如來知已故往至彼何以故所有五百疋馬者如來并諸比丘衆食麥彼一切盡修菩薩行親近過去諸佛是以值惡知識故造諸惡業以此事生畜生中彼五百馬能調伏護者名曰日藏菩薩以願力故生於彼處是諸馬者以日藏菩薩所化發菩提心爲化彼故應生彼處以彼調伏馬師力故彼一切諸馬憶本宿命而彼現其菩提心善男子如來愍彼五百馬故往至彼處調伏馬師麥者分半施佛五百馬所有麥亦分半施諸比丘彼馬師以馬音聲令彼五百馬皆能悔過及禮拜佛僧等爾時彼三說後彼諸馬捨身已生兜率陁天中彼復生天中而供養如來如來爲彼善教化說法聞法已即不退阿耨多羅三藐三菩提彼五百馬所調伏護者如來亦記彼當成辟支佛號曰善調伏心然復善男子如來無慈不備不常者善男子設使如來食土木瓦石等無三千大千世界中有如是味及如是上味是諸土木瓦石等何以故如來得上妙味中之味大人之相故善男子以此義故應如

是知如來一切諸食皆上妙味善男子阿難比丘生憐愍心如來捨轉輪王位今既食麥如來知阿難心已施其一麥故語阿難言汝知是何味彼食已生奇特異想語我言世尊我生王家長養未曾嘗如是上味以此上味力故阿難比丘七日受上妙快樂而不復食善男子以此義故應如是知如來無有諸業果報若有衆生淨持諸戒若沙門及婆羅門不隨本請奉施者爲彼衆生說不虛故如來示此業果報事善男子汝觀如來諸身等法是彼婆羅門請如來而不施設如來亦說彼令不退轉然善男子所說彼五百比丘如來記令不退者復次善男子所有彼五百比丘共如來夏坐安居中有四十比丘多念於欲結靜念彼若得美食者欲想欲覺便令熾盛彼以惡食因緣故欲想欲覺亦微既微已彼七日七夜得阿羅漢果善男子若能如是解如來所說語者彼名爲正解善男子菩薩摩訶薩成就如是名爲善巧解如來秘密說教

爾時世尊欲重宣此義而說偈言

所說漸義教　及以頓說者　大智諸菩薩
秘密故正解　善巧諸密語　捨離執說教
通達正說法　諸佛之所說

善男子云何菩薩摩訶薩不喜樂聲聞辟支佛乘善男子若菩薩摩訶薩或以地獄苦餓鬼畜生等受諸重惡而不喜樂求聲聞涅槃復不念云何得猒離世間心令速得自在亦不求少欲少作等復不求少欲少作等行因彼所見諸衆生修諸善業者菩薩佐助令成及勸諸衆生讚歎正說正示向阿耨多羅三

藐三菩提善男子菩薩摩訶薩成就如是諸功德不喜樂聲聞辟支佛乘爾時世尊欲重宣此義而說偈言

化衆無疲倦　不退於菩提　持心如山王

行慈心等法

爾時淨無垢妙淨寶月王光菩薩白佛言世尊如來已說諸法菩薩成就諸法已名爲住大乘然如來不說以何義故名爲大乘爾時世尊告淨無垢妙淨寶月王光菩薩言善男子吾今問汝隨汝意說善男子於汝意云何轉輪聖王并四兵衆隨所行者彼道以何說取答曰世尊名曰王道亦名大道名無畏道名無障礙道名爲寂靜道佛言善男子如來亦爾隨所乘乘至阿耨多羅三藐三菩提彼乘名爲大乘名爲上乘名爲妙乘名微妙乘名曰勝乘名無上乘名無惡乘名無比乘名無等乘名無等等乘善男子以此義故名爲大乘答曰善哉大乘世尊善哉大乘爾時魔王波旬作如是念此沙門瞿曇過吾境界亦令餘者能過境界若我集四兵衆共往惱亂及不說此法故至沙門瞿曇所爾時魔王波旬將領四部兵衆至王舍大城者闍崛山爾時淨無垢妙淨寶月王光菩薩遥見魔王波旬將領四部兵衆來欲爲此法令作妨故見已作如是神力現神力已魔王波旬至王舍大城巷衢四道之處作如是聲汝等往至王舍大城諸仁者若知是如來在耆闍崛山中爲四部衆說法初善中善後善其義巧妙滿足白淨說行梵行是故汝等應往如來所是以汝等於長夜而成饒益快樂爾時王舍城

中諸婆羅門刹利長者居士等被魔勸已持諸香華塗香末香燒香繒幢寶蓋衣服等從王舍大城出已至耆闍崛山於如來所頭面禮佛尊重讃歎供養恭敬已却住一面魔王波旬及四兵衆出王舍大城耆闍崛山中至如來所已化作天曼陁羅華而散佛上散已及四部兵衆却坐一面爾時淨無垢妙淨寶月王光菩薩見魔波旬却坐一面而告之言波旬汝何故將四兵衆至如來所魔言吾至此爲令滅此法故及惱亂如來故淨無垢妙淨寶月王光菩薩語魔波旬言波旬何容煩亂及滅此法汝波旬於如來前今可悔過勿於長夜成無利益苦報淨無垢妙淨寶月王光菩薩所順說法已魔即從座起偏袒右肩叉手合掌禮佛足已於如來前而起悔過願

世尊受我悔過我以愚癡無智慧不善巧不能自知而如來前起惡心及欲滅如是等經善哉世尊爲我正受悔過等法佛語魔王波旬言吾法中增長善根所謂若善男子善女人爲欲清淨法故令能悔過爾時魔王波旬從座起已在佛前立而白佛言世尊先制一切諸惱惡口等不善業道佛語波旬如是如是波旬問曰如來法王何故以波旬名而喚於我佛言波旬吾今說喻譬如長者及居士大富財錢無窮然彼人惟有一子愛念深重以彼繼命爲活然彼一子不善調伏心諂曲彼長者及居士若手若杖若拳等治或惡言及苦語惡治爲令息彼惡故波旬於汝意云何是長者居士瞋恨情治彼一子有惡心不答曰世尊惟爲成彼一子故佛言如是波旬

如來亦爾善知衆生心心數法應以苦惱語調伏者爲說苦惱語應以檀治者即以檀治應以攝取者即說攝取言應以色身度者即以色身度之應以聲香味觸法等度者即乃至法等度之爾時魔王波旬從佛聞此法歡喜踊躍復更禮佛足禮已白佛言世尊若有村邑聚落中說是法者我爲聽此法故往至彼處及護此經亦念益法師故是中多有如是瑞相衆則寂定離調戲懈怠等得上勝聽法之者若讀若誦若受持若解說身不生疲倦心不起猒足隨所說此法若聽或爲他廣說如是彼轉生歡喜踊躍心爾時彼衆中有諸外道尼乾子等彼見聞此魔王所說語已於如來所即生歡喜踊躍之心爾時尊者阿難白佛言世尊何因緣故此諸外道聞說此法而得證忍佛語阿難過去此王舍城耆闍崛山中有佛名曰善勝調伏多陁阿伽度阿羅訶三藐三佛陁說法彼佛說法已有諸外道爲惱故來彼至已聞此法即唱善哉而於佛所不生敬重心彼諸外道以此因緣力故六萬劫不生地獄餓鬼畜生之中唯生人天之處彼諸外道以不敬如來故所生之處不值善知識阿難於汝意云何爾時彼諸外道等豈異人乎阿難汝不應異意取何以故善男子此諸外道尼乾子等阿難今此諸外道於如來所生歡喜恭敬踊躍心以此因故如來今記得阿耨多羅三藐三菩提爾時彼諸外道尼乾子等聞受記已心大踊躍即得無生法忍說此法時萬二千人遠塵離垢得法眼淨二萬衆生未曾發阿耨多羅三藐三菩

提心而發道意爾時尊者阿難白佛言世尊若有善男子善女人聞此法讀誦受持廣爲人說得幾福德佛言若善男子善女人一切無餘衆生界令安阿耨多羅三藐三菩提者若復善男子善女人讀誦受持及廣爲人說此經是人倍得福德何以故阿難此法能令得阿耨多羅三藐三菩提一切種智世尊若善男子善女人於此法及法師起惡心世尊彼善男子善女人得幾不饒益佛言善男子若善男子善女人起拔一切衆生目若復有人於此法及法師起惡心是人因此事得惡復倍於前何以故阿難此法於一切衆生能作光明阿難白佛言世尊此法不應不信心善男子善女人前說何以故世尊應護後世諸衆生故勿說此法謗法業報故墮諸地獄中佛語阿難應說此法何以故彼諸衆生於阿耨多羅三藐三菩提即以此爲因阿難白佛言世尊此經以何名云何受持佛語阿難此經名爲十法如是受持淨無垢妙淨寶月王光菩薩所問如是受持如來說此法時尊者阿難及淨無垢妙淨寶月王光菩薩并諸菩薩衆比丘衆及諸天人龍王阿脩羅迦樓羅緊那羅摩睺羅伽等聞佛所說歡喜奉行

佛說大乘十法經

音釋

悋 良忍切靳惜也 綺語 綺去倚切綺語綺麗之語也 嫉妬 嫉昨悉切妬都故切害賢曰嫉害色曰妬 貯積 貯展呂切盛也積資昔切聚也 調戲 調徒弔切朝調也戲香義切戲弄也 蚊蝱 蚊無分切蝱眉庚切蚊蝱並齧人飛蟲也 刺刺 上七賜切下七亦切

佛說普門品經

西晉竺法護譯

清刻龍藏佛説法變相圖

佛説普門品經

西晋竺法護譯

聞如是一時佛遊王舍城靈鷲山與大比丘衆比丘八百菩薩四萬二千得諸總持神通已達聖智弘暢辯才無礙三昧已定無所不博時有菩薩名離垢藏與九萬二千菩薩從普華如來國其世界名淨行遊詣忍界靈鷲山世尊遥見離垢藏菩薩與無數千大士眷屬圍繞遊步虛空佛心念曰斯離垢藏間別由路遠步諸國宜普華如來至眞等正覺命來受普門品今當聚會諸菩薩衆于時大聖即如其像顯揚言教示現感應令無央數無限世界諸菩薩衆尋時悉來至斯忍土詣靈鷲山行到佛所稽首足下却住一面靈鷲山中諸菩薩衆閑居宴者悉來集會禮畢却坐

離垢藏菩薩應時化作七寶蓮華其葉有千持詣能仁如來至眞等正覺稽首奉上啓白普華如來至眞等正覺淨行世界聖尊敬問無量遊步康強力勢輕履起居安隱多所救濟今見遣來宣承敬詣啓受普門不可思議清淨之品爲開士說時離垢藏菩薩大士問訊問訊畢退在虛空結跏趺坐與諸開士坐寶蓮華爾時溥首童眞於會中起更整衣服偏袒右肩長跪叉手而白佛言善哉世尊願說普門不可思議道品法源爲諸菩薩分別演之憶念往古過去久遠世時從普門如來至眞等正覺聞斯經典與立八十四萬百千億垓三昧久遠七十七億百千諸垓總持門行唯願世尊愍諸菩薩重宣揚之佛告溥首童眞諦聽善思念之荅曰唯然世尊願樂欲聞溥首與諸菩薩受教而聽佛告溥首若有菩薩欲學普門所入之法等意分別遊入於色等意分別遊入音聲等意分別遊入臭香等意分別遊入衆味等意分別遊入細滑等意分別遊入心性等意分別遊入女人等意分別遊入男子等意分別遊入童女等意分別遊入童子等意分別遊入諸天等意分別遊入諸龍等意分別遊入鬼神等意分別遊揵沓和等意分別遊阿須倫等意分別遊迦樓羅等意分別遊眞陁羅等意分別遊摩休勒等意分別遊入地獄等意分別遊入餓鬼等意分別遊入畜生等意分別遊入貪婬等意分別遊入瞋怒等意分別遊入愚癡等意分別遊諸不善等意分別遊諸德本等意分別遊諸有爲等意分別遊諸無爲等意分別

溥首諸開士所可周遊一切悉備遊居平等具足至道是爲學入普門定法佛告溥首童眞何謂菩薩等意分別遊入於色曉了解色如水之沫而不可得不可護持無有堅固則爲等意觀無有色是謂菩薩等遊於色又告溥首何謂菩薩等意分別遊入音聲如人呼聲而有響應尋即消滅則無形像不知所生一切無有若干之事而無差特亦無有相巳了無相人所言者虛無無實巳曉諸音深山響報則乃等觀是爲等觀遊入諸音聲又告溥首何謂菩薩等意分別遊入臭香周遊往返百億劫數鼻之所齅而無有猒如大海淵無有充滿其香之像而不可獲爲虛僞法無有眞諦設求審誠無合會處斯無所有而不可持鼻處無實慌惚若空如幻士化假使分明則無等觀遊入齅香又告溥首何謂菩薩等意分別遊入衆味至於喉咽不知鹹味亦無不味從因緣別其舌所甘猶緣會合曉覺無念則爲等觀遊入衆味又告溥首何謂菩薩等意分別遊入細滑其細滑者志有所存緣求服之其柔輭者而不可得巳覩斯緣細滑⿰革卯⿰革亢無所適住計于細滑則無有我亦無所有所依因著被服乃有所倚斯爲等觀遊入細滑又告溥首何謂菩薩等意分別遊入心法假三界人悉令集會立在一處使求執心莫知所在不見形像亦無猶豫亦無合散不知所住現若千色於內無處處無所住如幻士化虛而不實則爲等觀遊入心法又告溥首何謂菩薩等意分別遊入女人察于四大則無女人識癡感者迷於愛欲荒于虛無

計女人者猶如幻士化現女像因彼所行從其所樂女人如幻起色欲意彼無有女癡者感之能別如斯諸女無相解脫平等而現女色則爲等觀遊入女人又告溥首何謂菩薩等意分別遊入男子如令男子等自發意吾爲雄夫興念斯爲女人欲心無色無實可獲不見女像等惟諸色發起女想設所思想斯男斯女等如野馬水月則無男女了男無形虛僞而立已能平等則能現女則爲等觀遊入男子又告溥首何謂菩薩等意分別遊入童男若如樹木設無有芽則無根莖設無根莖則無華實設無女人則無童子緣號童子想於無知覺女無生不有子性解一切無則爲等觀遊入童子又告溥首何謂菩薩等意分別遊入童女如彼拔樹根終不生其明智者不於求果醜逵別誼曉發一切勇猛無想枯竭衆流斯爲童女了女如此所現平等則爲等觀遊入童女又告溥首何謂菩薩等意分別遊入諸天諸天嚴淨功德自然其意鮮潔宮殿綺飾無造立者心樹妙華無下種者福荼幻化生無思議淨光流離滅度淨了天虛僞成立慌惚勝說平等現諸天像是爲菩薩遊入諸天又告溥首何謂菩薩等意分別遊入諸龍見無求生興雲七日雨所霑潤不在內外遍閻浮提漸歸大海所滿水所由來衆生如是學若干緣現種種罪福自然衆生無所有愚冥之人以虛爲實覩龍平等是爲菩薩等遊諸龍又告溥首何謂菩薩等意分別遊入鬼神心如門閑與色有像其身高大心爲一類心不可畏難因會有恐懼見法無

有實衆想不可議無實爲空説平等寂而現鬼像是爲菩薩等遊鬼神又告溥首何謂菩薩等意分别遊入揵沓和其法無往而音説往曉無往來等説揵沓和是爲菩薩等觀遊入揵沓和又告溥首何謂菩薩等意分别遊入阿須倫不以事因阿須倫心等無起無滅無生而現平等是爲菩薩等觀遊入於阿須倫又告溥首何謂菩薩等意分别遊入迦留羅造受無受立辭名號設無名色等觀迦留羅是爲菩薩遊入迦留羅又告溥首何謂菩薩等意分别遊入真陁羅法無作而作則立真陁羅分别無所生平等真陁羅是爲菩薩等觀遊入於真陁羅又告溥首何謂菩薩等意分别遊入摩休勒其法所名立若干人法無有所相爲虚分别諸想無想自然説平等音現摩休勒是爲菩薩等觀遊入於摩休勒又告溥首何謂菩薩等意分别遊入地獄地獄無主空無造者從已想想無興所有地獄清淨鮮潔無垢智覺如幻本無所有無相無相無所有别如虚空平等寂然而現地獄是爲菩薩等遊地獄又告溥首何謂菩薩等意分别遊入餓鬼餓鬼無形無名本無處所因慳致之慳無所住不解所有計吾我人知悉無本了無餓鬼是爲菩薩等遊餓鬼又告溥首何謂菩薩等意分别遊入畜生如雲霧像現若干色彼則無貌悉無所有心思虚無等如陰霧種種色像畜生志性罪福如幻迷惑虚妄而説畜形等説寂聲是爲菩薩等遊畜生又告溥首何謂菩薩等意分别遊入貪婬欲從想起所想無有無實無像無貌無住處

不可得貪婬如空愚癡顛倒思想塵勞法無塵垢欲虛如空至於十方求不可見貪婬無形愚冥貪懼不得安隱無難懷懼譬如丈夫無獲懷懼怖捨馳走得無見空一切皆空彼無解脫愚癡顛倒反造逆想闇冥不解法如虛空去來今佛解諸貪欲貪欲無脫愛想悉空其譏貪婬則求脫欲斯皆無本本自然淨見佛道場平等無想覩衆如者彼慕離欲所想虛危乃離諸想如所發念僥脫貪婬謂當度欲想無所求不壞本際貪欲無思本淨如斯則不想脫假令度欲則謂爲淨貪欲空無計此無二愚冥相二行者深觀如幻是則失句發諸想念貪欲無起假號愛欲無染著名諸名無礙知欲無得覩眞究空不懷貪欲不知見脫貪欲佛法等如泥洹解貪欲陰等離吾我知貪欲寂等御憺怕平等欲陰見如幻化是爲菩薩等遊貪婬又告溥首何謂菩薩等意分別遊入瞋恚恚從對起因緣生對無我號我立無量事如樹木生結恨急毒聲自然空無想無有如閑居樹相指火然因緣離散火滅不現虛無起身麤聲亦爾因欲稱量則不興恚不從聲起不虛內身亦不外來所由因空從他緣起因對而立各各分別則無瞋恚如風種過有恨爲慢若知方便因想立緣穢聲如是恚因空生恚還自燒而危其身別瞋怒想竟無形像平等察聲聽瞋怒音恨本際等無本無持分別法界則覩平等是爲菩薩等遊瞋怒又告溥首何謂菩薩等意分別遊入愚癡愚從無起察癡無有設無所有狂無狂冥人無蔽顛無礙求空方面造愚爲

虛愚癡人所行最行難獲諸法無明因想爲塵譬如丈夫欲度虛空億劫不得知空本末愚亦如是本際無愚議蔽冥不生塵無所成滿如度虛空不知方面亦無具足無能步度如百千劫習樂闇蔽彼無猒足不以飽滿譬如童子吹氣滿胞旋解口察無所有罪福如空胞而習於愚求不可得懷來欲謂愚無底斷根無形無根無住故不可盡設愚難盡斯不可得猶是衆生如幻不賜設有造喻三界生類日度一切令得泥洹佛壽住世億劫難計濟脫黎庶人不可盡因愚立種人界無想癡冥如幻是不可得佛與愚等觀斯無二設能等觀則能念道癡慧一等無諸蔽礙衆生群萌等無愚議癡不可計思念意跡其心無念無有邊際愚冥無限由是叵得志性無明何從有起癡已不起闇冥何類如癡無處佛道亦爾了無涯底諸法無二別聲平等等察癡響了空一等愚冥如雲分別平等則曉定意是爲菩薩等遊愚癡又告溥首何謂菩薩等意分別遊入不善欲行無形瞋行無處不行癡行知衆平等諸塵悉平得解虛無所有了淨如是是爲菩薩等意遊入於諸不善又告溥首何謂菩薩等意遊入諸善德本衆生修善心行若干諸行一行常了平等已知平等衆行如幻別聲一等則了語音是爲菩薩等遊衆德又告溥首何謂菩薩等意分別遊入有爲所有無有計不可量無量難計常曉平等了無央數無行無像解脫等寂覩一切安是爲菩薩等遊有爲又告溥首何謂菩薩等意分別遊入無爲本淨法寂亦無合會無

明假聲等察音聲無言無教皆了無爲衆著言聲等觀如是是爲菩薩等遊無爲又告溥首何謂菩薩等意分别遊于平等不處有爲不住無爲諸行平等如空無礙三界無本何求泥洹不出不入乃至大安度脱衆生解不若干法身如空不合不散是爲菩薩等遊平等世尊説斯章句之頌順如應時不可思議九萬九千菩薩得不起法忍七十二億百千天人皆發無上正眞道意三百六十萬比丘漏盡意解六千比丘尼皆發無上正眞道意二千二百清信士千八百清信女皆發無上正眞道意爾時溥首童眞白世尊曰唯願大聖演三昧號菩薩由斯而致至德諸根明了聞是三昧所因名號則當獲得一切法明靡不通達而悉降伏一切迷惑邪見之衆樂一

文字分别曉了一切諸文以一切文而了一文辯才之慧不可限量爲諸群生講説經法分别曉了緣應法忍以一切行入於一相逮無量無限之義曉了識義四分别辯於是世尊告溥首童眞諦聽善思念之今當爲仁分别本末荅曰甚善願樂欲聞佛言有三昧名離無量垢假使菩薩逮得斯定普見一切諸色清淨佛告溥首有三昧名懐若干假使菩薩逮得斯定智慧光明覆蔽一切日月之明有三昧名成具光明假使菩薩逮得斯定威耀覆蔽帝釋梵王三界之冥悉蒙安隱諸天光耀忽不復現有三昧名捨界假使菩薩逮得斯定處於衆會蠲除一切婬怒癡病有三昧名莫能當假使菩薩逮得斯定照明一切八方上下諸佛國土有三昧名諸法無所生

假使菩薩逮得斯定總攬諸佛經語訓典爲衆會分別敷演有三昧名念雷音假使菩薩逮斯定者言語音聲暢于梵天有三昧名曉了一切應心所樂假使菩薩逮斯定者悅可衆生隨其所樂而令解脱有三昧名無會現悅精進假使菩薩逮斯定者現見無爲無有限數終始之惑所聞所見莫不通達有三昧名無念寶德樂於世界假使菩薩逮斯定者放諸神足施化衆生有三昧名諸音緣會假使菩薩逮斯定者覺諸言音以無數字了一文字以一文字説無數字有三昧名積衆善德假使菩薩逮斯定者分別罪福與顯平等多所悅可一切衆生便聞佛音法音衆音聲聞音緣覺音菩薩音度無極音彼有所説亦無音聲有三昧名起諸總持爲一切王假使菩薩逮得斯定分別一切無量總持有三昧名淨諸辯才假使菩薩逮斯定者寂除一切音聲言説皆無言教亦無響應無言無教亦無所有於是溥首白世尊曰唯然大聖鄙身寧應講斯典之功德乎告曰宜講溥首白佛假使菩薩聞斯經典而不狐疑發心受持而諷誦讀其人現在得妙辯才聰明辯欣豫辯深妙辯無合會辯常行慈心加諸衆生無毁傷意所以者何設使憂念所作所趣奉行智諦隨身未曾捨離爾時世尊讃溥首曰善哉善哉快説此言誠如之意譬如布施獲致大富而不虚假持戒生天亦不虚假今斯經典亦復如兹學致辯才亦不虚設悉得本志猶如日光出照天下衆冥悉除斯經如是諷誦學者懷來辯才靡不通達喻如菩薩坐于道

場於佛樹下逮得無上正眞之道成最正覺菩薩如是學誦斯經必得辯才除諸狐疑是故溥首假使菩薩現欲與辯曉練諸法聞斯經典心不猶豫即當受持講説諷誦爲諸衆會廣演其誼於是離垢藏菩薩前白佛言佛滅度後其有受持諷誦講説斯經法者廣爲衆會敷演其誼鄙親當爲寡解所歸使不狐疑疾得辯才於時弊魔愁毒垂淚來詣佛所白世尊曰唯無建立於斯經也如來至眞等正覺常懷大哀其有苦患施以大安善哉大聖顧除我慼如昔世尊初坐樹下處于道場今復重加説斯經典我今憂鬱心懷懊惱甚於如來始得佛道所投濟時我之反側不能自勝一切皆當得不退轉逮無上正眞之道成最正覺其有黎庶耳聞斯經聽音伏名悉當得道至于滅度空我境界虛魔宮殿大聖撫育安住垂安興建大悲唯見矜濟佛告魔曰波旬莫恐勿懷怖懼一切衆生不悉滅度如來亦不建立斯經魔聞佛告踊躍歡喜善心生矣忽然不現溥首白佛何故爲魔而説斯教佛告溥首斯經典者住無所住是故爲魔而説斯言吾不建立斯經典也至誠不虛一切諸法住無所住不可逮得無有言教離於二事本際平等審諦無本法界如稱平若虛空無適無莫眞正無異今經流布斯閻浮提於此天下當有瑞應世尊適建誠諦之教自然空中音普廣聞誠如佛言至誠不虛佛告阿難受斯普門品經之要持諷誦讀宣示同學又言阿難八十萬四千法品之藏計比斯經典等無差特所以者何無量之門法界

諸要如來分別曉了衆生解斯經典而成佛道然後講說八萬四千諸經品藏是故阿難當受斯經消息將順諦持諷誦爲衆人說佛說此已離垢藏菩薩溥首童眞賢者阿難諸天世人揵沓和阿須倫聞經歡喜稽首而退

佛說普門品經

音釋

溥首溥頻五切溥首菩薩名也 齅許救切以鼻擸氣也 慌惚慌虎晃切惚呼骨切慌惚不分明也 輭乳宂切柔也 鞕靰鞕五罔切又音硬靰苦耕胡浪二切 誼宜寄切理義也 福荼荼乃結切萎荼也 僥僥堅堯切僥倖也又求也要也 懵怕懵徒感切怕白各切懵怕安靜也 相揩揩丘皆切揩摩也 胞披交切 叵普火切不可也 蠲圭玄切除也 鄙補美切鄙薄也 矜濟矜居陵切愍也矜憐也濟子計切賙救也 無適適丁歷切專也主也又意所必從曰適無適謂無所專主也

文殊師利佛土嚴淨經

西晉三藏竺法護譯

圖相變法說佛藏龍刻清

文殊師利佛土嚴淨經卷上

西晉三藏竺法護譯

聞如是一時佛遊王舍城靈鷲山與大比丘十萬衆俱及諸菩薩八萬四千皆不退轉無所從生逮得權慧神通無極隨時而化救濟三界其名曰文殊師利光世音大勢至諸菩薩等咸來雲集七十二億諸天子俱皆志大乘四天王帝釋梵天王各與四萬二千諸釋梵俱悉慕大道四方阿須倫王難頭和難龍王和倫龍王沙竭龍王摩那私龍王持地龍王阿耨達龍王山積龍王降魔龍王上月龍王如是諸王各從其民六萬二千金比鬼神曠野鬼神妙毛鬼神普等鬼神善普鬼神善財鬼神普像鬼神無諍鬼神是諸鬼王各與等類百千衆俱來詣佛所皆各稽首以次就

位悉都專精志願經道飢虛於法身口意并加敬歸佛靜心而聽爾時國王太子大臣百官長者居士民衆大小天龍鬼王咸共供養隨其所安時佛明旦著衣持鉢與大衆俱天龍鬼王侍從左右上虛空中四種蓮華紛紛如雨百千妓樂不鼓自鳴皆作釋梵雅頌八聲詣阿闍世就王之請佛顯神足光照十方七寶蓮華隨跡處生有化菩薩皆坐其上光像分明不可稱紀繞城七帀而歎頌曰

其導師至神　所愍哀無量　方便護衆生
消病愈諸瘡　能仁無所著　心寂善調和
彼吼護世明　今日欲入城　其意已解脫
度生老病死　諸天衆集會　各懷欣樂志
其心甚堅强　降魔并官屬　釋師子至聖
尊導已來到　壞世衆不消　至眞音難致
甚猛能制御　行道億千劫　意抱大慈悲
普護於一切　今日眞正覺　當入王舍城
本所行布施　難量無涯底　衣食衆寶乘
無復有計限　惠所愛男女　妻室及國界
今彼釋師子　欲入國王宮　宿世施手足
頭目及耳鼻　普惠無所逆　不貪悋重珍
總攝衆功德　施一切有所　尊人以是故
得入一切智　常以勤修學　布施至戒慧
護戒無缺漏　故曰眞丈夫　逮成照忍辱
持功勳無量　彼寂然心定　今日當入城
於百千億劫　行精進解脫　哀傷衆生故
心未曾懈倦　一心不可極　已度於彼岸
音聲越梵天　今日欲入城　其聖明道慧
無限不可量　不可得邊涯　假喻如虛空
人中寶如是　智德不可盡　緣從達衆行

嚴淨至尊慧　因坐佛樹下　降魔及官屬
逮無退道明　永安無憂慼　道聖轉法輪
所度不可極　今日釋師子　欲入王舍城
若有發道意　我當得成佛　處世逮究竟
諸相三十二　常興意無量　至誠發道心
輒歸於最勝　供養人中聖　欲斷婬怒癡
消衆塵勞穢　志降伏一切　無益瑕疵難
便宜速行詣　釋師子聖尊　奉貢衆妙養
恪心不可限　若欲生天上　天帝釋梵王
百千億諸天　所知見宗仰　常遭值安樂
在天不失時　當詣釋聖子　所宣辭至眞
其欲慕聖帝　王於四方域　自然致七寶
令我逮尊貴　千子諸德具　殊傑甚勇猛
常勤奉事歸　至眞大尊人　若好尊者位
長者積財寶　其生業廣大　常遊得自在
眷屬悉豪貴　端正顏姝好　當詣釋師子
名好物供尊　其有已解脫　方應求度者
咸當諦聽受　大聖說寂寞　以聞甘露句
寂然無憂患　人中之尊導　音聲甚難值

於時王舍城中無央數衆聞此歎頌勸訓之音莫不欣悅皆發道心各齎衆華諸雜妙香幢旛寶蓋妓樂百千出城迎佛稽首足下退從佛後世尊入城足蹈門閫地則尋時六反震動箜篌樂器不鼓自鳴婦女珠環相振作聲天雨華香其下紛紛盲視聾聽瘂言跛行病愈狂正拘躄得伸諸被毒蠚毒蠚不行裸者得衣貧者得財飛鳥走獸相和悲鳴當爾之時衆生慈心無婬怒癡滅除貢高瞋恚恨疑和悅相向如父如母如兄如弟如身如子各各欣喜而歎頌曰

人中之上　如月盛滿　爲正導師　丈夫師子
世尊入城　利益衆生　普安一切　盲聾視聽
飢飽寒溫　亂者得定　貧者得富　狂邪得正
諸天在上　散雨華香　作衆妓樂　以爲供養
衆生慈心　無三毒名　下心悅意　除憍慢情
如父如母　如兄如弟　如身如子　心同意幷
世尊法澤　等潤十方　天人群類　解無希望
功勳如是　所現難量　十方威德　頌宣三藏
於時城中有貴姓子名棄惡遙覩世尊行步正齊容儀端正威神光耀諸根寂定恬惔玄黙和雅其性如水澄淳中表清淨猶猛師子獸中之王如日初出照于朝陽譬月盛滿衆星中明佛在大衆巍巍堂堂相好昺著汪汪洋洋心懷欣悅敬進迎佛稽首足下右繞三帀叉手自歸長跪白佛願聞菩薩爲行幾法疾逮正眞爲最正覺從心輙成嚴淨佛國惟垂愍哀分別具說佛言善哉棄惡菩薩乃問如來嚴淨之德是諸菩薩衆行殊特諦聽諦受善思儀則棄惡菩薩一切衆會莫不喜踊一心恭肅皆前禮佛受教而聽佛言菩薩有一法行疾成正眞爲最正覺從心輙成嚴淨佛國何謂爲一心常哀愍濟度衆生興發至眞仁和道心何謂至眞仁和道心曰以發道心不行諸法何所不行曰不行三垢家業諸利志存出家不倚衆養從心本願常崇斯法何謂出家所崇法行曰修正眞行奉一切法何謂正眞一切之法曰分別曉了陰種諸入何謂陰種何所曉了曰有爲法無爲法皆是五陰解陰如幻所著爲名知陰本空是謂曉了幻法本寂從對而有剖判本末不見有二

不見無念亦無妄想此乃專修奉行出家成菩薩行不捨衆生所以者何能自調已暢達諸法爾乃習辨爲諸衆生不得衆生亦無諸法佛言族姓子是爲菩薩一法之行疾逮正眞爲最正覺從心輙成嚴淨佛國棄惡菩薩聞佛所說欣喜踊躍即便逮得不起法忍身昇虛空去地七仞彼時衆中覩斯變化有二千人發無上正眞道意萬四千天人遠塵離垢諸法眼淨時佛因笑無數光色從其口出照於十方無量世界還繞佛三帀從頂上入賢者阿難即從座起偏袒右肩長跪叉手以偈讚佛

遊於諸法度無極　最勝至眞導以力
皆了衆生化上智　惟願宣現是笑義
十力已達往過世　愍哀亦暢將來業
悉明現在十方事　今用何故顯笑意
解於衆生之所行　今如師子覩諸心
其智慧明無等侶　惟宣衆人調御法
諸天億垓普來集　咸共叉手禮至聖
願演第一妙光音　無數衆會觀法器
其慧度無極　世俗無儔匹　皆知一切人
善惡行所趣　至仁今所笑　願爲分別義
當決衆疑網　普宣最尊法　今諸會大衆
巨億百千載　以法故雲集　諸比丘默然
加敬修供養　百千妓樂音　奉行靜心聽
惟願決衆疑

佛告阿難汝乃見此棄惡菩薩住空中不對曰已見佛言阿難是棄惡菩薩却後六百二十萬劫當成爲佛號曰寂化音如來至眞等正覺明行成爲善逝世間解無上士道法御

天人師爲佛世尊世界名安隱劫名離音其國比如阿閦如來妙樂世界功勳嚴淨等無有異佛歎是巳乃便詣王阿闍世宮王及夫人太子百官華香妓樂歡喜迎佛稽首足下退在佛後佛入就坐菩薩聖衆各以次第坐如常位王覩坐定寂靜無聲與后太子手自斟酌百種供饍食皆飽訖行澡水畢兼施奇寶好衣貢佛別取小牀在佛前坐專心叉手聽受導教欲化中宮及來會者爾時王阿闍世長跪白佛唯然世尊瞋恨猒嫉從何所生其愚無明從何所來慧何所滅佛告王曰從其吾我生瞋恨猒嫉住於自大則生其愚不別正諦是曰無明見正從諦斯則爲慧慧除衆惡如明消冥見正從諦亦復如是王重啓曰見正從諦願分別之佛言大王法本空無從意生形解意無處則無去來了一切空是爲見正見正不轉則曰從諦具解如是乃曰爲了王聞佛言應心說法欣然大悅善心生焉即便歎曰善哉世尊至未曾有斯則如來之善言教假令我身中壽終者心不疑亂必能奉之佛從座起與諸大衆即皆俱還於靈鷲山勑諸直使布設衆座請諸會人皆令就坐時舍利弗承佛聖旨即從座起偏袒右肩長跪叉手而白佛言向者城中棄惡菩薩所問微妙嚴淨佛土世尊即荅粗舉義要棄惡尋便受佛記莂聞者解釋各獲果證意不達者咸用瞢然惟願世尊加哀重說具敷演之令諸菩薩堅固其行住於正道而不動轉成一切智降魔官屬攝諸異學滅諸塵勞勸化邪業使入正道捨小乘地轉不退輪具悉至

願利益衆生蒙嚴淨力致無限明未度者度未成者成今現衆會族姓子女虛心樂聞唯重散説願令法澤潤及後世加哀慈念當爲衆會爾時世尊心念是法微妙殊特乃是菩薩大士之業今當班宣不宜小會寧可現瑞感十方世界即如所念便放其身毛孔之光普照十方恒沙世界十方諸佛各遣菩薩神智無量微妙明達各從菩薩百億之衆皆現神變來入忍界見能仁佛供侍拜謁稽首佛足各自陳白覩佛光瑞垂恩見接憑恃四等聽受法説我本土佛而見難曰汝曹何爲詣忍世界忍土五逆剛强弊惡貪嫉婬妬罵詈呪詛心多瞋毒轉相傷害麤獷憁悷佷張難化勿至忍界自染勞穢我等皆復重自啓曰力能堪任來至忍界正使遭値衆惱諸害火燒刀割終無恨意世尊及諸正士乃能勞謙忍誨群生願樂禮侍諮受深經我本土佛乃見遣聽重復勑曰往族姓子從意順時牢自持心愼勿懈疑如我本土百千劫行不如忍世精進一日是故世尊歷恒沙界不以爲遠願聞世尊説嚴淨經及諸正士論講要言於是彌勒菩薩即從座起偏袒右肩長跪叉手前詣佛所以偈歎曰

無量威德聞十方　光照上下恒沙界
一切衆生無能稱　人中聖慧不可議
十方世界恒沙國　菩薩大衆爲法來
用樂道法恭恪住　唯人中尊宣法訓
世尊名稱遍十方　禁戒三昧智慧然
儀好無動如師子　猶若日光耀虛空
諸天龍王及鬼神　其比丘衆比丘尼

清信士女叉手住　愍哀安住唯宣法
以知過去及當來　分别曉了今現在
爲衆生本所應度　以律開化決狐疑
云何菩薩造立行　國土嚴淨光所照
何因具足衆大願　唯人中上宣此意
何緣此等無貪嫉　何謂禁戒無所犯
以何爲衆修勤行　因群黎故行愍哀
何從奉行無數劫　用精進故勢力上
智慧不倦脱無爲　濟度衆生勤苦患
其意靜定恒一心　行淨脱門住禪思
修無所著如蓮華　云何立行消殄欲
從何奉行深妙業　何因志行度世法
何緣伏魔及兵衆　以降化之即成佛

於時世尊告彌勒曰布法高座如來今當普爲十方諸菩薩衆敷演往古性和佛國功勲嚴淨願行法典彌勒受教即心念言如來何故使我施座不令阿難目連等乎文殊師利即知彌勒心之所念便荅彌勒當知如來使仁布座説是法時非諸聲聞緣覺之等所能受持純爲菩薩宣是法耳于時彌勒即如其像三昧正受爲佛設座高四百萬里以無數寶而校成之天繒綩綖而布其上座之光明照此三千大千世界佛起昇座三千世界六反震動於時如來告舍利弗菩薩有四事法具足所願何謂爲四一曰志性仁和二曰愍哀衆生三曰精進不懈四曰一心常安習善親友是爲四法具足所願佛告舍利弗菩薩復有一法不失所願何謂爲一於是開士當學追慕阿閦如來宿命本行菩薩道時志願出家樂沙門行世世所生不違本誓乃能進

至得如來號無所從生是則菩薩第一之利用捨家故得致十德一者無有貪欲放逸之態二者常好閑居不習憒閙三者常奉佛行捨遠小節四者棄捐癡冥無益之法五者不慕妻子家居恩愛六者釋置惡趣非法之患七者攝取安樂天上善處八者未曾違失宿命本德九者諸天愛敬常戀侍衛十者諸龍神王常擁護之是爲十德若有菩薩不捨大乘慕度衆生常當追樂出家之業是爲一法不失所願隨志所好致何佛土如意輙成嚴淨佛國是則菩薩第一善利佛告舍利弗菩薩復有二事法不捨所願何謂爲二一曰不樂小乘不學其行不與從事願開度之不説其法用教化人二曰常以無上正眞之道勸進衆生令成佛法是爲二法勤心正眞等誨

不倦則便逮受十功德福處何謂爲十一者攝取佛土無小乘學二者純諸菩薩聖衆來會三者諸佛世尊常念護之四者十方諸佛所見歎譽稱其功德而爲説法五者發微妙心常修正眞六者不願生天帝釋梵王心常精勤志存正道七者若生人間作轉輪王主四天下以道教導八者所生之處不違道業常見諸佛無上正眞九者諸天人民所見愛敬十者受不可計無量功德是爲十處所以者何設能化度一佛國土衆生之類皆令致得無著果證不如菩薩彈指之頃勸化一人發無上正眞之道何況十處功德妙深隨意所欲在取何國如願輙成嚴淨之德是爲二法不違本願佛告舍利弗菩薩復有三法不失所願能具功德嚴淨佛土何謂爲三一曰

尊樂閑居心習靜寂二曰常以殷勤謹護禁戒未曾闕漏三曰常惠法施無衣食望是爲三法堅護禁戒行菩薩業因此輙逮十無畏一者能護戒行入於城邑若至聚落心無所難二者若在衆會說法勇猛三者若入衆中飯食不恐四者在家講頌心無所懼五者若入精舍亦無所畏六者居在聖衆不懷怯弱七者言談說事不以恐懼八者往奉師父及諸和尚恭恪不慢無畏所犯九者若有所說常抱慈心心不畏惡十者若受衣食牀卧醫藥亦無所難是爲十又加十事乃具嚴淨何謂爲十一者不畏惡業二者不貪親族三者不求名稱四者不慕家種五者不妬種姓六者常知止足七者衣食牀卧病瘦醫藥而知節限八者雖在家居歎說道法九者諸天往造稽首禮侍十者未曾思念非宜之想心常念佛欣然專精無衣食意是乃具足嚴淨佛土又復十事受德名稱何謂爲十一曰棄捨衆會不慕因緣二曰常習宴處不思城邑三曰心存禪思無有邪念四曰不志多事憒鬧之中五曰心常念佛無他之思六曰不捨身安而爲危害七曰淨修梵行未曾中礙八曰以少事故得三昧定九曰聞所說義要妙章句識念不失十曰如所聽經解義歸趣能爲人說是爲十法佛告舍利弗復有四法不失所顧何謂爲四一曰菩薩所作言行相應二曰棄捐自大三曰捨於貪嫉四曰見他人安代之悦豫是爲四又有四事至誠諦教何謂爲四一曰所生之處口常清淨氣優鉢香二曰言辭辯慧無所闕漏三曰諸天世人皆保

信之四曰不失好聲必獲佛音是爲四復有四法所修訓誨何謂爲四一曰不生三趣無憎惡者二曰所學不慕九十六種所見迷惑三曰怨家惡友不得其便四曰天上世間咸共歸禮是爲四復有四法流布訓誨何謂爲四一曰不捨布施之心穀米涌貴因時惠施二曰不慕世榮所有財業三曰往奉自歸禁戒之士四曰若有布施不懷貪嫉是爲四復有四法可悅他人心知止足何謂爲四一曰是衆生等是爲我所吾當安之二曰斯等貪財依怙身力以爲無雙菩薩加哀施已所安當計財業非是我侶常畏五分侵奪無期三曰若多財寶妻子熾盛眷屬豐饒不以信樂不戀國土何況他人望於衆生四曰志未曾求非業錢財行在諸俗是爲四法菩薩行是不失所願嚴淨佛土佛告舍利弗復有五法不失所願何謂爲五一曰常樂經法勤求道義二曰知無數世所生往反三曰以聞經法如諸佛行成就功勳四曰所從聽經每事問義造立何行具足疾成五曰若聞經法尋能奉行是爲五法不失所願嚴淨佛土佛告舍利弗復有六法不失所願何謂爲六一曰好喜布施心無慳嫉以身施與不惜壽命不愛妻子男女眷屬心無悕冀不懷妄想二曰菩薩在家若出行學寧失身命不犯禁戒謹慎守護常住梵行與發衆生以戒勸助三曰知身假借諸法如幻堅住忍力逢對不起設遭毒害刀杖加形惡罵呪詛愁惱之患未曾起意而有恨心四曰奉行精進心無所著深念非常如救頭然行止卧覺未曾懈廢設火燒

身心不退却五曰專心守靜寂無他念入無寂境伏想不起心如灰滅形如枯朽六曰見正從諦滅除邪僞曉了三界如響如幻法無常名如水月形愍哀一切勸誨衆生是爲六法如願輒成具足功德嚴淨佛國佛告舍利弗復有七法不失所願何謂爲七一曰一切所有而以布施所可施者亦無所獲二曰奉戒不虧不想所禁三曰勸於衆生不起法忍四曰以精進行不得身心五曰成就禪定一心攝念六曰具足智慧不懷妄想七曰常志念佛捨衆悕望是爲七法所行具足嚴淨佛土佛告舍利弗復有八法不失所願何謂爲八一曰所宣不說無益之言二曰以布施事用爲莊嚴三曰其心柔和而無麤獷四曰恭敬法師不懷輕慢五曰常行謙恪下意順衆

六曰性行清白而無玷汙七曰若不持戒知報應事八曰不自傷行不毀他人是爲八法嚴淨佛土佛告舍利弗復有九法不失所願何謂爲九一曰常護身行令不虧失二曰口言謹慎而無缺漏三曰將護其意使無邪想四曰棄去貪欲心無所著五曰刈除瞋恚心不起恨六曰滅愚冥業不爲闇昧七曰常行至誠而無欺惑八曰行慈堅固心不移易九曰依善知友未曾捨遠是爲九法嚴淨佛土佛告舍利弗復有十法不失所願何謂爲十一曰聞地獄苦心懷恐懼奉修哀心二曰聞畜生苦亦復怖懼興隆道哀三曰聞餓鬼苦亦復畏難發起大慈四曰聞天上安亦復不喜常與大哀五曰聞於人間穀米湧貴弊惡加害而與慈仁六曰心自念言加勤精進悉

忍衆苦乃使佛土嚴淨無量七曰令無三苦衆惱之患八曰使其國土豐饒平賤九曰人民安和壽命無限十曰皆自然生無所名屬至成無上正眞之道是爲十法所願不失嚴淨佛土佛告舍利弗菩薩執華詣如來時若詣塔寺當作是念願使衆生心意輭淨顏貌和悅如華輭妙形色香潔見莫不歡愛之欣悅願成佛時令我國中香樹妙華周帀普遍衣被飲食雜繚旛蓋金銀珍寶皆自然生其土人民禁戒清淨心意柔輭和雅其性逮深法忍神通無上又舍利弗菩薩所爲先人後已念安一切如父如母見人得安欣然代喜願成佛時生我國者皆令安和無嫉妬疑怙然入定心無念思又舍利弗菩薩護口未曾犯失不可之言不加人物語常如法非義不出願成佛時生我國者言辭柔和無有不可語聲八種出口和雅又舍利弗菩薩戒淨身口意善復勸他人使行已善令轉相教普及一切願成佛時生我國者令身口意完淨無漏神通具足在所至奉又舍利弗菩薩所遊興隆道化常以正眞開度男女未曾講論小乘之語願成佛時生我國者不聞聲聞緣覺之行轉不退輪逮最正覺令純淑行流布無極又舍利弗若有菩薩不嫉彼供不斷他養見人得供代之悅豫願成佛時生我國者無貪嫉名皆獲法利又舍利弗若有菩薩不自稱善不說人短不講衆僧比丘尼闕聞見人過有如已犯願成佛時生我國者皆令清淨不聞罪名又舍利弗若有菩薩慕求經道如渴欲飲志在正眞不好異法願成佛時生我

國者皆樂經道慕求正法又舍利弗若有菩薩常作音樂歌頌佛德供養如來若塔形像以是德本勸助學者願成佛時百千妓樂不鼓自鳴演八法音聞皆欣悅開發道心悉獲正眞又舍利弗若有菩薩見衆生心放逸馳騁開示正要使不憒閙願成佛時生我國者使無亂志攝念入定以禪爲食衆想寂滅皆至正覺佛語舍利弗假使如來以劫之壽咨嗟佛土成就功勳不可究盡而譬喻之今粗爲汝略舉之耳若有聞是菩薩行德思齊慕及建志不疑亦當成其嚴淨佛土佛告舍利弗菩薩復有三法疾逮正覺不失所願如意即得何謂爲三一曰所願特尊與衆不共二曰所行安諦而不放逸三曰如所聞法奉行不倦是爲三舍利弗言善哉至未曾有如來善訓道品備悉所願成就嚴淨佛土佛告舍利弗如是如是如汝所云如來作佛積行所致不以飾辭巧言成道放逸行者自誤入冥墮四顛倒没生死河求出難得若有菩薩聞是經者願樂奉行立不放逸必當成就如上所教於時會中八萬四千菩薩即從座起叉手自歸同發聲言我等世尊願皆奉行如佛訓教具足所願從行得道除去飾辭放逸之巧備悉弘誓戒德之要願使一切志行慇懃以行自嚴去衆穢操時佛欣笑口中五色光出照於十方還繞佛身三帀從頂上入賢者舍利弗前白佛言何因緣笑今佛既笑必當有意佛告舍利弗汝寧見此諸族姓子師子吼不白言已見世尊佛言是族姓子於後來世竟百千劫皆當成佛號曰淨願如來至眞

等正覺明行成爲善逝世間解無上士道法御天人師爲佛世尊國土嚴淨猶如西方安養之國功勳嚴淨等無有異其壽命等亦無差別又問云何其壽命等亦無差別佛言各壽十劫爾時師子步雷音菩薩即從座起偏袒右肩長跪白佛言文殊師利童眞諸佛所歎咨嗟功德今當久如成最正覺佛言汝自以是問文殊師利尋如佛教前問文殊師利仁尊久如當成無上正眞之道逮最正覺文殊師利荅曰當作是問仁爲志學無上正眞道乎所以者何假使吾身學佛道者當作斯問吾不求道當何因成最正覺又問仁不以衆生求最正覺乎荅曰不也所以者何衆生不可得故假使吾得衆生處所當爲衆生志求佛道所以然者無有吾我人壽命故由是之故身無志求亦無退轉又問仁不求佛慕佛法乎荅曰不也所以者何一切諸法皆悉佛法若使衆法無有衆漏無受因緣無想是志佛道解了若此建一切法又如仁問建立佛法隨仁意荅誰求志者色志佛道乎色志本淨志佛道乎其色本無志佛道乎色自然色悉空無色恍忽色本淨色寂然以此色法志求佛道成正覺乎荅曰不也色不志道本淨自然以空寂然諸色法不志求道不成正覺法亦如是文殊師利又問曰痛想行識及與識法志求佛道乎荅曰不也文殊師利曰五陰識法不成正覺於意云何其外五陰我人壽命可言有處乎荅曰不也文殊師利曰如是我當分別以何等法志求佛道成最正覺又問文殊師利其阿夷恬新學菩薩聞是

教訓將無恐怖乎所以者何仁之名號一切導首爲衆重任而今造證爲諸菩薩班宣諸法不志求道不成正覺文殊師利荅曰法界不恐本際不懼聞佛說法無所畏難其恐懼者則懷憂慼無憂慼者則離塵埃以離塵埃彼則解脫其以解脫則無所著以無所著則無復縛以無復縛則不復脫其不脫者彼無從來以無從來亦無從去其無從去則無所願其無所願則無志求其無志求則無退轉以無退轉何所退轉受我人壽命有常斷滅退在衆想夢想退轉耶若不退轉便不退轉何所退轉空無不轉無相不願斯本際者佛法不轉佛法無作無有邊際佛法無著則無所倚佛法無行亦無精進亦無所行無有教令其諸佛法假有號耳又計空法無所從生無所從來無所從去又計佛法不離塵勞貪怒癡垢佛法無染塵勞之行無有吾我寂無所念所行無念無盡不起平等無邪則諸佛法亦無非法所以者何無處所故無可行者是曰佛法若有新學菩薩聞是說者若恐怖者疾成正覺若不恐怖不成正覺又問文殊爲誰說是文殊曰其恐怖者乃有妄想以有妄想心自念言我身當得成最正覺緣是之故便起道意志存正覺於意云何從來未曾有覺成空不荅曰無也文殊又曰世尊不云一切諸法等如虛空荅曰有是文殊又曰道猶虛空等亦本無虛空如道道如虛空空之與道則無有二不可分別其解斯等則無所知亦不無慧文殊師利說是語時四千比丘漏盡意解十二垓衆得法眼淨九萬六千人

從古以來未發道心皆發無上正真道意四萬二千人逮得無所從生法忍

文殊師利佛土嚴淨經卷上

音釋

瑕疵　瑕何加切玷也疵才支切黑類也
恪　克各切敬也
足蹈　蹈大到切踐也
閫　苦本切門限也
掁　除庚切觸也
拘躄　拘恭于切攣也躄必益切足不能行也
螫　施隻切蟲行毒也
裸　魯果切赤體也
恬惔　恬徒兼切惔徒覽切恬惔安靜也
澄渟　澄持陵切水靜而清也渟唐丁切水止曰渟
剖判　剖普后切分析也
仞　而振切八尺曰仞
斟酌　斟諸深切酌職畧切
粗　坐五切畧也
瞢然　瞢母亘切不明也
麤獷　麤聰徂切大也獷古猛切惡也
㦌悷　㦌力董切悷郎計切㦌悷多惡不調也
侜張　侜之由切侜張誑也
殄　徒典切滅也
憒閙　憒古對切心亂也閙女教切不靜也
棄捐　捐余專切亦棄也
呪詛　呪職救切願也詛莊助切沮也呪詛謂呪願使之沮敗也
刈　魚肺切割也
純淑　純殊倫切粹也淑神六切善也
馳騁　馳陳知切騁丑郢切馳騁走貌

文殊師利佛土嚴淨經卷下

西晋三藏竺法護譯

於時師子步雷音菩薩復問文殊師利發意久如應發道心文殊荅曰止族姓子勿懷妄想一切諸法皆無所生假使有說我發道心吾當行道墮大邪見所以者何今觀察心都永不見心發道意亦復不覩彼發道心者也吾亦不見道心所存吾由是故不發道心又問仁者以無所見今何以故宣此章句文殊荅曰無所見者乃爲等教無所見趣名是章句平等言辭又問何故言曰趣平等乎文殊荅曰如族姓子所言等者無若干故其平等者彼無行法於其平等無有譬喻不見諸法是乃平等若宣斯訓則宣一業若寂然業無有塵勞不爲瞋恨而說經法不有斷滅不計有常不起不滅不有吾我亦無所受不舉不下不高不卑雖有所說無有妄想亦無思求若族姓子有曉此法而奉行者乃曰平等又有菩薩廣入於法不見若干亦復非一乃曰平等其平等者則無偏黨其無偏黨是其清淨於是師子步雷音菩薩前白佛言唯然世尊文殊師利所說巍巍乃如是乎發道心以來爲幾何耶衆會思渴願樂欲聞佛言族姓子文殊師利在深妙忍所入深忍不逮得道亦不得佛復不得心以無所得故不說之久如發心爲發道意惟佛今當爲汝解說本初發心乃往過去七千阿僧祇恒河沙劫乃爾世時有佛號雷音響如來至真等正覺乃在東方去此七十二垓佛土世界名曰快成其佛在彼班宣道教弟子聲聞八十四億百千

垓衆諸菩薩等復倍是數時有轉輪聖王名曰安掋號爲法王治以正法王四天下王有七寶聖王爾時徃詣雷音響如來所供養盡意八萬四千歲隨其所安王心念言我已積功德行難量不用斯心寧以德本普修勸助復更思惟以德勸助當求何勸天帝梵王號轉輪聖王聲聞緣覺耶適發是意上虛空中演大音聲大王如是莫興賤意當發無上正真道心王聞是言即時大悅生弘慈心不轉道意所以者何用其天人開示意故知我心念時安掋王與大衆俱九十六億垓人徃詣雷音響如來稽首足下右繞七帀退住一面以偈歎曰

欲問殊勝法　以奇雅荅我　云何仁在世
而致最超異　以普俱供養　自歸於世護
用無所著心　永無所勸助　世尊察知之
吾獨寂發心　以與廣供養　云何勸助之
志天帝梵王　爲四方之主　若求於聲聞
當慕緣覺乘　我適發是念　空中宣洪音
仁者慎莫得　勸助下劣心　當爲一切故
興發微妙心　開顯大道意　饒益於世間
今欲問於佛　在諸法自由　云何起發心
不失於道意　唯說斯義趣　何因逮是處
如我所像人　而發菩薩心　天中尊願說
宣上妙章句　大王且聽之　當宣以漸訓
愍哀於衆生　樂住于法本　如所誓志願
輙得成所趣　吾亦徃宿世　因發起道心
愍哀於衆生　而與斯誓願　如本所志願
亦若心所念　逮無動佛道　在世最上聖
大王當強志　造立極上心　若修諸正行

仁亦當成佛　以聞是言教　王意便欣然
在一切普世　班宣師子吼　假使於本際
不知生死源　爲一一人行　如若干衆生
今發于道心　在一切世間　普請於衆生
令不墮貧匱　從今日以往　假使生欲心
輙當欺諸佛　現在十方聖　若生瞋恨厭
嫉妬及貪慳　未曾犯不可　至誠人中尊
常當修梵行　棄欲捨穢惡　當學於諸佛
戒禁調和性　不以斯四色　疾成佛正覺
用一切之故　當行於本際　常嚴淨佛土
無限不可議　當宣傳名稱　通徹於十方
惟聖見授決　成佛人中上　令心甚清淨
永無衆猶豫　常修治身行　口言亦如是
亦當淨心念　不犯衆瑕疵　假使我成佛
在世人中尊　以是正真言　地當六反動
設我言至誠　真正不虛詐　由是見證明
虛空宣妓樂　若實不諛諂　無貪嫉不厭
以是誠信故　雨清淨意華　適宣斯言已
至誠言無異　十方億萬國　則六反震動
於上虛空中　有巨億音樂　天雨雜香華
積地四丈九　其王以學是　二十億衆人
口宣柔和音　必成佛上道　二十億衆等
一切逮佛道　見王發大道　亦効學洪業

佛語師子步雷音菩薩欲知爾時安抜王乎荅曰不及也佛言則今文殊師利身是也發道心以來如七千阿僧祇江河沙劫佛土满中塵逮無所從生法忍已過六十四江河沙劫於彼世時則具十住成就十力普備一切諸佛道地辨諸佛法從初以來未曾一反生心而有發意也皆以逮致無上正真之道爲

最正覺我亦不念言當云何成最正覺其二十億人在往古雷音響如來所發道心者悉已逮致無上正真之道成最正覺已轉法輪爲諸衆生興立佛事滅度去已悉是文殊師利之所勸發皆悉供養勤修衆行六度無極普以執持傳宣正法於今現在適有一佛說法未滅度耳下方界分去是四十四江河沙等佛土有世界名地底其佛號持地如來至真等正覺今現在說法與無央數諸聲聞俱其壽無限佛說是往古喻時七千人皆發無上正真道意於是師子步雷音菩薩問文殊師利仁者在往古佛具一切法如來十力已備十地用何等故不成正覺文殊師利荅曰不以往古過去諸佛一切諸法成最正覺所以然者此言得道則爲不得亦無所逮又問云何具足佛法荅曰具足本無故又問云何具足本無荅曰備悉虛空乃具本無曉了虛空及諸佛法本無之義等無有二不可分別又問云何以具一切諸法荅曰具足五陰乃能具足三界一切普遍十方諸佛之法又問云何具足諸色荅曰仁者見色色有常乎若無常耶荅曰不也曰諸法有常若無常乎又彼五陰有增有減耶荅曰不也文殊師利曰是故族姓子若於諸法不增不減故曰具足曰何以具足荅曰備諸法慧所解亦如如慧不轉爾乃不知諸妄想處以無妄想不造具損其不具損乃曰平等是故族姓子等見諸色爾乃等見一切諸法痛想行識亦復如是等無有異於是師子步雷音菩薩問文殊師利又察仁者逮得法忍以來久遠懸絕迥邈

巍巍如是不一發心吾當得道仁者云何勸化衆生使發道心荅曰吾不勸衆生令發道心又問何故荅曰衆生不實衆生寂寞所在顛倒故勸化之令發道心假使衆生不處顛倒則無有道何所發乎吾以是故不勸衆生使發道心亦不化之令志求道所以然者無所想者乃曰平等其平等義無所志求亦不退轉是故名曰無所歸趣無所從來當觀生死所謂平等斯章句空空無志求又族姓子向者所問逮得法忍已來久遠懸絶迥邈巍巍如是不一發心吾當得佛卿寧見心以何等心得成佛道荅曰不也所以者何心者無形不可覩見道亦復然亦無形色復不可見所曰道者假有號耳所曰言心及與佛道是悉假託是故族姓子吾宣斯辭不一發心吾當得佛其無發心則無所生亦無所毀以無所生無所毀者乃名曰逮又問何所是時所曰約時乃曰爲時耶荅曰族姓子所云時者暢平等覺所可覺者不增不損永不起想亦無所滅爾乃名曰隨其等時其不妄想本無無本是則名曰隨等時也若逮正見等於平等達於諸法都無所獲則不造計若干種品一無所念爾乃名曰隨等時也若身證明一切諸法諸所相者皆爲法相曉了如是故有心著若無有相則無所倚爾乃名曰等隨時矣又問何謂爲逮文殊師利荅曰無所行也謂名所迹故曰爲逮而於三界悉無所行假有斯辭其得塵勞則不能逮所以然者意無所存斯法無言以是之故不可逮得又族姓子無所得者乃曰爲逮其無所言則不逮法

便無所住若不得法乃曰爲逮於時師子步雷音菩薩前白佛言善哉善哉世尊唯如來説文殊師利成佛道時國土何類佛告之曰汝以是語問於文殊師利即受佛教問文殊師利曰仁成佛時國土何類文殊師利荅曰族姓子若仁好樂佛道者當問成佛時國土何類又問文殊師利仁者不樂佛國土乎荅曰不也又問何故荅曰其有所樂則爲樂欲其樂欲者則有恩愛其恩愛者則有所受若有所受則有苦患其苦患者則無有護是故吾身不成正覺所以者何無所得故若不得道是故無樂又如向者仁之所言國土何類説其本末吾不堪任自虧其身所以者何若有菩薩用歎已故便自虧滅佛及國土功勳嚴淨面見如來無極法藏時佛告曰文殊師利宜用時説成已佛土功勳嚴淨以何志願如來聽之或有從仁聞説所願諸餘菩薩緣是發意具足斯業文殊師利荅曰唯然不敢違教即從座起偏袒右肩右膝著地叉手白佛唯承聖旨今當宣之若族姓子及族姓女求佛道者且共聽之聞已具得行是所願應時十方各如江河沙諸佛國土六反震動時文殊師利復白佛言唯然世尊我之本願如佛所言從如七千阿僧祇江河沙劫行菩薩業不成道場不致正覺道眼徹視先覩十方悉見諸佛普勸化一切衆生悉成佛道吾心堅住咸開化之布施持戒忍辱精進一心智慧而勸助之皆是吾身之所勸化唯然大聖今觀十方以無罣礙清淨明眼所見諸佛皆以勸助建立無上正真之道斯等皆辦乃吾

成無上正真之道爲最正覺也雖有是言故爾續立不成正覺假使所願若具足者乃成佛耳時彼衆會諸菩薩等各心念言文殊師利前後所見諸佛世尊爲幾何乎時佛即知諸菩薩衆心之所念告師子步雷音菩薩曰猶如族姓子有一丈夫出現於世取是三千大千佛土滿其中諸塵取破碎之一一諸塵各各碎之各如一佛國滿中諸塵於族姓子所趣云何豈寧有人知是塵數多少者不荅曰無能知者天中之天佛言假使族姓子悉能曉了如是塵數佛國多少不足言也文殊師利明眼所覩十方佛土所見佛土過是塵數之國百倍千倍萬倍億倍巨億萬倍兆載劫數不可限量無有譬喻八方上下各爾之數皆是文殊師利所可開化令成佛土所願

如是不成正覺正使佛國如江河沙周帀十方滿中佛樹一一樹下有坐菩薩須臾一時皆成無上正覺之道逮最正覺臨滅度時不須佛樹道場自起普爲一切復過十方不可計量諸佛國土化於衆生說法使度所願巍巍致此佛國乃成佛道使其國中無有聲聞緣覺之名純諸菩薩滅除疲厭瞋恨之難淨修梵行周遍佛土悉復不聞女人之名使諸菩薩皆得化生身被法服跏趺而坐佛國嚴淨純諸菩薩熾盛巍巍除小乘法於是師子步雷音菩薩前白佛言成佛之時所號云何佛言名曰普現如來至真等正覺所以號曰普現者何其佛功德普現十方無限國土其有得見普現如來若覩光明皆當得剪逮成無上正真之道於今若佛滅度之後得聞將

來普現佛名亦當得決然後成於無上正真之道除入滅志得道迹者文殊師利復白佛言唯然世尊我所誓願得成佛時生我國者令無饑渴飲食之想衆味饌具自然滿鉢在於右掌適在掌中心則發念不先供養十方諸佛聲聞緣覺及諸貧匱危厄乞匃下劣衆生先自食者則為不宜先飽一切然後乃食壽如所念神通備足在所至湊無有罣礙行疾如風所念即到十方供養諸佛下遍衆生寶衣法服俱亦復然先供養諸佛次及所尊窮賤下劣皆先使安無有八難衆苦惱患語則可意不聞惡言學無禁戒是非之音無尊無卑無富無貧其生我國皆同一倫於時師子步雷音菩薩前白佛言爾時彼土無名號字佛言如本誓願所志具足世界名曰離塵垢心復白佛言在於何方佛言在於南方去是忍界極在其邊衆妙好寶摩尼明珠合成佛土十方一切未曾見聞奇珎衆寶流布遍現未曾朽敗而有減損菩薩所作欲令其地化成衆寶如念即成在作何寶衆妙香華所欲備有亦無日月明冥晝夜若樂菩薩身光所照隨意唯華開合别異晝夜無有寒暑老病死事唯行菩薩便成正覺若生他方亦無異業天上人間悉行菩薩臨命終歿皆成正覺無有終歿無中滅度虚空之中不見妓樂悲和之音自然而作其音不宣愛欲之辭恒出佛法六度無極菩薩篋藏經法之音隨意所好聞經法音如念即解皆發正覺見佛疑滅聞經解達於時會中有無央數諸菩薩衆同時舉聲謦揚大音佛聞是號適得其宜名

曰普現無違道教若有衆生聞普現名乃獲快利無極之慶況生其國得見普現值遇神化法則其行若有聞是所說決者則爲見佛聞經入心藏之不忘但逮得聞文殊師利成佛名德巍巍乃爾何況目見時佛告是諸菩薩曰若有得聞百千億佛名號功稱利益衆生開化度人不如文殊師利一一劫中化導衆生永安無患何況得遇普現如來其慶無喻誠如所云於是衆會聞佛讚是諸菩薩言應時坐中諸天神王及世間人各萬憶垓俱時稽首禮文殊師利同發聲言今自歸命普現如來自歸適訖便有八萬四千垓衆皆發無上正真道意餘無量人積衆德本立不退轉時文殊師利復白佛言今我願是諸不可計無量佛土功勳嚴淨目之所覩由是所願瑞應處所皆便合并成一佛土不計聲聞緣覺嚴淨五濁惡世發意之頃正使我身江河沙劫稱歎諸國功勳嚴淨無有限量不得其底我所誓願復過越彼無能究竟證明我者獨佛縷練明知我耳佛言善哉誠如仁言如來通慧三達無礙真爾真爾等無有異爾時會中諸菩薩衆各心念言如佛咨嗟文殊師利成佛國時功勳嚴淨何如西方安養世界無量壽佛嚴淨等不時佛即知諸菩薩心便告師子步雷音菩薩欲知西方安養世界無量壽佛功勳嚴淨比於文殊師利難以喻哉假譬言之如取一毛破爲百分以一分毛取海水一渧無量壽佛如一分毛水一渧耳文殊師利成佛汪洋如海巍巍蕩蕩不可思議於是師子步雷音菩薩前白佛言曾頗有餘

方如來國土嚴淨如是者不佛言有東方去是百億江河沙界名曰超立願其佛號名普照常明德海王如來至真等正覺與諸菩薩眷屬圍繞而說經法興演以來江河沙劫其佛壽命亦無有限比普現國嚴淨正等有四菩薩被弘誓鎧得不可議又白佛言唯願加哀宣布未聞具說普照常明德海王如來其土嚴淨又四菩薩名號何等在於何方遊何佛土淨德普備能具斯處佛言第一菩薩名曰光英遊於東方無憂首如來佛土第二菩薩名曰慧上在於南方慧王如來佛土第三菩薩名曰寂根在於西方智積如來佛土第四菩薩名曰意願在於北方鉤鏁如來佛土於時世尊即如其像三昧正受其三昧名悉現嚴淨應時見東方普照常明德海王如來佛土及諸菩薩功勳嚴淨自昔以來所希見聞譬如掌中視寶珠耳如普現佛國土無異衆會覩之莫不欣喜誠如世尊所言無有異也世尊即便告諸菩薩當如文殊師利所行爲法諸菩薩衆同發聲曰唯然受教當學文殊師利本發心行成就嚴淨不敢懈廢於時世尊尋便欣笑光從口出五色晃昱普照十方掩覆日月繞身三帀還從頂入彌勒菩薩即從座起長跪叉手前問佛曰佛不妄笑笑必有意是何因緣願佛說之佛言彌勒向佛說法現三昧力皆見東方普照佛國具足備悉嚴淨功德衆會欣悅誓願志學今現八萬四千菩薩咸共發心成嚴淨國復有菩薩八萬四千十六正士發仁慈心性弱和雅所願具足斯等如是當逮文殊師利其餘菩薩不

能若斯雖爾緣是功德疾成無上正真之道爲最正覺國土成就不及文殊師利嚴淨之德佛言彌勒若有菩薩心性至真口宣誓願不犯本心亦當具足如文殊師利身其心怯弱而有信樂緣是口勇宣辭誓願輒得超越六十萬億垓劫終始之難六度無極則以具足時四菩薩各從其方化作重閣衆寶校絡各從諸天無數百千兩衆天華鼓衆音樂神足威變地爲動震四面俱進來趣世尊光照衆會見莫不欣彌勒長跪而白佛言今地大動天華紛紛重閣晃耀四方來臻鼓樂絃歌天香苾芬此何瑞應誰之威神佛言彌勒是四菩薩即來見佛用自神力感動衆會故現此瑞勸化於法時四菩薩即進詣佛稽首足下繞佛三帀佛命使坐退而就榻時佛宣告諸會菩薩此四正士多所勸發興建誓願不可稱計設族姓子謙敬渴仰於四正士因問法義疑網永止行菩薩業滅除終始必逮無上正真之道超二十億劫周旋之惱普具諸法六度無極若有女人聞是正士名號之稱速轉女身疾解正覺爾時世尊歛復威神一切衆會還自如故彼佛國土忽然不現於是文殊師利前白佛言唯然世尊一切諸法猶若如幻幻師所作適起尋滅諸法展轉亦復如是其不起滅乃曰平等平等覺者必逮正覺逮正覺已度脫一切慧上菩薩問文殊師利曰菩薩何行而成正覺文殊師利荅曰無逮無失是曰正覺慧上又問寧可復得不可逮乎亦復無乎若不逮有則無有衆不可逮衆文殊師利荅曰亦不可逮亦復不無所以

不逮是諸法過悉無所生初無所有非方當有不懷無得文殊師利又復問慧上曰何所一業敷演經法於是慧上荅曰其無所生亦無所壞不造異住是曰一業敷演經法光英菩薩曰其無來無往是曰一業敷演經法寂根菩薩曰其無所得亦無所等亦不造證亦不寂然亦無憺怕無去來今是曰一業敷演經法意頟菩薩曰其不妄想佛法聖衆不念菩薩無國土想無地獄念不斷章句不倚有常是曰一業敷演經法彌勒菩薩曰不見五陰衰入諸種不視不盲無妄想法不暢入法不積不捨是曰一業敷演經法師子步雷音菩薩曰其於亂法而無所亂不造若干是凡夫法斯習學法此諸佛法不懷妄想不受一法其業寂寞是曰一業敷演經法愛見菩薩曰其逮本無不想本無斯深妙法悉無妄想是曰一業敷演經法無礙辯菩薩曰諸法皆盡究竟盡者乃曰無盡演一切法不可盡者是曰一業敷演經法善心念菩薩曰其於諸念而無所思若有所入亦無有心不得不失是曰一業敷演經法覺離塵菩薩曰於諸塵法而無所染亦無不染不著不憂不忘不念不作無不作不取不捨是曰一業敷演經法海底菩薩曰其志如海永難得底深入法要不有妄想如所應行而班宣法不我無彼是曰一業敷演經法十上月童真菩薩曰普等衆生若如月滿心不見等等無所等是曰一業敷演經法消諸憂冥菩薩曰其能休息一切憂瘡不憂不慼以能割除衆憒諸本何所是本吾我之本其有等住於吾我行而說法

者是曰一業敷演經法鉤鏁菩薩曰若說於法其不倚著欲界色界及無色界不著聲聞緣覺之法不慕佛道是曰一業敷演經法普現菩薩曰等宣諸法等於空無不念於空不得平等所說如是是曰一業敷演經法三品淨菩薩曰其講說法淨三品場何謂三場不得吾我不想法會不倚諸法是曰三場清淨之業宣布法訓如斯說者是曰一業敷演經法在所吉菩薩曰知一切法歸於平等若曉了斯而爲分別不宣文字以無所宣一切諸法是曰一業敷演經法深行菩薩曰若有覩見一切諸法亦無所見若講如是言辭是曰一業敷演經法如是要言一切菩薩各言其志說是一等經典法時七千億菩薩逮得無所從生法忍八十萬四千垓人皆發無上正真道意七千比丘漏盡意解九十六載諸天世人遠塵離垢諸法眼生於是師子步雷音菩薩前白佛言文殊師利成普現佛時諸菩薩能有幾所其壽何如何時成佛佛言卿自以是問於文殊師利即如佛教問文殊師利曰仁當久如成最正覺文殊師利荅曰虛空有形乃成正覺假使幻人成佛道者我身爾乃不著漏盡成最正覺若呼有形而響有影月能晝明日能夜照爾乃我身成最正覺志求道者乃當問之成佛之期又問仁者爲不志求道荅曰不也曰何以故荅曰道是文殊文殊是道所以者何假有號耳文殊及道其名寂寞了無解空空則曰道佛告師子步雷音菩薩言寧曾見聞無量壽佛國中菩薩聲聞衆不荅曰唯然亦見亦聞佛言爲多少乎

荅曰不可思議不可稱限佛言普現佛國菩薩之數喻如積塵滿十方界無量壽佛菩薩聲聞比數多少如一塵耳又普現佛壽命無限取譬言之破碎十方三千世界皆使作塵布散此塵過千佛國乃著一塵周帀十方而盡其塵於族姓子寧能計知此塵數不荅曰無能限焉佛言普現如來以劫之壽當一塵耳計塵之喻尚不足言欲知其要如虛空無邊年壽劫數無以比焉於是彌勒菩薩前白佛言假使有人學於大乘爲是大智無極之慧當忍勤苦無央數劫自歸普現行菩薩法如斯大道不當懈廢佛言如是彌勒誠如所云誰有聞是無極大慧不發道意愛樂之乎唯有懈廢小節之類不解正真不樂之耳佛說是時十千衆人發大道心爾時世尊告師子步雷音菩薩言今觀文殊師利自昔所行本心志願度佛無量菩薩無數道慧高德不可思議周帀十方諸得道者不能究盡爲作譬喻時師子步雷音菩薩前白佛言假使有人立弘誓願無極之行當如文殊師利志願等不忍勤苦行於無數劫而無懈厭不發勞想佛言於族姓子意趣云何虛空寧念我行晝夜日月時節年限劫數不答曰不也曰如是族姓子曉了諸法亦如虛空虛空寂定不念晝夜日月時節年限劫數也所以者何空無念思豈有勞想過江河沙劫亦無增損不衰不盛不壞不毀不生不老不病不死不去不來所以然者虛空無有假有號耳文殊師利名號如是其能曉了知虛空者悉如諸法一切無辭皆無所有便無恐怖不以爲勞文

殊師利成佛久遠乃爾志同文殊師利等亦如是於時海底菩薩謂文殊師利所被弘誓不可比諭若有學者當云何進文殊師利答曰若有學我弘誓鎧者志存誓願若如幻化則無所有亦無所爲佛説是經時四大天王天帝釋梵天王及餘尊天神妙諸天僉然同音俱共歎曰唯然世尊其聞是經爲得善利無極之慶何况受持諷誦學者我當受持諷誦修學廣爲人説普令流布將護行者使法久存於時師子步雷音菩薩前白佛言唯然世尊若有受持諷誦斯經得何福慶若有聞者即便發心追慕志學文殊師利竟則復云何乎佛言若有菩薩學是法者猶如如來已無罣礙若於將來最後末世則以七寶積滿十方諸佛之國用貢上佛供養一切等心衆

生歷劫不廢又兼法施備具六德此之功德又不足計不如聞是嚴淨經法發心慕學文殊師利模式諷誦經行七步之内德過於彼巨億萬倍無以爲諭不可稱計時彌勒菩薩前白佛言是經所名云何奉持佛語彌勒斯經典者號曰娛樂所願殊特當奉持之又名文殊師利佛土功勳嚴淨亦復名曰其發道心志懷悅豫當堅持之爾時十方諸來菩薩皆散天華供養是法咨嗟文殊師利無量之德法澤普潤弘覆三界開心受者皆逮正覺前禮佛足繞佛三帀忽然不現各還本國佛説是時化江河沙諸菩薩等立不退轉信是菩薩具成德本於是文殊師利有三昧名光普照辭訓如幻以斯定意而行正受適三昧已一切衆會皆見文殊師利普在十方不可

稱計諸佛之國各各佛前文殊師利住立洛嗟已國嚴淨之德衆會見已歎未曾有文殊師利所願無盡道德巍巍超絶無比乃使其身遍滿十方端坐在此而不轉移威神功德堂堂不訾佛説如是諸菩薩衆比丘比丘尼清信士清信女諸天龍神阿須倫世間人皆大歡喜稽首佛足作禮而去

文殊師利佛土嚴淨經卷下

音釋

貧匱（匱求位切乏也）迥邈（迥戶茗切寥遠也邈墨角切渺也）湊（千候切趣也）篋藏（篋詰叶切箱篋也藏才浪切庫藏也）鎧（可亥切甲也）晃昱（晃戶廣切昱余六切晃昱光明照耀也）掩覆（掩衣檢切覆扶富切掩覆謂遮掩蓋覆也）臻（緇詵切至也）苾芬（苾薄必切芬敷文切苾芬香氣也）鉤鏁（鉤居侯切鏁損果切）僉然（僉千廉切皆也）不訾（訾將支切不訾謂無量可比也）

佛説胞胎經

西晋三藏竺法護譯

清刻龍藏佛說法變相圖

佛說胞胎經

西晉三藏竺法護譯

聞如是一時佛遊舍衛國祇樹給孤獨園於時賢者難陀宴坐思惟即起詣佛及五百比丘俱共詣佛所稽首足下住坐一面佛告難陀及諸比丘當爲汝說經初語亦善中語亦善竟語亦善分別其義微妙具足淨修梵行當爲汝說人遇母生受胞胎時諦聽善思念之唯然世尊賢者難陀受教而聽佛告難陀何故母不受胎於是父母起塵染心因緣合會母有佳善心志於存樂神來者至前母有所失精或父有所失母無所失或父清淨母不清潔或母潔淨父不潔淨或母爾時藏所究竟即不受胎如是究竟或有成寒或時聲近有滅其精或有滿或如藥或如果中央或

如華茇中子或如生果子或如鳥目或如鼓沙目或如舍竭目或如祝伽目或如眼瞳子或如樹葉或合聚如垢於是或深或上深或無器胎或近音聲或堅核如珠或爲虫所食或近左或近右或大清或卒暴或不調均當左反右或如水瓶或如果子或如蒗蓎或有衆瑕或諸寒俱或有熱多或父母貴來神卑賤或來神貴父母卑賤是故不相遇生等行等志俱貴俱賤心同不異則入母胎何故母不受胎無前諸雜錯事不和調事等意同行俱貴俱賤宿命因緣當應生子來神應遇父母而當爲子於時精神或懷二心所念各異如是之事則不和合不得入胎佛告阿難云何得入處母胞胎其薄福者則自生念有水冷風於今天雨有大衆來欲撾害我我當走入大積草下或入葉積諸草衆聚或入溪澗深谷或登高峻無能得我得脫冷風及大雨大衆於是入屋福厚得勢心自念言今有冷風而天大雨及諸大衆我當入屋上大講堂當在平閣昇於牀榻佛語阿難神入母胎所念若干各異不同佛語阿難神入彼胎則便成藏其成胎者非是父母不淨亦不離父母不淨又假依倚因緣和合而受胞胎以故非是父母不離父母譬如阿難酪瓶如器盛酪以乳著中因緣盛酪或爲生酥假使獨爾不成爲酥不從酪出酥亦不離酪因緣和合乃得爲酥如是阿難不從父母不淨成身亦不離父母成身因父母爲緣而成胞胎佛告阿難譬如生草菜因之生虫虫不從草菜出亦不離草菜依生草菜以爲因緣和合生虫緣

是之中虫豸自然如是阿難不從父母不淨不離父母不淨成身因父母爲緣而成胞胎譬如阿難因小麥生虫虫不出小麥亦不離小麥因小麥爲緣而得生虫因是和合自然生虫如是阿難不從父母不淨不離父母不淨成身因父母爲緣而成胞胎得立諸根及與四大譬如阿難因波達果而生虫虫不從波達果出亦不離波達果因波達果爲緣自然得生如是阿難不從父母不淨不離父母不淨成身因父母爲緣而成胞胎得立諸根及與四大譬如阿難因酪生虫虫不從酪出亦不離酪以酪爲緣自然生虫如是阿難不從父母不淨不離父母不淨成身因父母爲緣而成胞胎得立諸根及與四大因父母緣則立地種謂諸堅者輭濕水種熱煖火種氣息風種假使阿難因父母故成胞胎者而爲地種水種令爛譬如麨中及若肌膚得對便爛假使因父母成胞胎便爲水種不爲地種用薄如濕故也譬如油及水又阿難水種依地種不爛壞也地種依水種而無所著假使阿難父母因緣成胞胎者地種則爲水種火種不得依也則壞枯腐譬如夏五月盛暑時肉中因火種塵垢穢臭爛壞則就臭腐如是阿難假使因父母胎成地種者及水種者其於火種不腐壞敗而沒盡也假使阿難因父母胎成地種及水種者當成火種無有風種風種不立不得長大則不成就又阿難神處於內緣其罪福得成四大地水火風究竟攝持水種分別火種因號風種則得長大因而成就佛告阿難譬如蓮藕生於池中清淨具

足華合未開風吹開華令其長大而得成就如是阿難神處於内因其罪福得成四大成就地種攝持水種分別火種因號風種而得長大稍稍成就非是父母胞胎之緣人神遇生也非父母福亦非父體亦非母體因緣得合也非空因緣亦非衆緣亦非他緣又有俱施同其志願而得合會成胏裹胞胎譬如阿難五穀草木之種完具不腐不虫耕覆摩地肥地下種生茂好於阿難意云何其種獨立因地水號成其根莖枝葉華實阿難白佛不也天中天佛言如是阿難不從父母構精如成胞裹不獨父母遺體亦不因空因緣也有因緣合成四大等合因緣等現得佛胞裹而爲胏胎譬如阿難有目明眼之人若摩尼珠陽燧向日盛明正中之時以燥牛糞若艾若布尋時出火則成光焰計彼火者不從日出不從摩尼珠陽燧艾生亦不離彼又阿難因緣合會因緣俱至等不增減而火得生胏胎如是不從父母不離父母又緣父母不淨之精得成胞裹因此成色痛癢思想生死之識因得號字緣是得名由本成色以此之故號之名色又阿難所從緣起吾不稱歎往返終始佛告阿難譬如少所瘡病臭處非人所樂豈況多乎少所穿漏瑕穢何況多乎如是阿難少府周旋在於終始非吾所歎何況久長所以者何所有終没周旋諸患甚爲勤苦誰當樂乎欣悅臭處人母胏胎耶佛告阿難彼始七時受母胎裹云何自然而得成始始卧未成就時其胎自然亦復如是七日處彼停住而不增減轉稍而熱轉向堅固則立地種

其輭濕者則爲水種其中煖者則爲火種關通其中則爲風種第二七日有風名展轉而徐起吹之向在左脅或在右脅而向其身聚爲胞裹猶如酪上肥其精轉堅亦復如是彼於七日轉化如熟其中堅者則立地種其輭濕者則爲水種其温煖者則爲火種間關其内則爲風種佛告阿難第三七日其胎之内於母腹中有風名聲門而起吹之令其胎裹轉就凝堅凝堅何類如指著息瘡息肉壞精變如是住中七日轉化成熟彼其堅者則爲地種其輭濕者則爲水種其温煖者則爲火種間關其内則爲風種佛告阿難第四七日其胎之内母藏起風名曰飲食起吹胎裹令其轉堅其堅何類譬如含血之類有子名曰不注其堅如是住彼七日轉化成熟彼其堅者則爲地種輭濕則爲水種温煖則爲火種内關其内則爲風種佛告阿難第五七日其胎之内於母腹内藏次有風起名曰導御吹其堅精變爲體形成五處應瑞兩髆兩肩一頭譬如春時天降於雨雨從空中墮長養樹茇枝其胎如是其母藏内化成五應兩髆兩肩及其頭佛告阿難第六七日其胎在内於母腹藏自然化風名曰爲水吹其胎裹令其身變化成四應瑞兩膝處兩肘處佛告阿難第七七日其胎裹内於母腹藏自然化風名曰迴轉吹之令變更成四應瑞兩手曼兩臂曼稍稍自長柔輭輭弱譬如聚沫乾燥時其胏裹内四應如是兩手兩足諸曼現處佛告阿難第八七日其胎裹内於母腹藏自然化風名曰退轉吹其胎裹現二十應處十足指

處十手指處譬如天雨從空中墮流樹觚枝
使轉茂盛時胚胎內於腹藏起二十鬱足十
指處手十指處佛告阿難第九七日其胞裹
內於母腹藏自然風起吹變九孔兩眼兩耳
兩鼻孔口處及下兩孔佛告阿難第十七日
其胞裹內於母腹藏自然風起名曰毿短吹
其胎裹急病暴卒而甚堅強在中七日其夜
七日自然風起名曰普門整理其體猶如堅
強具足音聲佛告阿難第十一七日胞內於
母腹藏自然化風名曰理壞吹其胞裹整理
其形安正諸散令母馳走不安煩躁擾動舉
動柔遲好笑喜語戲笑歌舞風起淚出如是
如坐母胞胎成時喜伸手脚其胎轉向或時
諸散合立有風名柱轉趣頭頂其散其頂上
令其倒轉譬如鍛師鞴囊吹從上轉之如是
阿難其柱轉風上至其項於項上散轉復往
返其風在項上旋開其咽口及身中齊諸曼
之指令其穿漏其侵轉令成就佛告阿難第
十二七日其胞裹內於母腹藏自然化風名
曰膚血吹其胎裹令成腸胃左右之形譬如
蓮華根著地其腸成就依倚於身亦復如是
爲十八空經縷溝坑於其七日自然化風名
曰棄毛吹生其舌及開其眼成身百節令具
足成就不減依倚生萬一千節佛告阿難第
十三七日其胞裹內於母腹藏覺身體羸又
覺飢渴母所食飲入兒體中兒在胎中母所
食飲兒因母大長養身佛告阿難第十四七
日其胞裹內於母腹藏自然有風名曰經縷
門吹其精體生九萬筋二萬二千五百在身
前二萬二千五百在背二萬二千五百在左

脅二萬二千五百在右脅佛告阿難第十五七日其胞裹內於母腹藏自然化風名紅蓮華名曰波曇吹其兒體令安二十脉五脉引在身前五脉引在背五脉引在左脅五脉在右脅其脉之中無有央數不可稱計若干種色各各有名現目次名力勢又名住立又名堅強又一種色或有青色白色白色爲赤赤色爲白或有白色爲黃或縹變色酥色酪油色生熱雜錯熟熱雜錯其二十脉一一有十四眷屬合八百脉二百在身前二百在背二百在左二百在右二百二力二尊二力勢佛語阿難其八百脉一一之脉有萬眷屬合爲八萬脉二萬在胷腹二萬在背二萬在左二萬在右其八萬脉有無數空不可計有一空次二次三至於七譬如蓮華莖多有衆孔次第生一孔二孔三孔至於七孔如是阿難其八萬脉亦復如是有無數根空不可稱計有一次二次三至於七佛告阿難其諸脉與毛孔轉相依因佛告阿難第十六七日其胞裹內於母腹藏自然化風名曰無量吹其兒體正其骨節各安其處開通兩目兩耳鼻孔口門及其項頸周帀定心令其食飲流通無礙有所立處諸孔流出流入逆順隨體令不差錯設使具足無所拘滯譬如陶家作瓦器師若其弟子和泥調好以作坯形搥拍令正補治上下令不缺漏安著一處如是阿難罪福因緣自然有風變其形體開其眼睛耳鼻口脣咽喉項頸開其心根令所食飲皆使得通諸孔出入無罣安其食飲佛告阿難第十七七日其胎裹內於母腹藏自然有風名犛牛

面吹其兒體開其眼睛令使淨潔使有光耀及耳二精鼻口門皆令清潔光耀無瑕譬如阿難如磨鏡師弟子取不淨鏡刮治揩磨以油發明去其瑕穢光徹內外如是阿難罪福因緣自然化風開其眼耳鼻口令其清淨開通無瑕佛告阿難第十八七日其胎裏內於母腹藏除若干瑕悉使清淨譬如月城郭若人宮殿有風名曰大堅強其風極大旋吹宮殿攀持遊行自然清淨究竟無瑕其胎如是母之腹藏諸入之精爲風所吹自然鮮明究竟具足佛告阿難第十九七日在胎中即得四根眼根耳根鼻根舌根初在母腹即獲三根身根心根命根佛告阿難第二十七日在其胞裹於母腹藏自然化風名鞠軏吹小兒體在其左足令生骨節倚其右足而吹成骨四骨處膝二骨在臏三骨在項十八骨在背十八骨在脅十三骨在掌各有二十骨在左右足四骨在肘處二骨在髀處二骨在肩十八骨在頸三骨在輪耳三十二骨在口齒四骨在頭譬如阿難機關木師若畫師作木人合諸關節先治材木合集令安繩連關木及作經押以繩關連因成形像與人無異如是阿難罪福所化自然有風吹成色貌變爲骨節因緣化成在此二十七日中於其腹中應時在身生三百微細骨與肉雜合佛告阿難第二十一七日在其胞裹於母腹藏自然化風名曰所有吹其兒體令出肌肉譬如阿難工巧陶師作妙瓦器甖甕瓮瓨令具足成阿難其所有風吹其兒身令肌肉生亦復如是佛告阿難二十二七日在其胞裹於母腹藏

自然有風名曰度惡吹其兒體令生音聲佛告阿難第二十三七日在其胞裹於母腹藏自然有風名曰針孔清淨吹其兒身令其生革稍稍具足佛告阿難第二十四七日在其胞裹於母腹藏自然有風名曰堅持吹其兒身中布其革令其調均佛告阿難第二十五七日在其胞裹於母腹藏自然化風名曰聞在持吹其兒體掃除其肌皆令滑澤佛告阿難第二十六七日在其胞裹於母腹藏自然化風吹其兒體假使前世有惡罪行諸殃來現於諸十惡或復慳貪愛惜財物不能施與不受先聖師父之教其應清淨長大更成短小其應麤大則更厄細應清淨長大更麤大當多清淨反更得少當應少者反成爲多當應清潔反得垢濁當應垢濁反得淨潔當應雄者反成非雄所不樂雄反爲則雄當所求者反不得之志所不樂而自然至當應爲黑而反成黃當應黃者而反成黑佛告阿難如其本宿所種諸惡自然得之或復爲盲聾瘖瘂愚癡身生瘷瘡生無眼目口不能言諸門隔閉跛蹇禿僂本自所作自然得之父母所憎違失法義所以者何如是阿難宿命所種非法之行佛告阿難假使其人前世奉行衆德不犯諸惡諸善來趣謂十德行喜於惠施無慳垢心奉受先聖師父之命身中諸節應當長者即清淨長當應鮮潔自然鮮潔應麤清淨即麤清淨應當細小即多細小應多清淨即多清淨應少清淨即少清淨應滑鮮潔即滑鮮潔應當忍少即便忍少應當爲雄即成爲雄所樂好聲即得好聲所樂瓔珞即得

寶瓔應當爲黑即成爲黑所樂言語即得所樂如是阿難隨宿所種功德諸爲善自然爲衆生所喜見端正好潔色像第一其身口意所求所作所願則得如意所以者何是故阿難宿命所種自然得之佛告阿難假使有男即趣母右脅累趺坐兩手掌著面背外面向其母生藏之下熟藏之上五繫自縛如在革囊假使是女在母腹左脅累趺坐手掌博面生藏之下熟藏之上五繫自縛如在革囊假使母多食其兒不安食太少其兒不安食多膩其兒不安食無膩其兒不安太熱太冷欲得利不利甜醋麤細其食如是或多少而不調均兒則不安習色欲過差兒則不安在風過差兒則不安或多行來馳走有所度越或上樹木兒則不安佛告阿難兒在母腹勤苦懊惱衆患諸難乃如是乎俗人自謂生在安處其苦如是何況惡趣勤劇之患諸苦艱難不可譬喻誰當樂在母胞胎乎佛告阿難第二十八七日在其胞裹於母腹藏即起八念乘騎想園觀想樓閣間想遊觀床榻想流河想衆水想浴池想佛告阿難第二十九七日在其胎裹於母腹藏自然有風名曰體中間持其皮膚使其淨潔顔色固然隨其宿行宿作黑行色現爲黑形體如漆宿作不白不黑行色現不白不黑體像一貌宿行素無光潤色現素無光潤普身一等宿行白色面貌正白普體亦然宿行黄色面貌黄色普體亦然阿難是世間人有是六色隨本所種自然獲之佛告阿難第三十七日在其胞裹於母腹藏自然風起吹其兒體令生毛髮隨宿所行

或令其兒毛髮正黑妙好無量或生髮黃人所不喜佛告阿難第三十一七日在其胞裹於母腹藏兒身轉大具足第三十二七日在其胞裹於母腹藏兒身自成無所乏少第三十三七日第三十四七日第三十五七日三十六七日兒身成滿骨節堅實惡於胞裹不以爲樂佛告阿難第三十七七日在其胞裹於母腹藏自然生念如在羅網欲得走出爲不淨想瑕穢之想牢獄之想幽冥之想不以爲樂佛告阿難第三十八七日在其胞裹於母腹藏自然有華風名曰何所番趣吹轉兒身令應所在下其兩手當來向生從其緣果吹其兒身脚上頭下向於生門假使前世作諸惡行臨當生時脚便轉退反其手足因於其母或失身命其母懊惱患痛無量假使前世作德善行終其長壽則不迴還命不中盡其母緣此不遭苦惱無數之患彼於三十八七日則遭大苦無極之患愁憂不樂佛告阿難生死之苦甚爲勤劇人生若男或若生女適生墮地痛不可言甚不善哉懊惱辛酸或以衣受觸其形體若以衾受臥著所處或在牀上或置於地或覆或露或在暑熱或在寒冷因是之故遭其苦患酷劇難稱譬如阿難蛇虺牛之皮所懸著處若在壁上即化爲虫還食其皮若倚樹木苗草陂水設復在虛空中所倚即自生虫還食其形在所依倚則亦生虫還食其形兒始生時則以手受苦痛懊惱不可稱限或以衣受觸如前其形體或稍以長大飢渴寒熱其母小心推燥居濕養育除其不淨所謂先聖法律正是其母乳哺之

恩佛告阿難如是勤苦誰當樂處父母肧胎
兒生未久摶飯養身身即生八萬種虫周徧
繞動食兒身體髮本虫名曰舌舐依於髮根
食其髮虫名在修行道地中一名舌舐二名
重舐三種在頭上名曰堅固傷損毀害佛告
阿難人身苦惱如是八萬種虫晨夜食其形
體令人羸瘦少氣疲極令身得病或成寒熱
衆患苦惱不可數也煩躁苦極飢亦極行復
極住亦極設身有病復求醫藥欲除其病在
母胎時苦不可言既生爲人極壽百歲或長
或短百歲之中凡更百春百夏百秋百冬百
歲之中更千二百月春更三月夏更三月秋
更三月冬更三月百歲之中分其明白青冥
部凡更二千四百十五日春更六百十五日
夏更六百十五日秋更六百十五日冬更六
百十五日百歲之中凡更七萬二千食春更
萬八千食夏更萬八千食秋更萬八千食冬
更萬八千食歲或據不食時或瞋不食時或
食窮乏時或有所作不食時醉放逸不食時
或齋不食時皆在萬二千飯中如是阿難勤
苦厄惱誰當樂處母肧胎如是衆患悤悤未
曾得安衆緣所縛或眼痛病或耳鼻口舌齒
痛髖脚咽喉短氣腰脊臂肘拳腕諸百節病
痛諸患風寒諸熱疥癩虛痔惡瘡癰疽黄疸
咳逆癲狂盲聾瘖瘂癡惷疣贅癃瘷百節煩
疼臚脹癖下身體浮腫如是阿難地水火風
一增則生百病風適多則百病生熱多則生
百病寒多則生百病食多則增百病三事合
會風寒熱聚四百四病同時俱起何況其餘
不可計患或截手或截脚耳鼻或斬頭或鎖

繫鞭杖搒笞閉在牢獄拷掠加刑或畏於人或畏非人地獄餓鬼畜生之難勤苦曠野蚊虻蚤虱蚑蜂之難虎狼師子蚖虵之懼如是計之苦不可言有多所求種勤苦根不得則憂有所志樂不如意既所得當復守護生業勤苦有所獲得志願無厭塵勞之惱多所妨礙佛語阿難取要言之五陰則苦諸入諸衰思想多念由此生苦因斯起其憍慢自貢高自在心走不安一一諸義當觀自然譬如車輪不在一處卧起在牀在地歌舞戲笑當觀苦想假使經行坐起行步常當思苦懊惱衆患不可稱數無有一可快所經行處不起安想止頓坐而不行不在牀榻亦當知之勤苦阿難言勿起安想佛告阿難設在威儀而不休息則有若干無量苦與心自想念謂安不苦如是阿難生死難樂計有二患自觀身苦爲他人苦觀此二義當自察之吾雖出家何因智慧得報果實安隱無患所從受食衣被牀卧病瘦醫藥令其主人得大果報獲大光焰無極普義佛告阿難當學如此於阿難意云何色爲有常無常阿難荅曰無常天中天設無常苦不苦阿難白佛甚苦天中天無常事當復離別法不常在賢聖弟子聞講此義寧當發念有吾有我是我所不阿難白佛不也天中天色痛癢生死識有常無常荅曰無常曰假使爲無常爲苦爲安賢聖弟子聞講說此寧有吾有我是我所不荅曰不也天中天是故阿難計一切色過去當來今現在者內外麤細微妙瑕穢若遠若近無我無彼亦非我身明達智者即觀如平等不耶假使阿

難賢聖弟子厭爲色者痛癢思想生死識者設使能厭則離塵垢離垢則度設志於度至度見慧盡於生死稱揚行身所作則辦則度彼岸示在此際佛說是經時賢者阿難得諸法法眼生其五百比丘漏盡意解賢者阿難五百弟子諸天龍神聞經歡喜

佛說胞胎經

音釋

胞胎 胞班交切胎衣也胎湯來切孕而未生皆曰胎
蓽茇 蓽壁吉切茇蒲發切
瞳 瞳徒東切目瞳子也
堅核 核下革切實也
蒗蓎 蒗力當切蓎徒郎切
積 子智切聚也
峻 須閏切峭峻也
虫豸 豸丈几切有足曰虫無足曰豸
麨 尺小切
肌膚 肌居夷切肉也膚風無切皮也
肧 鋪枚切婦孕一月也
腐 奉甫切爛也
搆 居候切合也
燧 徐醉切取火之木也
燥 先到切乾也
癢 以兩切皮膚欲搔也
瑕穢 瑕何加切玷也穢烏廢切汚也
臏 婢忍切膝端骨也
荄 柯開切根荄也
肘 陟酉切臂節也
曼 謨官切長也
觚 攻乎切
攣 力兖切
矬短 矬徂禾切亦短也
煩躁 躁側到切煩躁謂煩悶不安靜也
鍛師 鍛都玩切鍛師謂鍛鍊金鐵之人也
鞴囊 鞴旁卦切鞴囊爐治中吹火皮袋也
腸胃 腸仲良切胃于貴切
經縷 縷朧主切經縷人身脈絡之總名也
溝坑 溝居侯切水瀆也坑丘庚切坑塹也
羸 倫爲切瘦也
筋 舉欣切骨絡也
縹 匹沼切青白色帛也
坏 鋪杯切未燒瓦器也
聱 音茅
刮治 刮古刹切刮削也
甖甕 甖幺莖切長頸瓶也甕烏貢切汲井瓶也
瓫瓨 瓫蒲奔切缶也瓨胡江切長頸罌也
尫 烏光切弱也
瘢瘡 瘢蒲官切瘡痕也
跛蹇 跛補火切蹇九件切
膩 女利切肥膩也
衾 欽音切被也
虺 詡鬼切
乳哺 乳藥主切湩也哺蒲故切口飼也
摶 徒官切以手捏聚也
舐 甚爾切舌餂也
拳腕 拳逵員切腕烏貫切臂腕也
痔 丈里切後病也
癰疽 癰於容切疽七餘切癰疽腫癤也
疸 當旱切病也
咳 口溉切逆氣也
癡惷 癡超之切不慧也惷尺尹切愚惷也
疣

贅 疣疑求切贅朱芮切疣贅結肉也 癃瘷 癃良中切疲癃病也瘷居月切氣逆病也 臚脹 臚凌如切腹前曰臚脹知亮切脹滿也 癠 音帶病也 搒 搒蒲庚切笞打也 拷掠 拷苦老切打也掠力約切笞也 笞 笞超之切捶擊也 蚑 巨支切蟲也 不注 晉曰䩄肉骨無信

佛說法鏡經

吳　三藏沙門康僧會撰

清刻龍藏佛說法變相圖

法鏡經序

吳三藏沙門康僧會撰

夫心者衆法之原臧否之根同出異名禍福分流以身爲車以家爲國周旋十方稟無勸息家欲難足猶海呑流火之獲薪六邪之殘已甚於蒺蔾網之賊魚矣女人佞等三魁其善僞而信寡斯家之爲禍也尊邪穢賤清眞連叢瑣謗聖賢興獄訟喪九親斯家之所由矣是以上士恥其穢懼其厲爲之懾懾如也默思遁邁由明哲之避無道矣鬚髮毀容法服爲珍靖處廟堂練情攘穢懷道宜德闓導聾瞽或有隱處山澤漱石枕流專心滌垢神與道俱志寂齊乎無名明化周也羣生賢聖競于清淨稱斯道曰大明故曰法鏡騎都尉安玄臨淮嚴浮調斯二賢者年在束齔弘志

聖業鉤深致遠窮神達幽愍世蒙惑不覩大
雅竭思譯傳斯經景謨都尉口陳嚴調筆受
言既稽古義又微妙然時干戈未戢志士莫
敢或遑大道陵遲内學者寡聞覩其景化可
以拯塗炭之尤險然義壅而不達因閑竭愚
爲之注義喪師歷載莫由重質心憤口悱停
筆愴如追遠慕聖涕泗并流今記識闕疑俟
後明哲庶有暢成以顯三寶矣

佛說法鏡經卷上

後漢安息國優婆塞安玄共沙門嚴佛調譯

聞如是一時衆祐遊於聞物國勝氏之樹給孤獨聚園與大衆除饉千二百五十人俱及五百開士慈氏敬首殆棄闚音開士之上首者也彼時若干百衆圍累堽塞衆祐如爲說經爾時聞物城中有理家名甚與五百衆從聞物城中出往到勝樹給孤獨聚園詣衆祐所到以首禮衆祐足便就座而坐及理家有字愛遇有字迺遇有字善授有字大威有字給孤獨聚有字龍威有字諦思斯一切五百衆等共往詣佛所到以首禮衆祐足皆於衆祐前就座而坐其諸理家一切以發求大道皆與其衆共造德本有決於無上正真道惟給孤獨聚不耳於是甚理家以見大衆理家集會坐定避坐而起整衣服稽首長跪叉手白言已欲有所問要者衆祐豈有閑暇數演已所問衆祐報甚理家言如來常爲理家有閑暇數演所問理家汝便問恣汝所求索於如來應儀正真道吾當相爲敷演所問趣得汝意甚理家問佛言於是要者衆祐若族姓男女發意求無上正真道好喜大道發行大道欲致大道欲下大道欲知大道請命一切衆生安慰衆生救護衆生其誓曰未度者吾當度之未脫者吾當脫之不安隱者當安隱之未滅度者吾當滅度之爲受一切衆生重任欲救護衆生故而自誓發斯弘大之誓知生死若干多惡偃意如不勸生死無數劫意而不懈彼要者衆祐或有開士去家爲道以致道品之法或有居家者善哉要者衆祐愍

傷衆生亦加惠此大道者以興隆三寶亦使一切斂典籍久在故如來願説開士居家者學德之法何謂要者衆祐開士居家而承用如來教誨者以不虧亦不損其本所願所謂無上正眞道也亦現世有無罪之行後世往來殊勝之道亦彼要者衆祐開士去家爲道者捐棄憎愛除鬚髮被服法衣在家有信離家爲道示其教誨法式正式德式具現之要者衆祐開士去家爲道者及居家者修之云何於是衆祐歎甚理家曰善哉善哉理家今汝迺知問如來居家去家開士之所施行是以理家且聽我所説勉進善思念之開士居家爲道者修學德善之行甚理家受教而聽衆祐言於是理家開士居家爲道者當以自歸於佛自歸於法自歸於衆彼以自歸之德本變爲無上正眞道理家自歸於佛法衆者云何我當以成就佛身三十二大士之相以自嚴飾亦以其諸德本而致三十二大士之相以致彼諸德本便而精進行之開士居家者自歸於佛爲如是也自歸於法者云何謂爲恭敬法求法欲法樂法之樂法隆法依法護法愼如法住隨法行爲法典爲法力爲求法財爲法靜治爲造法事我亦當於天上世間分布是法開士居家者自歸於法爲如是也自歸於衆者云何若開士居家或見溝港或見頻來或見不還或見應儀或見凡人求弟子道者爲恭敬彼承事供養師之尊之以禮待之若以承事彼正住正行者而以得是志亦我當得無上正眞道以講授經成就弟子之德而爲恭敬彼不亦而羨彼開士居

家者自歸於衆爲如是又復理家開士以修治四法爲自歸於佛何謂四一曰道意者終而不離二曰所受者終而不犯三曰大悲哀者終而不斷四曰異道者終而不爲也是爲四法開士居家者自歸於佛爲如是也又復理家修治四法爲自歸於法何謂四一曰諸法言之士以承事追隨之二曰所聞法以恭敬之三曰已聞法本末思惟之四曰如其所聞法隨其能爲人分别説之是爲四法開士居家者自歸於法爲如是也又復理家修治四法爲自歸於衆何謂四一曰示下要生弟子之道而意以喜一切敏二曰亦以爲積聚物以法積聚而化之三曰以有依恃有法之衆而不依恃弟子之衆四曰求索弟子之德不以其德度而度也是爲四法開士居家者自歸於衆爲如是也又復理家在家修道以見如來則行思念佛是爲自歸於佛已聞法則已思念法是爲自歸於法若已見如來聖衆猶思念其道意者是爲自歸於衆又復理家在家修道發求遭遇佛而以布施爲自歸於佛若以擁護正法而已布施是爲自歸於法若已其布施爲致無上正真道爲自歸於僧又復理家在家修道者若修賢夫之行行不以凡夫之行彼是賢夫之行也而已法求財不以非法以正不以邪亦而爲正命不以嬈固人以法致之財多行非常想以受其寶是以恒隆施而供養父母知識臣下昆弟親屬爲以敬之奴客侍者占視調均亦以教化斯殊法亦以受重任是謂衆生重任也精進而不懈不受之重任而以不受之謂是弟子

各佛智之事成就衆生而不勸不慕身之樂
爲致衆生樂爲致衆生樂利衰毀譽稱譏苦
樂不以傾動以殊越世間法富有財不喜悅
又於三道無利無稱無譽無聲無賞所行爲
熟慮受正爲喜悅邪受見知要意而有正行
稱喻之兩以除解已得其所誓以憂人事不
自忽其事有恩在人訖終不望其報作恩施
若干知恩知反復爲造行恩德貧者爲施財
諸恐畏者爲安隱之憂慼者寬解其憂諸無
力者忍默之諸豪強者捐憍慢以棄殊過慢
尤慢慢以恭敬尊長承事多聞者能問明智
者所現以直不虛飾衆人而有方便行德而
可求哉爲多聞不厭無足正修勤劬固與聖
人相遭追隨聖人而尊敬之多聞者爲事之
智者爲問之所以現直不師秘衆經如其所
聞爲現之所聞而曉其義一切欲之嬉樂爲
計非常不慕惜身以自觀其壽如朝露之滴
計財産所有如幻雲也家屬人客計爲怨妻
子男女計爲無擇之地獄以其所有者計爲
一切苦田地舍宅萬物所業者常以計爲疵
也所求致之德爲不敗壞想家居者爲危想
知識臣下昆弟親屬者爲地獄主者想終日
夜者爲異同想以不寳之身爲以受寳想以
不寳之壽爲受寳壽想以不寳之財以受寳
之想彼若以禮節衆事敬事人者是以不寳
之身爲受寳也若昔衆德之本而不毀又復
增殊者是以不寳之命以爲受寳也是若以
制慳而布恩施德者是以不寳之財爲以受
寳也是爲開士居家修道者爲賢夫之行爲
事如是而無罪爲如來言説爲法説也亦不

毁而不損其本誓是謂無上正真之道也迺現世有無罪之行後世亦墮殊勝之道也又復理家開士居家修道者當以自奉持戒事謂是奉持五戒事也是以爲不好殺生不加刀杖蟜動之類不以嬈固人是以爲不好盜竊人物自有財而知足他人財不以思至於幾微草穢之屬不與終而不取是以爲不好欲之邪行自有妻而知足他人婦女不喜眼視也意常以自患已思念欲都爲苦如使生欲念自於其妻則以觀惡露以恐怖之念勞爲欲之事以無畏不苦以慕戀不常淨樂想達志迺如是我當以自修若以思想欲我以不爲之何況數數有是以爲不當好妄言以諦言誠言以不爲詐性以不敗心如有誠如其所見問而說之慎護經法不用軀命故以不妄言是以不當好飲酒以不醉不迷惑不急疾以無罰而順化强志以正知如使復與布施意所有一切吾當與人求食與食求飲與飲求車與車求衣與衣是以與人酒以建志如是布施度無極爲是時若有人所索則而爲與時我能以酒施令從彼化志如以自知爲行不迷惑所以然者何夫開士者爲衆生周滿其所願布施度無極一已如是開士居家者以酒施人而爲不獲罪是以理家開士以其所修學之德本變爲無上正真道若以善修慎護斯五戒矣又當有殊者不當以相譏衆人忿諍者而以和協之以爲不爽言以柔輭之言恒先與人言亦不以綺語爲義說爲法說爲時說爲如事說亦不有癡罔而以安隱加施衆生意爲不敗亂恒以忍辱力

而自嚴也以爲用正見去離邪見猶爲稽首諸佛衆祐不爲他天神也又復理家居家修道者或在墟聚郡縣國邑下當於彼擁護經法擁護經者爲之柰何夫不信者以信教化之慳貪者以施教化之惡戒者以戒教化之亂意者以忍事教化之懈怠者以精進教化之失志者以思惟教化之邪智者以智事教化之貧財者以富之諸病者以藥施之孤獨者以爲家屬無歸者以爲歸無依者以爲依爲彼一切國邑壞者擁護經法爲若此理家或彼開士至一至二至三至於百教誨人民皆使修衆德之法彼開士便以悲哀加於衆生以强其一切敏誓之誓其辭曰至於斯難化之人民未得成就者吾終不取無上正眞道所以者何今我以爲斯故以誓自誓也吾不爲質直者不以不佞諂者不以不僞詐者不以守誠者不以誠有德者諸此人故以誓而自誓也但爲欲使斯人以聞經法者以經化余用此故以誓而自誓也我當恒以强其精進行所我方便爲不唐苦也若人有見者莫不以好信若理家至於開士所在處居止其不磋切之人民墮殊異之惡道者彼爲開士之咎也理家譬如鄉亭郭邑郡縣國下至於有良醫者假使彼若有一人不以其壽命而終者衆人皆爲咎彼醫如是理家至於開士所居止不磋切之人皆墮殊異之惡道者如來應儀正眞覺者爲咎彼開士也理家居家是故開士爲自誓如此也設使我所往國邑下癡者相事如不使一人有墮惡道者也又復理家居家修道者當曉家之惡在于家

者爲害一切衆善之本以家猶無出要以害清淨之法是故謂爲家也居家者謂爲居于一切衆勞爲居衆惡之念爲居衆惡之行不化不自守下愚凡人者爲共居與不諦人集會是故謂爲家也家者爲是名也已在于彼莫不作不執之事者以在于彼則不恭敬自於父母息心逝心尊長衆聖者是故謂爲家也縣官牢獄拷掠搒笞駡詈數勉至于死焉皆爲由彼是故謂爲家也以在于彼爲入惡道以在彼爲墮諸欲爲墮瞋恚爲在諸畏爲在愚癡是謂爲家也以不慎護彼戒事遠離爲定事以不修慧之事不得度之事以不生度知見之事是故謂爲家也以在于彼即有父母愛兄弟愛姊妹愛婦愛子愛舍宅愛財産愛兒客愛所有愛不猒財求之愛是故謂爲家也斯居家者難滿哉譬若大海衆流歸之斯居家者不知猒哉譬若火以得薪斯居家者多念無住息哉譬若風以爲無住止猶爲沉沒哉若美飲食爲糅毒所有一切苦哉譬若仇怨爲似知識誤人之行哉非聖經之所施行爲造變争哉更相因緣疵不和爲多疵哉以行善惡之行因緣之所在恒爲人所嫌疑非人有哉以爲所有顛倒故猶不善哉雖善有權詐猶見其性行似如倡體哉以速轉變故似若幻師哉初至者人爲聚會其行爲不誠似若夢哉一切成敗終始故似若朝露哉以速離故似若蜜滴哉以爲少味故似若蒺棃囹哉色聲香味細滑以爲所害故似若鍼孔虫哉以非善念爲食故譬若違命者哉爲轉相欺故恒懷恐怖哉爲意以亂故爲

多共哉以縣官盜賊怨家弊惡王者爲害也斯居家者少味樂哉以爲多惡失理家開士居家者爲曉家之惡若此又復理家居家修道者以布施爲寶施若已施爲我有若在家非我有若已施是爲寶若在家是爲非寶若已施爲富財在家爲無財若已施爲勞解其在家爲勞增若已施爲不我若在家已爲我若已施爲不有若在家以爲有若已施爲無盡若在家爲非常若已施不復護若在家爲斯護若已施爲賢夫行若在家爲凡夫之意若已施爲依度道若在家爲依邪部若已施爲佛所稱若在家爲愚人所稱理家開士居家修道者以布施爲寶若此是以見人來有所求索者爲生三想何謂三善友想依度道想勉生富財想爲生是三想爲復造三想何謂三尊如來教誡想降伏邪想以不望福德想所以者何若此開士若諸來有所索者貪婬嗔恚愚癡則以爲薄薄者爲之柰何若所有物一切不惜而以布施斯爲貪婬薄若於彼來求物者以慈哀加之斯爲瞋恚薄若以布施變爲此一切敏謂爲愚癡薄又復理家已見來求物者不久爲成六度無極之行又成彼者云何若有來人從人索物能不愛惜者是爲布施度無極若意在道而布施者是爲以戒度無極若來求物者而不恚怒之是爲忍度無極假令猶自思念何用爲食自强其意不擇其行是爲精進度無極若欲施若已施而不鬱毒無有悔者是爲思惟度無極若已施不望其福德者是爲以慧度無極理家開士以布施爲成六度無極行若此又復

理家居在家者是以爲去離順隨忿亂也以觀別離法若以得産得財米穀得男女不以爲喜悦若一切敗亡不以下意爲愁慼已觀如是萬物如幻爲不住止想也斯幻之行以致是以父母妻子奴婢兒客是非我之有我亦不是有亦我是不有我不應是有以不我是有今我爲彼故而爲作罪惡但現世是有非是爲後世是昔之有非是我當護又夫我之有彼我當以護何謂我之有謂是布施教化恬淡自守道之根原亦藏隱之德本是爲我有也至於我所住是則爲追我彼亦不用軀命不爲男女妻子故爲造惡行也是以居在家自有婦者當造三想何謂三非常想不久想別離想是三想當爲造三想當復造三想何謂三若在喜樂爲求後世在苦若在飲食爲求在殃罪若在樂者爲求在苦當爲造是三想當復造三想何謂三重累想費耗想俗所有想當爲造是三想當爲造是想何謂三爲入地獄想入畜生想入神鬼想當爲造是三想當復造三想何謂三魑魅想曰注想色像想當爲造三想當復造三想何謂三不我想無主想假借喻想當爲造是三想理家思念若此衆事想開士居家者當自觀其妻若此也是以不當愛其子設使尤甚生愛子不加於天下人是以當以三數諫自數諫其意何等爲三等意者爲道不以邪意也正行者爲道不以邪行不多行者爲道多行者非矣是以三數諫自數諫其意自造其子仇怨想是我怨讎非我友所以者何我以由彼違失慈哀佛之教誡使我甚益生彼愛又自磋

切其意如愛在其子以愛加衆生若其自愛身以慈哀加衆生是以當觀其本末斯所從來異我所從來亦異衆生先世亦曾爲我子吾亦曾爲衆生子是死生之行無可適莫者所以者何所往來道輒有離行轉復爲仇怨我今當自修都使我無友亦我無怨仇所以然者何以造有知識爲復欲多作以造有怨仇都以欲爲惡一切衆生彼非我汝意不可以可不可之意可以悉通衆經所以者何正行者得正道邪行者得邪道今我不有邪行於衆生有正意行乃可得一切敏故

佛說法鏡經卷上

音釋

序

臧否 臧茲郎切善也否補美切惡也
蒺蔾 蒺昨悉切蔾憐題切草似蓬爲蒺蔾
佞 乃定切諂也
⿺鬼勿 明祕切老精物也
瑣謗 瑣損果切瑣謗謂瑣碎毀謗也
懾 質涉切喪氣也
遁邁 遁松倫切行貌邁莫敗切徃也
鬄髮 鬄他計切鬀髮也
攘穢 攘如陽切除也穢烏廢切穢惡也
聾瞽 聾盧東切耳無聞也瞽果五切目有童子而無明也
漱 先奏切
滌垢 滌亭歷切洗也垢舉后切塵垢也
東齓 齓初覲切東齓謂東髮毀齒之歲也
壅 於用切塞也
愴 楚亮切悽愴也
涕泗 涕他計切涕淚也泗息利切鼻液也

經

除饉 饉渠吝切梵語比丘此云除饉
闚 缺規切
⿰土則塞 ⿰土則初力切遮遏也塞悉則切充滿也
偃 遏鄂切不善也
溝港 港古項切梵語須陀洹此云預流亦云溝港
嬉 虛其切戲也
疵 才支切病也
和協 協檄頰切和合也
爽 所兩切差也
墟聚 墟丘於切四邑爲丘丘即墟也聚從遇切大曰鄉小曰聚
壤 汝兩切土壤也
搓 倉何切磨也
不軌 軌矩鮪切不軌謂不遵法制也
糅 忍九切雜也
鍼 諸深切與針同
費耗 費芳未切靡費也耗虛到切減也
魑魅 魑抽知切鬼魅也魅明祕切精怪也

佛説法鏡經卷下

後漢安息國優婆塞安玄共沙門嚴佛調譯

理家開士居家者都總無可戀無可慕無可適無可愛無可可爲若此也又復理家居家者設使人來有所索假使爲不欲與彼物猶當以自諫數其意假令我今不以是物施者我會當與此物乖離也若欲不欲至於死時是物亦當捐棄我我亦當捐棄是寧施實而終我而施是物死時意除止設使思惟若此而不能施彼物者是以四辭謝辭謝來索物者何爲四我以無力衆德未成就我在大道爲初始布施意而不自由我有受見在於我余之行且相假原賢者勿相逼迫我所以施何能奉行之如其所受爾乃能滿卿所願及天下人辭謝彼來索物者爲若此也又復理家居家修道者假使爲離師者之教誨時世無佛無見經者不與聖衆相遭遇是以當稽首十方諸佛亦彼前世求道所行志願之弘願者其一切成就佛法之德以思念之以代其喜於是晝三夜亦三以誦三品經事一切前世所施行惡以自首悔改往修來爲求哀於一切佛以法故愍傷之亦以無央數無極之法以愍傷之又復理家居家修道者當以曉息心之儀式是以若見除饉殊越息心之儀式當爲敬其法衣彼爲衆祐如來應儀正眞佛戒定慧所行之法服也以無惡爲離一切惡彼是衆聖仙者之表式也是以又當爲敬彼也亦當加愍傷於彼除饉斯非賢爲此不軌行至於被服斯名靜者調者神通者如來者表式而爲不調靜之行又如來復曰未

學者不當忽易非此彼遇勞過也以從斯勞爲有失若此彼亦見佛慮教之要如所謂事次應有之若此捐棄是勞觀其本末爲護第一德必爲在正以知于將斷勞之智如衆祐所謂大士不可以相忽蔑是非時如來有是知非我有是知是以不瞋不怒不恚爲加彼若以入廟者以住廟門外以五體而稽首乃却入廟彼是空廟之居彼是慈哀喜護廟之居彼是正住在正次者之居爲彼得斯使我得廟居爲若此以遠去官位家者爲彼得斯我以齋戒罪乃得禁制以若此爲與去家之意未曾有開士在家爲得道者皆去家入山澤以住山澤爲得道以譏家居者夫去家智者所稱譽如江河沙我一日之祠祀一切彼布施以一去家之意爲殊勝所以者何以施

下劣故何況布施不信無返復盜賊弊惡王者及大臣非彼布施以爲寶以得足以我有戒聞之行是以入廟者當以觀視一切除饉之衆所施行何等除饉爲多聞何爲明經者何爲奉律者何爲奉使者何爲開士奉藏者何爲山澤者何爲行受供者何爲思惟者何爲道行者何爲開士道者何爲佐助者何爲主事者以觀視彼一切除饉之衆所施行如其所施行以隨効爲之爲行不當轉相嫉若於墟聚言有及廟若爲廟言有及墟聚是以當愼守言行不當以廟中言説於墟聚亦不當以墟聚言説於廟也是以承事多聞者以爲修治聞奉事明經者爲解經之決事承事奉律者爲解度殃罪之事承事開士奉與藏者爲明六度無極方便之事若有除饉者爲

乏應器或乏法衣者當以給施之莫使生嫉於人也所以者何夫人以嫉妬爲結是以又當防護凡人不應儀者所以者何凡人者爲有失應儀者爲無失若有除饉者未下正道或積聚法衣或積聚應器是以彼除饉用無上正眞道開導之所以者何其事有應是以積聚物爲致道積聚若息心有不和者當和解之若正法欲衰微者自危殆其身命以營護正法若見除饉疾苦者與血肉使其病者得除愈理家若居家開士若不布施不以禁止人若以施終不悔恨若有衆德本以道意爲端首理家若此諸事諸類諸應開士居家修道者爲若此也又衆祐當說此居家開士所施行教誨法憲時有千人皆發意求無上正眞道復有天與人二千人遠塵離垢諸法眼生於是甚理家白衆祐言要者衆祐如來以敷演居家開士者居家善惡之地亦布施持戒忍辱精進思惟智慧於是大道當所施行要者衆祐去家修道開士者之所施行願復幾微現之爲善要者衆祐開士去家者爲之柰何其所施行亦云何衆祐告甚理家曰善哉理家今汝乃以問如來開士去家修道者之所施行善哉理家當爲汝說開士去家之事其所施行汝勉進善思念之甚理家受教從衆祐而聽衆祐曰理家開士去家修道者若頭燒然譬若鎧爲精進以求智去家者其初始爲若此也次修治爲聖典又何謂去家者之聖典所謂趣得一衣爲足亦以善之一食一牀病瘦一醫藥爲足亦以善之是爲聖典也何以故謂之爲聖典以爲修治彼一

切道品之法是故謂之爲聖典也又開士去家修道者爲有十知足之德身以法服衣何等爲十以爲羞慙故身服法衣以避風暑故身服法衣以避蚊虻蟆子故身服法衣欲以現息心形狀故身服法衣亦是法衣之神爲十方之神故身服法衣以患離婬樂是以不樂婬之樂以樂安清靜是以除斷衆勞之樂不以肥腴爲是道行在聖道重任我亦以自修如以一時有法衣如被服法衣故以是十德自觀至于壽終閑居靜處以不行匃何等爲十我自以我業而爲命不以非異業若有人來施我者以先修治三寶後乃而受其施我若欲從人乞匃若不欲施人者以悲哀加彼也我當自食所修行之食以爲不違如來之言誨以得成知足重任之本以降憍慢

以得成無見頂之德本我亦見布施亦如自以教若往行乞匃我亦不得有所適莫於男女以我等意於天下人以得成一切敏智之重任是理家十德去家開士者以自觀至于壽終閑居靜處以不行匃若有人來請者所往處其人志意信喜道者我不宜當彼往設使往食若能以自益亦能益人者可往受施我教開士可彼索是爲十德以自觀可以處於樹下坐宿止何等爲十以其自由爲往彼以不名有彼牀卧以不閉門於山澤以去離愛爲彼居以少欲少事爲成德捐棄軀命以不自惜樂獨靜以遠離戀聚會以行修身不食以定意爲安靜一意閑處思惟爲無益是理家十德以自觀開士去家者爲可處於樹下居止又復理家或彼開士去家修道遊於

山澤者若欲修治經若用誦利經故爲入廟若居廟者意向以山澤爲居是猶爲彼山澤居也求法之行者爲一切物不我想一切諸法爲他人有想又開士去家修道者若遊在山澤當自省察我今何以遊此山澤中不但以山澤居謂之爲息心也所以者何此閒多有不化不守不度不應不修行者皆以遊於山澤所謂禽獸衆鳥獼猴猳玃惡人賊盜皆遊於山澤亦不謂彼爲息心也至於我所求山澤居者當以成我彼所求爲是息心求又何故開士求息心所謂志以爲不亂爲以得是持周滿達事故以聞爲無足以得辯辭以慈心不虧大哀以不離專由于五通興隆六度無極部一切敏之意不擇捨爲行權謀之慧以法施合聚人民成就人民四合聚之事爲不擇捨亦可思念者思念之以聞精進不毀損爲擇法本末正度之道因緣智亦不入正道之事爲護正法之事以信罪福爲正見思慮所務以毀斷爲正思隨所喜爲說法爲正言隨行盡之備足爲正業瑕疵之續以除斷爲正命以道臻到爲正方便以不忘忽爲正志以一切敏智之臻到爲正定若以空爲不想之行喜若以得不願爲斷俗所有依其義不以文依其法不以人依其智不以識本文演義歸不以末叙義斯理家謂爲開士去家者息心求也又去家修道者不當以多從事若此思惟其本末故當爲一切衆生不與之從事明哲不但與一人不從事也又有四是去家開士者之從事也如來之所教何謂四一曰與講經者從事二曰與成就人者從

事三曰與供養如來者從事四曰與發一切敏意不亂者從事離彼不當以多從事又開士遊於山澤者當自揆察我爲何故來至此彼是思惟我以恐畏來至此何可恐畏謂恐畏此群聚恐畏與人從事婬怒癡憍慢自恣恐畏惡友恐畏嫉慳恐畏色聲香味細滑恐畏功稱恭敬利人恐畏不見言見不聞言聞不知言知不解言解恐畏息心之垢恐畏更相嫉妬恐畏生死五道往來所墮恐畏欲界色界不色界恐畏陰邪死邪勞邪天子之邪恐畏惡道地獄畜生鬼神恐畏倉卒一切是衆惡之念我來到此不可以此居在於家若在群聚之中行不應道之行不得免彼衆恐之事亦彼昔開士得免度衆畏者彼一切以居山澤之力勢得臻到無畏是謂自然是故

我以恐畏欲越度衆畏爲居山澤矣又一切畏皆由身之生以慕戀身以修身以是身以愛身以盛身以思身以見身以處身以想身以護身之所生也假使遊於山澤爲以有由身之意慕戀身修身是身愛身盛身思身見身處身想身有護身之意者我空爲居山澤耳又居山澤者爲無身想居山澤者無異想居山澤者不見論議不墮自見身無有顛倒無有無爲想何況有勞想居山澤者名曰一切諸法寂然哉諸法無所著哉諸樂亦無所著哉諸想以不受哉色聲香味細滑不與錯誤哉諸定不以怙哉意以自整不亂哉以下諸重擔之畏哉以度大汪洋之澤哉大聖之典以造哉姦惡之屬爲知足哉爲重任少欲哉以智慧知足哉爲應哉本末行以解哉爲

一切獄斷所修事訖哉以爲亦解除理家譬如山澤中有樹木草穢之屬都無可畏都無可恐如是理家開士遊於山澤者執志當如草木墻石之喻也身以受行行之彼誰畏者彼誰恐者彼以恐怖思惟身本末我都無身非人非命非丈夫非類非士非先無造者無教造者無與者無與起者謂是之畏但以不誠之想有是畏耳今我不宜造不誠之想當如樹木草穢之屬亦爲若此無響以解一切彼法以具行之以響斷山澤居去離婬塵無諸響山澤居非我非有物者又遊於山澤者以復思惟是通達道品之法者以居山澤居山澤者爲合聚十二精居山澤者解諸諦居山澤者知諸陰以法情制諸情以貪諸進入不忘忽道之意諸佛所嗟讚衆聖所稱譽欲度世者所事也居山澤者以解一切敏智之術也又遊於山澤者已爲不久周滿六度無極之行得彼者云何遊於山澤者若不自惜其軀命者是爲布施度無極若以依精之德爲成三愼者是爲戒度無極若意不亂亦可是一切敏不異道者是爲忍辱度無極行至於未得忍終而不起者是爲精進度無極若以得一心不以從致哉但以隆德本是爲一心度無極若見如山澤道亦爲若此以分別衆事者是爲智慧度無極又復理家修治四法我以教開士居山澤何謂四或有開士多聞明於法決者若以其聞行在本末法可居於山澤又開士以得五通欲以成就天龍鬼神者可居於山澤或有開士勞盛者彼以不從事勞即爲薄可居於山澤亦欲抑制勞以

自勸勵是以皆由聞夫遊彼者以得周滿一切清淨法迺後以下墟聚郡縣國邑下爲衆人講授法修治法若此也理家我教開士居山澤也又去家修道者遊於山澤以修治經誦習經故入衆者以執恭敬亦謙遜夫師友講授者長中少年者爲以尊之不以懈怠自所修以不廢人所修亦不以求承事恭敬若此當以觀察如來應儀正眞佛者爲諸梵釋天人衆生所供養爲天上天下尊者福田彼尚不求人承事也自作事不欲煩人何況餘者未以學甫欲學友欲人承事耶又我當爲天下人養者我當以供養人都不我從人求供養所以者何以供養重者理家除饉者不得法之助供養故爲助我不以法故夫欲以爲法助人者以爲若此以是供養故爲助我不以法故彼以自壞巳亡信以爲有供養彼即與世物雜爲不是大祐人者是以若欲往詣師友者所以身意行有決乃可往莫我教者師友以異之行無過以不訶問諷起誦習爲教誨之積聚是以欲諷起經爲不用軀命慕樂法隨順師意以求法利不爲求一切恭敬稱譽之利若以從師受幾微四句之頌以諷誦之若以在布施持戒忍辱精進思惟智慧而以彼供養師者如其所修四句頌之字數爲劫之數以供養彼師者尚未爲卒師之敬亦以質直不虛飾不佞諂一切行之供養豈復謂法之敬又理家若其彼意念生以有德之意有佛亦法之意有自患離婬之意有寂靜之意若以修治四句之頌遵而行之如其劫數彼以供養其師者尚未爲卒法之敬

理家當以知此之事若此也法之福德如無數獲智亦無量是故開士欲以擇上法猶以無數爲敬正法若彼思惟若此以聞淨戒事何謂是淨戒事去家開士者有四淨戒事一曰造聖人之典二曰慕樂精進德三曰不與居家去家者從事四曰不諛諂山澤居是爲去家開士者四淨戒事復有四淨戒事何謂四以守慎身身無罣礙以守慎言言無罣礙以守慎心心無罣礙去離邪疑造一切敏意是爲去家開士者四淨戒事復有四淨戒事何等爲四一曰以自識知二曰以不自貢高三曰以不形相人四曰以不謗毁人是爲去家開士者四淨戒事復有四淨戒事何謂四一曰以可諸陰爲幻法二曰以可諸情爲法情三曰以可諸入爲空聚四曰不隨方俗之

儀式是爲理家去家開士者四淨戒事復有四淨戒事何謂四一曰以不自計我二曰遠離是我有三曰斷絶常在除四曰以下因緣法是爲去家開士者四淨戒事復有四淨戒事何謂四一曰以解空二曰以無想不怖三曰以大悲衆人四曰以爲可非身是爲去家開士者四淨戒事彼以爲當聞淨定以故若此觀之何謂此淨定以通一切法不爲餘事意行爲有決意爲有一端意爲不錯誤意爲以不往意爲不馳意爲自身住止意不與情欲從事意爲以觀幻之法我若幻法情亦然已無復行便無可存已履彼正是爲正定若在法如法若此亦謂定爲觀若此彼常聞淨慧何謂斯慧者諸法之擇智謂彼爲慧也不處之相非身矣不受之相無行矣不造之相

無存矣無爲之相不馳騁矣是以理家以觀法若此者是謂去家開士之所施行也又以說是經時有五百人造起無上正真道意又甚理家及其等輩同出聲言未曾有要者衆祐至於如來之善言延如是亦家之要德重任之行亦去家諸德善斯尊者衆祐已爲明彼居家之多惡德至於去家無數之德善矣寧可得從衆祐受去家之戒就除饉之行衆祐報言去家者理家難堪能究暢淳德善本奉持教誨理家復白佛言衆祐去家者雖難堪任如來猶當可已等去家爲道也衆祐便使慈氏開士及一切行淨開士聽舉彼理家等慈氏開士舉二百理家去家修道一切行淨開士舉三百理家去家修道爾時賢者阿難謂甚理家言卿何見居國居家有能樂於去家之聖道者甚理家報阿難曰我不以貪慕身樂欲致衆生樂故我以居家耳又如來者自明我彼以所受堅固而居家彼時衆祐告阿難言阿難汝已見甚理家如是衆祐見是甚理家阿難於是賢劫中以所成就人多於去家開士者以百劫中不若此所以者何阿難又去家修道開士者千人之中不能有德迺爾此理家者而有是德爾時阿難白佛言要者衆祐當何名斯經法亦當以何奉持之衆祐言是故汝阿難斯經法名爲居家去家之變奉持之亦名爲內性德之變奉持之亦名爲甚所問奉持之及以聞此經法者阿難爲周滿法精進殊強於一切威儀下精進行道者不若此也是故阿難若欲以興精進者若欲勸勵人者欲立一切功德者欲造立

人衆德之法者猶當以斯經法以聞之以受之以行之我以囑累汝阿難此經法數數用布現衆人所以者何衆德法之正行也阿難斯經法者正應也衆祐以説阿難歡喜及甚理家天與人亦質諒王衆祐説已皆思惟之

佛説法鏡經卷下

法鏡經後序

序曰夫不照明鏡不見巳之形不讃聖經不見巳之情情有真僞性有柔剛志有純猛意有闇明識有淺深不能一同不覩聖典無以自明佛故著經名曰法鏡以授某等開士之上首傳教天下有識賢良學者通達行者志正疾得無上之聖康氏穀德愽達心聰爲作註解敷演義方辭語雅美粲然煥炳遺誨後進以開童蒙於學有益以爲獻呈秉意綢繆誠可嘉也然夫上聖之妙旨厥趣幽奥難可究悉子察其大義頗有乖異懼晚學者以此爲眞而失於正義彼此倶獲其愆矣子反覆歷思理其闕者有七十八事謹引衆經比定其義庶令合應不爲朊腨又經本字句多漸滅除去改易其字而令句讀不偶音聲不比義理乖錯不相連繼甚失其宜也夫聖上制經言要義正以爲具備無所玷玦不可復增减矣猶人之四體受之二親長短好醜各宿本耳豈可復改更乎所謂增之爲肬贅減之爲瘢瘡者也且夫世俗詩書禮樂古之遺字

雖非正體後學之徒莫敢改易皆尊敬古典轉相承順矣況乎斯經之昭昭神聖之所制天上天下羣聖仙者靡不稽首奉受以爲明式學者益智行者得度其無數焉而斯末俗晚學之人見聞未廣而以其私意毀損正言遺戾經典豈不怪哉名言學佛而違佛教斯復何求也昔惟衛佛時有人反佛名一字後獲其罪五百世盲矇矇冥冥其佌久也至釋迦文佛時其人聞聖德故來自歸庶得救濟佛遥見呼之其目即開投身悔過乞得除愈佛言汝罪畢矣今無他尤觀之不可不慎哉夫人若能復心首悔改往修來斯亦賢者之意焉

音釋

蟆子 蟆音莫小蚊子也　腴 容朱切腹下肥也　獼猴 獼音彌猴音侯獼猴猿猱之屬　伽玃 伽音加玃居縛切伽玃大猿也

後序

綢繆 綢除留切繆莫彪切綢繆纏綿也　肬腨 肬他感切腨時兗切　玷 玷都念切瑕玷也玦古穴切如環而缺者爲玦　佌 竹律切短貌

郁迦羅越問菩薩行經

西晉三藏竺法護譯

清刻龍藏佛說法變相圖

郁迦羅越問菩薩行經

西晉三藏竺法護譯

上士品第一

聞如是一時佛遊舍衛國祇樹之園給孤獨精舍與大比丘衆千二百五十人慈氏菩薩濡首菩薩除惡菩薩光世音菩薩等五千人俱爾時世尊與無央數百千之衆圍繞說法於是舍衛大城中有豪長者名曰郁迦與好喜長者好歎長者善施長者有量長者所樂長者常名聞長者施名聞長者有名聞長者善財長者導行長者給孤獨長者賔祁長者寵具足長者審量長者俱一一長者與五百眷屬共出舍衛大城往詣佛所稽首佛足繞佛三帀却坐一面皆志大乘殖衆德本悉有決於無上正眞之道於時郁迦見諸長者正

士之會承佛威神從坐起正衣服叉手長跪白佛言願欲有所問惟天中天以善權方便哀爲解說佛告長者所欲便問吾當發遣令汝歡喜郁迦白佛言若有善男子善女人發無上正眞道意問佛無數之慧學於大乘願住大乘勸助大乘乘於大乘解了大乘請一切人等安一切救護一切爲大乘鎧其未度者我當度之未脫者我當脫之未安者我當安之未般泥洹者我當令般泥洹我當除一切人之重擔志願無上之僧那見無量生死諸惡瑕隟心不穢猒無央數劫周旋塵勞其心不捨若求菩薩道在家出家欲具足佛法善加哀於諸天人民以此大乘將養一切不斷三寶之教久住於一切之智欲具足此慧惟願世尊說居家菩薩戒德之法諦行如來教至不退轉成無上正眞道今世後世所至之處與衆卓異及出家菩薩棄捐愛欲篤信守道剃除鬚髮去爲比丘樂受禁戒行法行善行正惟天中天居家菩薩所住云何其出家者所住云何佛告郁迦善哉善哉長者乃能發意廣問如來如此之義長者諦聽善思念之吾當爲汝解說居家出家菩薩戒德精進所積之行於是郁迦受教而聽佛言長者若有菩薩居家修道當歸命佛歸命法歸命僧以自歸之德求於無上正眞之道長者居家菩薩云何歸命佛我當具足佛三十二大人之相諸所作爲善本功德積無央數願常行精進爲三十二大人之相如是名爲歸命於佛云何爲歸命法奉事法教敬受於法解法妙義好法樂法歸法志法導御法護持法

住於寂法鼓法僧住法行在所行法爲法務説法界爲法力爲法主行法施求法寶我得無上正眞之道最正覺時當爲諸天世間人民開度説法是爲歸命法云何歸命於僧居家菩薩若見須陀洹斯陀含阿那含阿羅漢辟支佛若弟子若凡人皆當敬侍瞻待如禮畢順遜言不爲狐疑宗奉供養正行之衆每心念言我得無上正眞之道最正覺時當爲諸天人民一切成弟子衆當爲説法有恭敬意不爲輕慢是爲歸命於僧復次長者居家菩薩有四事法行歸命佛何等爲四一者志習佛道二者以等心施意無偏邪三者不斷大悲四者心不樂餘乘是爲四居家菩薩爲歸命佛復次長者居家菩薩有四法行歸命法何等爲四一者與正士法人相隨相習稽首敬從受其教勑二者一心聽法三者如所聞法爲人講説四者以是所施功德願求無上正眞之道是爲四居家菩薩爲歸命法復次長者居家菩薩有四法行歸命僧何等爲四一者已過聲聞縁覺之乘意樂一切智二者其有以飯食布施者以法教喩三者以賢聖解脱導不退轉衆四者不以弟子之業功德解脱爲解脱也是爲四居家菩薩爲歸命僧復次長者居家菩薩見如來心念求佛爲歸命佛聞説法心念法爲歸命法見如來賢聖之衆意念佛道爲歸命僧復次長者居家菩薩欲具足願布施爲歸命佛用護法布施爲歸命法施已願求一切智爲歸命僧復次長者居家菩薩爲上士行不爲下士行何謂上士如法於財不以非法以正法不邪不務

於邪奉行直業不嬈他人布施說法念於財物爲非常想多爲善事孝養父母常好布施以等稟與門室親屬知識交友人客下使教以上法所爲如法棄捐諸擔及爲一切却五陰擔常志精進令諸擔不起令不學弟子緣覺之乘開導誨授無猒足人於身所安爲念非常想欲寧一切若有利無利若譽若謗若有名若無名若苦若樂已過世間之所有法心無憍慢不著貧富不著財利名譽苦樂如世法行行於正法審住正諦護於道家救助淨行正住佛道却諸瑕穢常有等心具足所願亦令他人具足其願不捨所行令人亦爾所作究竟無有猶豫常有返復所建輒善見貧窮者矜濟以財恐懼者爲無畏救愁憂者慰除所患羸劣者喻使忍辱豪強者令無憍慢貢高者令不自大奉敬尊長諮啓舊德親近博智請問方術以悟其疑常爲直見心無諂偽等哀一切行無適莫無有害心不別種姓無所希求堅住一心好尚精進與賢聖會思自修立見非賢者爲設大哀住於慈悲復慈於法等心見無師法自放恣者如所聞法爲解開導聞已思義於諸愛欲妓樂之樂爲非常想不惜身命念如朝露想計財如幻泡想眷屬爲仇怨想婦子男女爲無羆地獄想一切所受爲苦想舍宅產業常爲遠離想所求索爲不善本想家室爲種想親屬知識爲地獄傍想晝夜無異爲等想身無要當行要命無要當住要財無要當令要何謂身要能勞來於人恭敬承順是爲身要若令善本不減使功德常增是爲命要於諸法無所受不

著財能布施是爲財要長者居家菩薩以是比像而立家地是爲上士居家行也不失如來無所著等正覺之戒則爲至誠所爲如法不轉不退於無上正眞道

戒品第二

復次長者居家菩薩當受五戒一者不樂殺生手不得持刀仗瓦石有所擊害不嬈他人等心於一切常有慈心行二者不樂犯不與取自於財物知足不貪他人財遠離諛諂無黠之事自知止足不著他有草葉毛米不犯不與取三者不樂邪婬自於妻室覺知止足不犯外色不當念婬計習婬泆致爲甚苦當護於自當作是觀自於妻起想便察惡露常懼欲塵不當私心習著於欲用是令人近地獄道於身起想不爲奇雅意不爲安當念立願令我後不習婬欲何況念欲與共合會四者不樂妄語所言至誠所說審諦所行如語不兩舌不增減無失說當行覺意如所聞見說護於法寧失身命終不妄語五者不飲酒不樂酒不嘗酒當安諦性無卒暴無愚不定心意當强當安詳念施諸所有調御無義者若施與人酒當作是念是爲布施度無極時也隨人所欲不斷其僥願令我所作所施酒受者令智慧意志住施不亂所以者何菩薩爲具足一切布施度無極佛言長者居家菩薩如此施與人酒於法無有罪也居家菩薩持是五戒功德願爲無上正眞之道當善護是五戒爲上精進若有鬪變解令和合不當剛强語當吉祥所言具足而不兩舌所說如義不爲非法所語輒善不失慈心所言如語

而不可動斷諸勤苦無傷害意以忍辱之方乘僧那僧涅之鎧當爲正見遠離邪見其所施與無所適莫

醫品第三

復次長者居家菩薩所在郡國縣邑居止當以法護於郡國縣邑其無信者教令有信無恭敬者教令恭敬其無智者教令有智其不孝父母不顧義理者當教以法忠孝尊老奉行精進志在修謹其少智者教令博聞貧窮者教以大施無戒者教令持戒恚怒者教令忍辱懈怠者教令精進放恣者令護一心邪智者令住正智病瘦者給與醫藥無護者爲作護無所歸者爲受其歸無救者爲作救樂解導人一切如事爲作法護假令一人墮惡道者居家菩薩當爲一返若二若三至千百返教住善法及復住異種種善德居家菩薩當爲一切建立大哀堅住於一切智被僧那之大鎧當作念言我當度脫難解弊惡難開悟人然後乃取無上正真之道我心如是不爲直信無諛諂人又無僞慢戒法完具有德之人被大僧那之鎧我用是聞法不受行人故被僧那之鎧願令我常精進使諸癡冥見我歡喜菩薩所止處當審諦無令妄橫假令一人有橫墮惡道者彼菩薩於如來無所著等正覺有大過矣用是故居家菩薩在家修道常當被是僧那之鎧願言我當令所在郡國人民無有墮惡道者譬如郡國縣邑有良醫假使一人橫死其醫於諸人有咎菩薩亦如是所在郡國縣邑居止不念救護諸人若令一人有墮惡道者其菩薩於如來無所著

等正覺爲有咎也

穢居品第四

復次長者居家菩薩當別知在家汙穢之事當作是念何以故名爲居家斷諸善根本是名居家不護尊品諸功德是名居家居諸不善塵垢居諸不善之想居諸不善之行常與不調良無寂定無法令無一心剛强惡人共會是名居家從是當爲弊魔所得便是名居家居婬怒癡居諸塵勞勤苦之法世俗雜事常不得令善本具足是名居家住止此中　所不當爲而輕作之慢不恭敬父母尊長衆祐沙門梵志道士是名居家樂於愛欲恒懷憂苦愁泣諸不可意是名居家懷來牢獄瞋諍無和變訟罵詈是名居家不能積善壞諸德本所不當作者而妄爲之諸佛正士弟子所不歎也是名居家用住此中令人墮惡道用住此中令人歸婬怒癡之恐懼是名居家不得護戒品爲捨定品不得行慧品不懷來解品不起度知見品是名居家住此中者著父母兄弟妻子親里知識交友眷屬友黨恩愛之憂不知猒足如衆流歸海是故名居家從是汙染貪餮起思想無止居家多有貪想諸惡愁憂無有絕極居家恩愛會如美食雜毒居家從本苦怨像如知識居家多妨廢賢聖之正教居家常有鬪訟用衆事因緣故居家多貪求豪慕貴常爲善惡事居家爲無常不可久爲敗壞法居家爲勤苦常有所求貪諸所有居家爲常有惡心現刀杖如怨家居家爲無我所受故令展轉居家爲不淨潔自現清白居家如畫彩色爲但現好疾就磨滅居

家如幻所化無有我而好往來聚會居家譬如須曼華適起隨壞多所求故居家爲如朝露日出即墮但有死憂居家爲如父母樂少憂多居家爲如羅網常憂色聲香味細滑法居家如鐵觜鳥但憂不善之想居家爲如毒虵憂說諸事居家如火燒身用意亂故居家常畏怨敵謂五賊怨家惡子故居家爲少安隱不得度脫用無等故如是長者居家菩薩當別知在家爲穢

施品第五

復次長者居家菩薩當布施持戒忍辱精進多爲諸善當作是念言所施者爲是我所在家者爲非我所施與者爲要在家者爲無要施與者爲後世安在家者爲後世苦施與者爲無畏備在家者爲憂守備施與者無復護在家者爲警護施與者爲愛欲盡在家者爲愛欲增施與者爲無所受在家者爲有所受施與者無復恐懼在家者爲有恐懼施與者爲成佛道在家者爲益魔官屬施與者爲無盡在家者爲非常施與者爲守樂在家者爲守苦施與者爲斷欲塵在家者爲增欲塵施與者爲大富在家者爲大貧施與者爲上士行在家者爲下士行意無所念無所受施與者諸佛所稱譽在家者爲強項人所嗟歎如是長者居家菩薩所施與如此爲要行若見乙者當起三念何等爲三一者以善知識想待二者令得佛道想三者令後世大富想是爲三復有三念何等爲三一者除慳貪嫉妬想二者所有念布施想三者不捨一切智想是爲三復有三念何等爲三一者所作安諦

爲如來想二者降伏魔想三者不望報想是
爲三復有三念一者見貧乞窮匱者爲開導
化授想二者行四恩不捨恩想三者終始無
有邊幅受生死想是爲三復有三念一者離
婬泆想二者離瞋恚想三者無愚癡想是爲
三念所以者何長者居家菩薩見乞匃者婬
怒癡即爲薄云何爲薄慈心布施無所愛惜
婬即爲薄若於乞人無恚恨意瞋怒即爲薄
若布施願爲一切智愚癡即爲薄復次長者
居家菩薩見乞匃者六度無極即爲具足云
何具足若布施與人不念受者有所取是爲
布施度無極心不憂佛道是爲持戒度無極
見乞匃者不恚怒無害意是爲忍辱度無極
心不念若施人食然自飢乏强割情與不違
施心是爲精進度無極若施乞者每無猒足

歡喜不悔心意喜悅是爲一心度無極施於
一切法無所著亦不想報是爲智慧度無極
復次長者居家菩薩當遠離世八法不慕世
之財利及妻子舍宅奴婢珍寶諸利意無所
著亦無歡喜亦無愁憂一切所有無所貪慕
常行法念當作是觀父母妻子舍宅奴婢下
使從是欲者令我起苦樂因緣想此非我類
不爲我用願常精進用是等故令益諸惡事
今現在世共會快樂之等後世則爲苦黨我
當疾求其輩類謂布施持戒智慧精進無有
放逸懷來佛道具足善本此爲是我之等類
也我所求索但求是願耳寧失身命不爲妻
子男女犯衆惡也長者居家菩薩在家修道
見婦當有三念何等爲三一者非常想二者
無所有想三者無所受想是爲三復有三念

何等爲三一者令諸歡樂之友非後世友二者常精進奉行出入守意是爲等友三者此爲安隱等不爲苦輩是爲三復有三念何等爲三一者不淨潔想二者瑕穢想三者臭惡想是爲三復有三何等爲三一者羅刹想二者反足刼行安鬼神想三者但有色想是爲三復有三何等爲三一者難飽足想二者墮落想三者無返復無止足想是爲三復有三何等爲三一者惡知識想二者貪著想三者妨廢梵行清淨想是爲三復有三何等爲三一者墮人於地獄想二者墮人畜生想三者令生餓鬼想是爲三復有三何等爲三一者恐懼想二者有有想三者受取想是爲三復有三何等爲三一者無我想二者無受想三者遠離亂想是爲三復次長者居家菩薩所念當作是想觀其妻婦不當貪愛於子若有重愛之心不重餘人當以三事自呵諌其意何等爲三一者佛道爲等意無偏邪意二者佛道等行無偏邪行三者佛道以一法行無若干行當以是三事自諌意若見於子計如仇怨不爲善知識所以者何用是故令我離於佛種善知識益當以好心念於如來持諸所有愛子事用起慈哀於一切人以自愛身之事用哀愛一切當作是念言一切是我子我亦爲一切作子於是無有家室親里往來周旋所生處返更爲怨家頗令我所行所作無有善知識亦無惡知識所以者何若有善知識增益愛欲之想若有惡知識一切無復愛欲我常欲自調其心令無所著常行一切法入一切行作邪行者墮邪事爲正行者得

正事以是故願我莫有邪行於一切作等心行我所學願願入一切智如是長者居家菩薩不著諸所有亦無所受亦無所貪亦不染愛亦不欲起亦不令無所起居家菩薩若見乞匃者來所施乞者當云何心當作是念言如我持是物布施會當得律行除婬泆生死憂入正我所持物布施死時爲善死我用諸所布施故臨壽終時歡喜無悔恨心若復心念不能作惠施見乞者當起四念何等爲四一者意爲羸劣其功德少二者是我之罪於是大乘心不得自在與立布施三者適發意行所見用任我故當忍辱施與於人四者願令我所作具足是願及一切人當曉喻乞者長者居家菩薩若離世尊教無有佛起亦無有說法者亦不見賢聖僧便當遍念十方一切佛是諸佛本行菩薩道時皆行精進然後得佛具足一切佛法念是一切佛已當勸助如是晝夜各三淨其身口意已行等慈念諸善本遠諸所有當有慚愧以諸功德本自莊飾其心清淨令人歡喜信意樂於佛道無有亂所作安諦恭敬斷諸貢高憍慢當諷誦三品法經棄一切諸惡行悔過以八十事一心勸助諸福具足相好當轉諸佛法輪勸助諸佛轉法輪以無量行自受其國壽不可計長者居家菩薩當行八關齋持是齋戒功德梵行清淨事沙門行菩薩善本與諸戒具道德沙門梵志相隨恭敬奉事不得見惡索其長短若見犯戒比丘當敬事袈裟此爲是世尊如來無所著等正覺袈裟戒三昧智慧解脫見慧當爲袈裟作禮其袈裟已離一切婬塵

是爲諸賢聖神通之法念是已後益恭敬比比丘當於是比丘起大哀是惡行犯是戒行非善戒是佛法寂定調柔有智入如來法門作沙門不寂定無調柔非賢者行爲常勤苦如來言無戒不學者不當輕易所以者何非是其人過也是婬塵之咎用愛欲見不善本態佛法有哀護若能覺了是婬塵念空便可得第一道意可得作平等忍所以者何智慧能壞愛欲世尊言人不可輕妄平相不可限所以者何欲平相人則爲平相如來如來所知非我所究如是於彼不當作惡心取其長短也

禮塔品第六

復次長者居家菩薩入佛寺精舍當住門外至心作禮然後當入精舍當作是念言是爲空寺無境界無有相無有願爲慈悲喜護居寺爲得平等所居自念言我何時當得如是居寺出塵垢之居在是居得十五日會說戒當新當念起沙門意無有菩薩在居家得最正覺者皆出家入山閑居巖處得佛道所以者何居家爲垢居出家者智者所稱譽及恒邊沙等諸佛我當一日爲祠祀布施一切所有起意出家學道已爾乃令我意歡喜耳所以者何無信人無返復人盜賊屠魁羅刹吏民亦布施薄不足言我以戒智慧爲上慈心見恭敬不惜身命用一切故我亦當奉行如來戒令究竟得無上正真道最正覺爲一切作佛事作如來未般泥洹者令般泥洹便當入精舍觀諸比丘僧行何所比丘爲多智者誰爲解法者誰爲持律者誰爲住法者誰爲

持菩薩品者誰爲閑居行者誰爲分衛者誰爲服五納衣者誰爲知止足者誰爲獨行者誰爲坐禪者誰爲大乘者誰爲精進者誰爲典寺者觀一切比丘僧行已皆當以等給足施與不當有異心行何況近聚落行者近聚落行者亦當問訊當往至於聚落若有比丘無衣鉢者若病瘦無醫藥者當給足當等心與莫使有怨望意所以者何於世間皆有求安隱事並當護凡夫之意甚於阿羅漢所以者何凡夫事有怨望阿羅漢無怨望故也與多智比丘共相隨聞其所說當受學之與解經者相隨聞其所解當受學之與持律家相隨者解知罪垢當受學之與持菩薩品家相隨者當受學六度無極善權方便行與閑居行相隨者當受學知一心之行若比丘有短乏者當給與衣服鉢器床卧具病瘦醫藥於佛道中當徧等心周濟所以者何便可以布施所惠故勸助令起大道意爲沙門行善當如是若沙門鬬諍即當和解若以法諍便當不惜身命爲作法護若比丘病困便當以身肉施與令瘥其心不恨一切德本以佛心爲本佛語長者居家菩薩以是比以是行以是瑞應當在家修道爾時郁迦長者及諸迦羅越皆同時舉聲言甚難及天中天如來善說居家之穢爲諸魔行出家之德名譽聞惟世尊我等亦眼見居家多有瑕垢出家功德其行難量我等願從世尊受法欲除鬚髮得爲比丘敬受大戒佛告諸長者出家甚難常當專一守護禁法令無玷缺此諸長者白佛言世尊出家有何爲難願如來加哀聽我等

下鬚髮受其戒勑我等能受奉順教令佛即聽受令下鬚髮於是佛告彌勒菩薩諸行清淨菩薩持諸長者用付汝等下其鬚髮是長者等則爲上士彌勒菩薩應時爲千二百長者剃除鬚髮諸行清淨菩薩爲千二百長者除去鬚髮佛説是居家菩薩戒德寂法品時千二百人具足發無上正眞道意二千五百菩薩得音響忍四千天及人得柔順法忍

止足品第七

是時郁迦長者白佛言如來無所著等正覺已説居家地之善惡於大乘所當行布施持戒忍辱精進一心智慧願世尊復説出家下鬚髮菩薩之行持戒精進智慧止足之德天中天出家菩薩云何下鬚髮奉行法律何謂爲出家其心無有異其行不移易亦不求迎逆禮叉手佛言善哉善哉長者乃問如來出家菩薩下鬚髮具足之行佛言長者諦聽善思念之唯然世尊郁迦長者受教而聽佛言出家菩薩當作是念我何以故出家下鬚髮當更念言我用欲具足佛法故出家下鬚髮常念精進於智慧無所著如火在頭憂救然熾出家已便當行入住於賢聖於是知止足知止足爲名聞於是分衛知止足分衛知止足爲名聞於是於床卧知止足於床卧知止足爲名聞於是於病瘦醫藥衣服知止足於病瘦醫藥衣服知止足爲名聞長者是謂賢聖之行立是中致諸佛法所謂爲賢聖行也佛告長者出家菩薩有十事行著身衣被爲知止足何等爲十一者身著衣被常慚愧二者身著袈裟護諸愛欲無所著故三者爲沙

門之服令無所見令無所念四者具袈裟之福爲祐諸天世人五者所以著袈裟心不以好樂欲不習欲故六者以善權意滅諸婬塵七者知止足爲善本故受是衣八者棄捐諸惡爲善因緣九者於賢聖道不轉於一心精進十者願令我一心著袈裟究竟長者是爲十事出家菩薩著袈裟爲止足之行復有十事當盡形壽行分衞何等爲十事一者自有智德不待須人二者若有人與我分衞先當立於三乘然後受其分衞三者若人不與我分衞吾於彼當起大哀四者若人布施與我我當精進食當有所成五者不失如來教六者發意頃使一心知止足七者習行令無憍慢八者從是功德致得無見頂上者九者人見我亦當效我所學十者一切男女小大布施與我我當等心於一切專志致得一切智長者是爲十事行出家菩薩不捨分衞若有知識當令歡喜無有悔恨所至到處適無所慕何況著吾我亦無諛諂在所飯處於身有所益亦能令人所願具足佛言長者我聽使分衞菩薩在草蓐樹下若在塚間護戒有十事念何等爲十一者已斷我諸所有行二者無我無所受三者在閑居閑户置床座四者遠離愛欲諸著五者少求無所著念諸德本六者不惜身命但樂空閑七者棄遠諸會八者所作罪皆消滅九者一心三昧無瑕穢十者念空出入守意長者是爲十事出家菩薩在樹下草蓐坐假使詣法會若師和尚及問訊病者到精舍適自身行身心當俱往若行受學諷誦經者當解諸慧於精舍房處於閑

居思惟所以者何在閑居者當精進求法一切所有非我想一切法爲他人想佛言出家菩薩習行醫藥有十事何等爲十一者我當得如來世尊之智二者不從他人取足三者不復習瑕穢不淨想四者我當住清淨五者不復念諸欲味棄諸著六者我當於凡天有差特七者諸善味當自然現我前八者以醫藥斷諸塵勞九者斷自諸見著十者疾斷諸病瘦得安隱長者是爲十事行出家菩薩盡形壽當習醫藥

閑居品第八

復次長者出家菩薩在閑居行當作是念言我何故來在閑居當復更念言不但在閑居爲沙門也所以者何彼閑居大有不調定不成就無法則無義理者謂麋鹿飛鳥之衆蟲狐獼猴野人摩睺勒射獵賊此不名爲沙門我所用來在閑居當具足此願謂沙門之義長者何等爲出家菩薩沙門義乎謂意不亂得諸總持諸解諸慧具足所聞於是得高明習於大慈不捨大哀得五神通六度無極其心自在不捨一切智所說輙以善權之智以法施於一切開導人民不違四恩之行念於六念聞已即習精進一心奉法正解一心得道慧不離寂定之處護於正法及因緣罪福以直見斷一切念無念以直念而願說法常行直言斷諸罪具足福行以直治斷諸所有著止以直業至於佛道行直方便於諸法無意著止以直意得一切智行直定於空無恐怖行無相於我無願無所起爲至誠擁護於經義不離法義亦無有人長者是爲菩薩出

家沙門義也彼出家菩薩不習衆事當作是念言我當爲一切人習德本不獨一人習善本佛言長者出家菩薩當習四事如來所知何等爲四一者習法會二者習爲他人說三者習供養奉事如來四者習不斷佛乘意是爲四習常解脱諸多習若在閑居當作念言我何以故來在閑居當復更念言我用恐懼故來至於此何等恐懼畏聚會習畏婬怒癡畏貢高怒慢害意於人畏於貪嫉畏於色聲香味細滑之念畏於身魔欲魔罪魔天魔畏於非常爲常想畏於苦爲樂想畏無實爲實想畏無我有我想畏有吾我畏於狐疑不正思想猶豫婬泆畏惡知識畏於愛欲無黠畏心意識不調良畏諸蓋覆蔽諸求畏自見身畏財利諸色畏求處見畏念無念他念畏不見言見不聞言聞無意無識所言畏沙門垢畏種種行畏於欲界色界無色界畏於地獄畜生餓鬼畏所生八難畏所生五道畏於卒念諸不善法我所以來至此不可以在家於諸會憒閙中一心爲念空以是恐懼解脱怖畏諸過去菩薩皆因恐畏解脱蒙閑居力得脱於恐懼得佛道無畏當來現在十方諸菩薩皆以恐懼脱於怖畏蒙閑居力得佛道無畏我以恐懼越一切畏住閑居一切諸恐用受我故住於吾著於我汙染於身愛著我起於我有我想有吾見謂有身念於我用護我身來至閑居欲斷我受用護吾我因緣當念我在閑居得等義無畏在閑居者無我想在閑居者無他人想在閑居者無得想在閑居者無自見身跡想在閑居者無有求住想在

閑居者無有泥洹想何況當有婬塵想所以名爲閑居於一切法無所住哀護居三界者一切思想無有習居想於色聲香味細滑無所居想一切三昧無有諍亂居調定其意寂定居棄諸重擔所居無懼超越諸界已度駛水於諸有無所居於賢聖行無念居一心知止足居在草蓐居深入慧居精進一心居戒居斷諸縛著牢獄爲解脫居空無相無願居得三脫門調柔無所去居意觀十二因緣所作已辦居入於寂定譬如長者山澤有樹草木野牛象馬不恐不怖如是長者出家菩薩在閑居行視其身如草木無毛髮之想見身如是當精進行不當起我想便無恐懼觀其身空是身無我無人無壽無命從心有恐諸衆庶人用愛欲故當有畏懼我以離念當爲善想譬如山澤中草木野牛不恐不怖見一切法皆他人許在空閑居當如是所以者何在閑居者斷諸想離婬泆諸染汙在閑居者爲如他無我無所受出家菩薩在閑居行當作是學在閑居者當柔濡守護戒品在閑居者和順定品在閑居者懷來智慧品在閑居者懷來解脫品在閑居者住於度知見品在閑居者愛護佛法品在閑居者斷十二使在閑居者念正願在閑居者於諸法品爲等在閑居者不作疆界在閑居者已脫諸入在閑居者心不畏佛道在閑居者於空無所觀取在閑居者於法無所壞在閑居者本有善德名聞在閑居者佛所稱譽諸賢聖亦習閑居在閑居者脫於愛欲爲有差特入於一切智復次長者在閑居菩薩以少少事故具足六

度無極所以者何在閑居行不惜身命是爲布施度無極知止足寂定住起於三專是爲戒度無極無害心慈遍於一切忍於一切智不墮餘道是爲忍辱度無極念言終不捨此空閑得忍已乃捨是爲精進度無極得於禪不著我起諸德本是爲一心度無極如心所念身行如是於道亦然無念是爲智慧度無極長者在閑居菩薩有四事法何等爲四一者菩薩於是得多智二者巧能分別決諸法律三者了諸德本四者以是慱智一心精進住於空閑是爲四復次長者菩薩若多婬塵不習於塵爾乃住閑居不著於塵不受於欲如所聞法則能奉行復次長者菩薩得五神通爲諸天龍鬼神揵沓恝說法在閑居當如是復次長者菩薩當學佛法智然後乃在空閑用是故得具足一切諸善本然後持是德本入諸郡國縣邑以義度人民菩薩若欲諷誦經道故來下當恭敬奉事師和尚長幼中年稽首爲禮不當懈怠於事當精進不當不恭敬奉事當作是念言如來無所著等正覺爲諸天龍鬼神揵沓恝所奉事阿須倫迦留羅眞陀羅摩睺勒所奉事爲諸釋梵四天王人非人所恭敬於世爲最尊令一切安隱佛不自爲身求供養人自來供養何況我等未有所知方欲學耳反欲從他人求供養我當奉事一切人所以者何比丘貪求供養滅其法德所以者何爲他人以法施心當念言以供養故來奉事我不以法故以自有信心來供養想施其福不大往至師和尚所身意當俱行身意當解了住若念我師和尚行至他

處心不樂悔於諷誦學經智者當爲師和尚不惜身命當樂法故便當隨師和尚行用法利故當捨一切財利之色於師和尚歡喜聞一四句偈若諷誦若布施行事持戒忍辱精進一心事若智慧事若慈悲喜護事一心起習佛道事聞四句偈若諷誦當供養師和尚在所從受字句義所受諷誦當以直心無有諛諂用一切萬物供養尚未報師恩何況以法供養長者若意聞所傳說若善音佛法音寂滅音如教音聞說如來音當供事師一劫尚未具足報師恩佛言長者以是故說法之福無有量其智慧不可限住於尊法亦無數其有菩薩欲供養無量法當供養出家菩薩何等爲出家之學如其所聞法便行當審諦清淨其戒品佛言長者出家菩薩有四事法戒品清淨何等爲四一者住於賢聖之教二者分衛以德樂知止足三者出家菩薩不樂於家四者習戒亦無諂僞在閑居是爲四復有四何等爲四一者身所行至誠身亦無所得二者口所言至誠口亦無所得三者意所念柔輭意亦無所得四者遠離諸所見住於一切智是爲四事復有四何等爲四一者棄我事二者遠吾事三者斷自在四者捨因緣法是爲四復有四何等爲四一者我身與法一二者諸種與法種等三者諸入爲與空聚等四者得智慧行適無所居是爲四復有四何等爲四一者身所知身自作二者不爲人所動三者不入人罪法滅於諸念四者奉一切法審諦無有異是爲四復有四何等爲四一者以脫於空二者無想無恐懼三者爲一

切大哀四者得無我忍是爲四彼若聞清淨三昧當作是念言何等爲清淨三昧奉一切法意捨欲及我所其心爲一其心無所流心無所輕戲以縛縛意心無所著心不可見心於內現意之境界無有習會意於我法爲何等念等於法界無有生無有行內外無所著正受是謂爲三昧是謂住法三昧彼若聞審諦智慧清淨便當作是念言何等爲智慧謂解於法句分別智慧爲慧入於解黠爲慧知他人心之所念解法爲慧於法正受彼於智無智於相無身爲空相無有持亦無有捨相無有處無央數相所念爲空佛言長者觀法當如是是爲出家菩薩行佛說是經時八千人發大道意此諸長者出家下鬚髮者皆得不起法忍三萬二千天及人遠塵離垢於諸

法中得法眼淨二百比丘得無所起餘漏盡意解郁迦長者歡喜踊躍以殊異衣其價百千用上如來說是言我持是善本功德施於一切菩薩令是功德歸流諸居家菩薩皆令具足此法如如來令出家菩薩得戒智慧具足此法願令出家菩薩得戒智慧猶如如來唯然世尊云何居家菩薩在所居住學具足出家戒法佛告長者居家菩薩布施一切無所愛惜其心常志大乘不望其報復次長者居家菩薩當淨修梵行心不念習婬欲何況受復次長者居家菩薩解空事入四禪以善權行救無恃者令志寂滅復次長者居家菩薩當大精進解智慧度無極於一切作大慈受一切法當擁護以法教化人是爲四事行居家菩薩在家立於出家戒法爾時郁迦長

者白佛言世尊我獨立居家地當住於如來教戒我當爲如來廣達佛道亦當學是出家之法當復奉行是法禁時佛便笑諸佛世尊之法笑時有無數色種種色不可思議色從口中照無量佛國上至梵天還繞佛身於頂上爗然不現賢者阿難從座起白佛言佛不妄笑願聞其意佛告阿難汝見郁迦長者用法故供養於如來復作師子吼不阿難言唯然世尊我今已見佛言阿難是郁迦長者住於居家地於是賢劫諸有如來皆當供養受其法教居在家居具足出家戒法是時爲諸如來普宣佛道於是阿難問郁迦長者用是居家爲樂居家爲垢居家不如出家受聖賢教法郁迦答曰阿難且止勿作是語云諸聖賢亦無垢染有大哀解脫不念自安諸菩薩

忍諸苦不捨一切人佛言阿難是郁迦長者雖住居家地常有等心於是賢劫所度人民甚多勝餘出家菩薩百千人教授所以者何阿難雖有出家菩薩百千人其德之智不及郁迦長者阿難白佛言是名爲何等經云何持名佛言阿難是經一名郁迦長者所問汝當受持二名居家出家品三名持一心宴坐其德名聞佛言阿難若有菩薩聞是經爲具足諸法勝於百劫修梵清淨懈廢之行是故阿難欲作大精進者及欲教他人精進者自欲住於一切法德者及欲立一切於法德者當聞是經當受持諷誦所以者何欲具足一切法當視是經法與如來等阿難其有菩薩遠離是經者則爲遠離一切諸佛不得復見一切諸佛所以者何其有説是經者則爲面

見一切諸佛阿難正使是三千大千世界滿其中火菩薩便當入過其中求聞是法受持諷誦當以諸寶滿三千大千世界用供養師受是經法持諷誦讀阿難若有菩薩供養過去當來今現在諸佛世尊盡其形壽供養爾所佛已不受是經法不能諷誦亦不於中作諸功德爲不供養去來今佛阿難若復有人聞是經典受持諷誦廣爲人說於中作諸功德爲已供養去來今佛所以者何諸如來無所著等正覺以法爲上爲從法生佛說如是賢者阿難及郁迦長者諸天阿須倫世間人民聞經歡喜皆前爲佛作禮而去

郁迦羅越問菩薩行經

音釋

濡首 濡音軟濡首文殊別名也
鎧 可亥切甲也
般泥洹 梵語也此云滅度般音鉢洹音丸
瑕隟 瑕胡加切瑕玷也隟綺戟切𨻶隙也
羸劣 羸力追切瘦也劣力輟切弱也
適莫 適丁歷切意所必從曰適莫末各切不可也
仇怨 仇渠鳩切怨於袁切仇怨謂仇讎怨對也
無黰 黰胡八切堅黑也無黰地獄也
勞來 勞郎到切來洛代切勞來謂慰勉也
嬈 而沼切擾同亂也
僥 古堯切求也
橫 戶孟切不以理也
饕 他結切貪也又貪食曰饕
觜 即委切鳥喙也
窮匱 匱求位切乏也窮匱謂貧窮匱乏者
邊幅 幅方六切邊幅謂如布帛之有邊幅也
匃 古太切乞請也
令瘥 令郎丁切使令也瘥楚懈切病瘳也
玷缺 玷都念切缺苦穴切玷缺謂守禁戒如玉之無玷器之不缺也
蓐 儒欲切草薦也
麋 靡爲切鹿屬
蠱狐 蠱以者切媚也妖也狐戶吳切蠱狐妖獸也
憒鬧 憒古對切心亂也鬧奴教切不靜也
駛 踈士切疾也
揵沓惒 梵語也亦云乾闥婆此云香陰揵巨言切沓達合切惒戶戈切
爦然 爦虛郭切正作霩雲消貌

幻士仁賢經

西晉三藏竺法護譯

清刻龍藏佛說法變相圖

幻士仁賢經

西晉三藏竺法護譯

聞如是一時佛在王舍城靈鷲山與大比丘衆千二百五十菩薩五千俱皆神通菩薩一切大聖悉得總持辯才無礙其名曰師子菩薩師子意菩薩誠樂菩薩道御菩薩大御菩薩光首菩薩光淨菩薩寂意菩薩人明菩薩開化人菩薩常應菩薩慈氏菩薩文殊師利六十賢者一切五千菩薩皆此上首者也梵王帝釋四王諸天龍王神無央數千時國大臣長者居士群臣僚屬供奉世尊衣被飲食醫藥牀卧之具世尊名稱普聞遠至是爲如來至眞等正覺明行成爲善逝世間解無上士道法御天人師佛世尊諸神通慧普見所覩無餘如來十力四無所畏十八法不共不

捨大慈不廢大哀慧明佛眼具足變化無極神足變化説本變化教授變化得無極發意之頃能使三千大千世界州域河海須彌衆山龍神天宮鐵圍山川溝坑樹木國邑墟聚在一毛孔從劫復過一劫是時王舍大城中有一幻士名曰颰陀明經解術曉了幻技所作巧黠多所喜悦所與如意名聞于遠其摩竭國諸餘幻者皆所不及所至到處最上第一除諸見諦清淨士女得法忍者一切人民莫不傾倒如所言者無不迷惑隨未曾有法而以此幻邪行之術得衆利養幻士仁賢聞佛世尊名稱普被如來至眞等正覺聞已自念我身轉化摩竭人民及諸州城莫不受教惟未化沙門瞿曇亦未曾試及諸弟子我寧可試知可惑不假能惑者摩竭人民皆共同心來供事我於是仁賢緣本功德承佛威神出王舍城至靈鷲山見佛世尊光踰日月百千億倍明淨無垢光焰遠照髻相之曜灼倍摩尼焯如蓮華清淨超梵八部音説法廣度見佛色身具足嚴妙意甚踊躍心自念言我欲試佛諸通之慧審普見不便行趣佛稽首作禮用試佛故緣此請佛設知我意當不受請若不知者必受無疑佛知其意愍傷仁賢及王舍城一切人民欲度之故默然受請并比丘衆時仁賢念沙門瞿曇無諸道慧亦不普見以不見故今當曉試是時仁賢稽首作禮繞佛三帀而退賢者大目揵連白佛言幻士仁賢内懷誑詐請佛及僧云何受之佛告目連汝且安默如來深究一切群民長夜迷惑因化立之以平等行天上世間無能施穢

欺惑佛者如來以斷婬怒癡亂無餘瑕垢滅諸縛著離八十垢得不起法忍以故三界無能惑者一小幻士何所能詣如來解暢一切法幻自致最正覺使諸人界及其本原皆使巧妙幻過仁賢終不能與佛幻術等百倍千倍無數億倍不可假託以為比喻佛告目連於意云何幻士仁賢寧能莊嚴化三千大千世界令淨好不對曰唯然此幻不能佛言如來發意之頃能使三千大千世界嚴淨入一毛孔佛之幻術終不能惑正使十方佛國有風名隨嵐及斷截風飄壞三千大千世界還復如故有風名追逐風住止風旋轉世間有風名曰波栗屠那迴行三十三天有風名曰摧破崩壞須彌有風名曰拘那超大火上至三十三天有風名曰常來超刧燒天地有風名曰熾火使三千大千世界一時俱然有風名曰澆灑超大雨有風名曰枯竭除盡水災之變佛告目連今我粗說是諸風名從刧過刧無有竟時云何目連寧有人能止虛空坐諸風之中作四器行使此諸風入一芥子其於芥子無所罣礙亦無毀害令諸天人安隱娛樂而不驚怖如來幻法而復過是無有極也非弟子緣一覺地之所能及於時目連在衆會前稽首作禮白佛言唯然世尊我等為得善利所以者何世尊威神巍巍如是大尊無極其人民聞佛如來此變化者歡喜踊躍逮得善利便發無上正真道意一時欣然功德無量於是幻士仁賢入王舍城還歸其家即其日夜於城內穢惡流聚最不淨處化於其中作大講堂懸繒華蓋而起幢旛現地平

正樹木茂盛鉼瑩珍器香鑪鐙錠散衆華香於講堂傍植八千寶樹枝葉華實衆色芬馥一一樹下爲諸比丘敷師子座於講堂中央特爲如來設師子座衆寶爲足校飾無量高四丈九尺於座四面化四寶樹作百味之饌若干種食其爲供者合五百人端正皎潔寶瓔珞身幻士仁賢化作是已時四天王往詣幻士所化作講堂謂仁賢言甚善仁者乃請如來於此講堂而供養佛寧可聽我次助所乏欲造宮室以奉如來於是仁賢益用踊躍得未曾有報聽天王宜知是時四天王即化作宮室極妙姝好仁賢所建猒蔽不現時天帝釋與三萬二千天人俱到幻士講堂謂仁賢言善哉快乎眞得善利乃請如來於化飾講堂以供養佛寧可聽吾給助所乏欲造宮殿以奉如來於是仁賢倍復踊躍得未曾有私自疑怪報聽帝釋宜知是時天帝即化作大殿館踰於忉利最勝之宮化植寶樹超于已質拘者之樹姝好猒蔽仁賢四王所立講堂宮室所校諸樹仁賢則自念言世尊非凡乃有如是神妙尊天及諸天子與大供養奉事如來今我寧可没滅我之所建大爲迷謬豈忍以此舉向上尊乎於是仁賢欲没所幻而不能滅徧作諸術亦不可滅幻食供助講堂嚴飾師子之座永爲眞實而不可變仁賢驚怪心自念言往昔所言幻現則現欲没即没今爲如來變作化供而不能改於是天帝知仁賢所念便告言如卿爲佛化作嚴淨供具不能變復使如本故其見如來發歡喜心常得安隱至泥洹道爾時仁賢踊悅怡懌晨

旦白佛飯時已到願可自屈於是世尊著衣持鉢與諸菩薩及比丘僧眷屬圍繞往詣仁賢莊校講堂佛時變化使仁賢知坐所爲立師子之座四天王亦見如來坐所造官師子之座帝釋自念如來坐我所化莊嚴之座時王舍城諸不信法衆邪異道棄自貢高及瞋怒心一切共詣莊嚴講堂今日共觀瞿曇所現感應其邊道法清淨士女悉共喜踊往詣講堂今日我等當見如來至眞等正覺聽師子吼覩其變化於是仁賢躅除自大稽首佛足白世尊言惟願如來原我罪過本愚所作欲亂如來化作此食助供侍使師子諸座亦皆化作心中念悔欲得滅沒所可化現佛爲聖尊矜恕爲意諸所施造令不復變於是佛告仁賢一切人民及其所有皆如幻化諸坐比丘亦如幻化如我之身亦是慧幻此三千大千世界則復爲化因緣罪福一切諸法亦如幻化皆由因緣各在合會便持所化飮食之具分布施設於是幻士仁賢梵王帝釋四天王諸助供者聲化食供養世尊及比丘衆於是賢者大迦葉說偈曰

如今所設座　及其處上者　定意爲平等

善哉施無上

舍利弗頌曰

如今供具心　及其受者意　如是常等覺

是疾畢信施

須菩提頌曰

是施無所施　受者無所受　其有應是行

是爲畢信施

阿難頌曰

是施爲尊乘　食者無有心　其身意無著
是爲世衆祐
於是光英菩薩曰
譬如彼幻士　仁賢現此化　一切世亦然
愚者不及解
光造菩薩曰
譬如坐樹下　悉以幻化作　所有幻亦空
適等無差異
師子菩薩曰
不聞師子吼　小獸樹間鳴　師子適震吼
馳走竄十方　仁賢卿有限　以幻惑人民
如來所現幻　衆魔不能當
師子意菩薩曰
是飯食化作　供助者亦幻　食飯者皆化
善哉祠無上

慈氏菩薩曰
油䬫餬浇火　其明益熾盛　仁賢幻如是
佛幻爲普現
耎首童子曰
譬如本此處　一切皆化造　仁賢所興幻
欺詐惑衆人　一切法如是　本爲悉平等
不覺了當來　愚癡行生死
於是世尊欲勸化幻士仁賢則於講堂之東化造殿舍長者處其中謂仁賢曰今何所作答曰我供養沙門瞿曇及比丘僧長者答幻士勿說是言今者世尊在王阿闍世宮而食及比丘衆時仁賢承佛威神見佛及僧在王宮食時佛復化作長者來入講堂問仁賢曰今何所作答曰今供佛及僧長者答曰勿說是言今佛及僧遊於異道分衛時仁賢承佛

威神見佛之衆於異道分衛復有長者到仁賢所謂仁賢曰今何所作答曰供佛及衆長者答曰勿說是言今世尊在耆域醫王後園爲四部衆講說經道仁賢承佛威神見佛在耆域後園爲四部衆講法時天帝釋謂仁賢曰今何所作答曰我供佛及衆帝釋答曰勿說是言今者如來在忉利天晝夜樹下爲諸天人講法仁賢承佛威神見佛在忉利天爲天人說法幻士仁賢見諸樹上枝葉華實皆有寶座如來相好具足僧衆圍繞在諸化師子座上四天王帝釋梵王而化師子座皆見坐如來并王舍城諸街里巷館宇皆見如來徧諸佛世尊前皆見仁賢悔過自韙時仁賢目之所覩不復見餘但見如來幻士喜踊即生善心用歡喜故得佛意三昧從定意起叉手於佛前以頌問佛曰

今我覩見　如來神足　發意之頃　化若干佛
其數百千　復過是限　若江河沙　諸佛如是
我本自謂　廣學幻術　於閻浮利　無與等者
今日觀見　佛之神足　計校譬喻　不可爲比
今我目覩　不復見餘　普見諸佛　相好莊嚴
是故今我　欲問法王　何許是佛　惟願尊說
奉事何佛　爲第一供　施何所佛　功德最大
何所清淨　受施衆祐　願爲說是　平等普見
我今首過　一切所犯　身所試佛　世雄導師
其於尊人　不行恭敬　是爲自棄　不得所願
諸天已聞　及與帝釋　於是衆會　一切普達
我今爲發　菩薩之心　用一切故　令悉度脫
今我爲請　一切衆生　皆使飽滿　甘露安隱
令瞑冥者　疾得覺悟　逮得奇特　智慧燈明

誰能化變　如是所現　聞其所言　安定柔輭
其慧無礙　道行最上　彼不生心　道意最尊
願爲我說　微妙道行　爲奉何尊　疾逮佛道
云何如是　爲具足行　一切弟子　所不能及
無行之行　德爲何類　正義云何　而諦聽聞
何謂所樂　禮節經行　云何而發　所生無疑
云何精進　聞受無猒　何時逮得　堅固聽聞
云如之何　講說法教　何謂光曜　法皆照人
云何施道　而得慈行　云何得立　無異之心
何謂祠祀　所在充備　於衆人民　爲堅固慈
云何善師　當奉習效　云何惡友　而當遠離
云何得往　見佛世尊　已得見值　云何供養
當學何學　得爲上尊　云何精學　而得智慧
云何於戒　而爲清淨　云何逮得　三昧定意
何所設施　成嚴淨行　云何捨離　非法之義
云何於道　而伏其意　示現降魔　欲塵繫縛
云何聽受　思惟經義　其心不捨　一切衆生
云何教化　人物群黎　堅固奉德　無所行處
云何於人　而不捨行　善權慈心　仁愛之跡
云何神通　而得具足　何謂意志　道心尊特
云何一切　得成所願　逮得分別　總持法忍
辯才清淨　行不退轉　深奧之意　解義第一
云何於是　得極過度　已得道證　微妙曉了
一切皆知　是佛道行　於道堅住　而不動轉
惟願說是　上妙之義　諸通之慧　明智如海
世尊愍傷　願爲我說　我思逮得　堅固奉行

於是佛爲幻士仁賢說偈曰

其能解知　一切法化　彼則能化　億百千佛
亦能化至　億千佛國　所至到處　度億群生
如卿仁賢　以無形色　能示現色　覩無央數

彼無有起 亦無有滅 不見有來 亦無去處
如是仁賢 其佛正士 化現佛身 及比丘僧
無所從來 不見住處 智不思議 是佛神足
譬如所幻 因緣等一 現有象馬 車步行人
無有坐者 亦無所至 是顛倒事 人謂爲正
諸佛如是 無有色身 亦無形像 不行無處
自見身者 求索處所 寤不覺者 除去衆想
佛無色貌 離於相好 不起種性 觀不可見
無有音聲 及以言說 無心意識 離所思念
如佛所覺 實爲以來 三世悉空 想無所起
常不生想 已見本淨 彼無有法 其德皆吉
佛之所生 本淨無數 無有四大 亦無陰蓋
彼之所住 不動無著 不能曉了 智慧之眼
如我所覺 爲得見佛 其人未曾 得見世尊
見無所見 爲觀導師 譬如舉手 探捉虛空
如卿仁賢 所見諸佛 悉爲一義 當平等定
我亦如是 餘佛無異 一切正慧 其相平等
其戒清淨 三昧平等 定意智慧 解脫平等
於是慧等 度知見事 一切諸力 佛之名德
空義平等 及道行跡 一切諸法 所住無礙
一切如幻 本淨解脫 無所成就 所起嚴淨
仁賢當知 供一佛已 爲已奉事 十方諸佛
於此如是 法平等故 求索若干 終不可得
一切能淨 人之信施 一切所施 皆大得果
一切清淨 起法平等 佛無若干 亦無差特
一切皆悉 審爲是佛 有顛倒行 則不見佛
今是諸佛 所示形像 一切皆盡 平等無處
如卿仁賢 念所見佛 譬若如仁 所造化作
喻觀五陰 亦當如是 凡著諸蓋 及與愚癡
其是無生 不實無有 於此無處 亦無所立

是不可見　亦無有色　諦觀是已　不得久住
五陰自然　於是如幻　衆生諍訟　自貪身相
無相之相　所可現相　正覺佛道　遠如復遠
虚妄之法　超衆想處　生衆因緣　無形之樹
造發衆事　若干種意　斷諸受想　是爲本無
其知因緣　及所作爲　彼即了法　逮得離欲
離欲法已　即識知如　即得見道　其眼清淨
佛説此偈時幻士仁賢得柔順法忍五千人未曾發心皆發無上正眞道意二百天人遠塵離垢諸法眼淨於是佛食化飯已欲增益仁賢信施之德便説偈言
如施不想報　所與者得淨　一切施等具
仁賢德滿足
賢者大目揵連白佛言惟願世尊令化講堂得住晝夜七日使不滅没佛即以威神令化講堂晝夜七日住立不滅莊嚴如故時佛從坐起與比丘及諸菩薩天龍鬼揵沓惒往詣佛所聽受經法於是仁賢往到佛所稽首禮足繞佛三帀却叉手住白佛言唯世尊菩薩有幾道行所可住處得至道場曉了正義於是佛告仁賢諦聽善思念之吾當爲汝解説菩薩道場於是仁賢與諸大衆受教而聽佛言菩薩有四事住於道得至道場一曰心常習諸通慧二曰不捨一切人三曰求功德無有猒四曰護諸法常行精進是爲四得至道場復有四清淨行得至道場一曰護戒清淨二曰意性清淨三曰慧清淨四曰所生清淨是爲四復有四事法弟子緣覺所不能及一曰其行過於四禪二曰其心多所入三曰行大哀於衆生四曰辯才之音若干種是爲四

復有四威儀行一曰樂於閑居遠離衆鬧二曰住於彼行慈念衆生三曰無諛諂邪行無所至到四曰求於道行是爲四復有四所問無礙無能斷截一曰不惜身命二曰心常歡悅三曰棄貢高四曰常奉行法是爲四復有四事所行具足一曰常知時節二曰隨人所喜而現教三曰常知羞慚四曰知止足是爲四復有四事意行平等一曰隨人所應而恭敬教授二曰所願大智慧所應教授三曰不說他人長短四曰見說短者慈心向之不懷結怨是爲四復有四事名德具足莫不聞知一曰自學深慧并施教他人二曰有來問事悉遣彼疑三曰常護正法四曰佛之意力而不可盡是爲四復有四事慱聞堅强一曰聞法則解所歸二曰所聞法樂不貪家懷居三曰聞已廣宣咸爲人說四曰已聞起賢聖解說向佛道法是爲四復有四事講說經法名德流行一曰先辦衆後受以衛之食二曰得利養衣被飯食牀臥醫藥降伏魔力三曰晝夜樂法爲諸天所護四曰不輕嬈他人是爲四復有四事光曜衆會身得自在一曰少於所欲二曰知止足三曰微妙柔輭四曰身自奉法是爲四復有四事得明慧利說法無異一曰拔濟生死之懼二曰不希求世供養之利三曰常護他人四曰常住道願是爲四復有四事法有返復知報善惡一曰勸化人使發道意二曰不失所成立之功三曰自敬念迎當來慈四曰常詣正士法師是爲四復有四事不壞慈一曰具足忍力二曰不誘嬈他人眷屬三曰不捨大哀四曰求脫罪福因緣

志在于道是爲四復有四事習於慈行一曰常和合人二曰性行柔順三曰其行具足四曰所有稍稍近道是爲四復有四事知是惡師一曰教人爲小道二曰教人壞菩薩意三曰教求名聞增益不善之法四曰教遠離功德善法是爲四復有四事與世尊諸佛共會一曰常一其心二曰常說諸佛世尊功德三曰奉清淨之戒四曰志性不捨本願是爲四復有四事法稱其德行供養菩薩及如來尊不以懈倦一曰所供養佛最尊衆祐二曰其有見我亦當効行三曰見如來道意得堅固四曰得見三十二大人之相其功德本使成善權是爲四復有四事觀經義學菩薩戒行得至尊上一曰過度惡道二曰常勸立善道三曰恭敬如來四曰具足所願是爲四復有

四事學一曰不捨道意二曰等於一切三曰求度無極四曰護無數諸佛法使不斷絕是爲四復有四事行清淨戒一曰奉行少事二曰解了空行三曰不犯邪見狐疑四曰無猶豫心是爲四復有四事三昧種姓一曰不習土地語言二曰心清淨無著三曰成功德本四曰稍近佛道是爲四復有四事應清白行一曰與諸善本二曰其心宴寂行無所著三曰所見隨其脫門四曰寂定於道義是爲四復有四事棄瑕穢心一曰恐畏生死常專其行二曰欲求解脫功德之本三曰於安隱無所造立四曰心無所起是爲四復有四事降伏其心一曰以一人之故當來億百千數遊在生死二曰知一切人心所念爲斷塵勞隨其本願而爲說法三曰悉棄捐諸不善法奉

行衆善坐於道場降伏魔兵逮得無上正眞之道四曰聲告三千大千世界爲其說法是爲四復有四事降伏魔怨一曰觀視幻法清淨之行二曰逮得不起法忍三曰截斷諸無慧之事四曰已離生死奉修正行是爲四復有四事思惟經義一曰因緣法起不爲無緣二曰興立深法而無有人三曰觀視空法而無所起四曰自然無想悉爲虛寂是爲四復有四事心不捨菩薩法一曰不捨本願二曰忍於苦惱三曰不惜身命四曰不捨四恩行是爲四復有四法開化人一曰衣食布施應爲說法二曰數數勸使堅固三曰自在安隱之業四曰立他人善本是爲四復有四事安諦受法而攝奉行一曰善本雖少心不輕念二曰常奉行安隱行三曰布施調意修善具足四曰奉承經義使一切歸趣安隱是爲四復有四事得入道行一曰逮得神通二曰成就正慧三曰在天道心入無量四曰一切所造但習空行不著解脫是爲四復有四事奉修慈心一曰救護幻化之人二曰常開導人使持法三曰度脫幻者四曰使得無爲是爲四復有四事奉修哀心一曰爲惡道故而作親友使得入道而爲興哀二曰使離惡罪教令修善三曰教求小道者勸發大乘四曰設行哀者爲一切衆生而攝此哀是爲四復有四事行善權方便一曰一切心向道意在前二曰不捨塵勞心況善權方便心三曰觀一切人及衆邪見悉爲法器四曰見一切法悉爲佛法自然得最正覺念行諸三昧逮得善解脫是爲四復有四事逮神通行一曰常輕

其身及本淨意二曰輕心自然如幻三曰所作惟造立法四曰寂然一心而無憒亂是爲四復有四事得分別法句一曰念成慧義不爲嚴飾二曰惟求取法而不取人不起無所滅三曰知一切無盡不可盡四曰所說於文字無著無縛是爲四復有四事逮得總持一曰不猒慱聞常敬法師二曰常行精進爲人說經三曰曉近一切法句而不失義四曰又使入如來之法是爲四復有四事逮得法忍一曰度不度者二曰解未脫者三曰一切樂法四曰不斷善行是爲四復有四事逮得辯才一曰見他法師所說不求其短二曰聽採法義不以貢高三曰不自稱舉四曰見少智未學不以輕易是爲四復有四事行不退轉一曰不退於婬怒癡二曰於衆生之行不退轉三曰於一切不善法而不退轉四曰解最正覺而不退轉是爲四復有四事解深義一曰曉十二因縁二曰自然解得佛道爲正諦覺三曰一切法一義其義悉空四曰悉解佛道是爲四復有四事得成所願一曰戒忍清淨二曰淨除惡道三曰質朴無有諛諂四曰如善權方便隨其本行是爲四復有四事得成諸度無極不退轉法一曰以一波羅蜜悉入諸度無極二曰善權使一切人皆入一切人亦無有三曰見一切法悉爲一法離諸所欲四曰見一切佛悉爲一佛以法身故是爲四得成諸度無極不退轉法佛說四事句時幻士仁賢得不起法忍歡喜踊躍在虛空去地四丈九尺時佛見幻士仁賢心所念便笑賢者阿難以偈讚而問曰

差特無量威　慧事踰日月　三世悉聞名
德稱度無極　所知了三達　佛以逮自在
今佛何故笑　惟願爲解說　一切衆生類
住立若所立　已見諸人心　人尊無所著
其於下中上　如是爲悉淨　今佛所笑者
惟願解說之　諸天聞其聲　眞陀人亦然
帝釋阿須倫　乾陀摩睺勒　梵天亦如是
其聲寂清淨　彼諸所有音　終不與佛等
月所出光明　及日摩尼珠　其帝釋光明
一切光及梵　其明悉蔽歇　爲盡不復現
佛出光明時　悉照諸佛國　已解諸深法
靜然爲空寂　其無有吾我　亦無有壽命
不有亦不無　悉捐是二事　尊皆令世吉
所遊如月光　於此惟發心　立意導妙道
今誰於佛道　安定住正法　所以得受身
歸命佛寶尊　善哉惟願說　今日所笑意
佛說義清淨　爲諸弟子故　佛尊爲安隱
其光普日照　爲異學故說　辟支諸佛義
若爲求佛者　志尊上妙法　總持等無疑
於是天中天　惟願爲解說　所應得佛道
此色佛光焰　清淨滅垢穢　還來繞佛身
頂上沒不現

爾時佛告賢者阿難寧見幻士仁賢乎踊在虛空對曰已見世尊佛言阿難族姓子仁賢却後九萬三千劫當得作佛名嚴淨王如來至眞等正覺明行成爲善逝世間解無上士道法御天人師號佛世尊世界名曰大淨劫曰幻化其嚴淨王如來大淨世界人民衆多安隱快樂五穀豐賤其土平博無有丘墟日月光照種種樹木皆以莊嚴衆香具足常懸

幢旛其國人民如意所願皆見佛土嚴淨所有自然譬如第二忉利天上七寶宮殿其國人民皆見國土安雅生彼佛國者皆求上願志於大乘嚴淨王如來住世萬歲般泥洹後行法住億歲臨佛滅度有菩薩名曰聞稱佛授其決我滅度後是聞稱菩薩當得作佛名曰普達如來至真等正覺明行成爲善逝世間解無上士道法御天人師號佛世尊時族姓子仁賢從虛空下稽首佛足白佛言佛是我師導御善道惟世尊我與無數百千人歸命等正覺及法比丘僧若如來本無諸佛本無無異其如者無壞如者無動如者無想念如者無所起如者無行如者無二如來本無亦復如是我因是成就於是賢者阿難問族姓子仁賢於如來法爲何所得乃說如來本無令卿遠離於本無事答曰一切法皆棄離爾乃與如來法於阿難意云何如來皆了本無致等正覺以故如來本無無壞者我亦得之一切人亦逮本無惟賢者意云何如來法爲有二乎惟阿難法無二無二有想者其識若干所以者何捐捨衆想乃成佛慧爾時阿難白佛言惟世尊族姓子仁賢寧當復持本所幻化迷惑諸天人不耶佛告阿難於是仁賢入法智慧之幻所以者何用明智辯才故也時世尊告族姓子仁賢卿寧能化惑諸天世人對曰唯然如佛所惑化我亦如是所以者何解無者是爲大行號有人名無壽命無有人而言有人如來無字亦不處道場何所法中有去沒去而說法有去來教法無般泥洹而現泥洹法是故世尊說平等行便能化

惑諸天世人為説如來功德平等時佛讚族姓子仁賢善哉善哉仁賢如卿所説為大化惑説無音聲法時仁賢從佛求出家佛告彌勒菩薩汝下幻士鬚髮令作沙門彌勒受教即使仁賢為出家志已還白佛言唯然世尊是非菩薩形貌色像亦非沙門所以者何其有菩薩成諸通慧處於三界教化群生是為菩薩出家也説是語時五千人發無上正真道意二百比丘漏盡意解爾時賢者阿難白佛言當何名斯經以何奉行之佛告阿難是經名授幻士仁賢決又名稍入至佛道佛言阿難其有菩薩欲得見佛為一切故當受是經持諷誦讀當曠其志為他人説所以者何其於是法菩薩求道是為大乘平等經法以故是經名曰稍入道義佛告阿難我以經囑累汝心念口諷執持經卷若聞奉行衆惡反趣當知其人曾見五百佛然後得佛道時族姓子仁賢白佛言受是經皆本功德唯然世尊我本亦學所以者何聞是經者皆前善本善權我心如是佛説經已族姓子仁賢比丘賢者阿難一切衆會諸天龍神阿須倫世間人民聞經歡喜稽首而退

幻士仁賢經

音釋

溝坑 溝古候切水注谷曰溝坑口莖切塹也　墟聚 墟去魚切四邑為墟聚在庾切邑落曰聚　颰陀 梵語也此云仁賢颰蒲撥切　隨嵐 梵語也亦云毗嵐此云迅猛風嵐魯甘切　澆灑 澆古堯切灑所蟹切　粗 坐五切麤也　繒 疾陵切帛也　鐙錠 鐙都滕切錠也錠徒徑切燈也　芬馥 芬敷文切

馥房六切芬馥謂花木芬芳香氣馥郁也**姝**春朱切美好也**蠲除**蠲古玄切亦除也

䬹餬䬹杜奚切餬戶吳切䬹餬正作醍醐酥之精液也**耎**音軟

韙羽鬼切美之之意又是也

佛說决定毗尼經

燉煌三藏譯

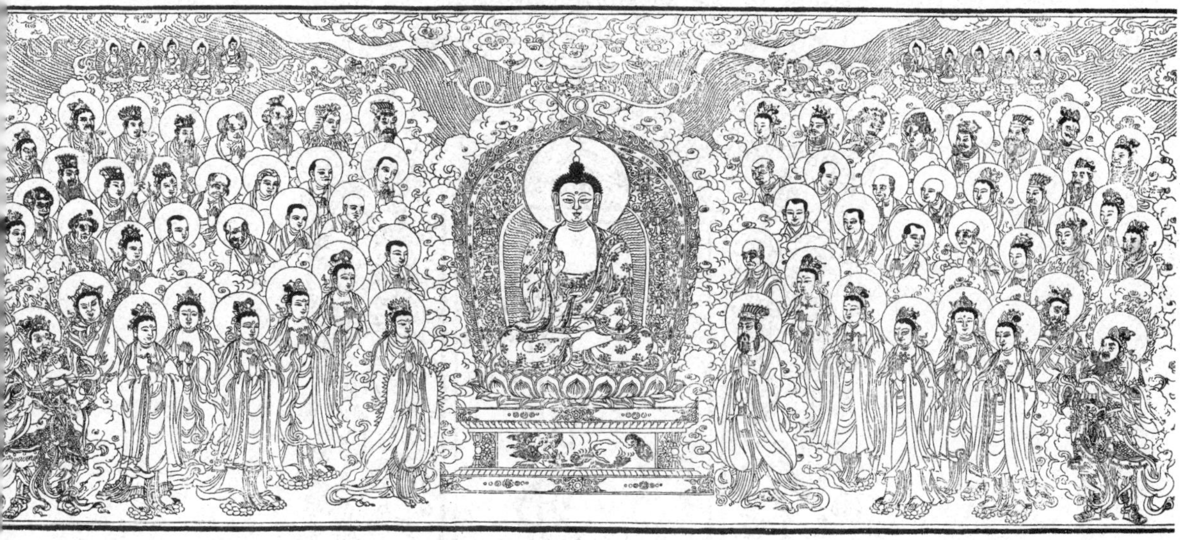

清刻龍藏佛說法變相圖

佛說決定毗尼經

燉煌三藏譯

如是我聞一時佛在舍衛國祇陀林中給孤獨精舍與大比丘衆千二百五十菩薩萬人爾時世尊如龍王視觀察大衆觀大衆已告諸菩薩仁者誰能於後世堪忍護持正法以諸方便成就衆生爾時彌勒菩薩即從座起偏袒右肩右膝著地前白佛言世尊我能堪忍於後世時受持如來百千萬億那由他阿僧祇劫所集阿耨多羅三藐三菩提多所利益無量衆生師子菩薩白佛言世尊我能堪忍成就衆生金剛菩薩白佛言世尊我能堪忍憐愍守護惡趣衆生文殊師利法王子白佛言世尊我能堪忍充足衆生諸所希望智勝菩薩白佛言世尊我能堪忍令諸衆生除

去無明法勝菩薩白佛言世尊我能堪忍令諸衆生離諸非法月勝菩薩白佛言世尊我能堪忍令諸衆生常得遠離非功德法日勝菩薩白佛言世尊我能堪忍以安樂乘令諸衆生皆得度脱無畏菩薩白佛言世尊我能堪忍成就饒益無邊衆生颰陀婆羅菩薩白佛言世尊我能堪忍説無癡法令諸衆生皆得聞知成就智慧無盡意菩薩白佛言世尊我能堪忍興發大願令無盡衆生皆得成就月光菩薩言我能堪忍令諸衆生常行給施妙目菩薩言我能堪忍與諸衆生安樂根本觀世音菩薩言我能堪忍剛强惡趣諸衆生等爲作歸依得大勢菩薩言我能堪忍不度惡趣衆生皆令得度善數菩薩言我能堪忍令諸衆生不調伏者令得調伏妙音菩薩言我能堪忍喜樂小法諸衆生等令得度脱喜樂菩薩言我能堪忍卑下弊惡雜穢衆生皆令成就光積菩薩言我能堪忍成就解脱畜生衆生入無諍菩薩言我能堪忍示現正道成就衆生愛見菩薩言我能堪忍安樂利益給施衆生求實智慧不思議菩薩言我能堪忍愍念成就餓鬼衆生日光菩薩言我能堪忍未淳熟衆生能令成熟毗摩羅詰菩薩言我能堪忍充滿衆生一切所願大氣力菩薩言我能堪忍爲諸衆生閉惡道門斷疑菩薩言我能堪忍樂小法衆生令得度脱住無畏菩薩言我能堪忍常以讚歎饒益衆生吉勝智菩薩言我能堪忍隨諸衆生種種所樂而度脱之住無量菩薩言我能堪忍爲諸衆生説無爲道住一切法無畏菩薩言我能堪忍

樂種種乘諸衆生等隨其所樂而能示現妙意菩薩言我能堪忍常示衆生所喜樂事而成就之無垢焰菩薩言我能堪忍愛念衆生而爲守護令得成就摩尼光菩薩言我能堪忍令諸衆生自識宿命光德菩薩言我能堪忍而以正勤拔濟衆生賢德菩薩言我能堪忍究竟斷除衆生苦惱寶手菩薩言我能堪忍以諸珍寶給施衆生令得安樂最勝意菩薩言我能堪忍貧窮衆生令離貧苦斷諸纏菩薩言我能堪忍令諸衆生常得遠離煩惱怖畏金剛光菩薩言我能堪忍爲諸衆生示現正道現功德色像菩薩言我能堪忍多求衆生隨其所求皆能給足法出曜菩薩言我能堪忍常説清淨諸法之眼金剛體菩薩言我能堪忍除諸衆生一切障礙法益菩薩言我能堪忍常以正法度脱衆生無少爲菩薩言我能堪忍爲諸衆生滅除諸毒月上菩薩言我能堪忍爲諸衆生示現説法師子意菩薩言我能堪忍常以法施饒益衆生童子光菩薩言我能堪忍度畢下處諸衆生等佛功德菩薩言我能堪忍示現正道斷諸惡趣金光菩薩言我能堪忍現身色像度脱衆生德吉勝菩薩言我能堪忍令損減衆生爲作增益持勢菩薩言我能堪忍閉地獄門持甘露菩薩言我能堪忍令諸衆生得度生死網明菩薩言我能堪忍爲諸衆生常現光明滅一切結爾時舍利弗聞諸菩薩作如是等成就衆生以自莊嚴得未曾有前白佛言未曾有也世尊是諸菩薩不可思議有大悲心種種方便堅固精進而自莊嚴乃至一切衆生不

能沮壞不能籌量不能及之不能調伏所有光明不可障礙世尊我常稱讚是諸菩薩未曾有事所謂有人故從來索頭目耳鼻身體手足一切諸物求索之時無所悋惜不生悔心世尊我常思惟每作是念或有逼迫是諸菩薩從其求索若內若外所有諸物當知皆是住不思議解脫菩薩佛告舍利弗如是如是如汝所言此諸菩薩所有禪定方便智慧境界之事非諸凡夫一切聲聞及辟支佛所能思量又舍利弗是諸菩薩雖見諸佛神通變化而於諸法心不動轉常滿衆生諸所願求又舍利弗若有衆生樂居士法現居士形爲成就故若有衆生樂大威勢現作諸王有大威力而調伏之若有衆生志求涅槃以聲聞乘而度脫之求辟支佛者現辟支佛形爲度脫故求大乘道者現作佛身爲說諸佛法故如是舍利弗是諸菩薩種種方便成就衆生皆悉令得住於佛法所以者何舍利弗若除如來智慧更無餘乘而得度脫到於涅槃以是義故名爲如來所以者何如如來說如如之法如法即如覺知此法名爲如來知諸衆生種種欲樂而悉示現名爲如來成就一切諸善根本斷於一切不善根本名爲如來能示衆生解脫之道名爲如來能令衆生遠離邪道示現聖道名爲如來說諸空法顯現空義名爲如來一切衆生有種種識種種欲樂隨其所樂示解脫道名爲如來諸凡夫等妄想疑惑能使覺知非眞實法諸菩薩等於諸法界不生動轉如幻衆生皆令解脫次第當到趣於道場又舍利弗在家菩薩應修二

施云何爲二一者財施二者法施又舍利弗出家菩薩柔和無瞋應修四施何等爲四一者紙二者墨三者筆四者法如是四施出家之人所應修行得無生法忍諸菩薩等常應修習三種布施何等爲三王位布施妻子布施頭目布施如是三種名爲大施名極妙施得無生忍諸菩薩等應修如是三種布施舍利弗白佛言世尊菩薩不應畏欲恚癡佛告舍利弗菩薩有二大犯以何爲二因於瞋恚愚癡犯戒名爲大犯因欲犯者名爲小犯難得除却因瞋犯者名爲大犯易可除却因癡犯者亦名大犯亦難除却以何等故愛爲小犯難得除却愛能增長生死之枝條亦爲種子以是義故小而難却因瞋犯者墮於地獄畜生惡道速疾能爲心作障礙易得除却因癡犯者墮八大地獄諸大苦處難可解脱又舍利弗若有菩薩犯於初戒於十衆前以正直心慇重懺悔故犯戒者於五衆前以正直心慇重懺悔手捉女人眼見惡心或一人或二人前以正直心慇重懺悔若有菩薩成就五無間罪犯於女人或犯男子或有故犯犯塔犯僧如是等餘犯菩薩應當於三十五佛前所犯重罪晝夜獨處至心懺悔懺悔法者歸依佛歸依法歸依僧

南無釋迦牟尼佛　南無金剛不壞佛

南無寶光佛　南無龍尊王佛

南無精進軍佛　南無精進喜佛

南無寶火佛　南無寶月光佛

南無現無愚佛　南無寶月佛

南無無垢佛　南無離垢佛

南無勇施佛　南無清淨佛
南無清淨施佛　南無娑留那佛
南無水天佛　南無堅德佛
南無栴檀功德佛　南無無量菊光佛
南無光德佛　南無無憂德佛
南無那羅延佛　南無功德華佛
南無蓮華光遊戲神通佛
南無財功德佛　南無德念佛
南無善名稱功德佛　南無紅焰帝幢王佛
南無善遊步功德佛　南無鬪戰勝佛
南無善遊步佛　南無周帀莊嚴功德佛
南無寶華遊步佛
南無寶蓮華善住娑羅樹王佛
如是等一切世界諸佛世尊常住在世願諸世尊慈哀念我若我此生若我前生從無始生死以來所作衆罪若自作若教他作見作隨喜若塔若僧若四方僧物若自取若教他取見取隨喜五無間罪若自作若教他作見作隨喜十不善道若自作若教他作見作隨喜所作罪障或有覆藏或不覆藏應墮地獄餓鬼畜生諸餘惡道邊地下賤及彌戾車如是等處所作罪障今皆懺悔諸佛世尊當證知我當憶念我我復於諸佛世尊前作如是言若我此生若於餘生曾行布施或守淨戒乃至施與畜生一摶之食或修淨行所有善根成就衆生所有善根修行菩提所有善根及無上智所有善根一切合集校計籌量皆悉迴向阿耨多羅三藐三菩提如過去未來現在諸佛所作迴向我亦如是迴向衆罪皆懺悔　諸福盡隨喜　及請佛功德

願成無上智　去來現在佛　於衆生最勝
無量功德海　歸依合掌禮
如是舍利弗菩薩如是觀此三十五佛如在目前思惟如來所有功德應作如是清淨懺悔菩薩若能淨此罪已爾時諸佛爲其現身爲度衆生亦說種種諸行成就愚惑諸衆生故菩薩於諸法界心不動搖諸衆生等有種種欲樂隨其所樂皆能度脱滿其所願菩薩若入大悲三昧能示現入地獄畜生諸餘惡道菩薩若入大莊嚴三昧現居士身成就衆生菩薩若入妙勝三昧能現轉輪王身成就衆生菩薩若入晃曜三昧能現釋梵上妙色身成就衆生菩薩若入一心三昧現聲聞形成就衆生菩薩若入清淨不二三昧現辟支佛形成就衆生菩薩若入寂靜三昧能示佛身成就衆生菩薩若入諸法自在三昧隨諸衆生種種欲樂現種種形而成就之又彼菩薩或現釋身或現梵身或時示現轉輪王身皆爲成就諸衆生故然此菩薩於諸法界而不動轉所以者何雖隨衆生種種欲樂現種種形而此菩薩不得已身及與衆生而隨衆生現種種身又舍利弗師子獸王大吼之時其餘小獸能堪忍不不也世尊又如香象其所負重諸驢騾等能堪忍不不也世尊又如釋梵所有威德光明色像貧窮之人能堪忍不不也世尊又舍利弗於意云何如金翅鳥王所有勢力鷲鴿等鳥能堪忍不不也世尊如是舍利弗菩薩所有其心勇健善根勢力所有之罪依出離智得見諸佛及得三昧非一切衆生聲聞緣覺所有犯罪憂悔之事而

能得除菩薩若能稱彼諸佛所有名號常於晝夜行三事者得離犯罪及諸憂悔幷得三昧爾時優波離從禪定起詣世尊所到已頭面禮足却坐一面白佛言世尊向於靜處獨坐思惟生如是念如來說此波羅提木叉清淨之戒應當善學爲聲聞緣覺菩薩乘故說如是言寧捨身命不捨於戒世尊若佛在世及涅槃後云何名爲聲聞乘人波羅提木叉云何名菩薩乘人波羅提木叉世尊說我於持律中最爲第一我當云何爲他廣說今從世尊面聞受持遠無所畏然後能爲他人廣說我於靜處獨坐思惟生如是念我今應當詣世尊所問毗尼中決定之義今此大衆諸菩薩等及比丘僧悉皆集會善哉世尊唯願說之爾時世尊告優波離汝今當知聲聞乘人有異方便有異深心持清淨戒菩薩乘人有異方便有異深心持清淨戒所以者何聲聞乘人有異方便有異深心菩薩乘人有異方便有異深心優波離聲聞乘人雖淨持戒於菩薩乘不名淨戒菩薩乘人雖淨持戒於聲聞乘人不名淨戒優波離云何名爲聲聞乘人雖淨持戒於菩薩乘人不名淨戒優波離聲聞乘人不應乃至起於一念欲更受身是則名爲聲聞乘人清淨持戒於菩薩乘最大破戒名不清淨云何名爲菩薩乘人雖淨持戒於聲聞乘不名清淨優波離菩薩乘人於無量劫堪忍受身不生猒患是則名爲菩薩乘人清淨持戒於聲聞乘最大破戒不名清淨又優波離菩薩乘人持不盡護戒聲聞乘人持盡護戒菩薩乘人持開通戒聲聞乘

人持不開通戒菩薩乘人持深入戒聲聞乘人持次第戒優波離云何名爲菩薩乘人持不盡護戒聲聞乘人持盡護戒菩薩乘人持戒之時於諸衆生及與他人應當隨順聲聞乘人不應隨順優波離以是義故菩薩乘人持不盡護戒聲聞乘人持盡護戒優波離云何名爲菩薩乘人持開通戒聲聞乘人持不開通戒優波離菩薩乘人以日初分有所犯戒於日中分思惟當得一切種智菩薩爾時不破戒身以日中分有所犯戒於日後分思惟當得一切種智菩薩爾時不破戒身以日後分有所犯戒於夜初分思惟當得一切種智菩薩爾時不破戒身以夜初分有所犯戒於夜中分思惟當得一切種智菩薩爾時不破戒身以夜中分有所犯戒於夜後分思惟當得一切種智菩薩爾時不破戒身以夜後分有所犯戒於日初分思惟當得一切種智菩薩爾時不破戒身以是義故菩薩乘人持開通戒聲聞乘人持不開通戒菩薩不應生大慚愧亦復不應生大悔纏優波離聲聞乘人數數犯罪即時破失聲聞戒身所以者何聲聞乘人應當持戒斷一切結如救頭然所有深心爲涅槃故優波離以是義故聲聞乘人名持不開通戒優波離云何菩薩乘人持深入戒聲聞乘人持次第戒菩薩乘人於恒沙劫受五欲樂遊戲自在受諸樂已未曾捨離發菩提心菩薩爾時不名失戒所以者何菩薩乘人有於後時善能護持菩提之心乃至夢中一切結使不爲其患菩薩乘人不應一時於一身中盡一切結應當漸漸盡一切

結善根成就非不成就聲聞乘人如救頭然乃至一念受身不應生喜以是義故大乘之人持深入戒聲聞乘人持次第戒菩薩乘人持開通戒持不盡護戒聲聞乘人持不開通戒持盡護戒所以者何阿耨多羅三藐三菩提甚爲難得具大莊嚴乃可得成大乘之人於無量劫往來生死不應生於猒離之心優波離如來觀察籌量爲大乘人不應一向說猒離法不應一向說離欲法不應一向說速疾法常當爲說發歡喜心相應諸法常應爲說甚深無雜無悔纏法常應爲說無取無礙空無之法聞此法已常樂生死不生憂悔亦能滿足菩提之行優波離白佛言世尊或有欲相應心而犯於戒有瞋相應心而犯於戒有癡相應心而犯於戒世尊菩薩犯戒於欲相應心瞋相應心癡相應心何者爲重爾時世尊告優波離若有菩薩如恒河沙欲相應心而犯於戒或有菩薩因一瞋心而犯於戒等住菩薩大乘之道因瞋犯者當知最重所以者何因瞋恚故能捨衆生因貪欲故於諸衆生而生親愛優波離所有諸結能生親愛菩薩於此不應生畏所有諸結能捨衆生菩薩於此應生大畏優波離如來先說欲難捨離名爲小犯瞋易得離名爲大犯優波離所有諸結犯小難離大乘之人應當忍受所有諸結犯大易離大乘之人乃至夢中不應忍受以是義故大乘之人因欲犯者我說是人不名爲犯因瞋犯者我說是人名爲大犯名大過患名大墮落於佛法中是大留難優波離若有菩薩無有方便欲相應心而犯於戒

生於怖畏於瞋犯戒不生怖畏若有菩薩而有方便恚相應心而犯於戒而生怖畏欲相應心而犯於戒不生怖畏爾時文殊師利在大衆中前白佛言世尊一切諸法究竟毗尼誰受毗尼佛告文殊若諸凡夫悉能了知一切諸法究竟毗尼如來終不演說毗尼以不知故如來爾時爲令覺知一切諸法究竟毗尼漸次爲說諸毗尼法爾時優波離白佛言世尊此文殊師利於此解說毗尼決定之義而無所說爾時世尊告文殊師利汝今應當解說究竟毗尼之法此優波離欲得聞於毗尼之義爾時文殊師利語優波離言一切諸法究竟無垢能自調心乃能得見究竟毗尼一切諸法無有結纏淨其本性乃能得見究竟毗尼一切諸法無有染汙我不可得乃能得見無悔毗尼如如眞實億萬法門欣樂修學乃能得見清淨學戒一切諸法無有分別無縛無解不作思惟乃能得見無有縛著一切諸法無住無染不作留住乃能得見諸法清淨一切諸法住虛空際離諸處所乃能得見所住清淨一切諸法逮得鬬諍前際後際不可得故乃能得見三世平等一切諸法離諸施設心無所行乃能得見斷於疑結優波離是則名爲究竟毗尼法界諸佛世尊從此得道若能籌量觀察此法是名善學逮最勝戒若不觀此法是則不名深入如來所學之法爾時優波離白佛言世尊此文殊師利所說之法皆是不可思議爾時世尊告優波離文殊師利所說之法依於解脫所依解脫心無去來是故文殊師利說一切法心無去來

於心解脫生增上慢者爲除彼人增上慢故爾時優波離白佛言世尊比丘行何法故名增上慢佛告優波離若有比丘作是思惟欲斷貪欲名增上慢作是思惟欲斷瞋恚名增上慢作是思惟欲斷愚癡名增上慢貪欲法異諸佛法異作是思惟名增上慢瞋恚法異諸佛法異作是思惟名增上慢愚癡法異諸佛法異作是思惟名增上慢作是思惟見有所得名增上慢作是思惟見有所證名增上慢作是思惟見有解脫名增上慢作是思惟見諸法空名增上慢作是思惟見於無相名增上慢作是思惟見於無作名增上慢作是思惟見有諸行名增上慢作是思惟見有諸法名增上慢一切諸法不可思議作是思惟不應思議名增上慢諸法空無何用精進作是思惟名增上慢是名聲聞住增上慢云何名爲菩薩增上慢佛乘最勝作是思惟我當於中發菩提心名增上慢行六波羅蜜當得作佛作是思惟名增上慢般若波羅蜜能得出離更無餘法而得出離作是思惟名增上慢於甚深法應作方便不因世法作是思惟名增上慢此法甚深此非甚深作是思惟名增上慢此法是淨此法非淨作是思惟名增上慢此是佛法此是辟支佛法此是聲聞法作是思惟名增上慢此法應作此法不應作作是思惟名增上慢此是近法此非近法作是思惟名增上慢此是正道此是邪道作是思惟名增上慢疾當得阿耨多羅三藐三菩提不疾當得阿耨多羅三藐三菩提作是思惟名增上慢一切佛法不可思議未曾有人

能覺之者作是思惟名增上慢阿耨多羅三藐三菩提不可思議彼不應思議此非是見然是過患是名菩薩住增上慢爾時優波離白佛言世尊云何比丘離增上慢佛告優波離若有比丘思惟諸心思惟心時不著思惟是名最勝離增上慢爾時世尊欲廣分別思惟法故而說偈言

不應分別法非法　戲論諸心不應住
不思議法而能知　名一切時受樂人
若有欲知有無法　作是思惟非眞實
隨逐邪心凡夫人　受諸有苦百千億
若有比丘常念佛　此則非眞非正念
當知佛從分別起　實不可取亦不生
若有思惟諸空法　則住邪道凡夫人
雖因名字說空法　而實無有名字說
閑居寂靜思惟法　世所稱歎寂靜人
心住覺觀是戲論　是故無思能解法
心心諸法名爲思　若有邪思必有著
若能遠離是著法　於諸邪思無復思
法同草木無所知　而因諸緣得生起
無有衆生而可得　能起空無諸緣法
因日光明眼得見　夜則不見離衆緣
若眼自能見色者　何故無緣而不見
眼常見於諸光明　得見種種可意色
當知見性衆緣生　是故知眼不能見
若有所聞諸好聲　生已即滅無有聞
推其去處不可得　因分別故起聲想
一切諸法同音聲　施設說有諸數相
未曾能生法非法　爲凡夫故而示現
我爲世間歎布施　而實慳法不可得

佛所說法難思議　雖不可得而演說
我常歎說持淨戒　破戒之相如執空
諸破戒相如虛空　清淨持戒亦如是
我說忍辱爲妙勝　瞋恚之性實不生
於諸法中無觸惱　而佛開示忍辱者
常說晝夜不疲倦　覺悟精勤爲最上
雖復勤行於百劫　然其所作無增減
禪定解脱爲最勝　如來開示說諸門
而實諸法無散亂　世尊現說諸禪定
智慧之性能覺了　能知諸法爲慧人
然其自性不有生　佛能示現爲解說
我常歎說諸苦法　歡喜樂行頭陀者
推求貪法不可得　名爲最上不貪者
常爲衆生百千衆　現說地獄怖畏事
未曾有去墮惡道　死入無間地獄者
無有能作地獄者　亦無能作矛稍等
因分別故而見有　刀劒之害傷已身
雜色莊嚴華果樹　金色宮殿而晃曜
彼亦未曾有作者　皆從妄想分別起
虛僞之法誑世間　著想迴旋凡夫人
於取不取無自性　猶如分別幻化焰
說於諸行最勝者　能爲衆生發道心
菩提之道不可得　當知求者亦非實
其心本性常清淨　無有染著諸苦惱
凡夫分別諸惡心　自生貪愛諸染著
諸法妙勝常寂靜　而實無有愛恚癡
法性解脱離染愛　逮到安隱無處所
我知諸法如虛空　遊諸世間不生畏
其意未曾有染著　是故不住於邪道
我於多劫修諸行　度脱無邊諸衆生

而諸衆生生不盡　亦未曾有增減時
譬如世有大幻師　能化無邊百千衆
即時皆害諸化人　而於幻化無增損
一切衆生如幻相　其邊未曾而可得
若有能觀不思議　當知彼人不猒生
觀世寂靜名勇猛　如法實相亦復然
受五欲利當修行　不生染著度衆生
無有衆生及壽命　世尊憐愍與慈悲
勤修精進大苦行　雖無衆生作利益
如以空拳誘小兒　誑惑其心令染著
然後開手示空拳　小兒即時大啼哭
如是難思佛世尊　於諸法相淨覺意
已解遠離空無法　而能示現於世間
於我法中甚可樂　捨離俗服能出家
其後當得最勝果　大慈悲人之所說
已能出家捨俗務　復聞當得所逮果
觀察諸法眞實相　無有諸果而可得
已於諸法無得果　轉復生於未曾有
快哉大悲人師子　善入相應諸法相
一切諸法如虛空　能立名字百千萬
此名爲根禪解脫　亦名爲力七覺支
諸根無有生滅相　覺力等法亦復然
非是色性不可取　以智力現示世間
我說衆生有所得　皆是遠離諸性相
若有計我有所得　不名爲得沙門果
若法無生亦無滅　誰有於中而得者
說衆生得即無得　能覺此法名爲得
衆生得果名最勝　我說衆生非衆生
未曾有得衆生者　是故不應有得果
譬如良田無種子　彼中不應而生芽

如是衆生不可得　云何當有逮寂靜
一切衆生性寂靜　未曾有得其根本
若有能觀此法者　我說永寂無有餘
過去諸佛百千萬　度諸衆生無有盡
而此衆生無眞實　究竟寂靜更不生
一切諸法皆滅相　未嘗能有得生者
若有能觀如是法　彼人不著於三界
我說諸道無障礙　皆離諸著甚可樂
於百千劫甚難得　乃從往昔然燈佛
能起最勝無生忍　永斷障礙無有餘
得清淨念以爲命　亦離一切諸非見
彼無惡趣常安樂　勇猛能知無礙法
不著諸行得解脫　於百千劫不生畏
能得諸辯亦不難　無邊百千陀羅尼
解陀羅尼諸義趣　速能覺知無礙法

說是偈已二百比丘增上慢者不受諸法心得解脫六千菩薩得無生法忍爾時優波離白佛言世尊當何名斯經云何奉持佛告優波離此經名爲決定毗尼亦名破壞一切心識當奉持之爾時優波離文殊師利一切大會諸天世人阿修羅等聞佛所說皆大歡喜爲佛作禮

佛說決定毗尼經

音釋

毗摩羅詰　梵語也此云無垢稱詰契吉切　彌戾車　梵語也此云邊地主戾郎計切　摶　度官切以手圜食也　金翅　翅式利切鳥王名也其翅金色兩翅相去三百三十六萬里頸有如意珠以龍爲食　波羅提木叉　梵語也此云解脫　矛矟　矛莫浮切鉤兵長二丈矟所角切矛屬長丈八

發覺淨心經

隋天竺三藏闍那崛多譯

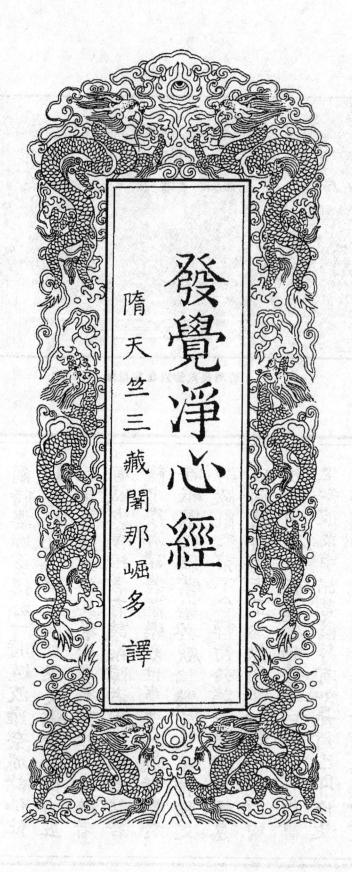

清刻龍藏佛說法變相圖

發覺淨心經卷上

隋天竺三藏闍那崛多譯

爾時婆伽婆復於一時遊波羅奈城諸仙住處鹿野苑中與大比丘衆足滿千人復有五百諸菩薩衆於其衆中多有諸根未成熟者有减少善根者有諸業障者爾時彼處諸菩薩中復有諸菩薩樂多世事樂於談話樂於睡眠樂於雜業樂於戲論樂於染著種種文辭散亂之業不合禪行於諸善事嬾惰懈怠破精進行忘失正念無所能知常行亂行爾時衆中有一菩薩摩訶薩名曰彌勒在彼會坐知彼衆中諸菩薩等有如是行已即作是念此諸菩薩减損道分然我今者應當發覺此菩薩等令彼憶念發起道意爾時彌勒菩薩摩訶薩作是念已於日晡時從禪定起往

詣諸菩薩所到已與彼諸菩薩共相慰喻爲作歡喜令彼樂欲求聞法故因而告彼諸菩薩言長老汝等頗於菩提分中不損減乎彌勒菩薩作是語已彼諸菩薩語彌勒菩薩言長老彌勒我等道分惟有損減無有增長何以故然我等輩取住疑心我等爲當得作佛耶不得佛耶我等爲當墮落法耶不墮落耶於諸善根爲欲生耶爲不生耶作於惡心我等住取是相作是語已彌勒菩薩告彼菩薩衆言汝長老輩今可共往詣佛世尊如來應供等正覺所然彼世尊一切知見無礙解脫知見具足巧知一切衆生心行彼佛世尊量汝等行當爲說法時彼衆中六十菩薩共彌勒菩薩往詣佛所到已五體頭面禮佛足已於地未起悲啼雨淚其彌勒菩薩頂禮佛足

却坐一面爾時世尊告諸菩薩言諸善男子汝等應起莫啼莫歎勿生熱惱汝等過去作此業障汝等於時歡喜踊躍罵詈毀辱破壞他人不信業報不能分別業障纏繞不合善故爾時彼六十菩薩偏袒右肩右膝著地向佛合掌而作是言善哉世尊我等業障願分別說令我等輩自清淨心勿復更造時彼菩薩作是語已佛告彼菩薩言諸善男子汝等過去於拘留孫如來教中出家學道既出家已住於禁戒於戒放逸住於多聞於多聞放逸於頭陁功德皆悉損減於時有二法師比丘汝於彼所誹謗婬欲爲多利養名聞因緣於彼親友施主之家嫉妬慳貪於二法師所親友檀越汝復破壞離散兩舌毀辱令生疑惑不生信心信不具足説非善事時二法師

所有衆生心生敬信隨順之者令彼等輩斷諸善根作諸障礙汝等以此業障緣故遂於六十二百千歲墮於阿鼻大地獄中復於四萬歲墮於活地獄中復於二萬歲中墮黑繩地獄復於八百千歲墮熱地獄復於彼處捨命已後還得人身於五百世中生盲無目以業障故所生之處一切暗鈍忘失本心善根閉塞少於威力衆皆棄捨恒被欺陵爲人憎惡毀呰誹謗常生邊地貧賤之處下種姓家少利養少名聞不爲他人恭敬供養亦不尊重人所不喜衆所厭惡汝等從此捨身命已於後五百歲中正法滅時還生惡國惡人之處下種姓家貧窮下賤被他誹謗忘失本心不欲善根常有障礙雖暫遇明還被翳暗汝等於彼五百歲後一切業障爾乃滅盡於後得生阿彌陀國極樂世界時彼如來方授汝等阿耨多羅三藐三菩提記爾時彼等六十菩薩乘富伽羅等既聞此已捫淚恐怖毛竪合掌向佛而作是言世尊我等從今若於菩薩乘富伽羅所若生瞋恚過失而復更造自餘業障我等今日於世尊前皆悉懺悔世尊我等今者於如來前發實誓願世尊我等從今日已若於菩薩乘富伽羅輩於犯罪之中發覺言說我等則爲欺誑如來世尊我等從今日已若於行菩薩乘富伽羅所戲弄惡賤而輕慢者我等則爲欺誑如來世尊我等從今日已若於行菩薩乘富伽羅所而起我慢說彼惡事若實若虛我等則爲欺誑如來世尊我等從今日已見菩薩乘富伽羅者若在家若出家受五欲果報富樂遊戲娛樂見是

事已生不信心取彼過失不生敬心不作師想者我等則爲欺誑如來世尊我等從今日已於親友家乞匃家因緣行菩薩乘富伽羅所若遍切身心者我等則爲欺誑如來世尊我等從今日已行菩薩乘富伽羅所出不喜聲及罵詈聲我等則爲欺誑如來世尊我等從今日已於晝三時及夜三時一切菩薩乘富伽羅所不禮拜者我等則爲欺誑如來世尊我等從今日已爲護此受故若身若命而不捨者我等則爲欺誑如來世尊我等從今日已若聲聞乘若辟支佛乘富伽羅所若起勝念自大非彼我等則爲欺誑如來世尊我等從今日已於遊行時若不作卑下心如旃陀羅及如狗犬若不作如是行者我等則爲欺誑如來世尊我等從今日已若自稱譽毀謗於他我等則爲欺誑如來世尊我等從今日已怖瞋鬪故若不離彼去百由旬猶如風吹者我等則爲欺誑如來世尊我等從今日已於持戒者我應敬念若多聞者若頭陀功德及省事者并餘功德若不讚説我等則爲欺誑如來世尊我等從今日已若不覆藏已之功德開示已惡我等則爲欺誑如來爾時世尊讚彼六十行菩薩乘富伽羅言善哉善哉諸善男子汝等善説此諸誓願能自發覺善作是願汝等如是住者當盡一切業障當得善根淨爾時世尊復告彌勒菩薩摩訶薩言彌勒若有菩薩欲淨業障當作是願爾時彌勒菩薩摩訶薩復白佛言世尊頗有善男子等護持此願當得滿足不退轉不佛告彌勒有諸菩薩受行是願彼善男子善女人寧

捨身命不鈌此行亦不退捨爾時彌勒菩薩復白佛言世尊行菩薩乘富伽羅等具足幾法於後五百歲法欲壞時無損無害而得免脫爾時佛告彌勒菩薩言其具足有四種法於後五百歲法欲壞時不損不害而得免脫何等爲四不求他過於菩薩乘富伽羅所有犯罪處而不發覺於善友家及施主家不生悋惜捨離惡言彌勒是爲行菩薩乘富伽羅等具足四法於後未來五百歲時不損不害當得免脫爾時世尊欲重宣此義而說偈言

莫於他邊見過失　勿說他人是與非

不著他家淨活命　諸所惡言當棄捨

復有四法行菩薩乘富伽羅等後五百歲法欲壞時比丘壞時無損無害而得免脫何等爲四所謂不相應衆生應當棄捨遠離大衆常修蘭若降伏已身與此相應彌勒行菩薩乘富伽羅等具四法者於彼後時五百歲中法欲滅時能於自身不損不害安隱解脫爾時世尊而說偈言

棄捨衆閙極遠離　無法比丘勿親近

當修蘭若佛所讚　不著利故得涅槃

是故彌勒菩薩於後五百歲時欲自不損不害而得解脫一切業障欲得免者勿親穢閙應住蘭若空閑園林離不相應諸衆生等常自省察莫求他過愛樂默然當與般若波羅蜜相應於諸衆生起慈愍心而爲說法勿求恩報爾時世尊復告彌勒菩薩言善男子法施有二十功德不求果報不著利養及與名聞而爲說法何等二十得正憶念得勝妙趣得好正意得强志力得多智慧覺悟出世般

若波羅蜜當得少欲當滅瞋恚當滅愚癡一切諸魔不得其便諸佛護念非人守護諸天與力一切怨家不得其便凡所親友無人能壞凡所出言人必信受得無所畏凡有行處恒常歡喜智者讚歎所行法施恒爲他念彌勒是爲法施不求果報得二十功德棄捨利養及與名聞衣服飲食無所希望饒益爲首常行法施復次彌勒菩薩復有二十種功德不求果報菩薩爲他行法施時不著利養名聞饒益爲首數行法施何者二十彼未生辯才則能令生生已不失得陀羅尼當得察勸不用多力廣益群生少用功力多所利益於衆生邊恭敬尊重常應供養當得身密當得口密當得意密超越惡道及諸恐怖於命終時心得歡欣如法正説能伏他論具大威德

聖人敬仰況餘凡庶諸根成就無能及者深心具足得舍摩他毗婆舍那能行難行精進不減守護正法速能超度不退轉地一切行中得隨順住彌勒是名復有二十種功德菩薩法施不求果報不著利養及與名聞衣服飲食饒益爲先數行法施彌勒汝觀未來後五百歲中有幾所無智菩薩乘富伽羅等行法施時望報歡喜非不望報彼作是心爲他説法增多親友及乞匃所故行於法施又作是念云何當令出家在家生淨信心供養於我衣服飲食卧具湯藥所須以是緣故爲他説法彌勒譬如死虵死狗及死人等其實臭穢可惡膿爛不淨衆人猒惡捨離遠去如是如是彌勒於後末世諸法師等惟求果報爲他説法若無財利猒惡生苦疲倦捨去我等

無利如此法施無有利潤既不與我衣服飲食卧具牀鋪作如是念我何因緣於中疲苦彼人爲重供養承事已身畜於侍者及弟子等而不爲法都無利益他人之事而口詐現如是慰喻教導衆人我有慈悲如法攝衆不爲財利爲利益故至彼城邑聚落王家爲成熟衆生故彼雖作是語心常惟爲衣服飲食卧具湯藥等事彌勒我不說彼求財物者法施清淨何以故夫求報者法不平等彌勒我不說彼希望報者成熟衆生何以故若自未成熟能成熟他無有是處彌勒我不說重承事愛供養身攝取種種物者爲利益他事何以故爲承事者惟爲身樂故不能攝衆建立修行故彌勒我不說詐稱善者爲住蘭若彌勒我不說薄福人者爲少欲行彌勒我不說追求好飲食者爲行乞食彌勒我不說少利養者爲知足行我不說求好衣服者爲持糞掃衣我不說道俗不識而獨住者爲不雜行我不說好諂曲者值佛興世我不說求他短者能與法合我不說多瞋怒者爲戒聚清淨我不說我慢貢高者爲多聞我不說好朋黨者爲持律師我不說威儀濁者爲善敬說法我不說多綺語調弄者爲善說法師我不說染著家者爲清淨梵行導師我不說求福田施者爲不希報我不說求報恩者以爲善攝事我不說求利養名聞者爲内心清淨我不說無信多分別者以爲出家我不說信他教者爲好持戒我不說不尊重者以爲聽法我不說著世典呪詛者以爲愛法我不說不信空者而得解脱我不說染著者以爲修行淨

我不說染著行者爲滿菩提分我不說住所得者以爲證智我不說羸弱者爲忍辱滿足我不說無人觸者爲忍力鎧我不說本性少煩惱者爲戒清淨我不說多語者爲依教行我不說樂言語者以爲一心我不說樂作世業者爲法不減少我不說内心淨者當墮惡趣我不說依智行者以爲雜行我不說方便相應行者以爲諂曲我不說不求名利者以爲妄語我不說無戲論者以爲謗法我不說喜護正法者爲愛身命我不說恐怖行者爲發精進彌勒如是等種種諸過諂曲顛倒貪盜等於未來世五百年後菩薩乘輩住此惡行當須護之爾時彌勒菩薩摩訶薩白佛言世尊惟此六十菩薩於未來世五百歲後有諸業障爲當更有其餘菩薩耶佛言彌勒於五百歲後更有其餘菩薩當爲業障所纏其中亦有能盡業障或增長者復次彌勒於彼時此五百菩薩衆中當有二十菩薩於未來世能少有業障微細業障後五百歲當生村落城邑險難國土大豪姓家聰明多智巧解方便心意調柔多有潤澤利益弘廣端正可喜巧妙辯才覆藏已德住在頭陀功德之行已於無數億劫阿僧祇集聚阿耨多羅三藐三菩提護持正法棄捨身命在蘭若處遠離聚落不求名利常樂精勤入衆生行善能言論通達世典少聞多解於毗婆舍那悉能巧知具得辯才善能分别隨問能答與義相應得無礙辯才或復有得無盡陀羅尼者爲四部衆演說法時佛威神力故佛住持故於如來所說修多羅祇夜授記伽陀憂陀那尼陀

那阿波陀那伊帝越多伽闍多迦毗佛略阿浮陀達摩優波提舍能自辯說彌勒彼時二十巧方便菩薩從阿闍黎和尚等邊受此法本無量百千修多羅句皆悉誦持解說以誦持此法本故彼善男子於諸辯才心無疑悔攝受而住復次彌勒於彼時中復有無方便菩薩若在家俗人若出家人於護持正法者教法行者眞實行者彼諸法師邊所說法教悉不受持欺誑調弄汝等自造此法所說法句非如來說汝等隨自意集作此文飾逮相繫縛我等於此法中不生敬重不生信樂難遭之想彌勒於彼時中多有衆生誹謗此法破壞此法不受此法猶如技兒調戲之法與彼同行是諸比丘不依修多羅不依毗尼演說法句汝等莫生敬信希有之心此非正法也彌勒彼等癡人不知所有一切善言皆是如來所說彼諸人等爲魔所持當生誹謗彼諸法師所說之法當作謗法業因緣以作謗法業因緣故當墮惡道是故彌勒若欲護正法菩薩當作方便覆藏已德於種種有行衆生應須護持勿令彼等生障礙想爾時彌勒菩薩摩訶薩白佛言希有世尊婆伽婆於彼時中菩薩乘人無有智慧不求辯才而於人法不能生信乃於誰邊求生善根當求陀羅尼以自護若不如是於彼持法諸法師邊起於誹謗生於穢汙世尊譬如有人渴欲飲水若至泉池若陂若井未飲其水先擲糞穢中擲糞穢已還欲飲水聞水臭穢憎惡不飲不說自汙因緣反說彼過奇哉此水甚大臭穢自過不曉而與彼水作其過咎如是如是

世尊彼癡人輩長夜求法欲察法行先於人法求其過已還從聞法憎惡法師及所說法如彼癡人嫌惡泉池陂井濼等持法比丘應如是知若復有人能說是法當知皆是佛威神力如是世尊於五百歲後有無知菩薩而汙彼法及持法比丘已還於其邊欲飲法味彼不自覺已之過惡當復調弄彼等法師於衆人前說其過咎起染汙已見其過失生猒想已便欲捨離爾時世尊讚歎彌勒菩薩言善哉善哉彌勒汝善說此言若能不求他過失短者當知已不離一切過彌勒有四因緣一切辯才諸佛所說應如是知彌勒復有四因緣當知四辯即一切諸佛如來所說毀呰一切諸佛而不許可彌勒何者四辯因緣當知諸佛所說彌勒其辯者義具足非不義具足法具足非不法具足當盡煩惱不增煩惱說涅槃功德示生死過惡彌勒是爲四辯當知諸佛所說彌勒若有比丘比丘尼優婆塞優婆夷與此四辯和合相應能辯說者若善男子若善女人於彼人邊當作佛想作教師想而聽法義何以故彌勒彼所有說者當知皆是如來所說應如是見彌勒若有謗此四辯言非佛說不生尊重恭敬之心憎嫉人故彼即誹謗一切諸佛所說辯才誹謗法已作滅法過業作滅法行已墮於惡趣是故彌勒若有信心善男子等欲得離遠滅法業障因緣者不可以憎嫉人故而憎嫉於法不可以不愛人故於彼法邊不生愛心彌勒何者辯說爲諸佛毀呰而不許可彌勒或有辯說無有利益不依實法增長煩惱不盡煩惱增長

生死不讚涅槃功德利益彌勒如此辯者一切諸佛之所呵責一切諸佛而不許可爾時彌勒菩薩白佛言世尊若有辯説增長生死非佛辯才云何世尊説諸煩惱爲諸菩薩而作利益亦復讚説生死流轉滿足菩提分法耶世尊如是辯者豈非如來説乎佛告彌勒言於汝意云何此煩惱爲滿菩提分故爲作利益諸菩薩故説者復當説讚歎受生死流轉然此事爲當合義爲當不合義爲當合法爲當不合法答言世尊若有正言者言合義合法若有此語者是名正言佛言彌勒以是義故汝當知一切佛所説皆是佛辯應如是見若有所説言諸煩惱滿足菩提分故爲菩薩説當作利益讚歎取生死流轉者爲利益菩薩故所以者何彌勒彼煩惱菩薩應如是見此菩薩不犯此煩惱罪以於義自在以於法亦得自在故此是諸菩薩善巧方便於彼處非是聲聞辟支佛地彌勒若有煩惱無有利益不滿菩提分因緣不爲善根門因於中彼菩薩不應惜身命亦不得隨彼煩惱所以者何彌勒得智力菩薩別有攀縁者見有煩惱別著有爲者彌勒菩薩復白佛言世尊如我解佛所説義若有菩薩不欲造業障欲盡業障不缺不損欲解脱者彼於未來世三摩耶時應當信菩薩行當須思惟莫求他過常求功德之事求眞正處佛告言如是如是彌勒其菩薩於後世時應當思惟於菩薩行應知方便所以者何方便智行菩薩善巧方便難可得知彌勒譬如須陀洹人於凡夫行中現其須陀洹地別於凡夫別患彼欲過瞋癡

諸凡夫等當墮惡道還彼諸過惡諸聖聲聞不墮惡道如彼證知故彌勒如是如是智行菩薩汙染習迷未盡故彼別有地初行菩薩別有地所以者何其心不住於諸使而諸凡夫染著諸使愚癡因緣不能巧知解脱之處彌勒智行菩薩雖有重罪以智力故當盡如灰亦不因彼墮於惡道彌勒譬如熾火將大木薪擲置其中如是數數擲中其火轉增熾盛不滅如是如是彌勒智行菩薩智火熾盛時將有爲煩惱擲智火中如是智火熾盛而不能滅以智力故彌勒以是汝應當知智行諸菩薩其行難知爾時彌勒菩薩白佛言世尊初行菩薩未得智力者捨家出家者何等諸法當須捨離何等諸法當須親近若親近彼菩薩未生智力令生已生者令增長不滅

佛言彌勒其初行菩薩捨家出家未得智力者雖捨資財供養之事應須觀利養名聞諸患應疾須捨世間言話須觀世間言話過患應捨樂多説應觀多説過患應捨樂睡眠應觀睡眠過患應捨樂作諸業應觀世間諸業過患應捨樂戲應觀樂戲過患然彼捨利養名聞已應須行少欲知足應須親近少欲知足者捨世言話已應須親近樂獨行者捨多言話已應須觀眞實義捨睡眠已初夜後夜長須警覺捨樂造業已當須親近出世之法捨戲樂已應須修習樂無衆生慈彌勒初行菩薩捨家出家未得智力者欲得智力如是等諸法應須捨離如是等諸法當須親近彌勒彼初行菩薩捨家出家未到智力者未捨利養名聞時未親近少欲知足時若未生智

力能令生若已生能令增長者無有是處未離世間話未親近獨行不捨離樂睡眠初夜後夜不近警覺樂習作業於此時中不能修習出世間法不捨嬉戲不親近無衆生慈想未生智力令生生者令增長無有是處彌勒是故若有菩薩欲生智力彼菩薩應捨諸法當捨者應須修習諸法當習近者所以者何彌勒智從因生無因智不可生因不和合不可易得生爾時彌勒菩薩白佛言世尊云何菩薩當觀利養名聞過患何者是利養名聞諸患菩薩觀時當樂知足而無有悔佛告彌勒菩薩於中當觀利養不令生欲作如是觀因利養故生欲損自已行心生瞋恨諸患應當觀利養生愚癡生我慢故當觀利養生妬嫉故當觀利養生妖幻成就愛味故當觀利養生諂曲故當觀利養離四聖種故當觀利養無所羞愧一切諸佛不許可故當觀利養生於我慢貢高於尊者邊不生愛敬一切人所不記録故當觀利養是助衆魔一向放逸根本故當觀利養摧折諸善根猶如雨雹故當觀利養多諸雜穢故當觀利養失知識朋友家故當觀利養能生愛憎及憂惱故當觀利養亂正念處多汙染故當觀利養令白法羸弱缺正勤故當觀利養最有障礙不得諸神通故當觀利養欺罔各說不善事故當觀利養多有分別思量造業故當觀利養遠離諸樂失禪定三摩跋提故當觀利養猶如婬女智慧寂靜遠離故當觀利養墮地獄餓鬼畜生等惡道如提婆達多優陀羅迦閒行故彌勒菩薩應當如是觀察利養觀察利養已

如是觀時意樂少欲能無有悔所以者何彌勒少欲菩薩無有如是等諸過患當爲諸佛法器不隨出家及在家之所欺慢能無恐畏得清淨信一切惡道皆無恐怖不被降伏遠離一切愛味離諸魔境當得解脫一切諸佛所歎天人所愛念不染著諸禪定親近故當生歡喜離於諂曲當不放逸觀五欲諸患如出言不異住於諸聖種姓梵行者常觀彌勒智者菩薩觀如是等諸功德當應須遠離利養名聞正心住於知足應當滅一切貪欲作是語已彌勒菩薩白佛言世尊菩薩云何觀於世間言說過患何者是世間言說諸患然菩薩觀已樂獨行然無有悔佛荅言彌勒世間言說有二十種諸患應當須觀菩薩觀時樂獨行何者二十不護身行不護口行不護意行當有雜欲行多有瞋恚多有愚癡彼於世間多有言說於出世間減損言說親近不敬法遠離正法魔得其便當行放逸令向放逸多有分別觀滅於多聞當不得奢摩他毗婆舍那當速成非梵行於信佛中減於信法僧減彌勒此等二十諸患世間言說若菩薩觀如是等已樂獨行而不疲倦爾時世尊欲重宣此義而說偈言

捨戒遠離於寂靜　若有喜樂世間話
彼雜染著向破戒　復有如是諸過患
調戲多笑及分別　彼有如是世間話
當有雜行無攝撿　若作世間親近話
愚癡世間樂智法　無智損減上談話
增長放逸饒分別　若作世間親近話
此亦不增於多聞　不合言說彼生樂

恒常滅損諸禪定　獨坐世間心思惟
世間思惟何有定　不得寂定無正觀
是故彼無勝梵行　若作親近世間話
彼於佛邊無敬心　亦於聖僧不崇仰
捨彼最上最勝法　若當親近世間話
我昔捨身數千分　爲求無上菩提緣
不曾猒離聞正法　彼等當捨不勤劬
不樂男女及婦妾　我昔捨位及資財
爲於一偈四句故　智者何故不聞法
一切一切處當捨　亦不和合染話言
彼於勝法無娛樂　難得百劫成就者
欲當解脱修功德　莫問世間所作者
不爲自利無涅槃　若有所聞爲衣食
以此爲勝可稱讚　若見比丘言善來
爲汝設座汝來坐　各各當話於法事

善得難得人身已　汝頗增長白法不
讀誦及諸禪定中　比丘應作如是問
如來涅槃去已後　當有法教破壞毀
有諸比丘無威儀　愛樂衆中捨蘭若
利養錢財衣服等　晝夜恒常共論説
睡眠不動於寥中　見於耕犂及苗稼
此等凡夫知失已　向於惡道三趣生
當生歡喜踊躍已　應住樹林如犀牛
在於蘭若求樂故　於時勿見他過失
我是最勝衆第一　應當莫生如是心
此是憍慢放逸本　如是比丘莫輕賤
次第於此法教中　不可一時即解脱
雖見比丘破禁戒　但信諸佛法及僧
於彼莫求他過患　此爲彼作解脱因
難攝諸欲及瞋恚　於中自在莫放逸

諸法熏修未得時　莫以破戒棄捨彼
若息勤心不精進　此最名爲不進者
修勤不見他過失　思惟正道脫苦故
是故比丘欲求德　應須當捨非法語
勤劬歡喜踊躍已　猶如犀牛在空閑

發覺淨心經卷上

音釋

晡奔謨切日加申時也　罵詈罵莫駕切詈力置切正斥曰罵傍及曰詈　欺丘其切慢也　嫠嫠力脅切侮也　翳於計切蔽也障也　捫淚捫莫奔切摸也謂摸找其淚也　寘職吏切置之也猶安著也　陂彼爲切澤也　濼匹各切陂澤也　毀呰毀許委切謗也呰將此切口毀也

發覺淨心經卷下

隋天竺三藏闍那崛多譯

爾時彌勒菩薩白佛言希有世尊世間人聚集言話乃有如此多濁過患無有功德和合此世間言話者但增長諸煩惱於白法中當作虛妄世尊何有智者菩薩求功德者聞此世間過患語已當不樂獨行世尊云何菩薩樂於多言復觀諸患菩薩若觀時樂擇眞義後更無悔佛言彌勒於中菩薩當觀二十種諸患樂多言者何等爲二十彌勒樂多話者當無敬心以多聞故我慢放逸於語言思惟當染著當失本念無有自正念所作事當不正威儀不能伏身心所行之處身不周正失於法忍身心剛强難可迴屈遠離於奢摩他毗婆舍那所作語言不知時節語言穢濁當貪飲食不得聖智諸天龍等所不敬重所得辯者常恒輕賤後當常悔不住於正行當輕躁不能滅斷諸疑行行之時猶如那吒惟隨逐聲當順諸欲功德識隨順流謗正法以不觀如實故所望之處數數發起動處不動不動處動應得供養而復不得以心不調伏故隨他所牽以不穿法界故隨諸煩惱所牽諸根不調伏故彌勒樂多言菩薩有此等二十諸患惟信知音聲不觀正義者爾時世尊欲重宣此義而說偈言

多聞如醉無敬心　勞亂言語依倚住
忘失正念無正智　樂於多言如是患
於內思惟甚爲遠　身無寂定心亦然
行動俯仰不屈伸　樂於多言如是患
正法思惟忘失意　惟有乾硬無潤心

禪定正觀皆遠離　樂於多言如是患
尊者勝邊無敬意　恒常樂於諍競言
住處不堅顛倒意　樂於多言如是患
於諸天衆不恭敬　諸龍夜叉不念彼
於後無有諸辯才　樂於多言如是患
有諸智者恒呵責　所有應當證身者
彼壽虛然無有利　樂於多言如是患
彼癡命終時有悔　我被虛誑今何言
彼當記說有衆苦　樂於多言如是患
輕躁猶如風吹草　有諸疑心不能決
彼無堅意不能定　樂於多言如是患
猶如那吒在戲場　說他猛健諸功德
彼時亦復如那吒　樂於多言如是患
彼於耳聞樂染心　彼愛音聲離正智
如有思惟不正道　樂於多言如是患

彼當諂曲最無望　數數還發諍競事
於諸聖行最爲遠　樂於多言如是患
動作有爲念無勢　他問聖德恒輕動
猶如獼猴躁擾心　樂於多言如是患
彼人癡者被他使　自智無有正定意
被諸煩惱隨順助　樂於多言如是患
彼當亂眼及耳鼻　舌身及意亦復亂
諸根一切皆亂行　樂於多言如是患
無智雖求多言語　求於諸法意不倦
彼當不受喜樂法　然心不喜於一念
甘蔗莖幹皮不堅　然彼心中味最上
不以壓皮令有味　其味不離於甘蔗
如皮多言既如是　如汁思義亦復然
是故多言樂遠離　思惟正義莫放逸
義味法味勝於衆　解脱之味亦爲妙

此是味中最上味　何故智者不獨行
如是多言覺知已　如是最勝義功德
若有智者欲學道　於彼真義應思惟
是故遠離無邪言　欲求真如勝義者
應須親近最勝法　當近於此證勝道

爾時彌勒菩薩白佛言希有世尊乃能善説多言過患世尊思惟正義有大功德世尊若欲求堅義者菩薩欲著有力鎧甲於虛僞語言應不樂習世尊菩薩云何樂於睡眠當觀諸患菩薩觀時應捨睡眠勤發精進不生疲倦彌勒作如是語已佛告彌勒菩薩言彌勒於中菩薩當觀二十種睡眠諸患何等爲二十彌勒夫有菩薩當樂睡眠者當有嬾惰身體沉重膚皮不淨皮肉麤澀諸大穢濁威德薄少飲食不消體生瘡疱多有懈怠增長癡網智慧羸弱善欲疲倦當趣黑暗人不恭敬禀質愚癡多諸煩惱心向諸使於善法中而不生欲一切白法能令減少恒行驚怖之中見精進者而毀辱之至於大衆被他輕賤彌勒菩薩樂於睡眠有如是等二十諸患若菩薩觀時當樂發精進爾時世尊欲重宣此義而説偈言

身體沉重無寂定　嬾惰懈怠形不端
皮膚穢惡不清淨　若樂睡眠隨順行
涕唾風等及黃癃　彼於身體多饒有
諸界撩亂不平等　若樂睡眠隨順行
彼食飲食不成熟　身體麤大無光澤
彼於音聲而嘶破　若樂睡眠隨順行
身體多有諸瘡疱　晝夜隨順睡眠者
其於身體多生苦　若樂睡眠隨順行

多有懈怠離精進　諸樂甚遠無財分
恒常睡眠無正意　若樂睡眠隨順行
恒常增長癡羅網　諸見顛倒甚難治
彼無正念意所奪　若樂睡眠隨順行
彼有智慧甚羸弱　諸法損減無禪定
遠離智慧及正住　若樂睡眠隨順行
知彼懈怠不勤學　恒爲非人奪威德
住在蘭若常恐怖　若樂睡眠隨順行
恒常蒙憒失正念　彼有讀誦不能住
所說正法常忘失　若樂睡眠隨順行
彼常護助煩惱等　恒亂迷惑性輕躁
彼於後時生悔心　若樂睡眠隨順行
彼有多業滅盡者　追憶求時生惱悔
增長諸使煩惱地　若樂睡眠隨順行
於諸善事無求欲　於諸法中無求心
數數行於非法中　若樂睡眠隨順行
即是遠離菩提道　一切功德悉減少
滅於白淨至黑暗　若樂睡眠隨順行
無有無畏嚴熾心　彼不甞生歡喜念
睡眠所執寬慢行　若樂睡眠隨順行
彼自知已懈怠處　妬他住於精進力
彼於精進說非善　若樂睡眠隨順行
智者若見如是患　誰當喜樂共睡眠
一向生癡多見網　無欲正法滅功德
智者誰不樂精進　若能滅苦淨諸暗
未來惡道皆悉盡　諸樂根本得甘露
世間所有諸才藝　及出世間諸能處
能發精進不爲難　智者何不力精進
若欲眞住勝菩提　彼等當知睡眠患
精進無怠不放逸　我於如是發覺彼

故無放逸與恐怖　發於精進禪定心
捨於諸患離睡眠　守護菩提及種子

爾時彌勒菩薩白佛言世尊如來爲諸菩薩應當見若聞如是多睡眠諸患已然當不能斷亦不能生厭離心世尊何者菩薩欲當學信心當欲成阿耨多羅三藐三菩提而生懈怠爲求善法故於如是多功德中雖復聞已不能發於精進已行當欲滿足菩提分故如來已善說多睡眠諸患及發精進諸功德世尊云何菩薩當觀樂造諸業諸患菩薩若觀已當少知足佛告彌勒於中菩薩於樂作業當觀二十種諸惡何等爲二十彌勒所謂凡菩薩樂作諸業當樂欲世間法即住一切最下業中所讀誦勤劬者當被他輕賤所有獨行禪定勤劬者當被他戲弄乃至無際生死流轉已來當發造業不休所有信心諸長者不能爲作福田常有貪欲愛諸物心向行於中以勤劬力常憂家業違他善法他以法教而不順從多有思念染著諸味所得精妙之事即不愛樂常造作相害惡業向諸知識新舊恒常憶念飲食恒常樂知他人是非長短之事恒常樂不合語議諸梵行者所教不受常觀他過不觀於已速被他輕賤合眞議語中恒常減少彌勒若菩薩樂造諸業者當有如是等二十諸惡過患爾時世尊欲重宣此義而說偈言

恒常住於下賤業　勝上之業彼最遠
此教法中無廣大　營事業者有斯患
好樂讀誦諸比丘　爲彼輕賤不忻仰
禪定之人去捨彼　營事業者有斯患

生死業中當勤勞　解脱處遠住諸縛
凡所受食不淨食　營事業者有斯患
恒常趣於諸業等　受取諸物無不樂
於諸受物常貪欲　營事業者有斯患
貪著朋友同行者　雜行共親更相染
猶如飛鳥被籠罩　營事業者有斯患
於諸家業恒常憂　心意愁慼未曾樂
凡所出言無人受　營事業者有斯患
有人教德不隨順　順法教者而不受
彼有戒行不具足　營事業者有斯患
恒常憂愁心不安　於諸俗業勤勞意
智慧寂靜彼不欲　營事業者有斯患
彼恒多有諸業事　雜種諸味爲彼縛
在在處處不知足　營事業者有斯患
於他集聚恒歡欣　智者不樂共言話

愛樂猥濁猶如驢　營事業者有斯患
心常瞋恨無潤澤　增長諸業常無盡
被彼愛染堅繫纏　營事業者有斯患
彼不依倚諸尊者　依倚俗家相佐助
見有住戒者誹謗　營事業者有斯患
晝夜無有别思念　飲食衣服及卧具
略説功德不欲受　營事業者有斯患
好問世間業功德　勤勞語業彼歡欣
勤勞勝德彼不慕　營事業者有斯患
躭著營作共親友　用已力勢調伏彼
所有惡業彼便作　營事業者有斯患
恒常好觀他過失　已所過惡不自知
見彼德者常調弄　營事業者有斯患
每至被他所輕賤　來者請法爲我説
意智不周無方便　營事業者有斯患

如是諸患當觀已　諸有菩薩樂是業
應當作彼最勝業　所作諸業皆無失
捨於千錢取一錢　有智之者應呵責
如是之者被他嫌　若樂作彼賤業者
是故智者有方便　下賤之業棄捨已
智者知已作上業　一切諸佛所讚歎

爾時彌勒菩薩白佛言世尊彼諸菩薩缺少智慧心意陿劣正等勤勞捨最勝法而作小業佛言彌勒我今告汝我今勑汝彼等菩薩不依佛教出家故即不能滅無禪定無有讀誦不求多聞復次彌勒諸如來教滅智行作智智具足勤勞故能辯知不可以俗業校量而知此非勤勞者樂聞生死流轉者所謂撿校世間所造作世間財購於中菩薩不得慕羡彌勒假使撿校勤勞菩薩作七寶塔滿此三千大千世界不能令我歡欣非供養我非承事我彌勒若有菩薩乃至一四句偈受持讀習與波羅蜜相應者彼當令我歡欣當供養我當承事我所以者何彌勒以多聞故諸如來菩提不取諸物故彌勒若有菩薩勤勞營事業者於勤修讀誦菩薩之所而爲惱亂者令修事業多致罪障無有福聚所以者何三種勝福皆因智起以是故勤勞事業菩薩於勤讀誦諸菩薩等不應障礙彌勒譬如閻浮提營事業者皆滿於中其數無量於勤誦念一菩薩所應勤給事譬如閻浮提勤誦念諸菩薩等皆滿其中應當給事一禪定者我如是說彼等菩薩善能給事彼人已作無量福聚所以者何是最爲得所謂第一義智慧相應證知無有上故一切世間最上最勝最

高彌勒以是故欲取當禪定精進者應習智業應當求生般若住處爾時彌勒菩薩白佛言世尊已爲諸菩薩說樂世間言話諸患樂多言話樂多睡眠樂造多業諸患世尊菩薩當云何觀樂戲論如所觀已當趣寂靜行佛言彌勒其戲論者略說有二十種過應當觀察若廣說者則有無邊何等二十彌勒多戲論菩薩現見法中多不樂行於忍辱中而復減少熏習瞋恚未生善根能令不生已生善根能令減損當有諍鬪怨讎當得短命趣不端正言語吃澀若他教法於心不住未說經法而不現前諸善知識皆悉遠離於惡知識當速和合當入苦道於一切時聞不戲言所生之處恒墮疑網近於八難白淨法中勤求學處多有障礙彌勒如是等略說二十種諸患爲多戲論菩薩爾時世尊欲重宣此義而說偈言

現法得苦心不樂　遠於忍辱助瞋恚
彼彼怨家常歡喜　行戲論者有斯患
惡黒魔羅爲所喜　魔家眷屬亦復然
所有善處皆棄捨　行戲論者有斯患
所欲作彼諸善行　彼以放逸故不住
彼以放逸向惡道　行戲論者有斯患
以無信故心難伏　生下賤家常被輕
彼之舌根常謇吃　行戲論者有斯患
爲其說法而不住　是故彼法不現前
諸善知識皆離彼　行戲論者有斯患
於諸惡業恒和合　於諸乘中極難淨
聞於法言意不樂　行戲論者有斯患
彼於諸善多障礙　於諸行中多怨讎

彼發勤時多有障　行戲論者有斯患
如是諸患智者知　一切戲論應當捨
戲論行者道難得　是故不應住戲論
走避由旬復由旬　所有戲論及諍競
我今不能獨住此　須臾之間煩惱處
我今出家求利德　莫作諍競生惡心
無有田地及商估　爲何事故起諍鬪
妻與兒子及奴婢　無有家宅諸財等
彼無奴僕自在處　既出家已莫諍競
既著袈裟衣服已　寂靜諸仙所印可
汝等具足是功德　捨於戲論當生忍
心如毒蛇及羅刹　當生地獄鬼畜生
戲論行者得不難　故於解脫生精進
所有諸苦害縛處　怨讎呵責打縛等
和合聚集相諍論　世間所有皆住此
若有和合怨難得　和合之者增名聞
和合之者得相愛　何有智者不和合
伺求過者不得便　眷屬不曾相破壞
彼者朋友不離散　遠離戲論得順教
安樂乘中當得淨　得脫業障無有餘
降伏魔羅及軍衆　被他誹毀當生忍
若有戲論多諸患　無戲論者德難量
我能示現如是等　欲得菩提當生忍

爾時彌勒菩薩白佛言希有世尊乃至如來說此發覺諸煩惱世尊頗有此等諸菩薩於後世間如是發覺諸煩惱當作厭以不於煩惱行中當能斷以不佛告彌勒菩薩言彌勒於未來世當少有菩薩乘行富伽羅若於後五百世時當斷煩惱行多有剛强心體無敬我慢自高作諸分別不能修習是故魔波旬

作比丘形來在彼等前作如是破壞此等修多羅他家文章非是如來所說所以者何於此修多羅所說諸功德無有彼我然彼徒衆被破已如來所說諸修多羅中當作疑惑當起諍競不肯受持亦不爲他說亦不修習然彼等癡人不作如是知此是諸業果報我等當不能證如是功德爾時彌勒菩薩白佛言世尊如來歎阿彌多如來十種發心於中各隨念發若念當欲生彼當即得生彼世尊何者是十種發心於彼處生佛告彌勒言彼等發心非少智者有彼發心是大事者所有欲生阿彌多剎中者當爲一切衆生發慈悲心不生瞋恨當生阿彌多如來佛剎爲一切衆生生慈悲心故當生彼處離於殺害受持正法發此心故當生彼處捨於身命發心不著一切諸法故當生於彼處發甚深忍行清淨信發此心故當生彼處不染名聞利養一切智寶發此心故當生彼處爲一切衆生生貴敬發心不忘失故當生彼處不驚不怖不愛凡言語發此心故當生彼處入菩提分種種善根發此心故當生彼處然不離念佛發此心故當生彼處遠離諸相故彌勒此十種發心若菩薩各發念一具足者當徃生彼阿彌多佛剎中若不生者無有是處爾時長老阿難白佛言希有世尊乃至如來說此法本爲諸菩薩發覺爾時世尊讚長老阿難言善哉善哉阿難是故菩薩於此法本發覺當如是持佛說此經時彌勒菩薩及長老阿難歡喜踊躍彼六十菩薩秉行諸善男子等皆悉滅彼業障歡喜奉行作禮而去

發覺淨心經卷下

音釋

輕躁 躁則到切輕躁謂輕跳躁急不安靜也
乾硬 乾古寒切燥也硬魚孟切堅牢也
莖幹 莖戶庚切枝柱也幹古案切亦莖也
麤澀 麤倉胡切大也澀色立切不滑也
瘡疱 瘡楚良切瘡痍也疱匹貌切氣疱瘡也
嘶 先稽切聲破曰嘶
憒 古對切心亂也
籠罩 籠盧紅切養鳥籠也罩知教切自上籠下曰罩
猥 鳥賄切鄙也
陿 胡夾切隘也
購 古候切以財相賕曰購
吃 居乙切言蹇也
蹇 居偃切口難於言也

佛說優填王經

西晉沙門釋法炬譯

清刻龍藏佛說法變相圖

三經合卷
佛說優填王經
佛說須摩提經
佛說須摩提菩薩經

佛說優填王經

西晉沙門釋法炬譯

聞如是一時佛在拘深國國王號曰優填拘深國有逝心名摩因提生女端正華色世間少雙父覩女容一國希有名曰無比隣國諸王羣寮豪姓靡不娉焉父荅曰若有君子容與女齊吾其應之佛時行在其國逝心覩佛三十二相八十種好身色紫金巍巍堂堂光儀無上心喜而曰吾女獲匹歸語其妻曰吾爲無比得壻促莊飾女將往也夫妻共服飾

其女步搖華光珠璣瓔珞莊飾光國夫妻共將女至佛所妻道見佛跡相好之文光彩之色非世所有知爲天尊謂其夫曰此人足跡文理乃爾非世所聞斯將非凡必自清淨無復婬欲將不取吾女無自辱也夫曰何以知其然妻因說偈言

婬人曳踵行　恚者斂指步　愚者足蹴地　斯跡天人尊

逝心曰非爾女人所知汝不樂者便自還歸乃自將女往詣佛所稽首佛足白佛言大人勤勞教授身無供養有是麤女願給箕箒佛言汝以女爲好耶荅曰生得此女顏容實好世間無雙諸國王豪姓多有求者不以應之竊見大人光色巍巍非世所見貪得供養故宜自歸耳佛言此女之好爲著何許逝心曰從頭至足周徧觀之無不好也佛言惑哉肉眼吾觀之從頭至足無一好耶若頭上有髮但是毛象馬之尾亦皆爾也髮下有髑髏但是骨屠家豬頭骨亦爾也頭中有腦者如泥腥臊逆鼻下之著地莫能蹈者目者是胞決之純汁鼻中有涕口但有唾腹藏肝肺皆亦腥臊腸胃膀胱但成屎尿腐臭難論腹爲韋囊褁諸不淨四支手足骨骨相拄筋連皮韜但恃氣息以動作之譬若木人機關作之既畢解剥其體節節相離手足狼藉人亦如是有何等好而云少雙昔者吾在貝多樹下第六魔天王莊飾三女顏容華色天中無比非徒此倫欲以壞吾道意我爲說身中穢惡即皆化成老母形壞不復慚愧而去今是屎囊欲何所戀急將還去吾不取也逝心聞佛所

說忽然慚恥無辭復言又白佛言若仁不取者更以妻優填王可乎不佛不答焉逝心即送女與優填王王獲女大悅拜父爲太傅爲女與宮妓樂千人以給侍之王正后師事佛得須陀洹道此女譖之於王王惑其言以百箭射其后后見箭不懼都無恚怒一意念佛慈心長跪向王箭皆繞后三帀還住王前百箭皆爾王乃自驚悵然而懼即駕白象金車馳詣佛所未到下車辟從步進稽首佛足長跪自陳曰吾有重咎在三尊所以彼婬妖縱欲與邪於佛聖衆每一惡念以箭百枚射佛弟子如事陳之覩之心懼惟佛至眞無量之慈白衣弟子慈力乃爾豈況無上正眞佛乎我今首過歸命三尊惟佛弘慈原赦其咎佛笑曰善哉王覺惡悔過此明人行也吾受王善意王稽首如是至三佛亦三受之王又頭面著地退就坐曰稟氣凶頑忿戾自恣無恐辱心三毒不除惡行快意順女妖邪不知其惡自惟壽終必入地獄願佛加哀廣說女惡魑魅之態入其羅網尠能自拔吾聞其禍必以自戒國民巨細得以改操佛言用此爲問具說餘義王曰餘事異日說之不晚女亂惑意凶禍之大不聞其禍何緣遠之願佛具爲吾釋地獄之變及女人之穢佛言具聽男子有婬之惡却覩女妖王曰善願受明教佛言具聽男子有四惡急所當知世有婬夫恒想覩女思聞妖聲遠捨正法疑眞信邪婬網所纏沒在盲冥爲欲所使如奴畏主貪樂女色不覺九孔惡露之臭穢渾沌欲中如豬處溷不覺其臭快以爲安不計後當在無擇之獄

受痛無極注心在婬泆其涕唾涎其膿血珍之如玉甘之如蜜故曰欲態之士此爲一惡態也又親之養子懷妊生育稚得長大勤苦難論到子成人擢家竭財膝行肘步因媒表情致彼爲妻若在異域尋而追之不問遠近不避勤苦注意在婬捐忘親老既得爲妻貴之如寶欲私相娛樂惡見父母信其妖言或致鬭訟不惟身所從生辜親無量之恩斯謂二惡態也又人處世勤苦疲勞躬自致財本有誠信敬道之意尊戴沙門梵志之心覺世非常布施爲福取妻之後情惑婬欲愚蔽自擁背眞向邪專由女色若有布施之意雖欲發言相呼女色絕清淨行更成小人不識佛經之重誡禍福之歸苟爲婬色投身羅網必墮惡道終而不改斯謂三惡態也又爲人子不惟養恩治生致財不以養親但以東西廣求婬路懷持寶物招人婦女或殺六畜婬祀鬼神飲酒歌儛合會之後互求方便更相招呼以遂奸情及其獲偶喜無以踰婬結縛著無所復識當爾之時惟此爲樂不覺惡露之臭穢地獄之苦痛一則可笑二則可畏譬若狂笑不知其非斯謂四惡態也佛言男子有是四惡用墮三塗當審遠此能免苦耳復聽說女人之惡佛便說偈言

已爲欲所使　放意不能安　習施於非法
將何以爲賢　欲爲畜生行　以爲還自殃
溷蟲在臭中　不知爲處難　如蟲在冥中
不知東以西　結著於婬欲　惡此亦蟲論
婬既不見道　日夜種罪根　現世君臣亂
上下爲迷昏　王法爲錯亂　正法爲迷焚

農夫捨常業　賈人爲彌連　現世更牢獄
死復入太山　當受百種毒　其痛難可言
洋銅灌其口　山車笮其身　此輩有百數
難可一一陳　常在三惡道　宛轉如車輪
若世時有佛　而已不得聞　女人最爲惡
難與爲因緣　恩愛一縛著　牽人入罪門
女人何爲好　但是屎尿囊　何不諦係視
爲此而狂荒　其内甚臭穢　外爲嚴飾容
家有含毒蠍　劇如蛇以龍　譬若錦韜矛
羅縠裹鋒鋌　愚者覩其表　翫之以自殃
智者覺而捨　癡者致死傷　婬欲亦如是
抱刃以自喪　覩新即猒故　所樂亦無常
言爲刀斧截　笑爲荆以棘　内懷臭穢毒
飾外以華香　癡人貪其味　不惟後受殃
譬如鴆毒藥　以和甘露漿　所向無不壞
飲之皆仆僵　亦如薪得火　草木被重霜
覩表不計裏　是爲最非祥　女毒甚於是
草乃見形傷　絕欲以求道　故有婬欲情
其形甚易見　癡人情不絕　羅網四面張
去道如絲髮　人本清淨種　如魚處深淵
智者乃自覺　著網不得還　欲網甚於是
結縛甚欲堅　投身冐荆棘　可得脫其身
譬若饑獼猴　望見熟甘果　專心投色欲
是輩百向墮　亦如魚食鉤　飛蛾入燈火
愚者見歡喜　不惟後受禍

佛說如是優填王歡喜即以頭面著地白佛言實從生已來不聞女人之惡乃爾男子勃亂隨之墮罪但不知故不斷心意從今已後終身自海歸命三尊不敢復犯爲佛作禮歡喜而去

佛説優填王經

佛說須摩提經

西晉三藏竺法護譯

清刻龍藏佛說法變相圖

佛說須摩提經

西晉三藏竺法護譯

聞如是一時佛在羅閱衹靈鳥頂山中與大比丘衆千二百五十人菩薩萬人俱爾時羅閱城大國有長者號曰郁迦郁迦有女名須摩提厥年八歲歷世奉敬過去無數百千諸佛積累功德不可稱計時須摩提從羅閱衹大國出詣靈鳥山行到佛所前以頭面稽首佛足禮畢却住一面叉手白佛言願欲有所問惟佛以善權方便解說我之所疑時佛默然即知女意佛語須摩提恣所欲問如來今當爲汝具解說之事事分別令汝歡喜須摩提問佛言菩薩云何所生處人見之常歡喜云何得大富常有多財寶云何不爲他人所別離云何不在母人腹中常得化生千葉蓮

華中立法王前云何得神足從不可計億刹土去到彼間禮諸佛云何得無讎怨無侵嫉者云何所說聞者信從踊躍受行云何得無殃罪所作善行無能壞者云何魔不能得其便云何臨壽終時佛在前立爲說經法即令不墮苦痛之處所問如是是時佛語須摩提如汝所問如來義者善哉大快乃如是乎汝若欲聞諦聽諦受勤思念之吾當解說時女即言甚善世尊願樂欲聞於是須摩提受教而聽佛言菩薩有四事法人見之皆歡喜何等爲四一者瞋恚不起視怨家如善知識二者常有慈心向於一切三者常行求索無上要法四者作佛形像是爲四法菩薩用是四事故人見之常歡喜佛於是說偈言

不起恚毀本根　常行慈得要法
作佛像身好潔　心歡喜人喜見

佛語須摩提菩薩復有四事法得大富有何等爲四一者布施以時二者與已倍悅三者與後不復悔四者既與不求其報是爲四法菩薩用是四事故得大富有常多財寶佛於是說偈言

以時施無悔心　喜悅與無希望
所作施有勇慧　在所處常大富

佛語須摩提菩薩復有四事法不爲他人所別離何等爲四一者不傳惡說鬪亂彼此二者導愚癡者使入佛道三者若有毀敗正法護使不絕四者勸勉諸人教使求佛令堅不動是爲四法菩薩用是四事故不爲他人所別離佛於是說偈言

不傳說鬪彼此　導愚冥護正法

勸進人使求佛　　終無能別離者

佛語須摩提菩薩復有四事法得化生千葉蓮華中立法王前何等爲四一者細擣紅蓮華青蓮華黄蓮華白蓮華合此四種末之如塵使滿礪妙華持是供養世尊若塔及舍利二者不令他人起恚意三者作佛形像使坐蓮華上四者得最正覺便歡喜住是爲四法菩薩用是四事故常得化生千葉蓮華中立法王前佛於是說偈言

施四華滿礪妙　　除恚恨受法義
得上覺立佛前　　作形像生華中

佛語須摩提菩薩復有四事法得神足從一佛國復至一佛國何等爲四一者見人作功德不使斷絶二者見人說法而不中止三者常然燈火於塔寺中四者求三昧是爲四法菩薩用是四事故得神足從一佛國至一佛國佛於是說偈言

行功德爲法施　　聞經說不中止
常然燈於佛寺　　入三昧徧諸國

佛語須摩提菩薩復有四事法得無雔怨無侵嫉者何等爲四一者於善知識無諛諂心二者不慳貪妬他人物三者見人布施助其喜四者見菩薩諸所作爲不行誹謗是爲四法菩薩用是四事故常行是行得無雔怨無侵嫉者佛於是說偈言

於善友無諛諂　　不慳惜他人物
見人施助其喜　　行菩薩無雔怨

佛語須摩提菩薩復有四事法其所語言聞者信從踊躍受行何等爲四一者口之所說心亦無異二者於善知識常有至誠三者聞

人說法不言是非四者若見他人請令說法不求其短是爲四法菩薩用是四事故其所語言聞者信從踊躍受行佛於是說偈言

如所念言亦爾　於善友有至誠
聞講法不求短　若說經心喜踊

佛語須摩提菩薩復有四事法得無殃罪所作善行疾得淨住何等爲四一者心意所念常志於善二者常持戒三昧智慧三者初發菩薩意便起一切智多所度脫四者常有大慈慜於一切是爲四法菩薩用是四事故得無殃罪疾得淨住佛於是說偈言

常志善念廣度　戒等定不離慧
當教人一切智　行慈意得淨住

佛語須摩提菩薩復有四事法魔不能得其便何者爲四一者常念於佛二者常精進三者常念經法四者常立功德是爲四法菩薩用是四事故魔不能得其便佛於是說偈言

常淨意念於佛　志精進在深法
自勗勉立功德　魔用是不得便

佛語須摩提菩薩復有四事法臨壽終時佛在前立爲說經法令其不墮苦痛之處何等爲四一者爲一切人故具滿諸願二者若人布施諸不足者念欲足之三者見人雜施若有短少便裨助之四者常念供養於三寶是爲四法菩薩用是四事故臨壽終時即見諸佛皆在前立爲說經法不令其人墮苦痛處佛於是說偈言

爲一切滿所願　無極哀勸足檀
以雜施致黠慧　供三寶得致佛

爾時須摩提白佛言惟世尊所說四十事我

當奉行令不缺減悉使具足不違一事若失一義我爲斷佛劫法滅衆弟子是時大目揵連在大會中坐即問須摩提此四十事大衆所行菩薩所爲甚亦難當如汝小女何能辦之時須摩提答目連言假令我今審實能行此四十事者三千大千國土皆當爲我六返震動雨於天華諸音樂器不鼓自鳴須摩提適發是言應時三千大千國土六返震動即雨天華樂器皆鳴女語目連是則證明我之至誠若有未來起菩薩意者亦當如是我後不久亦當如如來無所著等正覺信如我言無有虛者其在衆會皆當一等悉作金色尋如所語輙作金色於是目連即從座起整衣服下右膝叉手爲佛稽首作禮前白佛言今諸一切初發大意爲菩薩者我當自歸爲之作禮所以者何八歲女子感應如此豈況高士摩訶薩乎是時座中有大菩薩名文殊師利謂須摩提言於何法住所現感應乃如是乎須摩提答言諸法不可計數亦無所住而仁問我住於何法仁作是問不如不問文殊師利問須摩提言此語言何乃致斯乎須摩提報文殊師利言不於諸法有所住亦無所疑亦不言是非文殊師利問須摩提言如來本不作行乎須摩提報言譬如月影現於水中若寱野馬深山之響如來本行亦如是也文殊師利問須摩提如仁所說合會是事爲能得佛不須摩提報言云何仁者謂癡黠行三事異乎不爲異也一切諸法皆合所以者何若正法若不正法適無所住亦無所取亦無所放空無有色文殊師利復問須摩提解

是義者爲有幾人須摩提報言夫作幻者悠意所化寧有限無幻師所化猶尚無限信解此法亦如是也文殊師利問須摩提言如我無化無幻起行何法而與道合須摩提報言如仁所說致爲大快一切法處亦不有亦不不有至於如來無合無散文殊師利聞彼所說甚悅賛善文殊師利白佛言甚善須摩提所說微妙大可怪也乃能深入逮得法忍發意已來爲幾何乎佛語文殊師利是須摩提發無上平等度意等住已來積不可計先仁之前三十億劫仁乃於彼發無上平等度意適甫乃入無所從生法忍是仁本造發意時師文殊師利聞佛所說則前作禮白須摩提言惟別久遠今乃遘侍與師相見得受法誨須摩提報言莫作是念用何等故無所從生法忍亦無所念亦無有師文殊師利問言云何不轉女人身須摩提報言於是無所得所以者何法無男無女今者我當斷仁所疑文殊師利言善哉樂欲聞之須摩提謂文殊師利言如今我後亦當逮如如來無所著等正覺成慧行安定世間父無上士道法御天人師佛天中天如是審諦我今便當變爲男子適作是語便成男子頭髮即墮袈裟著身便爲沙彌須摩提復謂文殊師利言審我來世當作佛時使我國中莫有三事何等爲三一者魔事二者地獄三者女人態若我至誠我身當如年三十沙門時須摩提適作是語形體顏色如年三十時須摩提謂文殊師利言我作佛時令我國人皆作金色城郭及地周帀七寶有七寶樹令八種行七寶池水四邊

中外皆生七寶雜色蓮華及諸雜寶不多不少皆悉停等須摩提言如仁之國我之刹土亦當如是如我至誠者今在會者當作金色適作是語應時衆座皆作金色時持地神即從地出化作天身舉聲稱揚歎須摩提三言摩訶須摩提菩薩摩訶薩得作佛時國土所有七寶池水樹及華實皆當如是於是佛謂文殊師利是須摩提菩薩摩訶薩不久當得佛號寶德念吉祥如來無所著等正覺成慧行安定世間父無上士道法御天人師佛天中天佛説是經授須摩提莂時三十億人發無上平等度意者皆得立不退轉六萬天子悉得諸法眼生座中有五百菩薩聞文殊師利所言甚深意用不解中欲墮落見須摩提所説眞誠尋皆有應即解身衣以用上佛亦

不諛諂無所希望持是功德用自堅固於無上平等度意即得住不退轉地超九十劫不復生死時佛授與五百人決却後十劫劫名無塵垢佛號固受如來無所著等正覺是五百人等當生彼國國名焰氣當同一劫俱得作佛皆同一字號莊飾豫知人意如來無所著等正覺佛謂文殊師利乃如是經多所饒益如是不乎若今最後有菩薩摩訶薩及沙門若善男子善女人等求菩薩道奉行六度無極未曉善權方便不如書持是經諷誦讀轉復教人常念其中事諸欲聞者廣爲解説佛復語文殊師利前所不聞本所不行如是輩菩薩者當念習持所以者何譬如轉輪聖王治於世間時至竟七寶不爲缺減其王壽終七寶爲散如是文殊師利若佛經道住於

世間者佛七覺意終不爲滅若佛法滅覺意諸法皆爲之盡佛謂文殊師利當求無數方便具索諸經勤學書持爲他人說教授一切廣解其義常當精進是爲法教若善男子善女人欲求道者莫中有悔佛說經已須摩提菩薩文殊師利菩薩大目揵連等諸天及人其在會者阿須羅揵沓和持世者皆歡喜樂聞

佛說須摩提經

佛說須摩提菩薩經

姚秦三藏鳩摩羅什譯

清刻龍藏佛說法變相圖

佛說須摩提菩薩經

姚秦三藏鳩摩羅什譯

聞如是一時佛在羅閱祇耆闍崛山中與大比丘衆千二百五十人菩薩萬人俱爾時羅閱祇大國有長者號曰優迦優迦有女名須摩提厥年八歲歷世奉敬過去無數百千諸佛積累功德不可勝計時須摩提從羅閱祇大國出詣耆闍崛山行到佛所前以頭面稽首佛足禮畢即却在一面以一心而住叉手白佛願欲有所問唯多陀竭以方便解說我之所疑時佛默然即知女意佛語須摩提恣所欲問多陀竭今當爲汝具解說之事事分別令汝歡喜須摩提問佛言菩薩云何所生人見之常歡喜云何得大富有常多財寶云何不爲他人之所別離云何不在母人腹中

常得化生千葉蓮華中立法王前云何得神足從不可計億刹土去到彼間禮事諸佛云何得無仇怨無侵嫉者云何所說語言聞者信從踊躍受行云何得無殃罪所作善行無能壞者云何魔不能得其便云何臨壽終時佛在前立爲說經法卽令不墮苦痛之處所問如是是時佛語須摩提如汝所問多陀竭義善哉大快乃如是乎汝若欲聞諦聽諦受勤思念之吾當解說時女卽言甚善世尊願樂欲聞於是須摩提受教而聽佛言菩薩有四事法人見之皆歡喜何等爲四一者瞋恚不起視怨家如善知識二者常有慈心向於一切三者常行求索無上要法四者作佛形像是爲四法菩薩用是事故人見之常歡喜佛於是說偈言

不起恚毀本根　常行慈得要法
作佛像身好潔　心歡喜人喜見

佛語須摩提菩薩復有四事法得大富有何等爲四一者布施以時二者與已倍悅三者與後不復悔四者既與不求其報是爲四事菩薩用是四事故得大富有佛於是說偈言

以時施無悔心　喜悅與無悕望
所作施有勇慧　在所處常大富

佛語須摩提菩薩復有四事法不爲他人之所別離何等爲四一者不傳惡說鬪亂彼此二者導愚冥者使入佛道三者若有毀敗正法護使不絕四者勸勉諸人教使求佛令堅不動是爲四法菩薩用是四事故不爲他人之所別離佛於是說偈言

不傳說鬪彼此　導愚冥護正法

勸進人使求佛　終無能別離者

佛語須摩提菩薩復有四事法得化生千葉蓮華中立法王前何等爲四一者細擣優鉢華波曇華拘文華分陁利華令此四種末之如塵使滿句蟲持是供養世尊若塔及舍利二者不令他人起恚意三者作佛像使坐蓮華上四者得最上覺便歡喜住是爲四法菩薩用是四事故化生千葉蓮華中立法王前佛於是說偈言

施四華滿句蟲　除恚恨受法義
得上覺立佛前　作形像生華中

佛語須摩提菩薩復有四事法得神足從一佛國至一佛國何等爲四一者見人作功德不行斷絕二者見人說法而不中止三者常然燈火於塔寺中四者求三昧是爲四法菩薩用是四事故得神足從一佛國復至一佛國佛於是說偈言

行功德爲法施　聞經說不中止
常然燈於佛寺　入三昧遍諸國

佛語須摩提菩薩復有四事法得無仇怨無侵嫉者何等爲四一者於善知識無諛諂心二者不慳惜貪他人財物三者見人布施助其喜四者見菩薩諸所作爲不誹謗是爲四法菩薩用是四事故常行是行得無仇怨無侵嫉者佛於是說偈言

於善友無諛諂　不慳惜他人物
見人施助其喜　行菩薩無仇怨

佛語須摩提菩薩復有四事法其所語言聞者信從踊躍受行何等爲四一者口之所說心亦無異二者於善知識常有至誠三者聞

人說法不言是非四者常見他人請令說經不求其短是爲四法菩薩用是四事故其所語言聞者信從踊躍受行佛於是說偈言

如所念言亦爾　於善友有誠信
聞講法不求短　若說經心喜踊

佛語須摩提菩薩復有四事法得無殃罪所作善行疾得淨住何等爲四一者心意所念常志於善二者常持戒三昧智慧三者初發菩薩意便起一切智多所度脫四者常有大慈愍於一切是爲四法菩薩用是四事故得滅無殃罪疾得淨住佛於是說偈言

常志善念廣度　戒等定不離慧
常教人一切智　行慈意得淨住

佛語須摩提菩薩復有四事法魔不能得其便何等爲四一者常念於佛二者常精進三者常念經法四者常立功德是爲四法菩薩用是四事故魔不能得其便佛於是說偈言

常喜意念於佛　常精進在深法
自勗勉立功德　魔用是不得便

佛語須摩提菩薩復有四事法臨壽終時佛在前立爲說經法令不墮苦痛處何等爲四一者爲一切人故具滿諸願二者若人布施諸不足者念欲足之三者見人雜施若有短少便裨助之四者常念供養於三寶是爲四法菩薩用是四事故臨壽終時即見諸佛皆在前立爲說經法不令其人墮苦痛處佛於是說偈言

爲一切滿所願　無極哀勸足檀
以雜施致黠慧　供三寶得致佛

爾時須摩提白佛言唯世尊所說四十事我

當奉行令不鈌減悉使具足不違一事若失一事我爲斷佛法滅衆弟子是時長老摩訶目乾連在大會中坐即問須摩提此四十事大士所行菩薩所爲甚亦難當如汝小女何能辦之時須摩提答目乾連言假令我今審實能行此四十事者三千大千國土皆當爲我六反震動雨於天華諸音樂器不鼓自鳴須摩提適發是言應時三千大千國土六反震動即雨天華樂器即鳴女語目乾連是證明我之至誠若未來有起菩薩意者亦當如是我後亦當得多陁竭阿羅訶三耶三佛信如我言無有虛者其在會者皆當一等悉作金色尋如所語輒作金色於是目乾連即從座起正衣服下右膝叉手爲佛稽首作禮前白佛言今諸一切初發大意爲菩薩者我當自歸爲之作禮所以者何八歲女子感應如此豈況高士摩訶薩乎是時座中有大菩薩名文殊師利謂須摩提言於何法住所現感應乃如是乎須摩提答言諸法不可計數亦無所住而仁問我住於何法仁作是問不如不問文殊師利問須摩提言此語云何乃至於斯乎須摩提報文殊師利言不於諸法有所住亦無所疑亦不言是非文殊師利問須摩提言如來本不作行乎須摩提報言譬如月影現於水中若夢野馬深山之響如來本行亦如是也文殊師利問須摩提如仁所說合會是事爲能得佛不須摩提報言云何仁者謂癡黠行三事異乎不爲異也一切一法諸法皆合所以者何若正法若不正法適無所住亦無所取亦無所收空無有色文殊師

利復問須摩提解是義者爲有幾人須摩提報言夫作幻者恣意作化寧有限無幻師所化猶尚無限信解此法亦如是也文殊師利問須摩提言如我無化無幻起行何法而與道合須摩提報言如仁所説致爲大快一切法處亦不有亦不無至於如來無合無散文殊師利聞彼所説甚悦讃善文殊師利前白佛言甚善須摩提所説自恣其意微妙大可怪也乃能深入遠得法忍發意已來爲幾何乎佛語文殊師利是須摩提發阿耨多羅三耶三菩心等住已來積不可計先仁之前三十億劫仁乃於彼發無上平等度意適乃甫入無所從生法忍是仁本造發意時師也文殊師利聞佛所言則前作禮白須摩提惟別久遠今乃邂侍與師相見得受法誨須摩提報言莫作是念用何等故無所從生法忍亦無所念亦無有師文殊師利問言云何不轉女人身須摩提報言於是無所得所以者何法無男無女今者我當斷仁所疑文殊師利言善哉樂欲聞之須摩提謂文殊師利言如今我後不久亦當逮得如來無所著等正覺成慧行安定世間父無上士道法御天人師佛天中天如是審諦我今便當變爲男子適作是語即成男子頭髮即墮袈裟在身便作沙彌須摩提復謂文殊師利言審我來世當作佛時使我國中莫有三事何等爲三一者魔事二者泥犂三者女人態若我志誠我身當如年三十沙門時須摩提適作是語形體顔色如年三十須摩提復謂文殊師利言我作佛時令我國人皆作金色地及城郭周帀

有七寶樹令八重行七寶池水四邊中外皆生七寶雜色蓮華及諸雜寶不多不少皆悉停等須摩提言如仁之國我之剎土亦當如是如我志誠諸在會者當作金色適作是語應時衆會皆作金色時持地神即從地出化作天身舉聲稱揚歎須摩提言須摩提菩薩摩訶薩得作佛時國土所有七寶池水樹及華實皆當如是於是佛謂文殊師利是須摩提菩薩摩訶薩不久當得作佛字名遠聞具足藏如來過四道不受平等覺與具足行安隱世間天上天下無上大人女意云何法無所住豈有我名乎答曰不也天中天於女意云何其幻化者豈有到後世復來者乎答曰不也天中天於女意云何其幻化者豈有所起所滅乎答曰不也天中天於女意云何其幻化者豈有所有有形像乎答曰不也天中天於女意云何其幻化者豈有見聞有幻無幻乎答曰不也天中天其女曰佛言我曾聞之其幻化者無有見聞有幻無幻世尊又問於女意云何其幻化者假使無身豈能令幻化發起諸行乎女答曰唯天中天其幻化者實爲如此眞無所有佛言如是其無明者無內無外計其法者亦無所有亦無字也其明者不至後世亦無還反其無明者亦無有起亦無有滅其明者亦無形像適與無明緣致衆行名色六入更習痛愛受有生老病死勤苦愁惱大患集會明女首意白佛言甚爲可奇至未曾有世尊所興而不可及所以者何佛天中天於虛空中而轉法輪法輪不可思議所轉法輪不可稱限無量法輪無獲法輪

無形法輪無生法輪滅度法輪世尊告曰如是如是誠如所云吾所轉輪爲轉空輪所轉法輪不可思議所轉法輪不可稱限其可轉輪無獲無形無生爲滅度也時首意女歡喜踊躍善心生焉則以栴檀香擣及諸華香供養散佛唯然世尊以是德本深致擁護而善救攝降伏諸根抑制愛欲逮轉法輪轉於空輪不思議輪不可稱限無量無獲無形無生滅度之輪佛尋欣笑五色青赤黄白緑光從口而出甚大光明普照十方無數佛國悉皆覆蔽日月之明還繞佛身三帀從頂上入賢者阿難曉了七法一曰知誼二曰解法三曰曉時四曰了節五曰明衆六曰練已七曰深識人本即從座起更整衣服偏袒右肩下右膝叉手白佛今大聖欣笑爲何感應願説其意唯天中天多所愍傷多所安隱哀念諸天世間人民分别説之佛告阿難爾見梵志女首意以末栴檀華香擣香供養散佛乎其心誓願逮轉法輪對曰已見佛言是女以斯德本護已安人多所救攝壽終之後當轉女身至八十四億劫不歸惡趣供養六萬諸佛世尊出家爲道志于沙門聽受經法受經法已即時諷誦將御如來現在正法佛滅度後供養舍利勸化無數無量衆生不可計會使立無上正眞之道恒以善意奉持要法號天中天佛説是經授須摩提莂時三十億人發無上平等度意皆得阿惟越致六萬天子悉得諸法法眼生座中有五百菩薩聞文殊師利所問甚深意用不解中欲墮落見須摩提所説至誠尋皆有應即解身衣以用上佛亦不

諛諂無所悕望持功德用自堅固於無上平等度意即得住阿惟越致超九十劫不復生死時佛授與五百人決却後十劫劫名無塵垢佛號固受如來過四道不受平等覺是五百人等當生彼國國名焰氣當同一劫俱得作佛皆同一字號莊飾豫知人意如來過四道不受平等之道最正覺佛謂文殊師利乃知是經多所饒益如是不乎若令最後有菩薩摩訶薩及沙門若善男子善女人等求菩薩道奉行六波羅蜜未曉漚惒拘舍羅不如書持是經諷誦讀轉復教人常念其中事諸欲聞者廣爲解說佛復語文殊師利前所不聞本所不行如是等輩菩薩者當念習持所以者何譬如遮迦越王治於世時至竟七寶不爲缺減其王壽終七寶爲散如是文殊師利若佛經道住於世者佛七覺意終不爲減若佛法滅覺意諸法皆爲之盡佛謂文殊師利當求無數方便具索諸經勤學書持爲他人說教授一切廣解其義常當精進是爲法教善男子善女人欲求佛道者莫中有悔佛說經已須摩提菩薩文殊師利菩薩摩訶目乾連等諸天及人其在會者阿須羅揵沓和持世者皆歡喜樂聞

佛說須摩提菩薩經

音釋

優塡王經

娉匹正切娶問也　曳踵曳以制切引也拖也踵之隴切足跟也　蹴七六切蹋也　給箕箒箕居宜切箒之九切給箕箒謂供洒掃也　髑髏髑徒木切髏落侯切髑髏首骨也　腥臊腥桑經切臊蘇遭切腥臊臭也又魚臭曰

腥犬豕臭曰臊

肝肺 肝古寒切木藏也肺芳吠切金藏也

腸胃 腸直良切大小腸也胃于貴切穀府也

膀胱 膀步光切胱古黃切膀胱水府也

筋 舉欣切骨絡也

韜 土刀切藏也

妻 七計切以女嫁人也

譖 莊蔭切譭毀也

辟從 辟必益切除也從才用切隨行也

尠 息淺切少也

渾沌 渾胡本切沌徒損切渾沌謂無分別貌

溷 胡困切廁也

妊 汝鴆切孕也

笮 側格切壓也迫也

縠 胡谷切縐紗曰縠又細絹也

鴆毒 鴆直禁切毒鳥也以其毛歷飲食則殺人故曰鴆毒

仆僵 仆芳遇切頓也倒也僵舉良切偃也

須摩提經

礝 而兗切

勗勉 勗許玉切自勵也勉莫淺切勸也

遘 古候切遇也

佛說離垢施女經

西晉三藏竺法護譯

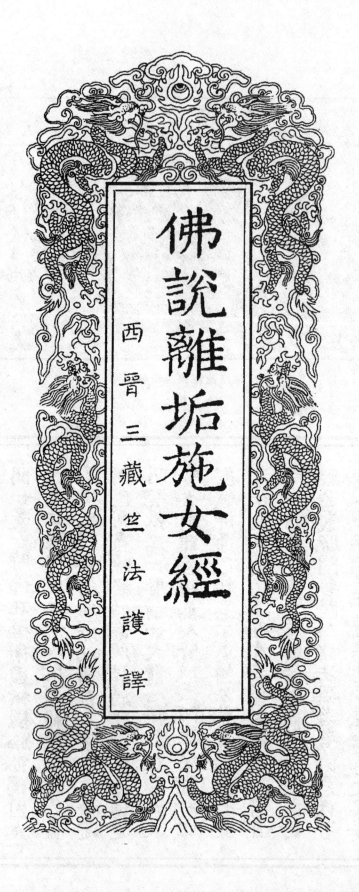

清刻龍藏佛說法變相圖

佛說離垢施女經

西晉三藏竺法護譯

聞如是一時佛在舍衛國祇樹給孤獨園與大比丘衆俱比丘千人皆阿羅漢諸漏已盡逮得已辦無復塵垢而得自在棄捐重擔逮得已利盡除終始諸所結縛度以聖慧通達明智悉爲仁賢猶如大龍心得自在其大人賢者阿難菩薩萬人皆成大阿羅漢皆一切聖達神通已暢悉不退轉法輪菩薩其名寶光菩薩智積菩薩名首菩薩辯積菩薩辯首咸菩薩觀世音菩薩賢首菩薩喜王菩薩行無思議脫門菩薩念諸法無著菩薩慈氏菩薩入志性菩薩棄諸惡趣菩薩除衆憂冥菩薩超欲無虛跡菩薩無虛見菩薩德寶校飾菩薩金寶曜首菩薩捨諸蓋菩薩無害心菩

薩如是等菩薩具足萬人爾時賢者舍利弗大目揵連大迦葉須菩提邠耨文陀弗離越阿那律阿難等溥首童眞不虛見寶英棄諸惡趣棄諸陰蓋觀世音辯積超度無虛跡時此八菩薩及八弟子明旦著衣持鉢入城分衞斯等俱行相與共議各各發願舍利弗曰當如是像三昧正受入城分衞令其中人普使一切聞四聖諦大目連曰願城中人皆使一切無有須臾興於魔事大迦葉曰願城中人施我食者一切皆使得無盡福至無爲度須菩提曰願城中人敢覩光明以是緣報皆得生天及在人間然後逮得無爲之法邠耨曰願其城中諸外異學梵志長者悉得正見離越曰願其城中一切衆人無有罪殃悉獲安隱阿那律曰願其城中一切衆人悉得天眼阿難曰願其城中一切衆人悉使識念往古所可曾聞經法文殊師利曰化其城中門戶窻牖重閣精舍器物瓔珞樹木枝葉華實衣服之飾皆使宣出空無相無願無所建得不起不滅無有放逸無所著聲無有形類無吾我聲無虛見曰化其城中一切人民男女大小目所覩者悉見佛形至後究竟逮得無上正眞之道寶英曰化其城中一切居家所有諸藏皆滿衆寶棄諸惡趣曰化其城中所居衆民敢有犯作地獄之罪現在之法使罪微輕忽然虛盡棄諸陰蓋曰化其城中人棄捐五蓋不使增長觀世音曰化其城中人閉牢獄者使得解脫諸有繫囚令得解散諸恐懼者得無所畏辯積曰化其城中人敢見我等皆得辯才使諸妓樂轉共談語超度無虛

迹曰令其城中人吾等目見皆究竟至無上正眞之道時八菩薩八大弟子各各如是悉共議已到其城門于時城中王波斯匿有女名曰維摩羅達厥年十二端正姝妙見者咸悅第一潔白色如妙華於月八日明星之時與五百侍女平旦乘駕五百梵志皆從其後出行遊觀而詣祠壇欲大祠祀時諸梵志遥見比丘心中念言以爲不吉諸梵志中有一梵志年尊老耄名曰梵天語離垢施女當知之今日不祥見諸比丘住於城門止不須出當還入城見此等輩求諸利義必不如意時離垢施女則爲梵志而説頌曰

斯等志行　教化功德　於諸祠祀　爲最吉安
梵志若能　供養此等　一切吉利　終無有異
則以禁戒　調定憺怕　越度諸惡　無穢衆塵
此等所行　爲上良醫　慰勞療治　衆生久疾
是無瑕穢　第一師則　爲無數人　去衆惡事
於諸四見　爲已鮮明　梵志鄉來　值上清淨
佛在世間　最勝法王　斯等是子　羅漢成就
今諸菩薩　爲最尊師　孰有知者　而捨之去
兩足之尊　上福之田　欲得生天　施此衆祐
若惠與者　果報無量　所可遊處　終不損耗
順斯等教　具足相好　是善福田　志性清淨
假使梵志　發歡悅心　則當逮得　安隱離俗
遵修道教　志未曾亂　而行分衛　常觀精進
所可遊居　善護諸根　諸根寂定　斯衆如海
江海之水　尚可斗量　十方土地　亦可步度
若有布施　人中之王　一切所行　不可稱量
劫燒之時　須彌山壞　江海枯竭　及所有地
其有奉施　衆人尊王　劫雖被災　福不可燒

於是梵志爲離垢施而報頌曰

無得自恣　從愚癡心　莫祠祀時　願樂比丘
斯等髠頭　而披袈裟　若志安解　不習此黨
恐女父母　不以歡悅　吾等當啓　於大明王
女所祠祀　則亦不祥　善哉尊女　莫受比丘

於是離垢施以偈報梵志曰

若墮惡趣　生死之難　雖有父母　不能救濟
亦無餘人　及財神呪　獨斯等類　乃能救脱
吾棄捐身　散在四方　欽樂愛敬　自歸於佛
終不希望　餘人之救　惟當依附　三尊寶耳
譬如失目　而瞻明鏡　外道異學　若斯無益
梵志猶如　須彌山燒　慱聞如是　力脱爲要
未曾乏少　於慱聞慧　所可聞者　悉爲備具
若能聽聞　即奉行者　此乃爲特　一切難及

於是梵志謂離垢施女初未曾見於尊佛及比丘衆從何因縁而生歡悅女即荅曰梵志欲知我初生時母以我著金寶床上上虛空中五百天子而共飛行我適見之以無數事歎佛功德及法聖衆適聞音聲時於衆中有一天子初未曾見如來至眞問諸天子所歎如來德何所類時諸天子察我心念志懷篤信即說此偈而讚歎佛

頭髮紺青色　淨好而右旋　如水百葉華
猶月滿盛明　白毛眉中迴　猶如雪之光
勝眼如青蓮　若犛中之王　人中尊師子
脣像若赤朱　眉睫甚細妙　平正而善姝
廣長舌覆面　乃至於髮際　其教清和悅
充可智者意　其聲如鍾鼓　箜篌笳竽笙
其音和且雅　猶如琴瑟箏　哀鸞眞陁樂
鸎鳥及鵾雞　赤觜鳴於林　最勝音超彼

辭若師子吼　妙聲壞衆病　已離諸垢穢
言誠斷諸見　行遊若坐衆　問者悉解釋
所言無缺漏　可悅一切人　勝已捨中邊
猶如寂滅度　言辭無慢恣　形體甚奇妙
辭質無諂飾　皆爲衆說行　如集華爲鬘
佛慧意如是　諸念悉豐滿　勝臂過於膝
其掌正且均　手指纖長好　巍巍身堅固
寶容若紫金　佛體顯如是　遠現悉聞音
毛軟亦紺色　一一生右旋　腨髀猶龍象
兩膝平慱好　安平足如畫　於下生相輪
稱佛德如是　我時粗聽聞　在世無所慕
度於諸有處　大哀上良醫　救濟衆生務
斷除諸繫縛　無著如蓮華　梵志我從天
聞歎佛若此

離垢施女謂梵志我從諸天聞如是比歎佛功德從是以來不自識念而復睡眠亦復如有婬怒愚癡危害之想從是以來不自識念貪著父母兄弟姊妹親屬知識亦不愛念瓔珞衣服及身壽命國城遊觀惟獨恭恪念佛大聖梵志當知以是之故如來所作廣說經法吾悉聽之不失一句義理微妙我常晝夜恒觀覲佛無不見時吾以晝夜見佛正覺欲聽聞法奉敬聖衆而無厭極時離垢施嗟歎於佛聖衆之德梵天梵志五百群衆聞之欣然皆發無上正眞道意女即下車趣諸菩薩及大弟子普爲稽首一一禮足一心恭恪而叉手住時舍利弗觀離垢施女離垢施女問舍利弗惟賢者爲女人身處於二識塵欲如火多有放逸所可好喜心不順念不志解脫而自放逸善哉賢者惟爲我等如應說法哀

矜長夜安隱無難說於此語適欲竟時王波斯匿與諸群臣尋到彼閤王聞斯言謂離垢施女惟習樂何故勤勞顏色憔悴而遊此閤從生以來未曾步行初不眠寐卒發心行而不戲樂無以自娛於是王波斯匿爲離垢施而說頌曰

顏貌淨妙　猶天玉女　瓔珞儀式　香熏衣服
如今女身　何所患猒　汝既無有　睡眠之懈
處在國土　倉庫盈富　女之父母　常得自由
何所不樂　今得自在　其心何故　不好在家
又女父母　而相可悅　一切衆人　之所恭敬
何故不樂　遊坐此閤　若干瓔珞　自嚴其身
汝豈聞耶　若見之乎　所以恐怖　心懷懈倦
女當爲吾　宣暢此意　今女所誓　欲求何願

時離垢施則爲父王而說頌曰

大王不覺　生死之難　諸陰之患　危脆之身
貪欲之想　所行如化　人命在世　不住須臾
大父當了　我處毒蛇　安得睡眠　及諸所欲
於今計此　四毒之蚖　心自念言　何所悅樂
爲諸讎敵　所見逼迫　處在衆苦　云何得安
塵勞之怨　所見搪揬　吾當云何　遊於娛樂
墮毒中者　誰得睡眠　未捨怨家　云何歡喜
墮大坑塹　何所恃怙　尊王當知　處世如是
如今觀察　最勝自在　尋時發心　令我得佛
王聽我言　未曾見聞　爲菩薩者　而懷放逸
畏於弊獸　而馳迸走　讎敵執杖　舉刀逐人
而復飢渴　入於空聚　畏生死賊　誰當樂者
今此晝篋身　計之亦如是　而常懷受斯
依獸四害蛇　無量之陰蓋　怨賊之患難
孰樂於曠野　畏懼之境界

於是離垢施謂舍利弗惟問賢者智慧之事當以荅我所言智慧歎於耆年智慧最尊其智慧者爲有爲乎若無爲耶假使有爲則爲起生滅壞之事虛僞之法設無爲者離於三相以是之故爲無所起設無所起則無合會其智慧者悉無所有時舍利弗默無以報大目連曰仁舍利弗當時發遣離垢施問舍利弗荅曰女所寤者不問有爲及與無爲講無不起不可言聲以荅發遣離垢施女問大目連世尊歎賢者神足爲最耆年云何云衆人想現神足乎爲法想耶若立人想現神足者人虛無實神足亦空欲以法想法無所造其無所造彼無所獲以無所獲則無所想大目揵連默無言報大迦葉曰仁大目連以時發遣女之所問目連荅曰女之所問不以想念無有想說無作無念唯諸如來衆菩薩等乃能發遣離垢施女問大迦葉佛歎耆年知足第一云何迦葉假使住於八思議門而禪三昧愍哀衆人起行分衞所受食者若一杓供此人之等悉當生天爲以身事畢衆祐乎若以心了設以身者身則屬外不可以身而了事矣有計身者譬如草木牆壁瓦石以是之故不可了別設用心者心無所住以故不了設以身心在於外者則無所有不可用了迦葉默然須菩提言惟大迦葉當時發遣女之所問迦葉荅曰今女所問悉無所受則應本際以是之故不可發遣離垢施女問須菩提佛歎耆年在於閑居行空第一其空法者爲有所說歎有形乎設欲說法法無起相亦無滅相其有不起不滅相者彼則平等其平等

者則爲調定其調定者則爲無本其無本者亦無所作無所作者則無言說已無言說則無心念其無心念則無眞實設無所有則不有實其不有實則是聖賢之所歎詠須菩提默無以加報邠耨曰須菩提以時發遣女之所問須菩提曰不當於此有所說也默然爲安所以者何女之所問無放逸事有所說者則墮短乏有計法界無有言說斯歸於空離垢施女問邠耨曰佛歎賢者講法最尊耆年以何因緣說法設無因緣則無所益若以因緣講說法者則與愚癡凡夫同等所以者何愚癡凡夫與因緣俱是故賢者不離愚癡凡夫之法設無因緣無有形類云何說法無緣對故邠耨默然離越曰賢者以時發遣女之所問邠耨荅曰今女所問不用習俗問究竟

度究竟度者則無言趣亦不可說離垢施女問離越曰佛歎耆年行禪最尊爲以何心依倚於禪爲不用心設用心者心則如幻虛無所有其三昧定亦無所有設以無心一切外處諸屋宮殿草木枝葉悉得三昧所以者何斯物無心離越默然阿那律曰賢者以時發遣女問離越荅曰女之所講問佛境界則非弟子之所發遣女問離越云何賢者聲聞法異如來異乎設以差别其無爲者則當殊别一切賢聖悉無爲矣其無爲者則無所生其無所生則無有二其無二者不可名二何故說此寂無以報離垢施女問阿那律佛歎耆年天眼最尊云何賢者因以天眼有所見乎爲無見耶設有所見則爲有常設無所見則墮斷滅所見無形爲有别耶阿那律默然阿

難言曰賢者以時發遣女問阿那律曰女之所問除猛智慧則不可以言説荅之黙然爲安離垢施女問阿難曰佛歎賢者博聞最尊今仁博聞斯爲何謂義何所趣爲用嚴飾設以義者義無言説其無言説不以耳識而分别之耳無所識不能分别不能别者則無有言假以嚴飾如世尊言當歸正義莫取嚴飾是故賢者不以博聞而爲要也阿難黙然文殊師利曰仁者阿難以時發遣女之所問阿難荅曰今女所問呵文字説而爲博聞不可發遣問於要義要義無心無心無處非是學者所可言議惟如法王及度無極離垢施女問文殊師利佛歎仁者於諸菩薩信解深妙最第一尊以十二縁深故深乎爲以自然深故深耶設以縁起爲深妙者又其縁起則無所行所以者何其縁起者無來無去不可别知眼之所識不可别知耳鼻口身意識之所趣惟縁起者無所習行假使自然深故深者則其自然無有自然違自然者亦無所有文殊荅曰本際深妙故曰爲深其女報曰本際無際以是之故其二慧者爲無有慧文殊師利曰若無智者則爲顛倒其本際者假有言耳其女報曰其無智者亦無顛倒此之謂也度於言説亦不可得而無顛倒文殊師利曰吾以假言而説此耳其女報曰如來菩薩超出言説不可以言而有所暢離垢施女問不虚見向族姓子而自説言令城中人悉得無上正眞之道男女大小其有以眼見光明者皆覩如來究竟正覺云何如來有色身乎爲法身耶設法身者則無形像若使有見如色

身者則不見佛如世尊云
其有見我色　若以音聲聽　斯爲愚邪見
此人不見佛
設以法身法身不可見所以者何其法身者
以捨眼識無所造作習俗之事不可得見不
虚見默然寶英曰以時發遣女之所問不虚
見曰女問無類不可發遣女報不虚見我不
問類亦不問無類時不虚見以此言辭寂無
所對離垢施女問寶英曰如今向者族姓子
云令其城中往古諸藏悉自然現滿中衆寶
仁如是者持寶來乎此爲何致而至是見法
無衣食設倚衣食則與愚癡凡夫俱同所以
者何愚癡凡夫常倚衣食設無衣食無衣食
者不倚世間所有衆珍寶英默然離垢施女
問棄諸惡趣曰向族姓子作是言曰令其城
中一切衆人犯地獄罪悉使其人令現在世
殃疊輕微棄捐諸惡不可思議如佛所言人
所犯罪會當受之不可得脱若不可脱云何
欲令無智使罪輕微諸法無主欲令有主自
有所作欲令無作棄諸惡趣曰當以誓願令
罪微輕其女報曰又族姓子諸法平等不可
以願而使動轉假令能者一一諸人所與誓
願心自念言我皆當度一切衆生至般泥洹
設使所願必能成者則當能制令其所願而
不退轉棄諸惡趣默無言報離垢施女問棄
諸陰蓋曰向族姓子興此念言令城中人悉
無塵勞衆結之縛除五陰蓋仁所三昧可定
意者欲使衆人不增五蓋於意云何三昧屬
已屬他人耶設使屬已一切諸法皆悉無爲
亦無合會云何仁者以三昧定令一切人不

著五蓋設屬他人不能於他而造恩德棄諸陰蓋曰當以慈心而療治此其女報曰一切諸佛皆行慈心亦有佛土一切衆生故長不盡棄諸陰蓋默無言也離垢施女問觀世音曰向族姓子而發此言令其城中所居人民閉在牢獄使得解脱諸有繫囚自然得出諸有恐懼得無所畏所療治者有陰受乎爲無所受設有所受則屬愚夫以故不應無有受陰也若無所受則無所作其無所作不能成就觀世音默然辯積曰以時發遣女之所問觀世音曰女之所問不起不滅以是之故不可發遣女又報曰於觀世音所之云何不起不滅寧有問乎荅曰不起不滅彼無文説女又報曰無文字説則爲智者因示文字而有所講不著文字無所罣礙無所罣礙則爲法界以是之故曉了法者便無所著離垢施女問辯積曰向族姓子而發此言令其城中一切人民目覩我者又我所見悉得辯才使諸妓樂轉共談語仁之辯才巍巍若斯以何等念而興立乎爲於是立而起生乎設以生念而興立者一切衆生皆興立念以是之故不至寂然若以所生得成就者則虚妄矣若不興念則無所作無所作者無寂不定辯積荅曰我屬所願爲初發心衆人之故示願之矣假使有人來見我者悉得辯才女又報曰族姓子其初發心有行處耶設使有者則爲常見若無所有不當謂之爲導御矣悉離諸行辯積默然離垢施女問超度無虚迹曰向族姓子而自謂言令其城中所有人民我自所覩敢察我者見不虚妄至於無上正眞之道

云何佛道爲有爲無假使有者則是有爲便可受取設無爲者無實不諦不可受持超度無虛迹曰所謂道者慧聖之辭女又報曰其聖慧者有所起耶而復爲行寂然事乎假有所起是爲思惟不順之事則當成於有爲慧矣行有爲慧便成愚癡冥冥之識所可分別若以寂然則無顛倒則無返復以無返復是則菩薩弟子緣覺如來至眞無有思想愚騃之夫乃想道耳不謂智者超度無虛迹黙然無言於是賢者須菩提謂大弟子及諸菩薩便從是還不須入城復行分衛所以者何是應分衛飲食供饌離垢施女向者說法我等聽受今日則當以法爲食時女荅曰惟須菩提向者所說無舉無下仁者云何有所志願而懷想念欲詣精舍而處遊居惟須菩提沙門之行出所止處無有放逸不樂自恣沙門之法而無所著其無所著則無恚恨不懷恨者則無所行無所行者賢聖之謂八大弟子及八菩薩五百梵志離垢施女王波斯匿及餘大衆往詣佛所稽首足下繞佛三帀却在前坐離垢施女繞佛七帀住世尊前以偈歌頌而問事矣

我問於世尊　無著難可倫　清淨無所倚
名稱不可量　救濟於衆生　施以甘露悅
云何爲菩薩　而成就其行

於是離垢施長跪叉手問世尊曰何謂菩薩在於樹下降魔官屬何謂菩薩震動一切諸佛之土何謂菩薩衍光普照無量佛國何謂菩薩而從諸佛逮總持法何謂菩薩寂然定意而成三昧何謂菩薩究竟衆行而獲神足

何謂菩薩而常端正何謂菩薩而得化生何謂菩薩大富饒財何謂菩薩得大智慧何謂菩薩常識宿命何謂菩薩與諸佛會何謂菩薩而致逮得三十二相何謂菩薩而能成就八十種好何謂菩薩而得辯才何謂菩薩得致福田何謂菩薩眷屬常和何謂菩薩所願佛土尋如意生佛告離垢施善哉善哉乃能發問如此之義爲諸菩薩摩訶薩施多所安隱多所哀念愍傷諸天及十方人諦聽諦聽善思念之吾當解說唯然世尊願樂欲聞離垢施及與衆會受教而聽佛告離垢施菩薩有四事法在於樹下降魔官屬何謂爲四未曾貪著他人利養志常不樂綺飾之言勸無數人令順本德以無蓋慈向於衆生是爲四佛說頌曰

未曾懷嫉妬　離於綺飾麗　勸化無數人
使行衆德本　常遵修慈心　向於十方人
而降魔怨敵　自在所遊居

佛告離垢施菩薩有四事法震動一切諸佛之土何謂爲四言行相覆入深法忍志願堅固於善正法勸化無量一切人民令志無上正眞之道使善愛樂微妙之慧是爲四佛時頌曰

言行常相應　曉了深妙義　所願常堅固
逮得清白法　勸化無數人　使志無上道
以是四法故　能動億佛土

佛告離垢施菩薩有四事法衍光普照無量佛國何謂爲四常於冥處而然燈火於末亂世亦護經典而爲諸亂處處不閑因說經道顯法光明以寶香華供散佛寺是爲四佛時

頌曰
常施以燈火　清淨之光明　最後窮冥世
而護於經典　爲放逸衆人　而講說經法
以奇珍之寶　而供養塔寺　菩薩由是故
演放其光明　照曜無央數　億千諸佛土
衆人得蒙暉　悉致於大安　則便發志求
無上之佛道
佛告離垢施菩薩有四事法而從諸佛逮得
此法何謂爲四以若干種而與各各奇異布
施一切瓔珞莊嚴玉女惠諸求者晝夜懃懃
咨嗟宣暢如來之德旣有所行志多在於般
若波羅蜜是爲四佛時頌曰
用若干之慧　逮得於總持　莊嚴以瓔珞
殊妙玉女施　常咨嗟佛德　懃懃精修務
求智度無極　諸佛之聖慧　由是之福報
逮得於總持　而行加精進　百千劫不坐
其十方諸佛　所可講說法　强識之達士
一切悉受得
佛告離垢施菩薩有四事法寂然定意而成
三昧何謂爲四患厭生死諸所可作不樂居
家志常欲捨奉行精進棄捐多事所可興造
善遵供業是爲四佛時頌曰
棄捐一切周旋處　彼修一心如虛空
志無放逸行精進　所可修業能究竟
意達行比四德事　遵修佛道斯寂妙
便得三昧心憺怕　則成正覺佛道行
佛告離垢施菩薩有四事法究竟衆行而獲
神足何謂爲四常輕便身心不懈廢於一切
法而無所著察於四大如虛空界是爲四佛
時頌曰

常輕便其身　心柔和無懈　而於一切法
未曾有所著　一心立其志　觀察於四大
而常以平等　瞻之如虛空　於此諸四法
何因得興行　聰達以是故　逮無量神足
則以須臾間　至百千佛土　見無數諸佛
稽首爲作禮
佛告離垢施菩薩有四事法而常端正何謂爲四未曾瞋恚離於諍訟瑕穢之結禮佛塔寺信悦伏身篤於莊嚴建立禁戒善言應人不以蔽礙觀於法師如奉世尊是爲四佛時頌曰
不造瞋恚向他人　捨於猒穢蠲除垢
常殊勝心念於道　當以恭敬掃佛寺
奉修法禁護諸戒　而以善言應對人
爲菩薩者不懷結　觀於法師如世尊
以能習此四法者　菩薩歡悦意勇猛
因此端正覩者欣　無數百人共瞻察
佛告離垢施菩薩有四事法而得化生何謂爲四作佛形像坐蓮華上又以青紅黄白蓮華擣末如塵具足擎行供養如來若散塔寺多所愍傷於一切人堅執禁戒未曾求取他人瑕闕是爲四佛時頌曰
作佛形像坐蓮華　細擣衆華具施寺
不求他闕懷愍傷　則得化生蓮華中
識念十方諸群黎　勸助衆得令解脱
若能習是德稱行　則得化生尊導前
佛告離垢施菩薩有四事法大富饒財何謂爲四常行恭敬施不慢恣以好被服而惠與人常懷篤信喜樂淳熟釋置邪見是爲四佛時頌曰

其人若布施　恭敬無慢恣　於一切衆物
未曾有倚著　以能篤信樂　諸佛之教誡
便能常自在　致大富饒財　心專懷恭恪
無諂無嫉妬　未曾求人短　無有剛強行
志性常質朴　所見修正直　以是行之故
每富多財寶

佛告離垢施菩薩有四事法得大智慧何謂爲四未曾愛惜嫉於經典若有猶豫輒爲決疑若修行者如應分別設有所説曉了空事身導衆行是爲四佛時頌曰

不爲他人愛惜法　則能爲衆決狐疑
常以教化勸誨人　思惟空事諸佛行
若有士導習是法　得大智慧名稱普
皆能順從諸佛教　逮成是寂通達句

佛告離垢施菩薩有四事法常識宿命何謂爲四諷誦經典常行精進久可忘者而習得之念故達新所可諷誦識念句義分別了説心口相應以柔軟辭爲他人講立無量行而以慇懃修設法施常護生死衆苦惱者嗟歎泥洹宣示安隱方便曉了導三昧行喜勸助人是爲四佛時頌曰

諷誦經典念所忘　以可意悦爲説空
修行經典未曾倦　專念三昧無衆想
以能奉行此四法　得知宿命大巍巍
識念千劫不可議　疾得成佛衆導師

佛告離垢施菩薩有四事法與諸佛會何謂爲四寧失身命不誹經道盡其形壽不謗菩薩假使被害初未曾與惡友相隨常念諸佛奉行三昧是爲四佛時頌曰

未曾謗毀佛經道　亦不敢訕菩薩短

棄捐遠於惡親友　而常心念諸佛行
翫習於此聖道德　以故得與如來會
爲諸最勝所見受　乃至成佛無上道

佛告離垢施菩薩有四事法而致逮得三十二相何謂爲四割已珍寶則以供散如來塔寺若干種香合作香油而塗熏之若復然燈散種種華順敬賢聖而行道教是爲四佛時頌曰

珍奇異寶供佛寺　須曼油香然燈熏
若干種華而散施　遵悅意行不失義
致身奇相三十二　端正巍巍衆德備
以是法故成就相　因致最勝人中尊

佛告離垢施菩薩有四事法而能成就八十種好何謂爲四常以敷設若干法座供事他人謙遜無猒數數往詣奉見法師勸化衆生使入佛道是爲四佛時頌曰

若干種衣敷設座　奉事於人未曾懈
爲衆人故常慕法　緣是得致八十好
勸化群萌入佛慧　若行此法道無難
菩薩習是功德已　緣此得致八十好

佛告離垢施菩薩有四事法而得辯才何謂爲四導利菩薩之妙篋藏誦習三品諸佛經典晝夜各三思惟覺悟一切世間悉保信之諸佛之道不起不滅執持止足分別觀察能奉行說不惜身命是爲四佛時頌曰

謹慎將護菩薩藏　晝夜奉行三品法
得無從生不貪世　開化解說諸佛教
歡喜悅故順道化　執持所誨十力義
未曾愛惜身壽命　以佛法故察諸行
則能奉修此四德　輒因順俗妙辯才

爲天世人所奉事　而特奇異飾華鬘

佛告離垢施菩薩有四事法得致佛土何謂爲四不懷異心意常平等將順佛道不違四輩是爲四佛時頌曰

見聞他人得供養　未曾懷嫉妬於彼
常行等慈志無我　離於供事樂如空
以此四法不可量　而常將護懷慈心
得清淨土妙莊嚴　速疾逮成致正覺

佛告離垢施菩薩有四事法眷屬常和何謂爲四未曾破壞他人眷屬若有諍訟勸令和合諷誦經法開導於人而捨兩舌讒言之辭常讚敘人是爲四佛時頌曰

未曾破壞他眷屬　若有鬪諍勸使和
諷誦經法爲人說　初不兩舌别亂人
設能奉行斯四法　致得眷屬不離散
由是群從順清淨　緣此四法得備悉

佛告離垢施菩薩有四事法所願佛土尋如意生何謂爲四若見他人逮成智慧不懷嫉妬心常能修習六波羅蜜見諸菩薩視之如佛發意菩薩及坐道場等心供順無諛諂也未曾求於虛僞之德便能致得供養之利是爲四佛時頌曰

見得供養不嫉妬　志慕清淨波羅蜜
見諸菩薩念如佛　不以利養懷諛諂
菩薩若能習是德　則能到見十方佛
從意所願見佛土　輒如心念得往生

於是離垢施重白佛言向者世尊所設教誨假使我身不奉此法而有毀漏則爲違欺於今現在十方諸佛無極大聖時大目連謂離垢施此事甚妙勿得輕易道法玄微汝未曉

了諸菩薩行甚亦難辯不可趣爾女人之身逮得無上正眞之道成最正覺離垢施女報目連曰如我所言至誠不虛吾將來世得成如來至眞等正覺明行成爲善逝世間解無上士道法御天人師號佛世尊此三千大千世界六返震動勿令衆生有退還者天雨衆華箜篌樂器不鼓自鳴我轉女像得爲男子而年八歲適立斯願應時三千大千世界六返震動箜篌樂器不鼓自鳴離垢施女身變爲男形八歲童子時大目連即從座起更整衣服右膝著地叉手白佛惟天中天從今已往歸諸菩薩及初發意爲之作禮謙遜順教至成佛道所以者何今小女子乃能興發玆道變化威神無極巍巍尊妙所可建立至誠之願一切悉現眞諦瑞應當具足成果如所言佛言如是目連如汝所云從初發意修菩薩行至坐佛樹則爲天上世間衆祐過諸聲聞及與緣覺時佛欣笑諸佛之法若欣笑時有五色光而從口出照十方界極於上界三十三天還繞三帀從頂上入賢者阿難便從座起更整衣服叉手白佛以偈歎曰

其聲如大梵　諸天龍神音　如哀鸞悲鳴
微妙甚和雅　響若雷震雨　咸悅衆人心
假使欣笑時　多所而踊躍　願大德之海
十力笑何因　惟爲分別說　令疑者得解
地六返震動　普土莫不曜　雨柔軟衆華
墮諸天人上　化制外異學　如獅子御獸
願爲我分別　何故而欣笑　日月億千垓
明珠雹火焰　諸天龍鬼神　梵天王威德
能仁若出光　清淨無垢塵　十方明悉蔽

佛光獨顯現　白毛眉間生　潔白如妙珂
細滑若好衣　美澤猶眞珠　聖光如雲氣
照百千佛土　衆所之戴仰　願說何故笑
調定其心意　眉相衰世俗　細微超乳色
如山雪遠現　青黃赤白黑　復如紫紅貌
若干千光明　從能仁口出　照徧三千國
悉蔽日月明　乃至徧虛空　照一切衆生
令火滅水竭　大海尚枯涸　佛所說至誠
未曾有差異　假使十方人　悉成爲緣覺
一一致智慧　壽百億垓劫　皆來住佛前
一時啓問義　能仁等同時　一音悉決疑
普慧度無極　靡所不曉了　大福威惟說
奇相三十二　何因而欣笑　云何說道慧
諸天世間人　聞美軟容教

佛告賢者阿難見離垢施志求佛道立至誠願三千大千世界六返震動變成男子阿難言見佛言是離垢施菩薩發無上正眞道造行已來八十百千阿僧祇劫然後文殊師利乃發道意女成佛時復如文殊師利四十八萬諸菩薩等佛土清淨爲一佛土時大目連問離垢施女族姓子建立於慧發無上正眞道意以來久遠何以不轉于女人身離垢施答曰世尊歎仁神足最尊卿何以故不轉男子目連默然離垢施曰不以女身及男子形逮成正覺所以者何道無所起無有能成無上正覺文殊師利白佛難及世尊離垢施菩薩深入微妙巍巍乃爾佛告文殊離垢施菩薩從六十億諸佛世尊行空三昧從八十億佛稽受奉行不起法忍從三十億佛啓問深妙菩薩道品供養奉事八十億佛飲食餚饍

衣服鉢器是爲究竟決了無疑欲有所了開化一切故問印三昧佛語文殊若有族姓子受此經法廣爲他人分別說者德不可量假使有人恒沙佛土滿中七寶與設布施不如受持諷誦此經福過於彼不可稱計是諸菩薩因之報法當須飲食從得成就文殊師利問佛是經名何云何奉行佛言是經名分別辯才普達悉周離垢施問當奉持之說是經時八十億天與人究竟決了無上正眞道意時辯積菩薩白世尊曰離垢施菩薩久如當成無上正眞之道爲最正覺佛言族姓子過恒沙等百千阿僧祇劫當得佛道號名離垢光英王如來至眞等正覺明行成爲善逝世間解無上士道法御天人師號佛世尊劫名無量德自由諸聲聞菩薩所居服食猶如天上時離垢施菩薩聞佛授決踊在空中去地八十億七尺放身光明照百千億諸佛國土在世尊上化現八萬四千奇寶之蓋以供養佛則於虛空示無央數神足變化禮於十方不可稱計如來至眞供養畢訖尋復來還住於佛前于時梵天梵志及五百衆聞佛授與離垢施決及見變化益同歡喜踊躍自慶善心生焉同合一聲以偈歎曰

其有奉敬佛　是等大福利　若稽首正覺
便逮平等法　宿世犯罪舋　生於梵志家
見世尊弟子　口宣言不祥　惟今自悔過
坐說此言故　覩見佛諸子　所語不順義
其不見世尊　人中之尊王　得人身無益
不宜受飲食　離垢施知之　吾等虛妄祠
覩見佛諸子　恭敬爲稽首　善爲我等說

吾初生墮地　得見於導師　便逮聞佛名
彼歎聖功德　正眞無虛妄　吾等輩一切
聞之願道意　是我本餘福　還得聞佛音
來到導師所　聽省經典義　見禮於世尊
聞察無上法　蒙見導師故　解脫衆苦惱
世護多所安　用說此法故　吾等當學是
因成諸佛法　聞行於正道　緣致諸佛法
以愍傷我故　宣揚眞諦行　講說道之門
菩薩所當奉　是平等之行　令成世明導
見此等心已　佛即時欣笑　阿難問世尊
人中上願說　五百諸梵志　在此前立者
皆當同一劫　逮得佛導師　前世已曾更
供養五百佛　於此壽終已　當見億垓佛
於八十億劫　未曾歸惡趣　於一一劫中
當見億垓佛　從是興劫中　當成兩足尊
號名曰梵志　皆共同一劫　壽命悉一等
各八十億劫　尊土聖衆同　比丘八十億
導利於群生　開化億人民　稍稍所遊居
寂然無所著

佛說如是離垢施及諸菩薩大會之衆梵天梵志等五百人王波斯匿諸比丘僧天龍揵沓和阿須倫人民聞經歡喜作禮而去

佛說離垢施女經

音釋

維摩羅達 梵語也此云離垢施　耄 莫報切八年八十九十日耄　戇 陟降切不慧也　髡 苦昆切鬀髮也　睫 即葉切目旁毛也　鸞 落官切神鳥也鳳凰之屬　鸎 烏莖切鳥名也　鵾 古渾切鳥名也　臃 丑恭切均也圓直也　髀 皮彼切股也　搪揬 搪徒郎切揬陀骨切搪揬觸也　塹 七豔切陷阱也

亹許覲切隙也　憺怕憺徒覽切怕白各切憺怕恬靜無爲貌　訕所晏切謗也　諛訑諛與珠切諂也訑弋支切自足其智不嗜善言也　涸下各切水竭也　餚饍餚胡交切凡非穀而食曰餚饍時戰切具食曰饍

阿闍世王女阿術達菩薩經

西晋三藏竺法護譯

清刻龍藏佛說法變相圖

佛說阿闍世王女阿術達菩薩經

西晉三藏竺法護譯

聞如是一時佛在羅閱祇耆闍崛山中與摩訶比丘僧五百人菩薩八千一二尊復尊悉得陀隣尼法在所聞知如大海無所罣礙悉得五句深入微妙漚惒拘舍羅總持空法藏門不捨志意行無色想從法行無所歸依亦不造行說經法無所著爲一切故自觀本法以得忍凡行十事是時有菩薩名須彌山復有菩薩名大須彌山復有菩薩名須彌山頂復有菩薩名師子復有菩薩名和呵末復有菩薩名常舉手復有菩薩名常下手復有菩薩名常精進行復有菩薩名常歡喜復有菩薩名常憂念一切人復有菩薩名珍寶念復有菩薩名珍寶手復有菩薩名寶印手復有

菩薩名執御復有菩薩名大御復有菩薩名常持至誠復有菩薩名彌勒如是等十七人颰陀和等八人皆如颰陀和類颰陀和菩薩寶滿菩薩福日兜菩薩因提達菩薩和倫調菩薩常念菩薩念益於世間菩薩增益世間功德菩薩如是等八人爾時佛與八千菩薩俱在羅閱祇去城不遠爲國王大臣所敬遇所導奉所稱譽視若如父婆羅門迦羅越所尊重爾時佛於無央數大衆中說經法所說上語亦善中語亦善下語亦善所說莫不開發上中下皆曉了悉具足無玷汙精進無量於時舍利弗摩訶目揵連摩訶迦葉須菩提邠耨羅云蠡越朘波史優波離阿難如是復異方不可計是輩大比丘僧不可計平旦正衣服持鉢入羅閱大城分衛是尊比丘於城中順街里行分衛次至王阿闍世宫宫人官屬俱一處默然從乞匃是時王阿闍世有女名阿術達年十二端正好潔光色第一於前世佛所作功德有神猛之行供養無央數佛於阿耨多羅三耶三菩心不轉於父王正殿金牀上坐女無愁憂見此尊比丘不轉於父王正殿今來於坐不起不迎不爲作禮亦不請令坐亦不與分衛具諸尊比丘亦默然觀此女是王阿闍世見女無愁憂不恭敬禮是尊比丘王顧謂女汝不知耶是怛薩阿竭阿羅訶三耶三佛尊比丘已得阿羅漢無所復畏所作事勝已棄重擔生死已斷深入微妙其供養是者福不可量爲師爲父慈念與福施於一切汝見何故於座不起默而視之汝有何異利不禮此上尊女無愁憂白言王曾

見師子當爲小小禽獸作禮迎逆共坐不王
荅女言不見女復白王曾聞遮迦越王當爲
小國王起迎逆作禮共坐不釋提桓因寧爲
諸天起迎逆作禮不諸梵三鉢寧禮諸梵不
荅言不見女復白王曾見大海神爲小小陂
池溝渠泉流作禮不須彌山寧爲衆小山作
禮不日月之光明與螢火之明等不女復言
如是大王發意求阿耨多羅三耶三菩心欲
度一切被僧那僧涅之大鎧持大悲大哀如
師子吼云何當爲恐畏比丘而無大悲大慈
大哀離師子吼中云何當禮信歡喜王曾見
大法王轉經論教一切令發阿耨多羅三耶
三菩心當爲是比丘少智者恭敬作禮不女
白王如大海水不可量不可度不可見邊際
大智若此猶復受泉流如牛跡中水自謂以

滿足寧可方之於大海是畏生死比丘志在
滅度發阿耨多羅三藐三菩心寧當迎逆作
禮不王曾見大智如須彌山最尊高怛薩阿
竭法爲尊雄豈況智如芥子比丘迎逆作禮
不王寧見日月光其明所照不可計量怛薩
阿竭法光明智慧功德名聞過是千億萬倍
寧比螢火之明自照其身不及一切人志小
比丘自度其身大智之法明於三界寧迎逆
作禮女白王佛般泥洹後當不爲是輩比丘
作禮何況佛今現在而爲法則所以者何禮
彼比丘爲習此法其親近三耶三佛法得三
耶三菩行王告女無愁憂汝有觝突之心見
是大比丘不恭敬迎逆以坐席爲賓主而廣
引衆喻不念設飯食汝何志求女白王大王
寧有觝突之心耶女謂王言王何故見國中

羸劣下賤乞匃者不爲作禮王荅女言不爾此非吾類女荅王亦如是王發意菩薩聲聞辟支佛非其類王告女吾聞行菩薩法悉棄强梁瞋恚之心以調順耎弱爲一切人下屈汝豈無耎弱之心女白王言世間人愚癡常懷毒惡之心故菩薩摩訶薩以慈悲護彼人欲除衆毒故此大比丘諸垢巳除是輩比丘見善無所增見惡亦不減女白王當來十萬佛設爲是比丘等說深妙之法不能復增精進所以者何用閉塞生死道故譬以瓶盛滿水置露地天雨瓶中一渧不受渧亦不得入所以者何其瓶巳滿故女白王是比丘等如是若十萬佛爲現神足變化說經法不能逮及如來三昧於功德無所增益女白王譬如大海萬水四流皆歸于海所以者何其海廣長所受不可計量如是大王菩薩摩訶薩說經法當作是見多所饒益發摩訶衍心多所容受所以者何菩薩摩訶薩器所受不可計不可數不可量是時女無愁憂爲王阿闍世說偈言

無愁憂以名得　爲王阿闍世女
有五百比丘來　我不爲起作禮
應時爲王所呵　不恭敬比丘僧
我不知是福地　佛子離彼中迹
無愁憂誦偈言　聽我說至誠言
見比丘不爲起　意不生欲作禮
人欲乗船入海　取一錢破百分
百分中取一分　入法海還爲取
若有人從王乞　若飛行遮迦越
乞匃者求一錢　爲不足從王乞

智慧者令王喜　從王乞千億寶
願施貧使安隱　如是人爲曉了
譬如人求賤寶　如是人爲不黠
聲聞法亦如是　入海寶自取少
譬如人財爲富　菩薩黠爲珍寶
願供養於法王　自致佛度人民
譬如醫自治身　不能愈一切人
若有醫多治人　是乃爲名醫師
發意者智慧師　自脫身棄餘人
爲黠人所不敬　譬醫能自治身
若黠師知藥名　便能治巨億人
爲天下人所敬　發意菩薩如是
譬如樹無葉果　無益於世間人
阿羅漢如是樹　爲無益於世間
譬如樹栴檀香　有益於一切人
菩薩法亦如是　以經法開甘露
不可以牛跡水　澡洗人除垢熱
恒水淨無數人　恒水流滿大海
聲聞法牛跡水　不能除世間熱
菩薩法如恒水　能飽滿大千刹
譬如時雨珍寶　愚於寶取一錢
若有黠益取多　能使貧至大富
佛者譬雨珍寶　聲聞法取一錢
菩薩採飽滿人　菩薩施廣如此
如有人近須彌　皆隨山作金色
若其餘土石山　不能以色變形
菩薩法須彌山　菩薩恩生天上
得離生死苦惱　聲聞不能度人
暴露在草不多　露不能熟五穀
大雨水潤澤多　從潤澤得豐熟

聲聞法暴露草　菩薩法如大雨
大千中諸來者　法所雨潤一切
迦隨華無有香　爲世人所不取
私夷華人樂取　優曇鉢及蓮華
聲聞法迦隨華　聲聞香聞不遠
菩薩法私夷華　度一切至泥洹
如怯人行空澤　不足以爲大難
人中導爲大難　將一切度生死
聲聞法行空澤　菩薩法人導中
度生死迷亂者　導一切恐畏人
縛栰浮度不多　栰不能度往還
譬如人造大船　度無數得往還
聲聞法如縛栰　菩薩法如大船
持七覺度一切　脫愛欲過大海
若如被鎧乘驢　不可入大衆中
被鎧人乘馬象　行鬪戰得勝怨
聲聞法如乘驢　菩薩法乘馬象
坐樹下降魔官　救天上世間人
虛空中滿星宿　星宿衆夜不明
月獨出爲大明　男女見大歡喜
聲聞法如星宿　菩薩法月獨明
菩薩恩致安隱　皆令發薩云若
夜之冥螢火明　人不以是爲明
日出光爲大明　有益於閻浮地
聲聞法如螢火　菩薩慧如日月
生死海行度人　悉現明一切人

爾時王阿闍世聞女無愁憂說是偈默然不識是何言舍利弗心念是語甚可怪所說無罣礙黠慧乃爾我欲試之知能歡喜而忍不舍利弗謂女無愁憂卿於三乘志欲何求女

報言乘大悲大慈於所求舍利弗報言欲求摩訶衍三跋致耶女荅言不舍利弗復問女行欲何求乃作師子吼女荅舍利弗於所求無所求有所求則不爲師子吼無所住止能作師子吼卿舍利弗以法取證寧有聲聞辟支佛法摩訶衍法不舍利弗荅言無諸法相一耳空無所有女問舍利弗諸法空作何行法而設三乘舍利弗荅女言無所行舍利弗復問女有佛法無有佛法有異無女荅尊者舍利弗近空及遠空有異無舍利弗荅言無異女問舍利弗譬內空外空有異無荅言無異如是舍利弗得佛法未得道法適等無異女爲舍利弗種種說空法舍利弗黙然無異辯才折荅此言爾時尊者摩訶目揵連謂女無愁憂見如來何異要言聲聞辟支佛所不能及知女報尊者目揵連能知三千大千世界星宿數不目揵連報女言我當禪定三昧觀本際女謂目揵連怛薩阿竭一一持三昧視見恒沙中數人民意念所趣向何況是星宿以是故知怛薩阿竭於諸法而有持是故聲聞辟支佛所不及知尊者目揵連寧知十方佛刹中幾何天地當敗壞幾何天地當合成荅女言不知女復問目揵連寧知幾佛已過去幾佛甫當來幾佛今現在荅女言不知女復問目揵連世間貪婬有幾人喜瞋恚有幾人愚癡者有幾人盡行三事有幾人不行三事有幾人荅言不知女復問尊者摩訶目揵連世間有幾人求聲聞道幾人求辟支佛道幾人求摩訶衍荅女言不知女復問目揵連世間有幾人求佛道幾人不信佛道幾人

信九十六種道幾人不信九十六種道適無所信爲有幾人荅言不知女報目揵連怛薩阿竭悉知是事復過於此不可計無有限聲聞辟支佛所不能及知是故怛薩阿竭於諸法而有持尊者目揵連爲怛薩阿竭所稱譽神足第一寧曾至揵陀訶剎土是剎中有樹以七寶而校飾以衆寶爲樹栴檀爲華香摩訶目揵連報女言本所不聞本所不見今乃聞是剎土名字未曾所見聞願聞是剎中怛薩阿竭阿羅訶三耶三佛名字今現在說經法不女報言彼剎佛名香潔放光明怛薩阿竭阿羅呵三耶三佛在彼剎說經法女無愁憂於座不起作瑞應三昧念菩薩初發意求阿耨多羅三耶三佛過聲聞辟支佛上如我至心願我香潔於光明怛薩阿竭阿羅訶三耶三佛現光明使諸聲聞見其剎土使國中栴檀香香聞是閻剎土女無愁憂立是願於是香潔放光明怛薩阿竭阿羅訶三耶三佛尋時放身相光明是剎諸聲聞皆見彼剎土香潔放光明怛薩阿竭阿羅訶三耶三佛於大衆中爲菩薩說經法諸聲聞自於其處所聞彼佛所說法皆佛威神之恩彼香潔怛薩阿竭阿羅訶三耶三佛持六十種音說如女無愁憂所說無異初發意求阿耨多羅三耶三菩是輩之人過聲聞辟支佛上說是時彌勒菩薩白佛言是栴檀香從何剎土來至是閻香乃如是佛語彌勒菩薩女無愁憂與諸大聲聞共師子吼有此善瑞故現彼香潔放光明佛剎中栴檀香滿沙呵剎中無愁憂女語尊者目揵連菩薩現功德變化如是者有

何當志於小道女復問目揵連寧知揵陀剎去是遠近不目揵連荅曰不知女謂目揵連如目連等滿是三千大千剎中譬如蘆葦竿柘竹稻草木令目連其數如此時過一劫計彼佛剎無能計知其處乃過爾所佛剎乃可得香潔放光明佛所治爾時香潔放光明佛即迴光還歸本土於是佛剎不復現目揵連見此變異默然無所言趣尊者摩訶迦葉謂女無愁憂寧見前釋迦文怛薩阿竭阿羅呵三耶三菩不耶可得見佛色身使佛有所說云何見我色者聞我聲者愚癡不信是人不見以法見佛佛者法身法者難曉以是叵見爾時尊者摩訶迦葉作是念女曾見釋迦文怛薩阿竭阿羅訶三耶三佛不女荅迦葉言然我見怛薩阿竭阿羅訶三耶三佛不持肉眼見不色見不無色見亦不持天眼見亦不持痛癢思想生死識眼見亦不智慧眼見亦不想識見亦不法眼見亦不身見亦不佛眼見亦不命見摩訶迦葉我見怛薩阿竭如尊者摩訶迦葉者爲無大明樂世間生自謂有身緣一覺行念欲見道摩訶迦葉謂女設是法無有主愚癡者乃樂生自謂是我身一切萬物是我所有法想不於中樂得見從何而化生女謂摩訶迦葉諸法不可得見是故法無形如是不可得見如何生摩訶迦葉謂女佛法亦空無所有女復謂摩訶迦葉欲得見無上正眞法者當如法摩訶迦葉報女白衣法我欲聞況佛道不欲聞女謂摩訶迦葉法不見有亦不見無摩訶迦葉謂女是法無女復謂摩訶迦葉諸法皆空無有形不可從諦

得見若善男子善女人欲見佛身相自淨其行於行清淨得見諸淨是則純熟摩訶迦葉謂女云何自淨其行純熟者女謂摩訶迦葉能自觀身空者悉入諸法空諸法亦不減亦不增是爲自見諸淨摩訶迦葉謂女何等謂身空女報空盡空是是身爲空諸法空亦如是摩訶迦葉復問女無愁憂從何聞是法乃能信諦佛有二事因緣得信聞他人善自念其行女報迦葉他人智説可聞爾乃自觀身造行女報摩訶迦葉若自智慧復觀一切智以明爲師摩訶迦葉報女云何自知身行善女荅言聞法觀善身行善則見善造行摩訶迦葉報女云何菩薩自觀身行善女荅摩訶迦葉菩薩法與一切天下人共合適不踈遠是則菩薩身行善女復報摩訶迦葉當來法過去法今現在法意無增減是爲行菩薩法摩訶迦葉問女云何見法無所增無所減女報摩訶迦葉有二事有法無法不增不減作是念是爲自見身意行見身意行則爲無所見知摩訶迦葉自見其身迦葉謂女云何自見其身女報言如摩訶迦葉自度身不見一切人摩訶迦葉荅言我無所見女報摩訶迦葉諸法適無所捨亦無所著摩訶迦葉默然無以加報爾時尊者須菩提聞是語爲甚難甚難大歡喜問女無愁憂從何得大利乃有此辯女報須菩提亦無得利亦無不得利慧亦不見法法亦不見慧亦不内觀亦不外觀是則慧所以者何須菩提言有法者則非法如尊者須菩提第一樂空閑處法爲有處有説爲有慧無有慧慧無所説須菩提報女言

不持空閑處有法處得慧是法見不是可說不可出女報須菩提一切法悉如是無從見無從取云何得大利而有慧須菩提報女言設空無有慧何從有是語女問須菩提寧聞山中大呼有響聲來應不一切法悉如是信不言信是響有慧無慧本無慧是響因聲而合成女問須菩提是響出爲有響像無報女言響無形像響因空而有名一切法如響因空而出生女報須菩提一切法法所說從空生須菩提問女言若一切法從空生何以故佛說世間當來佛如恒沙數女報須菩提欲得知法所生處耶答言欲知所生處無所生無所生是生處須菩提恒沙等不見從如來去亦無所至所以作佛者何法不從發意亦不止意須菩提報女言是說爲第一未生未起女報須菩提所說皆第一若說若不說亦第一一切無所生不可說不可說不離佛法須菩提報女言甚難居家爲道乃有此辯慱覽衆要深入微妙女報須菩提菩薩亦無居家亦無出家亦無沙門亦無不沙門所以者何以心意爲行行者以智爲上以黠爲善須菩提問菩薩有幾處止願聞其說女報須菩提菩薩持八法住是故止處在所止無所不止聲聞中第一何等爲八法住菩薩常行善意至心求佛無轉誨一以大慈救護天上天下人二不捨大哀離世間法於身命無所著三行漚惒拘舍羅不可計智皆發意求佛四常行勇猛不厭見聞求諸法五悉知菩薩行處六悉救一切人意七其智不從他人受一切法自證得忍八如是須菩提持是八法行

在所止處過諸羅漢辟支佛上於是須菩提默然爾時尊者羅云問無愁憂女乃作是解曉了衆要總持智慧何故自坐金床織濁無謙卑恭敬之心自處高牀與大比丘難說經法吾曾聞佛說人無疾病不得處高牀及卧聽而說經法女報尊者羅云寧知世間以何爲淨何等不淨羅云報女言世間有持戒信受不犯者是則爲淨若有犯者則爲不淨女報羅云且止未曉未了所以者何羅云持戒信受不犯者是則不淨其犯戒者是則爲淨所以者何不倚淨慧則有淨不淨本無無淨不淨諸阿羅漢所見如是其犯戒者爲淨所以者何羅云以離於戒不復學可至無極慧遠離惡道過於世間是故謂爲離戒羅云報女其人立願不立願有異無女報言尊者羅云譬如紫磨黃金持作衆物珠環瓔鎖已作未作前色後色有異無報言無異如是羅云何故嫌處高牀不恭敬嫌苦者意行是本羅云昔菩薩以草蓐於地爲座過於聲聞座梵天座羅云復問云何座得過於聲聞座梵天座仁者羅云菩薩於樹下以草爲座三千世界刹土釋梵四天王及世間上至三十三天其中人民大鬼神皆來問訊菩薩中有頭面禮菩薩足者有跪拜者有揖讓者中有叉手者爲爾不羅云羅云荅言有是有是羅云當知菩薩處意高下非謂床座是故過聲聞座梵天座當作是知爾時王阿闍世告女無愁憂汝不知耶尊者羅云是遮迦越王種尊第一信用道德故少小棄家行作沙門棄遮迦越國是佛釋迦文子持戒第一汝云何反輕

戲不以禮敬女白王止莫說是語寧可以神丹之珠比之於水精王曾見師子當生蠱狐遮迦王子豈當爲小國王王言不爾女復白王當知是因緣彼羅云不從怛薩阿竭爲父母胞胎生怛薩阿竭師子行皆降伏九十六種道神通之智悉具足爲大聖猛一切諸法悉了知無所罣礙等知一切人心所念知當來過去今現在悉曉知爲大醫王療人苦痛常勸助一切轉法輪舍利弗摩訶目揵連摩訶迦葉須菩提蠡越羅云阿難如是輩聞法皆奉行猶非是佛之子爾時諸尊聲聞在大衆中女爲說經法女白王過去阿僧祇劫有佛名提和竭羅時婆羅門女字須羅陀復有婆羅門子字鞞多衛提和竭羅怛薩阿竭時持華五莖散佛上時賣華女發心願欲世世爲夫婦乃至于得佛復發心求摩訶衍乃爾時過去阿僧祇劫作功德發願世世相隨欲救諸下劣是故從佛求願從佛求願終無有空俱夷者釋種女大樂發阿耨多羅三耶三菩心漚惒拘舍羅行勸一切菩薩示現有妻子男女奴婢象馬金銀珍寶摩尼珠所以者何護九十六種道不欲使誹謗菩薩非男子王爲生黄門世有何特而言忍勤苦設作是念當墮泥犂中晝夜苦痛不可言菩薩乃從提和竭羅怛薩阿竭阿羅訶三藐三佛以來菩薩受莂無有色思想女白王爾時婆羅門子鞞多衛從提和竭羅怛薩阿竭阿羅訶三耶三佛得慧明六萬三昧門逮得無盡明恒沙數陀隣尼法受是莂時前所願所爲盡悉棄除從得忍有言羅云是佛之子從父母胞

胎中生者是爲謗如來菩薩於妻子國城不以樂色故菩薩離愛欲於世間法無所點汗女白王大海中求火尚可得菩薩貪婬瞋恚不可得王當知是法尊羅云者爲化生不從父母胞胎生所化現皆佛威神菩薩隨習俗而教化護一切癡意如幻現形一切所作常不離三昧自現在小兒中現白衣居士中現菩薩聲聞中天上人中人非人等尊劣長幼下賤妓樂宮女酒食隨所欲度而往生如是所示現處不可計不可數衆會中有發心念誰爲適是怛薩阿竭種姓真子者等知正見不斷三寶護七覺意隨所樂而化是曹之人真佛之子若善男子善女人欲爲佛作真子當發阿耨多羅三耶三菩心說是語時王後宮列女二十五人皆發阿耨多羅三耶三菩心時千天子聞女無愁憂師子吼皆發阿耨多羅三耶三菩心同時發聲言我是當來佛過去佛之上子發心已雨於天華遍覆羅閱祇大城中以供養女無愁憂時無愁憂於舍牀下前趣諸尊聲聞無愁憂女問諸尊聲聞爲曉分衛法不諸尊聲聞荅女言已曉云何曉荅曰身有四神從因緣生常覆蓋順化懼有壞敗時以故當飯食之是身以飯食得立無飯食則不得安隱是身譬如弊壞之車須脂膏而得所安所以時食欲護身故不自貢高行乞不以爲色相不以爲貪亦以欲破貪故女無愁憂聞諸尊聲聞各各說是事聞所說亦不喜亦不憂如是身爲災患勤苦若此即以時請諸聲聞供養以百味飯具飯食訖竟皆揖讓便還著闍崛山中聽怛薩阿竭說

法我曹亦俱當往無愁憂女食後與父母兄弟宗親後宮列女群臣人民俱出城到耆闍崛山中前以頭面著地爲佛作禮繞佛三帀却坐一面諸尊聲聞從禪覺亦皆悉來爲佛作禮却坐一面舍利弗從座起正衣服下右膝叉手白佛言是女無愁憂所說甚難入深法要以權行立人不可勝數所問種種悉能報荅佛告舍利弗是女無愁憂以供養九十二億佛作功德常不離漚惒拘舍羅舍利弗白佛是女何故不棄女人佛告舍利弗若諸聲聞謂此無愁憂是女人耶若等不深入般若波羅蜜不見人根觀本迹然便等視於所行菩薩恣所樂喜以權道示現有男女其限無所罣礙欲度男女故無愁憂女欲決舍利弗之狐疑現身立願使大衆中悉見我是男子作是念已即諸大衆見無愁憂身爲男子不復見女人像無愁憂於時踊在虛空中去地七十丈住止空中佛告舍利弗是無愁憂爲男子踊在虛空中去地七十丈若見不舍利弗白佛唯然已見佛告舍利弗是無愁憂却後七百阿僧祇劫當作佛佛名鞞竭俞恒薩阿竭阿羅訶三耶三佛刹名鞞末拘遼害其壽千萬劫佛般泥洹後經法留止十劫不斷絶是刹中地皆如細瑠璃其刹土八方方有一道是佛所遊行處以七寶爲樹以衆寶爲欄楯以天繒爲華蓋以名香而香之無穢惡石沙瓦礫純以珠寶爲萬物刹中無有泥犂禽獸薜荔但有菩薩僧及天與人譬如忉利天王所居宮爾時大衆及王阿闍世歡喜踊躍皆言善哉善哉王阿闍世正殿夫人字

旃羅盧於坐起叉手自嗟歎心白佛言既得爲人難我復懷養是菩薩益倍踊躍因是功德發心求阿耨多羅三耶三佛發心立願今佛授無愁憂菩薩慧劫後當作佛劫盡願令我乘其第得作佛於彼刹土中爾時佛知王婦月明心所願佛告舍利弗見王婦月明不舍利弗言見王婦月明持是功德所作當棄女人身得男子已當生忉利天上作天名寶第一彌勒佛來下有國土名呵當爲作太子字終好當供養彌勒盡壽命劫後當爲彌勒作沙門上法亦持中法亦持下法亦持總供養是颰陀劫中怛薩阿竭阿羅訶三耶三佛又行菩薩法是離愁怛薩阿竭得作佛已寶第一當於是刹作遮迦越王名寶豐當供養承事怛薩阿竭盡形壽當承其佛第得作佛名普明怛薩阿竭阿羅訶三耶三佛當教授是無垢濁焰明刹土本刹故事如離憂怛薩阿竭所治處等無有異王婦月明聞佛說是踊益倍踊躍自嗟歎其身以珠摩尼直百萬兩金用上佛從王阿闍世求持五戒別治一處離婬欲之行令一切皆修清淨無愁憂菩薩始從虛空中來下叉手住佛前願我作佛時令我刹土諸菩薩自然化生長大法座袈裟自然著身等無老少如年二十之容色令自願身爲沙門自然被法衣尋時作彼示現無愁憂菩薩白王法無堅固從空而立從空而坐於念不念於中立意不散無所錄在所作爲無所屬王見是不是一日之中我爲女人變爲男子形復現比丘僧何者審爲諦是處餘處人身中有三毒以三藥療焦盡諸毒

知是法故大王不當作非法行當數數詣佛文殊師利童男菩薩所能除人垢增益功德度不度者王國中多事欲去隨意佛告阿難無愁憂菩薩受莂解諦能持能說當爲一切廣說經法若有善男子善女人欲求佛道正使是三千大千剎土持七寶滿其中持施怛薩阿竭阿羅訶三耶三佛不如聞是經信不誹謗其功德不可計何況奉行盡形壽供養繒華幢蓋旗旛其功德無能計數者諸比丘受教無愁憂菩薩歡喜王阿闍世王婦月明阿難尊比丘一切大衆諸天龍神阿須倫闉佛說經皆歡喜前以頭面著地爲佛作禮而去

佛說阿闍世王女阿術達菩薩經

音釋

蠡力西切梵言也　胺一曷切梵言也　阿術達梵語也此云無愁憂　觝突觝都禮切突陀骨切觝突觸也　揵陀訶剎梵語也此云香潔國揵巨言切　須羅陀梵語也此云鮮潔辯　鞞竭俞梵語也此云離愁鞞部述切　鞞末拘遼害梵語切此云無垢濁光睒　旃羅盧梵語也此云月明照盧鳥合切

佛說須賴經

一名叉須賴
此云善順

曹魏西域沙門白延於洛陽白馬寺譯

清刻龍藏佛說法變相圖

佛說須賴經 一名叉須賴 此云善順

曹魏西域沙門白延於洛陽白馬寺譯

聞如是一時佛在舍衛國祇樹給孤獨園與大比丘衆千二百五十人及五千菩薩俱爾時舍衛城中有極貧者名曰須賴得堅固志不可轉移信佛法衆身歸三尊奉持淨戒修行十善有四等心救濟不倦內性清淨苦樂無二至意求佛無上大道思惟所行晝夜誦習以善方便導利人物安貧自守以法爲樂於是天帝釋以天眼見須賴功德殊妙所聞不惑慱覽衆經無有邪行坐起安詳行止卧覺不失儀法少欲易足不貪利養質直善說言信不華齋戒省約食節衣菅樹葉爲器茅草爲席不畜遺餘無所藏積國王人民莫不敬愛常以晝夜各三詣佛諮受法言佛知其

意輙與相見須賴每詣佛時無數百人常從與俱其所遊至卧起經行天人營護天帝釋自念言是仁者戒行純備恐子將奪我處當下試知審求何道釋便化作數人蹵罵須賴言無忌諱又以石擲捶杖加之於須賴須賴忍力慈仁不瞋不怨釋便化作數人謂須賴言仁實見枉我謂爲卿煞之何如須賴答言子所謀者非善法也正使彼人刀割我身尚無恨意況但撾罵所以者何夫罪福有二果種福者生天上爲罪者墮惡道是故不當恨何況欲害彼於是須賴即說偈言

夫以種惡栽　故生墮罪類　若其種善本
後必望福果　覺惡以諦觀　當持慧分別
惡栽非善本　種德無惡果　守三能無惡
身口意常善　上人忍無怨　智者受不犯
除三以清淨　身口意無瑕　勸行福德者
得願必常安

化人不能使國貧須賴有微害意於是乃退天帝釋復以金銀置其前使化人謂須賴言仁者取是寶可用恣意布施作福亦可好衣美食貧何可堪須賴言自我宿行不善亦當受斯貧苦以貪寶妄取後困必甚化人言且自歡娛快意終身安知後事須賴答言此非慧語或於一身不有遠慮後受大罪智者所畏貪得多藏取非其有罪與盜等智者所恥愛身計壽自保不死犯不與取智者不爲夫智者計身命無有常萬物非我有所貴唯道故無貪諍守善而已又說偈言

藏寶至千億　不施死時悔　智者謂是貧
宜識此至言　節食不著味　誠信而好施

有慧慮爲富　佛説是常安　能止不爲惡
守道中外清　無戒而自嚴　已犯斯非賢
當受明爲師　勿用愚所譽　愚譽牽入冥
師明益近淨
化人不能使須賴有貪意即退云天帝釋復
化持眞珠價直數億詣須賴言我與人諍訟
事聞國王竊引仁者爲證願以此珠相上幸
助一言須賴答言用爲説此是我所畏終不
取欺所以者何妄言者先爲自欺次爲欺天
亦爲欺法令其口臭言不見用多被誹謗心
恒憔悴天所不念身色變福德消善名廢彼
爲上世聖賢所撓欺失德本而生衆惡塞善
之路自投邪冥是爲後世招致殃罪又説偈
言
種欺生惡果　自致口常臭　都已忘前言
入邪無正道　自欺亦欺天　欺法是自然
常爲衆所疑　欺詐何益人　欺爲衆惡本
自絶善行業　是故致痛聚　妄言何益人
設以滿天下　金銀珠相與　至守法戒者
何時爲寶欺
化人不能使須賴妄語即時退去天帝釋還
語夫人言汝試將我妓女與數琴般遮翼婦
俱見須賴共轉其意壞其清行知有淫無天
后受教即從妓女夜安靜時到須賴所住虛
空中作靡麗之辭言仁者且起天使我曹來
侍左右我曹形容既好衣裳鮮明瓔珞珠寶
服栴檀香不老不少適在上時端正皎潔可
不瞻視卿福所致故來相事須賴仰頭答言
若曹盡是地獄畜生餓鬼所愛非彼天人上
智所樂我見若曹所有如夢色像香實如海

泡沫我見若形骨幹肉塗血澆筋纏革裹皮覆以蔽汙露譬如工師幻人目耳汝曹上時我見無常當就壞敗為分離法罪福我已覺無毛髮之愛念若曹實壞人善心不能成立人意但汙淨行若曹即連臭腐習欲無樂坐致苦痛自誤墮冥入三惡道欲非善本鬬訟恐恚顛倒濁亂皆從欲起癡狂致災坐彼形殘外集內熱不見福果以亡人本種畜生類後為牛馬騾驢駱駝犬豕雞鶩皆欲所致違遠聖賢亡失信戒聞施慧道隨欲一念不顧後世是欲常壞求道之意何況其餘即說偈言

欲汙為臭腐　獨痛遠安樂　自擲餓鬼罪
無慮常附惡　無便為亂本　遠法去就誤
不慮致顛倒　欲盛癡盈罝　貪憎失善意
邪念常恐驚　內憂如外惱　坐欲亡信根
已為不善本　如魃食人肝　居衰事邪神
為欲如癡狂　淫為牛羊猪　驢馬象駱駝
長受獸形苦　是故慧捨欲　棄信戒聞德
遠自投惡道　為淫人癡網　遠女常疾脫
如汝好形輩　滿此閻浮利　一心住如山
天神安能傾

時天后及妓女不能使貧須賴有淫意即還天官為天帝釋說偈言

子學深見諦　說知女態慝　已捨色無欲
無瘡不受毒

於是天帝益怖衣毛為豎念是仁者戒淨不邪必奪我處便自下詣須賴說偈問言

須賴欲求何　戒淨健乃爾　願說望帝王
日月釋梵耶

於是須賴答釋偈言

帝王日月天　釋梵雖爲尊　無常皆如幻
未脫彼何明　所欲樂不生　無有老死患
憎愛怨苦際　願度三界人

天帝意解欣然大悅即說偈讚須賴言

善哉愍世間　疾解得如願　當除三世垢
天人必蒙恩

於是須賴經行舍衛城市便於市中得先劫寶價當是世即以手持而舉聲言今是舍衛國有極貧者吾以此寶而惠與之爾時國內有故長者乃昔富賈合數千人應機悉走到須賴前各自陳言我等困窮惟見矜濟又有極貧無數之輩亦皆馳至從乞求寶須賴答言諸賢不貧今是城中有貧極者吾以此寶當往與之衆人問言觀此城中誰極貧乎須賴答言王波斯匿國之最貧衆人言勿宣是語帝王何常而有貧者度王宮藏珍琦不可訾計須賴以偈答衆人言

雖多積財寶　欲得求無猒　如水晝夜流
是輩猶爲貧　貪增不念苦　邪行意不慚
從此到彼世　是爲極貧困

於是須賴與大衆人民俱到王宮門時王波斯匿在正殿適收五百餘長者皆當有罪王欲使多出財寶以贖其罪傍臣白王須賴在外王即請與相見須賴入謂王言我往日經行舍衛城市得此明月珠意欲與貧者觀省此國之極貧者莫甚於王願大王受是寶王聞其言有慚愧色答言須賴我貧孰與卿同須賴言王貧甚於我王言願說其意須賴於大衆前爲王說偈言

夫財日夕貪無猒　爲君造害後燒痛
自保不死不惟後　是謂極貧無法行
常有慈心不懈慢　遠色近賢而知足
不好多求不畜積　是生爲智無煞惡
居位捨正而爲非　以財恐民施刑法
在安忘危快所欲　欺人死困悔無及
直信清淨識者强　節如知止聞不忘
常知不恐樂在行　是謂不貧聖所稱
夫已富貴不念施　謂命可常壞在今
貪濁迷惑如醉象　意塞不覺是謂貧
信佛法衆行恭敬　恕已安人善教誨
不愚不恚不放逸　以法自御爲常富
火燒草木不知足　衆流歸海無滿息
日月不疲照四域　貪至老死不猒欲
火雖盛熱不久然　富貴無常如浮雲
故慧不願天及王　慧意燒惡無復烟

王波斯匿謂須賴言誰當證明我貧仁富須賴答言大王亦聞世有如來至眞等正覺明行成爲善逝世間解無上士道法御天人師號佛世尊所見已諦能現證要今者不遠近在祇樹給孤獨園王曰我已厚禄得見此尊須賴言是聖師可以爲證王曰願請佛來如佛所斷當以爲正於是須賴即說偈言

佛慧悉遍見　不須大王請　今我意所念
已見必哀來　神通聖無漏　世作後所受
佛無不定智　必來王莫疑　常等無憎愛
愍傷人非人　雖遠在他方　但念其法言
我願大王信　佛爲慈悲主　於是至意念
世雄來不久　預出香華寶　珠瓔繒蓋旛
衆妓調五音　供佛當鮮明

須賴即叉手偏袒右肩下兩膝跪伏地遥向
佛說偈言
佛悉知人意　照見諸至誠　願稱聽至意
現神住我前
於是地即大動佛與五百比丘二百菩薩化
從地中出王殿上釋梵四天王無數百千天
悉從佛而來王及吏民見佛現神莫不悚然
加敬稽首佛足若千千人從敬發意願爲菩
薩於是國貧須賴前禮佛足却住白佛言我
行此城中得明月金珠價直一閻浮利念欲
與貧者觀省是國獨王極貧所以者何貪欲
無猒賦斂不息嬈惱不息一國民爲疲極迫
强役羸中傷至直下有勞擾上爲欲縛不念
非常不順正治是故我獻此明月珠不肯受
反詰我以貧富之證是故願見如來無不開
導無所不護析疑除垢願解此義佛言富哉
須賴言語至誠大王勿疑王曰唯然世尊以
正眞之言啓發蒙冥佛以善權方便將護王
意現其義言王且諦聽亦有因緣計王所富
須賴無有亦有要義計須賴富王不能及所
謂王之富者計有國財金銀璧玉水精瑠璃
眞珠珊瑚硨磲碼碯象馬宫殿所有饒裕治
得自在此王之富須賴無有當計須賴道德
正相布施戒具忍力精進慧不放逸善行有
叙慈悲喜護愛敬三寶學深意淨直信慚愧
七財滿具是須賴富王不能及正使大王所
部國界人民悉富如釋摩男合此人財以比
須賴道德之富百分千分巨億萬分計所不
能及是不可以譬喻爲比王言善哉善哉如
世尊言我已有福我國界中乃有持法上富

之人佛言然亦多有眞人在王界內於時王波斯匿起住佛前讚須賴言

我尊仁與佛　由仁我綺雅　願以國相上
自今仁爲師　久已憍慢戒　坐國逐正法
今聞須賴語　願詳修梵行　用貪財利故
怨五百人繫　今赦貪無益　念仁恩難忘

於是五百繫人聞王赦其罪皆念須賴恩猒非常苦得無欲意悉起禮佛又禮須賴王意歡喜重讚言

仁富我實貧　須賴言妙眞　今下令國中
不得言仁貧

國人聞王令後皆稱須賴爲富無復貧名須賴起正衣服右膝著地叉手白佛言今是大衆集會善哉世尊願說法語使此衆人不空見佛佛言善哉聽我所說善思念之有四法族姓子爲見佛何等四爲信爲樂爲悅爲敬是爲四復有四法可得見佛何等四已見佛色像便起道意自願後世得身如是以至意思念佛言常至誠已悲哀諸人物意不復動已樂所履行不斷三寶是爲四復有四法爲覺意何等四謂色痛想行識無所視所見轉空所想即知是爲四復有四法見佛向淨何等四不計彼我爲內外除不計常在爲除壽命不計斷滅爲捨習行以佛眼見覺常眠意是爲四復有四法見佛向淨何等四一切法無所取以正定爲淨行已學成無上智善權見淨脫是爲四族姓子族姓女已見如來爲向清淨佛說是時七百比丘意解無漏坐中菩薩皆得不起法忍無數千人皆立德本佛說經已便從座起與諸弟子及諸菩薩現神

飛去如鳳凰王還到祇樹給孤獨園於是王波斯匿謂須賴言仁者欲詣佛時願相告勑身欲隨往須賴言亦願大王勑諸後宫太子官屬并國吏民不詣佛者使有司記其罪所以者何菩薩不但憂身憂人非人菩薩在大衆中威神倍好王言願聞菩薩將從大衆爲之奈何須賴答言一切衆生菩薩皆能合會以爲從者謂以布施衆人樂從能轉慳者使好布施菩薩持戒衆人樂從化諸不信令信罪福菩薩忍辱衆人樂從化諸瞋恚令無結恨菩薩精進衆人樂從化諸無勢令建精進菩薩行禪衆人樂從化諸亂意令守一心菩薩智慧衆人樂從化諸愚癡令得正智菩薩行慈衆人樂從化諸不仁使有慈心菩薩行悲衆人樂從入生死苦不猒正行菩薩行喜衆人樂從化憂迷者能使樂法菩薩行護衆人樂從安慰勸助使人入法如是大王德行非一又有四事爲善受人一曰護衆生不違捨二曰種德本行清淨三曰擇好願令佛國無三毒四曰空不願無思想出諸魔網所拘制菩薩常行柔輭化諸剛强不忘大乘樂居山澤不以毁斷先世福德善本日增普修衆行周滿道法三十七品菩薩以是合取人民王波斯匿欣然大悦善心生焉王身所著綵衣價直千萬以上須賴須賴不受言大王意悦與受何異王意不樂須賴復言我自有普衣著之甚悦當用是憂衣爲王曰何故須賴答言我有時脱衣掛樹捨行一日或至七日無貪取者我亦無惜意不顧望此衣菩薩常服如此輩衣既自無著意又使彼不貪王曰

願仁愍念足行衣上使我長夜得福無量須賴稱王意爲蹈衣上王曰此衣以屬須賴吾將安置須賴答言大王宜視此國中形露不蔽者可以衣與之王即勑左右持此衣出賜諸貧窮人諸貧窮人共得王綵衣皆歡喜念須賴當何以報其恩須賴至意以佛威神空中有聲而說偈言

不以香華寶　甘快諸美食　欲報此慈恩
但當起道意　至人不貪貴　不樂諸奇異
欲報當求佛　大乘四等意

於是須賴以日昳時與大衆人王亦與後宮一切官屬吏民俱行詣佛是時舍衛清信士清信女合十億衆及得賜綵衣貧民聞須賴當到佛所皆悉從行時天帝釋下從舍衛來至祇樹於中間化作大殿如忉利天宮化作七寶樹於樹下爲佛設師子座方圓自副以若干種繒敷其上令萬二千妓女羅住其邊作百種音樂以爲供養佛佛知大衆具至即起到大殿坐天師子座佛身放光明照天地空中散華其墮如雨天帝釋告子言拘或吾爲佛設座汝可爲諸菩薩眞人作座太子即化作六萬餘座悉嚴好以天五綵之氍已說偈言

眞人諸菩薩　願來坐此座　是化天所樂
常願會佛前

諸菩薩大弟子坐已定時般遮翼天勑其天人乎調五百餘琴令音調好進歌佛須賴來者必有尊天俱至我曹當退即時調諸意如歌頌言

智行過百劫　智盛施無量　智戒攝身口

當禮無上聖　人忍無所犯　精進人力强
仁開定慧門　當禮三界雄　明斷淫怒癡
已盡滅無瑕　自得復授彼　當禮天人師
慧觀除三愛　不貪世間榮　恬惔無憂畏
當禮是法王　魔天進三女　道意不爲傾
無著不可汙　當禮是至清　奇相三十二
衆好自嚴身　八聲無不聞　當禮天中天
行地印文現　無畏威遠震　齒齊眉間迴
當禮釋中神　我讚十力王　檀獨歡喜誠
自歸佛得福　願後如世尊

爾時須賴從大衆人民亦若干千天人俱到佛所皆禮佛足各坐一面王波斯匿與其所從前禮佛足却住一面於是王手自取牀謂須賴言願仁坐此座諸天衆中未見須賴者念是貧人有何功德而見敬乃如此釋知諸天意言諸依福者不宜輕是人所以者何我可爲證是人守戒奉法難及且待須臾方見其德須賴欲使諸天意解即白佛言唯願世尊解説菩薩得威神見敬至於無上正真之道是時佛放身光焰著須賴其形狀踰於天帝百千倍天意皆悦知非凡人悉已天華散其上佛告須賴菩薩在貴不以憍慢現若卑賤能使衆人不貪富貴亦無恨貧是爲淨德其在豪貴能率餘人與布施意在智現愚能使愚人疾解智慧是爲淨德已能制意如汝須賴示現極貧守戒如法爲諸梵志居士衆人所敬是爲清淨知善方便賢者阿難白佛言須賴學來久如佛告阿難其學甚久已事若干億百千佛現得三忍博達衆智順行諸善自見貧鄙意淨如是阿難言今寧有人願

求佛者佛言欲天七千色天萬二千世人數千皆發無上正眞道意阿難復問須賴从如當成爲佛佛號爲何國土何類佛爲阿難說此偈言

阿難聽我說　須賴初發意　護人無仇意
德廣常大施　從始起意來　其數難縷陳
供養佛無猒　奉法守不忘　學六度無極
進道樂久長　梵行未曾漏　守法慧不傾
所行志念具　覺對立道地　已度衆邪網
性善覺內事　已捨世八事　利衰毀譽意
一切等心視　如空無罣礙　愛法行無倦
守忍慈爲常　愛人如愛已　棄身安羣生
愛習悉教彼　念熟說義實　覺意不離法
解空導二脫　三忍具無念　學法知可行
所至必開導　一切蒙其恩　所在國邑與
輙往到其方　宣化如佛意　遍教諸天人
我般泥曰後　未時須賴終　生東可樂國
阿閦所山方　餘三阿僧祇　行滿大願成
得佛除世邪　安隱度十方　自然爲神將
號曰世尊王　始如阿閦佛　所度無有量
世名德化成　惡滅善義興　佛住千萬歲
衆僧不可稱　彼願羅漢少　求佛者甚衆
時人力神足　精進福行明　其世五音聲
佛說法遍聞　無有壞善魔　正信脫邪患
至佛滅度後　八萬四千人　上法興照世
令行無諂意　須賴所教化　多願摩訶衍
悉會生其世　不數已度人

佛拜須賴時坐中天人鬼龍各以好衣奉上須賴歡樂之聲聞于三千億百千人皆來禮之佛爲廣說若干法要解三乘行王波斯匿

避坐叉手住白佛言我以貪濁爲國財醉憍貴自恣作危殆行得須賴妙言乃自知最爲貧今欲捨家國付太子受世尊戒身爲佛比丘僧守園給使現在財寶爲三分一分奉佛弟子二分施國人民三分留爲官儲得蒙佛恩現身財寶不復貪樂一切是福皆施衆生願得無上正眞道意時坐中五百長者居士五百梵志五百小臣聞王誓願如師子吼皆發無上正眞道意一切捨欲以家之信離家爲道欲作沙門除中三百人其餘佛悉以爲沙門於是須賴退坐叉手白佛言已亦願從聖師子十方諸現在佛求哀作沙門須賴慧力亦如來所成便入三昧一切十方諸現在佛皆與其比丘僧俱現須賴即起稽首禮十方佛便爲沙門復求哀言願諸世尊哀聽受我使得成立十方諸佛及釋迦文皆伸右臂摩須賴頂諸佛臂各自現不相障是時光明照三千世界天雨衆華賢者須賴自然法衣在身被服正齊威儀安庠當須賴得拜時五百比丘漏盡意解無餘縛結千菩薩得信忍佛告阿難受是記拜經奉持之當爲衆人布說其義所以者何末世人多在邪信網吾以是故於中作佛化其惡意使見正道令如須賴從信入慧我於世間周遍說法一人不度我終不捨是故阿難當傳此法令人信樂終日習聞使意開解當從是如得要佛說經已皆歡喜須賴比丘諸比丘僧天帝釋及王波斯匿天人阿須輪莫不樂聞

佛說須賴經

音釋

菅古閑切茅也　蹵罵蹵七六切逐也罵莫駕切罵詈也　捶杖捶主蘂切杖直兩切捶杖謂擊人之杖也　撾陟瓜切擊也　筋纏筋擧欣切骨絡也纏直連切繞也　革裹革古伯切皮也裹古火切包也　駱駝駱盧各切駝徒何切駱駝獸名力能負千斤　彘直例切豕也　魃蒲撥切鬼婦也　昳徒結切日加未時也　氎徒劫切細毛布也　危殆殆徒耐切殆險巇也危　儲直魚切貯也

佛說須賴經

前涼月支國優婆塞支施崘譯

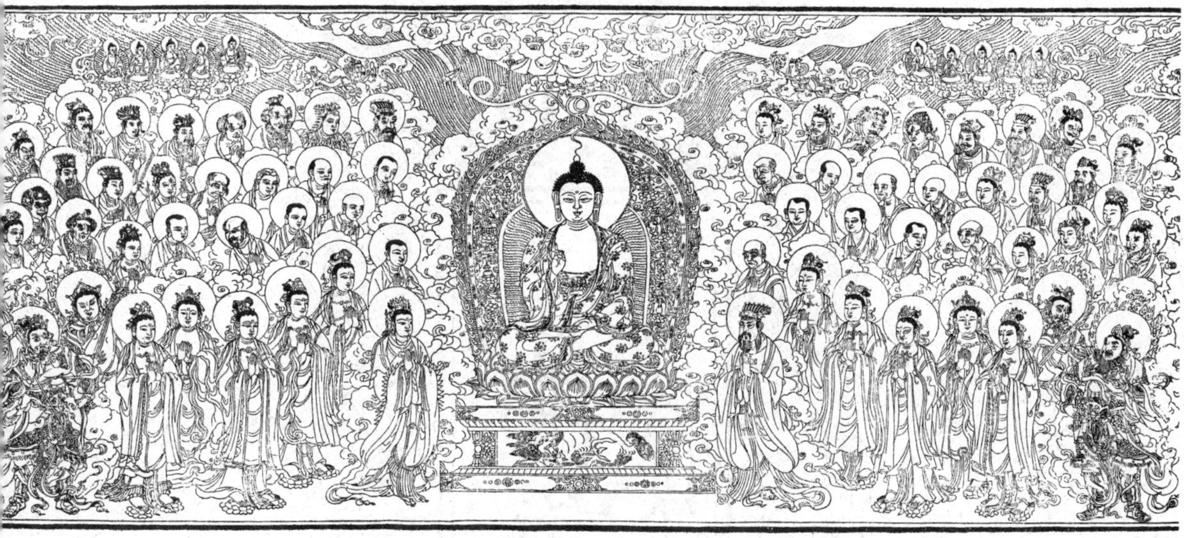

清刻龍藏佛說法變相圖

佛說須賴經

前涼月支國優婆塞支施崙譯

聞如是一時世尊遊於舍衛祇樹給孤獨園與大比丘衆俱千二百五十人菩薩五千人爾時世尊遊近舍衛大城爲國王大臣梵志長者及諸細民供養世尊給所當得爾時城中有極貧者名曰須賴信佛法衆奉持五戒修行十善奉行慈心終不起心於一切衆生行於悲心志不疲極行於喜心常樂正法行於護心苦樂不動堅固無上正眞道心以方便善欲度人故居舍衛城示現極貧於是釋提桓因以天眼淨徹視於人見舍衛城中極貧須賴執堅固德善行純備心無恚怒執志堅强無有瑕穢坐起經行不失威儀出入周旋常懷等行飲食坐卧常懷等心左右睡寐

已皆除盡少欲知足易充易可損於利求利衰毀譽心不傾動至心堅固離於貢高攝持謙順心靖純淑質直善說言信不華奉八關齋知節少食普城所敬無有猒足諸造見者與之說事莫不歡喜食節衣蔽又致供者讓而不受樹葉爲器茅草爲席衣食之餘輙以轉施無所藏積清淨潔白離於死業於一切生無所志願常以晝夜各三詣佛如來常開閑瑕容其禮拜供養諮受法言若其須賴欲詣佛時若千百人常從與俱若其須賴所遊居處若行若住若坐若卧其地界分無有空閑人衆圍繞於是釋提桓因即心念言如是族姓子淨戒淳淑善行威儀恐子將奪我處當下試知審求何道於是釋化作數人住須賴前罵詈須賴言不順理又以瓦石刀杖加之於是須賴以其忍力專行慈心不瞋不恚於是釋提桓因復化作人住須賴前謂須賴言唯然須賴如是人等罵詈無限言不順理又以瓦石刀杖加汝若人見聽爲汝殺之須賴答言莫說是語所以者何不善讒仁者殺生之報正使彼等刀割我身破如跂跙樹我尚不發惡意加於彼等所以者何一切諸法報應有二種善者生善道種惡者墮惡道以是故我不敢恨彼況欲斷彼命於是須賴說是偈言

其種於苦者　必生獲苦果　其有種甘者
必生得甘果　如此報應者　是智爲現事
惡者報應苦　善者報應樂　是故不當三
爲惡身口心　是故有智者　不當以勸人
當常行三善　於是身心口　常以此勸彼

若人樂善者

於是釋所化人不能動須頼於是捨去於是釋提桓因於須頼前化作七寶金寶現須頼前復化作衆人住須頼前謂須頼言取是金寳可用布施亦可作福可以作服飾卧具亦可好衣亦可美食云何守是貧行須頼報言前之惡行諸仁者我之此報令我如今貧鄙然不能守是貧當犯不與取也惟須頼宜可樂活盡壽何爲乃遠慮後世之報以爲言説須頼報言諸仁者是爲愚法夫見法者慮是重報能慮重報者是則爲明達不明之士慳貪他有犯不與取能離慳貪則爲明智夫不智者貪得多積以護身命無所護慮則爲明達於無常有常想於苦有樂想無我有我想不淨有淨想如是者犯不與取觀無常計苦計空計不淨者是則爲明智計吾我倚居家如是者犯不與取不計我不犯他如是輩則明智無充飽不知足如是輩犯不與取充飽知足是則明智不淨戒者犯不與取其淨戒者是則明智不見報應愚癡之士犯不與取見報應者是則明智夫饕餮者犯不與取不饕餮者則爲明智圖他所有貢高躁擾犯不與取讓一切有則爲明智當於時則説偈言

伏藏至千億　彼不開捨心　如是世之貧
是則非明智　家無一食儲　而有捨施心
如是爲大富　明智者所歎　聖賢普顯現
而能不爲惡　愚歎加嚴飾　爲惡則不顯
願爲智所罵　不爲愚所歎　愚者歎於惡
明者歎於善

天所化諸士不能令須頼犯不與取於是釋

化已爲長者形持名上寶價直百千住須賴前謂須賴言我於王波斯匿前有所諍訟引仁爲一證以寶相與頗仁爲我證須賴謂言仁者莫作是說我不能以不知故而妄言何以故妄言者仁者爲自欺身亦欺他人欺諸聖賢妄言者仁者令人身臭心口無信令其心惱夫妄言仁者令其口臭令身失色天神所棄夫妄言仁者亡失一切諸善本於已愚冥迷失善路夫妄言仁者一切惡本斷絕善行閑居之本於是時說此偈言

夫口臭穢者　妄言者語時　忘失清白法
意志多忘誤　爲護已諸神　聖賢所欺誤
彼士常羸疲　夫喜妄言者　諸惡之根本
斷善本於彼　必當趣惡道　夫妄言仁者
若以滿天下　金眞珠相與　夫守持法者
不爲之發言

釋提桓因不能使須賴言妄便捨去於是釋提桓因謂阿須倫女首耶日行玉女識乾執樂第一夫人法汝等詣國貧須賴動其閑居試知爲審離欲爲故服欲不耶於是首耶阿須倫女日行玉女識乾執樂第一夫人於冥夜靜時於須賴所止地之分界行詣於彼說溫溫甜辭與須賴言起仁者我等故來相事且觀須賴我等形容之嚴好塗栴檀香瓔珞被服鮮明適在盛時視此須賴以汝之福故得我等執事須賴視已便作是說汝等盡是地獄餓鬼畜生行事非天人之執事又觀汝等身如幻化之自然觀汝等之形聚沫泡之相栴檀香之塗我觀其如是審諦法聚會不淨血所澆衆服嚴淨見如是幻化所作心之

躁疾合會愚所觀無常散滅法以己福觀汝等行趣地獄類所以失志不護己志故何不明不淨者是則貪於欲附臭處者是則貪於欲附穢惡者是則附於欲純荷諸苦者是則貪於欲謂貪欲樂者是則附於欲欲入地獄者是則附於欲欲入畜生者彼則附於欲欲入餓鬼者是則附於欲欲親惡人者是則附於欲欲成就貪者是則附於欲鬬諍怨訟會者是則附於欲欲被繫閉者是則附於欲顛倒之所生增益愛結者是則附於欲狂悖迷惑者是則附於欲醉亂闇冥者是則附於欲不善之所近善之所捨離一切諸不善之所纏縛者是則附於欲迷失徑路者是則附於欲修行不善者是則附於欲羸劣奪人力者是則附於欲欲雲之所覆者是則附於欲欲近鬼魅者是則附於欲欲近反足鬼者是則附於欲欲近牛馬狗猪駝象羖羊犲者是則附於欲欲近非人者是則附於欲欲離戒聞施者是則附於欲放捨閑居者是則附於欲專惑專冥專益勞塵專損滅於無上道者是則附於欲當於是時便說偈言

臭穢不淨者　欲腐亦如是　專苦不附樂
獄鬼畜生處　與不肖者會　欲醜亦如是
處非法之處　諍訟與怨惡　繫縛之縛者
顛倒之所生　愛欲所增益　從是所生者
是則附於欲　迷惑之所惑　和協與同塵
是則附於欲　燒然之暑熱　合會成衆惡
毀滅於衆善　諸惡之根源　如雲之所蓋
附欲亦如是　鬼魅之同處　反足亦如是
形色之所惑　視欲亦如是　牛羊狗犬猪

駝象羖羊犲　附欲之所親　離於一切法
或聞施開靖　零落附於欲　專惑增勞塵
損減無上道　是則附於欲　欲脫者離色
如汝滿天下　妙容勝汝等　不能汙吾意
諸功德備悉
首耶阿須倫女日行玉女識乾之夫人不能動須賴皆捨而去詣釋提桓因詣彼已勿疑也天帝彼已見諦無復女色假已離於欲普於世無著於是釋提桓因益增驚恐衣毛爲豎無疑也族姓子必從於我生於是釋提桓因自往詣須賴已住須賴前叉手說偈言
發何願仁者　汝行如是法　閑居清白戒
日月釋梵帝
於是須賴說偈答言
日月釋梵帝　三界之上業　此皆無常存
如幻之示現　云何明智者　當著三界耶
所可無生長　亦無老病死　亦無有憎愛
所處平如秤　願普安一切　成佛覺未覺
於是釋提桓因即歡喜踊躍善心生焉即說偈讚
勸仁普慈心　如是言說之　善哉當成就
如是無上願　速降伏衆魔　雨於甘露法
爲行衆善故　必成世普愍
於是國貧須賴被於異時行於舍衛大城之中便於城中得先時人瑞應天金之珠價直普世寶於是國貧須賴手持珠已便舉聲言今於舍衛諸仁者於是城若有極貧者當以是直普世之寶而惠與之彼時有舊長者居家貧者皆走馳詣我等極貧以寶見惠又復餘人數百之衆亦從乞寶我等極貧須賴答

汝等不貧所以者何於是舍衛大城之中有一極貧者當以是金珠寶而惠與之諸人答言於是城中有誰極貧答言王波斯匿是極貧者當以是寶而惠與之諸人答言止止須賴莫説是語所以者何王波斯匿者豐富大財其業周普倉藏盈積於是國貧須賴於大衆前便説偈言

財業雖豐廣　而衣知充飽　大海尚可滿
是貧終不足　若增益貪欲　展轉於諛諂
現世及後世　如是貧無智

於是國貧須賴持是金珠已與諸大衆圍繞周帀詣王波斯匿當於爾時王波斯匿以財寶故收上族姓子五百長者爲之設罪欲薄其財義於是國貧須賴持是金珠詣王波斯匿詣已便謂王言我行舍衛大城之中得往古人瑞應金珠價直普世大王我便生意欲以是寶與極貧者以是故大王如我所憶念是城中唯王極貧善哉大王唯受是寶於是王波斯匿便有慚顏謂國貧須賴言我貧於汝耶於是國貧須賴於大衆前爲王波斯匿説偈言

夫以貪縛者　增業而不飽　爲王造損耗
熱已亦熱彼　不顧於後世　無德不計死
如是不貪耶　以法故明者　善立成大慈
不成長塵勞　知足無所欲　彼貪不後生
若見於衆生　即生大悲心　以是無怨嫌
如是富大財　善處閑居士　貪富貴之士
如不獲於法　於下貧衆生　一切從衆邪
好於女色樂　不顧當來世　王如是貧者
已屬於女人　其信清不濁　戒禁淨無瑕

性和懷慚愧　捨決常安住　聞法從聖賢
往往慧入心　後世捨惡趣　如是不貧士
以法自校飾　手終不捨施　身壽業不要
不從道趣要　壽或於世行　或猶如醉象
如是之貧士　無有志性故　若有信佛寶
法寶敬聖衆　身命業不要　不要易取要
不恚亦不愚　立志樂不惑　如是士不貧
明智者所敬　必性無飽足　焚燒不捨步
衆流無充足　晝夜流入海　日月無充飽
周行於四域　王貪無終飽　積財不飽終
大王火性者　不求燒草木　此是其常數
亦如是大王　於三無所燒　王富貴無常
其喻如草露　誰當願求王　聞如是說者

於是王波斯匿謂國貧須賴言我貧於卿誰當證是大王不聞耶如來無所著等正覺一切智一切見所知審誠信立所證審於一切諸世人阿須倫遊於是舍衛大城須賴我亦曾聞見是者大王如來爲我證王貧甚於我以是故須賴當往問如來如彼所決便當奉持於是國貧須賴說偈言

我師行不遠　我今於是念　彼知乘空來
於彼無不知　今世及後世　心心俱知已
大儒當至此　彼亦無貢高　愍一切衆生
雖遠必當來　衆生至心故　我惟願大王
必信意莫度　當立至誠誓　世尊必當來
華鬘及衆香　幢旛及妓樂　大儒如是來

須賴叉手右膝著地說偈言

若佛審諦知　我定至心者　以是至誠故
普知立我前

說是言已於是地動如來忽然化從地出五

百弟子菩薩千二百釋梵護世者諸天數百萬見佛現神歎未曾有王及大臣一切眷屬皆跪禮勝足數千衆生供養世尊皆發道意於是國貧須賴叉手白世尊言我行是舍衛大城中得往古人瑞應金珠價直普世以是故世尊於是城中若有貧者當以與之世尊我謂是舍衛城中王波斯匿即是極貧何以故侵剋他有不知猒足貪於財寶不諦於誠實嬈惱下貧減損富有者專於王勢愛著色欲以是金珠與之王不肯受問我以誰證我貧仁富惟願如來無所著等正覺以一切智一切慧所知審爲信審爲稱審引爲一證善哉世尊等心於一切去離貢高無所偏黨願證是義於是世尊告王波斯匿審實大王如須賴言審爾時世尊審爾安住於是世尊欲決須賴疑告王波斯匿言有緣大王富於須賴復有緣理須賴富於大王彼何等爲緣所謂王業尊貴之利營從金銀珠玉水精瑠璃眞珠珊瑚象馬車乘倉藏儲珍以是因緣大王富於須賴若復大王施與戒聞捨無惑著閑居之德慈悲喜護禪定解脫三昧正受信佛法衆堅固之志直信慚愧有行以是因緣大王須賴富於王假令大王所部人民財寶富有皆如大王以比此族姓須賴行七步中間戒聞施智百倍不及千倍不及巨億萬倍不得爲比於是王波斯匿攝除貢高白世尊言甚得善利安住而我界内有是大士世尊言如是大王如是大王王之界内有是大士又復大王又復多有餘大士在王國界如須賴者王波斯匿於須賴前説偈言

仁是我之師　佛亦我之師　緣仁除貢高
令以國相上　願與眷從俱　爲仁之弟子
爲貢高所欺　使於斯長夜　爲王位所惑
不行於道法　今聞須賴言　蒙仁當行法
令是五百人　吾以貪故繫　今悉放捨之
願屬仁侍使

此五百人聞得解脱已欲報須賴恩滅意不顧業無所復顧戀以誓自誓立一切智心於是王波斯匿謂須賴言我貧仁不貧須賴仁所言是爲快善其稱須賴貧謫以犯王法是須賴者但當名須賴不得復稱貧於是族姓子須賴即從座起更整衣服右膝著地叉手白佛言是諸大衆普會欲見如來善哉世尊爲是大衆如是説法令是大衆不忘見佛佛告須賴言族姓子有四法具足受持若族姓子族姓女見如來者審見善見何謂四法至心愛心悦心敬心是爲四復有四何謂四是須賴族姓子族姓女見如來色像成就便發無上正眞道意至心發意不違如來意愛念衆生欲求度脱故欲使奉法故欲使三寶不斷故以是四法故須賴族姓子族姓女具足見如來成其審見善見復有四法族姓子族姓女見於如來成其審見善見何謂四色痛想行識行無所視見觀四大等空諸情如空聚我想覺知以是四事族姓子族姓女成其審見善見復有四法族姓子族姓女見佛甚潔淨淨於我離我故淨於衆生離於衆生故淨於壽離壽故淨於命離命故淨以是四法具足族姓子族姓女見如來甚潔淨復有四何謂四天眼無所作爲慧眼無所著行佛眼

如審覺悟法眼如知所現是爲四法復有四法族姓子族姓女見如來甚潔淨何謂四淨於戒品無所連著淨於定品以諸法定故淨於慧品以度世智等故淨於解慧度智見品善解脫解脫無所度故以是四法具足故見如來甚潔淨當其說是四事次第法化時七百弟子發意以弟子乘而得解脫具滿千衆生發無上正眞道意於是世尊爲王波斯匿及諸大衆說是法教訓皆令歡喜踊躍便從座起與菩薩及諸大弟子以神足力乘於虛空猶如鴈王還到祇樹給孤獨園於是王波斯匿謂族姓子須賴言若如仁者詣如來時願見告勑已欲侍從可爾時至亦願大王後宮婇女及諸大臣大衆圍繞俱往見佛於是舍衛大城之中立其制限不詣佛者使有過謫所以者何又復大王菩薩立行不獨爲已故菩薩立行欲安一切衆生故又復大王菩薩不以一人二人故而發道意大聚大衆以爲將從於是顯好又問何謂菩薩之將從一切則是菩薩將從欲濟度脫之故發道者意是菩薩之將從不觸小乘而轉進故心堅固者是菩薩之將從欲攝伏一切諛諂衆生之故無懷之心是菩薩之將從欲差異之行轉進之故無猶豫之心是菩薩之將從不停等轉故布施之心是菩薩之將從攝懷嫉衆生故持戒之心是菩薩之將從攝惡戒衆生故忍辱之心是菩薩之將從攝持躁擾衆生之故精進之心是菩薩之將從攝持懈廢衆生故禪定之心是菩薩之將從攝待亂意衆生之故智慧之心是菩薩之將從攝持一切惡

智衆生之故慈心是菩薩之將從心存不捨衆生故悲心是菩薩之將從入於生死不患厭故喜心是菩薩之將從以法樂樂於衆生故護心是菩薩之將從憎愛俱滅等行之故四恩者大王是菩薩之將從諸法無家而等行故種種善本報應是菩薩之將從相好智慧充滿具足故誓願潔淨是菩薩之將從淨佛國土故三脫是菩薩之將從止宿甘露門之等行故誠信不兩舌惡口妄言綺語是菩薩之將從無違逆辭之等行故柔輭甘辭是菩薩之將從應辯報答等行之故無所嬈亂是菩薩之將從於一切衆生無醜貌故多聞具足捨以轉受是菩薩之將從志念無忘等之故尊敬師長是菩薩之將從未聞之法令人聞知受持正法等行之故捨家之心是菩薩之將從如所作無有損減等行之故閑居之心是菩薩之將從白黑之法堅守護之故威儀之心是菩薩之將從不望於他有所受故淨德無染是菩薩之將從以甘善本等行之故潔淨之心是菩薩之將從無信衆生以立其信等行之故無放恣心是菩薩之將從一切佛道品法具足充滿等行之故於是王波斯匿聞是說已歡喜踊躍善心生焉以好名衣上服若干色綵其價百千奉上須賴供養法故以法故受彼不肯受而說是言止止大王是王所服所以者何我自有弊服補納之衣有時大王我之此弊衣掛樹一日或至七夜無有取者亦無貪者我起遊行無顧惜意以是故大王凡衣服者但以蓋形使已無羞意又令彼不貪王波斯匿謂族姓子須賴

言如汝須賴不受是衣者願以足履令我長夜得福安隱於是族姓子須賴便以足蹈是名服百千價衣慈愍於王波斯匿故於是王波斯匿謂族姓子須賴言是之名服仁以足蹈何置之對曰大王是之名服舍衛城中有諸貧窮孤獨可以與之於是王波斯匿勑其左右卿等持衣往於是舍衛城中有諸貧窮孤獨羸老便以與之唯然大王國中若干衆人及諸貧窮者聞王波斯匿以百千價衣若干種色與須賴已而以惠施城內城外普來集聚於舍衛城百千億衆生皆適得是百千價服已皆服著之適服著已善心生焉我當以何等報是須賴而爲供養承佛威神又須賴所建立便於空中而現聲言不以香華及塗香不以甘餚饍而可以報須賴無過發道意須賴不以衣食故亦不利供養歎譽名德故但以度衆生及發道意故順從彼教者當行道之智於是族姓子須賴便從座起與王波斯匿俱後宮婇女臣吏人衆大衆圍遶前後出舍衛城行詣祇樹給孤獨園舍衛大城之中人衆十億國中貧人聞族姓子須賴往見如來念須賴恩悉皆從行以佛威神釋提桓因從舍衛城至給孤獨園於其中間化作場地廣普雜綵妙好如忉利天晝度之宮若干校飾又化若干種寶樹於樹下化作師子座高妙堅固高千肘以若干百千天繒敷其上文編雜綵阿須倫女首耶之后萬玉女俱而侍衛皆持天華天香鼓樂絃歌供養如來師子之座已爲供養於是世尊知衆人已會與諸菩薩及大弟子出於祇樹行詣於嚴淨

師子座詣已於師子座結跏趺坐如來適坐於師子之座於是三千大千世界六種震動現十八瑞動而復動而復大動於是釋提桓因子瞿或在會中坐於是瞿或天子化作六萬座天子所化已請諸菩薩使各詣座便説偈言

唯座諸淨　坐於是座　以是善本　疾得佛座

諸菩薩愍瞿或天子故便坐其座於是般者識乾執樂王子謂日行玉女言汝往與是五百天樂俱同音歌歎佛德俱供養世尊師子之座須賴未來之頃所以者何族姓子須賴功德巍巍侍從衆多當見如來者則不容汝等於是日行玉女般着識乾執樂王子之后作五百樂往詣如來已皆稽首佛足手執樂器皆同一音歎世尊德而歌頌曰

世尊往古百劫修閑居行世尊普調衆生使樂布施世尊身口及心樂持淨戒願禮體如須彌山世尊忍慈堅固不勞世尊精進堅力如樹世尊禪慧之光無所不作願禮三界無垢世尊已脱貪婬瞋恚愚癡之垢世尊所作已辦願禮三界所應供養此諸垢汙魔女五百如來見已以無垢目心得安隱成就佛念捨離於欲不復觸近於欲樂問於如來除心之垢莫使有勞垢意者歡悦衆生意願禮彼足訓三十二相勝瓔珞百福功德滿善音於衆生所往淨願禮無比神難及神天金輭足行步師子之雲與所往行化因釋胎生令所歎德百福滿願使衆生心普悦無疲倦所歎勝多德願令疾得歎是者於是族姓子須賴與王波斯匿及王後宫與諸大衆眷屬圍遶

諸天百千之所歌歎行詣世尊已稽首世尊足於一面住王波斯匿稽首如來足各繞三帀於一面住於是王波斯匿以其仁座而讓須賴而說此言惟族姓子垂恩務矜坐此仁座須賴便坐於彼仁座於是衆中有諸天子未見須賴者見是貧人有何功德爲王見敬乃如是耶於是釋提桓因知諸天子意謂諸天子言莫起慢意於是仁者而今諸仁功德損減長夜不安所以者何我其審諦是族姓子大功德善法充滿又諸天子且待須臾觀其功德善法具足於是族姓子須賴欲悅諸天子意便白佛言唯然世尊現說菩薩大士濟度衆生之嚴好智之嚴好示現嚴好具足充滿疾成無上正眞之道是時世尊以如是像放身光明照須賴身適觸身已族姓子須賴蒙佛光明是時須賴身逾釋提桓因數千萬倍須賴之身姝好如是於是諸天子見須賴身姝好如是甚大歡喜便禮須賴而以天華敬散其上於是世尊告族姓子須賴言菩薩處貴而現卑賤欲度人故是則名曰智之嚴淨而以威儀悅可衆生可衆生已便現其行久現神通是智嚴淨又族姓子菩薩大士意得自在示現極貧爲諸梵志諸人所敬是爲嚴淨又族姓子若其菩薩示現下貧感勵外學除其貪意現處大業又現捨家欲以導示厭家衆生故是爲嚴淨是爲須賴是爲菩薩淨於衆生智慧嚴淨精進嚴淨之具足也疾成無上正眞之道於是阿難白世尊言是族姓子發行已來久遠云何而爲如來所光飾乃如是乎於是世尊告阿難言是族姓子

阿難往世具足多供養諸佛數億百千行諸度無極所行之行而以神通用爲娛樂已得三忍以得應辯以方便善度衆生故示現極貧於是阿難白世尊言族姓子須賴示現貧行以度衆生其數幾如世尊告曰阿難欲天七千色天萬二千皆發無上正眞道意度世人無數發道意者及生善處又問久如當成無上正眞之道得道之時名號云何其佛世界嚴淨何類於是世尊欲歎族姓子須賴國土嚴淨便說偈言

阿難聽我稱　諸世之將導　以成衆生故
高廣弘普稱　發於大乘行　其劫無限數
從始初發意　行善行以來　奉事於諸佛
及其所供養　爲諸法之長　常擁護之故
智所住往行　於諸度無極　神通自娛樂
長夜行四等　善學方便善　其見生死穢
明審於佛法　善學相純淑　如衆生之本
隨本度脫之　以意智所行　住於甚清淨
已得應機辯　住於諸總持　已度於魔鉤
諸佛之威儀　堅住而不動　無所汙染著
度世之八法　利衰現總持　無所於諸法
不遠亦不近　喻如虛空性　其心無所著
無有疲厭意　常行大悲心　堅固住於忍
以被慈德鎧　如於己之慈　於衆生亦然
終不懷嫌恨　犯者不校問　如其所應受
迎待而不避　口言行無違　諸法普學法
如其解脫相　二法俱解脫　三忍具足得
於行無所起　諸佛之所行　威儀善建立
於諸土行行　多饒益衆生　彼方則不定
而無有如來　須賴所行處　如供養世尊

敬亦當如是　諸天及世人　我滅度之後
後世法盡時　須賴於行彼　東方之世界
其土名妙樂　如來名無怒　當從彼來還
餘三阿僧祇　於其數不減　於是已之後
續當勤行道　當嚴淨國土　欲度衆生故
彼於是劫後　當成其勝道　號光世音王
土如阿閦佛　如來之世界　世界名善化
衆德悉備具　安住壽萬歲　處於世教化
僧數踰無限　少發小乘者　求大乘無限
普知神通力　凡夫愚闇垢　善化普清淨
彼當普令稱　一法化教誨　彼無魔牽連
普等清淨智　導世滅度後　正法住於世
八萬四千歲　法慧不隱藏　須賴所化衆
承奉道高行　一切當主彼　除置漏盡者

當爲族姓子須賴解說決時一切衆會各各以衣覆須賴上勸助之聲三千大千世界莫不普知以其勸助之聲無量無數諸天龍鬼乾沓和阿須倫迦留羅眞陀羅摩休勒人及非人應聲皆至聚會而坐供養族姓子須賴世尊亦爲是等以是法化因緣種種說法皆令諦解於三乘行於是王波斯匿住世尊前叉手白世尊我狂醉王位狂醉財業狂醉榮貴狂醉庫藏金銀倉穀慳貪無厭逼迫衆生以爲國財如我世尊世世以如是像處位施行之法化皆從族姓子須賴聞已我爲極貧須賴所決令於世尊前捨置於國以流離太子立爲王子當奉戒當許身爲世尊及諸衆僧守園給使所有財寶當爲三分一分於佛前奉上衆僧二分與諸貧窮孤獨三分以爲王事之儲誰復世尊聞如是像法處位教化

當有意著於財業者也爲愚癡惡友所攝持者乃有著意我以是所作善本惠施衆生願發無上正眞道意於是會中五百長者五百居士五百梵志五百臣吏聞王波斯匿作如是像師子之吼皆發無上正眞道意捨家財業欲於世尊之化捨家入道置中三百人其餘皆現爲比丘僧已除鬚髮服著袈裟於是族姓子須賴即從座起更整衣服右膝著地向世尊叉手白佛言願從世尊及十方現在諸佛受捨於家於是族姓子須賴稽首十方諸佛世尊而發願言諸佛世尊聽許入道於是諸佛各伸右掌摩須賴頭適觸其頭鬚髮皆墮法衣著身威儀安詳於是三千大千世界六反震動放大光明普照十方雨於天華是諸佛臂皆不相障世尊釋迦文伸金色臂摩須賴頭彼諸發道意者見是現化是輩皆當爲諸佛之所受決當說是法時五百比丘發弟子乘皆得無著滿千菩薩皆得不起法忍爾時世尊告長老阿難言受是法化奉持誦說周滿敷演廣大衆生所以者何是五濁世衆生濁勞垢濁壽命濁邪見濁時劫濁佛與世非是其時欲度此等故使須賴示現極貧所以者何我不以如此忍界之儀而示現一人不度也以是故阿難當現是法布示衆生此衆生等當信是法當從解脱當如是等爲如來所化佛告諸弟子善念奉持族姓子須賴及王波斯匿釋提桓因長老阿難諸天龍鬼及阿須倫及世間人聞佛所說莫不歡喜稽首而去

佛說須賴經

音釋

姦古閑切與菅同茅也　跋跙跋蒲撥切跙狀呂切　饕餮饕吐刀切餮他結切貪財曰饕貪食曰餮　羖公戶切牡羊曰羖　豺士皆切狼也　讁陟革切責也詰也

得無垢女經

一名論義辯才法門

元魏婆羅門般若流支譯

清刻龍藏佛說法變相圖

得無垢女經 一名論義辯才法門

元魏婆羅門般若流支譯

如是我聞一時婆伽婆住舍婆提城祇陁樹林給孤獨園與大比丘衆千二百五十人俱皆是阿羅漢諸漏已盡無復煩惱心得自在善得心解脫善得慧解脫人中大龍應作者作所作已辦離諸重擔逮得已利盡諸有結善得正智心解脫一切心得自在到第一彼岸惟除一人尊者阿難餘者悉是大阿羅漢諸大菩薩十千人俱皆不退轉惟一生縛其名曰寶明菩薩慧聚菩薩勝藏菩薩名稱意菩薩辯聚菩薩觀世自在菩薩得大勢菩薩彌勒菩薩得無憂菩薩文殊師利童子菩薩不迷行菩薩不迷見菩薩除惡菩薩壞一切悲暗菩薩功德寶華莊嚴菩薩金瓔光德菩

薩障一切罪菩薩不壞思惟菩薩如是等上首十千菩薩俱爾時尊者舍利弗尊者大目揵連尊者摩訶迦葉尊者須菩提尊者富樓那彌多羅尼子尊者離婆多尊者阿泥樓大尊者阿難陁此如是等八大聲聞文殊師利童子菩薩除惡菩薩寶幢菩薩不迷見菩薩障一切罪菩薩觀世自在菩薩辯聚菩薩不迷行菩薩此八菩薩摩訶薩等并大聲聞於晨朝時著衣持鉢被服袈裟相與欲入舍婆提城爲乞食故未到彼城於路中間共相謂言我等心住如色三昧入舍婆提大城乞食如是若入舍婆提城一切人民得聞聖諦尊者舍利弗曰我心安住如色三昧入舍婆提大城乞食如是若入舍婆提城一切人民於聖諦中得無礙慧不破壞慧彼慧不暗尊者大目揵連曰我心安住如色三昧入舍婆提大城乞食如是若入舍婆提城一切人民無有魔業尊者大迦葉曰我心安住如色三昧入舍婆提大城乞食如是若入舍婆提城一切婦人一切丈夫若男若女與我飲食一切皆得無盡福報乃至涅槃尊者須菩提曰我心安住如色三昧入舍婆提大城乞食如是若入舍婆提城一切人民得阿蘭若尊者富樓那彌多羅尼子曰我心安住如色三昧入舍婆提大城乞食如是若入舍婆提城一切人民皆得三昧尊者離婆多曰我心安住如色三昧入舍婆提大城乞食如是若入舍婆提城一切外道遮羅迦婆離婆羅闍迦尼揵陁阿祇毗迦婆羅門居士得不惡見尊者阿泥樓大曰我心安住如色三昧入舍婆提大

城乞食如是若入舍婆提城一切人民得不嫉樂尊者阿難陁曰我心安住如色三昧入舍婆提大城乞食如是若入舍婆提城一切人民聞法即解文殊師利童子曰我心安住觀察如色如是若入舍婆提城門户窻壁器莊嚴具樹葉華果袈裟等中出空無相無願等聲出不生聲亦出生聲出無我聲除惡菩薩曰我心安住觀察如色如是若入舍婆提城若彼衆生有惡業行應受報者彼見法故現世輕受寶幢菩薩曰我心安住觀察如色如是若入舍婆提城一切善寶滿藏悉開不迷見菩薩曰我心安住觀察如色如是若入舍婆提城何等衆生堪任菩提婦女丈夫若男若女眼見我者皆見我身如佛身色決定當得阿耨多羅三藐三菩提障一切罪菩薩曰我心安住觀察如色如是若入舍婆提城一切人民五蓋不障觀世自在菩薩曰我心安住觀察如色如是若入舍婆提城何等衆生繫縛執掌欲被殺者皆得解脱無有怖畏辯聚菩薩曰我心安住觀察如色如是若入舍婆提城一切人民何等惡心衆生慈心相向遞共讚詠音聲語說皆得辯才不迷行菩薩曰我心安住觀察如色如是若入舍婆提城隨何衆生眼見我者一切不退阿耨多羅三藐三菩提爾時彼大聲聞彼諸菩薩依如是法如是行說相與進向舍婆提城時憍薩羅波斯匿王有女名得無垢巳曾親近無量諸佛久種善根供養多佛解甚深法得五神通天眼遠見清淨過人彼諸菩薩彼大聲聞在道語說皆悉遥聞彼女端正姿媚少雙甚

可愛樂妙色具足父毋意念一切婇女一切人民皆悉樂見年始十二二月八日弗沙星日意樂出遊以求吉相父毋即聽從婆羅門有五百人齎持酥酪華果符瓶相隨而出爲欲解奏彼婆羅門見諸菩薩大聲聞已即住念曰我今見此吉相好人時彼侍從婆羅門中有一長老大婆羅門厥名梵天謂得無垢作如是言女今當知我此所見是不吉相前有如是諸比丘住可迴入城見如是相所作不吉以此因緣或解或奏不吉不成即於爾時得無垢女偈對梵天婆羅門曰

見此無障勝　能却多人惡　此見淨四諦
正念信解脫　二足上福田　施彼願生天
得甘露果報　施者不得惡　第一持戒人
離濁無惡念　行世間治病　療救苦衆生
佛世間最勝　第一之法主　此是彼佛子
無有塵垢染　此諸大菩薩　遠離何等法
惡法皆遠離　常謹愼不越　持戒世間最
好人見者勝　作塵許供養　彼得如法財
此滿足勝相　此善心淨田　婆羅門得信
獲多福生人

爾時梵天婆羅門爲得無垢女而說偈言

莫隨癡心言　齋時觀比丘　如著衣剃髮
求吉不用見　尊朝不喜汝　我當必被笑
不得持齋戒　願勿觀比丘　若不觀比丘
則是大善哉

爾時得無垢女爲梵天婆羅門而說偈言

非於今朝日　能救我父毋　非諸親非財
亦復非嚴飾　此之功德人　入於有爲行
此人能救我　亦救我父毋　我於今朝日

捨身復捨命　甚愛樂佛法　不欲世富樂
更無異歸依　能救護衆生　惟有佛法僧
三寶能救護

爾時梵天婆羅門語得無垢女言汝大不是汝於昔來未曾見佛未曾聞法未供養僧汝何處聞云何信佛得無垢女作如是言我生七日時婆羅門安置我身在栴檀殿金寶牀上五百天子在於我上空中行過我時得見時彼五百諸天子中有一天子曾見如來種種讃歎說佛功德讃歎法僧我時得聞五百天子皆共問之作如是言君見佛來佛狀云何云何得知時彼天子知我心信爲生五百天子信故而說偈言

無垢欲染髮　清淨輭靡旋　面猶百葉華
如夜空滿月　毫色雪玻瓈　眉間甚可喜
諸眷屬中勝　佛語甚微妙　人主師子頰
眼目極殊妙　齊平四十齒　衆生中心勝
彼復廣長舌　善淨圓滿面　利益善語言
離惡口兩舌　無有無義語　佛不毀譽語
利益諸衆生　無數衆生信　頂相猶如貝
人主臂指長　譬如象王鼻　希淨齊却入
陰如象王藏　亦復如日光　身毛皆上靡
鹿蹲足下平　離垢惡實語　一切牟尼王
已破壞惡見　惡見悉已滅　衆生億問難
正答令歡喜　遠離彼二邊　說於中道法
隨何人聞者　第一寂滅樂　直不曲勝語
一切歡喜愛　法雲普遍覆　平等雨法雨
如來既自度　亦度彼衆生　歸救中第一
觀世間相應　餘無量功德　我不能具說
彼天子聞已　心開淨信佛

爾時得無垢女說此偈已即語梵天婆羅門言大婆羅門我生七日便得聞此佛法功德從是已來不曾少時有癡覆心不著諸欲不著嫉妬不著貪心不起盜心心不思量亦不憶念不知愛著或父或母或兄或弟姊妹親屬不知愛著嚴飾之事不知愛著王都城邑聚落身命不愛著生大婆羅門我憶異相所謂佛相大婆羅門我心恒常憶念三種何等爲三隨何方面如來行處我問如來若佛說法如是一切我悉攝聚不失一字不失一義不失一語無有一夜或於一日隨在何處我常見佛非是不見我常聞法常供養僧大婆羅門如是見佛如是聞法供養衆僧我無猒足爾時梵天大婆羅門勅一同伴小婆羅門作如是言汝摩那婆今速還去如得無垢向

來所說悉爲大王及王夫人說如是法時摩那婆受教而去如所見聞悉爲大王及王夫人說如是法爾時得無垢女如佛功德爲諸人說如法功德爲諸人說如僧功德爲諸人說時彼五百諸婆羅門聞已皆發阿耨多羅三藐三菩提心爾時得無垢女從輿而下與諸侍從婆羅門俱前詣菩薩大聲聞所到已禮拜恭敬尊重住在尊者舍利弗前合掌而立問於尊者舍利弗言大德舍利弗一切女人智慧甚少染欲極多專行放逸心意狹劣不念善法多念惡法善哉大德惟願垂哀悲心念我如應說法令我長夜得大利益安隱快樂此語未訖時憍薩羅波斯匿王聞婆羅門摩那婆語速疾急到詣大聲聞諸菩薩所見女在坐於自已女如大聲聞如大菩薩作

如是言在家甚樂何故在坐說如是言我從是來不爲癡覆不著戲樂不曾起心時憍薩羅波斯匿王即自爲女而說偈言

汝端正如天　姿媚如莊巳　何故起惡見
說言皆不著　王國土豐樂　汝母隨汝心
女何所憶念　言不著身樂　一切貴敬汝
見汝者皆愛　百功德莊嚴　何以不著樂
女何所見聞　於樂生憂怖　好心向我說
汝有何所願

爾時得無垢女即爲父王而說偈言

王不覺家惡　危脆諸陰中　有爲所止宿
如妓兒戲場　毒蛇所居處　命少時不停
無有安樂心　云何得睡眠　四大如毒蛇
三有何處樂　多怨惡鬬諍　到曠野險處
煩惱怨圍遶　云何得安樂　何者是戲樂
云何而著樂　飲毒云何睡　勑殺云何喜
險岸云何安　人命亦如是　如來說譬喻
有聚如須彌　爾許顛倒意　誰信無常劫
父母兄弟等　一切賊境界　善知識兒子
親友皆圍遶　猶如鏡中像　一切皆無常
有何等人輩　能信此不實　初見自然智
即發菩提心　從發心巳來　未失菩薩行
何處菩薩行　貪著世間樂　我見彼如來
不思議功德　聞善逝說法　見此佛子人
是故不憶念　著世五欲樂

爾時憍薩羅國波斯匿王既聞女說默然不言爾時得無垢女知父默然即語尊者舍利弗言大德舍利弗我欲問難願慈念我佛說大德智慧人中最爲第一大德何者智慧彼智慧者爲常無常若是常者如佛所說一切

諸法皆悉無常佛如是說則是妄語迷惑說法若是無常彼法不生若法不生彼法則無爲何所說則不憶念說智慧法以何義故佛說大德智慧人中最爲第一尊者舍利弗默然不答爾時尊者大目揵連問於尊者舍利弗言何故默然不答女難尊者舍利弗言女不問我無常之法問不生法故我不答爾時得無垢女問於尊者大目連言大德目連佛說大德神通人中最爲第一大德爲住衆生想故示現神通爲住法想示現神通若住衆生想示現神通者衆生既無云何大德示現神通若住法想示現神通法無分別大德亦爾無所分別既無分別云何大德示現神通尊者目連默然不答爾時尊者富樓那彌多羅尼子問於尊者大目連言何故默然不答女難尊者目連言女不問我分別問我無分別不取不分別如來菩提道是故我不答爾時得無垢女問於尊者富樓那彌多羅尼子言大德富樓那佛說大德說法人中最爲第一大德爲受持說法爲不受持說法若受持說法則與一切愚癡凡夫等無有異何以故一切愚癡凡夫受持大德如是不離一切愚癡凡夫法若不受持說法法既無物云何大德說法人中最爲第一尊者富樓那彌多羅尼子默然不答爾時尊者摩訶迦葉問於尊者富樓那彌多羅尼子言何故默然不答女難尊者富樓那彌多羅尼子言女不問我世諦之義問我眞諦故我不答爾時得無垢女問於尊者大迦葉言大德摩訶迦葉大德入入解脫入已復出爲人說法於何人邊乃至

微少受一瓢食彼諸施者皆得生天彼於大德云何而施爲身淨施爲心淨施爲身心淨施若身淨施身則無知無覺不動如草如木如壁如土彼身如是不能淨施若心淨施心則如幻不蹔時住不能淨施若彼身心內外俱淨如是身心不得淨施身心無物云何淨施尊者大迦葉默然不答爾時尊者須菩提問於尊者大迦葉言何故默然不答女難尊者大迦葉言女不問我取法問我不取法是故我不答女問我實際是故我不答爾時得無垢女問於尊者須菩提言大德須菩提佛說大德阿蘭若行最爲第一大德阿蘭若者爲有物修爲有法修若有物修則是無常若有法修法無生相法無滅相法若不生不滅相者彼則平等彼若平等則非平等彼若真如則非真如不動不轉若不動轉彼不得說若不得說彼不思議若不思議彼不可說若不可說彼則無物若無物者彼則無實若無實者聖人不說尊者須菩提默然不答爾時尊者離波多問於尊者須菩提言何故默然不答女難尊者須菩提言乃至無有少法可說默然爲樂女問如是不戲論法諸有言說皆是不善不言說界是阿蘭若行爾時得無垢女問於尊者離波多言大德離波多佛說大德坐禪人中最爲第一大德爲心依止禪爲心不依止禪若心依止禪心則如幻不實分別若當如是不實分別則不實依止禪三昧則不實若無心念禪一切死人亦得歡喜諸草木壁波羅賒樹皆應三昧何以故以彼諸物皆無心故尊者離波多默然不答爾時

尊者阿泥樓大問於尊者離波多言何故默然不答女難尊者離波多言得無垢女問佛境界彼非聲聞之所能答得無垢曰於意云何如來法界聲聞法界有別異耶若異法界則壞法界若法界壞法界則二法界不二得言眞如如是眞如得言不二如是眞如如是不二不得言勝大德何以作如是說爾時得無垢女問於尊者阿泥樓大言大德阿泥樓大佛說大德天眼人中最爲第一大德天眼爲有物見爲無物見若有物見則墮常見若無物見則墮斷見尊者阿泥樓大默然不答爾時尊者阿難陁問於尊者阿泥樓大言何故默然不答女難尊者阿泥樓大言女懷智慧問是故我不答爾時得無垢女問於尊者阿難陁言大德阿難陁佛說大德於多聞中最爲第一大德何物得言多聞爲有義知爲究竟知若有義知義無言語不可言說非耳識知彼非可見若究竟知然世尊說當聽於義莫聽文字如是不聽大德阿難云何多聞尊者阿難默然不答爾時文殊師利童子問於尊者阿難陁言何故默然不答女難尊者阿難陁言一切文字性離如響女問我字故我不答女問平等無心離心此義乃非學人境界云何得說仁者當問如來法王爾時得無垢女問於童子文殊師利言文殊師利佛說仁者善解如來甚深解脫如是菩薩摩訶薩中最爲第一彼因緣法云何甚深爲深故甚深爲自體甚深若彼因緣深故甚深則彼因緣無人和合何以故如是因緣不去不來非眼識見乃至非是意識所知不二和合因

縁而生若自體深彼甚深體則非可示文殊師利言實際之義甚深甚深得無垢言文殊師利以彼實際非實際故如是彼智則非是智文殊師利言無有言語得實際者得無垢言文殊師利若無所得則無言語出過言語故無所得文殊師利言若爾云何爲他人說得無垢言文殊師利如來菩提出過言語彼不可說文殊師利默然不言爾時得無垢女問不迷見菩薩言善男子如不迷見如是說言我心安住觀察如色如是若入舍婆提城何等衆生堪任菩提婦女丈夫若男若女眼見我者皆見我身如佛身色此事云何仁者爲示如來色身爲示法身若示色身彼諸衆生不見佛身若見佛身則違佛語佛說偈言

若以色見我　若以聲求我　彼人行邪道
則不能見我

若示法身而佛法身非可示現何以故如來法身出過眼識彼不能見不迷見菩薩默然不答爾時寶幢菩薩問不迷見菩薩言何故默然不答女難不迷見菩薩言女問我無物是故我不答得無垢曰我非無物問無物不得問我說學法應如是知不迷見菩薩默然不言爾時得無垢女問寶幢菩薩言善男子仁如是說我心安住觀察如色如是若入舍婆提城一切善寶滿藏悉開此事云何仁者如是何所憶念爲當有心希望福德爲當無心希望福德若當有心希望福德仁者則與愚癡凡夫等無有異何以故愚癡凡夫皆有希望愛著心故若當無心希望福德是則無心希望積聚寶幢菩薩默然不答爾時得無

垢女問除惡菩薩言善男子仁如是說我心安住觀察如色如是若入舍婆提城若彼衆生有惡業行應受報者彼見法故現世輕受此事云何如佛所說業不思議仁說不能違佛所言若仁不能思議業者云何得知未來重業現世輕受一切諸法皆空無主仁今云何言得法王若仁能令重業作輕則違佛語除惡菩薩言我以願力能令如是重受之業作輕受業得無垢曰無有人能願力迴轉若能轉者一一如來本皆有願一切衆生我皆悉令得大涅槃非願力成此門應知如是願力不能迴轉除惡菩薩默然不言爾時得無垢女問障一切罪菩薩言善男子仁如是說我心安住觀察如色如是若入舍婆提城一切人民五蓋不障此事云何若仁禪定能令衆生五蓋不障一切諸法皆空無主如是仁不是仁我不是我云何能與他人作恩障一切罪菩薩言先修慈心得無垢言一切諸佛大慈心行有佛土中諸衆生等蓋纏所惱障一切罪菩薩默然不言爾時得無垢女問於聖者觀世自在菩薩言善男子仁如是說我心安住觀察如色如是若入舍婆提城隨何衆生繫縛執掌欲被殺者即得解脫無有怖畏得無所畏此事云何仁爲取修爲不取修若取修者愚癡人取是則不可若不取修則非無常若非無常則不可取觀世自在菩薩默然不答爾時辯聚菩薩問觀世自在菩薩言何故默然不答女難觀世自在菩薩言女不問我生法不問我滅法問我不生不滅法是故我不答得無垢曰觀世自在仁何不問

何處不生不滅觀世自在菩薩言得無垢女何處不生不滅無少字轉行得無垢曰若不轉行則一切法無有少字非黠慧人字轉行說不著名字法界無障礙故彼心不著觀世自在菩薩默然不言爾時得無垢女問辯聚菩薩言善男子仁如是說我心安住觀察如色如是若入舍婆提城何等惡心衆生慈心相向遞共讚詠音聲語說皆得辯才此事云何仁此辯才起爲有因緣起爲無因緣起若有因緣起一切無常皆因緣起若如是者不得寂靜若無因緣起如是無實則不得言有辯才起辯聚菩薩言我從初發菩提心來常作是願若諸衆生得見我者皆得辯才得無垢曰善男子仁爲有心辯才爲無心辯才若有心辯才則墮常過若無心辯才彼諸言語仁云何說仁不實語辯聚菩薩默然不言爾時得無垢女問不迷行菩薩言善男子仁如是說我心安住觀察如色如是若入舍婆提城隨何衆生眼見我者一切不退阿耨多羅三藐三菩提此事云何何者菩提彼菩提者爲有爲無若言有者仁則著常不迷行菩薩曰言菩提者智者言語說言菩提得無垢曰彼智云何爲當生體爲寂靜體若彼生體生皆無常若皆無常則不正念若皆無常是正念者一切癡人皆應正念若寂靜體彼無所得若無所得彼不分別此或佛說或菩薩說或阿羅漢說或凡夫說何以故菩提道者則無分別愚癡凡夫則有分別有分別者非是黠慧不迷行菩薩默然不言爾時尊者須菩提等諸大聲聞彼諸菩薩如是說言我今迴

還不須入彼舍婆提城而行乞食何以故朝日已得妙好法食即爾滿足我既從彼得無垢女聞勝妙法我於朝日得法食足爾時得無垢女語尊者須菩提言大德須菩提不取不捨是聲聞法仁等今者爲何所求何所憶念大德須菩提無戲論者是聲聞法若著戲論非聲聞法若大德須菩提無依止者是聲聞法聖人境界非是依止非依止者不發動揺爾時彼大聲聞彼諸菩薩及彼五百諸婆羅門得無垢女憍薩羅國波斯匿王并諸侍從無量人衆皆悉往詣祇陁樹林給孤獨園到世尊所頭面禮足圍遶三帀於一面坐得無垢女遶佛千帀遶千帀已右膝著地合掌向佛以妙聲偈問如來曰

我今問善逝　無上無等智　無量無垢名
三界之尊主　能以甘露法　慈愛令人得
云何菩薩行　能坐樹王下　破壞魔王軍
成無上菩提　云何動大地　乃至動龍宮
云何放光明　普照無量處　說菩提法行
云何得總持　云何菩薩行　而能得佛財
云何修寂靜　第一三摩提　云何神通力
丈夫云何說　衆生中勝行　得何等意行
云何得淨辯　同合淨美語　云何諸菩薩
而得善眷屬　云何大丈夫　而得宿命智
得無垢天眼　天耳他心智　大神通光明
行無量世界　云何念檀捨　戒淨常行忍
云何精進禪　云何行般若　云何常遠離
胎藏生宿處　更不受胎生　過化生彼岸
云何佛前住　口說無我空　云何愛不愛
彼二心平等　滅一切染惡　心堅不高下

世間法不動　猶如須彌山　得失及毀譽
稱譏苦樂等　此世間諸法　云何過如月
無主不諂誑　無染云何慢　捨離自高心
無有如是意　寂靜勝寂靜　不捨奢摩他
第一智慧人　云何得有縛　不愛妻子財
云何而得有　定愛猶如鳥　常如月無異
其心既如是　云何有法愛　云何有智人
如地水火風　不動云何常　愛平等如空
云何不捨法　常不捨佛法　寧自捨身命
不捨第一法　云何住菩提　證無塵垢法
衆生中醫想　佛國土莊嚴　云何住淨僧
淨僧云何有　三世法云何　聞有衆生樂
云何愛滅壞　見四諦羅漢　云何戒具足
云何百衆生　令安住菩提　行有常愛著
誰能得端正　何誰有化生　云何大富樂
云何大智慧　一切智道行　何誰能具足
得三十二相　八十種妙好　一切善福德
無斯辯才生　云何有淨僧　比丘受具足
何處有此願　云何百有生　宿命云何有
常與佛和合　於千億劫中　不作惡行善
心不著端正　云何有醫師　力精進忍辱
云何而有勝　云何歸依佛　歸依於法僧
自捨於身命　不是捨佛法　云何諸衆生
淨行菩提行　一切悔放捨　爲衆生說法
不是少許癡　一切智大寂　若行法衆生
次第得授記

得無垢女如是說已世尊即告得無垢言善哉善哉得無垢女汝甚善哉汝今善能問於如來如是之義汝今諦聽善思念之我爲汝說得無垢言善哉世尊願樂欲聞佛即告言

得無垢女諸菩薩摩訶薩成就四法能壞魔王何等爲四一者供養他人心不嫉妬二者捨離惡語三者常生多人善根四者無盡修慈得無垢女諸菩薩摩訶薩若能成就如是四法能壞魔王爾時世尊而說偈言

心莫懷嫉妬　口勿說惡言　教多人行善
不盡修慈心　菩薩能修行　如是四種法
十方破魔王　證無上菩提

得無垢女諸菩薩摩訶薩成就四法能動無量諸佛世界何等爲四一者如說而行二者信甚深法三者堅固教化四者能教多人菩提得無垢女諸菩薩摩訶薩若能成就如是四法能動無量諸佛世界爾時世尊而說偈言

能如說而行　知甚深法忍　欲得白淨法
堅固教化人　常爲多人說　無上菩提道
智人如是法　能動億世界

得無垢女諸菩薩摩訶薩成就四法能放光明普照無量諸佛世界何等爲四一者施佛燈明二者守護正法三者能入八難惡衆生中而爲說法四者以寶羅網覆如來塔得無垢女諸菩薩摩訶薩若能成就如是四法能放光明普照無量諸佛世界爾時世尊而說偈言

以燈明施佛　則得淨光明　能守護正法
如正法受持　爲放逸之人　說不放逸法
以妙寶羅網　覆於如來塔　如是諸菩薩
放光照世界　遍不可思議　億世界中行
此光觸衆生　遇者皆得樂　發心求菩提
無上大智慧

得無垢女諸菩薩摩訶薩成就四法得陁羅尼何等爲四一者種種布施二者莊嚴女人與來求者三者讃歎如來功德四者多行般若得無垢女諸菩薩摩訶薩若能成就如是四法得陁羅尼爾時世尊而說偈言

修行種種施　則得陁羅尼　種種莊嚴女
以施來求者　常讃佛功德　修行佛般若
行如是四法　彼得陁羅尼　能於百千劫
聞持而不失　十方佛說法　憶念力能取

得無垢女諸菩薩摩訶薩成就四法則得三昧何等爲四一者常說有爲多苦二者樂獨無侶三者發勤精進四者究竟善業得無垢女諸菩薩摩訶薩若能成就如是四法則得三昧爾時世尊而說偈言

說有爲多苦　樂獨行如犀　勤進常有智
究竟行善業　行如是四法　求於菩提行
得寂靜三昧　速覺佛菩提

得無垢女諸菩薩摩訶薩成就四法得神通力何等爲四一者身輕二者心輕三者受持一切佛法四者四界空界平等受持得無垢女諸菩薩摩訶薩若能成就如是四法得神通力爾時世尊而說偈言

身輕如心輕　法中無依止　空界我無量
四界等受持　思量此四法　得無量神通
以此三昧力　行一切世界　一念普周遍
見多千億佛

得無垢女諸菩薩摩訶薩成就四法端正殊特何等爲四一者不瞋二者掃如來塔障惡風雨作已歡喜三者戒淨具足護持四者常一切時先意問訊見諸法器不欲破壞心如

金剛得無垢女諸菩薩摩訶薩若能成就如是四法端正殊特爾時世尊而說偈言

於他無瞋垢　障佛塔風雨　淨掃治莊嚴
常恭敬供養　淨戒常護持　常先意問訊
盡心於法器　如金剛須彌

得無垢女諸菩薩摩訶薩成就四法是故化生常在佛所何等爲四一者作蓮華座如來之像二者滿掬優鉢羅華拘物頭華分陁利華或散佛身或散浮圖三者安樂有多辯才於持戒人心不破壞一切善根四者願與一切衆生安樂令得佛道得無垢女諸菩薩摩訶薩若能成就如是四法是故化生常在佛所爾時世尊而說偈言

作勝蓮華座　如來之形像　水華滿掬施
爲利益他人　於他不惡說　不取他惡說
念十方衆生　願與安隱樂　修行如是等
四種勝功德　是故得化生　常在於佛所

得無垢女諸菩薩摩訶薩成就四法得大富樂何等爲四一者平等心施二者施不望報三者心開多信四者能知衆生心行得無垢女諸菩薩摩訶薩若能成就如是四法得大富樂爾時世尊而說偈言

平等心施與　所有皆不悋　深信佛智慧
數得大富樂　有信不諂誑　不取惡他人
信法正眞見　彼得善富樂

得無垢女諸菩薩摩訶薩成就四法得大智慧何等爲四一者於法不生嫉妬二者能除他人疑悔三者如聞而說四者多修空行得無垢女諸菩薩摩訶薩若能成就如是四法得大智慧爾時世尊而說偈言

智人不懷嫉　能除他疑悔　如所聞而說
說如來行空　行如是四法　如來所隨喜
如佛教而學　得佛二足尊

得無垢女諸菩薩摩訶薩成就四法得宿命智何等爲四一者能爲久忘法者說應聞法令得憶念不忘句義二者令他信欲所謂語說令他歡喜爲他說法三者欲令出離有爲諸苦入於涅槃四者知幻三昧與願相應得無垢女諸菩薩摩訶薩若能成就如是四法得宿命智爾時世尊而說偈言

久讀誦忘者　教示令憶念　常說樂聞語
不倦爲他說　令出有爲苦　捨相修三昧
行如是四法　得宿命大人　憶無量千劫
速成第一醫

得無垢女諸菩薩摩訶薩成就四法常親近佛何等爲四一者乃至失命因緣不捨佛法二者乃至失命因緣終不稱說法師罪過三者乃至失命因緣終不親近不善知識四者常修念佛三昧得無垢女諸菩薩摩訶薩若能成就如是四法常親近佛爾時世尊而說偈言

常不捨佛道　不毀呰法師　不近惡知識
常勤心念佛　行如是四法　得親近如來
在在所生處　彼處常有佛　乃至未證得
無上菩提道　一切所生處　常得親近佛

得無垢女諸菩薩摩訶薩成就四法得三十二大丈夫相何等爲四一者把金散佛或散浮圖二者常以香油塗如來塔三者種種華香妓樂布施四者眷屬相隨供養和尚阿闍梨等得無垢女諸菩薩摩訶薩若能成就如

是四法得三十二大丈夫相爾時世尊而說偈言

把金散浮圖　香油塗佛塔　施以香華樂
敬心供養師　行如是四法　得三十二相
端正甚奇妙　一切功德具　此法有妙相
佛第一智慧

得無垢女諸菩薩摩訶薩成就四法得八十好何等爲四一者種種妙衣莊嚴法座二者供養他人心不生倦三者於法師所不作鬪亂四者教諸衆生佛菩提行得無垢女諸菩薩摩訶薩若能成就如是四法得八十好爾時世尊而說偈言

妙衣嚴法座　供養他不倦　教衆生菩提
易得八十好　菩薩修行此　四種功德故
常於一切時　有勝相莊嚴

得無垢女諸菩薩摩訶薩成就四法得淨辯才何等爲四一者持菩薩藏二者晝夜讀誦三聚法門三者爲他人說離因緣法以佛菩提不生不滅離因緣故四者歡喜受持不惜身命及以財寶得無垢女諸菩薩摩訶薩若能成就如是四法得淨辯才爾時世尊而說偈言

晝夜常讀誦　堅持菩薩藏　諸世間相違
受持此佛法　不惜身命財　惜彼菩提道
行如是四法　得辯才增長　如著種種鬘
他人見者喜　一切諸世間　人天等衆生
見彼菩薩者　歡喜亦如是

得無垢女諸菩薩摩訶薩成就四法得淨佛土何等爲四一者於他不嫉二者等心自他三者見諸衆生心常歡喜四者不親諸惡眷

屬得無垢女諸菩薩摩訶薩若能成就如是四法得淨佛土爾時世尊而說偈言

心不懷嫉妬　不取他人利　見衆生歡喜
等心於一切　不伴惡眷屬　如是等四法
具足修行者　得清淨佛土

得無垢女諸菩薩摩訶薩成就四法得僧具足何等爲四一者不念他人眷屬二者和合破壞眷屬三者於說法處受持讀誦爲他人說四者捨離惡語得無垢女諸菩薩摩訶薩若能成就如是四法得僧具足爾時世尊而說偈言

不念他眷屬　和合破壞者　說法處教人
不說破壞語　行如是四法　得第一淨僧
欲得淨僧者　黠慧修此法

得無垢女諸菩薩摩訶薩成就四法隨心所願生佛國土何等爲四一者於他親友心不生嫉二者常求六波羅蜜欲令滿足三者心信清淨堅固四者於諸菩薩常起師想乃至初發菩提心者皆生師想而供養之而不偏著親友因緣得無垢女諸菩薩摩訶薩若能成就如是四法隨其所願生佛國土爾時世尊而說偈言

不嫉他利養　求波羅蜜善　常淨堅固心
於菩薩師想　不諂求樂緣　欲令親得樂
常修此功德　速得近如來　隨心之所願
得生佛世界　旣生彼世界　隨意念皆得

爾時得無垢女白佛言世尊如佛爲我所說法門若我不信不取此法不修不行是則破壞一切十方於今現在現命現住諸佛世尊爾時尊者大目揵連語得無垢作如是言汝

甚希有若如是説菩提難得彼菩提行難得修行女能修行甚爲希有得無垢女即發誓言大德目連我未來世當成如來應正遍知如今世尊等無有異若實不虚令此三千大千世界六種震動無一衆生有怖畏者我今實語若我堪能如佛所説具足修行今當雨華天諸妓樂自然出聲我婦女身轉爲丈夫得無垢女如是説已即時三千大千世界六種震動天諸妓樂自然出聲雨衆天華得無垢女轉婦女身即成丈夫如年十六端正童子一切皆見爾時尊者大目揵連白如來曰希有世尊如我意解菩薩從初發心乃至道場此得無垢如是神通最爲第一如是大力如是大體如實住持此如是等所見因緣異異具足如是説已佛言如是如是目連如汝所説菩薩從初發心乃至道場彼是世間天人福田出過一切聲聞緣覺時佛微笑諸佛常法若微笑時則有若干無量種色種種異色青黄赤白紅紫玻瓈金寶色光從口中出普照無量無數世界乃至梵世照已還攝入如來頂爾時尊者阿難從座而起整服左肩右膝著地合掌向佛偈讚問曰

天王緊那羅　娑婆世界主　大梵天王聲
命命之音聲　音樂諸天聲　貪瞋癡寂靜
世界皆生愛　無垢人王月　力功德如海
何故放光明　復六種動地　大地不傾覆
空中雨天華　見者心愛樂　猶如師子王
破壞小野干　如來能摧壞　一切諸外道
唯願牟尼尊　今日爲我説　佛今何因緣
何人得大利　億那由他數　日月珠光明

帝釋娑婆主　乃至梵天光　從世尊面門
出無垢淨光　彼十方光明　一切皆不現
額中滿如月　眉間淨無垢　明若秋日月
分陁華無異　猶如電光發　螢火星不現
釋迦牟尼尊　映蔽諸外道　如來今放光
何人得利益

尊者阿難如是說已佛言阿難此得無垢如實住持轉女人身得成男子汝爲見不阿難答言已見世尊佛言阿難此得無垢菩薩於八十千阿僧祇刼行菩提行求阿耨多羅三藐三菩提於六十千阿僧祇佛所行菩提行文殊師利童子菩薩爾乃於後發菩提心如文殊師利等八十千菩薩若佛世界功德莊嚴如得無垢菩薩一佛世界功德莊嚴爾時尊者大目揵連語得無垢菩薩言善男子若仁如是久遠已來行菩提行求阿耨多羅三藐三菩提如是女身何以不轉得無垢言大德目連菩提覺者非女人身非男子身何以故菩提不生非身心覺爾時文殊師利童子作如是言希有世尊此得無垢菩薩摩訶薩乃能解此甚深解脫佛言文殊師利如得無垢菩薩六十億佛所行於梵行修空三昧滿八十千阿僧祇劫修無生忍於三十億佛所難問彼佛已說得無垢菩薩甚深解脫諸菩薩中最爲第一衣食供養八十億佛問此論義辯才法門文殊師利若善男子若善女人聞此法門受持讀誦爲他廣說彼人如是得福甚多何以故此法門者得入菩提具足因緣爾時文殊師利白佛言世尊當以何名名此法門我當云何而奉持之佛言文殊師利

此法門者名論義辯如是受持名得無垢法門如是受持佛說是時有八十億那由他衆生諸天人等一切不退決定當得阿耨多羅三藐三菩提爾時辯聚菩薩摩訶薩白佛言世尊世尊得無垢菩薩摩訶薩幾時當得阿耨多羅三藐三菩提覺佛言善男子是得無垢菩薩摩訶薩過不可數百千阿僧祇劫當得作佛號無垢笑憶念幢王如來應正遍知世界名曰無量淨妙功德莊嚴彼國無有聲聞緣覺過天富樂爾時得無垢菩薩摩訶薩於世尊前聞授記已歡喜踊躍上昇虛空高八十億多羅樹住虛空中放大光明其光遍照千佛世界世尊頂上八十四千由旬寶華中住爲供養佛如鳥飛下遶佛千帀合掌向佛於一面坐爾時彼五百婆羅門并梵天婆羅門見得無垢菩薩前勝神通身毛肅然得淨心信深生愛敬合掌向佛而說偈言

若恭敬如來　彼利是大利　令何人決定
作佛法因緣　我婆羅門種　前造作惡事
見大聲聞師　口說不善語　今懺悔此罪
願後不受殃　見佛子惡說　非是賢人語
非善得人身　虛損他飲食　我若不見佛
勝妙功德王　則與得無垢　相隨解奏去
以見彼佛子　恭敬須臾聞　我問彼言曰
何處時見佛　彼言生七日　爾時聞佛名
彼說佛功德　實體不異故　我聞彼佛名
深生淨信心　一切皆欲去　向無上菩提
我前福因緣　得聞佛名稱　來向釋師子
頭面禮佛足　求見佛禮拜　聞於無上法
見此二足尊　得脫一切苦　若佛釋師子

實語人說法　我學彼佛法　得佛法因緣
女聞佛法故　得無上菩提　我今入實法
菩薩行道門　我信入佛法　當得世間勝
彼堅固心知　憶念牟尼尊　聖知阿難問
授一切人記

爾時世尊而說偈言

此等五百人　梵天婆羅門　彼一切同時
當得成佛道　於八十億劫　不作諸惡行
於一一劫中　得見億如來　過去已供養
滿足五百佛　此後復得見　億佛坐菩提
供養僧福田　八十億比丘　廣爲諸衆生
說如是法門　次第一切得　寂靜涅槃樂

佛說此經已辯聚菩薩摩訶薩得無垢菩薩摩訶薩等一切菩薩彼諸聲聞彼婆羅門波斯匿王憍薩羅主及諸天人并阿脩羅乾闥婆等聞世尊說歡喜奉行

得無垢女經

音釋

姿媚 姿津私切態也媚明祕切嫵媚也　酥酪 酥孫徂切牛手乳爲之日酥酪歷各切乳漿也　坻 徒古切長項瓶也　輭 乳兗切柔也　頰 吉協切面旁也　齋 音齋肚臍也　䠠 市兗切腓腸也　危脆 危虞爲切不安也脆此芮切物易斷不堅固也　諸陰 陰於禁切諸陰即五陰謂色受想行識也　黠 下八切小慧也　犀 先齊切犀牛也　悋 音吝蔪惜也

文殊師利所說不思議佛境界經

唐南天竺國沙門菩提流志等奉制譯

清刻龍藏佛說法變相圖

文殊師利所說不思議佛境界經卷上

唐南天竺國沙門菩提流志等奉制譯

如是我聞一時佛在舍衛國祇樹給孤獨園與大比丘衆一千人菩薩十千人俱復有欲界諸天子色界諸天子及淨居天子并其眷屬無量百千周帀圍繞供養恭敬聽佛說法爾時佛告文殊師利菩薩言童子汝有辯才善能開演汝今應爲菩薩大衆宣揚妙法時文殊師利菩薩白佛言世尊佛今令我說何等法佛言童子汝今應說諸佛境界文殊師利菩薩言世尊佛境界者非眼境界非色境界非耳境界非聲境界非鼻境界非香境界非舌境界非味境界非身境界非觸境界非意境界非法境界無如是等差別境界是乃名爲諸佛境界世尊善男子善女人有欲入

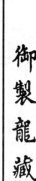

於佛境界者以無所入而爲方便乃能悟入爾時文殊師利菩薩白佛言世尊如來於何等境界而得菩提佛言童子我於空境界得菩提諸見平等故無相境界得菩提諸相平等故無願境界得菩提三界平等故無作境界得菩提諸行平等故童子我於無生無起無爲境界得菩提一切有爲平等故時文殊師利菩薩復白佛言世尊無爲者是何境界佛言童子無爲者非思量境界文殊師利菩薩言世尊非思量境界者是佛境界何以故非思量境界中無有文字無文字故無所辯說無所辯說故絕諸言論絕諸言論者是佛境界也爾時世尊問文殊師利菩薩言童子諸佛境界當於何求文殊師利菩薩言世尊諸佛境界當於一切衆生煩惱中求所以者何若正了知衆生煩惱即是諸佛境界故此正了知衆生煩惱是佛境界非是一切聲聞辟支佛所行之處爾時世尊復語文殊師利菩薩言童子若佛境界即於一切衆生煩惱中求者諸佛境界有去來乎文殊師利菩薩言不也世尊諸佛境界無來無去佛言童子若諸佛境界無來無去者云何而言若正了知衆生煩惱即是諸佛境界耶文殊師利菩薩言世尊如諸佛境界無來無去諸煩惱自性亦復如是無來無去佛言童子何者是諸煩惱自性文殊師利菩薩言世尊佛境界自性即是諸煩惱自性世尊若佛境界自性異諸煩惱自性者如來則非平等正覺以不異故於一切法平等正覺說名如來爾時世尊復語文殊師利菩薩言童子汝能了知如來

所住平等法不文殊師利菩薩言世尊我已了知佛言童子何者是如來所住平等法文殊師利菩薩言世尊一切凡夫起貪瞋癡處是如來所住平等法佛言童子云何一切凡夫起貪瞋癡處是如來所住平等法文殊師利菩薩言世尊一切凡夫於空無相無願法中起貪瞋癡是故一切凡夫起貪瞋癡處即是如來所住平等法佛言童子空豈是有法而言於中有貪瞋癡文殊師利菩薩言世尊空是有是故貪瞋癡亦是有佛言童子空云何有貪瞋癡復云何有文殊師利菩薩言世尊空以言説故有貪瞋癡亦以言説故有如佛説比丘有無生無起無作無爲非諸行法此無生無起無作無爲非諸行法非不有若不有者則於生起作爲諸行之法應無出離以有故言出離耳此亦如是若無有空則於貪瞋癡無有出離以有空故説離貪等諸煩惱耳佛言童子如是如是如汝所説貪瞋癡等一切煩惱莫不皆住於空之中文殊師利菩薩復白佛言世尊若修行者離貪瞋癡等而求於空當知是人未善修行不得名爲修行之者何以故貪瞋癡等一切煩惱性即空故爾時世尊復語文殊師利菩薩言童子汝於貪瞋癡爲已出離爲未離乎文殊師利菩薩言世尊貪瞋癡性即是平等我常住於如是平等是故我於貪瞋癡非已出離亦非未離世尊若有沙門婆羅門自見離貪瞋癡見他有貪瞋癡即是二見何謂二見謂斷見常見所以者何若見自身離貪瞋癡即是斷見若見他身有貪瞋癡即是常見世尊如是之

人非爲正住夫正住者不應於已見勝謂他爲劣故爾時世尊復語文殊師利菩薩言童子若如是者住於何所名爲正住文殊師利菩薩言世尊夫正住者無有所住住無所住是乃名爲正住之耳佛言童子豈不以住於正道爲正住耶文殊師利菩薩言世尊若住正道則住有爲若住有爲則不住於平等法性何以故有爲法有生滅故爾時世尊復語文殊師利菩薩言童子無爲是數法不文殊師利菩薩言世尊無爲者非是數法世尊若無爲法墮於數者則是有爲非無爲也佛言童子一切聖人得無爲法不有數耶文殊師利菩薩言世尊非諸聖人證於數法已得出離諸數法故爾時世尊復語文殊師利菩薩言童子汝爲成就聖法爲成就非聖法文殊師利菩薩言世尊我不成就聖法亦不成就非聖法世尊如有化人爲成就聖法爲成就非聖法佛言童子化人不可言成就聖法亦不可言成就非聖法文殊師利菩薩言世尊佛豈不説一切諸法皆如幻化佛言如是文殊師利菩薩言世尊一切諸法如幻化相我亦如是云何可言成就聖法成就非聖法爾時世尊復語文殊師利菩薩言童子若如是者汝何所得文殊師利菩薩言世尊我得如來平等無自性境界佛言童子汝得佛境界耶文殊師利菩薩言若世尊於佛境界有所得者我亦得於諸佛境界時長老須菩提問文殊師利菩薩言大士如來不得佛境界耶文殊師利菩薩言大德汝爲得聲聞境界不須菩提言大士聖心解脱無有境界是故我

今無境界可得文殊師利菩薩言大德佛亦如是其心解脫無有境界云何而謂有所得乎須菩提言大士汝今說法可不將護初學心耶文殊師利菩薩言大德我今問汝隨汝意答如有良醫欲治人病爲將護病人心故不與辛酸醎苦應病之藥能令其人病得除差至安樂不答言不也文殊師利菩薩言大德此亦如是若說法師爲將護初學心故隱甚深法而不爲說隨其意欲演麤淺義能令學者出生死苦至涅槃樂無有是處說是法時衆中有五百比丘僧諸漏永盡心得解脫八百諸天子遠塵離垢得法眼淨復有七百諸天子聞其辯才深生信樂皆發阿耨多羅三藐三菩提心爾時須菩提復白文殊師利菩薩言大士汝頗亦於聲聞乘而生信解又以此乘法度衆生不文殊師利菩薩言大德我於一切乘皆生信解大德我信解聲聞乘亦信解辟支佛乘亦信解三藐三佛陀乘須菩提言大士汝爲是聲聞爲是辟支佛爲是三藐三佛陀耶文殊師利菩薩言大德我雖是聲聞然不從他聞雖是辟支佛而不捨大悲及無所畏雖已成正等覺而於一切所應作事未嘗休息須菩提又問言大士汝云何是聲聞答曰我恒爲一切衆生說未聞法是故我爲聲聞又問言汝云何是辟支佛答曰我能了知一切諸法皆從緣起是故我爲辟支佛又問言汝云何是三藐三佛陀答曰我常覺悟一切諸法體相平等是故我爲三藐三佛陀爾時須菩提又問言大士汝決定住於何地爲住聲聞地爲住辟支佛地爲住佛

地耶文殊師利菩薩言大德汝應知我決定住於一切諸地須菩提言大士汝可亦決定住凡夫地耶答曰如是何以故一切諸法及以衆生其性即是決定正位我常住此正位是故我言決定住於凡夫地也須菩提又問言若一切法及以衆生即是決定正位者云何建立諸地差別而言此是凡夫地此是聲聞地此是辟支佛地此是菩薩地此是佛地耶文殊師利菩薩言大德譬如世間以言説故於虚空中建立十方所謂此是東方此是南方乃至此是上方此是下方雖虚空無差別而諸方有如是如是種種差別此亦如是如來於一切法決定正位中以善方便立於諸地所謂此是凡夫地此是聲聞地此是辟支佛地此是菩薩地此是佛地雖正位無差

別而諸地有别耳爾時須菩提復白文殊師利菩薩言大士汝已入正位耶文殊師利菩薩言大德我雖已入亦復非入須菩提言大士云何已入而非入乎文殊師利菩薩言大德應知此是菩薩智慧善巧我今爲汝説一譬喻諸有智人以譬喻得解大德如有射師其藝超絶惟有一子特鍾心愛其人復有極重怨讎耳不欲聞眼不欲覩或時其子出外遊行在於遠處路側而立父遥見之謂是其怨執弓持箭控弦而射箭既發已方知是子其人巧捷疾走追箭箭未至間還復收得言射師者喻菩薩也一子者喻衆生也怨家者喻煩惱也所言箭者此則喻於聖智慧也大德當知菩薩摩訶薩以般若波羅蜜觀一切法無生正位大悲善巧故故不於實際作證

而住聲聞辟支佛地誓將化度一切衆生至佛地矣爾時須菩提又問文殊師利菩薩言大士何等菩薩能行此行文殊師利菩薩言大德若菩薩示行於世而不爲世法所染現同世間不於諸法起見雖爲斷一切衆生煩惱勤行精進而入於法界不見盡相雖不住有爲亦不得無爲雖處生死如遊園觀本願未滿故不求速證無上涅槃雖深知無我而恒化衆生雖觀諸法自性猶如虛空而勤修功德淨佛國土雖入於法界見法平等而爲莊嚴佛身口意業故不捨精進若諸菩薩具如是行乃能行耳爾時須菩提復白文殊師利菩薩言大士汝今說此菩薩所行非諸世間所能信受文殊師利菩薩言大德我今爲欲令諸衆生永出世間說諸菩薩了達世法出離之行須菩提言大士何者是世法云何名出離文殊師利菩薩言大德世間法者所謂五蘊其五者何謂色蘊受蘊想蘊行蘊識蘊如是諸蘊色如聚沫受如浮泡想如陽焰行如芭蕉識如幻化是故此中無有世間亦無諸蘊及以如是言說名字若得是解心則不散心若不散則不染世法若不染世法即是出離世間法也復次大德五蘊諸法其性本空性空則無二無二則無我我所無我我所則無所取著無所取著者即是出離世間法也復次大德五蘊法者以因緣有因緣有故則無有力無力則無主無主則無我我所無我我所則無受取無受取則無執競無執競則無諍論無諍論者是沙門法沙門法者知一切法如空中響若能了知一切諸法如

空中響即是出離世間法也復次大德此五蘊法同於法界法界者則是非界非界中無眼界無色界無眼識界無耳界無聲界無耳識界無鼻界無香界無鼻識界無舌界無味界無舌識界無身界無觸界無身識界無意界無法界無意識界此中亦無地界水界火界風界虛空界識界亦無欲界色界無色界亦無有爲界無爲界我人衆生壽者等如是一切皆無所有定不可得若能入是平等深義與無所入而共相應即是出離世間法也說是法時會中比丘二百人永盡諸漏心得解脫各各脫身所著上衣以奉文殊師利菩薩而作是言若有衆生得聞於此甚深妙法應生信受若不生信欲求證悟終不可得爾時長老須菩提語諸比丘言汝何所得以何爲證諸比丘言大德無得無證是沙門法所以者何若有所得心則動亂若有所證則自矜負動亂矜負墮於魔業若有自言我得我證當知則是增上慢人佛言諸比丘汝等審知增上慢義不諸比丘答言世尊如我意者若有人言我能知苦是不知苦相而言我知我能斷集證滅修道是不知集滅道相乃至而言我能修道應知此是增上慢人所以者何若相者即無生相集滅道相即無生相無生相者即是非相平等相是諸聖人於一切法得解脫相是中無有知苦斷集證滅修道如是等相而可得者若有衆生得聞如是一切諸法平等之義而生驚怖應知是爲增上慢者爾時世尊即告之言善哉善哉諸比丘如汝所說如是如是須菩提汝等當知此諸

比丘已於過去迦葉佛所從文殊師利童子得聞如是甚深之法以聞法故疾得神通令復得聞隨順不逆須菩提若復有人於我法中得聞斯義生信解者皆於來世見彌勒佛若未發大乘意於三會中悉得解脫若已發大乘意者皆得住於堪忍之地爾時善勝天子白文殊師利菩薩言大士汝常於此閻浮提中爲衆說法令兜率天上有諸天子曾於過去值無量佛供養恭敬種諸善根然生在天中躭著境界不能來此法會而有聽受昔種善根今將退失若蒙誘誨必更增長惟願大士暫往天宮爲彼諸天弘宣法要爾時文殊師利菩薩以神通力即於其處忽然化作兜率天宮如其所有悉皆備足令善勝天子及此會中一切人天皆謂在於彼天之上具見於彼種種嚴飾園林池沼果樹行列殿堂樓閣棟宇交臨繡柱承梁彫窻間戶欑櫨疊栱磊砢分布積寶爲臺莊嚴綺錯其臺極小猶有七層或八層九層乃至高于二十層者一一臺上處處層級皆有衆天女盛年好色手足柔輭額廣眉長面目清淨如金羅網常有光明亦如蓮華離諸塵垢發言含笑進止迴旋動必合儀麗而有則譬如滿月人所樂見箜篌琴瑟簫笛鍾鼓或歌或嘯音節相和妙妓成行分庭共舞如是等事宛然備矚時善勝天子見自宮殿及其眷屬歡娛事已心生疑怪白文殊師利菩薩言奇哉大士云何令我及以大衆瞬息之間而來至此爾時長老須菩提語善勝天子言天子我初亦謂與諸大衆皆共至於兜率陁天而今乃知本來

不動曾不共往彼天之上如是所見皆是文殊師利菩薩三昧神通之所現耳時善勝天子即白佛言世尊文殊師利菩薩甚爲希有乃能以此三昧神通不思議力令此衆會不動本處而言至此兜率陁天佛言天子汝但知文殊師利童子神通變化少分之力我之所知無有量也天子以文殊師利神通之力假使如恒河沙等諸佛國土種種嚴好各各不同能於一佛土中普令明見又以如恒河沙等諸佛國土集在一處狀如繒束舉擲上方不以爲難又以如恒河沙等諸佛國土所有大海置一毛孔而令其中衆生不覺不知無所觸嬈又以如恒河沙等諸佛國土所有須彌山王以彼衆山納於一山復以此山納於芥子而令住彼山上一切諸天不覺不知亦無所嬈又以如恒河沙等諸佛國土其中所有五道衆生置右掌中復取是諸國土一切樂具一一衆生盡以與之等無差別又以如恒河沙等諸佛國土劫盡燒時所有大火集在一處令其大小如一燈炷所有火事如本無別又如恒河沙等諸佛國土所有日月若於一毛孔舒光映之普令其明隱蔽不現天子我於一劫若一劫餘說文殊師利童子三昧神通變化之力不可窮盡爾時魔波旬自變其身作比丘形在於會中却坐一面白佛言世尊我今聞說文殊師利童子神通之力不能信受惟願世尊令於我前現其神力使我得見爾時世尊知是惡魔變爲比丘欲令衆生善根增長故告文殊師利菩薩言汝應自現神通之力令此會中無量衆生咸得

善利

文殊師利所説不思議佛境界經卷上

音釋

除差 差楚懈切除差謂病除瘉也 攢櫨 攢徂丸切簇聚也櫨籠都切櫨謂構櫨即柱上枅也 疊栱 疊達協切累也又重疊也栱古勇切栱枓也 磊砢 磊魯猥切砢朗可切磊砢衆石貌又開砢相扶持貌 矚 朱欲切視之甚也 瞬 輸閏切目動也 嬈 爾沼切亂也

文殊師利所說不思議佛境界經卷下

唐南天竺國沙門菩提流志等奉　制譯

爾時文殊師利菩薩受佛教已即時入一切法心自在神通三昧入此三昧已起神通力現於如上所說神變之事顯然明著皆悉現前如佛所言不增不減預斯會者靡不咸見是時大衆覩此神力歎未曾有同聲唱言善哉善哉諸佛如來爲衆生故出現世間復有如是善權大士同出於世而能現此不可思議威神之力爾時惡魔見此種種神變事已歡喜踊躍禮文殊師利菩薩足合掌恭敬而向如來作如是言文殊師利童子甚爲希有乃能現是不可思議神通變化諸有聞者孰不驚疑若有衆生得聞此事能生信受假使惡魔如恒河沙欲爲惱害終不能也世尊我是惡魔常於佛所伺求其便心喜惱害一切衆生若見有人精勤習善必以威力爲其障礙世尊我從今日深發誓心但此法門弘宣之處所在國土城邑聚落百由旬內我在其中譬如盲者無有所作不於衆生而生侵惱若見有受持讀誦思惟解釋是經者必生尊重供給供養世尊我之儔黨樂於佛法而生留難若見有人修行於善要加逼惱令其退失我今爲斷如是惡事說陁羅尼即說呪曰

怛姪他　阿麽黎一　毗麽黎二　恥夭以切哆答鞞三　阿羯波你是多設咄路四　誓曳五　誓耶末底六　輸去聲婆末底七　睒迷去聲下兩字同扇底八　阿普迷九　普普迷十　地喋十一　阿契十二　莫契十三　佉契十四　弭履羅十五　阿伽上聲迷十六　普羅十七　普羅普羅十八　輸上聲下同迷輸輸迷十九　地喋地喋二十　阿

那跋底(二十一)聦哆荅鞞(二十二)訖里多遏梯(二十三)訖里多毗(入聲)提(二十四)毗盧折(之熱切)擔(丁含切)(二十五)薩達摩婆拏(上聲)拘(二十六)曷寫蘇怛羅寫陁路迦(二十七)阿(入聲)跋羅目多伊婆蘇履耶(廿八)世尊此陁羅尼擁護法師能令其人勇猛精進辯才無斷一切惡魔無能得便更令其魔心生歡喜以衣服卧具飲食湯藥諸有所須而爲供養世尊若有善男子善女人受持此呪日夜不絕則爲一切天龍乾闥婆阿脩羅迦樓羅緊那羅摩睺羅伽人非人等常所守護一切怨憎不能爲害佛語魔言善哉善哉汝今說此陁羅尼令恒河沙等無量世界六種震動魔王當知汝此辯才皆是文殊師利童子神力所作文殊師利菩薩以神通力令魔波旬說此呪時衆中三萬人皆發阿耨多羅三藐三菩提心爾時文殊師利菩薩作是變已攝其神力即告善勝天子言天子我今欲詣兜率陁天汝可先往令其衆集時善勝天子聞是語已與其眷屬右繞於佛及文殊師利等菩薩大衆於會中没須臾之間到彼天宮至天宮已普告衆言汝等當知文殊師利菩薩摩訶薩愍我等故欲來至此汝等諸天皆應捨離放逸諸樂而共來集爲聽法故時善勝天子作是語已於天宮中建立道場其場廣博清淨嚴好以天如意衆寶所成東西三萬二千由旬南北一萬六千由旬又於其中置無量百千師子之座其座高廣種種莊嚴以天寶衣而覆其上時善勝天子嚴辦道場及師子座已曲躬合掌遙向文殊師利菩薩而作是言我至天宮所爲事畢惟仁降

止令正是時爾時文殊師利菩薩與諸菩薩一萬二千人大聲聞一千五百人及餘無量百千天龍夜叉乾闥婆等從座而起頂禮佛足右繞三帀於如來前没而不現須臾之頃至兜率陁天詣道場中如其敷擬各坐其座爾時四天王天三十三天夜摩天化樂天他化自在天及色界中諸梵天衆逓相傳告而作是言今文殊師利菩薩在兜率陁天欲說大法我等應共往詣其所爲欲聽聞所未聞法及見種種希有事故作是語已欲色界中無量阿僧祇諸天子衆於須臾頃各從所住而來共集兜率天宮以文殊師利菩薩威神之力其道場中悉皆容受而無迫隘爾時善勝天子白文殊師利菩薩言大士今此大衆悉已來集願以辯才闡明法教時文殊師利菩薩普告衆言諸仁者若諸菩薩住四種行則能成就一切善法何等爲四一者持戒二者修禪三者神通四者調伏若能持戒則成就多聞若能修禪則成就般若若得神通則成就勝智若住調伏則能成就心不放逸是故我言若諸菩薩住於四行則能成就一切善法諸仁者當知持戒具足八法而得清淨何等爲八一者身行端直二者語業淳淨三者心無瑕垢四者志尚堅貞五者正命自資六者頭陁知足七者離諸詐僞不實之相八者恒不忘失菩提之心是名持戒八種清淨復次諸仁者應知多聞亦以八法而得清淨何等爲八一者敬順師長二者摧伏憍慢三者精勤記持四者正念不錯五者說釋無倦六者不自矜伐七者如理觀察八者依教修

行是名多聞八種清淨復次諸仁者應知禪定亦以八法而得清淨何等爲八一者常居蘭若宴寂思惟二者不共衆人羣聚談說三者於外境界無所貪著四者若身若心捨諸榮好五者飲食少欲六者無攀緣處七者不樂修飾音聲文字八者轉教他人令得聖樂是名禪定八種清淨復次諸仁者應知般若亦以八法而得清淨何等爲八一者善知諸蘊二者善知諸界三者善知諸處四者善知諸根五者善知三解脫門六者永拔一切煩惱根本七者永出一切蓋纏等惑八者永離一切諸見所行是名般若八種清淨復次諸仁者應知神通亦以八法而得清淨何等爲八一者見一切色無有障礙二者聞一切聲無所限隔三者遍知衆生心之所行四者憶念前際無礙無著五者神足遊行遍諸佛國六者盡一切漏而不非時七者廣集善根而離諸散動八者如初發誓願恒爲善友廣濟衆生是名神通八種清淨復次諸仁者當知於智亦以八法而得清淨何等爲八一者苦智遍知五蘊二者集智永斷諸愛三者滅智觀諸緣起畢竟不生四者道智能證有爲無爲功德五者因果智知業與事無有相違六者決定智了知無我無衆生等七者三世智善能分別三世輪轉八者一切智智謂般若波羅蜜於一切處無不證入是名爲智八種清淨復次諸仁者應知調伏亦以八法而得清淨何等爲八一者内恒寂靜二者外護所行三者不捨三界四者隨順緣起五者觀察諸法其性無生六者觀察諸法無有作者七

者觀察諸法本來無我八者畢竟不起一切煩惱是名調伏八種清淨復次諸仁者應知不放逸亦以八法而得清淨何等爲八一者不汚尸羅二者恒淨多聞三者成就諸定四者修行般若五者具足神通六者不自貢高七者滅諸諍論八者不退善法是名不放逸八種清淨諸仁者若諸菩薩住不放逸則不失三種樂何者爲三所謂諸天樂禪定樂涅槃樂又則解脱三惡道何者爲三所謂地獄道畜生道餓鬼道又則不爲三種苦之所逼迫何者爲三所謂生苦老苦死苦又則永離三種畏何者爲三所謂不活畏惡名畏大衆威德畏又則超出三種有何者爲三所謂欲有色有無色有又則滌除三種垢何者爲三所謂貪欲垢瞋恚垢愚癡垢又則圓滿三種學何者爲三所謂戒學心學慧學又則得三種清淨何者爲三所謂身清淨語清淨意清淨又則具足三種所成福何者爲三所謂施所成福戒所成福修所成福又則能修三種解脱門何者爲三所謂空解脱門無相解脱門無願解脱門又則令三種種性永不斷絶何者爲三所謂佛種性法種性僧種性諸仁者不放逸行有如是力是故汝等應共修行

復次諸仁者菩薩所行六波羅蜜一一具有三所治障若住不放逸速能除斷何等爲三謂自不布施不欲他施瞋能施者自不持戒不欲他持瞋能持者自不忍辱不欲他忍瞋能忍者自不精進不欲他精進瞋能精進者自不修定不欲他修瞋能修者自無智慧不欲他有瞋能有者如是名爲菩薩六度一一

具有三障差別不放逸行之所除斷復次諸仁者菩薩所行六波羅蜜各以三法而得成滿此三皆從不放逸生何等爲三布施三者謂一切能捨不求果報迴向菩提持戒三者謂重心敬受護持不缺迴向菩提忍辱三者謂柔和寬恕自護護他迴向菩提精進三者謂不捨善軛無來去想迴向菩提禪定三者謂遍入諸定無所攀緣迴向菩提般若三者謂智光明徹滅諸戲論迴向菩提如是名爲菩薩六度一一三種能成滿法不放逸行之所生長復次諸仁者一切菩薩以不放逸故速得成就三十七種菩提分等所有善法證於諸佛無上菩提云何速成菩提分法謂諸菩薩以不放逸故修四念處不經勤苦疾得圓滿云何修耶謂觀身處無所有觀受處無所有觀心處無所有觀法處無所有於一切法皆無所得如是名爲修四念處又諸菩薩以不放逸故修四正勤疾得圓滿云何修習謂諸菩薩雖恒觀察一切諸法本來無生無得無起無有作者猶如虛空而爲未生諸惡不善法令不生故攝心正住勤行精進雖觀一切法無業無果而爲諸衆生已生諸惡不善法欲令斷故攝心正住勤行精進雖信解一切法空無所有而爲未生諸善法欲令生故攝心正住勤行精進雖知諸法本來寂靜而爲已生諸善法欲令住故不退失故更增長故攝心正住勤行精進是諸菩薩雖恒觀察一切諸法無有所作無能作者體相平等是中無有少法可得若生若滅而常精進修習不捨是則名爲修正勤耳又諸菩薩以不

放逸故修四神足疾得圓滿云何修習謂諸菩薩雖永斷欲貪而恒不捨諸善法欲若身若心常修善行雖觀諸法空無所得而爲化衆生勤行精進雖了知心識如幻如化而恒不捨具諸佛法成正覺心雖知諸法無依無作不可取著而恒隨所聞如理思惟如是名爲修習神足又諸菩薩以不放逸故修習五根疾得圓滿云何修習謂諸菩薩雖依自力而有覺悟不從他聞然教化衆生令其了知發生深信雖無來想亦無去想而勤遍修行一切智行雖於境界無念無憶而於其中不忘不愚雖以智光開了諸法而恒正定寂然不動雖常安住平等法性而斷衆翳障戲論分別如是名爲修習五根又諸菩薩以不放逸故修習五力疾得圓滿云何修習謂諸菩薩修信力時一切外論不能傾動修精進力一切惡魔無能沮壞以修念力不入聲聞辟支佛地修定力故疾得遠離五蓋煩惱以智慧力永不取於諸見境界是則名爲修習五力又諸菩薩以不放逸故修七覺分疾得圓滿云何修耶謂諸菩薩於一切善法恒不忘失是修念覺分於諸緣起常樂觀察是修擇法覺分行菩提道永不退轉是修精進覺分知法而足無所希求是修喜覺分遠離身心散動之失是修猗覺分入空無相無願解脫是修定覺分離於生起學習之心是修捨覺分是名爲修七覺分法又諸菩薩以不放逸故修八聖道疾得圓滿云何修習謂永離於斷常見故名修習正見離於欲覺恚覺害覺故名修習正思惟遠離自他不平等故名修

習正語離於諂僞不實相故名修習正命離於怯弱身心事故名修習正業離自矜足慢他心故名修習正勤離諸惛愚名修習正念息諸分別名修習正定是名修習八聖道分諸仁者我以如前所說之義言諸菩薩住不放逸則得成就三十七種菩提分等一切善法證於諸佛無上菩提諸仁者此不放逸菩薩入於如是菩提分法已則出一切生死淤泥出生死已於一切法都無所見無所見故無所言說無所言說故則得入於畢竟寂靜云何名爲畢竟寂靜以一切法非所作非所作故不可取不可取故無有用無有用故不可安立以之爲有不可安立以爲有故應知即是畢竟寂靜說是法時會中有一萬二千天子遠塵離垢法眼清淨爾時善勝天子復白文殊師利菩薩言大士云何名修行菩薩道文殊師利菩薩言天子若菩薩雖不捨生死而不爲生死諸惡所染雖不住無爲而恒修無爲功德雖具修行六波羅蜜而示現聲聞辟支佛行是名修行菩薩道復次天子若菩薩雖於空清淨而善示諸境亦不取於境雖於無相清淨而善入諸相亦不執於相雖於無願清淨而善行三界亦不著於界雖於無生無滅清淨而善說生滅亦不受生滅所以者何此調伏心菩薩雖了知一切法空無所有然以諸衆生於境界中而生見著以見著故增長煩惱菩薩欲令斷諸見著而爲說法令知一切境界是空如說於空無相無願無生無滅皆亦如是是名修行菩薩道復次天子有往有復名修菩薩道云何名爲有往

有復觀諸衆生心所樂欲名之爲往隨其所應而爲說法名之爲復自入三昧名之爲往令諸衆生得於三昧名之爲復自行聖道名之爲往而能教化一切凡夫名之爲復自得無生忍名之爲往令諸衆生皆得此忍名之爲復自以方便出於生死名之爲往又令衆生而得出離名之爲復心樂寂靜名之爲往常在生死教化衆生名之爲復自勤觀察往復之行名之爲往爲諸衆生說如斯法名之爲復修空無相無願解脫名之爲往爲令衆生斷於三種覺觀心故而爲說法名之爲復堅發誓願名之爲往隨其誓願拯濟衆生名之爲復發菩提心願坐道場名之爲往具修菩薩所行之行名之爲復是名菩薩往復之道說此法時會中有菩薩五百人皆得無生法忍爾時善勝天子白文殊師利菩薩言大士我曾聞有一切功德光明世界如是世界在何方所佛號何等於中說法文殊師利菩薩言天子於此上方過十二恒河沙佛土有世界名一切功德光明佛號普賢如來應正等覺在此土中演說正法善勝天子言大士我心欲見彼之世界及彼如來惟願仁慈示我令見時文殊師利菩薩即入三昧此三昧名離垢光明從其身中放種種光其光上徹十二恒河沙佛土至一切功德光明世界種種色光遍滿其國彼諸菩薩見是光已得未曾有合掌恭敬白普賢如來言世尊今此光明從何所來普賢佛言善男子於此下方過十二恒河沙佛土有世界名娑婆佛號釋迦牟尼如來應正等覺今現在彼數演法教彼

有菩薩名文殊師利住不退轉入離垢光明三昧於其身中放種種光其光遠至十方無量阿僧祇世界一一世界光悉充滿是故今者有此光明彼諸菩薩復作是言世尊我等今者皆願得見娑婆世界釋迦牟尼佛及文殊師利菩薩爾時普賢如來即於足下千輻相中放大光明其光朗曜過彼下方十二恒河沙佛土入此世界光悉周遍彼諸菩薩以佛光明莫不見此娑婆世界及釋迦牟尼佛諸菩薩等此土菩薩亦見彼國及普賢如來幷菩薩衆爾時普賢如來告諸菩薩言娑婆世界恒說大法汝等誰能往彼聽受衆中有菩薩名執智炬從座而起白言世尊我今願欲承佛神力往娑婆世界惟願如來垂哀見許普賢如來言善男子今正是時當疾往詣

爾時執智炬菩薩與諸菩薩十億人俱頭頂敬禮普賢如來合掌恭敬右繞七帀於彼國没譬如壯士屈伸臂頃到娑婆世界兜率天宮善住樓觀中文殊師利菩薩衆會之前曲躬合掌禮文殊師利菩薩足而作是言大士汝所舒光至於我國我世尊普賢如來應正等覺垂許我等來此世界爲見大士禮事瞻仰聽聞法故爾時欲色界諸天子見彼國土諸來菩薩已咸作是言善哉善哉不可思議甚爲希有甚爲希有文殊師利善權大士乃有如是神通變化以三昧力放是光明而能至彼上方世界令諸菩薩疾來詣此時文殊師利菩薩復爲大衆廣宣妙法衆中有七十二那由他諸天子衆深生信解發阿耨多羅三藐三菩提心爾時文殊師利菩薩於兜率

天宫所爲事畢與諸菩薩釋梵四天王等無量諸天及一切功德光明國土諸來菩薩不起于座於天宫没一念之間到于佛所皆從座起頂禮佛足合掌恭敬右繞七帀繞佛畢已時執智炬菩薩與其同類十億人前白佛言世尊普賢如來致問起居少病少惱安樂行不于時世尊如法慰問諸菩薩已普觀一切諸來大衆勑令復座廣爲説法莫不歡喜爾時世尊復告衆言汝等當知此文殊師利童子執智炬菩薩爲欲成熟無量衆生現此神通變化之事此二丈夫已能成就種種方便獲於深理智慧辯才已於無量阿僧祇劫施作佛事爲衆生故生於世間若有衆生得見此二菩薩者應知則得六根自在永不入於衆魔境界爾時執智炬菩薩及所同來諸菩薩衆入此國土得見世尊聽聞法故證無生忍既得忍已右繞於佛敬禮雙足當爾之時此三千大千世界爲之震動是諸菩薩即於佛前没而不現須臾之頃還到本國爾時世尊告長老阿難言此法門汝當奉持廣爲人説阿難言唯世尊此法門當何名之云何奉持佛言此法門名文殊師利所説不思議佛境界如是奉持佛説此經已善勝天子長老阿難及一切世間天人阿脩羅乾闥婆等皆大歡喜信受奉行

文殊師利所説不思議佛境界經卷下

音釋

迫隘 迫博陌切陜也隘烏廨切陋也亦陿也 軛 乙革切 沮壞 沮在呂切止也抑也壞音懷毀之也 猗覺 猗於宜切覺訖嶽切 淤泥 淤依據切淤泥謂澱滓濁泥也

佛說如幻三昧經

西晉三藏竺法護譯

清刻龍藏佛說法變相圖

佛說如幻三昧經卷上

西晉三藏竺法護譯

聞如是一時佛遊於王舍城靈鷲山與大比丘衆俱比丘六萬二千一切聖智神通已達而悉耆年菩薩四萬二千濡首童真之等類其名曰師子英菩薩慈氏菩薩觀世音菩薩得大勢菩薩辯積菩薩建立遠菩薩山頂菩薩山幢菩薩無動菩薩善思議菩薩所思誼菩薩心勇菩薩心志菩薩善心菩薩珠積菩薩石磨王菩薩寶掌菩薩寶印手菩薩常舉手菩薩常下手菩薩常精進菩薩御衆菩薩篤進菩薩住言行相應菩薩超願菩薩立報答菩薩等思菩薩棄諸惡趣菩薩度無量菩薩度無動菩薩虛空藏菩薩上意菩薩持意菩薩增意菩薩術詳菩薩執誦菩薩日光菩

薩月英菩薩光英菩薩光首菩薩逮若干光菩薩師子步雷音菩薩辯無礙菩薩妙辯菩薩應辯菩薩度意菩薩顯日月光菩薩空無菩薩質遊菩薩常笑菩薩善根菩薩除諸蓋菩薩轉女菩薩轉男菩薩轉胎菩薩被德鎧菩薩大慧菩薩光燄菩薩照明菩薩無受菩薩受音菩薩深藏菩薩衆香手菩薩解縛之等八正士俱如是等類四萬二千四天王天帝釋梵忍王此及餘天六萬人俱須深天子善住意天子大神妙天善意天大慈天如斯之等三萬人俱皆志大乘燕居阿須倫與二萬億阿須倫俱有海龍王與六萬龍王俱從海出此及他方無數天龍鬼神阿須倫迦留羅眞陁羅摩睺勒不可稱限百千億載比丘比丘尼童男童女不可計會皆悉來集如來垂哀與無數衆眷屬圍繞而爲説法爾時文殊師利自在其室獨遊燕坐以空無心離心三昧而爲正受文殊即時從三昧起適安隱興震動十方無量佛土文殊師利心自念言如來至眞平等覺者今爲所在於世求之甚難得值猶靈瑞華時時而出耳其所現方難及難當非心所思非言所暢深妙超絶巍巍無量佛現於世終不虛妄因得聞法所聽經典未曾唐舉猶是衆生滅除苦患如斯眞正非爲無益吾今寧可詣如來所應時啓問隨其所質令諸德本一切備悉假使有人學菩薩乘令不疑惑深妙佛法成就道義悉蔽魔宮此忍界中衆生之類其婬怒癡甚爲興盛離清白法但行無義愚戇抵突心懷憍慢而無恭恪所可修業多所違失捨佛法衆當令

衆生聞如此法淨智慧眼于時文殊復更念言當詣十方諸佛世界請召無量百千菩薩使集佛所聽受經典其身證明此深法忍文殊師利以離垢光嚴淨三昧而爲正受適三昧已尋照東方億江沙等諸佛世界普爲大明潤澤柔輭離垢顯曜清淨光光東西南北四維上下十方佛土光明所照悉遍若斯等無殊隔其於十方幽隱暗冥蔽翳方域山石墻壁樹木華實鐵圍大鐵圍目隣山大目隣山雪山黑山及須彌山而悉蒙照靡不顯曜無所蔽礙時於十方諸佛世界一一江沙億數佛土諸佛世尊現在說法此諸佛邊一一侍者各問其佛以何因緣忽有大光普遍世界從古以來未曾見聞如此光明潤澤和雅靡不蒙濟令蒙佛光明衆身安隱令心清澈皆見拔擢順時無違無復犯行婬怒愚癡此之瑞應爲誰聖旨之所建立所演光曜暉赫若茲是諸佛世尊觀諸侍者之所啓問默然不應其彼世界天龍神聲阿須倫迦留羅及金翅鳥揵沓和聲人非人聲飛鳥鹿聲風雨水聲大海中聲歌妓樂聲斯等之類蒙佛威神悉亦寂然無暢音者一切諸響悉爲憺怕其諸侍者啓問諸佛如是至三世尊願說多所哀念多所安隱憐愍諸天及世間人爲誰威神出是輩聲其大光明普諸佛土于時諸佛億江沙數各從剎土同時一聲各集其音柔輭了了悉從一佛出若干教口之所演如是像音同時報告諸侍者曰諸佛世尊適宣音已一切佛土皆爲之動百千妓樂不鼓自鳴諸天人民阿須倫樂亦復如是其音亦演

非常苦空非身之聲空無相顛虛無恍惚本無之聲本際之聲捨婬怒癡無三界聲如審諦聲施戒忍進禪智之聲詳慚愧聲慈悲喜護聲遵修奉行無放逸聲如是若干常宣百千法誼之聲此所講法令不可計無央數人億百千衆立不退轉志於無上正眞道意開化聲聞及緣覺法釋梵之位成轉輪王其亦若茲於是諸佛告諸侍者諸族姓子汝等默然專問是爲此非聲聞緣覺之地所能及者諸天世人及阿須倫聞此迷荒如來咨嗟須宣斯光明其功德勳不可思議所積功祚無能惟察所學精進智慧之業乃能致此究竟光明若於一劫過劫之餘咨嗟光明不能暢盡得其原際此光明曜所興慈悲巍巍如斯諸佛侍者再三聞此所歎咨嗟益以飢虛重復啓白唯諸大聖以時宣暢多所哀念多所安隱愍傷諸天及十方人并諸菩薩大乘學衆令成德本於時諸佛告衆侍者言族姓子有一刹土名曰忍界於彼有佛名釋迦文如來至眞等正覺明行足爲善逝世間解無上士道法御天人師爲佛世尊興於憒亂五濁之世其土衆生婬怒癡盛慢無肅恭棄於淨志清和之德而離慚愧專爲誤失衆惡之業如是等類下士之黨諸愚騃子修衆惡行故生彼土逮成無上正眞之道爲最正覺而說緣法彼有菩薩名曰文殊其力廣大聖慧無極精進無比威變若茲勸化開示諸菩薩衆使入高德無極大乘爲諸菩薩之父母也曉了隨時解一切法分別章句智慧無礙度于彼岸辯才無際逮得總持曉了一切衆生根

本從所明識而爲流布功勳之德不可思議故往啓問如來至眞所當行業使諸菩薩成就德本進諸菩薩令其究暢務念佛法是族姓子文殊師利請諸菩薩故演眞妙隨宜時光使諸十方無央數億諸菩薩會當令聽受此佛所說法所以由是顯其光明普徧佛土侍者白問其三昧定名曰何等佛言號離垢光嚴淨文殊師利住斯定意所演巍巍神妙光明遐照如此時諸侍者復白佛言吾等造來未曾見遇如是比像柔輭清和音聲志願光明妙響緣是之故以無盡哀隨時演光快哉如是道德超殊無思議曜令人踊躍乃如此乎佛言族姓子時時乃奮斯大洪曜會諸菩薩講宣經典開示大道也爾時十方無數難計不可思議八方上下面面各各千億江沙諸佛之土各有無量不可思議諸菩薩衆皆詣佛所稽首足下前白佛言唯願大聖此何光明自從昔來未曾見聞此何光應於是佛告諸菩薩有族姓子世界名忍有佛號曰釋迦文如來至眞等正覺現在說法彼有菩薩名曰輭首演布如斯光明之曜其光名曰請諸菩薩悉令集會是其瑞應時諸菩薩各白佛言我等欲詣至於忍界奉見能仁如來至眞稽首講問諮受所聞亦欲親覲文殊師利及餘菩薩其佛各曰往族姓子今正應時時於十方不可思議無數菩薩億百千姟如塵之數猶如壯士屈伸臂頃各從所在諸佛國土忽然不現住於忍界彼有菩薩而雨衆華往詣佛所或雨雜香華鬘塗香青蓮紅黃白華信脫思夷梧桐須蔓柔軟大柔軟普念

大普念音華月大月悅樂月華雨如是輩若干種華以供養尊往至佛所或有菩薩以一音響告語三千大千世界咨嗟如來無量功勳往詣佛所或帝釋眷屬或梵營從或四天王輩類或如天龍鬼神揵沓和等王女作樂諸眷屬也若干種變殊別各異往詣佛所適到其前此忍世界三千大千諸有地獄餓鬼畜生悉爲消除寂寞無患致最歡悅皆諸菩薩威神所感其菩薩衆不可稱載百千億數無能思察計其限者詣釋迦文佛稽首足下繞佛三帀住於虛空則習此意普身三昧而爲正受因自然生七尋蓮華其色無量則昇其上結跏趺坐於時耆年大迦葉即從座起偏出右臂右膝著地叉手讚佛而説頌曰

若施於歡悅　功勳諸離垢　十方超衆生
得寂心憺怕　覺了諸所行　尊爲無等匹
開導顯示我　無量不可議　善遵行布施
奉戒億姟劫　所行無等倫　三界無所著
忍力勢無極　其力凡有十　難逮樂功勳
爲我斷疑網　見衆生患難　故行若干劫
所行不猒倦　精進益無量　廣施無所愛
男女及妻妾　國土之所有　樂施皆能惠
已斷我狐疑　奉施象馬乘　頭目不逆人
衣服億載數　諸所當光飾　能仁授飲食
常樂於布施　故欲問安住　截身令段段
離垢不懷恚　忍力捨諸慢　願説此意趣
修習於空行　意常善思惟　施安樂功勳
故問滅塵勞　已斷貪欲怒　衆生邪見惱
盡愚癡瞎冥　不樂吾我想　棄捐諸有處
修行百千劫　顯道之原際　令我得自歸

慧神度彼岸　善行所當修　曉了吾我想
好樂習空法　處人無所著　心善無所倚
禪定無思議　決疑捨塵垢　往昔修習行
施戒忍精進　已入禪智慧　行慈無雙比
奉德無能計　猶如江海水　顏色殊妙好
願爲我救護　其歸命世尊　離垢不棄捐
若節節解身　等觀體無色　尊志思道術
悅衆決疑網　如山不可動　安住無戀慕
若在天行定　不著衆玉女　在在所遊居
未曾見陰蓋　勝性無變異　口所說亦然
德普如虛空　稽首無上尊

於是耆年大迦葉以此偈讚佛已唯然世尊於今何緣有此大光明靡不遍加復現斯瑞殊妙難及未曾有法佛告迦葉用爲專心而問此誼非彼聲聞諸緣覺乘之所能及諸天世人在中迷荒將無惑亂假使如來答此所問一切罔然不知所趣迦葉又問願佛說之多所愍傷多所安隱救濟諸天及十方人佛告迦葉諦聽善思當爲汝說迦葉白佛唯諾世尊願樂欲聞佛告迦葉文殊師利有三昧名普光離垢嚴淨以此定意而爲正受由是之故演其光明照於十方億江沙等諸佛國土靡不蒙曜十方一一諸佛國土無數無量不可思議億百千姟諸菩薩衆爲此光明所見請召悉來會集於斯忍界故來親近詣吾目下繞佛三帀去地七尋於虛空中化作若干衆妙蓮華身處其上迦葉白佛因是聖旨雨斯衆華百千妓樂不鼓自鳴一切衆會現金色乎佛言如是迦葉是諸菩薩威神之所感動迦葉又白唯然大聖我永不見諸菩薩

衆之所在也佛告迦葉一切聲聞緣覺之乘不堪任見所以者何其聲聞衆及緣覺乘未曾在彼修如是像無極大哀大慈之行現無際誼布施持戒忍辱精進一心智慧亦復如是遵修志性無及菩薩此諸菩薩已遍入諸三昧正受各現諸身是身像貌聲聞緣覺所不能覩唯有如來乃見之耳得是定者亦能見矣若有菩薩習此道地存在大乘此族姓子尚不能見況聲聞緣覺豈能覩乎未有此誼迦葉白佛菩薩有幾事究暢斯行用何德本逮得遍入諸身三昧佛告迦葉菩薩有十法而得遍入諸身三昧何等爲十一志性清和所建通達不捨一切衆生之類二而不違遠無極大哀三常悉曉了衆想之著宣諸佛法性不卒暴四若有所講不念輕慢不演聲聞緣覺地缺不慕彼學志於大乘五一切所有施而不悋放捨所愛貪身壽命何況餘事無益已者六將護無量生死之難心不懷念汲汲懈惓七所修布施持戒忍辱精進一心智慧無限欲具足此諸度無極八於度無極亦無望想九我當勸立一切衆生令存佛法然後乃詣坐佛樹下十又計佛道無有衆生是爲十法菩薩所行逮得遍入諸身三昧迦葉白佛至未曾有一切聲聞諸緣覺乘所未能發一心行耶假使衆生一切皆住阿羅漢地尚不能及況當逮知諸佛法名此三昧乎安能正受未之有也迦葉復白願樂欲見此諸菩薩所以者何若得親覩如此像類諸正士等爲大欣慶佛告迦葉且黙須待文殊今來當從三昧起諸菩薩等然後汝身乃得見

之於今迦葉假使興設百千方便三昧思求此諸菩薩不能知處所可遊居威儀禮節也於時迦葉聞說此誼尋承佛威神因已神足專惟定力入二萬定而爲正受復更興志欲得見此諸菩薩所行禮儀爲何等類求不能見所可遊居不知進退往來周旋住立經行何所講說何所開化度衆生耶寂然不覩從三昧起復前白佛難及世尊甚可驚怪吾時向者入二萬定而爲正受求諸菩薩不知所存未成普知諸通之慧何能逮得如斯寂然三昧定意甫當獲致無上正真最正覺乎若族姓子族姓女誰見此變不發無上正真道心唯天中天若有菩薩求此遍入諸身三昧被戒德鎧以誓自誓心不當遠斯三昧定佛告迦葉如是如是如汝所云此三昧者非諸聲聞緣覺乘地所能及者況餘凡夫衆生類耶於是賢者舍利弗心自念言如來所歎於衆智中稱吾爲最尊我寧可求此諸菩薩所遊居處爲何如乎時舍利弗入三萬三昧而爲正受察諸菩薩爲何所在都不能見亦不能聞如影響形像其所瑞應爲何等貌尊者須菩提心自念言我寧可復求諸菩薩住在何所以三昧力承佛聖旨入四萬定奉修正受欲得見之而不能覩不知進退往來經行坐立所在時須菩提從三昧起前到佛所投身足下而咨白言如來歎我行空第一尚不能逮斯三昧定政使三千世界成爲大鼓有丈夫來力勢甚大取須彌山我三昧定而住其前舉須彌山以搥大鼓一劫不休不能亂之令心微動我通行空巍巍若茲鼓聲極高

徹聞十方一劫不懈尚無所動聲不向耳豈當令吾從三昧起耒有此義所行空事殊絶乃爾而反向者四萬三昧周遍定意心中欲察諸菩薩衆永不能覩唯願世尊本假使知諸菩薩慧道德超絶光光若此一一人故恒河沙劫在大地獄而見燒煑忍此業患求菩薩道不捨違離巍巍如是無思議慧身設不逮漏盡意解者於無數劫能忍處在生死勞苦終不遠離如是比像無極大慧於時佛讃須菩提曰善哉善哉誠如卿言志性溫仁咨嗟此辭假使汝今不以此身取滅度者因斯德本恒邊沙等爲轉輪王治以正法當成無上正眞之道爲最正覺又須菩提三千大千世界衆生之類寧多不乎須菩提言甚多甚多天中天佛言皆使衆生智慧備足如舍利弗行空第一如須菩提如是等類諸大聲聞億百千數不可稱載若欲得見此諸菩薩亦不能覩所以者何聲聞緣覺不能修行如此法教如諸菩薩大士之等舉動進止非是小節劣乘所逮說是法時八萬四千諸天世人皆發無上正眞道意三千大千世界皆大震動文殊師利自在其室心與念言今諸菩薩皆來大會其限無數億百千姟吾當復令諸天之衆悉皆雲集於是文殊即如其像三昧正受而顯神足尋如所念應時化成八萬四千億百千數寶紅蓮華大如車蓋紫金爲葉白銀爲莖首藏瑠璃及瑪瑙寶而以雜廁璝琦諸珍硨磲爲子化諸菩薩皆坐其上體紫金色三十二相姿艶端正威神暉赫又蓮華光諸化菩薩照四王天忉利天鹽天兜率天

無憍樂天化自在天梵天大梵天梵迦夷天梵滿天至一善天普及三千大千世界欲行天色行天所有宮殿諸菩薩等坐衆蓮華上靡不周流十方悉暢法音多所開化此諸菩薩皆遊告此三千大千世界而歎頌曰

諸佛超日月　久遠乃現世　猶如靈瑞華
難值復過是　釋師子人尊　今顯出於世
以時講經典　盡滅一切苦　無上之快樂
安能得久如　復還墮地獄　因更無量惱
若習於貪欲　恩愛轉熾盛　三界無安樂
勿志生死淵　智者得閑暇　佛世難可遇
放逸不覺了　不能滅衆患　當往見正覺
聽受無上法　人尊滅度已　將無懷憂慼
馳騁自恣者　有魔網之難　安能得解脫
迷惑失正路　若人宿有福　可爲說此義
佛觀其原際　妙相三十二　餘人不堪任
亦無能將護　唯有佛世雄　其慈無思議
百千劫造行　無量不可議　積累尊聖慧
釋師子巍巍　今講最尊法　其義深難逮
衆生不可得　無壽亦無人　當棄於計常
斷滅亦如之　捨一切諸想　爲衆須宣法
演示眞本際　於世無所著　斯空無有想
不興造諸願　無形無所倚　不起無所滅
所來無從來　明眼說法然　無想無所生
本淨無形貌　無見無瑞應　不念有所說
計衆生不生　亦無有死者　人本無所起
亦無有滅度　以意說經法　法無積聚處
因文字號法　導師之所說　其不著風者
亦不依水火　不想念於地　明眼之所歎
色痛痒思想　生死行亦然　說識亦復空

五陰無處所　其眼耳鼻者　若口并身意
分別本淨空　其空不可得　色聲味衆香
細滑意所樂　從想念而生　想亦空自然
欲界及色界　無色亦如是　分別猶如幻
無實亦無形　正覺爲若茲　爲人講說法
滅除衆苦患　當速詣導師

諸化菩薩於三千大千世界宣此頌已悉得聞之有九十六億欲行天人色行天人遠塵離垢諸法眼淨二萬一千人皆得離欲三十三天子宿植德本得無所從生法忍當爾之時諸化菩薩所可勸發無央數億百千那術諸天子等尋往詣佛稽首足下遶佛三帀却住一面以天青蓮紅黃白華諸天意華散如來上燒衆名香在於虛空鼓天伎樂時諸天子集會甚多不可稱計周遍填滿此四方域東弗于逮南閻浮提西拘耶尼北鬱單曰中不容間若上投杖而不墮地此諸天人威神尊重志在高節於四方界積衆華香高至于膝時善住意天子名離垢天懷恥天此等三天與九十六億諸天眷屬皆志大乘詣文殊師利住於室外文殊師利自在其室悉取諸華供養如來令大千國虛空之中成華交露此衆華光皆照佛國靡不周至文殊師利志安和雅從三昧興即出其室退住一面自復彈指此彈指聲六反震動三千大千世界即時其地出大高座無央數寶而雜校成不可計衣而布其上又斯高座光威巍巍照於荒域百千由旬蔽諸天子令明暗冥文殊師利便處其座時善住意天子見文殊坐稽首足下退住一面一切諸天亦復如之文殊師利

心自念言吾當與誰於世尊前難問講議當令通暢不可思議章句應器難解之迹無所有迹無所著迹無所棄迹不可得迹無所說迹深妙之迹眞諦之迹誠信之迹無罣礙迹無所壞迹空無之迹無想之迹無所願迹本無之迹於一切法無所住迹須宣道教無極之迹本際之迹尊上之迹無所入迹法界之迹無形像迹無比類迹證虛空迹無所舉迹無所下迹佛法教迹逮聖衆迹慧具足迹在於三界無儔匹迹遊一切法講無起迹於諸道法無所致迹諸釋梵迹修勇猛迹於一切法無陰蓋迹句無句迹度諸句迹超聲聞器文殊師利復更興念善住意天子於過去佛已造立行植衆德本入深法忍辯才無礙令當與此在世尊前難問講談於時文殊謂善住意天子曰於今仁者入深法忍欲與仁俱談言說事善住意天子白文殊師利我與仁者共談耳設無有言不演談語不懷報應若不諮問佛法聖衆不聲聞不緣覺不佛道不終始不生死不泥洹不善非不善無罪無不罪無漏無不漏無現世無度世不合不散不啓不發不演文字不暢音聲文殊師利謂善住意天子吾所講說當如斯耳若使仁者都不以聞亦不好樂不受不誦不念不知亦不分別不取不捨亦無所聽不爲他宣不講說法不令衆生處於生死若至滅度所以者何諸佛世尊以無文字逮成無上正眞之道爲最正覺雖曰有心則無有心不顯吾我其名無處天子又問文殊師利仁者講說當聽受之唯文殊師利以時須宣令心歡悅諸天子

欲聞尊者演法宣于本際文殊師利復謂善住意吾所宣法不令諦聽不令啓受所以者何其欲聽法則受吾我著人壽命故欲聞法假使天子從顛倒念受於虛僞計吾有我貪身計有便有此念彼說我聽因此倚故有三著礙何謂爲三一懷顛倒著於吾我二不順教計有他人三念受法欲有所得是爲三礙假使天子不計吾我淨於三場乃謂聽法不想報不思念不思察何謂三場一不得人亦不想報二不有法無所希望三無吾我無所思慕若使天子聽法如此是爲等聽不爲邪聞善住意天子讚文殊師利曰善哉善哉快說斯言所住說者而不退轉文殊師利答曰且止天子勿得想念菩薩退轉所以者何若有菩薩成最正覺時亦不得道天子又問心不堅者何所退轉文殊答曰婬怒癡轉故曰爲轉爲報應轉六十二疑邪見所轉無明所轉名色所轉欲界色界無色界所轉聲聞緣覺土地所轉應與不應衆想所轉爲諸愛取妄想見轉諸處進退妄見所轉爲諸計常斷滅見轉爲進不進合散所轉我人壽命之所見轉可意悅樂求慕見轉有常清淨安隱我身顛倒見轉是爲諸念罣礙所轉貪身衆習衆觀所轉六十二見諸蓋迷冥貪欲瞋恚睡寐調戲狐疑所轉陰種諸入四大所轉想轉想佛法衆我當成佛故曰退轉吾當說法度脫衆生逮得聖慧由是想轉假使奉修而想十力十八不共諸佛之法亦想根力及七覺意亦著相好亦復妄想嚴淨佛土成聲聞衆是爲退轉一切諸應與不應想與不想設使

天子其行菩薩於此諸退而不退轉問曰何所不轉答曰通達佛慧則不退轉空無想願則不退轉於本無行則不退轉亦於法界了其本際則不退轉所以者何用平等行故不退轉善住意天子復問文殊師利如仁所說設於諸法應與不應想及無想著於佛道與魔俱同所以者何計有法故又問菩薩爲有退轉爲無退乎文殊答曰不以有轉不爲無轉又問何所退轉答曰皆由一切受虛僞故其受虛僞因是故受若於諸受不受不捨不以恚猒則能退信一切諸法須宣經道不有不無說亦不住所以者何假使退念此有此無則墮缺漏若言有者則爲計常若言無者則墮斷滅如來至眞等正覺若說經法不宣斷滅不演有常不想諸法說是法時一萬天子逮得無所從生法忍時善住意天子白文殊曰當共俱往詣如來所奉見稽首諮受所問所以者何如來至眞斷諸疑結文殊師利答天子曰且待須臾勿有疑想於今如是當見如來又問當於何待答曰今住在前又問何所住前答曰虛空也善住意問文殊如來所在答曰今故在前又問文殊吾今不見於如來也文殊答曰見諸如來當作此觀若有問者誰在前立則當報答虛空界也立在前耳察於如來如虛空界所以者何一切諸法等如虛空如來曉了此諸正慧故爲人說如來如虛空虛空如來則無二矣是故天子欲見如來當了本際莫懷妄想善住意天子復謂文殊吾續欲往詣如來所答曰天子往續在此地勿得進發善住意天子于時則與無

數諸天往到佛所文殊師利尋時化作三十二部交露重閣方圓自副四角有柱妙好殊特軒窻備悉威神巍巍嵩高顯遠覩莫不歡閣交露中化作衆寶諸牀榻具布以天衣一一牀上菩薩化三十二相嚴莊其身於時文殊則如其像建立神曜妙色蓮華上諸坐菩薩及三千大千世界可遊行者并諸棚閣交露牀坐普詣佛所繞佛七帀及諸聖衆踊住空中光明照曜衆會場地却住四方文殊師利忽然速疾已至佛所善住意天子反從後至時善住意至彼見之即問之曰仁從何路前至於斯我發在前反從後至文殊答曰假使供養江河沙等如來至眞稽首爲禮不能見吾去來進退文殊師利現未曾現諸來會者還自詣室時蓮華上諸坐菩薩并交露中皆一音聲同時發音住於佛前則以此偈讚世尊曰

爲已曾供養　無央數億佛　猶如江河沙
無能計諠者　以用志佛道　殊特尊上慧
人尊無所著　勝是故巍巍　顏容尊難及
聖威照三世　能仁衆相好　若干種變異
若須宣經道　導師從其願　其所分別者
永無人壽命　律開導衆人　布施行禁戒
忍辱習精進　禪定之智慧　三處無所著
以慧度彼岸　歸命禮最勝　奉敬諸正覺
隨一切諸佛　奉敬三界將　爲諸法之王
天人所供養　篤信於空無　堅固難可及
因此得逮成　世間人中聖　其有本往古
過去諸如來　有今現在者　人中之尊上
斯等悉奉行　常解空淨慧　亦無有想願

察之不有相　究竟推極之　本淨無衆生
又無有生者　亦無有死者　復無有來者
亦無往生者　一切諸法事　譬君如虛空
如我本所現　正士之所爲　察於三事身
悉爲無所有　安住所說法　其義爲若茲
觀之如幻化　亦如夢所見　諸佛之世界
過如恒沙等　若人滿中物　以用布施者
假使有行忍　是法亦復空　此所興布施
殊特爲第一　猶如恒河沙　劫限有若干
供養諸斯等　人中最尊上　衆華及名香
飲食爲若斯　若有菩薩學　志求佛道義
若聞此經典　如是諸訓教　若曉了無人
壽命含血類　速逮得法忍　清淨成顯曜
此人則供養　人中無上尊　於無數億劫
常行布施事　飲食諸供養　車馬衆居業
亦不用此行　疾成於佛道　反懷衆妄想
而計有人故　其有人中上　已歸滅度者
曾度於衆生　所濟無央數　其法本清淨
察之無所有　解脫明慧等　所學爲若茲
值遇佛興出　久久時可得　若說經典時
信尊亦復然　得來成人身　亦復甚難矣
若我修精進　順從最勝教　常當蠲除去
八懅無閑難　應時不再遇　閑暇時希有
當興行篤信　諮啓佛教訓　當應勤力務
勇猛常奉行　若得逮聞法　速疾修謹勑
大音無極聲　已度于彼岸　常當自將養
精習於閑居　從人中之上　稽顙不違命
從就善知識　通達法器者　心常棄於非
僞行惡知識　一切修平順　等心方便隨
雖在於衆生　愼莫懷妄想　奉承禁戒者

博聞之徒類　等察於他人　常行而乞食
數數當調習　親近坐樹下　穢藥以療身
第一無懷疑　一切諸有爲　計是亦無爲
悉亦同等相　譬之若野馬　若能曉了者
是第一本際　則疾成佛道　爲逮無等倫
佛解了五陰　猶如幻師化　自察其内已
又觀外所有　安住所分別　是則爲空聚
愼莫懷戀恨　於彼依倚人　其婬怒癡者
本淨如虚空　駛冥瞋恚事　悉亦從想生
又計其想念　亦不得所在　諸導師之衆
所曉了若此　是故有智者　人中爲明目
假使欲究竟　諸佛之道慧　棄捐諸罣礙
有爲之迷惑　此等勇猛士　必成尊佛道

爾時諸化菩薩説是偈已彼衆會中諸來聽者二萬二千人皆發無上正真道意五百比丘得不起餘漏盡意解三百比丘尼得法眼淨七千優婆塞七千優婆夷二萬五千諸天子遠塵離垢諸法眼淨三百菩薩逮無所得從生法忍此三千大千世界六反震動其大光明普照十方耆年舍利弗前白佛言唯願大聖此誰威德使此三千大千世界六反震動諸化菩薩在交露閣蓮華上坐演深妙法其義殊特斯光普照諸來會者無央數億衆菩薩集會諸天子等不可稱載佛告舍利弗文殊師利威神所感悉令集會所以者何是故文殊師利啓問如來毀伏魔場三昧之要具足成就不可思議諸佛之法名寂然空行與善住意天子倶舍利弗白佛言文殊師利不來會乎何故不現佛告舍利弗文殊師利降毀衆魔三昧正受蔽魔宫殿興大威變詣如來

所於是文殊降毀魔場三昧正受應時三千大千世界百億魔宫一時皆蔽不樂其處各各懷懅時魔波旬自見老耄羸頓少氣拄杖而行所有宫人婇女之等亦復羸老又見宫殿而復崩壞暗暗冥冥不知東西時魔波旬即懷恐懼衣毛爲竪心自念言此何變怪令吾宫殿委頓乃爾將無罪至命歸壽終天地遇災劫被燒耶時魔波旬棄除貢高捨惡思想時文殊師利所化百億天子在交露者住諸魔前謂魔波旬莫懷恐懼汝等之身終無患難有不退轉菩薩大士名文殊師利威德殊絶總攝十方德過須彌智超江海慧越虚空於今以是降毀魔場三昧正受是其威神諸天子等適宣此言諸魔聞之益懷恐懼畏於文殊諸魔宫殿尋時震動諸魔波旬報化菩薩願見救濟答曰且安勿懷恐懼仁等當往至釋迦文佛所如來至眞有無盡哀暢無極慈假使衆生有大恐懼慰沃仁慈令無所畏諸化菩薩適説此言忽没不現衆魔欣然與諸交露化坐菩薩僉共同心往詣佛所羸老扶杖一時發音前白佛言唯願大聖救護我等令得濟脱如此大患寧得值遇百千億佛功德名稱不爲獨一文殊師利所見逼迫所以者何我等昔者聞文殊名尋即恐懼不能自安畏亡身命佛告諸魔如仁所言億百千佛所益衆生不及文殊之所開化各各勸導無央數衆令得解脱所以者何汝等未聞億百千佛功德名號雖遭惱患心懷恐懼因一文殊之所興變所難益甚諸魔白佛我等羞慚此羸老身今從世尊自歸加哀願復本

形校飾天服佛告諸魔且待須臾文殊師利如是來至當脫斯等如此衆難於是文殊安隱庠序與無央數諸天子等百千那術眷屬圍繞不可稱計天龍鬼神阿須倫迦留羅眞陁羅摩睺勒億百兆載無量菩薩其數無限前後導從鼓百千樂雨衆名香青蓮紅黃白華清淨莊嚴無極威變見莫不歡俱往詣佛稽首足下繞佛三帀退坐一面於時世尊告文殊曰仁且正定已降毀魔而三昧矣文殊白佛唯當從教世尊又問以何方宜而從如來聽受此定又何久如成此三昧文殊白佛曰唯然大聖我未發無上正眞道意時聞此定名尋時則成是三昧矣又問文殊所從聞是三昧定者其號何等如來文殊白佛乃往過去久遠世時越過恒河沙不可計會阿僧祇劫爾時有佛號意華香如來至眞等正覺明行足爲善逝世間解無上士道法御天人師號佛世尊彼時演斯三昧行品我身爾時從得聞是降毀魔場三昧慧音佛問文殊何謂三昧慧音其意華香如來所宣文殊白佛菩薩有二十事而用逮得降毀魔場三昧定意何謂二十文殊白佛於是菩薩一毀貪婬滅其欲心二毀瞋恚除瑕穢心三毀愚癡去暗冥心四毀憍慢而捨懷恨五毀瞋怒不懷惱熱六捨衆想及諸邪見七棄多念所生受事及與放捨八離所有及無所有九越斷滅計常十毀陰種諸入四大十一其心不著三界十二遠聲聞心十三釋緣覺意十四刈嫉妬貪餘十五遠毀戒違禁之難十六斷鬭諍不可之事十七翦懈怠猶豫十八拔諸放逸

憒亂之意十九勗免邪智不正之事二十降伏塵勞愛欲結網是二十事菩薩所行逮是三昧文殊白佛菩薩復有四事逮是三昧何謂四一所行立心清調和二志性柔輭而無諂飾三入深法忍心不起滅四所有施未曾愛悋是爲四復有四法逮是三昧何謂四一行至誠不懷欺詐二習閑居寂寞之行三啓受經典諷誦諸法四究竟諸行棄捐非義是爲四菩薩復有四事何謂四一親近善友二限知止足三精思獨處四不在憒閙是爲四菩薩復有四事逮是三昧何謂爲四一心不樂聲聞二捨緣覺意三志菩薩道四逮得法忍是爲四復有四法逮是三昧何謂爲四一修空法不計有人二遵無想捨衆希望三無放逸除諸所願四知足悅棄一切有是爲四

復有四法逮是三昧何謂爲四一周旋無量生死之難二等療一切衆生之類三常一心唯念應時四無馳騁度于彼岸唯願世尊意華香如來至眞等正覺說是三昧行音爾時從彼聞是三昧其佛去後次復有佛號明珠日月光曜因其如來成是三昧說是毀伏魔場三昧時彼衆會中一萬菩薩如是色像感動變化悉得無所從生法忍於舍利弗所志云何於是三千大千世界獨有是變降諸魔乎勿作斯觀所以者何十方一切恒河沙等諸佛刹土諸魔波旬求人便者皆遇此難不得自在悉文殊師利之所建立爾時世尊告文殊曰仁當捨置所建威神當使諸魔還復本形天上服飾爾時文殊告諸魔曰諸賢者等實爲惡穢此身服乎報曰實爾文殊答曰

汝等宜當猒貪欲事不住三界諸魔報曰唯當從命善哉文殊願加威神令我等脫如是形類威儀服飾文殊師利尋捨威變療諸天人及諸玉女使其形體平復如故衣被光澤威神巍巍文殊師利告於諸魔諸仁欲知其眼所愛而懷思想眼有所著則爲眼根因思想眼言是我所依倚於眼因生於眼眼之所趣自爲心倏還護其眼舉眼下眼則是汝等之境界也爲造魔業耳鼻口身意亦復如是假使有眼而無所著色耳無所聽鼻香口味身受心法悉無所著非汝部界不同勞侶無力不樂則無魔業亦無影響又復卿等自計吾我隨念有身緣趣此患卿等何因處於衆會欲得寂然未之有也文殊師利應時於彼爲魔眷屬解說經典使一萬魔皆發無上正眞道意八萬四千魔遠塵離垢諸女得法眼淨其餘衆魔各歸宮殿皆共舉聲悉稱萬歲吾等已脫於大恐懼

佛說如幻三昧經卷上

音釋

濡首 濡汝朱切濡首菩薩名也　鎧 可亥切被德鎧菩薩名　光熪 熪以贍切光熪菩薩名也　阿須倫 梵語也正云阿素洛此云無酒又云非天　戇 陟降切騃昏也人情不浇詭也　抵突 抵典禮切觸也突陁骨切搪揬也　憒 古對切心亂也　騃 語駭切癡騃也　瓌琦 瓌姑回切偉也琦渠宜切玩也又瓌石次玉也琦玉名也　馳騁 騁丑郢切直馳也又馳騁走也　棚閣 棚蒲庚切棧也閣葛鶴切樸閣也　懅 其據切懼也懶也　老耄 耄莫報切人年八十九十曰耄　羸 倫爲切瘦也　刈 倪祭切割也　勗免 勗吁玉切勉也免美辯切止也去也

佛說如幻三昧經卷中

西晉三藏竺法護譯

於是文殊師利告逮法忍諸魔眷屬卿等何故不各歸宮諸魔報曰吾等於今忽然不復見己身宅何况當復見魔宮殿自然常住又問汝等宮殿爲在何所諸魔報曰一切諸法無主無念是爲諸法之宮殿空無想願諸法恍惚乃爲宮殿於彼無往亦無來者耆年大迦葉前白佛言文殊師利彼殿來乎我等欲見所從菩薩所以者何此正士等難可值遇佛告文殊汝當現此十方世界諸來菩薩會忍土者令諸會衆皆共渴仰欲得見之文殊師利應時告語法輪菩薩法住菩薩若干辯菩薩得大勢菩薩柔輭音菩薩滅衆惡菩薩寂然菩薩選擇菩薩法王菩薩懷音菩薩悉告此等諸菩薩衆汝族姓子一切菩薩各當自現其身宮殿各自顯示所處佛土本之形體文殊師利適發此言諸菩薩衆尋時奉命從三昧起各現本體或有菩薩其身高大如須彌山或有菩薩其身高長三百二十萬里或二百八十萬里或二百四十萬里或二百萬里或百六十萬里或百二十萬里或八十萬里或四十萬里或三十六萬里或三十二萬里或二十八萬里或二十四萬里或二十萬里或十六萬里或十二萬里或八萬里或四萬里或三萬六千里或三萬二千里或二萬八千里或二萬四千里或二萬里或萬六千里或萬二千里或八千里或四千里或三千六百里或三千二百里或二千八百里或二千四百里或二千里或千六百里或千二

百里或八百里或七百六十里或七百二十里或六百八十里或六百四十里或六百里或三百六十里或三百二十里或二百八十里或二百四十里或二百里或百六十里或百二十里或八十里或四十里或三十六里或三十二里或二十八里或二十四里或二十里或十六里或十二里或八里或四里或有身長短如此忍界人身無異諸菩薩等其身如是高廣長短各各別異爾時於此三千大千世界諸會充滿無如毛氂空缺之處諸尊神妙高節慧明菩薩大士卓然有異功德巍巍無以爲喻其諸菩薩身所演光徹照十方不可計數百千佛土爾時世尊以佛莊嚴三昧正受適與此定尋時忍界自然變現不可稱數若干華蓋以其無限百千妓樂各唱其音校飾幢旛繒綵無量莊嚴佛土靡不煌煌如日如月諸菩薩衆從黄金剎來至此者覩是佛剎如黄金色其從白銀佛剎來者悉見銀色其從水精佛剎來者見此佛土悉水精色其從瑠璃佛剎來者覩此忍界悉瑠璃色其從硨磲佛剎來者見此忍土悉硨磲色其從碼碯佛剎來者見此佛土悉碼碯色其從名香佛剎來者見是佛土悉香合成其從好華佛剎來者但見諸華從寶剎來者但見衆寶或從七寶或從六寶或從五寶或從四寶或從三寶或從二寶世界來者詣此忍土見此佛土長短廣狹衆寶奇異强劣好醜如本剎土時諸菩薩各自憶念住本佛土是等一切見釋迦文如來至眞形像被服各如本土諸佛像貌威儀禮節教授法則飲食等無

差特一菩薩不見他菩薩土地莊嚴但覩本刹舉聲稱曰此土紫金二菩薩曰此土白銀各各所遊清淨之行各自驚喜怪未曾有磬揚大音而嗟歎之諸佛世界難及難及而不可逮德遍十方求不可逮文殊師利應時告曰諸族姓子此事無奇所以者何一切諸佛皆爲一佛一切諸刹皆爲一刹一切衆生悉爲一神一切諸法悉爲一法是一定故故名曰一亦非不一亦非若干文殊師利舉其要義不以多言即從座起偏出右臂右膝著地叉手白佛願欲所問若見聽者乃敢自陳佛言恣所欲問如來當決所懷疑結令心歡然文殊則問何謂菩薩義所歸乎佛告文殊曉了諸法靡不通暢故曰菩薩又問何謂菩薩曉了諸法佛言菩薩曉了眼耳鼻口身心無有蔽礙何謂曉了六情事者曉了於眼則本淨空耳鼻口身意亦復如是悉空本淨不自想念我曉了之色聲香味細滑之法悉空本淨不想曉了又文殊師利若有菩薩了五盛陰何謂曉了了空無想無願離欲煩惱寂無所有歸於憺怕悉無所生無來無往猶如野馬幻化水月芭蕉夢中所見不得久存而無堅固處亦無無處若能曉了如斯義者是謂菩薩又文殊師利解婬怒癡五陰六衰因想而生其貪欲者悉從想生其想亦空虛無無形無有言辭亦無教化其婬怒癡於無本法無能染汙不迷不惑佛告文殊師利菩薩曉了衆生之行此人多欲斯人多瞋此人多癡其多欲者恩愛隆崇猶如五穀草木茂盛種類布散不適一處其多瞋者怒恨熾盛如野

火然燒焚草木城郭屋宅靡不被害其多癡者暗暗冥冥如無日明若在屋中覆蓋在覺迷惑窮極不識東西菩薩大士曉了本行從其心意聰明暗塞原際所趣諸根優劣而爲說法各令入律而度脫之佛告文殊師利菩薩曉了一切衆生云何曉了一切衆生皆假號耳若眞諦觀其假號者亦無處所其衆生者悉一神耳計於衆生無有衆生曉了斯義無想著者是謂菩薩於是覺了悟諸不覺解度彼岸是謂菩薩諸不達者悉令通暢故曰菩薩當所觀者悉見本末起滅因縁根原所趣靡不周備前知無窮却了無極故曰菩薩因其假號隨方俗言而有此名於此衆事而無所著故曰菩薩時佛歎頌曰

曉了其眼耳　是空爲自然　達者無想念
乃謂爲菩薩　曉了鼻口者　本淨無形像
知者不妄想　乃謂爲菩薩　智者曉了身
其意如虛空　能分別本淨　菩薩爲聰明
色聲及香味　細滑可意物　若能了如幻
一切分別空　亦不求妄想　乃曰爲菩薩
若曉了色空　痛癢亦如是　生死無所識
一切猶如幻　心不懷妄想　乃謂爲菩薩
五陰若如夢　一相無有相　明者不妄想
乃謂爲菩薩　不生無所起　無言則無爲
假名託於號　其名無形類　曉了貪瞋恚
分別諸想念　其想無眞諦　究竟無處所
想愚亦不眞　因作多思念　縁諸邪見起
正直無所見　常懷貪欲怒　諸法悉平等
彼無染無穢　法亦無惑妄　識別如是念
菩薩無貪欲　寂滅一切法　乃謂爲菩薩

曉了諸三界　是空無眞實　於彼無度者
乃謂爲菩薩　欲界無成就　因顛倒而興
是色無有色　此亦皆虛僞　衆生所作行
慧者悉曉知　貪婬行瞋恚　同歸於愚癡
一切假名人　人亦不可得　明者成就此
不妄想衆生　一切是諸法　能知爲顛倒
若識知反覆　斯亦無有想　方便隨諸法
不著一切礙　若遠無所著　乃曰爲解脫
能施其身肉　不習諸所倚　覺了如審諦
乃謂爲菩薩　禁戒常清淨　亦不想自大
佛戒隨順義　無起無所有　我本所修業
身口及意念　是謂爲禁戒　彼無由著處
普慈愍衆生　亦不得衆生　知之爲恍惚
因假而有號　其所行精進　滅一切諸苦
察了三界空　能成最上道　超殊修禪思
亦復無所著　無住無所得　智者了如是
智慧刀割截　塵勞諸惡見　觀見諸法界
所斷無所壞　如覺了諸法　應時化羣黎
菩薩曉如是　乃謂爲菩薩

於是文殊師利復白佛言唯然大聖所可言謂初發意者何謂初發爲菩薩意也佛語文殊假使菩薩普念三界是初發意所發心者平等如地其菩薩者無所起發亦不想念淨與不淨其所知者無卒無暴堅住不動無在不在安無能搖忍於苦樂越世八法無所破壞悉無所爲所可發意適發意已皆得啓受一切功勳亦不自念我有名德是謂初發成菩薩意文殊師利前白佛言如我聽省大聖說義其有菩薩發婬怒癡乃初發意時善住意問文殊師利起婬怒癡乃應初發成菩薩

者一切愚戇凡夫之士皆應初發所以者何斯等之類起婬怒癡故不去三毒也文殊師利告善住意天子愚戇凡夫不能堪任起婬怒癡所以者何諸佛世尊緣覺聲聞諸不退轉菩薩之黨乃能發是婬怒癡耳凡夫不能善住意天子報文殊曰今者所說甚爲可畏此衆會者心懷疑網因聞仁者演此義故不能曉了其心冥然文殊師利謂善住意天子於意云何譬如飛鳥飛行虛空豈畏虛空爲經通過有依礙乎答曰經過不畏虛空也文殊報曰如是天子道無所起有所憎惡則爲不發無所憎惡乃爲發意若無所著不懷憎惡無所依倚乃謂發耳所謂爲發興無想念無所生者是名不發無自然者乃曰爲發無有句迹乃曰爲發無去來迹乃曰爲發空身慧迹無所念迹乃曰爲發無所受迹無所逮迹乃曰爲發無所壞迹無所擁迹是謂爲發無文字迹無所慕迹是謂爲發不進不怠不雙不隻是謂爲發不求救護亦無所歸是謂爲發是故天子名於菩薩爲初發心其於是法不念不依不思不想不知不見不聞不識不受不捨不起不滅是故天子名諸菩薩以是因緣因此法故由斯平等如是本際善權方便發婬怒癡發眼所依耳鼻口身意亦復如是發色所著亦復顯於痛想行識不當生色報應諸見無明有愛當興十二緣起之法五見所欲依倚三界亦當顯發所作吾我貪身計已六十二見亦當顯發五蓋之患四倒八邪十惡之業令其反原取要言之一切淨不淨應不應衆想言辭一切處所所受依倚

思想諸念戀慕罣礙所可言因發泥洹想菩薩大士皆顯發此是故天子當作斯觀其於諸法有所依倚無所憎愛是謂爲發文殊師利說是法語初發意時此三千大千世界六反震動萬二千菩薩得無所從生法忍爾時世尊讚文殊師利曰善哉善哉乃能講論發意菩薩仁已曾奉江河沙等諸佛世尊故能暢此無極道慧時舍利弗前白佛言向者文殊師利須宣咨嗟諸初發意菩薩之事若有逮得無所從生法忍計此二者其意等乎佛言如是舍利弗誠如所云錠光佛時授我要決當成無上正真之道爲最正覺於當來世無央數劫得成爲佛號釋迦文如來至真等正覺明行足善逝世間解無上士道法御天人師號佛世尊因彼發心無所違失應時逮得無所從生法忍是舍利弗文殊師利向者所講初發意菩薩文殊白佛我身省察大聖說法義之所歸一切菩薩其發心者名初發意所以者何唯然世尊其諸發意皆無所生其無所生則是菩薩初發意也說是語時二萬三千人立不退轉地當成無上正真之道五千比丘得無起餘漏盡意解六萬天子遠塵離垢諸法眼淨於是耆年大迦葉前白佛言文殊師利所爲甚難甚難今說經典開化饒益若干衆生文殊師利謂大迦葉我之所作不爲甚難所以者何一切諸法皆無所作非作非不作唯大迦葉我於諸法無作不作亦無所捨不度衆生亦無所縛所以者何衆生之黨本無明故成爲衆生故非甚難向者迦葉宣言甚難吾身所作無有甚難亦無不

難非如來非緣覺非聲聞迦葉欲知談說甚難欲宣至義凡夫所作乃爲奇異名之甚難所以者何唯然迦葉一切諸佛威神之力未曾違廢亦不可得聲聞緣覺諸佛勢力無獲無得獨凡夫士乃逮此力大迦葉曰於文殊師利意所察云何諸佛所得無得不得非聲聞非緣覺文殊師利報大迦葉不得我身無人無壽無命無形無終含血有志不得斷滅有常之計陰種諸入名色三界應與不應想與無想興發報應現世後世貪婬怒癡悉不得是迦葉當解取要言之一切諸法無得不得無所依倚無受無捨不放施無所教亦無迹無所授無所解是故迦葉當曉了此諸凡夫士不聞義者乃有所得諸佛世尊實無所得是故所作不爲甚難諸佛聲聞悉無造作凡夫所爲而不可及爲何所作爲斷滅爲計常多所倚著慇懃求願心懷衆念作與不作或舉或下分別講說妄想倚著愁慼悒悒而念危害稽首自歸諸佛世尊不作不爲亦無所著愚唯爲此是故所作不以爲難文殊師利前白佛言所謂無所生其義云何爲何謂乎云何菩薩逮得無所從生法忍佛告文殊計於諸法無能逮得所以者何有所得者則墮顛倒無所得者乃逮無所從生法忍是故無所得者乃謂爲得無得無著無依無倚心如虛空燿然無迹是乃名曰無所從生法忍一切諸法無所生者諸法無主乃曰法忍於一切法無所依倚無求無望諸法無進無退無雙無隻乃曰法忍諸法無形離於自然無壞無斷無誠無塵無言無辭空無想願乃曰

法忍諸法離欲寂然憺怕法界無本立於本際無應不應無想不想無念無說無惟無思無作無力悉已羸劣虛無恍惚無固無永無淨不淨非常苦空無我寂然猶如幻化夢中所見影響野馬芭蕉聚沫水中之泡忍解諸法爲若茲也所可忍者亦無所忍一切諸法無法非法無有異法亦無他趣照曜諸法所解如是觀此諸法名本淨恍惚知之空無是謂爲忍篤無信樂度於絕流不懷狐疑不恐不懼亦無所畏修身正行永不得身不見室宅是文殊師利菩薩所逮無所從生法忍未曾廢捨一切諸想文殊師利復白佛言所謂忍者無所毀傷乃曰法忍善住意天子問文殊師利何謂毀傷法文殊答曰天子欲知眼所毀傷可不可色耳聲鼻香舌味身更意所思念可不可法假使天子若有菩薩眼見色者永無想受不別好醜不懷思想無應不應無增無損曉了本淨而逮空慧不念曉了不爲衆色之所毀傷耳鼻口身意亦復如是而於六情無所毀傷悉無所著此菩薩者立於法忍於諸生法不有妄想於無生法亦不無想於諸漏法亦無壞想於無漏法亦不無想不想罪法不想無罪不念有爲法不想無爲法不念世法不念度世法於此諸法無想念者是爲逮得無所從生法忍說是法時六萬三千人皆發無上正眞道意萬二千菩薩逮無所從生法忍於是善住意天子問文殊師利所謂學道入道地者爲何謂乎文殊師利告天子曰今仁者問入道地乎天子報曰願欲聞知菩薩道地文殊師利常說有十道地

無此義耶文殊又答向者問入道地乎天子答曰菩薩不入十道地文殊報曰不聞世尊說一切法猶如幻化爲信此不答曰信耳文殊報曰幻師所化豈有道地具十住乎天子答曰不也設幻師化有所至到有所入者吾亦當住世尊須宣一切諸法悉如幻化故無所入假使天子欲得講說入道地者當說無入無所至到所以者何一切諸法皆無所入法不至法色不入痛痛不入色想不入行行不入想識不入色色不入識取要言之皆是四種四大所成眼不入耳耳不入眼鼻口身意亦復如是身不入意意不入身所以者何是諸法者所趣各異境界殊別愚騃無想無所識別瑕穢態礙譬如草木瓦石墻壁影響之數而無言辭則一種相故無所入無來無去天子當知若有菩薩解法如此則於諸法無入不入無想不想不見入道不捨道地於無上正眞道而不退轉無所入者住無失法所以者何陰種諸入皆爲自然不入不失一切衆生眞正清淨是爲菩薩入於道地譬如幻師化作十重交露棚閣其時幻師化作化人遍處其上於天子意所至云何豈爲有人處在重閣若入者不答曰無也文殊師利報天子曰菩薩十地當作是觀亦如幻化善住意天子問文殊師利曰假使人來欲得出家爲沙門者當何以化云何除鬚髮可受具戒云何教授令自護愼文殊師利報善住意天子設使有人來詣我所爲沙門者夫族姓子若不發心欲得出家我乃令卿作沙門耳所以者何其有建志欲出家者心無所歸其無

所歸亦無有來其無從來則無往者住一切法無所斷絶則住無本其住無本遊於法界而不動轉其於法界無所動者則不得心其不得心不願出家其不願出家則不發心爲沙門也其不發心爲沙門者則無所生其無所生則盡衆苦其盡衆苦則究竟盡其究竟盡則無所盡無所盡者則不可盡其不可盡此無所行天子解是當爲其人解如此義其詣我所求欲出家語族姓子勿得發心作沙門也所以者何心本無起便離暗冥文殊師利復謂善住意天子假使有人來詣我所求欲出家吾當爲說卿族姓子不除鬚髮乃爲善備沙門之業善住意天子問文殊師利所言何謂文殊答曰如來說法無所除去亦無所壞又問何所不除答曰不除於色亦無所壞不除痛想行識亦無所壞假使念言我除鬚髮則住吾我計已有身不計吾我不自貪身則平等見也貪著已身乃計鬚髮則成衆生想念除去其不得我不得他人不我不彼則無吾我其無吾我不計有身則除鬚髮無思無想其無思想無應不應不住若干其不住若干則無言教其無言教無進不進無雙無隻不貪已身不披袈裟其袈裟者其無穢垢則無所有其無所有則無所住其無所住則爲曠然其曠然者乃爲出家善住意天子復問文殊所言思念其思念者爲何謂也文殊答曰等於諸法無形無名愚戇凡夫之所興念多所妄想故世尊曰其於諸法無所興造亦無損耗是謂思念又問何所興造答曰天子當平等度已度平等其於諸法無得不

得亦無所逮不審不行亦無不行於此諸法不興等住不想吾我亦復不著人壽命識衆生可意斷滅計常陰種諸入想佛法衆亦復不念是戒是毀塵勞顛倒造立果證妄想求度道跡往來不還無著妄想緣覺倚著正覺是善是惡是罪是福是爲穿漏是無有漏是爲俗業是度世業是則有爲是則無爲是則爲空無想無願是明無明是爲解脫是爲離欲是爲生死是爲滅度與造如此若干種想如是行法修道若斯愚戇凡夫之所念也貢高自大癡夫所爲也是等爲魔及諸官屬所見陰蓋是故如來爲此黨類演出言辭令除鬚髮去於五陰奉修五品戒定慧解脫知見品於是善住意天子讚文殊師利善哉善哉快說此言如仁者教文殊師利復謂善住意天子假使有人來求出家吾當謂言若族姓子不受具戒爾乃是卿善備出家又問文殊此言何謂答曰於善住意天子所趣云何何謂具戒具戒有二一正眞戒二邪僞戒何謂邪僞若墮顛倒何謂顛倒受吾我人倚於壽命縛著斷滅而計有常或墮邪見荒婬怒癡貪欲貢高而懷自大或于欲界色無色界而念所受馳逸妄想墮于起滅證明邪迹不別善惡宜便之法演狂悖言不識所趣墮於無明住衆邪見如是法教皆於正律名之爲邪所以者何道空平等其平等者菩薩所行尚不爲退假使天子不墮惡友不解所歸堅固之要於諸所受受不當受而行馳騁是謂邪戒若問年歲及所修行而反從人受信施食又從異人出家爲沙門者求其迎逆稽首禮

節不能除滅婬怒癡冥是爲邪戒何謂正戒假使修正不想平等是謂正戒一功諸法解之如空無想無願是謂正戒於三脫門而不造證奉行審諦無想不想無應不應是謂正戒文殊師利告善住意天子設使處婬怒癡無明恩愛墮於貪身六十二見或四顛倒三品惡行八邪九惱九神止處十不善業雖在其中而無所著是謂正戒譬如一切萬物百穀草木衆藥所生皆因地出而得長養其地坦然無所念置亦不念言我所茂盛如是天子敢可成就至於大化皆由戒立具足成就建立道法三十七品行者無想法無所置不念戒具其因成就與不成也不著欲界色無色界其不迷惑倚三界者是謂具戒若立禁戒爲成等法信爲種法忍志性清和長育成道建行如是立篤信戒便得成就三十七品道法之要也是去來今現在佛聲聞緣覺之具戒也至三脫門度諸出家而超越去善住意曰甚善難及文殊師利快説具戒能如是受具足戒者則爲正禁非爲邪業文殊師利復謂善住意天子出家如是具戒若此教授所施備足如斯設族姓子不發起戒是爲學戒天子問曰此語何謂文殊答曰一切諸法悉無所起亦無所受其有受戒則受吾我亦著三界故生其中於天子意所志云何何謂爲戒答曰將護沙門二百五十又問以何將護答曰守身口意名曰將護二百五十備悉具禁不爲身行亦無所作亦無當作寧可處當有處所乎青黄白黒紅紫色耶所向方面答曰無也又問何故無所有故由是之故不

可處當問曰何故答曰無所行故文殊又問其無所有可名説乎物如是不報曰不能文殊答曰是故天子當作斯觀所號禁戒不可奉受此曰樂禁爲備戒德其心清和智慧通達如是行者悉無所有無能動者永無所趣戒無所獲是眞諦戒不得心處是曰淨心不逮智慧是眞智慧心無所作不懷想念其無所生是謂護心戒具備悉如是奉戒智慧若斯不得心處不念禁戒不逮智慧若能曉了智慧無處一切調和無有衆疑識解道教不見諸法不善之義其於諸法不見不善則不受戒其不受戒亦不毀禁其欲學戒彼則須戒其須戒者則不退還其不退者彼名解脱其解脱者則不合會其不合會者彼則無漏其無漏者則行平等平等行者則無所得亦不受戒是故諸法等如虚空了空無故所以者何其虚空者則無所行是故天子學戒如此則無禁戒彼所戒者何謂爲戒其不學戒學戒當爾則學於空何謂爲空不樂身口不慕其意無染不染是賢聖戒如是住者則無所住其無所住學平等戒天子又聽如是出家爲沙門者具戒若此禁戒之謂其人假使飲食衣服三千大千世界其中所有皆能淨畢所食之功多所救護終不唐舉皆由如此淨戒所致天子又問今者文殊爲誰説此文殊答曰爲受者施能親順者彼則畢淨能逮此義爾乃淨畢其不親不受不逮此義不念不修不惟誰受誰爲親近誰能淨畢爾乃正淨此應咨嗟爲眞衆祐一切諸法究竟悉空無所生慧是爲盡暢清淨衆祐凡夫之士能

畢眾祐羅漢不能所以者何凡夫之上能受親近逮致識別惟念精思吾當諮受惟察奉行能施能慕則能淨畢云何淨畢周旋往來設復還生所生之處淨洗諸根阿羅漢者無有陰種諸入之義不能周旋何能淨畢誰淨畢者其受分衞福布施主淨三品場然後受食何謂三品一不得我亦無受者二不得施者亦無所授三不得周旋生死處所及淨畢竟是爲三如是淨者無所淨畢是故天子吾說斯言飲食衣服三千大千世界所有皆能淨畢無微翳礙是爲處世正真眾祐乃爲出家名曰沙門文殊師利復謂善住意求出家者吾當告語若欲出家爲沙門者仁族姓子不處閑居不在人間無遠無近不起不滅不獨一已不處大眾不在會中不處屏處不行乞丐不就人請不著弊衣五納之服不著居家白衣之服不處曠野不在居室不慕少求亦不多求不知止足亦無不足亦無有行亦無不行不在限節亦無中適不智不愚不慧不暗行空如此乃曰備悉其計我身舉動進退若處閑居當行分衞察已聰慧不離於明如是天子此輩伴黨不達正真觀空慧義是爲發起心有所存所以者何於彼如此希求妄想多所著念尚無有身何況他人諸法歸空慧了無生安復欲得限節功勳獨處致耶未之有也是故天子其能如是節限平等所修行者不求妄想吾乃謂彼知大限節若使天子節婬怒癡了於三界五陰四大諸種眾入此無極節而知止足不受不捨不以修行亦無不行無調不調不寂然不令盡其能限

節如是法者不與三界而合同塵彼乃名曰知限節者所止清淨爲無所處悉無所著復次天子如來具戒若有人來欲備禁者吾當爲説若族姓子不知苦諦不斷集諦不證盡諦不奉行道諦如是行者能正見諦所以者何眞正諦者無有苦諦無有斷集無集不集亦無有盡不爲盡證亦無有道無所由行設族姓子不奉四意止乃爲平等所以者何計無有意亦無所念不求諸法是爲已身所建意止其無有意無所念者彼無身痛無心無法當何所畏有異難乎若不奉行四意止者是爲備成清白之法所以者何清白法者無有不善處在其前亦無善法不斷不起不斷不起者是爲名曰平等眞正安諦之義其逮平等爾乃名曰平等之行若族姓子不行四神足無有放逸行四等心五根五力及七覺意八種道者若等奉行三十七品道美之法不舉不下無言無説是謂行道若族姓子志三十七道品之法於諸音聲從賢聖教不隨水流若能精修遵其所行不知諸法亦不造證所以者何所可言曰三十七品道類之法假有字耳觀其假名因妄想生計其相者亦無有相爲水所漂因致周旋其周旋者無所施害除此名已則無所得猶如觀察此三十七道品之法亦無所除天子復問文殊師利何謂比丘慕於修行而獨燕處文殊答曰假使分别諸法一等一種門相者譬如虛空悉無所行皆無衆生是謂修行又修行者不處今世不由後世在於三世皆無所行至一切法亦無所行悉了諸法虛僞無實是謂修行

其修行者則於諸法無雙無隻無應不應是謂修行時彼衆會無央數人心懷沉吟悉生疑結此爲何謂當奉何行何因申暢如來至眞等正覺演三脫門得至泥洹若能造證三十七道品之法致滅度矣文殊師利今者所說將無倒教亂法之兆文殊師利尋時皆知此諸比丘一切衆會心所懷疑告舍利弗唯卿仁者爲衆重任咸共信之最大智慧如來所歎又賢者身離欲塵法而以造證仁者久如逮成四諦得造證乎三十七品及三脫門也舍利弗曰不也我不得法當何造立思惟其義及修行者所以者何一切諸法悉無所受亦無所生空無言教空不證空說是語時三萬比丘漏盡意解善住意天子讚文殊師利審如仁者執慧須宣深妙法忍興隆空行

文殊答曰吾不執慧一切愚戇凡夫之士執求智慧所以者何斯等之類執持令轉集會二品所執墮於地獄餓鬼畜生諸天人間所見牽連假使天子爲諸三界展轉牽連輪轉無際所向非一所生受身各各别異是爲牽連隨於宛轉如是牽連展轉無休由是之故不知本際在於生死樂苦惱根復次天子愚騃無智凡夫不聞與欲俱合怒癡亦然報應諸見名色同塵諸佛聲聞緣覺菩薩及逮法忍無所牽連亦無宛轉所以者何如斯黨類其身口心未曾起立所展轉者不得三界何所宛轉是故斯等牽連智慧若更受身無所棄捨是執智慧天子又問仁者所說曉壞慧乎答曰不也又問何故毁壞令無所除是等學者是毁壞慧若不毁壞無所除者不滅寂

慧又問文殊仁無此乎答曰不也又問何故答曰其有將去覆還復來往者則有此事其無有往無有還者曉了諸法而無周旋則無將去亦無覆來又問文殊何所章句爲最元首答曰如是句者我是元首又問何謂文殊答曰若有菩薩於一文字一章句義而不動者章句猶歸分别四義何謂爲四解章句一常如審諦二了空義如爲恍惚三分别無形悉無所生四於諸所知不以爲知不以爲患不造二事是諸章句最爲元首時佛嗟歎文殊師利善哉善哉乃能須宣逮總持義文殊白佛我無總持所以者何無所得故無可執持愚騃凡夫乃逮總持諸佛菩薩無所獲致所以者何其迷惑者多所執持何所持乎依於吾我著人壽命執持斷滅及計有常執懷貪婬瞋恚愚癡親抱所有恩愛貪身自見五陰四大及諸種入思想多念而反求望墮若干見六十二疑有所獲致而急執持是故世尊愚戇凡夫逮得總持所以者何愚夫懷法在心念者諸佛世尊悉無所持聲聞緣覺諸菩薩等亦復若茲是故愚夫逮得總持於是善住意天子問文殊師利如向者說不得總持當以何意化於五趣答曰其五趣者無所爲作所以者何吾已消除五趣終始令其所趣不知處所諸佛緣覺聲聞所趣愚戇凡夫所不能趣所以者何愚夫比數墮於生死諸明智者消除諸趣道迹亦然不離生死況於愚戇凡夫士乎是故吾身消除諸趣不得總持所以者何無所獲致當何持也說是語時彼衆會中五百比丘誹謗此經而捨馳去則

以現身墮大地獄時舍利弗報文殊師利且止勿復演此深法五百比丘聞之狐疑不肯順入自恣罵詈自謂尊豪而捨馳走誹謗心亂弘雅之典則以現身墮大地獄文殊報曰唯舍利弗莫有斯言勿懷疑網有計是非勿懷猶豫不見有法墮地獄者唯察諸法無誹謗者所以者何一切諸法悉無所生屬舍利弗而宣此辭令吾休止不説此典假使族姓子族姓女依著吾我想人壽命若干恒河沙劫供養如來承事聖衆隨其所安皆給所乏盡其形壽而不懈休若有聞此如是像法深妙難解一切世間所可希聞空無想願憺怕寂寞歸於消滅無起無滅無人壽命無常苦空非身之義若能得聞如此輩經聞之誹謗其族姓子及族姓女墮大地獄在大地獄忽聞此經尋便得出輒信深經而得解脱勝善男子善女人恒河沙劫奉敬如來供養聖衆著吾我人及計壽命不得至道聞是法者疾得解脱佛讚文殊師利善哉善哉誠如所言斯經尊妙若現於世與佛興出等無有異道迹往來不還無著於緣覺乘菩薩大乘而見授決此爲最尊等無若干所以者何不著吾我所修平等亦無所得至於泥洹亦復若兹設有念知言有所得則墮顛倒佛告舍利弗此諸比丘五百人等在於地獄速得滅度勝於是間愚惑百年護戒悉知止足墮於顛倒六十二見所以者何未曾得聞此深妙法無解脱相也是族姓子若族姓女聞此深經入耳思惟疾逮無上正眞之道勝疑餘經迷墮顛倒其發意頃須更信樂此深經者疾得解

脫

佛說如幻三昧經卷中

音釋

毛氂氂鄰知切十毫爲氂　繒綵繒慈陵切帛也綵此宰切繪繒也　煌煌胡光切光煇炫燿貌　甖於耕切瓦器小甁也　錠光錠音定鐙也錠光佛名也　㸌然㸌忽郭切正作霏雲消貌　悖蒲昧切逆也　屏處屏必郢切屏處屏蔽之處也

佛說如幻三昧經卷下

西晉三藏竺法護譯

善住意天子問文殊師利仁者樂我淨修梵行無玷汙乎文殊報曰如是天子則修梵行設使卿身不勸梵行不修梵行乃爲可耳問曰何謂答曰其有所受彼乃修行其有不受者何所行乎可名行耶天子又問如今仁者不修梵行乎文殊答曰不也又問不淨行耶答曰不修淨行如天子言以何等故不修梵行無家居不梵行不受不惑亦無所行亦無不梵行假使學者清和梵行悉無所行亦無非行爾乃名曰大淨梵行天子婬怒癡行乃曰正行遊於欲界色無色界是曰淨行愍傷衆生其不習行婬怒癡事不遊三界彼不淨修亦無所行乃謂爲行善住意曰善哉善哉文殊師利所暢辯才而無罣礙文殊答曰使卿辯才亦無罣礙得無礙辯可得處乎所以者何計是我故有所倚著則爲罣礙文殊師利復告善住意欲以是像求淨梵行者設使仁者不執刀劒賊害一切衆生身命不捉矛戟瓦石大棒自然免者乃爲慈心天子又問此言何謂文殊答曰所謂衆生含血之類義所趣乎天子報曰假有名耳計有吾我乃有衆生含血之類受思想故故曰衆生依倚顛倒貪計有身故曰衆生所以者何是故天子貪見吾我想人壽命因有假號而演名字吾當以利智慧劒而免害之常以此義將養護之令不見縛當使㸌然不知諸受之所歸趣無所斷除是故天子當解此義除吾我想則害衆生一切妄想不墮殺生心不懷害文殊

師利復謂善住意欲使卿身淨修梵行若能奉犯十惡之業亦愼一切黑冥品事又復不修諸清白業善住意又問斯言何謂文殊答曰等黑冥品等諸清白亦復如此又問文殊黑冥品事以何爲等答曰以無所作而不退沒故曰等矣一切諸法黑冥亦如如黑冥等清白亦等無想念故文殊又問以何緣信清白法乎善住意答曰所以信之用其法界無本之故於善住意所趣云何可使無本及與法界修行處所往反周旋乎答曰不也文殊報曰是故我言設能等行黑冥品事不修清白爾乃相可淨修梵行復謂天子若劒擊頭害殺斯人乃修梵行問曰何謂也答曰害婬怒癡自大貢高貪嫉諛諂多妬自恣而受希望痛癢思想是爲天子名曰傷害若有修行精進自守貪欲心起尋便滅除不與合會寂滅遠離是謂爲空不入諸逆曉了欲心解如眞諦本無所有此心何生何所從滅誰來染汙誰染汙者豈玷汙乎復更思察欲不可得不見汙者亦無被染則無所得其無所得則無所生其無所生則無所捨其無所捨則無所受其無所受則無所習無所習者則曰成就色痛想行識亦復如是五陰六衰十二因緣不染汙心其有興發如是傷害此乃名曰殺人傷害撾擊壞首是爲歸義文殊師利告善住意是故我言當如是害淨修梵行亦當離佛及法聖衆善住意又問斯言何謂文殊答曰爲道慧故又問今當所信答曰當信無本及與法界又問善住寧可捉持無本法界答曰不也是故我言離於佛法何謂聖衆答

曰因緣合故名曰聖衆其聖衆者無有集會爲佛弟子故曰聖衆又問於天子意所趣云何其無爲者無有合會可離欲乎答曰不也文殊師利曰是故我言若離聖衆樂修梵行又復問善住其得佛者則名曰著得佛聖衆則名曰著不爲離欲其捨衆會則爲離欲所謂離欲爲法界迹善住意天子啓文殊師利難及難及至未曾有文殊又曰天子當習無反復事忽得孝順又問何謂爲不孝順文殊答曰如是善住意吾無反復亦不無反復善住意又問此言何謂文殊答曰其有所作若毀傷者各各與造若干種事各歸異趣受身不同各得報應愚戇孝順各有所作尋受報應著無量色愚人所作爲身來患或致傷毀所受諸見各異殊別或著不著取捨進退是名反復爲無反復如是世尊所演平等謂一切法各無所作悉無所作亦無招來等於平等無所越度亦無他受不造他作是則名曰爲無反復善住又問令文殊師利住於何所乃能說此住何法忍文殊答曰不住法忍又問文殊於何所住所宣乃爾文殊答曰住幻士處身亦在彼又問幻士所住如何答曰如無本住幻士住彼如向者問住於何所而有所宣在忍法耶所言法忍但假號耳何有住處諸法亦然悉無所作亦無想念彼無有住及與處所如此住者乃爲衆生頒宣道教如來所住亦復如是而說經義所以者何住如無本乃有所宣一切衆生亦不在彼住於無本而有所說如來無本無本無異一切衆生而不動轉無本亦如亦不動轉猶若如來所

應無本衆生無本其亦若茲皆一無本而無有二而無若干故曰無本善住意天子又問文殊師利所言沙門爲何謂乎文殊答曰非沙門非梵志乃爲沙門所以者何不著欲界不倚色界不處無色吾乃謂此爲沙門耳若眼耳鼻口身意不穿漏者乃爲沙門其無志性不與情合無有因緣亦無不緣乃爲沙門又復天子其不著法不著非法其行寂然無是非心忽然無迹是謂沙門何者然耶其因緣法報應之宜悉從是生是諸法者亦復虛僞其不著者無縛無脫是謂沙門其無有往亦不還返無進無退無瘡無瘢無傷無完是則名曰淨修梵行是故我言非沙門非梵志乃爲沙門善住意讚曰至未曾有志意堅强所頒宣者無名遊迹亦無章句其意悉達而不忽忘文殊答曰吾意不强所以者何身自放意意弱不强天子又問斯言何謂答曰吾以恣意在聲聞地住緣覺界故放意又復恣意處諸塵勞不惡愛欲衆冥之患是故放意善住意言善哉善哉文殊師利悉由宿世供養諸佛衆行備悉宣如來命所說如是答曰吾不供養過去諸佛何者然乎吾未曾得宿世所歷亦無當來不從諸佛建立法行無作不作是故所作而無有作不備衆行善住意又問文殊師利吾本曾聞如幻三昧願顯定意示所正受文殊又問欲得覩見如幻三昧之境界乎答曰願樂欲見文殊師利尋時如言入幻意三昧而正受矣應時十方各江河沙等諸佛剎土悉自然現善住意天子目覩東方江河沙等諸佛剎土其所現者悉是文

殊或以現形若比丘像講説經典或復有現比丘尼像優婆塞優婆夷像如釋如梵如四天王如轉輪王色像而現其體或如天龍鬼神揵沓和阿須倫迦留羅眞陁羅摩休勒色像而現其身或復顯示禽獸飛鳥若干種色各各現形無量形貌好醜殊別而爲説法十方一一諸江河沙等所現佛土其亦俱然等無有異爲説經典善住意見此欣然大悦不能自勝文殊師利從三昧起善住意恭恪歸命白文殊曰向者覩見諸佛國土不可稱限形像無量各各殊別而説經典文殊問曰於天子意所解云何東方所現爲審實乎八方上下有所見者爲實虚耶十方所見何方審諦善住意答曰悉虚不實所以者何一切諸法皆無所生猶如幻化如幻士相一切諸法退無常存自在所作示現變化推極本末不生不起亦無所滅文殊師利尋則讃曰善哉善哉講法當然誠如所言説是語時彼衆會中五百菩薩以得四禪逮五神通識其宿命往古世時所作善惡尋自已覩皆復識念曾更所作逆害父母殺阿羅漢撓亂聖衆壞佛塔寺斯等罪業本所犯惡餘殃未盡念傷害心倍懷憂結志在疑網由是之故不能了此甚深法要計有吾我所處微翳卒不肯捨不逮法忍於時世尊欲得開化五百菩薩則以威神現示文殊文殊師利即從座起偏出右肩右手捉劒走到佛所佛告文殊且止且止勿得造逆當以善害所以者何皆從心發因心生害心已起頃便成爲殺時無央數諸菩薩衆各心念言斯一切法悉如幻耳彼無吾

我及人壽命其意所念察其本末無有父母無佛法衆亦無作者亦無受者無行不行亦無果報意自貪身而墮顛倒愚戇凡夫悉不能解心反處顛倒計我父母所以者何文殊師利聰明聖達諸佛世尊所歎功勳不可思議道德超殊不可逮及巍巍煌煌無以爲喻深入法忍了其本際供養無數江河沙等諸佛大聖而宣道教於過去佛所作已辦曉了諸法慧無儔匹其所說法靡不應時見諸如來常懷恭恪稽首自歸今執利劍走向如來佛告之曰且止且止文殊師利勿造逆害當以善害若分別此察其本際不可分別何所佛名及法聖衆父母羅漢及廟寺名其受虚無則無歸趣亦無報應說一切法虚無不實所受諸法亦復虚妄幻譬如空亦如芭蕉夢影野馬離欲虚妄而無堅固以是之故彼無有罪亦無害者誰有殺者何謂受殃如是觀察惟念本際則能了知一切諸法本悉清淨皆無所生五百菩薩聞是亘然尋時逮得無所從生法忍有千比丘遠塵離垢得法眼淨五百菩薩欣然大悅善心生焉心猒靜思踊在虚空去地四丈九尺以偈讚曰

諸法悉如幻　從想而横起　成形無所有
諸法悉爲空　反自發妄想　有我而危身
已識其宿命　所作罪甚重　往者懷大逆
自圖其父母　害羅漢比丘　犯殃釁甚劇
由此重罪故　更苦不可計　今墮於疑網
得聽空法義　聖尊裂疑網　棄捐憂結瘡
覺了於法界　寂無有塵勞　諸佛權方便
隨流接度人　趣欲濟衆生　決除所沉吟

無佛無經法　亦不得聖衆　彼亦無父毋
悉空而自然　則無吾我人　無壽亦無命
而常不斷滅　諸法如虛空　無罪無報應
無作無不作　莫貪身見我　更歷受苦惱
彼無有生者　亦無有死者　所生如幻化
是爲諸法相　文殊大智慧　諸法度無極
手自執利劒　馳走向如來　佛亦如利劒
二事同一相　無生無所有　亦無有害者
兩足尊見之　衆生所作罪　令知殃福業
亦悉是空耳　其能達空者　三世無壽命
因緣而合成　解乃無從生　無罪無報應
亦復無苦樂　吾我亦常空　倚想求安隱
衆生處顛倒　不能知本際　非常苦悉空
非身無所有　其能曉如斯　則免三惡趣
諸佛無作業　覺者無所造　計罪佛亦如
是故名曰佛　如佛所解達　明審了若此
識別虛無生　由是陽聖慧　住於虛空義
演說無所住　其身如虛空　二事俱自然
若欲求佛慧　彼法無罣礙　已知此本際
成佛無上道　於世致大聖　度衆生苦惱
盡除因緣報　奉修佛大道　當成爲法王
眼明乃滅度

五百菩薩宣是執劒經典之時十方江河沙等佛土六反震動其大光明普照世間其於十方諸佛大聖邊諸侍者各自問佛此何威德地大震動光靡不照時諸佛各告侍者族姓子知有世界名忍佛號能仁頒宣經道彼有菩薩名文殊師利成不退轉手執利劒馳走向佛欲得開化不達菩薩因是之故時佛大聖手執慧刀斷生死源如應說法勸無央

數衆生之類使眼清淨心得解脱逮成法忍學住大道於是世尊以方便隨建立神化於彼衆會有新學人德本尠薄多懷妄想不見執劒不聞説法佛之聖旨故令其然時舍利弗問文殊師利仁於向者所作凶逆以何爲信乃能執劒馳走向佛文殊師利答舍利弗如卿所言汝所作逆不可稱載用不能達此報償故唯舍利弗解此義者知如幻師所造逆事其幻化者寧有逆乎報償亦如所以者何其幻化師化無有想念諸法亦然唯舍利弗吾欲相問以誠相反有此劒者乎答曰不也爲有罪耶答曰不也唯舍利弗罪業虛無報亦虛無罪業報應悉虛無者云何復欲知其處所舍利弗言如文殊師利今者所説無罪無報一切諸法悉無罪報此言何謂文殊師利言於意云何唯舍利弗吾所執劒何所鍛師推成之乎誰捉持來以相授耶舍利弗言無作此劒無執來者以相授也文殊師利所化現耳文殊又問仁能見得化人處乎刀劒所在如來所言一切諸法悉如幻化其相無相不可得處也唯舍利弗當解斯義如來至眞亦如利劒文殊及舍利弗亦如本無衆生亦如諸法亦如無本所住亦復若兹唯舍利弗如一切法悉無根本吾所與罪報應執劒其亦如也所積殃釁亦無本也報應亦如也向舍利弗復更問言卿何以故手執刀劒欲與佛諍譬如修行在於閑居勤向世尊心念不離乃得解脱舍利弗又問靜思修行云何世尊名曰何等文殊答曰貪欲妄想則是精思修行世尊瞋恚愚癡欲除此三永令無

餘寂然憺怕爾乃亘然不能蠲除一切塵勞不爲世尊滅婬怒癡愛欲之難乃爲世尊貪欲意生執此欲意一心念佛欲即消滅恚癡亦然而得解脫是故舍利弗如執利劒馳向世尊如幻無害懷三毒者馳心念佛塵勞悉除亦如修行閑居專精一心念佛乃得解脫舍利弗言善哉善哉快說此言誠如所云爾時十方諸會菩薩啓請世尊唯然大聖勸文殊師利垂恩屈意顧眄我等諸佛剎土於諸剎土頒宣經道皆令衆生解是意義文殊師利報諸菩薩仁等各自察其佛土諸族姓子尋時受教各觀本土十方處所各各皆見文殊師利在於十方諸佛邊住講說經道善住意天子諮問啓受宣此如幻所行意義經典之要諸菩薩等聚會亦然不可稱計諸天子會多少無異彼諸佛國皆若干種清淨莊嚴巍巍無量亦如忍土等無差異遥見如斯莫不欣然各各舉聲而稱揚言以爲欣慶文殊師利道德殊絶威神光明無有儔匹威德殊邈過於日月住此忍土而不移轉普現十方諸佛國土文殊師利於時引諭如族姓子幻士善學幻術絶世而無儔匹不起于座所在幻化現若干形菩薩如是真學曉了般若波羅分別法幻悉通其旨在於本土初不移轉十方佛土諸欲見者輒現其身於其佛界所以者何一切諸法皆如幻故由是之故所現無難猶如月殿遊行虛空不行人間不念往來其光所照靡所不遍雖有所照亦無想念菩薩如是在於本際未曾移轉普現十方諸佛之土爲現佛身聲聞緣覺爲現轉輪釋梵

四王或爲豪貴貧賤困危身或入三惡勤苦惱事或爲儒林帝王大臣或在外道謗佛云云或入菓山學爲仙人所現無限一切依因悉令得至無上正眞所現雖爾亦無想念爾時世尊告文殊師利假使有人值遇此法而得聞者如佛興世等無有異若有菩薩坐於樹下當成佛道其聞是經福等無殊亦等道跡往來不還無著所以者何是爲去來現在諸佛要道文殊白佛誠如聖教安住所化無不受教如空無相無願平均法等亦然又如無本本際平等亦如離欲定意平等是法平等亦復如斯文殊師利復白佛言又大聖垂恩建立此法使於後世殘末五濁悖亂之俗若族姓子及族姓女學菩薩意求大乘者耳聞此法令諸衆生求滅度者悉當蒙是道德法明各使得所佛默然可應時三千大千世界六反震動箜篌樂器不鼓自鳴無華果樹及諸枯樹皆生華實其大光明普照世間皆蔽日月令無光曜億百千天住於虛空歡喜踊躍而雨衆華燒諸名香復雨雜香擣香其香芬馥翳於十方鼓天妓樂其聲清和悉共叉手異口同音舉聲歌頌妙哉妙哉此法難遇文殊所講我等僥倖得聞大化今日再值轉法輪矣閻浮利人爲蒙大慶得聞是經斯等德本終不唐舉速近受決當成佛道多所開化於是世尊讃諸菩薩及諸天子善哉善哉如卿等言其聞是法佛明此等當成佛道以入滅度聞之不恐亦不懷懅篤信受樂不在生死亦不滅度文殊師利白佛言世尊所建於斯經典今現感動爲先瑞應然於後世

普流十方佛言如是文殊師利今所瑞應皆是建立此法威恩如來弘慈聖旨泠然一切蒙濟佛語文殊當復重顯斯深經典佛言至誠終不虛妄此三脫門多所救濟當令此法後世普流文殊師利復白佛言我亦堪任建立此法演眞章句無我無人無壽無命無意無可不墮斷滅不墮計常無有塵勞亦無諍訟則爲光顯於此經典如我至誠所言不虛然後將來五濁之世令普流布吾今要誓不具成佛無法聖衆無罪報應無去無來以此至言令是要法於將來世皆遍流布有了是經而不受欲亦不離欲無有恚癡無有慈心無有智慧無名無色無緣無見不與生死無身不生身無心不生念不惟法不意止無五陰無四大無諸入眼色耳聲鼻香口味身更心法亦復如是不處欲界色無色界心等如地而無憎愛諸法不損亦無增長則宣此經如斯經典後世普流不在至誠不覩審實不讚說道不至道果亦無道迹不往來無不還不無著不緣覺無諸果證不如來無佛法不無畏無慧不慧不聖不空不壽不相不無相不願不無願不得果證無見不見不至道無明無冥亦無解脫不度不無度不彼際不此岸不中流無名無不名如是眞言當令此經後益流布又計是經不應不脫不精進無所懈不勤力不怠廢以此至誠法當普流往本所主無去無來過去無人不度衆生亦無滅度人不可得法無有起亦無所滅無有作者亦無壞者無將無反不往不還無舉無下無當來佛如是像法無所照曜無現在佛亦無

暢法以是之故法當普流是經所說不戒不犯不定不亂不慧不愚不解不縛不慧見不無慧此正眞言令經普流不施不慳不戒不毀不忍不諍不進不怠不禪不亂不智慧不愚暗菩薩大士此眞諦言令法普流無凡夫無學者無羅漢無緣覺無佛道不因緣不無緣當令此法普流世間不坐佛樹不轉法輪不歎佛佛不現在不衆生不滅度不如來所以者何一切諸法未至滅度當令此經普流世間文殊師利宣是建立經典要時此三千大千世界六反震動其大光明普照十方上虛空中唱無極音善哉善哉文殊師利實如要誓假使江河沙等諸魔官屬欲求方便毀壞此經欲令毀散終不能亂此微妙法令不流通所以建立是要法者若族姓子及族姓女受此經典受持諷誦聞之信樂一切皆脫諸魔事業入佛道慧於是彌勒菩薩前白佛言今日何緣地大震動光明遍照空中暢音佛告彌勒何用問爲所以者何志小下士不識大義墮于憍慢斯等長夜不得安隱彌勒白佛唯聖說之多所愍哀多所安隱必當慈念諸天人民共信樂之佛告彌勒斯經典者四十七億百千那術諸佛於此地上建立說之皆亦文殊之所發問善住意天子與共諮啓彌勒來世當成無上正眞之道最正覺時復說此經其餘賢劫諸與如來亦俱同然彌勒復問佛言文殊師利善住意天子從來久如聞此經典佛告彌勒文殊師利善住意天子聞是法來七百萬阿僧祇劫從普華超師子步德王光首如來至眞等正覺所聞其於

空中唱大音聲淨居諸天聞講此法各各勸助咨嗟而行是故地動彌勒菩薩復白佛言若族姓子及族姓女受是經者持諷讀誦爲他人說得何功德佛告彌勒於意云何過去當來今現在佛戒定慧解度知見品廣與布施持戒忍辱精進一心智慧使成無上正眞道慧已成當成現在成者合此德本功祚福勳福寧多不彌勒曰多矣世尊不可思議一如來德其福難計況一切佛假使德本有形像者十方佛土不能悉受佛告彌勒我故囑累慇懃相喩其族姓子及族姓女聞是經典受持諷誦爲他人說福多於彼何況奉行所以者何過去當來今現在佛之所諮講悉由是生佛說是經時江河沙等衆生之類發菩薩心復倍是數逮不退轉成得法忍法眼淨者各復倍倍如是十方悉來會者一切菩薩欣然大悅善心生焉稽首佛足歌歎此法僥倖得聞無以爲喩忽然不現各歸本土賢者阿難前白佛言此經名何云何奉持佛告阿難是經名曰於一切法無起不滅三昧要品又名降毀魔場當懷持之又名普遍十方定意要慧文殊師利之所講說又名如幻所說當奉持之是經典者能調化人阿難當受持諷誦讀爲他人說佛說如是比丘菩薩文殊師利善住意天子彌勒菩薩賢者阿難諸天龍神阿須倫世間人民聞經莫不歡喜

佛說如幻三昧經卷下

音釋

矛戟矛迷浮切戟訖逆切枝兵也**諛諂**諛容朱切諂五琰切面從曰諛佞言曰諂**擿**職瓜切箠也**瘢**蒲官切瘡痕也**撓**女巧切擾也**殃疊**殃於良切咎也疊許刃切隙也**劇**竭戟切尤甚也**尠**蘇典切少也**眄**彌殄切邪視也**邈**墨角切遠也**芬馥**芬敷文切馥房六切芬馥香氣也**僥倖**僥堅堯切倖下耿切僥倖謂非所當得而得之也

善住意天子所問經

元魏三藏毗目智仙共流支等譯

清刻龍藏佛說法變相圖

善住意天子所問經卷上

元魏三藏毗目智仙共流支等譯

歸命一切諸佛菩薩
歸命世尊大智慧海
毗盧遮那釋迦牟尼佛法光明
歸命聖者文殊師利大菩薩海
歸命聖者善住意天子遍行大乘者

如是我聞一時婆伽婆住王舍城耆闍崛山中與大比丘衆六萬二千人俱皆是智者之所識知一切悉是大阿羅漢諸菩薩摩訶薩四萬二千人其名曰文殊師利菩薩師子幢菩薩彌勒菩薩觀世自在菩薩得大勢菩薩辯聚菩薩持地菩薩彌樓山菩薩彌樓幢菩薩不動搖菩薩善思義菩薩善思惟菩薩勇猛意菩薩慧心菩薩善心菩薩摩尼聚菩薩

山相擊王菩薩寶手菩薩寶意菩薩寶印手菩薩常舒手菩薩常縮手菩薩常精進菩薩度衆生菩薩增上精進菩薩如說能行菩薩精進願菩薩手燈菩薩等心菩薩捨罪菩薩除諸暗菩薩力不壞菩薩日藏菩薩金剛遊步菩薩無邊遊步菩薩無量遊步菩薩不動足遊步菩薩虛空庫菩薩上意菩薩勝意菩薩增上意菩薩吉行菩薩持地住菩薩月光菩薩月幢菩薩光幢菩薩光德菩薩遊步到明菩薩師子遊步雷音菩薩無礙辯菩薩相應辯菩薩捷疾辯菩薩最勝菩薩蔽日月光菩薩無攀緣菩薩無比菩薩根常喜笑菩薩障一切罪菩薩捨女飾菩薩摩尼那菩薩光明菩薩淨滿菩薩得大菩薩集光王菩薩深吼菩薩如是等上首菩薩摩訶薩四萬二千人俱爾時復有四大神王天帝釋王娑婆世界主大梵天王如是等上首六萬天子俱復有七萬三千天子善住意天子善寂天子摩醯首羅天子而爲上首皆樂修行菩薩之道復有二萬阿脩羅王羅睺阿脩羅王彌樓阿脩羅王而爲上首皆樂修行菩薩之道復有六萬龍王名不苦惱龍王名月龍王名得叉迦龍王而爲上首皆樂修行菩薩之道如是復有無量百千天龍夜叉乾闥婆阿脩羅迦樓羅緊那羅摩睺羅伽人與非人諸大衆俱比丘比丘尼優婆塞優婆夷皆悉來集爾時世尊無量百千眷屬圍繞恭敬尊重而爲說法爾時文殊師利童子於自寺住獨坐思惟心靜三昧正念觀察正觀察已起彼三昧起三昧已復入三昧以三昧力六種震動十方

無量不可計數阿僧祇耶不可思議恒河沙等諸佛世界爾時文殊師利童子起彼三昧如法思惟生如是心佛出世難人身難得如優曇華出時甚難如是如來應正遍知亦復如是出世甚難人身難得若無説法則不可得盡生死苦諸佛正法甚深難知若無佛者云何聞法若不聞法則不能令衆生苦盡若我往至如來所已如法難問如法難已畢竟得發衆生善根畢竟能令菩薩乘人不可思議佛法滿足此處娑婆世界衆生極重貪欲極重瞋恚極重愚癡遠離善法習近惡法愚癡暗鈍無殷重心若其無佛無法無僧云何而得令彼衆生聞慧根淨爾時文殊師利童子如是思惟我召十方無量百千諸菩薩衆令集此處聞如來法以身證知甚深法忍爾時文殊師利童子念已即入普光離垢莊嚴三昧入三昧已放大光明遍照十方不可計數阿僧祇耶不可思議無量無邊恒河沙等諸佛世界即時十方不可計數阿僧祇耶不可思議無量無邊恒河沙等諸佛世界大光明現其光明淨十方世界坑澗堆阜樹林諸山斫迦婆羅目眞隣陁雪山彌樓摩訶彌樓一切所有幽暗之處悉皆大明不相障礙爾時十方不可計數阿僧祇耶不可思議無量無邊恒河沙等諸佛世界諸佛世尊皆悉現在現命現住彼佛侍者既覩光明各問其佛白言世尊何因何緣於此世界大光明現昔未見聞如是光明甚可愛樂世尊如是光明我等遇之心得清淨身力增益貪欲恚癡不染衆生是誰威力何人寶藏如是淨光是誰

所放如是問已彼佛世尊默然不答如是十方諸佛世界天聲龍聲夜叉聲阿脩羅聲迦樓羅聲乾闥婆聲人聲非人聲畜生聲如是衆聲一切止息風聲水聲大海潮聲歌詠等聲如是諸聲以佛力故一切止息皆悉寂然一切寂靜第一寂靜彼佛侍者各各如是第二第三請其佛言如是世尊何因何縁有此光明惟願説之惟願説之如來若説則能利益一切衆生饒益安樂一切衆生令多衆生一切皆得義相應樂利安人天是誰威力放此光明遍照一切諸佛世界爾時十方不可計數阿僧祇耶不可思議無量無邊恒河沙等諸佛世界諸佛世尊一切同聲皆共一音一切諸佛同一口業皆同一法爲侍者説彼佛侍者一一皆知如來所説彼佛世尊所出音聲遍滿一切諸佛世界彼諸天人一時俱作百千妓樂彼樂音中説言無常苦無我等如是如是和合出聲所謂空聲無相聲無願聲無染聲解脱聲法性聲眞如聲實際聲布施聲持戒聲忍辱聲精進聲禪定聲般若聲柔和聲利益聲慈聲悲聲喜聲捨聲出如是等百千法聲此聲出已有不可數億那由他百千衆生必定不退阿耨多羅三藐三菩提不墮聲聞縁覺之地不墮帝釋大梵天王轉輪王地爾時十方不可計數阿僧祇耶不可思議無量無邊恒河沙等諸佛世界諸佛世尊告侍者言止善男子汝不須問非汝境界非諸聲聞縁覺境界聲聞縁覺若聞我説心意迷亂我若説者一切天人皆悉迷没善男子以要言之彼法光明所有功德能令衆生

乃至無量不可思議善根成就能令一切菩薩乘人乃至無量不可思議布施助道戒忍精進禪慧助道皆悉滿足善男子汝今當知若以一劫若餘殘劫說此光明所有功德不可窮盡諸佛菩薩於諸衆生起慈悲心放此光明令諸衆生渴仰欲聞汝今諦聽善思念之我爲汝說彼侍者言如是世尊願樂欲聞彼佛世尊各告侍者作如是言善男子有佛世界名曰娑婆彼中有佛號釋迦牟尼如來應正遍知於今現在現命現住明行足善逝世間解無上士調御丈夫天人師佛世尊出五濁世彼處衆生貪欲瞋恚愚癡所縛無恭敬心諸根暗鈍無慚無愧爲彼衆生於彼世界如法苦行獲得阿耨多羅三藐三菩提覺已而爲說法善男子彼娑婆世界釋迦牟尼如來佛土有童子菩薩摩訶薩名文殊師利有大勢力大智慧力大精進力能與一切菩薩歡喜菩薩化主菩薩導首安慰衆生菩薩之父菩薩之母解了一切諸法句義黠慧明了得無障礙慧波羅蜜得無障礙願力自在得陁羅尼不可思議功德具足於彼釋迦牟尼如來所說法中善能問難能令衆生善根成就能令一切菩薩乘人不可思議佛法滿足善男子彼文殊師利童子菩薩爲集十方不可計數諸菩薩故放此光明隨何等人聞法因緣放此光明彼佛侍者各問其佛白言世尊彼文殊師利童子菩薩住何三昧而能如是放斯光明彼佛答言善男子有三昧門名曰普光離垢莊嚴文殊師利童子菩薩住是三昧而能放此如是光明彼侍者言不爾

世尊如是光明豈非彼佛世尊所放能如是
清能如是淨能作如是身心喜樂佛言不爾
善男子菩薩常法共説菩薩教誡法門爾時
十方不可計數阿僧祇耶不可思議無量無
邊恒河沙等諸佛世界彼不可數阿僧祇耶
不可思議無量無邊恒河沙等諸佛世界一
一世界諸菩薩等既覩光明各到佛所頭面
禮足白言世尊如是無量功德光明從何處
來誰之所放彼佛告言善男子有佛世界名
曰娑婆彼中有佛號釋迦牟尼如來應正遍
知於今現在現命現住爲諸菩薩説清淨法
彼有童子菩薩摩訶薩名文殊師利放此光
明爲集十方諸菩薩故如是説已彼諸菩薩
摩訶薩等各請其佛白言世尊我今欲詣娑
婆世界奉見世尊釋迦牟尼如來應正遍知
供養彼佛禮拜親近諮請問答并見童子文
殊師利及餘菩薩摩訶薩等佛言便往今正
是時時彼十方不可計數阿僧祇耶不可思
議無量無邊億那由他有頻婆羅百千菩薩
摩訶薩等各禮佛足於其國土忽然不現譬
如壯士屈伸臂頃一刹那頃一羅婆頃摩侯
多頃各各到此娑婆世界既到此已皆至世
尊釋迦牟尼如來住處有雨細末鬘利香者
雨塗香者有雨華者雨天優鉢羅華鉢頭摩
華拘物頭華分陁利華阿提目多伽華雨瞻
蔔華波吒羅華檀尼師迦梨迦華須摩那華
婆利師華曼陁羅華波流沙華摩訶波流沙
華梅陁羅華摩訶梅陁羅華雨如是等無量
妙華雨如是等無量妙香雨華香已往至世
尊釋迦牟尼如來佛所或有菩薩同聲讚歎

如來功德讚歎之聲聞於三千大千世界如是讚歎至如來所如是種種各各異法而來集會皆到世尊釋迦牟尼如來佛所到佛所已彼諸菩薩摩訶薩等威德力故令此世界若干地獄若干畜生若干餓鬼所受苦惱皆得休息無一衆生貪欲所惱亦復不爲恚癡所惱無有嫉妬無幻僞者無諂曲者無憍慢者亦不自是亦不忿恚亦不熱惱一切衆生慈心相向甚有愛念皆悉和順時彼菩薩億那由他百千之衆皆到世尊釋迦牟尼如來佛所頭面禮足右繞如來有一帀者有二帀者有三帀者有多帀者繞如來已上虛空中去地不遠一多羅樹忽然不現一切皆入隱一切身菩薩三昧入三昧已隨心所樂出生蓮華有種種色華有無量百千衆葉於華臺上結跏趺坐身不動搖爾時長老摩訶迦葉見此希有未曾有法神通之事復見雨華復見雨香復聞樂聲百千種音見大光明復見雨華遍四天下滿此世界積過於膝見佛大會天龍夜叉乾闥婆阿脩羅迦樓羅緊那羅摩睺羅伽人與非人比丘比丘尼優婆塞優婆夷等身皆金色爾時長老摩訶迦葉從座而起整服左肩右膝著地攝身圓坐向佛合掌偈讚請曰

歡喜常快樂　善淨口業説　具十力雄猛
功德有百種　人處天處行　悉無與等者
叵思無稱量　惡意永已盡　百那由他劫
久修施戒等　尊戒絶譬類　無教誡善逝
力忍力善力　復有十力力　無心作功德
願斷我疑網　見苦惱衆生　百劫修苦行

而心不疲倦　已令得歡喜　捨國城妻子
頭目等種種　一切心喜與　願斷我疑網
世尊久已捨　象馬及輦轝　頭衣等種種
捨百那由他　飲食舍等物　捨與牟尼那
施時常歡喜　是故成善逝　割截身體時
忍受無瞋恨　隨問皆能答　巧說忍善力
修行於空法　善思量淨施　功德畢竟持
故我問清淨　貪瞋癡磨滅　見衆生苦惱
貪瞋癡所覆　我想而自纏　悲心愍此故
百劫行到道　示導諸有者　是故我歸依
以智慧增長　彼得行善行　常爲諸衆生
說空法令樂　無屈行善因　成善逝世尊
世尊禪清淨　願斷我疑網　修行施戒忍
精進悉已備　禪慧皆具足　常樂修慈心
無等等功德　如海不思議　如海水之深
是故我歸依　世尊於往昔　一鳥來歸依
自割盡身肉　欒欒秤稱之　舉身上稱槃
乃與鳥平等　世尊大慈光　願斷我疑網
大山可動轉　虛空可令有　諸天功德舍
亦可墮此地　海水可枯竭　脩羅宮可墮
日月可隊落　世尊語叵異

爾時長老摩訶迦葉以偈讚歎請如來已白言世尊以何因緣有大光明遍照世界如是妙色昔所未有今見此瑞佛告尊者大迦葉言止止迦葉汝今云何作如是說莫如是問如此之事非是一切聲聞緣覺所能測量一切天人所迷沒處惟是諸佛如來所知尊者大迦葉白佛言世尊如來若說多所利益多人安樂爾時世尊即告尊者大迦葉言汝今諦聽善思念之我爲汝說大迦葉言善哉世

尊願樂欲聞佛言迦葉文殊師利童子今入普光離垢莊嚴三昧以三昧力放此光明遍照十方不可計數阿僧祇耶不可思議無量無邊恒河沙等諸佛世界普召十方不可計數阿僧祇耶不可思議無量無邊億那由他有頻婆羅百千菩薩皆悉集此娑婆世界彼諸菩薩今者皆悉頂禮我足右繞三帀上虚空中去地不遠一多羅樹坐蓮華座爾時尊者摩訶迦葉白佛言世尊彼諸菩薩威神之力乃能如是雨華雨香雨末香等百千音樂皆出妙聲佛言如是如是迦葉此諸菩薩威力如是雨華雨香雨末香等百千音樂皆出妙音大迦葉言不爾世尊何處有此菩薩可見佛言迦葉彼乃非是聲聞緣覺之所能見何以故迦葉何處大悲菩薩境界何處大慈何處利益何處修行布施持戒忍辱精進禪定智慧菩薩境界非彼聲聞緣覺信行迦葉當知此諸菩薩一切皆入隱一切身菩薩三昧聲聞緣覺所不能見惟如來見如是迦葉已住此地菩薩能見住地菩薩尚不能見此善男子惟依信行何況聲聞緣覺能見若能見者無有是處爾時長老摩訶迦葉白佛言世尊菩薩修行成就幾法行何善根成何功德而能得入隱一切身菩薩三昧佛言迦葉諸菩薩摩訶薩畢竟成就十種法故則能得入隱一切身菩薩三昧何等爲十一者信行堅固二者爲滿大悲心常不捨一切衆生三者捨一切物四者受持佛法而不取著五者不受聲聞緣覺智慧六者一切所有皆悉能捨乃至身命何況餘物七者行不可數有爲

諸行而心不取彼有爲行八者不可數量施戒忍進禪慧滿足波羅蜜行而不分別九者起如是心一切衆生我悉安置於佛法中令趣菩提十者不取衆生不取菩提迦葉當知諸菩薩摩訶薩畢竟成就如是十法則便得入隱一切身菩薩三昧爾時長老摩訶迦葉白佛言世尊快說此語世尊乃能作如是說世尊聲聞緣覺不曾一心發如是意一切衆生我皆令其得阿羅漢尚不起心置諸衆生羅漢法中何況佛法佛言如是如是迦葉聲聞緣覺皆不能入隱一切身菩薩三昧此三昧名尚不能知何況能得云何能入若能入者無有是處爾時長老摩訶迦葉白佛言世尊我今欲見彼諸菩薩何以故如法正士難可見故佛言迦葉汝覓文殊師利童子則便得見彼諸菩薩起彼三昧汝乃見之復次迦葉汝已獲得一切三昧攝入三昧覓彼菩薩摩訶薩等爲在何法專心修行爾時長老摩訶迦葉世尊旣聽以佛神力自神力故即入二萬諸三昧門入已復起欲望得見彼諸菩薩在於何法專心修行而不能知非彼菩薩若來若去是故不知或非住處或在住處或何所作或何所說一切不見一切不知爾時長老摩訶迦葉白佛言世尊希有世尊甚奇善逝世尊我入二萬諸三昧門欲望得見彼諸菩薩在於何法專心修行而不能見菩薩如是尚不可見何況如來菩薩未得一切智處已得如是三昧法門菩薩摩訶薩未得一切智猶尚如是何況已得世尊其誰智慧若善男子若善女人若聞若見如此之事而不

發於阿耨多羅三藐三菩提心者何人聞見而不發心如是世尊隱一切身菩薩三昧威神之力尚不可測何況復有其餘三昧佛言如是如是迦葉一切聲聞緣覺之人尚非境界況餘衆生爾時長老舍利弗作如是念佛說我於聲聞弟子智慧人中最爲第一若我覔彼菩薩摩訶薩在於何法專心修行應能見知爾時長老舍利弗作是念已以佛神力自神力故即入三萬諸三昧門入已復起欲望得見彼諸菩薩在於何法專心修行而不能見彼諸菩薩乃至少相爾時長老須菩提作如是念我應能見彼諸菩薩在於何法專心修行爾時長老須菩提作是念已以佛神力自神力故即入四萬諸三昧門入已復起欲望得見彼諸菩薩在於何法專心修行而不能見非彼菩薩若來若去是故不知或非住處或在住處或經行處非是卧處非是坐處一切不見一切不知爾時長老須菩提禮二足尊而作是言世尊如來說我阿蘭若行最爲第一如是寂靜三昧法門我已得之如是世尊此四天下四洲世界我見明了如一鼓頭第二世界我見明了如二鼓頭世尊譬如有人生便捉杖如須彌山我入三昧彼執杖人即住我前一劫打鼓不曾蹔住更不異作隨彼打鼓如是我得爾許三昧惟我究竟阿蘭若行若經一劫彼鼓音聲不著耳識何況能起如長三昧若彼鼓聲能起三昧無有是處世尊彼如是法具足寂靜我如是法智慧具足四萬三昧入已復起欲望得見彼諸菩薩乃至一人而不能見亦復不能知其住

處如是世尊菩薩摩訶薩知如是法寧爲一一衆生利益恒河沙劫生大地獄住地獄中如是世尊彼諸菩薩而不捨離彼如是法不可思議甚深智慧如是世尊若我漏心未解脫者於未來際常在生死更不捨離如是大乘爾時世尊讚歎尊者須菩提言善哉善哉汝須菩提以心信故作如是說汝此受陰若不涅槃必得授記汝之善根作恒河沙轉輪王已然後必得阿耨多羅三藐三菩提覺又須菩提三千大千世界衆生寧爲多不須菩提言甚多世尊甚多善逝佛言如是須菩提彼諸衆生皆得智慧如須菩提如舍利弗諸大聲聞之所知見皆共和合乃至一劫若百千劫覓彼菩薩望得見者無力能見何以故非須菩提聲聞緣覺所知境界彼諸菩薩摩訶薩行一切聲聞緣覺不行說此法時會中八萬四千天人一切皆發阿耨多羅三藐三菩提心爾時文殊師利童子作是思惟在他處住無量菩薩億那由他百千之衆我今普召令集此處爾時文殊師利童子既思惟已即時如法現神通行現神通已化作八萬四千蓮華億那由他百千眷屬大如車輪金葉銀莖勝藏羅網毗瑠璃鬚彼蓮華中有化菩薩於華臺上結跏趺坐金色之身具三十二大人之相具足功德具足妙色具足衆好具足光明時彼蓮華至四天王三十三天夜摩兜率如是化樂他化自在此化蓮華如是遍到一切處去若干處處召此三千大千世界百億須彌四天王天乃至遍召色究竟天彼化蓮華遍至一切欲界天子色界天子若干

宫殿出聲普召一切皆聞彼菩薩身遍至三千大千世界說偈召曰

慧日大世尊　時乃出世間　佛如優曇華
如是甚難值　雄猛釋師子　出現此世間
依正法正說　盡一切苦惱　雖久食天味
恣心五欲樂　復隨惡行去　而於何處受
若干欲愛食　而復更增長　有爲行衆生
三界悉無樂　已得第一難　所謂佛出難
愚癡著我慢　不知非盡苦　汝等宜速去
見佛聞勝法　莫於佛滅後　心悔何所及
錯入魔王羂　大怖畏之處　長夜癡著樂
何時得解脫　惟有聞正法　能生衆生福
速到三十二　大人相佛所　佛能救衆生
餘不可歸依　佛是世間主　大慈不思議
修行不可數　不可思議劫　集無上智慧
成佛釋師子　開示第一法　深寂難可見
何處無衆生　非命非丈夫　一切時常捨
永斷無有餘　除捨一切相　爲衆生說法
何處開實際　世間無心行　以彼空無相
亦無願不作　無染無相貌　不生亦不滅
不來亦不去　演說法明了　不生亦不盡
無少物可憶　無相貌可見　無思憶念說
無少衆生生　無少衆生死　無涅槃衆生
何處衆生出　說法如響聲　無響聲可取
人尊解字相　如是而說法　若何處不遍
不得風水火　地不是分別　智慧眼所說
色受想行識　如是等皆空　雖說五陰法
無物可積聚　眼耳鼻舌身　如意自相空
雖復說彼空　而空不可得　色聲香味觸
皆是意所樂　虛妄起此法　無自根本空

如是諸衆生　解佛所說法　欲得脱苦處
應到醫師所
彼化菩薩周遍三千大千世界說此偈時九
十六億欲界諸天色界天子遠塵離垢得法
眼淨十千天子是菩薩乘修行之人一切皆
得無生法忍時彼菩薩所召天子不可數量
阿僧祇耶百千之衆一刹那頃一羅婆頃摩
侯多頃可往世尊釋迦牟尼如來應正遍知
往到佛所頭面禮足右繞三帀住在一面以
天華香優鉢羅華鉢頭摩華拘物頭華分陁
利華曼陁羅華摩訶曼陁羅華末香塗香周
散如來大身諸天上虚空中歌詠讃歎彼時
多有若干天人皆悉來至此四天下遍滿世
界無有空地如擲杖處所有地處皆悉遍滿
爾時大身勝妙天子此四天下世界之中雨
華遍滿積過於膝爾時善住意天子善寂天
子慙愧持天子九十六億諸天子俱樂行一
切菩薩之道皆共往詣文殊師利童子住處
既往到已在於文殊師利童子住處寺外右
繞七帀雨天曼陁羅華如雨而下所雨之華
遍覆虚空高十由旬成大華網臺形如浮圖
有大光明遍照三千大千世界皆悉大明雨
天曼陁羅華於文殊師利童子寺所爾時文
殊師利童子如法思惟於此三千大千世界
上虚空中華網遍覆華網光明遍照三千大
千世界皆悉大明爾時文殊師利童子從自
寺出隨心所樂有妙寶座即坐其上爾時善
住意天子頭面敬禮文殊師利童子足下餘
諸天子一切悉禮文殊師利童子足已爾時
文殊師利童子如是思惟何等人能與我相

隨於世尊前問答論義或說何等不思議句難解句無處所句不戲論句無戲論句不可說句甚深句實句無障礙句不破壞句空句無相句無願句眞如說句實際句法界句無相似句不取句不捨句佛句法句僧句得智慧滿足句三界平等句一切法無所得句一切法不生說句師子句健句無句句如是說已當有何等堪受法器能聽受者爾時文殊師利童子如是思惟善住意天子已曾供養過去諸佛辯才無礙彼則堪能與我相隨於世尊前問答論義爾時文殊師利童子如是念已語善住意天子言善住意天子汝得深忍無礙辯才於世尊前與我相隨問答論義於是善住意天子語文殊師利童子言文殊師利如是我說若彼於我不聽不讀不受不持不思不念不取不捨不覺不知不聞我說不爲他說何以故佛道無字無心覺悟惟說名耳如此名者不可修行文殊師利令此地處所說法語此諸天子於仁者邊作意欲聽仁爲說不文殊師利答言天子若有念言我聽法者我不爲說欲得不取我不爲說何以故有我可取可得言聽如是取衆生取命取丈夫如是取者可得言聽若使天子有我慢心取我我所若如是者彼說我聽如是取著而說法者有三障礙何者爲三一者得我二者得衆生三者得法天子當知若非我慢非我我所如是聽法有三圓淨心不分別無所希望無所憶念彼何者法是三圓淨謂不得我心不分別無所希望無所憶念不得法器心不分別無所希望無所憶念無所得法心

不分別無所希望無所憶念天子當知若如是聽彼平等聽非不平等時善住意天子讃言善哉善哉文殊師利云何名爲不退轉耶惟願說之文殊師利言止止天子汝莫分別若使菩薩有退轉者菩提正覺非得菩提天子問言文殊師利何處退轉文殊師利答言天子貪欲退轉瞋恚退轉愚癡退轉有愛退轉無明退轉乃至十二有支退轉因退轉見道退轉名退轉色退轉欲界退轉色界退轉無色界退轉聲聞行退轉緣覺行退轉分別退轉取著退轉體退轉取體退轉斷退轉常退轉取退轉捨退轉我想退轉衆生想退轉命想退轉丈夫想退轉意思退轉障礙退轉顛倒退轉自身退轉自身見退轉自身根本六十二見退轉五蓋退轉五取陰退轉一切内外入退轉界退轉佛想退轉法想退轉僧想退轉我成佛我說法我度衆生我破魔王我得智慧有彼想退轉不分別十力不分別十八不共佛法不分別根無畏不分別相不分別佛世界莊嚴不分別聲聞功德一切分別退轉如是天子若菩薩此處退轉彼不退轉時善住意天子問言何處不退轉文殊師利答言天子佛智慧不退轉空不退轉無相不退轉無願不退轉眞如不退轉法界不退轉實際不退轉平等不退轉天子言若文殊師利作如是說若菩薩此法分別不分別無分別不分別退轉以是義故得言退轉曰彼有何法而言退轉曰有無非有非無何法退轉何處退轉文殊師利言若不實取若不正取若不如取彼則不取不捨無相可作以是

義故得言退轉彼法退轉不可説有不可説無何以故若有若無而退轉者彼則有過何以故若有法退轉則墮常邊若無法退轉則墮斷邊如來説法非斷非常不斷不常是佛所説天子若彼眞如前不實想不如實知則不斷不常如是天子菩薩退轉説此法時十千天子一切皆得無生法忍爾時善住意天子語文殊師利童子言文殊師利今共仁者到如來所見於如來見如來已禮拜讃歎供養恭敬如法問難文殊師利答言天子汝莫分別取如來行天子問言文殊師利如來何處文殊師利答言天子即此前頭有如來住天子問言若有如來我何不見文殊師利答言天子若汝一切見則見彼如來天子問言文殊師利仁者云何作如是説即此前頭有如來住文殊師利問言天子於意云何今於汝前有何物耶天子答言有虛空界文殊師利言如是如來者即是虛空界何以故以虛空界於一切法悉平等故如是虛空即是如來如是如來即是虛空虛空如來不二不異如是天子欲見如來當如是觀如實際知非有少物可分別取

善住意天子所問經卷上

音釋

叵 普火切不可也 臠 力兖切塊切肉也 羂 古泫切罥也

善住意天子所問經卷中

元魏三藏毗目智仙共流支等譯

爾時文殊師利童子隨心化作三十二殿四角四柱縱廣正等種種嚴飾甚可愛樂於彼殿中有化牀座以天寶物而覆其上一一牀座有化菩薩具三十二大人之相爾時文殊師利童子以威神力令此蓮華遍行三千大千世界往如來所圍繞世尊及比丘僧滿三帀已住虛空中光明遍滿世尊衆會四方圍繞爾時蓮華臺中菩薩幷化殿上諸化菩薩彼諸菩薩同聲以偈讚如來曰

於恒河沙等　不思議佛所　供養多億佛
熾然勤精進　如是久修行　第一菩提行
彼甚可喜慶　一切人之上　光明色勝妙
三界最第一　離相牟尼尊　說法令人聽
何處無有人　無命無丈夫　世尊如是知
一切人之主　行布施持戒　是第一律師
忍辱勤精進　如禪定思量　具足深般若
三界不著尊　善知彼岸道　是故我歸依
若憶念知有　世間人之主　法主之世尊
天人來供養　於甚深空法　究竟無有餘
當知如是人　世界之尊主　過去諸如來
有方處人主　常說彼空法　無物本無相
此處無衆生　若生若死滅　不來亦不去
一切法相空　化人空中眠　非是真實見
是法善逝說　如化亦如夢　恒沙世界寶
布施與何人　此福感有爲　空忍勝於是
劫際如恒沙　供養人中尊　奉香華飲食
爲得佛菩提　若聞如是法　無人命丈夫
得彼忍光明　供養如來上　多劫行布施

飲食象馬等　彼非解脫因　以有人相故
彼寂靜人上　令多衆解脫　空性本光明
知解脫莊嚴　佛出世難值　聞法生信難
生世爲人難　善哉入佛法　已離於八難
復得於難得　得信善逝法　善思惟得見
常專心聽法　莫如聲取義　恒宿阿蘭若
必得人中雄　近善友法器　遠離惡知識
等心於衆生　莫欺於菩薩　持戒樂多聞
糞掃衣乞食　近樹下精進　隨得食而食
有爲皆無常　一相如陽焰　一際如真諦
速得菩提覺　五陰如幻化　内外入空聚
常說如是法　彼處無造作　貪瞋本空無
癡慢分別起　非已今當有　如是知得佛

說此偈時於衆會中二萬二千人皆發阿耨多羅三藐三菩提心五百比丘不受諸法漏盡心得解脫三百比丘尼遠塵離垢得法眼淨七千優婆塞優婆夷二萬七千天子得離垢法眼三百菩薩得無生法忍於此三千大千世界六種震動動遍動等遍動震遍震等遍震爾時長老舍利佛白佛言世尊是誰威力令此三千大千世界六種震動此蓮華中殿中菩薩善說如是甚深之法放大光明遍照此會如是無量多億天子皆悉來集如是無量多億菩薩皆悉來集佛告舍利弗此是文殊師利童子威神力故得見如是妙色莊嚴何以故舍利弗文殊師利童子與善住意天子今日相隨請問如來破壞魔軍三昧法門如法問難不可思議甚深佛法尊者舍利弗言不爾世尊文殊師利童子未來此會我不曾見佛言舍利弗汝善諦觀如是文殊師

利童子今在此處與一切魔一切魔衆一切魔宫作大衰變極大莊嚴來至我所爾時文殊師利童子入壞魔軍三昧法門文殊師利入壞魔軍三昧門時若干三千大千世界百億魔宫毁變欲壞陳朽暗冥無有威光一切魔身皆悉衰變極成老弊各自知見拄杖而去魔之眷屬亦復如是見已宫殿毁變欲壞陳朽暗冥無有威光爾時衆魔皆生怖畏驚恐毛竪心生疑慮作如是念以何因緣我此宫殿毁變欲壞如是陳朽如是暗冥無有威光莫令我身退失此處時彼衆魔生如是心未久之間爾時文殊師利童子即復化作百億天子在於魔前彼化天子語魔波旬作如是言汝莫怖畏非汝有惡非汝有衰非汝欲退今有童子菩薩摩訶薩名文殊師利得不退轉彼今住在破壞魔軍三昧法門是彼菩薩威力所作彼化天子説如是語時魔既聞文殊師利童子名已轉更恐怖一切魔宫皆悉戰動時魔波旬語化天子作如是言願君救我願君救我時化天子語魔波旬作如是言勿怖勿怖汝今往詣釋迦牟尼如來佛所如來大悲於怖畏者能施無畏彼化天子如是説已即於其處忽然不現時魔波旬一切眷屬於一念頃一羅婆頃摩侯多頃百億波旬無量眷屬如老極老拄杖而去何處如來應正遍知往到佛所一切同聲而白佛言救我世尊救我世尊救我善逝救我善逝惟願世尊救我救我惟願善逝救我救我我本妙色今者如是衰變不好世尊我寧聞説億百千佛如來名號而不用聞文殊師利童子一

名何以故以我聞此文殊師利童子名字生大怖畏驚恐危故畏退失故我今如是恐畏退失爾時世尊語魔波旬作如是言汝今云何如是說耶億百千佛如來名號不作一切衆生利益不曾已作今亦不作當亦不作如是文殊師利童子常作一切衆生利益已作今作當作利益衆生熟已令得解脫汝今雖聞億百千佛如來名號不生苦惱不生怖畏云何而言文殊師利一童子名我不用聞爾時魔波旬白佛言世尊我甚恥愧如是身老我甚怖畏世尊我憶本身我憶本色願還如本少身少色佛言波旬且住且住且待須臾文殊師利童子菩薩當來至此汝此色者非是眞色宜可除捨爾時文殊師利童子起彼三昧無量百千諸天導從無量百千諸大菩薩諸龍夜叉乾闥婆阿脩羅迦樓羅緊那羅摩睺羅伽百千音樂皆出妙聲優鉢羅華鉢頭摩華拘物頭華分陁利華如雨而下極大莊嚴娛樂戲樂來至佛所頭面禮足右繞三帀却住一面爾時世尊告彼童子文殊師利作如是言文殊師利汝入破壞一切魔軍三昧門耶文殊師利答如來言入已世尊爾時世尊問童子言文殊師利於何佛所得是三昧聞此三昧其已久如文殊師利童子答言世尊未發菩提心時我從彼佛得聞如是三昧法門我此三昧如是成已世尊問言文殊師利彼佛如來名字何等說是三昧汝從彼佛得聞如是三昧法門文殊師利答言世尊乃往過去無量無邊不可思議阿僧祇耶阿僧祇劫有佛出世號曼陁羅婆華香如來應

正遍知明行足善逝世間解無上士調御丈夫天人師佛世尊彼説如是三昧法門我從彼佛得聞如是破壞魔軍三昧法門世尊問言文殊師利此三昧門云何而得文殊師利答言世尊有二十法若菩薩摩訶薩畢竟成就彼二十法得此三昧能壞魔軍何等二十世尊所謂菩薩破壞貪欲破壞貪心破壞瞋恚破壞瞋心破壞愚癡破壞癡心破壞嫉妬破壞嫉心破壞憍慢破壞慢心破壞妬嫉破壞妬心破壞垢惡破壞垢心破壞熱惱破壞熱心破壞想念破壞想心破壞見著破壞見心破壞分別破壞分別心破壞取著破壞取心破壞執著破壞執心破壞取相破壞相心破壞有法破壞有心破壞常法破壞常心破壞斷法破壞斷心破壞陰法破壞陰心破壞界法破壞界心破壞入法破壞入心破壞三界破壞三界心如是二十菩薩若能畢竟成就此二十法得此三昧復次世尊有四種法若菩薩摩訶薩畢竟成就彼四種法得此三昧何等爲四一者清淨心二者不諂曲心三者深心四者一切施與如是四法菩薩若能畢竟成就此四種法得此三昧復有四法若菩薩摩訶薩畢竟成就彼四種法得此三昧何等爲四一者不違於信二者畢竟實語三者隨順想行四者不取一切法是爲四法復有四法若菩薩摩訶薩畢竟成就彼四種法得此三昧何等爲四一者親近善知識二者正念思惟三者如法修行四者不與惡人相隨是爲四法復有四法若菩薩摩訶薩畢竟成就彼四種法得此三昧何等爲四謂不缺

戒不穿漏戒不所止戒不濁戒等是爲四法復有四法若菩薩摩訶薩畢竟成就彼四種法得此三昧何等爲四一者捨聲聞心二者不受辟支佛心三者堪忍住持四者不捨衆生是爲四法復有四法若菩薩摩訶薩畢竟成就彼四種法得此三昧何等爲四一者修習空法不取丈夫二者修習無相不取於相三者修習無願不取願心四者心不貪著一切能捨是爲四法世尊菩薩摩訶薩畢竟成就如是法門是故得此破壞魔軍三昧法門如是世尊彼曼陁羅婆華香如來說此三昧門我從彼佛得聞如是三昧門已復有如來號一切珠寶電蔽日月光如來應正遍知我於彼佛聞此三昧具足成就彼佛說此三昧門時彼衆會中十千菩薩皆得成就此三昧門爾時長老舍利弗白佛言世尊希有世尊令此童子文殊師利乃能善得此三昧門既成就此三昧門已令魔波旬得此衰變爾時世尊即告尊者舍利弗言於意云何汝舍利弗見此三千大千世界魔波旬輩如是變者勿作是見何以故舍利弗如是十方恒河沙等諸佛世界彼魔波旬一切皆悉如是衰變悉是文殊師利童子威力所作爾時世尊如是說已復告文殊師利童子作如是言文殊師利止汝神力所入三昧令魔波旬還復前色如本具足爾時文殊師利童子即止神力時魔波旬一切前色皆悉還復如本具足爾時文殊師利童子問魔波旬作如是言魔波旬輩何處波旬眼何處眼想何處眼著何處眼相何處眼攀緣何處眼障礙何處眼憶念

何處眼我何處眼依止何處眼喜樂何處眼戲論何處眼我所何處眼護何處眼修何處眼取何處眼捨何處眼分別何處眼思量何處眼決定何處眼滅何處眼生何處眼執何處眼來如是等法是汝境界魔業妨礙如是至意應如是知色乃至法應如是知何處波旬非眼非眼想非眼著非眼相非眼攀緣非眼障礙非眼憶念非眼我非眼依止非眼喜樂非眼戲論非眼我所非眼護非眼修非眼取非眼捨非眼分別非眼思量非眼決定非眼滅非眼生非眼執非眼來如是等法非汝境界汝於其中無主無力無自在非自在取如是至意應如是知色乃至法應如是知爾時文殊師利童子如如法說彼魔衆中十千魔衆發阿耨多羅三藐三菩提心魔之眷屬八萬四千遠塵離垢得法眼淨爾時長老摩訶迦葉白佛言世尊我欲得見文殊師利童子并彼菩薩摩訶薩何以故世尊如是善人難可得見爾時世尊語文殊師利童子言文殊師利汝現十方諸來菩薩摩訶薩身此會大衆渴仰欲見爾時文殊師利童子語諸菩薩名法菩薩希有日光菩薩魔伏菩薩妙音菩薩定惡菩薩寂治菩薩勝治菩薩法王吼菩薩語如是等無量菩薩摩訶薩言各各現汝童子本身如汝各各自佛世界諸菩薩身文殊師利如是說已爾時彼彼諸菩薩等起彼三昧起三昧已各示本身一切皆見彼大衆中有菩薩身等須彌山有菩薩身八萬由旬有菩薩身百千由旬有菩薩身九十八十七十六十五十四十三十二十十千由旬復

有菩薩摩訶薩身一千由旬有菩薩身五百由旬有菩薩身一百由旬有菩薩身五十由旬四十由旬三十由旬二十由旬十由旬者有五由旬至一由旬復有菩薩摩訶薩身如此娑婆世界衆生三肘半身自有菩薩示如是身當爾之時此處三千大千世界無有空地如擲杖處一切悉遍勝勝菩薩摩訶薩集彼諸菩薩摩訶薩等放大光明遍照十方億千諸佛如來世界爾時文殊師利童子從座而起整服左肩右膝著地攝身圓坐向佛合掌白言世尊我聞如來應正遍知一面方處如是世尊我於今者欲少問難願爲解説佛言文殊師利如來應正遍知恣汝所問文殊師利隨意問難我能解説令汝心喜爾時文殊師利童子一切衆會至心靜聽文殊師利言世尊所言菩薩摩訶薩者爲何謂耶以何義故得言菩薩摩訶薩乎佛告文殊師利童子作如是言文殊師利所言菩薩摩訶薩者一切法覺得言菩薩摩訶薩也文殊師利一切法者言語所説彼菩薩覺文殊師利如此菩薩眼覺耳覺鼻覺舌覺身覺意覺文殊師利如此菩薩何者眼覺何者耳鼻舌身意覺文殊師利如此菩薩眼本性空覺非有我覺分別耳鼻舌身意等本性空覺非有我覺分別色聲香味觸法本性空覺非有我覺復次文殊師利所言菩薩摩訶薩者五取陰覺何等法覺所謂空覺無相覺無願覺無染覺寂靜覺遠離覺無物覺無體覺不動覺不生覺不來覺不去覺無有覺無主覺無記覺無知覺無見覺無人知覺無戲論覺無我覺分別

起覺無分别起覺因緣生覺如幻覺如夢覺如燄覺如響覺如芭蕉堅覺不久堅覺無物空覺復次文殊師利所言菩薩摩訶薩者貪瞋癡覺云何而覺從分别起貪瞋癡覺彼分别空非有無體非戲論非記覺復次文殊師利所言菩薩摩訶薩者謂欲界覺色界覺無色界覺云何而覺無我行名空遠離覺復次文殊師利所言菩薩摩訶薩者衆生行覺云何而覺謂此衆生欲行瞋行癡行平等平等行故善知行覺彼覺覺已如如法說令彼衆生如如解脱復次文殊師利所言菩薩摩訶薩者一切衆生覺云何而覺一切衆生惟空有名不離彼名更有衆生一切衆生即一衆生彼衆生者非是衆生若如是知不分别者得言菩薩摩訶薩也菩薩何等一切法覺彼

覺菩提得言菩薩覺眼耳空心不分别我如是覺得言菩薩覺鼻舌空心不分别我如是覺得言菩薩智慧覺身覺意本空覺已而說得言菩薩覺色聲香味觸法意樂一切皆空得言菩薩覺色受想行本性空覺識如幻得言菩薩五陰如夢一相無相不取我覺得言菩薩内法不生不戲論覺有爲名說彼名無物覺貪欲恚分别心生彼不分别常空無物癡分别生分别因生因見而生不得彼見覺三界空一切無主非少物行得言菩薩未過欲界分别中起色無色界一切無主少行衆生黠慧皆覺如是欲行瞋行癡行一切衆生即一衆生彼衆生無覺法無念一切法生顛倒心覺覺不實相一切智慧於中生善乃無一聲可憶可樂無障礙相隨行而行菩薩如

是得言菩薩捨自身肉無所依止次第覺知得言菩薩得彼岸戒無念佛戒若物不生則不和合普慈衆生衆生不取覺已利益故說大慈住精進處思有爲行覺世間空是菩提上禪有依止非黠慧禪無處攀緣是黠慧禪修般若刀割煩惱見觀察法性非壞非割爾時文殊師利童子白佛言世尊菩薩初發菩提心者云何說言初發心耶以何義故名初發心佛言文殊師利何等菩薩正觀三界一切想生如是得言初發心者文殊師利言世尊如我解佛所說義者貪生瞋生愚癡心生得言菩薩初發心者善住意天子語文殊師利童子言文殊師利若使菩薩初發心時有貪欲恚愚癡生者毛道凡夫皆有初心應名菩薩何以故以取貪恚愚癡生故文殊師利言不爾天子毛道凡夫貪欲恚癡無力能生何以故天子諸佛如來緣覺聲聞不退菩薩貪恚癡生天子問言文殊師利以何意故如是說耶如是衆會不解仁者如是言語皆生疑心云何云何文殊師利問言天子於意云何於虛空中鳥行動去彼鳥跡相得言有行得言不行天子言行文殊師利言如是天子如說彼相如是言語我如是說諸佛如來緣覺聲聞不退菩薩貪恚癡生天子當知隨於何處無依止生無處可取彼如是生於何處所無差別生天子於何處所無所依止無處可取無差別生不平等生無跡無句不得言跡不得言句如是言生不分別句如是言生不他生句如是言生無物體句如是言生無物說句如是言生以不來句如是言生以不

去句如是言生以不生句如是言生無受持句如是言生以無記句如是言生以微塵句如是言生無憶念句如是言生無物行句如是言生不可說句如是言生不破壞句如是言生以無字句如是言生以不執句如是言生無阿梨耶句如是言生以不取句如是言生以不上句如是言生天子當知初心菩薩發菩提心於如是法不憶念不觀察不思量不起不見不聞不知不取不捨不生不滅如是天子菩薩摩訶薩依止何等此法界此平等此實際此方便貪生瞋生愚癡心生眼依止生如是乃至意依止生色無處取生如是至識無處取生名生色生因生一切見行生無明生有愛生乃至十二分因緣流轉生五欲功德生三界處生我我所生自身生自身見生自身根本六十二見生佛想法想僧想生我想他想生地想生水想生火想風想空想識想生四顛倒生五蓋生四識住八邪九惱十不善業道生天子當知如是乃至一切分別一切不分別一切分別不分別一切相一切戲論一切求一切取著一切喜樂一切想一切憶念一切障礙菩薩皆生天子如是法門如是應知天子若於此法不取無喜樂無處取法如是言生爾時世尊讚歎文殊師利童子作如是言善哉善哉文殊師利如是菩薩何處初發菩提之心文殊師利汝已供養恒河沙等諸佛世尊能如是說爾時尊者舍利弗白佛言世尊如是世尊如此文殊師利童子已說菩薩初發菩提心與得無生法忍此二心生平等無異佛言如是舍利弗如

汝所說舍利弗然燈如來授我記言汝於來世阿僧祇劫當得作佛號釋迦牟尼如來應正遍知舍利弗我於爾時不捨此心得無生法忍如是舍利弗此初發心菩薩如文殊師利童子所說爾時文殊師利童子白佛言世尊如我解佛所說義者一切菩薩皆初發心何以故如世尊說一切心生皆是不生若不生者則彼菩薩初發心生如是言生說此法時二萬三千菩薩得無生法忍五千比丘不受諸法漏盡心得解脫六十億天子遠塵離垢於諸法中得法眼淨爾時長老摩訶迦葉白佛言世尊文殊師利童子能作難作文殊師利童子說法如是能作衆生利益文殊師利言長老大迦葉此乃非我能作難作一切諸法皆悉不作無有已作無有今作無有當作長老大迦葉我亦如是非有法作亦非有作亦非不作非有衆生非縛非解何以故無物可取乃是正法若大迦葉作如是說能作難作汝莫說我能作難作非我難作非如來作非阿羅漢非辟支佛長老大迦葉正說何人能作難作毛道凡夫是正說說何以故長老大迦葉若一切佛皆不已得今得當得若一切聲聞一切緣覺皆不已得今得當得毛道凡夫一切皆得大迦葉言文殊師利一切諸佛不得何法文殊師利言長老大迦葉一切諸佛皆不得我不得衆生不得壽命不得丈夫亦不得斷亦不得常亦不得陰亦不得界亦不得入亦不得心亦不得色不得欲界不得色界不得無色界不得分別不得無分別不得因生不得顛倒不得貪瞋癡不得此

世不得彼世亦不得我不得我所乃至不得一切諸法長老大迦葉此一切法悉皆不得不失不脫不取不捨不近不遠如是法門摩訶迦葉應如是知若一切佛悉皆不得毛道凡夫一切皆得如是難作若非佛作非聲聞作非緣覺作則是毛道凡夫人作大迦葉言云何作耶文殊師利言斷作常作阿梨耶作憶念欲作不作取捨戲論分別隨順舉下長老大迦葉諸佛世尊不作此法皆不已作今作當作彼凡夫作如是難作爾時文殊師利童子白佛言世尊言無生忍無生忍者云何而說無生忍耶世尊以何義故言無生忍何法中忍得言法忍菩薩何法得無生忍佛言文殊師利實無有人生中法中得無生忍實無得忍言得忍者惟有言語何以故實無所得彼忍法故不得法忍得無所得不得不失如是得言得無生忍文殊師利無生法忍者不生一切法忍不來一切法忍不去一切法忍無生一切法忍不取一切法忍不捨一切法忍無物一切法忍無體實一切法忍無等一切法忍無等等一切法忍無相似一切法忍塵虛空相似一切法忍不壞一切法忍不斷一切法忍無煩惱染一切法忍無淨一切法忍空無相無願一切法忍離貪恚癡一切法忍眞如法界實際安置一切法忍不分別無分別無憶念無戲論無思量不作無力羸劣後時無物空迹互無空太虛空如幻如化如響如影如燄如芭蕉堅如水泡沫一切法忍此法忍者非法非非法惟有名說如是名者無處無取本性自離如是言忍心信解入

不憶不疑不驚不怖不畏身觸正受行而不
得身文殊師利此法如是得言菩薩無生法
忍又亦不行一切法相文殊師利童子言世
尊所言忍者云何言忍若不爲彼境界所傷
彼得言忍爾時善住意天子問文殊師利童
子言文殊師利傷何等法文殊師利答言天
子所謂傷眼何法傷眼所謂法者愛不愛色
如是耳聲鼻香舌味身觸意法如是天子愛
不愛法傷意亦爾天子若菩薩眼見色不取
相不取好不分別無分別不隨順不分別行
知本性空不念不傷色乃至法應如是知天
子若六入不著不傷若不傷不著彼得言忍
菩薩如是得無生法忍不分別法若生不生
無漏不漏不分別法若好若惡有爲無爲若
不分別如是得言無生法忍說此法時六萬
二千人發阿耨多羅三藐三菩提心萬二千
菩薩得無生法忍爾時善住意天子問文殊
師利童子言文殊師利地地轉行地地轉行
者云何菩薩地地轉行文殊師利問言天子
若地地轉行彼何人行天子答言文殊師利
菩薩不見地地轉行乃至不見十地轉行文
殊師利言不爾天子佛說諸法皆如幻化汝
爲信不天子答言文殊師利我信是說文殊
師利問言天子何等幻人地地轉行如是乃
至十地轉行天子答言文殊師利化人不有
地地轉行乃至不有十地轉行文殊師利言
如是天子若幻化人有轉行者彼我轉行何
以故如佛所說一切諸法皆如幻故是故天
子如是我說地轉行者不轉行說非是轉行
何以故以一切法不轉行故非謂法中法法

轉行非色受轉行非受色轉行非想行轉行非行想轉行非識色轉行非色識轉行如是乃至一切諸法皆亦如是皆四種説非眼耳轉行非耳眼轉行非鼻舌轉行非舌鼻轉行非身意轉行非意身轉行此一切法各各自行自分境界法鈍無欲心無意行不思不念乃至無有計校籌量如草如壁如幻無記非有記作一相無相以是義故彼非轉行非來非去天子當知若菩薩能如是知如是菩薩無法轉行非地分别非地轉行見非是地捨非是退轉菩提轉行非是失滅何以故若人見有陰界入體非彼轉行非是失滅以一切法性本淨故復次天子菩薩如是地轉行者譬如幻師以幻力作十重宮殿彼自作已即自坐上於意云何如是彼人有坐處不天子

答言無處坐也文殊師利言如是天子菩薩十地見有轉行亦復如是爾時善住意天子問文殊師利童子言文殊師利若有人來依投仁者欲求出家而作是言惟願度我令得出家文殊師利云何爲説云何作法度令出家云何授戒云何戒品云何教誡文殊師利答言天子若至我所求出家者我爲説言汝善男子今者實有出家心不汝若實有出家心者我當依法度汝出家何以故天子若出家者或著欲界或著色界或著無色界或著世間五欲功德九處中行此善男子如是取法何者九處天子若無少處著彼人心無所得若心無所得彼人不求出家若不求出家彼人出家心不生若出家心不生彼人得言不生若不生者彼則苦盡若苦盡者彼畢竟

盡若畢竟盡彼無所盡若無所盡彼則不盡若不盡者彼則是空天子彼善男子我如是說復次天子若至我所求出家者我爲說言善男子汝今莫生出家之心何以故彼心不可爲他所生勿保此心復次天子若至我所求出家者我爲說言善男子汝莫除髮是善出家若如是者得言出家天子問言文殊師利以何意故如是說耶文殊師利答言天子如來說法不斷不壞天子問言何法不斷不壞文殊師利答言天子色不斷不壞受想行識不斷不壞天子隨何等人有如是念我除髮者彼住我慢非我慢行平等見人如是得我彼則得髮若得髮者則得衆生若得衆生則得斷想天子若不得我則不得他若不得他則無我慢若無我慢彼我寂滅若我寂滅彼無分別若無分別則不發動若不發動則不戲論若不戲論則不取不捨若不取不捨彼則非作亦非不作非斷非壞非有想著非不想著不取不捨不減不增不聚不散無心憶念不說不答彼實安住天子問言文殊師利所言實者是何言語文殊師利答言天子實者虛空得言其實非是空盡不盡不長或有或無是故得言虛空爲實性空是實眞如是實法界是實實際是實若是實者得言不實何以故非今實有非後時有是故彼實復次天子若至我所求出家者我爲說言汝善男子不取袈裟不著袈裟是汝出家若如是者得言出家天子問言文殊師利以何意故如是說耶文殊師利答言天子如來說法皆悉不取天子問言文殊師利不取何法文殊

師利答言天子謂不取色若常無常如是不取受想行識若常無常亦不取眼若常無常不取色不取耳不取聲不取鼻不取香不取舌不取味不取身不取觸不取意不取法不取貪不取瞋不取癡不取顛倒如是乃至一切諸法皆悉不取天子一切諸法不取不捨不離不散天子若取袈裟是愚癡念如是彼人如是見行天子是故我說非取袈裟是淨解脫何以故天子袈裟是濁如來世尊菩提無濁天子問言文殊師利何法是濁文殊師利答言天子貪欲是濁瞋恚是濁愚癡是濁因濁見濁名濁色濁想濁取濁相濁戲論濁天子若正觀察此不善法皆悉無濁若無濁者乃至無有少物住處若無住處得言空處無秉作者天子問言文殊師利言無秉作無秉作者是何言語而得說言無秉作耶文殊師利答言天子言無秉作無秉作者如此言語乃至無有少物秉作如是得言無有秉作天子若有秉作彼如來說無有秉作如是得言無有秉作天子問言文殊師利未知何法是秉作耶文殊師利答言天子過於平等過平等已若法不得非今時得非後時得非今有生非當有生彼法虛妄安住秉作所謂我者分別秉作衆生者命者丈夫者人者摩那婆者斷者常者分別秉作陰界入等分別秉作佛法衆僧分別秉作此持戒人此破戒人分別秉作煩惱染淨獲得果證分別秉作須陁洹果斯陁含果阿那含果阿羅漢法辟支佛法分別秉作此空無相無願明解脫無欲分別秉作天子此如是法分別秉作毛道凡

夫未曾聞如來分別兼作心欲得法妄想計著彼癡凡夫分別分別轉彼妄想著欲得除滅如來讚說無有兼作爾時善住意天子讚文殊師利童子言善哉善哉文殊師利善說如是兼作法門爾時如來讚歎文殊師利童子作如是言善哉善哉文殊師利快說此法

善住意天子所問經卷中

音釋

縱廣 縱將容切縱橫也東西曰橫南北曰縱廣古曠切輪廣也橫量曰廣縱量曰輪

三肘 肘陟柳切二尺爲肘

善住意天子所問經卷下

元魏三藏毗目智仙共流支等譯

爾時文殊師利童子復語善住意天子言天子若至我所求出家者我爲說言汝善男子若不受戒是汝出家若如是者得言出家天子問言文殊師利以何意故如是說耶文殊師利答言天子如佛所說二種受戒何者是二謂等受戒不等受戒何者名爲不等受戒謂不等墮何者不等墮謂著我墮著衆生墮著壽命墮著丈夫墮著斷常墮著邪見墮著貪瞋癡墮著欲界墮色無色界憶念取墮如是天子乃至一切不善法墮惡知識墮不知出法取一切法天子當知如是名爲不等受戒天子何者名爲平等受戒謂平等墮何者平等謂空平等無相平等無願平等天子若如是證三解脫門如實而入則不分別無所分別則不退轉天子如是名爲平等受戒復次天子若修貪欲瞋恚愚癡若修自身自身根本六十二見若修顚倒若修三惡身口意行八邪九惱十不善業道如是得言正受戒也天子譬如一切種子皆依地生藥草樹林依地生長平等具足得言具足如是天子此佛法中若正受戒得言受戒天子譬如一切種子藥草樹林依大地住如是天子正戒具足何以故以住戒故法和合有如彼種子藥草樹林具足生長如是得言平等具足天子戒依信住如是一切菩提分法以依戒故生長具足天子如是過去未來現在諸佛世尊一切聲聞以正受戒是故證得三解脫門一切戲論皆悉斷滅天子當知如是受戒是正

受戒非不平等復次天子我與彼人如是出家如是受戒汝善男子當如是學莫憶念取我如是學是汝出家天子問言文殊師利以何意故如是說耶文殊師利答言天子一切諸法皆悉不取天子汝若取戒三界亦取天子於意云何何者彼學天子答言謂波羅提木叉具足文殊師利問言天子云何波羅提木叉具足天子答言具足名得言身具足言口具足言意具足者如是得言有波羅提木叉具足文殊師利問言天子於意云何何處身口意業不作不曾已作今作當作有何相似可說得言若青若黃若白若赤若頗梨色答言無也文殊師利問言天子云何得說天子答言非是有爲如是而說若非有爲彼不能說身口意業文殊師利問言天子於意云何若非有爲彼可取不天子答言文殊師利不可取也文殊師利言天子我意在此故如是說莫憶念取我如是學天子若勝戒學若勝心學若勝慧學彼學如際如是應知戒無所得是勝戒學心無所得是勝心學慧無所得是勝慧學不分別心不憶念心不生勝心是勝心學戒學慧學應如是知天子若心無所得則戒不憶念若戒不憶念則三昧無所得若三昧無所得則慧無所得若慧無所得則一切疑不有若一切疑不有則學不取若學不取如是得言彼學憶念若學憶念彼阿那含若阿那含彼則清淨若清淨者彼不和合若不和合彼則不漏若不漏者彼則正行若如是行無色相似若無色相似彼是虛空何以故以彼虛空無形色故天子若如是學

彼則不學若不學者彼得言學於何處學彼無處學若無處學如是得言正學而住於是文殊師利童子復語善住意天子言天子我爲彼人如出家法如受戒法如是爲說汝善男子一切三千大千世界信心檀越與汝飲食汝心不念不生分別此食難消此食能消若如是者汝是淨戒天子問言文殊師利以何意故如是說耶文殊師利答言天子若取施者受者財物如是分別得言我淨若取若賞若淨若有所得彼人有淨若心憶念彼人有淨若心分別彼人有淨天子若更不取不賞不淨若無所得若無憶念若不分別彼云何淨何以故畢竟淨故天子若取若賞若有所得憶念分別得淨信食則是凡夫非阿羅漢何以故凡夫取賞心有所得憶念分別取我分別此人與我如是分別彼得言淨云何名淨凡夫人行取三有生彼如是淨天子阿羅漢果更無少物有異身行不取異身更不轉生何處有淨汝取彼施取三圓淨天子當知何者名爲三圓淨耶所謂不得施者受者及以財物是三圓淨若如是淨彼不復淨天子我意在此故如是說若一切三千大千世界信心檀越施汝飲食不憶念淨彼世界中得言福田彼善出家爾時文殊師利童子復語善住意天子言天子我於彼人如出家法如受戒法如是爲說若汝善男子不宿阿蘭若不住聚落不近聚落不遠聚落不住獨處不乞食行不請食食不糞掃衣不長者家取鉢三衣不露地坐不少欲不知足非常知足不遠離行不樹下生不房中宿不殘宿食不

食酥蜜若汝善男子如是一切頭陁功德聚集能行如是等法不憶念行何以故此慢心人如是相行天子若如是念我糞掃衣我乞食行我樹下坐我喜殘食我喜少欲我喜知足我宿阿蘭若我露地坐我能頭陁我爲他說天子當知非正行法如是法生何以故如此無分別彼人尚不得我何況頭陁功德而有所得若有所得無有是處如是天子若此頭陁功德和合修行心不憶念心不分別我說彼人能說頭陁何以故天子若比丘抖擻貪欲抖擻瞋恚抖擻愚癡抖擻三界抖擻內外六入我說彼人能說抖擻如是抖擻若不取不捨不修不著非是不著我說彼人能說頭陁復次天子如是我爲彼出家人如是受戒如是說言汝善男子若如是知非知四諦非修四念處非修四正勤非修四如意神足非修五根非修五力非修七覺分非修八聖道分非修三十七菩提分法非證三解脫門何以故天子如是得言知不生相不修不證何以故非是不生能證念處天子云何而言不是憶念不正觀察一切諸法得言念處天子若比丘不住欲界不住色界不住無色界如是比丘得言無住修四念處云何而修如是不修既不自修不令他修若如是修得言修者如是次第乃至三十七菩提分法應如是知天子何等比丘坐禪禪師於一切法悉無所得彼無憶念若不憶念彼則不修若不修者彼則不證天子以何因緣惟有名說謂三十七菩提分法彼名無物意喜因緣而生此名一相無相如是而說或說或不說皆如

是名諸有識知皆無所得此實知見若有識知此三十七菩提分法皆無所得天子問文殊師利言禪師者何等比丘得言禪師文殊師利答言天子此禪師者於一切法一行思量所謂不生若如是知得言禪師乃至無有少法可取得言禪師不取何法所謂不取此世彼世不取三界至一切法悉皆不取謂一切法悉無衆生如是不取得言禪師天子若彼禪師無少法取非取不取以是義故得言禪師說是法時會中無量百千衆生皆生疑心云何云何此云何取云何不取如來說言知三解脫門得證涅槃修三十七菩提分法證涅槃者而此文殊師利童子遮菩提分法得證涅槃者此文殊師利童子所說與如來語不相應耶爾時文殊師利童子知彼比丘心生疑已即問長老舍利弗言大德舍利弗汝信如來說汝智慧最第一耶大德舍利弗於何時中無欲法證有何法證大德豈不證四諦耶修三十七菩提分法或證三解脫門長老舍利弗言文殊師利乃至無有少法可得若修若證若知若得何以故以一切法不取不生無記空證不空空證說此法時三千比丘不受諸法漏盡心得解脫爾時善住意天子讚歎文殊師利童子作如是言善哉善哉文殊師利利智慧人善說如是甚深空忍文殊師利言天子我非利智一切毛道凡夫利智何以故毛道凡夫如利智知何者利智地獄利智畜生利智餓鬼利智閻魔羅王世間利智三界利智如是利智得言利智不知前際諸有爲行天子毛道凡夫貪欲利智瞋

恚利智愚癡利智非是聲聞非是緣覺得忍菩薩如是天子愚癡利智如是應知天子問言文殊師利仁戲論不文殊師利答言不也天子問言學他語耶文殊師利答言不也天子問言惟言語耶文殊師利答言如是如是天子我取言語天子問言文殊師利以何意故如是說耶文殊師利答言天子若菩薩一字一句不動彼字不動句義次第問道如實而知不知空不知離知無體知不生如是知若不知非知非解非受非作是故得言惟言語句爾時世尊讚歎文殊師利童子作如是言善哉善哉文殊師利汝今已得陁羅尼故能如是說文殊師利言世尊非我得陁羅尼何以故世尊若愚癡人得陁羅尼非佛菩薩得陁羅尼何以故世尊愚癡凡夫得陁羅尼得何等法所謂得我得衆生得命得丈夫得斷得常得貪瞋癡得無明有愛五陰自身十八界六內入六外入見分別不分別無分別不分別行如是世尊愚癡凡夫得陁羅尼以取相故分別不分別無分別不分別行如是世尊愚癡之人得陁羅尼何以故若法愚癡人得則非佛得非聲聞得非緣覺得非菩薩得如是得言愚癡之人得陁羅尼何以故如愚癡人虛妄心取非佛聲聞緣覺菩薩爾時善住意天子語文殊師利童子言文殊師利仁者若非得陁羅尼何故懞鈍文殊師利言如是天子我實懞鈍何以故彼懞鈍行無人能知如來聲聞緣覺菩薩天子若非懞鈍彼人則是愚癡凡夫何以故以障礙故愚癡凡夫貪著心行懞鈍黠慧須陁洹人障礙行說

尚貪心行何況愚癡凡夫之人如是天子如是得言我是懞鈍非得陁羅尼何以故乃至少物我不得故爾時會中五百比丘聞此法門不能信受生大怖畏棄捨而去自身將墮大地獄中爾時尊者舍利弗語文殊師利童子言文殊師利應當觀察此會大衆然後說法仁說如是甚深法門此衆會中五百比丘聞說如是甚深法門不能信受生大怖畏棄捨而去自身將墮大地獄中文殊師利言大德舍利弗汝莫分別乃至無有少物可得墮於地獄何以故以一切法悉不生故大德舍利弗汝語我言應當觀察此會大衆然後說法大德舍利弗若善男子善女人依止我見依衆生見依壽命見依丈夫見雖復供養恒河沙等諸佛如來應正遍知及比丘僧一切樂具盡其形命如是供養若聞我說如是難解甚深法門一切世間聞不能信謂空無相無願寂靜不滅不生無有衆生壽命丈夫無我無常苦法空法捨而不受速墮地獄大德舍利弗若善男子若善女人聞此甚深難解之法捨而不受生地獄中從地獄出依止我見雖復供養恒河沙等諸佛如來應正遍知而不得聞此甚深法爾時世尊讚歎文殊師利童子作如是言善哉善哉文殊師利如是如是如汝所說文殊師利如諸如來出現於世聞此法門亦復如是如人證得須陁洹果聞此法門亦復如是如人證得斯陁含果聞此法門亦復如是如人證得阿那含果聞此法門亦復如是如人證得阿羅漢法聞此法門亦復如是何以故非依止我得證此法證

此法時無所得故爾時世尊即告尊者舍利弗言舍利弗此諸比丘速出地獄得證涅槃非彼愚癡凡夫之人心有所得墮見疑中供養如來舍利弗如是彼人以是因緣當得涅槃非是餘人速得解脫何以故以不聞此甚深法故舍利弗善男子善女人若得聞此甚深法門一經於耳雖不信受墮於地獄而速解脫非墮疑見非有所得爾時善住意天子語文殊師利童子言文殊師利仁欲與我同梵行耶文殊師利童子答言如是天子我欲與汝同於梵行以汝梵行不取梵行不行梵行天子問言文殊師利以何意故如是說耶文殊師利答言天子若其取者彼得言行若其不取彼何所作天子若得梵行彼則有行若無所得彼何所作天子問言文殊師利仁此梵行爲何所作文殊師利童子答言如是天子我非梵行何以故以此梵行則非梵行非梵行故如是得言我行梵行天子讚言善哉善哉文殊師利乃能如是以無障礙辯才樂說文殊師利言我有障礙云何汝言我無障礙辯才樂說何以故一切有我有我所者皆有分別諸有分別皆有障礙爾時文殊師利童子復語善住意天子言天子若汝天子欲同梵行汝斷一切諸衆生命而不捉鐵不捉刀塊不捉杖等如是我汝同於梵行天子問言文殊師利以何意故如是說耶文殊師利問言天子所言衆生言衆生者汝意云何天子答言文殊師利所言衆生言衆生者乃至惟有名字想取文殊師利言如是天子殺取我想殺取命想殺取丈夫想天子問言仁

以何物殺取命想文殊師利答言天子以慧鐵殺彼般若鐵如捉如殺如捉不知如割不知天子應知彼問若殺我想殺衆生想如是名殺一切衆生如是我汝同於梵行爾時文殊師利童子復語善住意天子言天子若汝天子十不善業道集行一切染分平等行非是淨分平等行如是我汝同於梵行天子問言文殊師利以何意故如是説耶文殊師利答言天子若此染分平等彼平等平等行如是我汝同於梵行天子汝意云何何者染分平等天子答言不作不貪文殊師利問言天子言淨分者是何法耶天子答言法性法界眞如實際三解脱門此是淨分文殊師利問言天子汝復更能遮法界不答言不也文殊師利言如是天子以此意故我如是説若汝染分平等非淨分平等行如是我汝同於梵行爾時文殊師利童子復語善住意天子言天子若汝天子初始起心欲殺人時汝能頭上於先打者如是我汝同於梵行天子問言文殊師利以何意故如是説耶文殊師利答言天子言殺殺者是何言語殺何物人天子當知殺言語者殺貪瞋癡我慢嫉妬幻僞諂曲取相想受如是名殺已説殺竟天子應知天子若有禪師生貪欲心生已能離能令寂靜能令寂滅如是得言空無所有不著不取如是天子欲心生滅思量通達如是此心於何處生於何處滅於何處樂於何法樂如是觀察貪無所得於何處樂彼無所得於何法樂彼無所得若無所得彼則不取若不取者彼則不捨若不捨者如是彼則不取不捨如

是得言離欲寂滅如是乃至心如是說天子當知如是法殺即生即殺如是得言初始起心欲殺人時頭上先打如是名殺我意在此故如是說爾時文殊師利童子復語善住意天子言天子若汝天子於佛不染法僧不染如是我汝同於梵行天子問言文殊師利以何意故如是說耶文殊師利問言天子所言佛者汝云何解天子答言文殊師利如眞如法界如是言佛文殊師利問言天子於意云何眞如法界汝能染不答言不也文殊師利言我意在此故如是說若汝天子於佛不染如是我汝同於梵行復次天子所言法者汝云何解天子答言文殊師利是離欲法如是言法文殊師利問言天子於意云何彼離欲法汝能染不答言不也文殊師利言我意在此故如是說若汝天子於法不染如是我汝同於梵行復次天子所言僧者汝云何解天子答言以無爲故如是言僧聲聞僧是無爲僧如是言僧文殊師利問言天子於意云何彼無爲僧汝能染不答言不也文殊師利言我意在此故如是說若汝天子於僧不染如是我汝同於梵行天子若人得佛彼則染佛若人得法彼則染法若人得僧彼則染僧天子若不得佛如是彼人不染於佛若不得法如是彼人不染於法若不得僧如是彼人不染於僧何以故以佛法僧非彼人得以如是故得言不染復次天子若人愛佛愛法愛僧彼人染佛染法染僧若不得佛彼不愛佛則不染佛若不得法彼不愛法則不染法若不得僧彼不愛僧則不染僧天子若不染者

此貪欲句此不合句此示句此不實思量句不實句不實決定句不離欲句是故得言離欲寂滅天子我意在此故如是說若汝天子於佛不染法僧不染如是我汝同於梵行爾時善住意天子語文殊師利童子言甚爲希有文殊師利乃能如是說甚深處我當報恩文殊師利答言天子汝莫報恩天子問言我今云何得不報恩文殊師利答言天子汝莫報恩如是天子汝莫報恩即是報恩天子問言文殊師利仁不報恩文殊師利答言天子如是如是我不報恩非我報恩天子問言文殊師利以何意故如是說耶文殊師利答言天子愚癡之人作異異法愚癡之人作異異見愚癡之人作異異行以作異異法行見故得言報恩天子當知此非正行善男子也乃

至少作或作不作是故得言不報恩者如佛世尊平等說法謂一切法皆悉不作亦不可作心平等不異取不異作是故得言不報恩者天子問言文殊師利仁住何法如是說也爲住忍說爲住法說文殊師利答言天子非忍非法天子問言文殊師利於何處住如是說耶文殊師利問言天子幻化人身於何處住天子問言何處復有幻化人住文殊師利答言天子如眞如住彼幻化人如是而住天子當知若如是說何處住說若如是者云何問言何忍何法天子當知忍惟有名名無住處法不移動亦不分別又無處所天子一切衆生於何處住於彼處住佛如是說何以故如佛所說如眞如住一切衆生亦如是住眞如不動如一切衆生眞如如來眞如不二眞

如不異眞如爾時善住意天子語文殊師利童子言文殊師利言沙門那沙門那者是何言語言沙門那文殊師利答言天子謂非沙門非婆羅門何以故天子若不著欲界不著色界不著無色界彼名沙門我如是說天子若不漏眼若不漏耳若不漏鼻若不漏舌若不漏身若不漏意彼名沙門我如是說天子若不依止不依止說不依止處不依處說彼名沙門我如是說天子若無少處去無少處來不傷無傷彼名沙門我如是說如是句說若非沙門非婆羅門爾時會中有五菩薩得四禪處得五神通時彼菩薩依三昧坐依三昧起未得法忍時彼菩薩自憶宿世曾殺母來曾殺父來殺羅漢來念彼殘業是故心熱不能獲得甚深法忍不能證入亦不在心依我分別心憶彼罪不能捨離是故不得甚深法忍爾時世尊知彼菩薩心可開曉以威神力加被文殊師利童子爾時文殊師利童子承佛神力從座而起整服左肩右手捉刀磨令使利疾走向佛爾時世尊即語文殊師利童子作如是言汝住汝住文殊師利我先被殺極被殺已何以故文殊師利久遠已來何時有人生心殺我若生殺心即是殺已當爾之時彼五菩薩有如是念一切法如幻非我非衆生非命非丈夫非人摩那婆非母非父非阿羅漢非佛法僧非有此逆無造逆人何以故今此文殊師利童子黠慧深解細心思量聰明利智諸佛所讚得甚深忍已曾供養過去無量億那由他百千佛來文殊師利種種供養過去諸佛自在智慧善能通達一切

諸法如法善說如實而說恭敬如來彼捉利刀疾走向佛佛言住住文殊師利我先被殺極被殺已若少有法和合聚集決定名佛名法名僧名母名父名阿羅漢有逆可取則不可離當知彼法無體非有非如非實不生不起空如幻化是故此法無人得罪無罪可得如是如是思量善知彼五菩薩如是知已即時獲得無生法忍既得忍已歡喜踊躍上虛空中去地不遠七多羅樹而說偈言

一切法如幻　皆從分別起　此非決定有
一切法皆空　心不實分別　愚癡取我想
憶念過去世　作何等惡業　過去曾殺害
父母良福田　殺羅漢比丘　作極重惡業
彼惡業果報　我應受苦惱　今於善人所
聞法除疑悔　心不捨悔恨　憶持大名人
解已覺法界　何處無煩惱　佛善巧方便
方便知牟尼　以何方便力　淨衆生疑悔
諸法空無體　非佛非法僧　父母不可得
非有阿羅漢　非少有法殺　亦無少法墮
諸法平等相　如彼平等住　文殊大智慧
已證如是法　手捉利刀已　疾走向如來
如利刀如佛　彼二無異相　非生亦非實
此中無人殺

說此捉鐵刀法門之時周遍十方恒河沙等諸佛世界六種震動大地極動世界皆起時彼十方諸佛世界諸佛世尊皆悉現在現命現住彼佛侍者各問其佛白言世尊是誰威力動此大地世界皆起彼佛答言善男子有佛世界名曰娑婆彼中有佛號釋迦牟尼如來應正遍知爲衆說法彼娑婆世界有童子

菩薩摩訶薩名文殊師利於菩提道得不退轉捉利鐵刀智慧鐵刀疾走向佛以爲開曉餘菩薩故有自在力自知堪能以是因緣令地大動爾時世尊依慧鐵刀如如法說令不可數衆生眼淨心解忍生欲行菩提爾時世尊以住持力住持擁護此衆會中初始發起微少善根虚妄分别種種分别諸衆生等令彼衆生不見鐵刀於此所說捉刀法門不聞不聽爾時長老舍利弗語文殊師利童子言文殊師利仁作極惡生死之業欲殺醫師此業若熟於何處受文殊師利言大德舍利弗皆作惡業我從生來不曽如是不知此行於何處熟大德舍利弗何處幻人幻化業熟我如是熟何以故以幻化人不生分别無虚妄故大德舍利弗一切諸法皆如幻化復次大德舍利弗我今問汝隨汝意答於意云何汝有鐵刀可得不耶答言無也汝有惡業可得不耶答言無也有得果不答言無也大德舍利弗若無鐵無業無果報者何處業熟爾時尊者舍利弗言文殊師利以何意故如是說耶文殊師利言乃至無有少業報熟何以故以一切法無業無報無業報熟爾時彼處十方世界諸來菩薩摩訶薩等白佛言世尊惟願世尊以威神力加被文殊師利童子令至十方諸佛世界如是說法如我來至此佛世界爾時文殊師利童子語彼菩薩摩訶薩言汝善男子各各觀察自佛世界時彼菩薩摩訶薩等普往十方各各觀察自佛世界各各自聞自佛世界文殊師利童子音聲各見文殊師利童子住其佛前爲諸大衆說此法門

各各皆有善住意天子問此法門各各皆有諸菩薩集皆有天子如是見已得未曾有皆悉歎言希有希有今此文殊師利童子此佛世界安住不動而一切處皆悉普現一切皆見爾時文殊師利童子爲彼菩薩說如是言善男子譬如幻師善學幻術不動坐處示種種色如是菩薩善學般若波羅蜜幻如幻法中乃至一切諸佛世界隨心憶念皆悉普現何以故一切諸法皆如幻故如是應知爾時世尊語文殊師利童子言文殊師利如諸如來出現於世聞此法門亦復如是如人證得須陁洹果聞此法門亦復如是如人證得斯陁含果聞此法門亦復如是如人證得阿那含果聞此法門亦復如是如人證得阿羅漢果聞此法門亦復如是聞此法門心生信解

如坐菩提聞此法門亦復如是文殊師利童子白言如是世尊如空如平等如無相如平等如無願如平等如眞如如平等如法界如平等如實際如平等如平等如平等如解脫如平等如遠離如平等爾時文殊師利童子白佛言世尊惟願世尊護此法門後世末世五十年時於閻浮提廣行流布令善男子若善女人咸得聞之爾時三千大千世界一切天人鼓樂出聲一切華樹皆悉敷榮出種種華於此三千大千世界皆悉震動放大光明遍滿世界蔽日月光令皆不現六十四億百千諸天歡喜踊躍生希有心住虛空中雨天華香末香塗香如雨而下鼓天妓樂一切合掌同聲唱言善說如是最勝妙法奇妙勝法今者文殊師利童子說此法門我等得聞於

此世界得生人中便爲再見轉於法輪若有衆生聞此法門有能信解不驚怖畏當知是人必定不從小功德來若有衆生已曾供養過去諸佛乃得聞此甚深法門不驚怖畏爾時文殊師利童子白佛言世尊今有相現此經法門住持不滅能於後世五十年時於閻浮提廣行流布佛言如是如是文殊師利今有相現此經法門住持不滅文殊師利言如是世尊實作住持今此法門久住於世佛言文殊師利若三解脫門得證涅槃是實實語此經法門後世末世五十年時於閻浮提廣行流布是實實語文殊師利言若世尊說非我非衆生非命非丈夫非人摩那婆非染非淨是實實語此經法門後世末世五十年時於閻浮提廣行流布是實實語若世尊說非貪瞋癡非名非色非因非見非有非有識非身非身記非心非心記非憶非憶處非發非發處非色非受非想非行非識非眼非色非耳非聲非鼻非香非舌非味非身非觸非意非法非欲界非色界非無色界非斷非常是實實語此經法門後世末世五十年時於閻浮提廣行流布是實實語若世尊說非須陁洹非須陁洹果非斯陁含非斯陁含果非阿那含非阿那含果非阿羅漢非阿羅漢法非辟支佛非辟支佛法非如來非如來法非力非無畏非想非識非空非無相非無願非無欲非本性非得非證非集非明非解脫非彼岸非中間非此岸非涅槃非名非無說是實實語此經法門後世末世五十年時於閻浮提廣行流布是實實語若世尊說實無有人

相應不相應不合不散是實實語此經法門後世末世五十年時於閻浮提廣行流布是實實語如是世尊若前如來應正遍知過去已說無有少法衆生得脫無得涅槃非有衆生非有法生非有法滅非失非動如過去說如是未來如是現在皆如是說是實實語此經法門後世末世五十年時於閻浮提廣行流布是實實語如是世尊若說此法無少法說非語非說非言語說非畢竟說非後時說非現前說非響聲說非數數說非此法說無一字說非此法說無人現在聽無人未來聽無人得解脫是實實語此經法門後世末世五十年時於閻浮提廣行流布是實實語若世尊說此戒非戒非戒果非三昧非三昧處非般若非般若根智非解脫非解脫智是實實語此經法門後世末世五十年時於閻浮提廣行流布是實實語若世尊說菩薩法中非布施捨非戒守護非忍修習非精進發非禪決定非般若行非求菩提非實行轉非得菩提非得力非得無畏非根非正非轉法輪非解衆生非言語說是實實語此經法門後世末世五十年時於閻浮提廣行流布是實實語說此法時於此三千大千世界六種震動爾時彌勒菩薩摩訶薩白佛言世尊以何因緣於此世界如是大動世尊即告彌勒菩薩摩訶薩言彌勒汝今莫作是語少信衆生聞不能解則生怖畏彌勒菩薩摩訶薩白佛言世尊如來若說多人得力多所利益安樂天人佛言彌勒過去已有七十四億那由他百千諸佛於此地處說此法門文殊師利童

子菩薩與善住意天子相隨問答論義彌勒菩薩摩訶薩白佛言世尊文殊師利童子菩薩與善住意天子相隨聞此法門其已久如於何佛所聞此法門佛言彌勒過去久遠七阿僧祇百千劫際有佛出世號曰普華師子遊步勝功德集如來應正遍知如是善男子於彼佛所聞此法門說此法時恒河沙等衆生發阿耨多羅三藐三菩提心彼二億人得不退忍彼二億人得離垢法眼世尊既說此法門已時諸比丘文殊師利童子菩薩善住意天子并諸天人阿修羅乾闥婆等聞佛所說皆大歡喜

善住意天子所問經卷下

翻譯記

夫法留正像惟聖是依季行於此非賢豈伕三藏法師毗目智仙出自烏萇刹利王種幼履慈蹤長躡悲跡攝化群迷誡惡導善常爲衆生不請之友執此法燈照彼昏瘖魏皇都鄴崇福以資興和二年歲次實沈佛法加持出此經典名善住意天子所問建午閏月朔次丁丑戊寅建功乙巳畢功助譯弟子瞿曇流支對譯沙門曇林之筆庶俟存道敬法之賢如實印記示令不惑耳

音釋

頭陁　梵語也亦云杜多此云修治又云抖擻謂抖擻貪欲瞋恚愚癡而修治淨行也

抖擻　抖音斗擻音叟

懞鈍　懞莫孔切正作懵愚懵也鈍徒困切不利也

數數　並音朔頻數也

翻譯記

烏萇長直良切烏萇國名也　躡尼輒切登也　鄴音業地名

太子刷護經

西晉三藏竺法護譯

清刻龍藏佛說法變相圖

三經同卷

太子刷護經

太子和休經

入法界體性經

太子刷護經

西晋三藏竺法護譯

佛在羅閱祇耆闍崛山中時與千二百比丘菩薩萬二千人優婆塞優婆夷諸天王梵釋及無央數人民鬼神龍皆來俱會阿闍世王太子名爲刷護從國中與羣臣長者子五百人各持黄金華蓋出羅閱國相隨出至佛所持黄金華蓋上佛已却叉手持頭面著地爲佛作禮訖竟皆叉手住阿闍世王太子刷護白佛言願欲問事如佛肯說者當問不肯者

不敢問佛言在所問事太子白佛言菩薩何因緣得顔貌端正何因緣不入女人腹中於蓮華中化生何因緣能自知前世宿命之事願佛大恩當爲我曹説之佛告太子能忍辱不怒者後生即爲人姝好不婬泆不與女人交通若壽欲終時人生一歲一月及七日者後世生便自知宿命無數世以來之事太子白佛言菩薩何因緣身有三十二相何因緣有八十種好何因緣人民有見佛身者視之無猒極佛告太子本爲菩薩時好喜布施種種雜物與諸佛菩薩及師父母人民在所來索用是故得三十二相菩薩當有慈心哀念十方人民及蜎飛蠕動之類如視赤子皆欲令度脱用是故得八十種好菩薩見怨家父毋心適等無有異用是故人民見佛視之無猒極太子復白佛言菩薩何所因緣知深經智慧及陁羅尼行何因緣知三昧定意得安隱何因緣佛所説皆快善其有聞者皆歡喜信向佛告太子菩薩喜書信受諷誦學用是故知深經智慧得陁羅尼行菩薩常喜專心定意用是故得三昧安隱菩薩所説皆至誠不欺用是故所語人民皆信向聞者莫不歡喜者太子復白佛言菩薩何因緣學經聞佛語人民皆信何因緣知經律儀法何因緣孝順隨佛教不犯佛告太子菩薩世世不諛諂用是故學經聞佛語悉知不忘菩薩入深經不恐不怖用是故得經律便知儀法菩薩世世敬佛敬經敬師敬父毋用是故得智慧太子復白佛言菩薩何因緣世世生佛邊何因緣聞佛歎經曉知中慧佛告太子菩薩世世

見人說經不中壞亂不呵之用是故得生佛邊菩薩數歎深經用是故知中慧法太子復白佛言何因緣不生惡處何因緣生天上何因緣不貪愛欲佛告太子菩薩世世信佛信經信比丘僧用是故不生八惡處菩薩持戒不缺用是故生天上菩薩知經法本空用是故不貪愛欲太子復白佛言菩薩何因緣身所行口所言心所念皆淨潔何因緣魔不能得其便何因緣不敢誹謗佛不敢誹謗經不敢誹謗比丘僧佛告太子菩薩侍佛喜學經愛比丘僧用是故得淨潔菩薩晝夜行道精進不懈用是故魔不能得其便菩薩所語皆至誠用是故衆人不敢誹謗佛不敢誹謗經道不敢誹謗比丘僧太子復白佛言菩薩何因緣好高聲如梵天聲何因緣有八種音何

因緣知衆人所念皆悉能報佛告太子菩薩世世至誠不欺用是故好高聲如梵天聲菩薩世世不惡口用是故得八種音菩薩世世不兩舌不妄語用是故衆人所念悉能報太子復白佛言何因緣得壽命長何因緣身得無疾病何因緣家室和順相愛不令他人別離佛告太子不殺生者用是故後生爲人即壽命長不持刀仗擊人用是故後生爲人得無疾病見人有變鬬喜行和解令歡喜用是故後生爲人他人不能得別離太子復白佛言菩薩何因緣多得財物珍寶富有不難何因緣不亡財物不爲人所劫盜何因緣得尊高佛告太子不貪他人財物者用是故後生爲人得富樂喜布施不慳貪用是故不亡財物物益增多見人富樂得錢財心不嫉妬不

自貢高用是故後生得高尊太子復白佛言何因緣多得天眼洞視何因緣得天耳徹聽何因緣能知世間人民死生之事佛告太子用好喜然燈於佛前以是故後生爲人得天眼洞視好喜持倡妓樂於佛寺前用是故後生爲人得天耳徹聽菩薩喜定意入三昧得禪用是故知世間死生之變太子復白佛言菩薩何因緣得飛行四神足菩薩何因緣念知前世無數劫以來之事菩薩何因緣得三活佛便般泥洹佛告太子菩薩好喜布施常持車馬驢騾象馲馳屐屣及水船與諸佛比丘僧及與人民用是故得飛行四神足菩薩常專心念諸佛三昧從學喜行教人用是故得念前世無數劫以來之事菩薩得阿惟越致道以念無所復著用是故能斷死生之根得佛道便般泥洹太子復白佛言菩薩何因緣豫治國何因緣豫會比丘僧何因緣光明照十方佛告太子菩薩本求大願用是故豫得佛國菩薩好喜布施乞丐與人喜教人民爲六波羅蜜是故後得比丘僧菩薩喜持七寶作華蓋用上佛用是故得光明徧照十方佛爲太子分別說是事太子歡喜及五百長者子皆大歡喜太子刷護復白佛言願使我後世生者佛所說令我悉受得悉奉行之皆令如願佛便大笑口中五色光出佛告彌勒菩薩言聽我說之太子刷護菩薩及長者子前世皆供養百八億佛皆行菩薩道乃前世提惒迦羅佛時是五百人皆是佛弟子是我所教後世悉當共會六億佛却後一劫摩訶波羅會一劫中五百人前後作佛皆同一名

惒那伎頭陁耶後作佛時當如阿彌陁佛其國亦當如阿彌陁時等無異國中菩薩往來者飛行者皆如阿彌陁佛國若有人民聞是經信喜者皆當生阿彌陁國佛說經已太子刷護及五百長者子諸比丘僧比丘尼優婆塞優婆夷諸天人民鬼神龍皆大歡喜前爲佛作禮而去

太子刷護經

太子和休經

僧祐録云安公録中失譯師名今附西晉録

清刻龍藏佛說法變相圖

太子和休經

僧祐録云安公録中失譯師名今附西晉録

佛在羅閱祇國耆闍崛山中與菩薩萬人比丘僧千二百五十人諸優婆塞優婆夷諸天王梵釋及人民鬼神龍無央數共坐阿闍世王太子名爲和休與長者子五百人各持金華傘蓋從羅閱國出行與太子相隨俱到佛所各持傘蓋上佛已各叉手頭面著地爲佛作禮却住佛前太子白佛言何因縁菩薩得端正何因縁不入女人腹中而生蓮華中何因縁能知前世宿命願佛加大恩當爲我分別說之佛告太子菩薩忍辱不瞋怒者後世生爲人端正菩薩不婬泆不與女人交通者後世生不入女人腹中便於蓮華中化生菩薩喜持經戒教人後世生便自知宿命無央

數世之事太子白佛言何因緣菩薩有三十二相何因緣有八十種好何因緣人民見佛身形視之無猒極佛告太子本爲菩薩時好布施與人在所求索欲得衣服飲食金銀珍寶車馬奴婢妻子肌肉頭目皆不逆人無所貪惜用是故得三十二相菩薩慈心哀念人民蜎飛蠕動之類如視赤子欲念度脫用是故得八十種好菩薩見怨家如視父母其心適等無有異用是故人民見佛身形視之無猒極太子白佛言何因緣菩薩知深經智慧何因緣知三昧安隱何因緣佛所語皆使人聞者皆歡喜耶佛告太子菩薩喜書經諷誦學說用是故知深經智慧菩薩常好定意心安用是故得三昧安隱菩薩所語皆至誠不欺詒人用是故所語誠信人聞者皆歡喜太子白佛言何因緣菩薩身所行口所言心所念皆淨潔何因緣魔不能得其便何因緣衆人不敢誹謗佛經道不敢誹謗比丘僧佛告太子菩薩喜侍佛喜經道喜比丘僧用是故得淨潔菩薩晝夜經行精進用是故魔不能得其便菩薩所語皆至誠不欺用是故人民不敢誹謗佛經道不敢誹謗比丘僧太子白佛言何因緣菩薩得壽命長何因緣得無病何因緣家中皆和順相重不令他人別離佛告太子菩薩慈心不殺生用是故後生得壽命長菩薩不持刀仗恐怖人用是故後世生得無病菩薩見人有鬬變喜行救解令和合用是故後世生人不別離太子白佛言何因緣菩薩易得財物富有不難何因緣不亡財物人不刧盜何因緣得尊者豪貴耶佛告太

子菩薩智黠不愚癡用是故得大富不難菩薩喜布施不貪惜餘者不亡財物見人富樂得錢財不嫉妬用是故得爲尊者菩薩不殺不自貢高用是故得爲豪尊貴太子白佛言何因緣菩薩得天眼洞視何因緣天耳徹聽何因緣得知世間生死所趣善惡耶佛告太子菩薩喜於佛寺中然燈用是故得天眼洞視菩薩喜持倡妓樂佛寺中用是故天耳徹聽菩薩入三昧得禪用是故知世間生死所趣善惡太子白佛言何因緣菩薩得飛行四神足念何因緣菩薩得念前世無央數劫之事何因緣菩薩得佛便絕命佛告太子菩薩布施持車馬及與騾驢駱駝履屣與人用是故得飛行四神足菩薩喜念諸佛三昧神足從學喜教人用是故得念前世無央數劫之事菩薩得佛意無所著用是故便般泥洹絕命太子白佛言菩薩何因緣豫治佛國何因緣豫知後世得比丘僧何因緣得光明徧照十方佛告太子菩薩常多願用是故豫治佛國菩薩布施與人民喜教人行六波羅蜜經用是故得比丘僧菩薩持七寶物作傘蓋上佛及佛寺用是故得光明徧照十方佛爲太子分別說是事太子甚大歡喜及五百長者子皆大歡喜太子白佛言我後世佛所說我悉受行皆當具足佛大笑口中五色光出悉照十方彌勒菩薩起前長跪叉手白佛言佛不妄笑何因緣五色光出悉照十方耶佛告彌勒菩薩聽我說之太子和休及五百長者子前世供養百億佛皆行菩薩道乃前世提和竭羅佛時是五百人皆我弟子所教後

世悉當得共會供養六億佛却後一劫劫名
爲摩訶波羅蜜共會一劫中五百人前後皆
同一字名爲若那頭頭陁那後作佛時其國
土當如阿彌陁佛國國中菩薩往來飛行者
變化者皆如阿彌陁佛國中諸菩薩人聞是
經皆當生阿彌陁佛國作菩薩如文殊師利
菩薩三摩提鉢菩薩後世作佛者當如阿彌
陁佛説經已太子和休及五百長者子諸菩
薩比丘僧比丘尼優婆塞優婆夷諸天梵人
民鬼神龍皆大歡喜前爲佛作禮而去

太子和休經

入法界體性經

隋北天竺三藏法師闍那崛多譯

清刻龍藏佛說法變相圖

入法界體性經

隋北天竺三藏法師闍那崛多譯

爾時婆伽婆在王舍城耆闍崛山中與大比丘衆五百人俱爾時文殊師利童子於夜初分來詣佛所到已在佛別門而立是時如來住於三昧爾時世尊從三昧起見文殊師利童子住別門外見已告言文殊師利汝來汝來入內莫住於外爾時文殊師利童子聞佛告已白佛言善哉世尊即詣佛所到已頂禮佛足却住一面爾時世尊告文殊師利童子汝可就坐時文殊師利童子言善哉世尊唯然受教向佛合掌却坐一面於時文殊師利童子白佛言世尊今者世尊住何三昧而從起耶佛告文殊師利有三昧名曰寶積然我於時行此三昧而從彼起文殊師利復白佛

言以何因緣名此三昧爲寶積耶佛告文殊師利譬如大摩尼寶善磨瑩已安置淨處隨彼地方出諸珍寶不可窮盡如是文殊師利我住此三昧觀於東方見無量阿僧祇世界現在諸佛如來阿羅呵三藐三佛陀如是南西北方四維上下如是十方無量阿僧祇世界我皆現見是諸如來住此三昧爲衆說法文殊師利我住此三昧不見一法然非法界文殊師利又此三昧名實際印若有純直男子女人行此印者辯才不斷文殊師利言世尊我有辯才修伽陀我知辯才佛言文殊師利汝云何知辯才文殊師利言世尊譬如彼摩尼寶不依餘處還依實際而住如是世尊一切諸法更無所住唯依實際而住佛復告文殊師利汝知實際乎文殊師利言如是世尊我知實際佛言文殊師利何謂實際文殊師利言世尊有我所際彼即實際所有凡夫際彼即實際若業若果報一切諸法悉是實際世尊若如是信者即是實信世尊若顛倒信者即是正信若行非行彼即正行所以者何正不正者但有言說不可得也佛言文殊師利行者是何義文殊師利言世尊行者是見實際義佛言文殊師利修道是何義文殊師利言世尊修道者思惟證義佛言文殊師利汝云何爲初行男子女人說法文殊師利言世尊我於彼諸善男子善女人所教發我見即是爲其說法世尊我不滅貪欲諸患而爲說法所以者何此等諸法本性無生無滅故世尊若能滅實際即能滅我見所生際世尊我爲初行善男子善女人如是說法不受

佛法不著凡夫法於諸法不舉不捨世尊我爲初發意男子女人當如是說法文殊師利言世尊亦爲教化衆生時云何說法佛言文殊師利我不壞色生亦不壞色不生故說法如是受想行識亦不壞不生故說法文殊師利我不壞欲瞋癡等而爲說法文殊師利我爲諸教化者當令知不思議法我爲說法以如是故我成阿耨多羅三藐三菩提文殊師利我無所壞諸法已得成無上菩提亦無有生得成無上菩提文殊師利所言佛者即是法界於彼諸力無畏亦是法界文殊師利我不見法界有其分數我於法界中不見此是凡夫法此是阿羅漢法辟支佛法及諸佛法其法界無有勝異亦無壞亂文殊師利譬如恒河若閻摩那若可羅跋提河如是等大河入於大海其水不可別異如是文殊師利如是種種名字諸法入於法界中無有名字差別文殊師利譬如種種諸穀聚中不可說別是法界中亦無別名有此有彼是染是淨凡夫聖人及諸佛法如是名字不可示現如是法界如我今說如是法界無違逆如是信樂何以故文殊師利其逆順界法界無二相故無來無去不可見故無其起處佛說如是法已文殊師利復白佛言世尊我亦不見法界向惡道亦不見向人天道亦不向涅槃佛復告文殊師利若有人來問汝云何現在有於六道如是問者汝云何答文殊師利言世尊如是問者我當解說世尊譬如有人睡眠作夢或見地獄道或見畜生道或見閻摩羅人或見阿脩羅身或見天處或見人等世尊彼

人所見夢事諸道各各別異又人問者隨意而說然實無彼諸衆生等如是世尊我雖說諸道各別然其法界實無差別世尊如彼問者我當爲其如實解說彼此無故世尊若行聲聞乘取涅槃者不可爲說實義世尊彼等即今現在亦不可爲其分別但說名字何以故取法界邊際故世尊譬如大海有七種寶若珂玉珊瑚金銀生色等可以相別此是其寶於法界中不可知其別異之相何以故世尊法界不生不滅其法界無染無淨其法界無濁無亂其法界中無可滅者亦無生者爾時世尊知而故問文殊師利言汝知法界耶如是世尊我知法界即是我界佛復問文殊師利汝知世間耶文殊師利言世尊如幻化人所作處是世間處世尊世間者但有名字

無實物可見說名世間行世尊然我不離法界見於世間何以故無世間故如世尊問言世間何處行者所謂色性不生不滅彼行亦不生不滅如是受想行識此識性不生不滅如是行亦無生無滅世尊如是一相所謂無相佛復問言文殊師利汝豈不作是念若現在如來阿羅訶三藐三佛陀當滅度耶文殊師利答言世尊豈可法界有已修習未修習也法界既無修習云何得有滅不現耶佛言文殊師利於汝意云何過去諸佛如恒伽沙等已滅度汝豈不信耶文殊師利言世尊我信諸如來皆已涅槃見彼出處故佛言文殊師利於汝意云何欲使諸凡夫死已更生也文殊師利言世尊我尚不見有凡夫何有更生耶佛問文殊師利言汝於佛前樂聽法也

文殊師利言世尊我亦不見樂不樂相佛言文殊師利汝豈不樂法界耶文殊師利答言世尊我不見有一法非法界者更何所樂佛言文殊師利若慢者聞汝說生大恐怖文殊師利言世尊若慢者生怖實際亦生恐怖其實際不恐怖故即一切諸法皆無恐怖以無修作故此是金剛句佛言文殊師利何故名此爲金剛句文殊師利言世尊諸法性不壞是故名金剛句世尊如來不思議句是諸法不思議是金剛句佛言文殊師利何故復名此爲金剛句文殊師利言世尊諸法無思故是金剛句世尊諸法是菩提是金剛句佛言文殊師利何故復名此爲金剛句文殊師利言世尊一切法無所有但有名字言說諸法無此無彼皆無所有此彼無所有者即是如若是如者則是眞實若是實者彼則是菩提是故得名爲金剛句文殊師利言世尊一切諸法是如來境界是金剛句佛言文殊師利何故名此爲金剛句文殊師利言世尊諸法自性本來寂靜故是金剛句佛告文殊師利汝可喚阿難陀比丘來令受持此法本句文殊師利言世尊我於中不見有一法可說可聽世尊我實不見一字有其說處何有多句而可持乎佛言善哉善哉文殊師利汝善說此語文殊師利我見東方無量阿僧祇世界中諸如來阿羅訶三藐三佛陀亦說此法本爾時長老舍利弗從自住處出往詣文殊師利童子住處到已不見文殊師利即詣佛所到已在佛別門外邊而住爾時世尊告文殊師利童子言文殊師利是舍利弗比丘今在

門外爲欲聽法汝令使入文殊師利言世尊若彼舍利弗際若法界際世尊此二際豈有在内在外若中間二耶佛言不也文殊師利言世尊言實際者亦非實際如是際非際無内無外不來不去世尊長老舍利弗際即是實際舍利弗界即是法界世尊然此法界無出無入不來不去其長老舍利弗從何處來當入何所佛言文殊師利若我在内共諸聲聞語論汝在於外而不聽入汝意豈不生苦惱想耶文殊師利言不也世尊何以故世尊凡所説法不離法界如來説法即是法界法界即是如來界説法界如法界言説界無二別無所有名者説者此等皆不離法界世尊以是義故我不苦惱世尊若我恒河沙劫等不來至世尊説法所我時不生愛樂亦無憂惱何以故若有二者即生憂惱法界無二故無惱耶爾時世尊告長老舍利弗言舍利弗汝來入聽文殊師利辯才耶舍利弗言唯然世尊我甚樂聞今在室外欲聽世尊及文殊師利童子所説爾時文殊師利白佛言世尊令長老舍利弗得入聽法爾時世尊告長老舍利弗言舍利弗汝來前入舍利弗言善哉世尊即前入室頂禮佛足退坐一面爾時文殊師利言長老舍利弗汝見何義故而來此耶舍利弗言文殊師利我欲聽法故來此耳此處應有最勝法義以有文殊師利與世尊共處各有論説必有妙美當有甚深最勝法義時文殊師利言如是如是舍利弗我説甚深最勝法舍利弗言文殊師利此説法以何義爲甚深最勝文殊師利言舍利弗此法難

知以無器故凡所説無所發起此所説法不爲發起故凡夫亦不爲發起阿羅漢法亦不爲發起如來法起發此説法以無所依無能依故發此説法是故説法平等平等無有住處畢竟寂靜説諸法故此無所住故稱最勝舍利弗言文殊師利以何義故作如是説阿羅漢漏盡非受此法器文殊師利言長老舍利弗阿羅漢者惟盡欲瞋癡等麤惑故彼何能作器舍利弗以是義故我作如是言阿羅漢漏盡非此法器舍利弗言文殊師利以斯義故我今求汝從一遊處至一遊處從室至室從窟至窟我故求汝爲法樂處辯才欲聽法故文殊師利我聽世尊及汝説法無有猒足時文殊師利言大德舍利弗汝不知足聽法耶舍利弗言文殊師利我不猒聽法文殊

師利言大德舍利弗豈可法界取説法耶舍利弗言不也文殊師利言大德舍利弗既無猒聽法然法界共大德界無二無别其法界不取説法若取則可知足既不取是故不知足舍利弗言文殊師利除諸如來何有聽法如是也文殊師利言大德舍利弗汝言涅槃法是舍利弗耶舍利弗言文殊師利我有信文殊師利言汝云何信舍利弗言諸法本性成就故我無涅槃文殊師利又問舍利弗汝信無死法耶舍利弗言文殊師利我有信文殊師利言汝云何信舍利弗言夫法界者不死不生我信如是文殊師利又問大德舍利弗汝信無智具足漏盡阿羅漢耶舍利弗言我有信文殊師利言汝云何信舍利弗言無智智平等故具足漏盡阿羅漢何以故非但

智離無智無智亦離無智盡法更無智無分別故離智是漏盡阿羅漢文殊師利問大德舍利弗言汝信漏盡阿羅漢解脫法耶舍利弗言文殊我實有信文殊師利言汝云何信舍利弗言彼諸法離諸法然不取諸法我如是信文殊師利問大德舍利弗言汝信前世諸如來阿羅訶三藐三佛陀滅度而不得涅槃耶舍利弗言我信文殊又問汝云何信舍利弗言文殊師利彼不思議界無生無没者我如是信文殊師利問大德舍利弗言汝信諸佛是一佛耶舍利弗言我信文殊師利言汝云何信舍利弗言文殊師利法界不可分別我如是信文殊師利問大德舍利弗汝信諸佛刹即是一佛刹耶舍利弗言我有信文殊師利又問汝云何信舍利弗言文殊師利是諸佛刹依如無盡刹亦無盡我如是信文殊師利問舍利弗汝信諸法無可證無可滅無可思念不可修作耶舍利弗言文殊師利我有信文殊師利言汝云何信舍利弗言文殊師利自體不自知自體本性不捨本性自體亦不證亦無思念不相違背不生不滅不取不捨善住彼際我如是信文殊師利問言舍利弗汝信有爲界於法界中無有法生亦無有滅亦無積聚耶舍利弗言我有信文殊又問汝云何信舍利弗言文殊師利彼諸法性不可得知若生若滅若積聚住者我如是信文殊師利言大德舍利弗汝信有般若法界於中亦有阿羅漢名字耶舍利弗言我有信文殊師利言汝云何信舍利弗言文殊師利猷行般若法界是阿羅漢界然法界體離

非欲瞋癡體其阿羅漢豈能離法界也我如是信文殊師利言大德舍利弗汝信諸法皆是佛境界忍耶舍利弗言我實有信文殊師利問言汝云何信舍利弗言文殊師利世尊本性覺自性離故我如是信爾時文殊師利言善哉善哉大德舍利弗如汝所有境界爲我解釋我如是問汝如是答是故我知有爾許行也爾時世尊告長老舍利弗言舍利弗若有善男子善女人受持此法本句若爲他解釋若讀若誦然彼人等速得辯才舍利弗言如是婆伽婆如是修伽陀大德世尊所說世尊然彼衆生於前世時已曾供養諸佛世尊已爲彼善男子善女人安立於此法印彼等衆生當得大覺爾時長老舍利弗白佛言世尊此法本有何名字我等云何奉持佛告長老舍利弗言舍利弗我此法本名文殊師利童子所問佛爲解說如是受持亦名入法界如是受持亦名實際如是受持舍利弗彼善男子善女人等恭敬當如勝寶若受持此法本若讀若誦若思惟如行當得無生法忍若爲生他善根若少讀誦已而能為他多說法義當得不斷辯才佛說此經時文殊師利童子及餘菩薩摩訶薩上座舍利弗及餘諸比丘并諸天衆揵闥婆人阿脩羅等聞佛所說皆大歡喜

入法界體性經

音釋

刷護經

刷數滑切刷護三子名也　姝抽居切美也　娙姝娙夷斟切姝弋質切娙姝謂娙蕩放姝也　蜎縈年切蟲行貌　蝡動蝡乳兖切蟲動貌　屣所爾切華屣也又無跟履也　提惒迦羅梵語也亦云提和蝎羅此云然燈惒音和

和休經

詒湯亥切誑詐也

慧上菩薩問大善權經

一名善權方便所度無極

西晉三藏竺法護譯

清刻龍藏佛說法變相圖

慧上菩薩問大善權經卷上 一名善權方便所度無極

西晉三藏竺法護譯

聞如是一時佛遊舍衛城祇樹給孤獨園與大比丘衆俱比丘八千諸大弟子學戒具足菩薩萬二千一切聖通無所不達已得總持辯才無量不起法忍其德無限徹覩諸根應病授藥爲師子吼救濟十方衆生百千莫不蒙度爾時世尊從燕坐起斯須未久與無數之衆眷屬周帀而爲說經時會菩薩名曰慧上即從座起更整衣服長跪叉手前白佛言願欲有所問唯如來至眞聽者乃敢陳說世尊告曰恣所欲問佛當爲汝開解結滯慧上白佛所云善權爲何謂乎佛告慧上善哉善哉族姓子多所愍傷哀念安隱諸天人民勸化將來導引三塗開闡佛法獲微妙慧乃問

開士善權方便佛言諦聽善思念之吾當爲
汝申暢其要慧上菩薩及與衆會受教而聽
於是佛告慧上曰族姓子善權開士以一摶
食隨時方便弘施流普勸發黎元無墜畜生
者使此二品悉趣德本與諸通慧其心曉了
具足佛慧是謂菩薩善權方便又族姓子善
權開士若人殖德勸讚代喜以斯善本則施
衆生以覺之心順一切心而不墮落講斯教
已成諸弟子緣覺之乘爲諸通慧是謂菩薩
善權方便又族姓子善權開士十方諸樹其
華暐曄香氣芬馥人所欽尚而無主名敬採
集合奉散諸佛誓以德本已及衆庶志諸通
慧使備道明具獲無量戒品定品慧品解品
度知見品是謂菩薩善權方便又族姓子善
權開士愍察群萌在安助喜彼患代受以諸
通慧因緣方便建立德本用施衆類爲十方
世界誓被德鎧其遭惱害者則救攝所患代
受其罪勸以通慧使獲大安是謂菩薩善權
方便又族姓子善權開士供一如來觀察諸
佛法身平等戒定慧解度知見品亦復如之
知是供養一如來等則爲奉養十方諸佛所
見供祚開士歷受施祐衆生是謂菩薩善權
方便又族姓子善權開士敢所生處其所住
處不計吾我未曾自輕如令諷讀四句之偈
觀察其義心不怯羸宣顯備具不想利養益
諸佛土若入國邑輙與大哀踊躍說之誓願
聞吾四句偈者皆成諸佛無礙辯才是謂菩
薩善權方便又族姓子善權開士假使生在
貧匱之門設行乞匃求一夕饍無鄙劣心轉
奉賢衆若惠獨人內自惟察如來有言務恢

廣施令吾乞與所進微尠逮諸通慧誓意無量殖斯德本勸發衆生僥獲寶掌若如來至眞等正覺也以斯妙慧光讚勺供所服納者持戒學道緣崇功德多所攸致是謂菩薩善權方便又族姓子善權開士與諸弟子緣覺俱遊心不同歸見人供養弟子緣覺意不欽獲與于二念一從菩薩心成佛世尊二弟子緣覺因佛法生造斯觀已諸所供養未以爲上吾所學習則三品最觀無適莫無所貪樂是謂菩薩善權方便又族姓子善權開士行一布施則具六度無極何等六度善權開士見貧乞者具足大施無慳貪心斯施度無極身自護禁奉持戒者其犯惡者使立戒法尋而給施令無所毀斯戒度無極若瞋恚者御以慈心淨心明心愍哀等心興設布施斯忍度無極隨宜供辦飲食之饌身口意行身等如空斯進度無極一心等施進止卧夢而無亂行斯定度無極如兹施已御念諸法誰有施者何所食者誰受報應造斯求者法不可得不見施者及食施者無受報應斯慧度無極是族姓子權施若斯則具六度無極之法於是慧上菩薩白佛言未曾有也天中天開士丈夫權施具足一切佛法多所攝護賑于生死瞻及餘類佛言至哉誠如所云權施雖微畜成衆德無量難計又族姓子行權開士何謂退還以權方便而以施與縱隨惡友爲之所拘畢償罪者自觀念言陰種諸入得無不滅當除斯患乃至無爲吾誓當被道德之鎧任力發起周旋終始則務究竟慧上又問唯天中天假使有人犯于四罪有所想念發

意出家爲菩薩道然後云何佛言設當毀失四重之禁以權消罪衆患悉除是族姓子爲菩薩道無有罪疊爾時慧上菩薩白世尊曰何謂菩薩而有罪殃佛言若有開士學得脫戒得脫戒者則二百五十禁於百千劫服食果蓏爲人所辱而皆忍之若有想念弟子緣覺之行開士則爲生死根縛如族姓子聲聞緣覺犯本諸禁不除陰種諸入不得滅度也如族姓子捨開士行不自改正而有想念志求聲聞緣覺欲得無上正眞之道爲最正覺者終不能成也於是阿難白世尊曰憶念我昔入舍衞城而行分衞見有開士名重勝王在他室坐與女人同牀我謂犯穢心用惟慮得無異人學梵行者於如來教將無造見聞想念於一切乎時我世尊瞻見立想歎發斯言三千大千世界而六反震動時重勝王即自踊身住於空中去地四丈九尺報阿難曰云何賢者犯禁穢者寧能踊身止虛空乎在如來前何不問耶何謂菩薩犯罪之法阿難投身即自悔過曰唯然世尊我甚迷謬如何偏見求大龍短佛告阿難宜自修愼無察大乘正士之便而想其闕猶如賢者志弟子乘若一若二同修雜行不當視之狐疑懈廢得無盡漏如是阿難勿觀善權開士有廢還想於諸通慧所以者何菩薩大士愛納眷屬業以三寶不違佛法賢聖衆也使志無上正眞之道佛告阿難若族姓子族姓女心存大乘不離諸通慧不荒五樂抑制五欲觀于五通得如來根當知正士與女人俱又聽阿難彼女人者乃往去世爲重勝王百生之偶宿情

未拔故有色恩貪重勝顏口發誓言若與我俱得遂所娛當從其教發無上正眞道意時重勝王心知其念最現整服由斯法門入之其室觀內外地心等無别執手同處已如其欲即時頌曰

愚我悖於欲　諸佛所不歎　能蠲恩愛者
得佛人中上

時女喜踊即從座起自投于地歸命自責伏罪悔過爲重勝王而歎頌曰

吾已離諸欲　世尊之所歎　節止恩愛著
願佛無上道　前心之所想　今首自悔過
傷愍諸群生　究竟發道意

爾時重勝王菩薩隨欲化女使發無上正眞道意即從座起而出其室阿難觀斯心持清淨今吾授彼女決轉女身後九十九劫當得作佛號離無數百千所受如來至眞等正覺明行成爲善逝世間解無上士道法御天人師爲佛衆祐以是賢者觀菩薩行所行無短不墮罪法重勝王菩薩從虛空下稽首佛足白世尊曰開士當行善權方便立于大哀若勸一人導以法本從其所生輒當護之信於善權墮大地獄至于百劫所遭苦痛惱劇之患則當忍之寧化一人使立德本不避此難世尊告曰善哉善哉正士通達是爲菩薩大哀之行超度諸受佛告族姓子吾念過世無數劫時有一學士名曰燄光處于林藪行吉祥願四百二十萬歲淨修梵行過闕歲已入沙竭國有陶家女見此學士姿貌姝好端正絶妙欲意隆崇即自投託學士問姊何所求乎答曰慕仁學士報言吾不樂欲女曰設不

然者吾將自賊燄光自念吾護禁戒淨修梵行四百二十萬歲今若毀之非吉祥也念已捨却離之七步乃發慈哀毀犯禁戒則墮地獄若不如是女自殘賊寧令斯女獲致安隱吾當堪忍地獄之痛燄光即還又執其臂而喻之曰從女所欲幸勿自危學士退居習家之業十有二年猒礙止足乃淨四等壽終之後生于梵天佛言族姓子欲知爾時燄光學士豈異人乎莫造他觀則吾身是陶家女者即瞿夷也彼尚色欲此順其心吾以大哀越度生死百千之患賢者且觀餘人所犯墜趣地獄善權開士更昇梵天佛告慧上設舍利弗大目揵連行善權者不使瞿和離比丘墜于地獄所以者何吾憶昔者拘樓秦佛時有一比丘名曰無垢處於閑居國家山窟去彼不遠有五神仙有一女人道遇大雨馳走避入無垢比丘所止之窟雨霽出去時五仙人見女谷言比丘姦穢謂之不淨無垢知諸神仙所念即自踴身在于虛空去地四丈九尺諸仙見之飛處空中各曰如吾經典所記染欲塵者則不得飛尋五體投地伏首誣橫假使比丘不現神變其五仙人墮大地獄爾時無垢比丘則慈氏菩薩也若舍利弗目揵連有權飛昇則瞿和離無由陷墜當知此義非聲聞緣覺所能及知唯獨開士分別曉了善權方便猶如放逸女人四時莊飾貪財利欲或無智者變改人性使從其意示於施身敬重彼人殫盡其產逐棄遠之緣所獲入未曾有悔善權菩薩亦復如斯觀察人根可開化者以何方便則化立之敬施衆生不悋其身

植諸德本不藏情匿設使知人已建德本用其人故續命長益一切欲樂無所貪慕捨除恩愛令歸於無其心清淨無所繫著猶如蜜蜂唼採衆華不計常想於華枝葉一無所損行權菩薩隨俗方便雖樂諸欲不計愛欲不發常想不自毀身亦不損彼譬如樹種不失鮮色因而生芽無加茂者如是族姓子菩薩以空無相不願之法智度無極廣大之慧入諸塵勞隨所樂行不捨習俗欲不穢身不違佛歎未曾退轉如捕魚工引網布網恣意所欲截衆大流收網攝網多所獲得菩薩如是入空無相不願之法以細微心在一切慧縛于大欲諸通慧心已無護心自在所獲得生梵天譬如丈夫工學呪術爲吏所捕五繫縛之其人自恣則以一呪斷諸縲紲而得解去如是族姓子善權菩薩五欲自樂普與衆俱恣其所幸智力術力以一通慧壞一切欲没生梵天譬安隱師以一其心無所惡忌變現蔭芘送大賈人或有愚謗而傷之曰忖察此師自眷屬財賄尚不全度安能濟衆使免賊乎將必遺漏無量錢寶於是導師激憤恥之即從座起秉心堅强帶甲僻刀摧拉怨敵所護安隱無所亡失行權菩薩執智慧刀隨時所欲以巧方便安習五樂志弟子乘所不悅可爲發慈愍云何若此與放逸行尚不自度何能濟衆降魔怨乎所不堪偕也菩薩以智慧度無極法善權方便恣意所欲以智慧刀斷截塵勞裂諸羅網超遊自恣遍諸佛國離女人上無有瑕穢爾時有菩薩名曰愛敬入舍衛大城普次行乞至貴姓家貴姓有女名

曰執祥在樓館上聞比丘音受食便出則覩其形發放逸意其欲甚盛不得從志氣絶命終其身動揺比丘見女與不淨想即發念言何謂法樂自所喜者計空無實其猶泡水無所可尊耳目鼻口身意如腐肉摶華裹皮覆從足至頂何所可樂乎觀無爭訟無想無念法無内外亦無壽命都無所有心何所著亦何所受永離欲瑕亦無得也諦觀諸法無所起者愛敬菩薩即得不起法忍即時欣踊躍在虚空去地四丈九尺繞舍衛城七帀於時世尊見愛敬菩薩昇在虚空譬如鴈王神足無礙自由自在佛告賢者阿難曰汝見愛敬飛遊進止如鴈王乎對曰已見佛言阿難愛敬菩薩因色欲行獲諸佛法降伏魔兵則轉法輪執祥女終轉女人身得生忉利紫紺天宫自然化有四百八十里殿萬四千玉女俱共侍之縁此之德而發慧心自念何行得生此乎即知本在舍衛爲貴姓女色惑愛敬縁斯貪欲壽終轉女即爲男子自然神化無央數衆志於欲著乃獲此報豈況清淨恭肅之心供養奉事盡敬菩薩乎今伎樂之娱安可久常當詣世尊及覲愛敬菩薩於是天子與其眷屬各執天華栴檀雜香威光巍巍俱詣世尊愛敬大士皆以華香而供上之前稽首禮遶佛三帀住各叉手而讚頌曰

諸佛無思念　樂最不可量　如來無心意
則獲尊上道

我在舍衛爲女人　其大名德不可議
號曰執祥長者息　端正姝妙寶嚴身
以爲父母所珍重　有正覺子無所著

號曰愛敬威神大　入舍衛城家分衛
我聞其音柔輭妙　歡喜之心取飯食
即自往詣無極法　如來之子愛敬道
吾見彼已起亂心　迷惑愛欲貪放逸
假使不得從我願　即當壽終用活爲
當時不能發口言　雖奉飯食不能授
我以愛欲放逸故　即在其處壽命終
雖不能應于道行　降棄瑕穢女人身
得爲男子佛所歎　即時得生忉利天
宮殿則尊微妙好　以寶合成無等倫
有萬四千諸眷屬　諸婇女樂悉具足
即時心自發念言　吾何因緣得致此
尋時識念如此事　愛欲之心報應然
見於愛敬心歡喜　以放逸心而貪視
緣是之德獲是報　猶如光明照好樹
當爲正覺佛弟子　所在遊欣安住慧
愛欲之心報如此　何況有人供養者
吾身今即如來子　願發求尊佛智慧
便當修行恒沙劫　未曾捨離大志性
皆由善師因愛敬　則當供養法奉事
供事于道無親屬　唯願學求在學軌
修于尊妙道之行　以放逸心所覩著
尋時則轉于女身　便獲勇猛男子形
父母在家皆號哭　見死于地自碎滅
心自念言是蠱道　銜口罵詈此沙門
應時天子承佛威　往詣父母具解說
無得罵詈瞋沙門　將無長夜獲苦惱
父母欲得知我不　吾已踊至忉利天
應時退轉女人身　得爲天子光巍巍
父母當至安住所　首罵詈罪自悔過

更求救護不可得　唯有如來爲道慧
時父母聞佛音響　彼時勇猛勸化之
皆心和解眷屬俱　同時往詣能仁佛
則共稽首兩足尊　即自悔過瞋恚心
悉共恭敬於如來　啓問安住令決正
以何供事應奉佛　何謂順法佛衆僧
唯爲吾等分別說　假使聞者無異心
最勝則知心所念　救世口則說如此
其欲供養一切佛　堅固道意御諸想
父母親屬及男女　具足五百無減少
聽聞大人之所講　同時皆發大道心
最勝所言仁無異　阿難聽我之所語
如菩薩行無端底　善權方便住智慧
愛敬菩薩願如此　假使女人愛敬我
則當令轉女人形　得爲男子人中上
阿難且觀此名德　餘人所因墮地獄
以放逸心貪習色　因愛欲變爲男子
其心天子供養我　常以恭敬獲豐安
彼所供養難計劫　當得爲佛號善見
此五百人發道意　亦當自致人中尊
何人聞此不供佛　其歡悅心安無量
計其愛敬菩薩者　所開化女不一二
無量百千億那術　以愛欲心立於道
則爲藥王大名德　何因菩薩當有穢
因緣塵勞施安隱　何況供養奉事者

爾時賢者阿難白佛言猶如有人近須彌山皆隨山光炤爲金色設懷歡怒婬欲癡心奉道法心得近菩薩皆獲一類趣諸通慧心性自然我從今始奉侍菩薩如須彌山猶如藥王名曰見愈有清淨心若瞋恚意見此藥者

衆病皆除菩薩如是淨不淨心婬怒癡心觀菩薩者悉爲除愈時佛讚曰善哉阿難誠如爾言於是賢者大迦葉白佛言甚難及也天中天菩薩大士不可思議在所遊至爲諸衆生現無畏欲空無相不願聲聞緣覺唯行此法菩薩普護轉使更入諸通慧跡以善方便將順其心終不穢猒色聲香味細滑法也大迦葉復白佛言我可歎喻菩薩大士之所行乎佛言可歎迦葉曰譬大曠野斷絕無人自然有墻上至三十三天唯有一門無央數人皆入曠野去之不遠有一大城其國豐熟米穀平賤快樂難言人民衆多不可稱計其在彼城則如金剛城傍有江江側有路曠野之中有黠慧人聰識念義懷愍欲度入曠野者舉聲而盟稱去曠不遠大城之安永無死懼吾爲導師來趣所樂衆人報曰吾等不行於此不動欲覩城像城自然現爾乃往耳時復有人解微妙者應曰當往隨仁所湊吾等如是薄福之人聞此聲已不信不樂不從其教不度曠野彼微妙人則度曠野觀路由河則乘而進路之左右有百千丈深大溪澗布諸草木四方作橋則濟危路四出無礙大賊從後追而不懼賊自然却終不還顧稍稍前行亦不恐懅不左右視則見大城稍近城郭心不狐疑入彼城邑爲無量人現其儀式增益福祚迦葉歎巳陳喻大曠野者謂生死之難墻至三十三天者謂無黠所著恩愛之欲也唯有一門者謂大乘也人入曠野者謂衆愚冥凡夫之士也黠人發願呼衆人者謂菩薩大士所樂度無極也志劣不行欲見城者謂

聲聞緣覺也應曰當往隨仁所湊則菩薩也聞聲不信者謂外道異學衆邪行也度曠野者謂奉精進至諸通慧修諸三昧也路由河者謂法門也左大溪澗百千丈者謂聲聞地也右大溪澗百千丈者謂緣覺乘也大布置草木作四方橋者謂善權方便慧度無極也四出無礙者謂菩薩四恩之行攝無量人也賊追不懼自然却者謂魔官屬及諸倚行也終不還顧者謂忍度無極也稍稍前行謂爲菩薩之所開化進度無極也亦不恐懼者謂以清淨心發起衆生志平等覺也不視左右者謂不志樂聲聞緣覺之利也則見大城者謂達諸通慧也稍近城者謂見道功德習行佛慧也心無狐疑者謂曉智慧善權諸度無極則能遍觀一切衆生無所畏惡適入城已

爲無量人造現儀式增益福祚者謂如來至眞等正覺也佛天中天適與在世則爲菩薩立于名號廣建利義於是世尊讚迦葉曰善哉善哉乃歎斯喻說此言時萬二千天與人發無上正眞道意佛語迦葉菩薩德行不可稱計學諦微妙善權方便大士所作不爲已舉不他人施不言有我亦不言彼時慧上菩薩白世尊曰何謂一生補處而迦葉佛時口說斯言用爲覲是剃頭沙門安能有道佛道難得世尊爾時何緣說此佛語慧上且止族姓子無得節限平相如來及開士行所以者何菩薩大士善權方便不可思議其有正士當作斯觀緣是化人族姓子聽善思念之有法號曰善權方便菩薩從錠光佛已來所興之慧不可思議隨時之宜敢能發起講菩薩

法從見錠光世尊以來得不起法忍無一瑕闕無所忘失亦無亂心智慧無損已得法忍所造菩薩一念之頃七日成佛有菩薩志發意之間一劫之喻爲一切人所在示現開化衆生以智慧力欲得成佛大平等覺無量億劫稱歎邪見多所發起是爲菩薩善權方便又族姓子諸聲聞學設使自在於三昧者未曾有也不逮菩薩三昧之定身亦不動心無所想亦非衆人身心所及又使菩薩三昧正受不進不退常以四恩救攝群萌不失精進不爲懈怠而爲衆人講六度無極是謂菩薩善權方便又族姓子菩薩發意之頃於兜術天逮正眞覺轉于法輪閻浮利人不能自致昇兜術天聽受經法菩薩心念天上諸天能下至此是故正士於閻浮利而現成佛是爲菩薩善權方便又族姓子菩薩發意能從兜術天忽然沒已不由胞胎一時之頃成最正覺傍人有疑此所從來爲是天耶揵陀羅變化所爲乎若懷狐疑不聽受法是故菩薩現處胞胎是爲菩薩善權方便又族姓子無得興念菩薩處胎勿懷斯意菩薩大士不由精胎所以者何有三昧名曰無垢菩薩大士以斯正受而自莊嚴兜術天人謂菩薩沒而無動摇不覩菩薩遊于胞胎現處毋腹而從脇生棄國捐家尋坐佛樹示勤苦行普現悉遍無所不變無有勞擾而無染汙所以者何菩薩之瑞所化清淨是爲菩薩善權方便佛告慧上何故菩薩自化其身紫磨金色現入胞胎慧上答曰寂然清淨明白之器世尊曰然其菩薩者處衆生上則第一尊是則化來諸

天人民所不能及是爲菩薩善權方便何故菩薩在毋胞胎具足十月答曰無具而生人儻起念在毋之懷日月不足諸根不具現滿十月是爲菩薩善權方便何故菩薩生于樹園不在中宮菩薩長夜習在閑居志樂寂寞行平等淨欲令天龍鬼神揵沓和阿須倫迦留羅眞陀羅摩睺羅人與非人皆捨室宇寂然供養此諸華香普流天下使迦維羅衛國中人民歡喜悅豫不爲放逸是故菩薩在於樹下寂寞處生不在宮舘是爲菩薩善權方便何故菩薩從右脇生若不如是衆人有疑則謂菩薩因由遘精而處胎藏不爲化育衆必懷結猶豫難決是故示現令人開解菩薩雖從右脇而生毋無瘡痏出入之患往古尊聖因時如然所行無違是爲菩薩善權方便

何故菩薩毋攀樹枝然後而生設不爾者衆人當謂皇后雖生菩薩必有惱患若如凡庶而無殊别欲爲黎庶示現安隱毋適攀樹枝志性柔和則菩薩誕育是爲菩薩善權方便何故菩薩安和憺怕忽然而生其身清淨無有垢穢菩薩至尊三界之上雖處胎中如日照水淨無所著不增不減故現脇生不與凡同是爲菩薩善權方便何故菩薩適生斯須帝釋即下前稽首奉不使餘天其釋無始立兹本願菩薩若生當以淨意而奉受之亦爲菩薩本德之徵是爲菩薩善權方便何故菩薩適見受已行地七步亦不八步是爲正士吉祥之應應七覺意覺不覺者也自古迄于今未有能現行七步者是爲菩薩善權方便何故菩薩已行七步舉手而言吾於世尊天

上天下爲最第一當盡究竟生老死原釋梵梵志及諸天子彼時衆會莫不適集設不現斯當各自尊則懷憍慢便不復欲禮侍菩薩菩薩愍念外道梵志諸天之衆長夜不安必墜惡趣而受苦痛是故菩薩舉聲自讚吾於世尊天上天下第一權慧超異獨步無侶當究竟盡生老死根以此音告三千大千世界其諸天子未有來者應聲便至爾時異學梵志及諸天子皆共稽首敬禮讚音叉手歸誠是爲菩薩善權方便何故菩薩大悅而笑不懷輕戲笑而不諂笑菩薩興念一切衆類本與我俱發上道意無上正覺恐畏懈怠放逸自恣故爲卑賤愚冥貢高惑音聲者解一切法至諸通慧精進敏達使歸命佛猶斯大哀發起萌類除却放逸見已願果彼亦普具以故正士現大欣笑是爲菩薩善權方便何故菩薩清淨無垢而復洗浴釋梵四天所見供侍凡人初生皆當洗浴菩薩清淨隨俗而浴況世人乎故現此義是爲菩薩善權方便何故菩薩初生之後去到空閑於樹下坐然後入城欲以具足諸根之本示現中宮絃歌倡妓音樂之娛然四大錠由斯現緣令衆學效棄離財寶樂昇微妙入家復出不興異行去家學道則坐佛樹是爲菩薩善權方便何故菩薩生後七日其母便薨后壽終盡福應昇天非菩薩咎前處兜術觀后摩耶大命將終餘有十月七日之期故從兜術神變來下現入后胎以是推之非菩薩咎是爲菩薩善權方便何故菩薩學書射御兵仗技術搏蒲戲樂隨世習俗現斯因緣三千大千世界諸所

技樂經藏道要詩頌術數神呪所療言談嘲調示現悉學無所不博欲令庶人不自憍慢是爲菩薩善權方便

慧上菩薩問大善權經卷上

音釋

韡曄韡羽鬼切曄域輒切韡曄光成貌鎧可亥切甲也尠息淺切少也賑章刃切賙也濟也舋許覲切隙也蓏郎果切果蓏也在木曰果在地曰蓏爓羊贍切爓光人名也闋苦穴切終也殫都寒切竭盡也唼色甲切食貌縲紲縲力追切黑索也紲思列切繫也絆也拉落合切折也炤之曜切明所燭也黠胡八切慧也痏羽軌切疻痏謂無瘡瘢也薨呼弘切諸侯死曰薨摴丑居切摴蒲戲也猝倉没切亡也錠丁頂切音訂鐙也錠中置燭故謂之鐙今俗作燈非是

慧上菩薩問大善權經卷下

西晉三藏竺法護譯

何故菩薩而有室娶菩薩無欲不尚配匹其於離欲則爲正士所以示現眷屬妻息防人懷疑菩薩非男斯黄門耳欲除沉吟故納瞿夷釋氏之女緣此現生子男羅云假論羅云胞胎生者則非義也所以者何羅云於天變没化生不由父毋合會而育又是菩薩本願所致昔錠光佛瞿夷有誓後世爲仁妻殖其德本不違久要故娉納之情無所在俗人擾動迷惑色欲慇懃戀著菩薩示現妻子眷屬尋復捨國或有人言正士之妃端正姝妙乃尚捐去何況吾等又菩薩本始學道時所有妻婦群從眷屬相敬重故各共發願世世與仁俱生生相侍隨至成佛道故廣敷演清白之法中宫婇女四萬二千人發無上正眞道意其餘群類悉度惡趣以故菩薩現有眷屬其諸婇女以恩愛情息煩惱者適見菩薩澹然清淨如明月珠則離色欲假使菩薩化於所化顔姿容貌猶若已身爾時婇女與化人俱恣可所娛各心念言吾等今日與菩薩俱志慕永異於時菩薩往閻浮樹蔭下而坐禪思歡喜行安猶如化人所造之變菩薩昔從錠光佛來所見愛欲因緣之業皆是無始感業之應是爲菩薩善權方便何故菩薩於閻浮樹蔭而坐禪思化七十億所諸天子令發道意又復欲使皇后見之心自念言會當捨家是故菩薩坐閻浮樹蔭而寂思惟是爲菩薩善權方便何故菩薩夜半出家至于江流而自洗浴感諸群生爲現德本悉當念言所

立之處功德自然清白法故由此夜半出家無礙極妙樂事皆當捨棄清白之法不可離也是爲菩薩善權方便何故菩薩在兜術天勸化諸天來下現生天人叉手時到可去門自然開菩薩有念王儻懷疑聞此不了長夜不安遭值恐患墜于惡趣故化天人天人開門諸天坐中舉聲稱揚非菩薩各欲慰王心委之于天由觀斯義有所勸化是爲菩薩善權方便何故菩薩棄國捐王而現捨去人當解知菩薩畏生老病死是故出家不爲憎避家室親族眷屬枝黨是爲菩薩善權方便何故菩薩自剃鬚髮三千大千世界諸天龍神揵沓和人與非人無能堪見菩薩頂者況能爲尊除鬚髮者於時菩薩勸度衆生自除鬚髮念白淨王當起恨意誰剃子首從使者聞

自剃之耳王乃默然是爲菩薩善權方便何故菩薩取寶瓔珞冠幘手付車匿發起衆念菩薩爲道不復貪樂珍寶之飾於一切物而無所著故皆釋之後世邊地法劫菩薩吾等出家亦當請學從佛法則倚四賢行一切無著不爲陰入狐疑出家設不如是人當疑言不知産業故出家也是爲菩薩善權方便佛言族姓子今且聽此菩薩何故六年志修苦行爲諸菩薩有殃罪故故現勤苦爲諸群生權其方便於斯菩薩所興爲也迦葉佛時口發是言髡頭沙門耳云何爲佛是則菩薩善權方便當知是義何故菩薩而有斯言優多羅摩納有五親友及五百弟子爲大梵志貴族姓子本學大乘爲惡知友所見迷謬失其道意其五親友信外異學不從眞教修外道

經不習佛法自謂有道爲彼師長其身自號吾等是佛五百弟子亦復如是燄華學志以權方便入斯志類因發言訶難提和曰何所爲佛髡頭沙門佛道難得用往覲乎燄華稍稍化五族姓子及五百弟子在異學者故發斯言何所是佛髡頭沙門佛道難得佛語慧上觀於彼世燄華學志時在別處與五親友五百眷屬俱共正立於時陶家者名難提和往至其所嗟歎迦葉如來功德謂燄華學志來共俱往詣迦葉佛燄華心念此諸學志德本來獨設吾今歎迦葉如來道之功德毀諸異學族姓子等便當愕住必不俱行以故燄華護其本願智慧無極因權方便故言髡頭沙門非是佛佛道難得智慧無極何所處乎行智度者無彼此想亦無道想燄華通達究竟空慧普無所著善權方便隨一切法故發斯言燄華學志與五親友五百弟子至池水側浴訖出水乘馬車侶五親友從弟子遊行講經爾時歡豫承佛威神欲化彼師徒迎燄華乘及侶弟子即相問訊言所從來歡豫以誠荅曰覲迦葉佛還燄華曰髡頭沙門非爲是佛佛道難得陶者聞之甚用不悅以手捉髮卿不信者可俱往質也燄華籌慮歡豫志性安隱仁和未曾卒暴今捉吾急終不妄也吾及弟子宜當共俱往觀其道僉曰唯然於是陶者燄華五友五百弟子便共俱行覲迦葉佛佛則爲說前世所興道德之本心即喜踊讚燄華曰世尊道德權慧乃爾何惜不早爲吾等說五友弟子見迦葉佛道德巍巍辯才無量皆發無上正眞道意時迦葉如來至

眞等正覺說大乘業開闡法藏不退轉輪五大梵志五百弟子皆得不退法忍佛告慧上族姓子聽爍華若不以佛智慧歎迦葉尊毀異學者五大梵志五百弟子終不從化又無由得覲迦葉佛用欲開化之故因行權慧故發斯言髡頭沙門非爲是佛佛道難得得不退轉無所不達不復疑道是爲菩薩善權方便佛告慧上菩薩所以隨時而化現有餘殃勤苦之行設不然者沙門梵志清淨奉戒諸餘黎民將無知之懈怠不進適相見已得無說之是藏異藏斯等長夜曾無利義不得安隱則歸惡趣用衆罪疊如來故現餘殃未盡菩薩都無罪蓋之患持戒沙門梵志若說麤言即當自疑不加精進不得解脫欲建斯等猶豫者志菩薩以權口發此言緣是度之即當自說吾等無智自責悔過唯學道慧普行恭敬又外異學貢高自由以故如來勤苦六年非爲餘殃所以者何或有沙門梵志食一麻一米清淨自在欲攝此等具足其願故菩薩日服一麻一米以爲限度若不時食不得不還致于聖道菩薩發言髡頭沙門不得是佛佛道難得故以罪殃六年苦行六年之中所可開度則非異學之所及知而令外道五百二十萬人住平等慧所可見發誘化人民是爲菩薩善權方便何故如來聚會四輩諸天龍神及人非人爲講說經初夜欲竟佛告阿難取中衣來吾體小冷阿難受教即取奉進上夜已竟入於中夜復命阿難取上衣來吾寒欲著即復進之中夜已竟入於後夜復命阿難取衆集衣來吾欲著之即復重進佛

便服著告諸比丘吾聽出家學者一時著三法衣假使寒者亦可複之所以者何後世邊地寒涼國城不堪單薄隨其土地應著複重佛無寒無熱無飢無渴所以者何爲處寒土不著複重或致疾病或能悔退不能究竟求道之意是爲如來善權方便何故如來坐於草蓐爲來世人出家學者或貪鮮好牀座榻机志在安輭不加精進或有少福不得好座氍毹毾㲪重筵被褥怨望退却心當念言如來世尊身欲成佛坐於草蓐不著好牀乃成佛道何況我等當慕好座佛言所教隨其習俗重茵累蓐不妨于道細輭不悅麤堅不憂人心難齊志行若干故以權變現若干教是爲如來善權方便何故菩薩復起飯食防無德者自餓求道夫以飢餓不能與慧故安隱食因成道德說菩薩法開化群萌多所安隱不以勤苦菩薩受食得用成佛由斯逮于一三昧定以一三昧住百千劫是爲菩薩善權方便何故菩薩閑居求道草蓐敷于樹下用過去佛不貪牀座欲敷說諦吉祥禮義設使菩薩說法粗略則入利義其有以草施菩薩者因發道意佛時授吉祥之決汝於方來當得成爲佛號離垢如來至眞等正覺是爲菩薩善權方便何故菩薩坐佛樹下使魔雲集設不速逮無上正眞道者其魔波旬不敢至菩薩所又族姓子菩薩初坐樹下心自念言誰於欲界四域最尊人從教者當令詣吾俱戰決之爾時具足入諸通慧故使魔試其魔兵帥八萬四千億天龍鬼神揵沓和阿須倫迦留羅眞陀羅摩睺勒皆發無上正眞道意

是爲菩薩善權方便何故如來已成佛道正坐七日而不起行察樹無猒是諸天子見其德行變化感動心大歡喜各心念言吾等當求斯如來心何所倚乎宿夜七日一心專精求之不得緣是之故乃觀世尊三十二相心益踊躍則發無上正眞道意當來之世亦逮如茲坐于佛樹由斯如來坐樹七日是爲菩薩善權方便何故菩薩得成佛已勸率無數天人之衆梵天不請亦不說法於是如來心自念言其在欲界不可稱計諸天集會及魔眷屬鬼神羅刹設見菩薩師子吼步輒發道意見歡喜者緣致無爲又族姓子詣佛樹下菩薩即時放頂相光普炤魔宮及三千大千世界於其光明出一音聲令釋種子能仁之尊棄國捐家今成無上正眞之道已過汝界多度人民不可訾量空汝國境宜當尋往與共戰鬭時魔聞斯甚大愁毒嚴四部兵具足三十那術姟俱往詣佛樹於時菩薩以智慧寶建立大慈慧明之勝紫磨金臂諸天龍神釋梵所敬時梵志念梵天化我我從梵生莫能超踰世無尊師梵天爲上如來念曰吾致梵天令衆人見諸天龍神皆倚于梵梵天猶尚稽首禮佛宜當勸助如應說法若無勸請如來不說承佛威神令梵天來以法勸助假使衆人敬念梵天當勸如來於是梵天自捨其宮來詣世尊梵天勸佛轉法輪時六百八十萬梵天皆發無上正眞道意悉歎頌曰

佛尊無有極　最勝不可及　行善權方便
是亦爲如來

佛告慧上菩薩如來所現餘殃有十是亦世

尊善權方便當了至誠欲使如來有毛髮瑕不具殖德本欲令有短行不具足逮成正覺坐佛樹者此亦不然所以者何暢清白法無有衆瑕族姓子欲知如來皆以殄滅諸不善法世尊無礙況復立職而有餘殃佛爲醫王除一切病無有陰蓋祐衆生故示現餘釁欲令衆庶護身口意修清淨行猶如尊貴族姓有子各長王家習于乳酪體生瘡疣上至頸項腹藏亦痛當服醫藥飲乳乃除因而獲差父母念之喜其得瘳又族姓子如來至眞爲普世父除群黎痤使獲安隱以故現疾人聞餘殃不敢作罪是爲菩薩善權方便又告慧上菩薩往昔久遠世時不知罪福故爲衆人示現殃釁如來故說吾爲法王不離宿罪汝等之類安得離殃由斯有言如來永無餘殃

譬如有人善學書疏計校之術教諸童子欲令成就無所不知不以爲礙小兒見聞則受學了稍稍達本如來如是悉學諸法無所不博示現餘殃欲令衆生具清淨法譬如有醫始學治病解方曉藥應病救療既能自愈廣能愈人轉復嗟歎錠光佛時乃於彼世有五百賈人入海求寶有異心者心罪甚重開其罪門工學邪術殉害劇賊觀賈人貌則上其船於時導師號曰吉財護衆賈客隨時消息殉人念言今我寧可悉害賈人獨取珍寶於閻浮提有大導師名曰大哀時寐夢中海神語之賈衆之中有一賊人與大惡心皆欲危没五百賈人獨欲取寶假令事建罪不可量所以者何此五百賈人皆發無上正眞道意立不退轉設使遇害心不迴還由斯殃罪一

一菩薩行得成無上正真之道賊墜地獄若干歲數其罪乃竟令仁導師當行權變而令此人不更地獄若干之痛使衆賈人不被危害七日思惟無餘方便念言唯當取之危其命耳假語衆賈者則皆興怒宗殺此人必墮惡趣復重自念設我獨殺亦當受罪吾寧忍之若百千劫受地獄惱不令賈人普見危害而令一賊墜地獄也時大哀師則爲說法令心欣然踊躍卧寐佛言族姓子彼大導師由衆賈人興于大哀以權方便害一賊命壽終之後生第十二光音天上時大哀師則吾身也以斯方便超千劫生死死則昇天同船五百賈人斯賢劫中五百佛興者是菩薩豈有罪患越除終始彌百千劫不當察佛而有諐咎如來所現爲衆生故時以關漏權現鐵杙如來蹈之威神所達所以者何如來之身則金剛也又族姓子舍衛城中有二十人復與二十人共爲怨敵時二十人各欲攝怨而危害之爲最後世相伺方便彼二十人欲害二十怨者承佛威神尋詣如來於時世尊化四十人亦欲勸導一切大衆告尊者大目揵連今於此地當有鐵杙自然來出入佛右足大指語未竟杙在佛前目連白佛今拔鐵杙著異世界佛言不然時大目揵連以精進力欲拔鐵杙是三千大千世界爲大震動不能搖杙如毛髮也於時世尊則往梵天杙輒隨之如來還坐杙則住前是時如來右手取杙以足蹈上目連白佛如來本罪而獲杙殃佛時告曰昔與五百賈人共入大海時有一人心懷惡意吾時害之是其餘殃時二十人聞佛

說此轉相謂言如來法王已得自在尚有餘殃不能滅除況於吾等不受罪乎即來詣佛悔過自首如來應時爲説經法分别罪福令四十人入平等慧三萬二千人遠塵離垢諸法法眼淨因是如來示現鐵杙是亦菩薩善權方便何故世尊已離衆病示有疾病使醫王耆域而合湯藥佛時立戒二百五十未久五百比丘在他樹間行道向欲終畢心懷狐疑如來有教唯以一藥療身衆病不得習餘時佛發念以何方便令諸比丘得習餘藥所以者何假使如來隨意聽者則後世人毁四賢戒是以如來行權合藥任于耆域時淨居天語比丘言諸賢者宜更求藥無得危命則相謂言寧自碎身不毁佛戒天答賢者今者如來則法王也令置小便更求餘藥可服所

習而慕所服於時比丘離疑猶豫乃求異藥病即除愈晝夜七日得無著道假使如來不習湯藥此諸比丘不得解脱將來之世亦當如是其身安隱然後得道是亦菩薩善權方便何故如來衆德普具又入聚落而行分衛空鉢來出如來無殃愍觀後世邊地諸國而興慈哀其有比丘入於郡國縣邑丘聚行分衛者而身薄福所乞不得心念如來功德充盛無量福會時行分衛尚空鉢出我等善本所殖不弘豈可怨捨而不乞乎故當分衛用是之故入城分衛空鉢來出又云弊魔化諸梵志長者家使不供佛不施衆僧未曾有此其魔波旬未敢作威嬈害如來沮廢福意佛之聖旨所變現也梵志長者有此異心非是本意非佛尠福彼時衆人無所施者又見如

來空鉢來出魔界天人見不獲饍世尊得無心懷悵悃晝夜一心念如來及弟子衆將必憂悒見佛弟子心不增減前後適等七萬天子自投佛前如來如應爲說經法皆得法眼淨是亦菩薩善權方便何故旃遮摩尼木魁繫腹誹謗如來亦非世尊本之餘殃佛之威神能取暴意徙置恒沙剎外如來以權現斯方便當來比丘或有出家行作沙門爲人所謗有懷疑者觀佛世尊雖見譏訕心不動轉不却宿罪念佛如來普勝之德猶復若茲況我等身而無譏謗思惟此已益加精進清淨奉戒心不迴轉假使暴意夢中誹謗壽終之後不離地獄如來悉知令護禁戒所以者何如來之德不捨衆生是爲如來善權方便何故異道害須多利埋著勝樹間佛諸通慧普觀無礙知當興拏則以示現如斯比像設不以刃加須多利者須多利或投餘患佛解知女壽命終盡是故彼類相教殺之緣邪異學身所犯害必反罪辠佛以等慧而化立之由斯所建增益群生功德之本是以如來七日不入城化六十億諸天入道過七日後其四部衆皆來詣佛聽法八萬四千人獲平等慧三億人得道跡往來不還果證是亦菩薩善權方便何故如來三月食麥如來素達雖梵志請佛不得迷忘佛所與化所以者何今五百馬者昔佛弟子也所從食已前世皆學菩薩大乘供養過去諸世尊矣從惡友教犯衆罪殃墮爲畜生彼時又有五百馬師有菩薩名日藏本立願生其中普化斯等令發道意使弘大乘化諸馬師本非馬師如來護彼令

諸馬畜皆得受決爲緣一覺如來不食無所志願威德能化瓦石刀杖爲美飲食三千大千世界所有悉爲甘饌奇特之味所以者何世尊自然有大人相上味之味以故當知如來所化飲食皆美耆年阿難未得大哀心自念言云何世尊捨轉輪饍今乃服麥佛知其念以五百馬師之德時五百馬皆識宿命得近道心五百菩薩發大慈哀往覲如來五百馬師自減半稟以用供佛損五百馬穀供五百比丘馬師及馬皆自悔過見佛衆僧竟三月已五百馬命終生兜術天爲天所敬如應說法得立不退轉地當成無上正眞之道阿難當知所施供養時宮中人得未曾有來白佛言我等生長深宮之內世尊阿難未曾習此安隱歡喜七日不食族姓子當知如來之身無有罪殃後世或有持戒之人請諸沙門而不設供故爲彼現是爲如來爲人所請雖不供辦不令其人墮于罪地又五百比丘與如來俱三月一夏四百比丘悉有欲態無清淨想設得美食欲意甚盛用麤食故欲心則薄三月之中可得羅漢如來以斯諸學比丘及化菩薩隨時示現非罪殃也是亦如來善權方便何故如來告大迦葉曰汝當說經吾腰背痛時八千天子本弟子行迦葉所化於時來會樂仰三寶慇懃在行聞說覺意設百億佛爲說經法終不能解唯迦葉比丘能度之耳故佛告之分別覺意八千天子聞義得慧其疾病者往會聽經各心念言如來法王因說覺意病即除愈吾等云何不聽經乎何以故族姓子欲化諸天及病比丘使敬經道

示現腰痛故如來曰迦葉說經令我除病是亦如來善權方便何故如來舍夷國敗而佛頭痛衆人悉當念言如來親屬不盡其壽護黎庶意坐枯樹下告侍者曰吾頭甚痛爾時諸天計有常者三千人會刹利之衆不可稱數聞告阿難頭痛之咎念言如來尚有餘殃聞經尋化天人七千是亦如來善權方便何故婆羅陀梵志以五百事而罵世尊時佛默然後更稱譽佛亦默然應時自歸一心悔過無所復言佛能默却使不出言投從置于殊異之土爾時會中諸天世人無數之衆見佛忍辱慧力平等心柔和雅四千人發無上正眞道意如來徹覩當來有所化故現默然非佛餘殃是亦如來善權方便族姓子聽調達所生常與菩薩共相嬈害懷怨憎心欲相危害是亦如來善權方便佛告慧上菩薩諸天往來有所求索則爲具弘施度無極所以者何多所饒益覆滿諸願發起一切以何因緣與斯行乎假使衆生安隱自利則不解施不如受者是故諸天化從空來詣菩薩所試求妻子頭目手足國城丘聚應時菩薩周滿所欲勇慧無難衆人見之則効布施奉遵所行無所矜惜我等亦當發願求佛修習禁戒不敢毀失順菩薩法未曾違捨捶罵不恚輕易不恨則弘忍辱度無極也以斯教化無數之衆其諸天人見有怨來詣如來所則長禁戒是亦如來善權方便非餘殃罪所以者何敢來試者則皆權也尋皆導利無央數人取要言之如來所現殘有十殃皆當知佛行權隨時衆庶懷惡多祟非法故爲現應非有殃也

使知去就至無上慧如來所歎權宜最尊皆非殃罪但示現耳作是得是聞者悚懼不敢為非又族姓子廣宣善權時時乃說非為下愚薄福祚者亦非聲聞緣覺所知講也所以者何彼等未曾學善權方便唯菩薩大士解暢深歸喻如冥夜家中然火悉照室內妻子眷屬菩薩如是其有聞善權度無極則曉達菩薩一切所行當勤順學吾本所習佛囑累汝族姓子族姓女欲求佛道其有講說善權方便若百千里當往受學則蒙光明所以者何假能聽受如斯像法者則為顯發一切經典除諸疑網使無結恨爾時諸天世人四部眾咸皆歎曰其有聞斯權便經者非法器人多不信樂佛說經已七萬二千人皆發無上正真道意阿難白佛當何名斯經云何奉持之佛告阿難是經名善權方便所度無極隨時品也當持當行佛說如是慧上菩薩及比丘眾菩薩大士諸天龍神阿須倫世人莫不歡喜

慧上菩薩問大善權經卷下

音釋

幘 側革切覆髻巾也　優多羅摩納 梵語也此云上志一名燄華　髡 苦昆切髡髮也　難提和 梵語也此云歡豫　愕 五各切驚遽貌　榻 榻他盍切牀狹而長者曰榻　机 机居矣切凭器也几案之屬　氍毹 氍強魚切毛席也氀力朱切毛布也　毾㲪 毾他盍切㲪都能切毾㲪並毛席也　訾 將支切不訾謂無量可比也　疣 羽求切瘤也　瘳 丑鳩切疾瘉也　𤸫 奴皓切與惱同有所恨痛曰惱又事物撓心也　諐 去乾切過也辠也　杙 與職切橜也　[illegible] 音凶偈也

大乘顯識經

中天竺國沙門地婆訶羅等奉 勑譯

清刻龍藏佛說法變相圖

大乘顯識經序

唐武則天製

朕聞眞空無像非像教無以譯其眞實際無言非言緒無以筌其實是以龍宫法鏡圓照帀於三千鷲嶺玄門方廣周於百億師無師之智必藉修多學無學之宗終資祇夜自金人感夢寶偈方傳貝葉靈文北天之訓逾遠貫華微旨西秦之譯更新大乘小乘逗根機而演教半字滿字逐權實而相曉叡唐之御寓載叶昌期代傳三聖年將七十舜河與定水俱清堯燭與慈燈並照緇衣西上寧惟法顯之流白馬東來豈直摩騰之輩大弘釋教諒屬茲辰朕爰自幼齡歸心彼岸務廣三明之路思崇八正之門往者夙遘閔凶遽違嚴蔭近以孝誠無感復背慈顏露草之恨日深

風樹之悲鎮切凡是二親之所蓄用兩京之所舊居莫不總結招提之宇咸充無盡之藏仍集京城大德等凡有十人共中天竺國三藏法師地婆訶羅於西太原寺同譯經論法師等並業隣初地道架彌天爲佛法之棟梁乃慧海之舟檝前後翻譯凡有十部以垂拱元年歲次大梁月旅夷則汗青方就裝褾畢功甘露之旨旣深大雲之喻方遠庶永垂沙劫廣濟塵區傳火之義自明寫瓶之辯逾潤朕以虛昧欽承顧託常願紹隆三寶安大寶之鴻基發揮八聖固先聖之丕業所以四句微言極提河之深智一音妙義盡菴園之奧旨擊大法鼓響振於無間吹大法螺聲通於有頂爲闇室之明炬實昏衢之慧月菩提了義其在兹乎部帙條流列之於後

大乘顯識經卷上

中天竺國沙門地婆訶羅等奉　勑譯

如是我聞一時薄伽梵在王舍城迦蘭陀竹林與大比丘衆千二百五十人俱皆阿羅漢諸漏已盡無復煩惱逮得自在心善解脱慧善解脱於去來今照了無礙是大那伽如佛之教所作已辦棄大重擔獲於已利已斷流轉生死有苦以正智力善知衆生心之所趣如是大聲聞衆長老舍利弗而爲上首復有無量菩薩摩訶薩衆俱在會集爾時諸比丘在世尊所多有疲睡失容阿委不能自持於是世尊面門暉發如蓮華開時諸比丘咸悉醒悟各自嚴正作如是念今佛世尊顔容暉煥面光照朗欲開何法眼作大饒益爾時賢護勝上童眞修容豐美柔和光澤色相具足六萬商主前後圍遶侍從轟鬱聲如地震來詣佛所見佛世尊寂靜安隱衆德之藏巍巍赫朗如大金樹深心信重合掌思惟作如是念衆共稱讃佛一切智普見一切是如來阿羅訶正等覺誠實不虚頂禮佛足諦視而住佛見賢護舉身放光流照賢護賢護爾時便護無畏遶佛三帀頂禮佛足而白佛言惟願世尊悲愍教授我今始於佛所得淨信心心希妙法欲有所問而我久處生死溺煩惱苦亂念紛雜於戒等業無作冥資雖心奇重我今不知於此愚惑疑網之中如何超出得度生死世尊是一切智普見一切佛出甚難希有逢遇如如意珠施衆生樂佛是大如意寶一切衆生咸由依佛得大安樂是大父毋衆生善本因佛父毋得見正路惟願悲愍開曉

疑闇佛告賢護汝有所疑恣汝意問我當爲汝分別解說爾時賢護蒙佛聽許心專請問在一面住時長老阿難見賢護童眞姿容暉澤色相具足白佛言世尊未曾有也此賢護童眞有大福德光色豐盛諸王威相咸蔽不現佛告阿難此賢護勝上童眞福業所致雖處人間受天勝果安寧適樂歡娛嬉戲暢悅恣心猶如帝釋閻浮提中唯除月實童眞更無比者阿難白佛言賢護童眞果報資用宿植善根惟願爲說佛告阿難賢護現受樂報資用廣大及宿勝因汝今當聽阿難此賢護童眞六萬商主資產豐饒金寶盈積恭敬受教隨逐奉事六萬牀座敷設卧具氈褥繒綺并倚枕等雜色暉發妙麗莊嚴俱羅帷幕及憍奢耶火浣幣帛支那安輸周帀施布衆寶

彫間相宣煥爛交錯如畫六萬妓女被服安輸衆色間雜金寶纓飾鮮華炫麗光彩耀目其觸細輭如天迦遮輕重隨心適稱情意戲容笑語歌唱相娛閑婉嚴潔柔敬事主於他人所心絕愛欲慚恥低首或覆頭爲容肌膚平滿柔輭細滑手足支節踝等骨脉咸悉不現齒白齊密髮紺右旋如削臘成如工畫作氏族華望名譽流遠如是婦人而爲侍從又有六萬供食婦人飯餅諸物種種異色香味調美如天餚饌飲具八德見令心悅寧身適意不勞而熟是福之食應心而至滌淨擁穢去諸病惡庭宇臺樓具足六萬摩尼眞珠瑠璃諸珍羅布垂飾衆寶間鈿行列端美綺絲蒙懸綴以鈴鐸隨風飄颺鏗鏘和發地若瑠璃現衆影像雜華散布清涼快樂遨遊棲息

暢心適志又有細腰般箏箜篌長笛銅鈸清歌種種音樂數凡六萬美聲調潤響亮聞遠喧囂雜作震警方域福業所致歡樂不絕鴿等諸鳥飛翔遊集異聲間和暢心悅耳藤蔓衆華縈緣臺閣鮮葩標秀蓊鬱暉煥鈴鐸樂器響若天宮房廊昭晰如須彌窟神藥流照有六萬城高墻峻峙樓櫓備設街行布列四衢三達美麗填溢諸方湊集種種服飾種種言語法制萬差殊容異狀奇貨列肆商旅百千交易囂喧聲震城域園林鬱茂大樹小樹藤蔓卉藥衆華競發清波環映間錯光鮮爛如舒錦象馬車乘其衆百千往還不絕充徧城邑阿難六萬城中名德高人及諸豪富并諸商主日日稱讚賢護童真播揚聲德虔恭合掌禮拜修敬嬌薩羅國波斯匿王福力富盛比之賢護狀類貧下月實童真無量百千妓從侍繞恭敬奉事愛悅歡戲衆樂所依雖天帝釋百千萬倍不及月實賢護童真容色豐美富有自在安寧適樂亦百千萬倍不及月實斯皆宿福所感非力致也阿難賢護童真又有如意寶輅天寶彫嚴光暉赫爛天金金剛光玉日愛種種諸寶細厠間錯麗若觀星運速如風如金翅飛乘此寶輅寶洲等所應念而至身不疲勞戲樂而返是時阿難頂禮佛足而白佛言賢護童真種何善根修何福業資產廣大受大樂報宮室妙麗寶輅奇特佛告阿難賢護童真由先於佛法中修植福業故今護此廣大樂報過去有佛名曰樂光如來應供正徧知明行足善逝世間解無上士調御丈夫天人師佛世尊賢護爾時於

彼佛法之中出家作比丘名曰法髻多虧戒行然善講説修多羅阿毗達摩毗柰耶等三藏深教咸悉明達常爲衆生宣揚敷演法施不絶美音深重正直高亮剖析明辯聽者歡喜聞所説法思惟修行脱惡趣者其數無量阿難法髻比丘以法施功德於九十劫受天人報又見清淨持戒比丘身羸瘦瘠恒施飲食及屣履等殷重誠徹淨心布施故今獲此大富樂報勝妙宫室奇特寶輅又遇迦葉如來示教指誨而告之曰汝於未來釋迦牟尼佛所當得授記故今見我我爲説法而成熟之阿難白佛言世尊賢護勝上童眞如是財富金寶盈積豪盛自在謙柔卑下無憍慠心甚爲奇特佛言阿難大智不於財寶欲樂而生矜慠賢護久修善行善法所資常食福果

賢護蒙佛阿難共稱歎已恭敬合掌頂禮佛足白佛言世尊憐愍攝護一切衆生欲少請問願垂聽許佛告賢護我先聽汝汝有所疑今恣汝問我當爲汝分别解説賢護白佛言世尊衆生雖知有識如寶閉在篋中不顯不知世尊不知此識作何形狀何故名識衆生死時手足亂動眼色變異制不自由諸根喪滅諸大乖離識遷於身去至何所自性如何作何色相云何捨離此身更受餘身云何身分棄之於此而牽諸入獲當來報受種種身差别不同世尊云何衆生身謝滅已更生諸入云何今生積聚福業來生得之今身爲福當來身食云何識能滋長於身云何識入隨身轉變佛言善哉善哉賢護善哉善問諦聽諦聽善思念之當爲汝説賢護白佛言世尊

唯然奉教佛告賢護識之運轉遷滅往來猶如風大無色無形不可顯現而能發動萬物示衆殊狀或搖振林木摧折破裂出大音聲或爲冷爲熱觸衆生身作苦作樂風無手足面目形容亦無黑白黄赤諸色賢護識界亦爾無色無形無光明顯現以因緣故顯示種種功用殊異當知受覺法界亦復如是無色無形以因緣故顯發功用賢護衆生死此受覺法界識界皆捨離身識運受覺法界受餘身者譬如風大吹衆妙華華住於此香流至遠風體不取妙華之香香體風體及與身根俱無形色而非風力香不遠至賢護衆生身死識持受覺法界以至他生因父母緣而識託之受覺法界皆隨於識亦復如是如從華勝力而鼻有嗅從嗅勝力而得香境又如從風身勝力得風色觸因風勝力香得至遠如是從識有受從受有覺從覺有法遂能了知善與不善賢護又如畫工料理壁板諸所畫處如法端潔隨意所爲圖繪衆像則工之識智俱無形色而爲種種奇容異狀如是識智無形而生六色謂因眼見色眼識無形因耳聞聲聲無形色因鼻知香香無形色因舌知味味無形色因身知觸觸無形色法入諸境皆悉無形識無形色亦復如是賢護識棄此身受他生者衆生死時識爲業障所纏報盡命終猶如滅定阿羅漢識如阿羅漢入滅盡定其阿羅漢識從身滅轉如是死者之識棄身及界乘於念力而作是知彼如是我其乙生平所作事業臨終咸現憶念明了身之與心二受逼切賢護識是何義識名爲種能生

衆類雜報身芽知覺想念同包於識知苦知樂知惡知善及善惡境故名爲識如汝所問云何識離此身而受餘報賢護識之遷身如面之像現之於鏡如印之文顯之於泥譬如日出光之所及衆闇咸除日沒光謝闇便如故闇無形質非常無常能得其處識亦如是無質無形因受想顯識在於身如闇之體視不可見不可執持如母懷子不能自知是男是女黑白黄色根具不具手足耳目類與不類飲食熱刺其子便動覺知苦痛衆生來去屈伸視瞬語笑談説擔運負重作諸事業識相具顯而不能知識之所在止於身中不知其狀賢護識之自性徧入諸處不爲諸處之所染汙六根六境五煩惱陰識徧止之不爲其染由此而顯識之事用賢護如木機關繫執一所作種種業或行走騰躍或跳擲戲舞於意云何機關所作是誰之力賢護白佛言智慧狹淺非所能了佛告賢護當知皆是作業之力作業無形但智運耳如是身之機關以識之力作諸事業仙通乾闥婆龍神人天阿脩羅等種種趣業咸悉依之識能生身如工作機關識無形質普持法界智力具足乃至能知宿命之事譬如日光惡業衆生及諸不淨死屍臭穢無偏等照不爲諸惡之所汙染識亦如是雖處猪狗食不淨類諸惡趣身而不爲彼之所染汙賢護識捨此身隨善惡業遷受餘報譬如風大出深山邃谷入於瞻蔔衆香之林其風便香經於糞穢死屍臭惡穢汙之所其風便臭若風香臭俱至風則香臭並兼盛者先顯風無形質香臭無形然風

持香臭遷之於遠識棄此身持善惡業遷受餘報亦復如是猶彼風大持物香臭致於他所又如人夢見衆色像種種事業而不自知安眠而卧福德之人命盡識遷亦復如是安隱不覺如夢遷化無所恐懼識之遷出不由喉口及諸竅穴莫測所從莫知徑戸爾時賢護勝上童眞頂禮佛足白佛言世尊雞鵝等子其卵未熟周帀細密識從何入子死卵中卵殼不破無隙無竅識從何出佛言賢護譬如烏麻瞻蔔華熏其油香美名瞻蔔油與凡麻油好惡殊隔油先無香以華熏種油遂成香香不破麻而入亦不破麻而出復無形質留止油内但以因緣力故香遷油内油成香澤雞鵝子識入出於卵亦復如是如瞻蔔香遷於油内識之遷運如日流光如摩尼照如木生火又如種子種之於地體化地中芽苗莖葉備顯於外生白不白赤等雜色種種之華種種力味成熟所爲種種差别同一大地等資四大各隨其種所生便異如是一識法界生於一切生死之身或黑或白或黄赤等淳和瞋暴種種殊品賢護識無手足無支節言語由法界中念力强大衆生死時識棄此身識與念力爲來生種即離於識不得法界離於法界亦不得識識與風大微妙念界受界法界和合而遷賢護白佛言若如是者云何世尊説識無色佛言賢護色有二種一内二外内謂眼識眼則爲外如是耳識爲内耳則爲外鼻識爲内鼻則爲外舌識爲内舌則爲外身識爲内身則爲外賢護如生盲人夢見美色手足面目形容殊麗便於夢中生大

愛悅及睡覺已冥無所見夜盡晝明人衆聚會盲者遂說夢中樂事我見麗人姿容殊絕園觀華茂人衆百千嚴飾嬉戲肌膚光澤肩髆緊滿臂長而圓猶如象鼻我於夢中獲大快樂適心喜歎賢護此生盲人未曾見物云何夢中而能見色賢護白佛言唯願開示佛告賢護夢中見者名内眼所是慧分別非肉眼見其内眼所以念力故盲者夢中須臾而現復以念力覺而憶之識之内色亦復如是復次賢護身死識遷猶如種子棄在地中四大攝持苗莖枝葉漸次遷化識爲念受善不善等四法攝持棄身遷化亦復如是賢護白佛言世尊云何善不善法攝持於識佛言賢護譬如妙玻瓈寶隨所處物若黑若白寶色隨物成白成黑善不善法攝持於識亦復如是隨所攝持成善不善遷化受報賢護復白佛言此身云何稟受於識佛言賢護此識無積無聚亦無生長譬如芽生非種不變而生亦非種壞而生然芽生時種則變毀賢護於意云何其芽所在止於何處子耶枝耶莖柯葉耶止樹頭耶賢護白佛言不也世尊芽無所止如是賢護識之在身止無處所非眼非耳鼻舌身等種生芽時如識微覺乃至華結含時如識有受含開華發時至結果如識有身識之生身徧身支體求識所止莫得其所若除於識身則不生如樹果熟堪爲將來樹之種子非不熟者如是報熟身死識種便現因識有受因受有愛繫著於愛便生於念識攝取念隨善惡業與風大并知念父母因緣合對識便託之如人面影現之於鏡非淨非

明面像不現鏡明面對影像乃現鏡中之像無受無念而隨人身屈伸俯仰開口談譃行來進止種種運動賢護影像顯現誰之力也賢護白佛言是人之力由有面故而有面影影像之色如面之色根具不具咸悉如面佛言面爲影因鏡爲影緣因緣和合故有影現由識因故有受想行及諸心所父母爲緣因緣和合而有身現如彼身鏡鏡中之影身去影滅身持影像或別現於水等之中識棄此身持善惡業遷受餘報亦復如是又如尼瞿陀烏曇婆等種子雖小能生大樹樹復生子子棄故樹更生新樹故樹經久質力衰微味液銷竭乾枯腐朽如是諸小生類其識棄身乗已之業或受種種諸類大身又如大麥小麥烏麻綠荳及摩沙等種種子實皆以種故芽莖華實生長成熟如是由有識故隨遷生類即便有覺由覺有受持善惡業受種種身又如蜂止華愛樂戀著嗅吮華味以自資養蜂棄此華更處餘華或棄香入臭或棄臭入香隨其所在莫不自愛戀結貪著識亦如是以福業故獲諸天身受勝樂果或棄天身以惡業故獲地獄報受衆苦果輪迴遷轉爲種種身識如鬱金紅藍芬陀利等其子皆白破其子中不見芽華不見異色種之於地以水潤液便有芽等順時滋長華果敷榮或赤或白種種之色色與芽等不在子中然離於子皆不得生識棄身已肉身容貌諸根諸入識中不見因緣和合識以妙視妙聞聲觸味法及以念入知已所造善惡等業以取身報如蠶作繭自作自纒於中遷化識亦如是識自

生身還自纏裹自棄捨身更受餘報由有種故有色香味識棄捨身隨其所遷諸根境界受及法界皆悉隨之如如意珠隨其所在樂具皆隨如日所在光明皆隨識亦如是隨其所遷受覺與想及法界等皆悉隨之識棄捨身攝一切性色因爲身無骨肉身有諸根故有受妙念知取善惡如棗石榴菴羅菴勒鼻螺蝎堅劫必他等種種之果或辛或苦或酸或甜或鹹或澀味力各別消熟所資其功不一及果壞已味力隨種遷化而生如是識種隨其所遷受念善惡咸悉隨之知棄此身受餘報身故名爲識知善惡業知業隨我知我持業遷化受報故名爲識身之所爲咸悉知之故名爲識譬如風大無形可取無質可持以因緣故作諸事業表有風大持冷持熱運香運臭搖振林木或鼓扇摧擊如是識無形質非視聽所取以因緣故識相具顯由識持身身知苦樂光色充盛行來進止言笑歡憂事業昭著當知有識

大乘顯識經卷上

音釋

叡俞芮切聖也
寓王矩切與宇同大也天地四方曰寓
遘古候切遇也
櫼即葉切櫂也橈也
裝縹裝則羊切飾也裹也縹匹沼切正作標俾小切卷袠飾也
帙直質切書帙也又書衣也
轟虎橫切車聲也
鬱紆勿切森鬱也衆多之貌
氈褥氈諸延切撚毛席也褥而蜀切裀褥也
繒綺繒慈陵切帛也綺去倚切亦繒也又細綾也
炫黃絹切炫燿也
踝胡瓦切足骨也又腿兩旁曰内外踝
餚饌餚胡交切豆實也凡非穀而食之曰餚饌離綰切具食曰饌
颺余章切飛舉也
鏗鏘鏗口莖切鏘七羊切鏗鏘金石聲也
囂許嬌切亦喧也
葩披巴切華也
昭晣晣陟列切昭晣明也
瘠秦昔切亦瘦也
輅落故切車也
竅穴竅苦弔切空竅也穴胡決切土窟也
吮祖兗切欶也

大乘顯識經卷下

中天竺國沙門地婆訶羅等奉 勑譯

爾時會中有月實勝上童真從座而起合掌白佛言世尊云何見色因云何見欲因云何見見因云何見戒取因佛告月實智見智境愚見愚境智者見諸姝麗美色了知穢惡唯是肉段筋骨膿血大脉小脉大腸小腸䏶液腦膜腎心脾膽肝肺肚胃生藏熟藏黃痰涕唾髮鬚毛爪大小便利薄皮裹之不淨汙露可畏可惡凡所有色皆四大生是爲色因月實如父母生身身之堅鞕爲地大流潤爲水大暖熱爲火大飄動爲風大有所覺知念及聲香味觸等界斯皆爲識月實童真復白佛言世尊將死之時云何識捨於身云何識遷於身云何識知今捨此身佛告月實衆生隨業獲報識流相續持身不絕斯畢報終識棄捨身隨業遷受譬如水乳和煎以火熱力乳水及膩各各分散如是月實衆生命盡以業力故形骸與識及諸入界各各分散識爲所依以取法界及法界念并善惡業遷受他報月實譬如大吉善蘇以衆良藥味力熟功和合爲之大吉善蘇棄凡蘇性持良藥力辛苦酸鹹澀甘六味以資人身便與人身作色香味識棄此身持善惡業及法界等遷受餘報亦復如是月實蘇質如身諸藥和合爲大吉善如諸法諸根和合爲業衆藥味觸資成於蘇如業資識服大吉善悅澤充盛光色美好安隱無患如善資識獲諸樂報服蘇違法顏容變惡慘無血氣色死土白如惡資識獲諸苦報月實吉善寶蘇無手足眼能取良藥色

香味力識亦如是取法界受及諸善業棄此身界受於中陰得天妙念見六欲天十六地獄見已之身手足端嚴諸根麗美見所棄屍云此是我前生之身復見高勝妙相天宮種種莊嚴華果卉木藤蔓蒙覆光明赫麗如新鍊金衆寶鈿飾彼見此已心大歡喜因大喜愛識便託之此善業人捨身受身安樂無苦如乘馬者棄一乘一譬如壯士武略備具見敵兵至著堅甲冑乘策驥駿所去無畏識資善根棄出入息捨界入身遷受勝樂亦復如是自梵身天爰至有頂生於其中爾時會中大藥王子從座而起合掌白佛言世尊識捨於身作何色像佛言善哉善哉大藥汝今所問是大甚深佛之境界唯除如來更無能了於是賢護勝上童眞白佛言大藥王子所問甚深其智微妙敏利明決佛告賢護此大藥王子已於毗婆尸佛所植諸善根曾於五百生中生外道家爲外道時常思識義識者云何云何爲識於五百生不能決了識之去來莫知由緒我於今日爲破疑綱令得開解於是賢護勝上童眞謂大藥王子言善哉善哉仁今所問微妙甚深月實之問其義淺狹猶如嬰兒心遊外境而不知內正法希聞諸佛難遇佛圓廣智無測深慧至妙之理應專啓請時大藥王子見佛熙怡顏容舒悅如秋蓮開踊躍歡喜一心合掌而白佛言世尊我愛深法渴仰深法常恐如來入般涅槃不聞正法而於五濁衆生之中愚無所知不識善惡於善不善熟與不熟不能覺了迷惑輪轉生死苦趣佛告大藥王子如來正法難遇難得

我於往昔爲半伽他登山自墜棄捨身命爲求正法經歷無量百千萬億種種苦難大藥汝所悕望皆恣汝問我當爲汝分別解説大藥王子白佛言唯然奉教世尊識相云何顯垂開示佛告大藥如人影像現之於水此像不可執持非有無辯如蒭洛迦形如渴愛像大藥王子白佛言世尊云何渴愛佛言如人對可意色眼根趣之名爲渴愛猶持明鏡規已面像若去於鏡面像不見識之遷運亦復如是善惡業形與識色像皆不可見如生盲人日出日沒晝夜明闇皆悉不知識莫能見亦復如是身中渴愛受想與念皆不可見身之諸大諸入諸陰彼皆是識諸有色體眼耳鼻舌及身色聲香味觸等并無色體受苦樂心皆亦是識大藥如人舌得食物知甜苦辛酸鹹澀等六味皆辯舌與食物俱有形色而味無形又因身骨髓肉血覺知諸受骨等有形受無形色知識福非福果亦復如是時賢護勝上童眞禮佛雙足白佛言世尊此識可知福非福耶佛言善聽非未見諦而能見識識不可視非如掌中阿摩勒果識不在於眼等之中若識在於眼等之中剖破眼等應當見識賢護恒沙諸佛見識無色我亦如是見識無色識非凡愚之所能見但以譬喻而開顯耳賢護欲知識之罪福汝今當聽譬如有人爲諸天神或乾闥婆等及塞建陀等鬼神所著賢護於意云何其爲天等鬼神所著其著之體求於身中可得見不賢護白佛言不也世尊天等鬼神所著其著之體無色無形身内外求皆不可見賢護其爲福勝諸大天

神之所著者即須好香華燒衆名香香美飲食清淨安置祭解供具咸須華潔如是此識爲福資者便獲尊貴安樂之果或爲人王或爲輔相或豪望貴重或財富自在或爲諸長或作大商主或得天身受天勝果由識爲福資身獲樂報如彼福勝天神所著得勝妙華香香美飲食便即歡喜病者安隱令得尊貴豪富自在當知皆是由福資識身獲樂果賢護其爲富單那等下惡鬼神之所著者便愛糞垢腐敗涕唾諸不淨物以此祭解歡喜病愈其人以鬼神力隨鬼神欲愛樂不淨臭汙糞穢識以罪資亦復如是或生貧窮或生餓鬼及諸食穢畜生之中種種惡趣由罪資識身獲苦果賢護勝上天神其著之體無質無形而受種種香潔供養識福無形受勝樂報

亦復如是富單那等下惡鬼神爲彼著者便受不淨穢惡飲食識資罪業獲諸苦報亦復如是賢護當知識無形質如天等鬼神所著之體供具飲食所獲好惡如資罪福得苦樂報大藥王子白佛言世尊云何見欲因佛言大藥互因生欲猶如鑽燧兩木互因加之人功而有火生如是因識及因男女色聲香味觸等而有欲生譬如因華生果華中無果果生華滅如是因身顯識循身求識識不可見識業果生身便謝滅身骨髓等不淨諸物咸悉銷散又如種子持將來果味色香觸遷植而生識棄此身持善惡業受想作意受來生報亦復如是又如男女愛欲歡會分離而去識身和合戀結愛著味玩貪悋報盡分離隨業受報父母因緣中陰對之以業力生識獲

身果愛情及業俱無形質欲色相因而生於欲是爲欲因大藥云何見戒取因戒謂師所制戒不殺不盜不邪婬不妄語不飲酒等行取謂執取是戒作如是見因是持戒當得須陀洹果斯陀含果阿那含果以是因故獲於勝有謂受人天等身斯皆是有漏善非無漏善無漏之善無陰熟果今此戒取是有漏種植之於識執善惡業識不淳淨煩惱因故受熟惱苦是爲見戒取因大藥白佛言云何識取天身乃至取地獄身佛言大藥識與法界持微妙視非肉眼所依以爲見因此微妙視與福境合見於天宮欲樂嬉戲見已歡喜識便繫著作如是念我當往彼染愛戀念而爲有因見已故身卧棄屍所作如是念此屍是我大善知識由其積集諸善業故令我今者獲於天報大藥白佛言世尊此識於屍既有愛重何不託止佛言大藥譬如剪棄鬚髮雖見烏光香澤寧可更植於身令重生不大藥白佛言不也世尊已棄鬚髮不可重植於身令其更生佛言如是大藥已棄之屍識亦不可重託受報大藥復白佛言世尊此識冥漠玄微無質可取無狀可尋云何能持象等大身衆生縱身堅固猶若金剛而能貫入壯夫之身力敵九象而能持之佛言大藥譬如風大無質無形止於幽谷或竅隙中其出暴猛或摧倒須彌碎爲塵粉大藥須彌風大色相云何大藥白佛言風大微妙無質無形佛言大藥風大微妙無質無形識亦如是妙無形質大身小身咸悉能持或受蚊身或受象身譬如明燈其焰微妙置之於室隨室大小衆

闍咸除識亦如是隨諸業因任持大小大藥白佛言世尊諸業相性彼復云何以何因緣而得顯現佛言大藥生諸天宮食天妙饌安寧快樂斯皆業果之所致也如人渴乏巡遊曠野一得清涼美水一無所得受渴乏苦得冷水者無人持與受渴乏者亦無遮障不許與水各以業因受苦樂報大藥應當以是見善惡業如空中月白黑二分又如生果由火大增熟便色異如是此身由福增故生勝族家資產豐盈金寶溢滿勝相顯盛或生諸天宮快樂自在斯皆善業福相顯現譬如種子植之於地果現樹首然其種子不從枝入枝而至樹首剖析樹身亦不見子無人持子置於枝上樹成根固求種不見如是諸善惡業咸依於身求之於身亦不見業如因種有華種中無華因華有果華中無果華果增進增進不見因身有業因業有身身中無業業中無身亦復如是如華熟落其果乃現身熟謝殞業果方出如有種子華果之因具有如是有身善惡業因備在彼業無形亦無熟相如人身影無質無礙不可執持不繫著人進止往來隨人運動亦不見影從身而出業身亦爾有身有業而不見業繫著於身亦不離身而能有業如辛苦澀殊味諸藥能滌淨身除一切病令身充悅顏色光澤人見之者知服良藥藥味可取熟功無形視不可見執不可得而能資人膚容色澤業無形質能資於身亦復如是善業資者飲食衣服內外諸資豐饒美麗手足端正形容姝好屋宅華侈摩尼金銀衆寶盈積安寧快樂歡娛適意當知此

爲善業之相生於下賤邊地貧窮資用闕乏悕羡他樂飲食麤惡或不得食形容弊陋所止卑下當知此爲惡業之相猶如明鏡鑒面好醜鏡像無質取不可得如是識資善不善業生人天中或生地獄畜生等中大藥應當如是見業與識和合遷化大藥言世尊云何微識能持諸根能取大身佛言大藥譬如獵者入於山林持弓毒箭而射香象箭毒霑血毒運象身支體既廢根境同喪毒流要害身色青赤猶如淤血毒殺象已便即遷化於意云何毒與象身多少大小可得比不大藥白佛言世尊毒與象身多少大小其量懸殊不可爲對猶如須彌比之芥子大藥如是識棄此身以取諸根棄此諸界隨業遷化亦復如是大藥復白佛言世尊云何微細之識任持大身而不疲倦佛言大藥須彌山王高八萬四千由旬難陀烏波難陀二大龍王各繞三帀二龍大息摇振須彌内海中水咸變成毒此二龍王長大力壯和修吉龍德叉迦龍二大龍王亦與之等於意云何四龍王識與蚊蚋識寧有異不大藥言世尊四龍蚊蚋其識無異大藥如一小渧跋錯那婆入四龍口四龍便死於意云何小渧藥毒龍口中毒何毒爲大大藥白佛言龍口毒大小渧藥毒甚爲微少大藥大身衆生力敵九象微妙之識無色無形非分別量隨業任持亦復如是如尼瞿陀子極微細種之生樹婆娑廣大枝條百千於意云何其子與樹大小類不大藥言世尊其子與樹大小相懸如藕絲孔比虚空界如是大藥樹於子中求不可得若不因子樹

則不生微細尼瞿陀子能生大樹微細之識能生大身識中求身身不可得若除於識身則無有大藥復白佛言云何金剛堅固不可壞識止於危脆速朽身內佛言大藥譬如貧人得如意寶以寶力故高宇彫樓妙麗宮室園林鬱茂華果敷榮象馬妓侍資用樂具自然而至其人於後失如意寶衆資樂具咸悉銷滅如意神寶堅固貞牢縱千金剛不能毀壞所生資用虛假無常速散速滅識亦如是堅固不壞所生之身速朽速滅大藥言世尊柔妙之識云何穿入麤鞕色中佛言大藥水體至柔激流懸泉能穿山石於意云何水石之質鞕輭如何大藥言世尊石質堅鞕猶若金剛水質柔輭爲諸樂觸大藥識亦如是至妙至柔能穿剛鞕大身之色遷入受報大藥

復白佛言世尊衆生捨身云何生諸天中乃至云何生於地獄等中佛言大藥衆生臨終之時福業資者棄本之視得天妙視以天妙視見六欲天爰及六趣見身搖動見天宮殿及歡喜園雜華園等又見諸天處蓮華殿麗妓侍遶笑謔嬉戲衆華飾耳服憍奢耶臂印環釧種種莊嚴華常開敷衆具備設見天天女心便染戀歡喜適意姿顏舒悅面若蓮華視不錯亂鼻不虧曲口氣不臭目色明鮮如青蓮華身諸節際無有苦痛眼耳鼻口又無血出不失大小便利不毛驚孔現掌不死黃甲不青黑手足不亂亦不瘃縮好相顯現見虛空中有高大殿彩柱百千彫麗列布垂諸鈴網和風吹拂清音悅美種種香華莊嚴寶殿諸天童子衆寶嚴身遊戲殿內見已歡喜

微笑齒現如君圖華目不張開亦不合閉語音和潤身不極冷亦不極熱親屬圍遶亦不憂苦日初出時當捨其壽所見明白無諸黑闇異香芬馥四方而至見佛尊儀歡喜敬重見巳親愛歡喜離辭猶如蹔行便即旋返安慰親知不令憂惱有流法爾生必當死勿以分別而生苦惱大藥善業之人臨命終時好樂布施種種伽他種種頌歎種種明白種種稱說正法之教如睡不睡安隱捨壽將捨壽時天父天母同止一座天母手中自然華出天母見華顧謂天父甚爲福吉希奇勝果天今當知子慶之歡時將不久天母遂以兩手搖弄其華弄華之時命便終盡無相之識棄捨諸根持諸境業棄捨諸界持諸界事遷受異報猶如乘馬棄一乘一如日愛引光如木

生火又如月影現澄清水識資善業遷受天報如脉風移速託華內天父天母同坐視之甘露欲風吹華七日寶瑠嚴身曜動炫煥天童朗潔現天母手大藥白佛言世尊無形之識云何假因緣力而生有形云何有形止因緣內佛言大藥如木和合相觸生火此火木中求不可得若除於木亦不得火因緣和合而生於火因緣不具火即不生木等之中尋火色相竟不可見然咸見火從木中出如是大藥識假父母因緣和合生有形身有形身中求識不得雖有形身亦無有識大藥如火未出火相不現亦無暖觸諸相皆無如是大藥若未有身識受想行皆悉不現大藥如見日輪光明照曜而諸凡夫不見日體是黑是白黃白黃赤皆不能知但以照熱光明出沒

環運諸作用事而知有日識亦如是以諸作用而知有識大藥白佛言云何爲識作用佛言大藥受覺想行思憂苦惱此爲識之作用復有善不善業熏習爲種作用顯識大藥白佛言云何識離於身便速受身識捨故身新身未受當爾之時識作何相佛言大藥如有丈夫長臂勇健著堅甲冑馬疾如風乘以入陣干戈既交心亂墜馬武藝捷習還即跳上識棄於身速即受身亦復如是又如怯人見敵怖懼乘馬退走識資善業見天父母同座而坐速託生彼亦復如是大藥如汝所問識棄故身新身未受當爾之時識作何相大藥譬如人影現於水中無質可取手足面目及諸形狀與人不異體質事業影中皆無無冷無熱及與諸觸亦無疲乏肉段諸大無言聲

身聲苦樂之聲識棄故身新身未受相亦如是大藥是資善業生諸天者大藥白佛言云何識生地獄佛言大藥行惡業者入於地獄汝當諦聽大藥此中衆生積不善根命終之時作如是念我今於此身死棄捨父母親知所愛甚大憂苦見諸地獄及見已身應合入者見足在上頭倒向下又見一處地純是血見此血已心有味著緣味著心便生地獄腐敗惡水臭穢因力識託其中譬如糞穢臭處臭酪臭酒諸臭因力蟲生其中入地獄者託臭物生亦復如是賢護勝上童眞合掌白佛言地獄衆生作何色相身復云何佛言大藥其愛血地生地獄者徧身血光身如血色生湯隍者身如黑雲生乳湯河者身黠斑雜作種種色體極輭脆猶如貴樂嬰孩之身其身

長大過八肘量鬚髮身毛並長垂曳手足面目虧曲不全閻浮提人遥見便死大藥白佛言地獄衆生以何爲食佛言大藥地獄衆生食無少樂惶懼馳走遥見鎔銅赤汁意謂是血衆奔趣之又有聲呼諸有飢者可速來食便走向彼至已而住以手承口獄卒以熱銅汁寫手掬中逼之令飲銅汁入腹骨節爆裂舉身火起大藥地獄衆生所食之物唯增苦痛無少安樂地獄衆生苦痛如是識不捨之亦不毀壞身如骨聚識止不離非業報盡苦身不捨飢渴苦逼便見園林華果敷榮廣博翠茂見已喜笑互相謂言此園翠茂清風涼美衆急入園須臾蹔樂樹葉華果咸成刀劒斬截罪者或中破身分爲兩段或大呌呼四面馳走獄卒群起執金剛棒或執鐵棒鐵斧鐵杖齧脣瞋怒身出火燄斫棒罪者遮不令出斯皆已業見如是事獄卒隨罪者後語罪者云汝何處去汝可住此勿復東西欲何逃竄令此園者汝業莊嚴可得離不如是大藥地獄衆生受種種苦七日而死還生地獄以業力故如遊蜂採華還歸本處罪業衆生應入地獄初死之時見死使來繫項驅逼身心大苦入大黑闇如被劫賊執捉將去作如是言訶訶禍哉苦哉我今棄閻浮提種種愛好親屬知友人於地獄我今不見天路但見苦事如蠶作絲自纏取死我自作罪爲業纏縛羂索繫項牽曳驅逼將入地獄賢護罪業衆生生地獄者苦相如是爾時賢護與大藥王子聞說是已身驚毛竪俱起合掌作如是言我等今者俱歸依佛請垂救護願令以此聞

法功德未脫有流處生死輪不落三塗入於地獄賢護復白佛言欲有請問唯願聽許佛言如汝悕望恣汝所問賢護白佛言世尊云何爲積云何爲聚云何爲陰云何爲身不遷佛言賢護智界見界意界明界以此四界和合成身四界境識名之爲積聚謂六界六入六入境三界因二入因即髮鬚毛爪皮肉膿血涕唾黃痰脂𦙶髓液手足面目大小支節和合崇聚名之爲聚猶如穀豆麻麥積集聚貯而成高大謂之爲聚其地水火風空識名爲六界眼耳鼻舌身意名爲六入色聲香味觸法名六入境即貪瞋癡名三界因又風黃痰亦名三因二入因者謂戒與信又有二因謂捨與施又有二因謂進與定又有二因謂善不善其受想行識此四名無色陰受謂領受苦樂等相及不苦不樂之相想謂知苦樂相行謂現念作意及觸識者是身之主徧行諸體身有所爲莫不由識不遷者謂身語意淨證獲道果此人死已識棄有陰不重受有不流諸趣極樂而還不復重遷是名不遷於是賢護與大藥王子禮佛雙足白言世尊佛一切智說此法聚當於未來作大利益安樂衆生佛言如來法聚常住非斷一切智者知而不爲我經無量勤苦積集智光今說此經此正法日爲諸衆生作大明照德譽普流一切智海爲能調心流注者說此經所在之處讀誦解說諸天鬼神阿脩羅摩睺羅伽咸悉擁護皆來拜禮水火王賊等怖皆不能害諸比丘從今已往於不信前勿說此經求經過者慎勿示之於尼乾子尼乾部衆諸外道中

亦勿說之不恭敬渴請亦勿爲說若違我教
虧損法事此人則爲虧損如來諸比丘若有
禮拜供養此經典者應當恭敬供養是人斯
人則爲持如來藏爾時世尊而說偈言

當勇超塵累　勤修佛正教　除滅死軍衆
如象踐葦蘆　持法奉禁戒　專精勿虧怠
以棄生流轉　盡諸苦有邊

佛說此經已賢護勝上童眞大藥王子并諸
比丘菩薩摩訶薩天人阿脩羅乾闥婆等普
大會衆聞佛所說歡喜奉行

大乘顯識經卷下

音釋

䏩 相千切脂也
液 夷益切津液也
腎 是軫切水藏也
脾膽 脾頻彌切上藏也膽都感切連肝之府也
鞕 魚孟切堅強也
鈿 亭年切以寶貝飾器曰鈿
驥駿 驥几利切良馬曰驥駿子峻切馬良而逸曰駿
鑽燧 鑽作官切燧徐醉切鑽燧謂鑽木取火也
蚊蚋 蚊無分切蚋而銳切並齧人飛蟲也
謔 虛約切戲調也
𤸷縮 𤸷巨員切手屈病也縮所六切足短縮也
酪 盧各切乳漿曰酪
脆 此芮切物小耎易斷曰脆
爆 巴校切火裂也
齧 五結切噬也
羂 姑眩切網也

佛說大乘方等要慧經

後漢安息三藏安世高譯

清刻龍藏佛說法變相圖

三經同卷

佛說大乘方等要慧經

彌勒菩薩所問本願經

度一切諸佛境界智嚴經

佛說大乘方等要慧經

後漢安息三藏安世高譯

聞如是一時佛遊於舍衛國爾時彌勒菩薩叉手白佛言世尊我欲小有所問若世尊聽敢有所問佛言若有所疑便問吾當爲汝解說使意歡喜彌勒問言云何菩薩摩訶薩不退轉法於大乘有進而不耗減行菩薩道降伏魔怨如其狀貌悉還教知諸法相之根不猒於生死自有正慧不從他受疾成無上一切智地世尊讚曰善哉善哉所問隨順甚善

大佳吾當爲汝解説菩薩所得之行踰於所
問諦聽善思念之於是彌勒受教一心靜聽
佛告彌勒菩薩有八法具足疾逮得無上一
切智地何謂爲八一者内性清淨二者所行
成就三者所施成就四者所願成就五者慈
成就六者悲成就七者善權成就八者智慧
成就是爲八事菩薩疾逮得無上一切智地
彌勒菩薩及衆會皆歡喜
佛説大乘方等要慧經

彌勒菩薩所問本願經

西晉三藏竺法護譯

清刻龍藏佛說法變相圖

彌勒菩薩所問本願經

西晋三藏竺法護譯

聞如是一時佛遊於披祇國妙華山中恐懼樹間鹿所聚處與大比丘衆俱比丘五百人一切賢聖神通已達悉尊比丘其名曰賢者了本際賢者馬師賢者恕波賢者大稱賢者賢善賢者離垢賢者具足賢者牛呞賢者鹿吉祥賢者優爲迦葉賢者那翼迦葉賢者迦翼迦葉賢者大迦葉賢者所說賢者所著賢者面王賢者難提賢者和難賢者羅云賢者阿難如是之比丘五百比丘復有菩薩如彌勒等五百人其名曰增意菩薩堅意菩薩辯積菩薩光世音菩薩大勢至菩薩英吉祥菩薩輭吉祥菩薩神通華菩薩空無菩薩喜信淨菩薩根土菩薩稱土菩薩柔輭音響菩薩

淨土菩薩山積菩薩具足菩薩根吉祥菩薩如是等菩薩五百人爾時彌勒菩薩從座起整衣服長跪叉手白佛言願欲有所問唯天中天聽者乃敢問佛告彌勒菩薩我常聽所問便問在所欲如來當隨其所欲而遣之令心歡喜於是彌勒菩薩得聽所問踊躍歡喜白世尊言菩薩有幾法行背棄諸惡道不墮惡知識中佛告彌勒菩薩善哉善哉彌勒菩薩多所哀念多所安隱愍傷諸天及人乃能發意問如來如此之義諦聽當思念之彌勒即言唯然世尊受教而聽佛言彌勒菩薩有一法行棄諸惡道不墮惡知識中何謂爲一謂寂靜平等道意是爲一法佛語彌勒菩薩復有二法行棄諸惡道不墮惡知識中何等爲二一者住於定無所起二者方便別諸所見是爲二法佛語彌勒菩薩復有三法行棄諸惡道不墮惡知識中何等爲三一者得大哀法二者知於空無所習三者所知無所念是爲三法佛語彌勒菩薩復有四法行棄諸惡道不墮惡知識中何等爲四一者立於戒二者於一切法無所疑三者樂處閑居四者等觀是爲四法佛語彌勒菩薩復有五法行棄諸惡道不墮惡知識中何等爲五一者常立德義二者不求他人長短三者自省身行四者常樂於法五者不自念身常救他人是爲五法佛語彌勒菩薩復有六法行棄諸惡道不墮惡知識中何等爲六一者不慳貪二者除弊惡之心三者無愚癡四者無麤言五者其意如虛空六者以空爲舍是爲六法佛語彌勒菩薩復有七法行棄諸惡道不墮惡

知識中何等爲七一者有善權之意二者能分别於諸法寳三者常精進四者常當歡悦五者得於信忍六者善解定意七者總智慧明是爲七法佛語彌勒菩薩復有八法行棄諸惡道不墮惡知識中何等爲八一者得直見二者直念三者直語四者直活五者直業六者直方便七者直意八者直定是爲八法佛語彌勒菩薩復有九法行棄諸惡道不墮惡知識中何等爲九一者菩薩已脱於欲遠離諸惡不善之法無有想念已得寂定歡喜行第一一心二者已除想念内意爲寂其心爲一無想無行便得定意心爲歡悦行第二一心三者離歡喜觀常爲寂定身得安隱如諸聖賢所説所觀心意無起行第三一心四者苦樂已斷歡悦憂慼皆悉爲止所觀無苦無樂其意清淨得第四一心五者過於色想六者無復説想七者不復念種種想悉入無央數虛空慧八者皆過無央數虛空慧入無量諸識識知之行九者皆過諸識知之慧無復有無之想皆過諸無識之慧便入有想無想之行悉過有想無想之行不見想得寂定三昧是爲九法佛語彌勒菩薩復有十法行棄諸惡道不墮惡知識中何等爲十一者得金剛三昧二者所住處有所進益三者得善權教授三昧四者得有念無念御度三昧五者得普徧世間三昧六者得於苦樂平等三昧七者得寶月三昧八者得月明三昧九者得照明三昧十者得二寂三昧於一切諸法具足彌勒是爲菩薩十法行棄諸惡道不墮惡知識中於是彌勒菩薩以偈讚佛

世尊本布施　妻子及飲食　頭目無所惜
佛德度無極　護禁無所犯　如鷂愛其毛
奉戒無與等　功德度無極　已現於忍力
悉等諸苦樂　忍辱爲大勢　佛德度無極
已了精進力　無上德對害　精進爲大志
勤德度無極　已斷一切惡　導師樂一心
大慧寂爲力　佛淨度無極　清淨慧自在
自然無所起　智慧常第一　佛明度無極
慧降魔官屬　樹下得大智　上義離諸穢
佛力降伏魔　世尊轉法輪　大身師子吼
恐伏諸外道　佛慧度彼德　色妙無與等
戒德及智慧　精進度諸岸　佛道過衆德
難譬不可喻　無上大智慧　常講諸法寶
光明導御衆

爾時賢者阿難白佛言未曾有世尊是彌勒菩薩所願具足說法無鈌減講法字句平等所說法句無所縛著講經竟無亂佛言如是如是阿難如其所云彌勒菩薩辯才具足所說經法無所鈌減佛言阿難彌勒菩薩不獨以偈讚我乃往過世千無央數劫爾時有佛號炎光具響作王如來無所著等正覺今有在成慧行安定世間父無上士道法御天上天下尊佛天中天爾時有慧梵志長者子名曰賢行從園觀出遥見如來經行身色光明無央數變見已心念甚善未曾有也如來之身不可思議巍巍如是光色妙好威神昭昭吉祥之德以爲莊飾願令我後當來之世得身具足如是光色威神昭昭吉祥之德而自莊飾作是願已便身伏地心念言審我當來之世得法身若如來無所著等正覺者如來

當過我身上於時世尊炎光具響作王如來知賢行長者子梵志心之所念便過其身上過越其上已便得不起法忍於是佛還顧告侍者言我所以過長者子梵志賢行身上即時令得不起法忍眼能洞視耳能徹聽知他人心中所念自知所從來生身能飛行神通具足佛適過梵志賢行身上便逹衆智五通具足無所亡失即以偈讚佛

人中尊無與等　往來世到十方
唯志道過諸行　願稽首覺導師
以過諸世間眼　及摩尼火炎光
佛光明爲最上　願稽首覺導師
如師子一鳴吼　諸小獸無不伏
佛講法亦如是　悉降伏諸異道
眉間相清且徹　威無量如積雪
其光明照三界　佛在世無與等
聖足下生相輪　其輪妙有千輻
此土地及山陵　不能動無上尊

是時佛告賢者阿難欲知爾時長者梵志賢行者今彌勒菩薩是賢者阿難即白佛言彌勒菩薩得不起忍久遠乃爾何以不逮無上正眞道最正覺耶佛語阿難菩薩以四事不取正覺何等爲四一者淨國土二者護國土三者淨一切四者護一切是爲四事彌勒菩薩本求佛時以是四事故不取佛佛言阿難我本求佛時亦欲淨國土亦欲淨一切亦欲護國土亦欲護一切彌勒發意先我之前四十二劫我於其後乃發道意此賢劫以大精進超越九劫得無上正眞之道成最正覺佛告賢者阿難我以十事致最正覺何等爲

十一者所有無所愛惜二者妻婦三者兒子四者頭目五者手足六者國土七者珍寶財物八者髓腦九者血肉十者不惜身命阿難我以此十事疾得佛道佛語阿難復有十事疾得佛道何等爲十一者以法立於戒德二者常行忍辱三者常行精進四者常一其心五者常行智慧度於無極六者不捨一切七者已得忍心等於一切八者不習空九者得空法忍十者得無想之法阿難我以此十事自致得佛道佛語賢者阿難我本求道時勤苦無數乃得無上正眞之道其事非一佛言阿難乃過世時有王太子號曰一切現義端正姝好從園觀而出道見一人得疾困篤見已有哀傷之心問於病人以何等藥得瘳卿病病人答曰唯王身血得瘳我病爾時太子即以利刀刺身出血以與病者至心施與意無悔恨佛語阿難爾時現義太子即我身是阿難四大海水尚可斗量我身血施不可稱限所以爾者求正覺故佛語賢者阿難乃往過世有王太子號曰蓮華王端正姝好威神巍巍從園觀出遊道見一人身體病癩見已即有哀念之心問於病人以何等藥瘳於汝病病者答曰得王身髓以塗我體其病乃愈是時太子即破身骨以得其髓持與病者歡喜惠施心無悔恨爾時太子即我身是佛語阿難四大海水尚可斗量身髓布施不可稱計佛語賢者阿難乃往去世有王號曰月明端正姝好威神巍巍從宮而出道見盲者貧窮飢餓隨道乞匃往趣王所而白王言王獨尊貴安隱快樂我獨貧窮加復眼盲爾時月

明王見此盲人哀之淚出謂於盲者有何等藥得愈卿病盲者答曰唯得王眼能愈我病眼乃得視爾時王月明自取兩眼施與盲者其心靜然無一悔意月明王者即我身是佛言須彌山尚可秤知斤兩我眼布施不可稱計佛語賢者阿難彌勒菩薩本求道時不持耳鼻頭目手足身命珍寶城邑妻子及以國土布施與人以成佛道但以善權方便安樂之行得致無上正眞之道阿難白佛彌勒菩薩以何善權得致佛道佛言阿難彌勒菩薩晝夜各三正衣束體下膝著地向於十方說此偈言

我悔一切過　勸助衆道德　歸命禮諸佛
令得無上慧

佛語賢者阿難彌勒菩薩以是善權得無上正眞之道最正覺阿難彌勒菩薩求道本願使其作佛時令我國中人民無有諸垢瑕穢於婬怒癡不大慇懃奉行十善我爾乃取無上正覺佛語阿難後當來世人民無有垢穢奉行十善於婬怒癡不以經心正於爾時彌勒當得無上正眞之道成最正覺所以者何彌勒菩薩本願所致佛語賢者阿難我本求菩薩道時欲護一切悉令得淨處於五濁婬怒癡中樂在生死所以者何是諸人民多爲非法以非爲是奉行邪道轉相賊害不孝父母心常念惡惡意向兄弟妻息眷屬及他人輕易師和尚常犯男女垢展轉相食噉願處是時世於中得爲佛若郡國丘聚縣邑但說衆惡轉相賊害瓦石相擊杖相撾撲便共聚會轉相罵詈自還其舍設置飯食以毒著中

欲害他人起想垢濁轉起誹謗伏匿過惡還相發露無復善意佛言阿難我以大哀普念一切爲此輩人現作佛事在於世間講說經法賢者阿難聞佛說此即白佛言未曾有是天中天如來等正覺能至勤苦普弘大意調御弊惡令得成就爲除重擔具足法寶爲此輩人說其經法佛言如是阿難如汝所言佛能忍此爾乃應如來等正覺教化剛強爲除衆冥用佛法德具足之故乃爲此人說其經法阿難白佛言我聞如來堅重精進等心如是衣毛爲竪此經名爲何等云何奉行佛言阿難此經名爲本願當持慈氏本行彌勒所問當善持之佛說經已彌勒菩薩賢者阿難賢者大迦葉諸大弟子及衆菩薩一切會者諸天龍神乾沓惒世間人聞經歡喜前爲佛作禮

彌勒菩薩所問本願經

度一切諸佛境界智嚴經

梁扶南三藏法師僧伽婆羅等譯

清刻龍藏佛說法變相圖

度一切諸佛境界智嚴經

梁扶南三藏法師僧伽婆羅等譯

如是我聞一時佛住王舍城耆闍崛山頂法界宮殿上與大比丘衆二萬五千人皆是阿羅漢諸漏已盡無復煩惱心善解脱慧善解脱調伏諸根摩訶那伽所作已辦可作已辦捨於重擔已得自事義有結已盡心得自在其名曰阿若憍陳如等及八大聲聞復有七十二億那由他菩薩摩訶薩其名曰文殊師利菩薩行吉菩薩佛吉菩薩藥王菩薩常起菩薩摩訶薩等能轉不退法輪善問無比寶頂修多羅等住法雲地智慧如須彌山常修行空無相無作無生無體深法光明功德圓滿威儀具足無數那由他世界如來所遺有大神通住無性相爾時世尊作是思惟是諸

菩薩摩訶薩從恒河沙等世界而來至此我當爲其說法令得大力當現神通相放大光明以諸菩薩當問我故爾時世尊放大光明普照十方無量不可思議三千大千微塵世界爾時十方一一方面十佛世界有不可說千萬億那由他微塵等諸菩薩各從本界乘不可思議無量神通而來集此復以不可思議供具供養如來隨意所造蓮華座於佛前坐瞻仰世尊目不暫捨是時於法界宮殿上起大寶蓮華師子藏座縱廣無量億由旬無量光明摩尼珠所成電燈摩尼珠爲交絡不可思議力摩尼珠爲竿以無譬喻摩尼珠爲眷屬過諸譬喻摩尼珠所莊嚴以自在王摩尼珠爲蓋以雜摩尼寶廁塡懸種種色旛彼大摩尼珠圍繞出十種無量億那由他光明

遍照十方世界爾時不可說百千萬億那由他微塵等數天龍夜叉乾闥婆阿脩羅迦樓羅緊那羅摩睺羅伽釋梵四天王從十方十佛世界來集於此復有諸天乘寶頂宮殿無數不可思議天女作百千萬億那由他妓樂亦來集此復有諸天乘寶華宮殿龍寶栴檀神珠宮殿眞珠宮殿寶衣宮殿金光明摩尼珠宮殿閻浮提金宮殿無量光明摩尼珠宮殿自在王摩尼珠宮殿如意摩尼珠宮殿覆帝釋摩尼珠宮殿大海聚清淨寶莊嚴普光明大摩尼珠意頂宮殿與無數不可思議千萬億那由他天女作諸妓樂而來集此咸以無數不可思議供具供養於佛供養佛已各隨意坐瞻仰世尊目不暫捨是時三千大千世界皆作閻浮提金色以種種摩尼珠爲樹

天華樹寶衣樹龍寶栴檀樹所莊嚴日月電燈等摩尼珠爲交絡遍覆世界懸種種旛無數千萬億那由他天女持種種瓔珞種種寶華爾時從大寶蓮華師子座出此伽陀

汝等今安坐　我當說眞實　人王師子座
如來功德造　我今日願滿　供養兩足尊
世尊今當坐　七寶蓮華座　當放大光明
照我及一切　說無上妙法　利益諸天人
衆生聞法者　當坐師子座　如是大光明
從如來身出　照無量世界　令一切歡喜
導師天中天　今當攝受我　我昔於此處
已值八億佛　唯願今世尊　必哀愍攝受

爾時世尊從光明座起坐寶蓮華藏師子座結加趺坐觀諸菩薩衆皆悉已集爲發起諸菩薩故當說空法爾時諸菩薩作是思惟此文殊師利童子菩薩當問如來不生不滅我等從久遠來不聞此法是時文殊已知如來欲說法相及諸菩薩心所思惟即白佛言世尊無生無滅法者其相云何文殊師利說此祇夜

無生無滅　云何可知　大牟尼尊　當說譬喻
此諸大衆　皆已來集　樂聞此義　願佛解說
今諸菩薩　諸佛所遣　亦皆樂聞　微妙法相

佛告文殊師利善哉善哉汝今所問能大利益一切世間令諸菩薩得作佛事文殊師利汝當諦聽勿起驚疑文殊師利不生不滅即是如來文殊師利譬如大地瑠璃所成帝釋毗闍延宮殿供具等影現其中閻浮提人見瑠璃地諸宮殿影合掌供養燒香散華願我得生如是宮殿我當遊戲如帝釋等彼諸衆

生不知此地是宮殿影乃布施持戒修諸功德爲得如此宮殿果報文殊師利如此宮殿實無生滅以地淨故影現其中彼宮殿影亦有亦無不生不滅文殊師利衆生見佛亦復如是以其心淨故見佛身佛身無爲不生不起不盡不滅非色非非色不可見非不可見非世間非非世間非心非非心以衆生心淨見如來身散華燒香種種供養願我當得如是色身布施持戒作諸功德爲得如來微妙身故如是文殊師利如來神力出現世間令諸衆生得大利益如影如像隨衆生見爾時世尊說此祇夜

如來常住　不生不滅　非心非色　非有非無
如瑠璃地　見宮殿影　此影非有　亦復非無
衆生心淨　見如來身　非有非無　亦復如是

文殊師利如日初出先照高山次及中山後照下地如來亦爾無心意識無相離相斷一切相不著彼不著此不住此岸不住彼岸不住中流不可思議非思惟所及不高不下無繫縛無解脫非智非無智非煩惱非不煩惱不眞實不虛妄非智非非智不可思議非不可思議非行非不行非念非不念非心非不心非意非不意非名非不名非色非無色無取無不取非說非不說非可說非不可說非可見非不可見非導師非非導師非得果非不得果如是文殊師利如來慧日光明照於三界先照菩薩如照高山次照樂緣覺聲聞人後照樂善根人乃至邪定衆生爲增長善法爲起未來因緣文殊師利如來平等無上中下常行捨心文殊師利如來不作是思惟

如是衆生我爲說勝法如是衆生說不勝法亦不思惟此衆生大意此衆生中意此衆生小意此樂善法此樂惡法此人正定此人邪定如來智光明無如是分別已斷一切分別想故以衆生有種種善根故如來智慧故有種種文殊師利如大海中有摩尼珠名滿一切衆生所願安置幢上隨衆生所須彼摩尼珠無心意識如來無心意識亦復如是不可測量不可到不可得不可說除過患除無明不實不虛非常非不常非光明非不光明非世間非非世間無覺無觀不生不滅不可思議無心無體不動不行無量無邊不可說無言語無喜無不喜無數離數無去無來無行處斷諸趣不可見不可執無校計非空非不空非和合非不和合不可思議不可覺知非穢非淨非名非色非業非果非過去非未來非現在無所有無聲無相離一切相非內非外亦非中間如是文殊師利如來清淨住大慈悲幢隨衆生所樂現種種身說種種法文殊師利如因聲生響非內非外亦非中間不生不滅不斷不常文殊師利如來亦爾非內非外亦非中間不生不滅無名無相隨諸衆生種種示現文殊師利如諸草木依地增長彼地平等離諸分別如是一切衆生善根依如來增長聲聞乘緣覺乘菩薩乘乃至裸形尼揵子等一切外道善根亦依如來增長如來平等無有分別亦復如是文殊師利如虛空平等無下中上如來平等亦復如是衆生自見有下中上文殊師利如來不作是念此衆生下意當現下身此中上意現中上身此

衆生下意當説下乘此衆生中意説縁覺聲聞乘此衆生上意爲説大乘文殊師利如來無如是意此衆生樂施我當説施戒忍精進定慧亦如是何以故如來法身平等離心意識無分別故文殊師利一切諸法悉皆平等平等故無住無住故無動無動故無依無依故無處無處故不生不生故不滅若能如是見者心不顛倒不顛倒故如實如實故無所行無所行故無來無來故無去無去故如如如如故隨法性隨法性故不動若隨法性不動則得法性若得法性則無希望何以故已得道故若得道則不住一切諸法不住一切諸法故不生不滅無名無相文殊師利若衆生著一切法則起煩惱起煩惱故不得菩提文殊師利白佛言世尊云何得菩提佛告文殊師利無根無處是如來得菩提文殊師利白佛言云何爲根云何爲處佛告文殊師利身見爲根不眞實思惟爲處文殊師利如來智慧與菩提等與一切諸法等是故無根無處是得菩提文殊師利菩提者寂靜云何寂靜内寂靜外寂靜何以故眼即是空非我非我所耳鼻舌身意空非我非我所以知眼空於色不行是謂寂靜如是以知耳空於聲不行是謂寂靜知鼻乃至意空亦如是文殊師利菩提者不動不行不動者不取一切諸法不行者不捨一切諸法文殊師利如來不動則如如實如如實者不見此岸不見彼岸不見此彼故則見一切法以見一切法故稱爲如來文殊師利菩提者無相無縁云何無相云何無縁不得眼識是無相不見色是無縁

不得耳識是無相不聞聲是無緣乃至意法亦如是文殊師利菩提者非過去未來現在三世等斷三世流轉文殊師利云何斷流轉以於過去心不起未來識不行現在意不動不住不思惟不覺不分別故文殊師利菩提者無形相無爲云何無形相不可以六識識故云何無爲無生住滅故是謂斷三世流轉文殊師利菩提者是不破句云何不破云何句無相是不破如實是句無住處是不破法界是句不動是不破空性是句不得是不破無相是句不覺是不破不作是句不希望是不破無自性是句衆生無自性是不破虛空是句不可得是不破不生是句不滅是不破無爲是句不行是不破菩提是句寂靜是不破涅槃是句不更生是不破不生是句文殊師利菩提者不可以身覺不可以心覺何以故身是無知如草木故心者虛誑不眞實故文殊師利若謂菩提身心所覺是依假名非眞實義何以故菩提不身不心不虛不實故文殊師利菩提者非語言可說何以故如虛空無處所不生不滅無名字故文殊師利一切法眞實不可說何以故一切法非眞實無語言不生不滅故文殊師利菩提者不可取無處云何不可取無處眼識不可取不得色爲無處耳識不可取不得聲爲無處鼻乃至意法亦如是菩提者不可覺以眼不取故不得色不得色故識無住處耳不取故不得聲不得聲故識無住處乃至意法亦如是文殊師利菩提者是說空以空一切諸法故空是如來所知空是如來所覺文殊師利不從空

有空爲如來所覺何以故以無相故復次文殊師利菩提因智亦是空性何以故以無相故文殊師利空及菩提悉無所有無二無數無名無相離心意識不生不滅無行無處非聲非說文殊師利但以名字說實不可說文殊師利如來悉知一切諸法從昔以來不生不起不盡不滅無名無相離心意識如是知故如是解脫亦不繫縛亦不解脫文殊師利菩提者與虛空等虛空者不平等非不平等菩提者亦不平等非不平等如是法相如來所覺文殊師利如阿㝹微塵不等非不等一切諸法亦如是以眞實智能如是知文殊師利云何眞實智知諸法未生者生生已即滅彼一切諸法無生無所攝故文殊師利菩提者如實句如實句者如菩提相不離如實色受想行識不離如實如菩提相地界不離如實水火風界不離如實如菩提相眼界色界眼識界不離如實乃至意界法界意識界亦不離如實此謂如實句文殊師利菩提者以行入無行文殊師利云何行云何無行行者緣一切善法無行者不得一切善法行者心不住無行者無相解脫行者可稱量無行者不可量云何不可量無可識故文殊師利菩提者無漏無取無漏者滅四流故云何爲四欲流有流見流無明流不著此四流是謂滅四流無取者滅四種取云何四取欲取見取戒取我語取此謂四取此一切取無明所闇渴愛所欺以展轉相生故文殊師利以如實智斷我語取根取根斷故身得清淨身清淨者是無生滅文殊師利無生滅者不起心意

識不思惟分別若有分別則成無明不起此無明則無十二因緣無十二因緣即是不生不生即是道道是了義了義是第一義第一義是無我義無我義是不可說義不可說義是十二因緣義十二因緣義是法義法義是如來義是故我說若見十二因緣即是見法見法即是見佛如是見無所見文殊師利菩提者清淨無垢無煩惱文殊師利空是清淨無相是無垢無作是無煩惱復次不生是清淨無爲是無垢不滅是無煩惱復次自性是清淨清淨是無垢無垢是無煩惱復次無分別是清淨不分別是無垢滅分別是無煩惱如實是清淨法界是無垢眞實觀是無煩惱虛空是清淨虛空是無垢虛空是無煩惱內身智是清淨內行是無垢不得內外是無煩惱知陰是清淨界自性是無垢不捨諸入是無煩惱於過去盡智是清淨於未來不生智是無垢現在法界智是無煩惱文殊師利此謂清淨無垢無煩惱此即寂靜寂靜者內外寂靜內外寂靜者是大寂靜大寂靜故說名牟尼文殊師利如虛空是菩提如菩提是諸法如諸法是一切衆生如一切衆生是境界如境界是泥洹文殊師利一切諸法與泥洹等最上無邊故無有對治無對治故本來清淨本來無垢本無煩惱文殊師利如是如來覺一切諸法已觀諸衆生起大慈悲令衆生遊戲清淨無垢無煩惱處文殊師利云何諸菩薩行菩薩行文殊師利菩薩不思惟不爲滅不爲生是爲行菩薩行復次文殊師利菩薩過去心已滅不行未來心未到不行現在

心雖有亦不行何以故不著過去未來現在故文殊師利是名菩薩行菩薩行文殊師利布施及如來無有二相是菩薩所行如是戒忍精進定慧及如來無二是菩薩所行文殊師利若菩薩不行色空是菩薩行不行色不空是菩薩行何以故以色自性空故如是菩薩不行受想行識空不空是菩薩行何以故心意識不可得故文殊師利一切無所有法當修當作證若證則無煩惱生無煩惱滅文殊師利生滅者是假名字說於實相中無起無滅文殊師利假使六趣四生衆生若有色無色有想無想二足四足多足無足悉得人身得人身故發菩提心發菩提心已一一菩薩供養恒河沙等諸佛及諸菩薩緣覺聲聞飲食衣服卧具醫藥一切樂具經恒河沙劫

乃至入涅槃後起七寶塔高百由旬寶蓋覆上懸摩尼珠寶珠爲莊校懸種種旛蓋自在王摩尼珠以爲交絡若有菩薩以清淨心聞此度一切諸佛境界智嚴經聞已歡喜受持信解乃至爲他說一偈一句勝前功德百分千分萬分億分乃至筭數譬喻所不能及何以故此經廣說不可思議清淨無相微妙法身故文殊師利若恒河沙等無數諸菩薩若恒河沙無數諸佛世界悉閻浮金所造乃至樹木華果皆閻浮金及以天衣莊嚴其樹一切光明摩尼珠網以覆其上自在王摩尼珠以爲宮殿電光摩尼珠以爲基陛懸衆寶旛日日以此供養恒河沙等無數諸佛如是經無數劫若有菩薩正念此經或宣說一句以前菩薩布施功德比此功德百分不及一百

千萬億分乃至筭數譬喻所不能及如是其
餘一切功德比此經功德無有及者爾時世
尊說此祇夜

若有受持此　微妙法身經　所得功德利
不可得稱量　假使諸衆生　皆悉生人道
並發菩提心　爲求一切智　如是諸菩薩
皆作大施主　以種種供具　供養無數佛
并及諸菩薩　緣覺與聲聞　乃至入滅度
各起七寶塔　高至百由旬　種種寶嚴飾
若人持此經　或說一句偈　出過此功德
無量無有邊　以此經所說　無相法身故
是故有智者　應當念受持　讀誦及書寫
以華香供養　所得功德果　不可得思議
不久詣道場　降魔成正覺　如是修妬路
諸佛所稱揚　即是妙法身　無相無言語
是故受持者　功德不可量

佛說此經已文殊師利等一切菩薩無量緣
覺及聲聞衆天龍夜叉乾闥婆阿脩羅迦樓
羅緊那羅摩睺羅伽人非人等一切大衆聞
佛所說歡喜奉行

度一切諸佛境界智嚴經

音釋

牛呞 梵語憍梵鉢提比云牛呞佛弟子名也呞書之切
鶻 胡葛切鶻鵃鷄也似雉
輻 方六切輪輳也謂輪中木之直指者
撾撲 撾陟瓜切擊也撲普木切小擊也
乾沓愢 梵語也亦名乾闥婆此云香陰沓達合切愢音和

佛遺日摩尼寶經

後漢月支沙門支婁迦讖譯

清刻龍藏佛說法變相圖

佛遺日摩尼寶經

後漢月支沙門支婁迦讖譯

佛在舍衛國祇洹阿難邠坻阿藍時與摩訶比丘僧千二百五十人菩薩萬二千人爾時佛語摩訶迦葉比丘言菩薩有四事法智慧爲滅何等爲四事一者不敬經不敬師二者人有欲聞經者中斷之三者人有求深經者愛惜不肯與四者自貢高輕侮他人是爲四菩薩復有四事法智慧爲增何等爲四一者恭敬經尊師二者人有來聽經者不中斷三者人有欲得深經者不愛藏四者具足爲人說經不從人有所徼冀常自精進常隨法行不譁說是爲四菩薩有四事世世亡菩薩道意何等爲四一者欺調其師二者主持他人長短人無長短誹謗之三者壞敗菩薩道四

者罵詈爲菩薩道者是爲四菩薩有四事世世所生念菩薩道不忘及自致至佛何謂四事一者不欺師盡其形壽不兩舌諛諂二者盡形壽不兩舌形笑他人三者慈心於人不念人惡四者視諸菩薩如見佛及初發意無異是爲四菩薩有四事法中道斷絕爲菩薩日減何謂爲四一者自貢高學外道二者獨欲自供養不欲令他人得三者反自憎菩薩還自相謗四者人有來常所聞經忘止令斷絕是爲四菩薩有四事求經道及有所求索不中斷何謂四事但求索好經法六波羅蜜及菩薩毗羅經及佛諸品去瞋恚之心敬事十方天下人如奴事丈夫樂於經不爲外道自益身也自守不說人惡及讒溺於人所不聞經不限佛智也隨其所喜經者各自聞得是爲四菩薩有四事心不委曲當遠離何謂爲四一者猶豫於佛法二者自貢高瞋恚頑佷用加於人三者貪嫉諛諂四者說菩薩短是爲四菩薩有四事直行至誠何謂爲四一者自有過惡不覆藏自悔欲除其罪二者實諦亡命亡國亡財不兩舌三者設有災變妄起至罵詈數數輕易及撾捶閉著牢獄設有是當自悔前世惡所致四者無恨無瞋恚悉自信是爲四菩薩有四事難調也何謂四事一者學經自用不隨師法二者所受教不用也不慈孝於師三者受比丘僧所信向妄與他人四者不敬於成就菩薩是爲四菩薩有四事易調也何謂爲四一者所聞經法隨教不過所聞者但聞取法不取嚴飾二者當恭敬於師無諛諂三者食知足持戒三昧如法

四者見成就菩薩持善心向心口身亦爾亦欲及其功德是爲四菩薩有四事得其過何謂四事一者本不相習不當妄信二者佛有深法不當妄教人是爲大過三者人有喜菩薩道者反教人羅漢道是爲大過四者於比丘僧中布施心不等與者是爲大過是爲四菩薩有四事得菩薩道何謂四事一者等心於十方人二者布施等心於十方人三者所作爲等心於十方人四者說經等心於十方人是爲四菩薩有四事憍稱爲菩薩何謂四事一者依經得生活二者但欲聲名不索佛道三者但欲自安不念苦人四者但口多說不欲度餘人是爲四菩薩有四事成其功德何謂四事一者信虛空二者所作惡信當悔三者心念萬物皆非我所四者極大慈於十方人是爲四菩薩有四惡知識何謂四一者教人爲羅漢道滅意二者教人爲辟支佛道自守無爲三者喜教人爲教道四者人來有學經者持財物誘訹不肯教人是爲四菩薩有四善知識何等爲四一者人所求索不逆他用是故成佛道二者經師是爲善知識多聞經故三者勸樂使人發意求佛成於功德四者佛天中天是善知識具足諸佛法故是爲四菩薩有四珍寶何謂爲四一者見佛已悉供養無二意二者六波羅蜜法悉聞三者常淨心向師四者止於愛欲常止空閑處是爲四菩薩有四事出於魔界何謂爲四一者不捨菩薩心二者無有瞋恚心向於十方人大如毛髮三者悉學外餘道四者恭敬於諸菩薩是爲四菩薩有四事得功德不可復計

何謂爲四一者持法施與人不希望欲有所得二者人有犯戒者當慈哀之三者多教人爲菩薩道四者有下賤人來毀辱菩薩悉當忍之是爲四佛語迦葉言不用字爲字菩薩也隨法行隨法立用是故字菩薩菩薩凡有三十二事何謂三十二事安隱慈心於人自念智慮少去自用不高自僑堅住不動還所與親厚及至般泥洹善知識惡知識等心無有異所作爲不懈怠常和暢向於十方人不中斷等心悉偏至不斷慈心索諸經法不忘於經法中無有飽時所有惡不覆藏皆發露他人有短不念其短惡諸福功德悉究竟索所施與但發心索佛耳一切不索有所生心向十方人不適有所憎無思想之禪不願於其中也漚惒拘舍羅護於智慧四事雜布施

不樂於外事不喜於小道心喜於大道離於惡知識習善知識以五句自娛樂譬如月初生時稍稍增益於智慧稍稍如是不隨非法所語無異所説諦者恭敬佛言如是迦葉三十二事是故名爲菩薩佛言迦葉譬如地一切人隨其所種其地亦不置人也如是發意菩薩自致乃成佛饒益十方人亦適無所置也迦葉譬如春夏温暖所種成熟菩薩智慧成熟十方功德如是譬如水百穀草木皆因水茂盛菩薩如是發心諸經法悉從中生譬如風悉成諸佛國土菩薩如是漚惒拘舍羅悉成諸佛經譬如日無所不照天下人皆見其明菩薩如是智慧光明悉照十方人經道之明譬如月初生時日日增益菩薩如是精進具足於功德譬如師子獨行獨步無所畏

菩薩如是被威德之鎧獨行獨步無所畏譬如草木雖無上枝下根由復生菩薩如是雖斷三處極大慈續見世間譬如萬川四流皆歸於海合爲一味菩薩如是持若干種行合會功德持用成願一味入薩芸若中譬如須彌山忉利住其上菩薩如是發心成薩芸若譬如樹蔭却雨菩薩如是持極大慈雨於經道譬如國王得傍臣共治則好漚惒拘舍羅如是菩薩所作爲如佛譬如天晴欲索雨不能得也菩薩如是不學經道豫知不高明也譬如遮迦越羅之所處自然有七寶自然來生菩薩如是初生薩芸若意然後自然生三十七品經譬如更治摩尼珠其價增倍多所饒益師成一人爲菩薩道衆阿羅漢辟支佛皆依用得度譬如毒藥在人手中不害傷人

菩薩雖在愛欲中持智慧不入惡道譬如郡國多積糞壤有益稻田菜園菩薩雖在愛欲中益於天上天下佛語迦葉若有菩薩欲學極大珍寶之積遺日羅經當隨是經本法所進何等爲本法無法無我無人無壽無常無色無痛痒無思想無生死識是爲法本根有常在一邊無常在一邊有常無常適在其中無色無見無識是故爲中之智黠本也譬如大地爲一界復一佛界兩界之際中無色無見無識無我無識無所入無所語是爲智黠本也心爲一邊無心爲二邊設無心無識無我無識是爲中間之本諸佛經法等無有異有德無德内事外事有世間無世間爲度者未度者脱愛欲未脱愛欲泥洹等無有異有在一邊無有在一邊有無有適在中間是爲

智黠中本也佛語迦葉我爲汝曹說法從生至死身所出生苦癡在一邊黠在一邊無癡無黠適在中間是爲智黠中間之本佛語迦葉空不作法法本無空無相不作法法本無相無願不作法法本無願無死生不作法法本無死生無生無出生無滅無處所無形不作法法本無形當隨是本法是爲中間視本法不自分別解身爲空也空棄空中之空本自空甫當來空現在空佛語迦葉人寧著癡大如須彌山呼爲有其過不足言耳人有著空言有空其過甚大若有著癡者曉空得脫著空者不得脫佛語迦葉言譬如人病得良醫與藥藥入腹中不行於迦葉意云何是人能愈不迦葉報言大難佛言外餘道曉空得脫著空不得脫譬如人畏於虛空啼哭教人却去虛空佛語迦葉是人寧却虛空不迦葉言不可却也佛言如是迦葉若沙門婆羅門畏於虛空其人亦空語復畏空是人爲狂無有異佛語迦葉言譬如畫師自畫鬼神像還自復恐怖譬如人未得道者如是色聲香味坐是墮死生中不曉法譬如木中火出還自燒木從觀得黠自燒身譬如幻師化作人還自取幻師噉如是色聲香味對從中出念噉空無他奇佛語迦葉譬如燈炷之明不自念言我當逐冥去冥也然燈炷照不知冥所去處如是智慧不念我當去愚癡得智黠不知愚癡所去處也是智黠無所從來亦無有持來者是燈炷明是冥空不可得持也是智黠是癡兩者俱空無所持也譬如大舍小舍百歲若千歲未嘗於其中然燈火也却後各於

中然燈佛語迦葉於迦葉意云何是冥在中千歲若我豪強不出迦葉白佛言不也冥雖久在中見火明不敢當即去佛言如是迦葉菩薩數千巨億萬劫在愛欲中爲欲所覆闇佛經一反念善罪即消盡燈炷明者於佛法中智黠明是也冥愛欲即爲消盡譬如虛空中不生穀實也地種乃生穀實耳如是泥洹中不生菩薩也糞治其地穀種潤澤生於愛欲中生菩薩佛語迦葉譬如曠野之中若山上不生蓮華及優鉢華也菩薩不於衆阿羅漢辟支佛法中出也譬如大陂水汙泥之中生蓮華優鉢華也從愛欲中生菩薩法譬如四大海停住菩薩於三界功德中潤澤成菩薩道譬如稾虫食芥子空羅漢辟支佛智爾所耳譬如麻油破一髮作百分持一分搵油麻中爲出幾所滴羅漢辟支佛智如是如十方空所至菩薩曉佛智如是譬如遮迦越羅有千子無有一子應遮迦越羅相也雖有爾所子不在子計中也有羅漢數千巨億萬人不在佛計中無一菩薩佛雖有爾所羅漢不具足爲佛子也譬如遮迦越羅正夫人與貧窮人共交通從中生子佛語迦葉是寧應爲遮迦越羅子不乎迦葉報佛言不也佛言如是迦葉雖有羅漢從法中出是非佛子也不類菩薩何以故菩薩不斷佛法故譬如遮迦越羅與青衣交通却後生子具足成遮迦越羅相雖從青衣生由爲是遮迦越羅子也如是菩薩雖在生死中行力少會爲佛子譬如遮迦越羅夫人懷軀七日會當成遮迦越羅相也諸天皆徹視見腹中胞胎雖遮迦越羅

子多者無遮迦越羅相諸天言由不如供養腹中七日子也發意菩薩如是中有爲佛道諸天心念言雖有羅漢數千萬億豪尊不如供養發意菩薩也譬如摩尼珠有水精大如須彌山不如一摩尼珠初發意菩薩衆阿羅漢辟支佛所不能及也譬如遮迦越羅有少子諸小王傍臣皆爲作禮初發意菩薩如是諸天釋梵世間人龍鬼神皆爲作禮譬如大山諸藥草悉出其巔亦無有主隨其有病者與諸病皆愈菩薩如是提持智慧藥愈十方天下人生死老病悉等心譬如月初生人皆爲作禮月成滿無有爲作禮者若有信佛者於佛法中菩薩發意若有信佛者多爲菩薩作禮者何以故從菩薩成佛故譬如有智者不捨月爲星宿作禮也高人如是不捨菩薩

爲羅漢作禮也譬如天上天下共治一水精會不能得摩尼珠也一切自守持戒禪三昧智黠羅漢雖衆不能坐佛樹下不能作佛也爾時佛語摩訶迦葉菩薩學用十方人故菩薩作功德用十方人故菩薩作功德不自貢高菩薩常當教十方人愈其病何等爲愈病婬者以觀爲藥瞋恚者以等心爲藥癡者以十二因緣爲藥疑不信者以空爲藥欲處色處無色處若欲覺此者以無相爲藥是我所非我所愛欲所念以無願爲藥四顛倒各自有藥何等爲各自有藥一者有常以無常爲藥二者有樂以苦爲藥三者有言是我所以非我所爲藥四者有身以觀爲藥四意止以身心爲念是爲藥四意斷一切惡悉斷是爲藥四神足念合會成身以空棄爲藥五根五

力不信懈怠念功德爲藥七覺意入法黠是爲藥外道及不信以八道爲藥是爲各各分別藥佛語迦葉若閻浮利若醫若醫弟子者或醫王最尊者三千國土滿其中者或醫王滿其中雖有乃爾所醫王不能愈外道及不信者不知當持何等法藥愈也菩薩作是念不持世間藥愈人病也當持佛法藥愈人病何等爲佛法藥隨其因緣黠慧中無我無人無壽無命信空度脫空無空聞是不恐不懼持精進推念心何等心入婬何等心入瞋怒何等心入癡持過去當來今現在心入耶過去爲盡甫當來未至今在無所住也佛語迦葉言心無色無視無見佛語迦葉言諸佛亦不見心者本無所有無所因也自作是因緣自得是死生心遠至而獨行心譬如流水上生泡沫須臾而滅心譬如天暴雨卒來無期愛欲亦如是卒來無期心譬如飛鳥獼猴不適止一處也心所因不適止一處也譬如畫師各各賦彩心各各異如是隨行所爲譬如王於衆人中爲上心於諸功德中無上譬如倉蠅在糞上住自以爲淨心亦如是入愛欲中自以爲淨心譬如怨家擲人著惡道中無有期也譬如持灰作城持無常作有常譬如持鉤行釣魚得心持非我所是我所心譬如賊所作功德反自辱譬如蝯上上下心須臾有愛須臾有憎心譬如怨家但伺人便心常欲聞香譬如畫瓶盛屎有何他奇心喜味譬如奴隨丈夫使心樂對譬如飛蛾自投燈火中佛語迦葉心索之了不可得雖不可得是爲無有雖無有因爲無所生雖無所生亦無

所出雖無所出亦無所壞雖無所壞亦無有死亦無有生雖無所生無所死本無因緣死生雖本無因緣無生亦無願也雖無願亦無所持雖無所持是爲羅漢滅是爲羅漢滅無戒禁也若死生若計所作罪本無有是無死生是爲羅漢滅羅漢滅亦無身行無口行無心行是滅無有異也何以故諸經一味故是滅皆等如虛空是滅適無所莫亦無是我所亦非我所是滅諦本無諦是滅本淨無愛欲之瑕穢也本滅雖本滅是滅隨次至於泥洹是滅無盡也本無有生也是滅安隱用至泥洹故安隱是滅也常滅常經無本是滅好去本無死生佛語迦葉言自求身事莫憂外事後當來世比丘輩譬如持塊擲狗狗但逐塊不逐人當來比丘亦爾欲於山中空閑之處常欲得安隱快樂不肯內自觀身也如是爲不曉色耳鼻舌身從是何緣得脫乎從是入城乞匃若至聚邑見色聲香味細輭欲得者便爲墮衰於山中若多少持戒不內觀死則天上生從天上來下生世間從是以後不離三惡道佛語迦葉言比丘如狗逐塊人罵亦復罵之人撾亦復撾之不制心者亦如是譬如調馬師馬有搪揬者當數數教之久後調好比丘時時法觀制心調亦不見其惡如是譬如人病喉咽痛舉一身皆爲痛人心繫於是我所非我所隨外道亦如是佛語迦葉言沙門有二事墮牢獄中一者言是我所二者求人欲得供養沙門復有二事縛何謂二事一者學外道二者多欲積衣被及袈裟鉢沙門復有二事中道斷何等爲二事一者與白

衣厚善二者見好持戒沙門反憎沙門復有二事墮垢濁中何謂二事一者常念愛欲二者喜交結知友沙門復有二事著何等爲二事自有過不肯悔反念他人惡沙門復有二事墮泥犁中何等爲二事一者誹謗經道二者毀戒沙門復有二事何等爲二事一者都犯戒二者於法中無所得沙門復有二事悔何等爲二事一者不應行强披袈裟二者身不自持戒持戒比丘反承事沙門復有二事病難愈何等爲二事一者心邪亂二者人有作菩薩道者止斷佛語迦葉沙門何故正字沙門有四事字爲沙門何等爲四一者形容被服像如沙門二者外如沙門内懷諛諂三者求索譁名自貢高四者行不犯眞沙門也何等爲形容被服如沙門者髡頭剃鬚著袈裟持鉢心不正不持戒但欲作惡喜學外道是爲被服如沙門何因外如沙門内懷諛諂者安徐而行安徐而出安徐而入外道麤惡於山間草屋爲廬内無信著我著我所中有因苦直信者反自嫉妬何因爲求索譁名者諛諂持戒令他人稱譽諛諂學經令他人稱譽諛諂僻處令人稱譽不自尅責求度脱但有諛諂何等爲行不犯眞沙門不惜壽命捐身何況索歸遺供養者若有比丘守空行常歡樂追及悉見諸法淨潔本無瑕穢自作黠明不從他人持黠明於佛法亦不著何況常著色亦無結者亦無脱者本無不見泥洹亦無死生亦無泥洹是爲眞沙門佛語迦葉至誠沙門常當作是念當効眞沙門莫効譁名諛諂沙門也譬如貧人號名大富但得富名

無所有也佛語迦葉是人應得爲有是字不迦葉言不也佛言如是迦葉雖有沙門字不行沙門法也亦如貧人自稱大富譬如人爲水所没溺反渴欲死沙門如是多諷經高才不去情欲於情欲中渴欲死坐入泥犁禽獸薜荔中譬如醫滿一具器藥不能自愈其病雖多諷經而不持戒譬如人病得王家藥不自護坐死雖多諷經而不持戒如是譬如摩尼珠墮於屎中雖多諷經而不持戒譬如死人著金傅飾不持戒反被袈裟像如持戒沙門譬如長者子服飾著新衣著新傅飾多諷經持戒好亦如是佛語迦葉有四事不持戒像類持戒人何等爲四一者若有比丘禁戒所說不犯缺也雖有是有著呼有人二者若比丘悉知律經著行是我所行三者若有比丘著我是我所四者常行等心等心於人著怖畏於死生是爲沙門不持戒名持戒佛語迦葉言禁戒無形不著三界何因名爲戒無吾無我無人無命無意無名無種無化無教無有作者無所來無所去無制無滅無身所犯無口所犯無心所犯無世無計無世所住亦無有戒亦不無戒亦無所念亦無敗壞亦無坐立是故爲禁戒矣爾時佛說曰戒無瑕穢著也戒者無奢無瞋恚安定就泥洹如是爲持戒不愛身亦不愛命不樂於五道悉曉了人於法於佛法中是故爲戒適不在中邊止也中邊不著不著不縛譬如空中風是爲持戒名及種無所止也人定心無所著無我想無人想曉是者是爲淨持戒也不輕於禁戒不自貢高常欲守道持戒如是無有能過

者離我所想自我及是我所都無有是也信於空及佛法行不點汚於世不著於世間從冥入明適無所因不著於三界是爲持戒時佛說是經法二萬二千諸天人及世間人民諸龍鬼神皆得須陀洹道八百沙門皆得阿羅漢道五百沙門素皆行守意得禪道聞佛說深經皆不解不信便從衆坐辟易亡去迦葉比丘白佛言是五百守禪比丘聞深經不解不信摩何而去佛語迦葉是五百守禪比丘信餘衆多聞深法教不解不信佛語迦葉是五百比丘者乃前迦葉佛時皆作婆羅門道於迦葉佛所一反聞經道心意樂喜即時五百人自說言迦葉佛所說快乃爾五百人得是福祐壽終皆生忉利天上佛言五百比丘得是福已後於我法中作沙門今聞深經不解不信佛語迦葉言是五百比丘持是所聞深經得不墮惡道於今世皆當得阿羅漢般泥洹去佛語須菩提言汝行教五百亡去比丘令來還須菩提白佛言是五百比丘尚不欲聞佛所說何肯隨小羅漢語乎佛即時化作兩比丘於五百比丘前徐行五百比丘皆使行及前兩比丘五百比丘問前兩比丘言二賢者欲何至湊兩比丘報言欲到空閑山中安隱之處自守坐禪不能復憂餘五百人復問言何以故兩比丘復報言佛所說深經我不信不解也五百人復報言我亦欲入山止空閑之處快坐禪無人來嬈我我曹亦復聞佛說經不信不樂也兩比丘復報言是事當共諦議不戲也不爭者是爲比丘法也何因爲泥洹身中有我有神有命有人有意

耶當有至泥洹處者耶五百人報言是身亦無人亦無我亦無命亦無意亦無有行至泥洹處者也兩比丘復報言何等盡當得泥洹者五百人復報言盡婬盡怒盡癡是爲泥洹兩比丘復問言卿曹婬怒癡悉盡未五百人復報言亦無内亦無外也兩比丘復問言賢者當莫著亦莫不著雖不著莫不著是爲泥洹禁戒不在死生亦不在泥洹智黠適等度脱見黠亦不在死生亦不在泥洹是本法空無色亦無所見棄思想棄泥洹想滅思想痛癢得疾至所有法莫念亦莫不念滅思想痛癢是爲無所爲爾時兩比丘説是經法五百人皆得阿羅漢道五百人屈還至佛所須菩提問五百人言諸賢者去至何所從何所來五百人報言佛説經無所從來去亦無所至須菩提問五百人誰是汝師者五百人報言本無有生何因當有出須菩提復問誰爲卿曹説經者五百人報言無五陰無四大無六衰是爲我師須菩提復問言師爲汝説何等經五百人復報言無縛亦無放須菩提復問言本從何因縁守道乎五百人報言亦無守亦無有不守須菩提復問言所作爲當如是五百人復報言亦無有當所作如是者須菩提復問言以爲降伏魔耶五百人復報言無有五陰與魔也須菩提復問言卿曹當何時般泥洹乎五百人復報言化人般泥洹者我爾時亦當復般泥洹須菩提復問言誰愈卿者五百人復報言無身無心是我師也當愈我須菩提復問言卿曹愛欲豈盡未五百人復報言諸經法本盡須菩提復問言卿曹已

住羅漢地耶五百人復報言亦無所取無所放須菩提復問言卿曹死生已斷耶五百人復報言本斷亦無所見須菩提復問言卿曹住能於忍地耶五百人復報言一切已脫著中去時須菩提問事以所可報五百人爾時百二十萬人及諸天鬼神龍皆得須陀洹道千三百比丘皆得阿羅漢道佛說經已比丘比丘尼優婆塞優婆夷諸天世人鬼神龍皆歡喜前爲佛作禮而去

佛遺日摩尼寶經

音釋

邠坻 梵語正云阿那他擯荼陀揭利呵跛底阿那他云無依亦名孤獨擯荼陀此云團施因好施孤獨故以爲名邠彼貧切坻直尼切

徼 堅堯切要求也

譁 胡瓜切讙也諠譁也

撾捶 撾陟瓜切捶主蘂切撾捶並擊也

誘 與久切誘引也

誄 雪律切諛誄也亦誘也

傗 丑六切憤起貌

色

陂 波爲切大澤也

揾 烏困切以手捺物也

湊 倉奏切趣也

娆 而沼切擾也亂也

佛說摩訶衍寶嚴經

一名大迦葉品

晉代失譯師名

清刻龍藏佛說法變相圖

佛說摩訶衍寶嚴經一名大迦葉品

晋代失譯師名

聞如是一時佛遊王舍城耆闍崛山中與大比丘衆八千人俱菩薩萬六千人從諸佛國而來集此悉志無上正眞之道爾時世尊告尊者大迦葉曰菩薩有四法失般若波羅蜜云何爲四一者不尊法不敬法師二者爲法師者慳惜悋法三者欲得法者爲法作礙呵責輕易不爲說法四者憎慢貢高自大譽毁他是謂迦葉菩薩有四法失般若波羅蜜復次迦葉菩薩有四法得般若波羅蜜云何四一者尊法敬重法師二者隨受聞法廣爲他說心無愛著亦無所求爲般若波羅蜜故捨一切財物求多學問如救頭然三者聞已受持四者行法不著言說是謂迦葉菩薩有四

法得般若波羅蜜復次迦葉菩薩成就四法忘菩薩心云何爲四一者欺誑師尊長老二者他無惡事説有所犯三者摩訶衍者毀呰誹謗四者諂僞心無至誠是謂迦葉菩薩成就四法忘菩薩心復次迦葉菩薩成就四法一切始生至于道場菩薩之心常現在前終不忘失云何爲四一者寧死終不妄語二者一切菩薩起世尊想四方稱説三者無有諂僞其心至誠四者不樂小乘是謂迦葉菩薩成就四法一切始生至于道場菩薩之心常現在前終不忘失復次迦葉菩薩成就四法生善法則滅善不增長云何爲四一者貢高憍慢學世經典二者貪著財物數至國家三者嫉妬誹謗四者未曾聞經聞説誹謗是謂迦葉菩薩成就四法生善則滅善不增長復

次迦葉菩薩成就四法善不衰退增長善法云何爲四一者樂聞善法不樂聞非法樂六度無極菩薩篋藏二者下意不慢衆生三者以法知足除去邪慢化犯不犯不説其過不求他人誤失之短四者所不知法不説是非以如來證如來無量境界隨衆生根佛所説法我不能達是謂迦葉菩薩成就四法善不衰退增長善法復次迦葉心有四曲菩薩當除云何爲四一者猶豫疑於佛法二者憍慢不語恚怒衆生三者他所得利心生慳嫉四者毀呰誹謗不稱譽菩薩是謂迦葉心有四曲菩薩當除復次迦葉菩薩有四順相云何爲四一者所犯發露而不覆藏心無纏垢二者眞言致死終不違眞三者所説而不相奪一切侵欺訶罵輕易撾捶縛害一切是我宿

命所作不起恚他不生使纒四者堅住不信他説至信佛法亦不信之内清淨故是謂迦葉菩薩有四順相復次迦葉菩薩有四惡云何爲四一者多聞調譺行不如法不順教誡二者離於正法不敬師長不消信施三者失戒定慧癡罔受施四者見於調御智慧菩薩不敬貢高而輕慢之是謂迦葉菩薩有四惡復次迦葉菩薩有四智一者未聞者聞行如法二者依義不以文飾三者順教誡善語所作皆善孝順師尊得戒定慧而食信施四者見於調御智慧菩薩與善敬心是謂迦葉菩薩四智復次迦葉菩薩有四差違云何爲四一者未悉衆生便謂親厚菩薩差違二者衆生不能堪受微妙佛法而爲説之菩薩差違三者愛樂上妙爲説下乘菩薩差違四者衆生正行皆得妙法而相違反菩薩差違是謂迦葉菩薩有四差違復次迦葉菩薩有四道云何爲四一者等心爲一切衆生二者勸一切衆生學佛智慧三者爲一切衆生而説正法四者令一切衆生順於正行是謂迦葉菩薩四道復次迦葉菩薩有四惡知識云何爲四一者聲聞但自饒益二者緣覺少義少事三者世俗師典專在言辯四者習彼但得世法不獲正法是謂迦葉菩薩四惡知識復次迦葉菩薩有四善知識云何爲四來乞求者是菩薩知識長養道故爲法師者是菩薩知識多聞長養般若波羅蜜故勸出家學道者是菩薩善知識長養一切諸善根故諸佛世尊是菩薩善知識長養一切諸佛法故是謂迦葉菩薩四善知識復次迦葉有四像菩薩

云何爲四一者貪利不求功德二者但自求樂不爲衆生三者但自除苦不爲衆生四者欲得眷屬不樂遠離是謂迦葉四像菩薩復次迦葉菩薩有四眞功德云何爲四一者解空而信行報二者解無吾我大慈衆生三者雖樂泥洹不捨生死四者行布施教化衆生不望其報是謂迦葉菩薩四眞功德復次迦葉菩薩摩訶薩有四大藏云何爲四一者值佛出現於世二者聞説六度無極三者見法師心中無礙四者不放逸樂住山林是謂迦葉菩薩有四大藏復次迦葉菩薩有四法越度衆魔云何爲四一者不捨菩薩心二者心不礙一切衆生三者不染著一切諸見四者不輕慢一切衆生是謂迦葉菩薩四法越度衆魔復次迦葉菩薩摩訶薩有四法攝受一切善法云何爲四一者常止山澤心無欺詐二者有恩無恩心常忍辱三者四恩棄捨身命爲衆生故四者求法而無猒足具一切善根故是謂迦葉菩薩摩訶薩四法攝受一切善法復次迦葉菩薩摩訶薩有四無量福行云何爲四一者法施心無希望二者見有犯戒與大悲心三者願一切衆生樂菩薩心四者見有羸劣不捨忍辱是謂迦葉菩薩四無量福行復次迦葉非以菩薩名故稱爲菩薩行法行等行禪分别故乃稱菩薩復次迦葉菩薩摩訶薩成就三十二法得稱菩薩云何爲三十二一者至心饒益衆生二者欲逮薩芸若智三者自謙不毁他智四者不慢一切衆生五者信心一切衆生六者愛念一切衆生七者至竟慈愍衆生八者等心怨親九者

衆生求於泥洹並以無量福十者見衆生歡喜與語十一者已許無悔十二者大悲普徧一切衆生十三者求法多聞無猒十四者已之所犯知以爲過十五者見他所犯諫而不怒十六者修行一切威儀禮節十七者施不望報十八者忍辱無礙十九者精進求一切善根二十者修習禪定出過無色二十一者以權攝慧二十二者四恩攝權二十三者有戒無戒等以慈心二十四者至心聞法二十五者專止山澤二十六者不樂世榮二十七者不樂小乘樂大乘功德二十八者遠惡知識親善知識二十九者成就四梵居上三十者依倚智慧三十一者衆生有行無行終不捨離三十二者所說無二敬重眞言菩薩之心最爲在前是謂迦葉菩薩摩訶薩成就三十二法得稱菩薩復次迦葉我當爲汝說喻智者以喻得知菩薩功德譬如地界爲一切衆生而無有二如是迦葉菩薩從初發意以來至于道場爲一切衆生亦無有二譬如水界生於百穀諸藥草木如是迦葉菩薩至誠清淨慈心覆育一切爲諸衆生起青白之德譬如火界成熟百穀諸藥草木如是迦葉菩薩以般若波羅蜜成就一切衆生譬如風界莊嚴一切諸佛國土如是迦葉菩薩善權莊嚴一切諸佛國土譬如月初日日增長如是迦葉菩薩至誠清淨增長一切白淨之法譬如日出照諸衆生如是迦葉菩薩以一般若波羅蜜照一切衆生譬如師子鹿王隨其所行一切無有恐怖如是迦葉菩薩住戒功德隨其所行一切無有恐怖譬如象王堪諸重

擔終無疲猒如是迦葉菩薩善調御心爲一切衆生堪任重擔而無猒倦譬如蓮華生在汙泥而不著水如是菩薩生在世間不著世法譬如伐樹雖截其枝而不伐根復生如故如是迦葉菩薩以善權心雖斷結縛猶生三界譬如諸方江河之水入於大海悉爲一味如是迦葉菩薩作若干種善願功德當作佛道悉爲一味譬如四天王天三十三天住須彌山如是迦葉菩薩善根心中譬如國王大臣所助乃具成辦一切國事如是迦葉菩薩般若波羅蜜善根所助乃具成辦一切佛事譬如迦葉天無雲者雨不可得如是菩薩不多聞者法雨不可得譬如迦葉天有雲者雨澤可得菩薩如是有大慈雲能降法雨譬如聖王出者七寶可得如是迦葉菩薩出者三十七品道寶可得譬如有摩尼珠者彼中無量百千種珠悉皆可得如是迦葉有菩薩心者彼中無量百千聲聞緣覺之法悉皆可得譬如三十三天遊雜園觀一切樂具皆悉同等如是迦葉菩薩至誠清淨爲一切衆生方便同等悉無差降譬如有毒因呪藥故不能爲害如是迦葉菩薩結毒因智藥故不能爲害譬如城邑有諸糞壤饒益田用如是迦葉菩薩因結學薩芸若用是故迦葉菩薩欲學此寶嚴經者當正觀諸法云何爲正觀謂眞實觀諸法云何爲眞實觀諸法謂不觀我人壽命是謂中道實觀法復次迦葉眞實觀者謂不觀色有常無常亦不觀痛想行識有常無常是謂中道眞實觀法復次迦葉云何爲眞實觀諸法謂不觀地有常無常亦不觀水

火風界有常無常是謂中道眞實觀法復次迦葉有常是一邊無常爲二邊此二中間無色不可見亦不可得是謂中道眞實觀法有我是一邊無我爲二邊此二中間無色不可見亦不可得是謂中道眞實觀法有眞實心者是謂一邊無眞實心者是爲二邊無心無思無意無識是謂中道眞實觀法如是不善法世間法有諍法有漏法有爲法有穢汚法是謂一邊如是善法出世間法無諍法無漏法無爲法白淨之法是爲二邊此二中間無所有亦不可得是謂中道眞實觀法有者是一邊無者爲二邊此二中間無所有亦不可得是謂中道眞實觀法復次迦葉我爲汝説無明緣行行緣識識緣名色名色緣六入六入緣更樂更樂緣痛痛緣愛愛緣受受緣有有緣生生緣老死苦惱憂悲啼泣如是生大苦陰無明已盡則行盡行盡則識盡識盡則名色盡名色盡則六入盡六入盡則更樂盡更樂盡則痛盡痛盡則愛盡愛盡則受盡受盡則有盡有盡則生盡生盡則老死苦惱憂悲皆盡如是滅大苦陰無有此二亦無二行中間可知是謂中道眞實觀法如是無明行盡識名色六入更樂痛愛受有生老死老死盡無有此二亦無二行中間可知如是迦葉是謂中道眞實觀諸法也復次迦葉中道眞實觀諸法者不以空三昧觀諸法空諸法自空故不以無想三昧觀諸法無想諸法自無想故不以無願三昧觀諸法無願諸法自無願故不以無行觀諸法無行諸法自無行故不以無起觀諸法無起諸法自無起故不以

無生觀諸法無生諸法自無生故不以如觀諸法如諸法自如故是謂中道眞實觀法不以無人觀諸法空諸法自空故如是本空末空現在世空當令依空莫依於人若有依空倚此空者我說是人遠離此法如是迦葉寧倚我見積若須彌不以憍慢亦不多聞而倚空見者我所不治譬如良醫應病與藥病去藥存於迦葉意所趣云何此人苦患寧盡不耶答曰不也世尊所以者何藥在體故如是迦葉空斷一切見若有倚空見者我所不治亦復如是譬如有人畏於空虛啼泣而說令當爲我去此虛空於迦葉意所趣云何寧能去不答曰不也世尊如是迦葉若畏空者我說此人甚爲狂惑所以者何衆生造空而彼畏之譬如畫師作鬼神像即自恐懼如是迦葉諸凡愚人自造色聲香味細滑之法輪轉生死不知此法亦復如是譬如幻師化作幻人而食幻師無有眞實如是迦葉修行比丘隨所思惟一切虛僞而不眞實無有堅固亦復如是譬如二木因之更生火而燒彼木如是迦葉因眞實觀生無漏慧根而彼即燒於眞實觀亦復如是譬如然燈諸冥悉除此闇無所從來亦無所至不從東方南方西方北方而來亦不至彼如是迦葉智慧已生無智即滅此無智者無所從來亦無所至如是迦葉燈無此念我當除冥而燈然者諸冥即除燈闇俱空不可獲持無作無造亦復如是譬如迦葉百歲冥室若然燈者彼闇頗有是念我當住此而不去耶答曰不也世尊此闇必滅如是迦葉若有衆生百千劫中造作結行

以一正觀無漏智燈即得除盡亦復如是譬如空中不生五穀菩薩如是不從無爲而生佛法譬如大地衆穢雜糅而生五穀菩薩如是於世雜糅結縛之中乃生佛法譬如陸地不生蓮華菩薩如是不從無爲出生佛法譬如汚泥之水生雜蓮華菩薩如是從諸衆生結縛之中乃生佛法譬如醍醐滿於四海當知菩薩造作善根亦復如是譬如一毛破爲百分以一毛取四大海一渧之水當知聲聞造作善根亦復如是譬如迦葉芥子中空當知聲聞造作善根亦復如是譬如十方虛空當知菩薩造作善根亦復如是譬如剎利頂生皇后賤人共會若後生子於意云何當言此子是王子耶答曰非也世尊如是迦葉此諸聲聞從我法界生然彼一切非世尊子譬如剎利頂生大王賤女共會若後生子於意云何賤人所生當言此子非王子耶答曰不也世尊此是王子如是迦葉雖從賤生而是王子菩薩如是初發道心住於生死教化衆生而彼一切是如來子譬如聖王雖有千子無聖王相聖王之意起無子想如是迦葉如來雖有百千聲聞弟子之衆無菩薩者如來之意起無子想譬如迦葉聖王皇后持齋七日生一童子具足聖王相三十三天咸共歎之而不稱説其餘大者所以者何童子雖小而不斷於聖王種故菩薩如是初發道心諸根未具彼諸天衆曽見佛者咸共歎之而不稱説諸阿羅漢具八解脫所以者何雖初發菩薩心諸根未具不斷諸佛如來種故譬如有小摩尼真珠勝於水精如須彌山菩薩如

是初發道心出過一切聲聞之上譬如迦葉聖王皇后初生童子一切臣屬皆爲作禮菩薩如是初發道心一切天人皆爲作禮譬如須彌山出諸良藥爲一切人療治苦患無所適莫菩薩如是學智慧藥爲一切人療生死患亦無適莫譬如禮敬初生之月非後盛滿如是迦葉禮初發意菩薩者勝非復得成如來至眞等正覺也所以者何諸佛如來從菩薩生故譬如迦葉無有捨月禮星宿者如是無有捨具戒德智慧菩薩而禮聲聞譬如迦葉一切天人不能以水精爲摩尼眞珠聲聞如是成就一切戒清淨行不能坐佛樹下成於無上正眞之道譬如得摩尼眞珠者獲餘無量百千財寶菩薩如是出於世者則有無量聲聞緣覺現於世間於是世尊告尊者大迦葉曰菩薩爲一切衆生求修諸善根具衆智藥往至四方隨病所應如實治之迦葉云何爲如實治謂以惡露不淨治欲慈心治恚緣起治癡空治一切見無相治一切四相無願治一切欲界色無色界四非顛倒治四顛倒一切行無常治非常有常想一切行苦治苦有樂想無我治無我有我想不淨想治不淨有淨想四意止者治計著身痛心法身身觀者不起觀身我見痛痛觀者不起觀痛我見心心觀者不起觀心我見法法觀者不起觀法我見四意斷者悉斷一切不善之法習一切善法四神足者捨身心眞想五根五力治不信懈怠亂念無智七覺者治諸法無智聖八道者此慧所治一切邪道是謂迦葉隨病所應如實治之如此迦葉菩薩當作是學

復次迦葉假令三千大千國土諸有識者悉如耆域醫王有人問之以何方藥治彼病者終無能答惟有菩薩能悉答之是故迦葉菩薩當作是念我不應求世間之藥當求出世間藥修一切善根是衆智藥往至四方隨衆生病如實治之復次迦葉云何爲出世智藥謂因緣智無我人壽命智解一切諸法空無恐怖之心彼作是觀何者心欲何者恚癡爲過去耶爲未來現在耶若過去者去心以滅若未來者來心未起若現在者現心不住如是迦葉心未來不在內亦不在外亦不在兩中間心者非色不可見亦無對無見無知無住無倚迦葉心者一切諸佛不已見不當見不今見若一切諸佛不已見不當見不今見者云何知有所行但以顛倒想故有諸法行諸法者如幻化之法受種種生故是心如風遠行不可持故心如流水不可住故心如燈䗖緣相續故心如電光時不住故是心如霧外事穢故心如獼猴貪一切境界故心如畫師造種種行故心不得住隨衆結故心獨無侶常樂馳走故是心如王一切法之首故是心如毋生一切苦故是心如炎聚散一切諸善根故是心如魚鉤苦有樂想故是心如寱無我有我想故是心如蠅不淨有淨想故是心如怨家所作不可故是心如羅刹常樂求便故是心如增疾常樂求過故是心不可愛恩愛癡故是心如賊斷一切善根故是心著色如蛾投火故是心愛聲如軍樂戰鼓音故是心愛香如豕樂臭穢故是心著味如使人樂餘食故是心愛更樂如蠅樂羶故求心無

有亦不可得設無不可得者則無過去未來現在設無過去未來現在者則過三世設過三世者是則不有亦不無若不有不無者是爲不生若不生者是爲無性若無性者是爲無起若不起者是亦不滅若不滅者則無敗壞若無敗壞者則無來無去若無來去者則無有生死若無去來無生死者是則無行若無行者則是無爲若無爲者則是聖賢之性若聖性者則無戒不戒若無戒不戒者則無威儀行亦無不威儀若無行無威儀不威儀者是則無心無心數法若無心心數法者則無業無報若無報者則無苦無樂若無苦樂者是聖賢之性若聖賢性者則無業無作如此性中無作身業亦無作口意業此性平等無上中下亦無差別一切諸法悉平等故如是迦葉此性遠離捨身口故此性無爲順涅槃故此性清淨離於一切諸結垢故此性無我離我作故此性平等離虛實故此性眞出要第一義故此性無不盡至竟不起常如法故此性樂無爲悉同等故此性清潔至竟無垢故此性非我求我不可得故此性潔白至竟淨故汝等迦葉當應求内及去求外當來之世當有比丘馳走如犬云何比丘馳走如犬譬如有犬摶擲令怖反走逐之不趣擲者如是迦葉當有沙門婆羅門畏色聲香味細滑法而反樂中不觀於内不知何由得離色聲香味細滑法不知不覺遂入人間復爲色聲香味細滑法而得其便彼在山澤而命終者因持俗戒得生天中復爲天上色聲香味細滑法而得便也身壞命終生四惡趣云何

爲四地獄畜生餓鬼阿須羅中是謂迦葉比丘馳走亦復如犬云何比丘不走如犬若人撾罵嘿受不報呵責瞋怒比丘不報怒但觀内身罵誰打誰誰受恚責是謂迦葉如此比丘不走如犬譬如善御若馬放逸即能制之修行比丘亦復如是若心馳散即隨制止令順不亂譬如絞人必斷其命如是迦葉一切諸見有計我者必斷慧命譬如有人隨其所縛則悉解之比丘如是隨心所縛當即除之如是迦葉出家學道有二種縛云何爲二一者學世經典二者執持衣鉢而不精進復次迦葉出家學道有二堅縛云何爲二一者見縛二者貪財名譽所縛復次迦葉出家學道有二法障礙云何爲二一者狎習白衣二者憎嫉師友出家學者復有二垢云何爲二一者任取二結二者詣知友家而從索食復次迦葉出家學道有二雹雨云何爲二一者誹謗正法二者犯戒而食信施出家學者復有二瘡云何爲二一者觀他短二者自覆已短復次迦葉出家者有二煩熱云何爲二一者藏濁持袈裟二者欲令有戒行者承順於已出家學者復有二病云何爲二一者憍慢觀其心二者毀呰學摩訶衍者復次迦葉沙門稱說沙門者云何沙門稱說沙門有四沙門云何爲四一者色像沙門二者詐威儀沙門三者名譽沙門四者眞實沙門云何色像沙門若有沙門成就色像剃除鬚髮被著法服手持應器彼身惡行口意惡行不習調御亦不守護犯戒作惡貪不精進是謂迦葉色像沙門云何詐威儀沙門若有沙門成就禮節

遊步正智食知止足行四聖種不樂衆聚道俗之會少言少睡然彼威儀詐不眞實不期淨心不習止息而有見想於空便起如坑之想設有比丘習行空者發怨家想是謂迦葉詐威儀沙門云何名譽沙門若有沙門奉持禁戒欲令他人知奉持戒精進學問欲令他人知精進學住止山澤中欲令他人知住山澤少欲知足精勤獨住欲令他知不猒生死不求離欲不樂盡止不欲求道息心梵行不爲泥洹是謂迦葉名譽沙門云何爲眞實沙門若有沙門不爲身命況復貪財著於名譽樂聽空無相無願之法聞則歡喜修行如法不爲涅槃而修梵行況爲三界不作空見況見我人壽命依法求道離結解脫不求外道觀諸法性皆悉究竟清淨無穢而自照察不由於他如法者不見如來況有色身不見無欲法況有文飾不想無爲況有衆德不習斷法不學修法不生生不樂涅槃不求解脫亦不求縛知一切法究竟清淨不生不滅是謂迦葉眞實沙門是故迦葉當學眞實沙門莫習名譽沙門譬如貧人外有富名於意云何彼名有實不答曰不也世尊如是迦葉有沙門名無沙門德我說此人是爲極貧譬如有人大水所漂渴乏而死如是迦葉有沙門梵志習學多法而不能除婬怒癡渴彼爲法水所漂結渴而死生惡趣中亦復如是譬如醫師持種種藥療他人病而不自治如是迦葉有沙門梵志多諷誦法而不自除婬怒癡病亦復如是譬如病人服王妙藥不自將節而致終没如是迦葉多有沙門梵志行不如法

起諸結病終生惡趣亦復如是譬如摩尼珠墮不淨中無所復直如是迦葉多有沙門梵志貪著財利當知亦如摩尼珠墮不淨中無所復直譬如死人著金華鬘如是迦葉人不持戒被著袈裟亦復如是譬如長者子淨自澡浴被白淨衣著瞻蔔華鬘如是迦葉多聞持戒被著袈裟亦復如是復次迦葉有四不持戒似如持戒云何爲四若有比丘護持禁戒成就威儀至微小事常畏懼之持比丘戒淨成就威儀禮節身口意行正命清淨而計吾我是謂迦葉一不持戒似如持戒復次比丘誦律通利客住律法不斷身見是謂迦葉二不持戒似如持戒復次比丘行慈衆生聞説諸法不起不滅而懷恐怖是謂迦葉三不持戒似如持戒復次比丘行十二法淨功德行而起見我有我所是謂迦葉四不持戒似如持戒如是迦葉戒稱戒者謂無我亦無我所無作不作無事非事亦無威儀無行不行無名色相亦無非相無息無息相無取無捨無可取者亦無不可捨不施設衆生亦不施設無衆生無有口行無不口行無心不心無倚不倚無戒不戒是謂迦葉無漏聖戒而無所墮出於三界離一切倚於是世尊説此頌曰

持戒不有亦無垢　持戒無憍而不倚
持戒無閡無所縛　持戒無塵無汚穢
究竟止息無上寂　無想不想亦無穢
諸慟衆倚一切斷　是爲迦葉持佛戒
不著身口不倚命　不貪一切受生死
以正去來住正道　是爲迦葉持佛戒

不著世間不倚世　得明無間無所有
無有已想無他想　斷一切想得清淨
無此彼岸無中間　於此彼岸亦不著
無縛無詐無諸漏　是爲迦葉持佛戒
謂名及色意不著　禪定正念調御心
無有吾我無我所　是爲迦葉稱住戒
不倚禁戒得解脫　不叩持戒爲歡喜
於此上求八正道　是謂持戒清淨相
不期持戒不依定　謂修習此得智慧
無有無得是聖性　清淨聖戒佛所稱
謂已身見心解脫　我見我所終不起
心能解空佛境界　如是持戒莫能勝
善住淨戒得禪定　已獲禪定修智慧
已修智慧便得脫　已逮解脫平等戒

說此偈已八百比丘逮得漏盡三萬二千人遠塵離垢諸法眼生五百比丘昔已得定聞佛說此甚深之法不能解了從座起去於是大迦葉白世尊曰此五百比丘已昔得定聞是深法不能解了即便起去世尊告大迦葉曰此五百比丘貢高慢故不能解此無漏淨戒是所說法甚深微妙諸佛之道極甚深妙非是未種善根與惡知識共相隨者所能解了此五百比丘昔迦葉如來與出世時悉爲異學弟子聞迦葉如來說法時計著有故一聞說法心得歡喜以是因緣身壞命終生忉利天從彼命終還生人間於我法中出家學道此諸比丘爲見所壞聞是深經不能解了今始造緣不復生於惡趣之中此身終已當得滅度於是世尊告尊者須菩提曰汝去化彼五百比丘須菩提白佛言唯世尊此五百

比丘不受佛教何況我耶是時世尊化作比丘在彼道中五百比丘見已往詣化比丘所問化比丘曰諸賢欲何所至化比丘曰欲詣山澤遊住安樂所以者何向聞世尊所可說法我不能解了故即言諸賢我等亦聞世尊說法不能解了而有恐怖欲詣山澤遊住安樂化比丘曰諸賢且來當共諠計莫得有諍非沙門法諸賢稱說般泥洹者爲何等法般泥洹耶是身中何者衆生何者我人壽命謂般泥洹何所法盡便得般泥洹五百比丘曰婬怒癡盡便得般泥洹化比丘問曰諸賢有婬怒癡盡耶而言此盡便得般泥洹五百比丘答曰諸賢婬怒癡者不在於内而不在外亦不在兩中間亦非無思想而有也化比丘曰是故諸賢不當思想亦莫及想若不思想不及想者則無染不染若無染不染者是謂息寂諸賢當知所有戒身亦不生亦不般泥洹定慧解脫度知見身亦不生亦不般泥洹諸賢因此五分法身說泥洹者是法遠離空無所有無取無斷如是諸賢云何可想般泥洹耶是故諸賢莫想於想莫想於無想亦莫斷想及與無想若斷想無想者是爲大緣諸賢若入想知滅定者於是似有所作說此法時五百比丘諸漏永盡心得解脫即詣佛所稽首佛足却坐一面於是尊者須菩提問諸比丘曰諸賢向去何所今從何來諸比丘曰尊者須菩提佛所說法無去無來須菩提復問諸賢師爲是誰諸比丘曰謂不生不滅是須菩提復問云何知法答曰無縛無解須菩提復問諸賢云何解脫答曰無明滅而明生

也須菩提復問諸賢誰弟子耶答曰謂如是得如是正智須菩提復問諸賢何時當滅度耶答曰如來所化般泥洹須菩提復問諸賢所作已辦耶答曰吾我所作悉皆已斷須菩提復問諸賢誰同梵行答曰不行三界須菩提復問諸賢結已盡耶答曰諸法至竟滅須菩提復問諸賢降伏魔耶答曰諸陰不可得須菩提復問諸賢順尊教耶答曰無身口意須菩提復問諸賢清淨福田耶答曰無受亦無所受須菩提復問諸賢度生死耶答曰無常無斷須菩提復問諸賢向福田地耶答曰一切諸著悉已解脱須菩提復問諸賢趣何所耶答曰隨如來之所化也如是尊者須菩提問五百比丘答時彼大衆聞已八百比丘諸漏永盡心得解脱三萬二千人遠塵離垢諸法眼生於是尊者須菩提白世尊曰甚奇甚特此寶嚴經饒益發起趣摩訶衍諸族姓子族姓女須菩提復問世尊諸族姓女説此寶嚴經者得幾所福世尊答曰若族姓子族姓女説此寶嚴經教授他人書寫經卷在所著處是爲天上天下最妙塔寺若從法師聞受持誦書寫經卷者當敬法師爲如如來若敬法師供養奉持者我記彼人必得無上正眞道命終之時要見如來是當得十種身清淨云何爲十一者死時歡樂無猒二者眼目不亂三者手不擾亂四者耳不擾亂五者身不煩擾六者不失大小不淨七者心不汚穢八者心不錯亂九者手不摸空十者隨其坐命終是謂十種身清淨也復次迦葉當得十種口清淨云何爲十一者善音二者輭音三

者樂音四者愛音五者柔和音六者無礙音七者敬音八者受音九者天所受音十者佛所受音是謂十種口清淨也復次迦葉當得十種意清淨云何爲十一者無恚不怒他人二者無恨不語三者不求彼短四者無結縛五者無顛倒想六者心無懈怠七者戒不放逸八者意樂布施歡喜受九者離貢高慢十者得三時定獲一切佛法是爲十種意清淨也復次迦葉若有恒沙國土滿中七寶供養如恒沙等諸佛如來等正覺及弟子衆如恒沙劫一切施安至般泥洹後起七寶塔不如是族姓子族姓女聞此寶嚴經受持諷誦爲他人說不誹謗也若有女人說此經者是女人終不墮惡趣亦不復受女人身也復次迦葉若有族姓子欲以一切珍妙供養此經典者當受持誦書寫經卷爲他人說是爲供養此經典已若有受持諷誦書寫爲人說者則爲供養諸佛如來佛説此經時尊者大迦葉一切天龍鬼神世間人民聞佛說已歡喜奉行

佛說摩訶衍寶嚴經

音釋

譺　魚戒切　欺也
糅　女救切　雜糅也
㝱　莫鳳切　㝱寐也
羶　式連切　羊臭也
絞　古巧切　縊也　絞縛也
漂　匹招切　流也　淨也
閡　五載切　閉閡也　又妨也

勝鬘師子吼一乘大方便方廣經

劉宋天竺三藏求那跋陀羅譯

清刻龍藏佛說法變相圖

勝鬘師子吼一乘大方便方廣經

劉宋天竺三藏求那跋陀羅譯

如是我聞一時佛住舍衛國祇樹給孤獨園時波斯匿王及末利夫人信法未久共相謂言勝鬘夫人是我之女聰慧利根通敏易悟若見佛者必速解法心得無疑宜時遣信發其道意夫人白言今正是時王及夫人與勝鬘書略讚如來無量功德即遣內人名旃提羅使人奉書至阿踰闍國入其宮內敬授勝鬘勝鬘得書歡喜頂受讀誦受持生希有心向旃提羅而說偈言

我聞佛音聲　世所未曾有　所言真實者
應當修供養　仰惟佛世尊　普爲世間出
亦應垂哀愍　必令我得見　即生此念時
佛於空中現　普放淨光明　顯示無比身

勝鬘及眷屬　頭面接足禮　咸以清淨心
歎佛實功德　如來妙色身　世間無與等
無比不思議　是故今敬禮　如來色無盡
智慧亦復然　一切法常住　是故我歸依
降伏心過惡　及與身四種　已到難伏地
是故禮法王　知一切爾炎　智慧身自在
攝持一切法　是故今敬禮　敬禮過稱量
敬禮無譬類　敬禮無邊法　敬禮難思議
哀愍覆護我　令法種增長　此世及後生
願佛常攝受　我久安立汝　前世已開覺
今復攝受汝　未來生亦然　我已作功德
現在及餘世　如是衆善本　惟願見攝受

爾時勝鬘及諸眷屬頭面禮佛佛於衆中即爲授記汝歎如來眞實功德以此善根當於無量阿僧祇劫天人之中爲自在王一切生處常得見我現前讚歎如今無異當復供養無量阿僧祇佛過二萬阿僧祇劫當得作佛號普光如來應正遍知彼佛國土無諸惡趣老病衰惱不適意苦亦無不善惡業道名彼國衆生色力壽命五欲衆具皆悉快樂勝於他化自在諸天彼諸衆生純一大乘諸有修習善根衆生皆集於彼勝鬘夫人得受記時無量衆生諸天及人願生彼國世尊悉記皆當往生爾時勝鬘聞授記已恭敬而立受十大受世尊我從今日乃至菩提於所受戒不起犯心世尊我從今日乃至菩提於諸尊長不起慢心世尊我從今日乃至菩提於諸衆生不起恚心世尊我從今日乃至菩提於他身色及外衆具不起嫉心世尊我從今日乃至菩提於內外法不起慳心世尊我從今日

乃至菩提不自爲已受畜財物凡有所受悉爲成熟貧苦衆生世尊我從今日乃至菩提不自爲已行四攝法爲一切衆生故以不愛染心無猒足心無罣礙心攝受衆生世尊我從今日乃至菩提若見孤獨幽繫疾病種種戹難困苦衆生終不暫捨必欲安隱以義饒益令脫衆苦然後乃捨世尊我從今日乃至菩提若見捕養衆惡律儀及諸犯戒終不棄捨我得力時於彼彼處見此衆生應折伏者而折伏之應攝受者而攝受之何以故以折伏攝受故令法久住法久住者天人充滿惡道減少能於如來所轉法輪而得隨轉見是利故攝不捨世尊我從今日乃至菩提攝受正法終不忘失何以故忘失法者則忘大乘忘大乘者則忘波羅蜜忘波羅蜜者則不欲大乘若菩薩不決定大乘者則不能得攝受正法欲隨所樂入永不堪任越凡夫地我見如是無量大過又見未來攝受正法菩薩摩訶薩無量福利故受此大受法主世尊現爲我證惟佛世尊現前證知而諸衆生善根微薄或起疑網以十大受極難度故彼或長夜非義饒益不得安樂爲安彼故今於佛前說誠實誓我受此十大受如說行者以此誓故於大衆中當雨天華出天妙音說是語時於虛空中雨衆天華出妙聲言如是如是如汝所說眞實無異彼見妙華及聞音聲一切衆會疑惑悉除喜躍無量而發願言恒與勝鬘常共俱會同其所行世尊悉記一切大衆如其所願爾時勝鬘復於佛前發三大願而作是言以此實願安慰無量無邊衆生以此

善根於一切生得正法智是名第一大願我得正法智已以無猒心爲衆生說是名第二大願我於攝受正法捨身命財護持正法是名第三大願爾時世尊即記勝鬘三大誓願如一切色悉入空界如是菩薩恒沙諸願皆悉入此三大願中此三願者眞實廣大爾時勝鬘白佛言我今當復承佛威神說調伏大願眞實無異佛告勝鬘恣聽汝說勝鬘白佛菩薩所有恒沙諸願一切皆入一大願中所謂攝受正法攝受正法眞爲大願佛讚勝鬘善哉善哉智慧方便甚深微妙汝已長夜殖諸善本來世衆生久種善根者乃能解汝所說汝之所說攝受正法皆是過去未來現在諸佛已說今說當說我今得無上菩提亦常說此攝受正法如是我說攝受正法所有功德不得邊際如來智慧辯才亦無邊際何以故是攝受正法有大功德有大利益勝鬘白佛我當承佛神力更復演說攝受正法廣大之義佛言便說勝鬘白佛攝受正法廣大義者則是無量得一切佛法攝八萬四千法門譬如劫初成時普興大雲雨衆色雨及種種寶如是攝受正法雨無量福報及無量善根之雨世尊又如劫初成時有大水聚出生三千大千界藏及四百億種種類洲如是攝受正法出生大乘無量界藏一切菩薩神通之力一切世間安隱快樂一切世間如意自在及出世間安樂劫成乃至天人本所未得皆於中出又如大地持四重擔何等爲四一者大海二者諸山三者草木四者衆生如是攝受正法善男子善女人建立大地堪能荷負

四種重任喻彼大地何等爲四謂離善知識無聞非法衆生以人天功德善根而成熟之求聲聞者授聲聞乘求縁覺者授縁覺乘求大乘者授以大乘是名攝受正法善男子善女人建立大地堪能荷負四種重任世尊如是攝受正法善男子善女人建立大地堪能荷負四種重任普爲衆生作不請之友大悲安慰哀愍衆生爲世法母又如大地有四種寶藏何等爲四一者無價二者上價三者中價四者下價是名大地四種寶藏如是攝受正法善男子善女人建立大地得衆生四種最上大寶何等爲四攝受正法善男子善女人無聞非法衆生以人天功德善根而授與之求聲聞者授聲聞乘求縁覺者授縁覺乘求大乘者授以大乘如是得大寶衆生皆由

攝受正法善男子善女人得此奇特希有功德世尊大寶藏者即是攝受正法世尊攝受正法攝受正法者無異正法無異攝受正法正法即是攝受正法世尊無異波羅蜜無異攝受正法攝受正法即是波羅蜜何以故攝受正法善男子善女人應以施成熟者以施成熟乃至捨身支節將護彼意而成熟之彼所成熟衆生建立正法是名檀波羅蜜應以戒成熟者以守護六根淨身口意業乃至正四威儀將護彼意而成熟之彼所成熟衆生建立正法是名尸波羅蜜應以忍成熟者若彼衆生罵詈毀辱誹謗恐怖以無恚心饒益心第一忍力乃至顔色無變將護彼意而成熟之彼所成熟衆生建立正法是名羼提波羅蜜應以精進成熟者於彼衆生不起懈怠

生大欲心第一精進乃至若四威儀將護彼意而成熟之彼所成熟衆生建立正法是名毗梨耶波羅蜜應以禪成熟者於彼衆生以不亂心不外向心第一正念乃至久時所作久時所說終不忘失將護彼意而成熟之彼所成熟衆生建立正法是名禪波羅蜜應以智慧成熟者彼諸衆生問一切義以無畏心而爲演說一切論一切工巧究竟明處乃至種種工巧諸事將護彼意而成熟之彼所成熟衆生建立正法是名般若波羅蜜是故世尊無異波羅蜜無異攝受正法攝受正法即是波羅蜜世尊我今承佛威神更說大義佛言便說勝鬘白佛攝受正法攝受正法者無異攝受正法無異攝受正法者攝受正法善男子善女人即是攝受正法何以故若攝受正法善男子善女人爲攝受正法捨三種分何等爲三謂身命財善男子善女人捨身者生死後際等離老病死得不壞常住無有變易不可思議功德如來法身捨命者生死後際等畢竟離死得無邊常住不可思議功德通達一切甚深佛法捨財者生死後際等得不共一切衆生無盡無減畢竟常住不可思議具足功德得一切衆生殊勝供養世尊如是捨三種分善男子善女人攝受正法常爲一切諸佛所記一切衆生之所瞻仰世尊又善男子善女人攝受正法者法欲滅時比丘比丘尼優婆塞優婆夷朋黨諍訟破壞離散以不諂曲不欺誑不幻僞愛樂正法攝受正法入法朋中入法朋者必爲諸佛之所授記世尊我見攝受正法如是大力佛爲實眼實

智爲法根本爲通達法爲正法依亦悉知見爾時世尊於勝鬘所說攝受正法大精進力起隨喜心如是勝鬘如汝所說攝受正法大精進力如大力士少觸身分生大苦痛如是勝鬘少攝受正法令魔苦惱我不見餘一善法令魔憂苦如少攝受正法又如牛王形色無比勝一切牛如是大乘少攝受正法勝於一切二乘善根以廣大故又如須彌山王端嚴殊特勝於衆山如是大乘捨身命財以攝取心攝受正法勝不捨身命財初住大乘一切善根何況二乘以廣大故是故勝鬘當以攝受正法開示衆生教化衆生建立衆生如是勝鬘攝受正法如是大利如是大福如是大果勝鬘我於阿僧祇劫說攝受正法功德義利不得邊際是故勝鬘攝受正法有無量無邊功德佛告勝鬘汝今更說一切諸佛所說攝受正法勝鬘白佛善哉世尊唯然受教即白佛言世尊攝受正法者是摩訶衍何以故摩訶衍者出生一切聲聞緣覺世間出世間善法世尊如阿耨大池出四大河如是摩訶衍出生一切聲聞緣覺世間出世間善法世尊又如一切種子皆依於地而得生長如是一切聲聞緣覺世間出世間善法依於大乘而得增長是故世尊住於大乘攝受大乘即是住於二乘攝受二乘一切世間出世間善法如世尊說六處何等爲六謂正法住正法滅波羅提木叉毗尼出家受具足爲大乘故說此六處何以故正法住者爲大乘故說大乘住者即正法住正法滅者爲大乘故說大乘滅者即正法滅波羅提木叉毗尼此二

法者義一名異毗尼者即大乘學何以故以依佛出家而受具足是故說大乘威儀戒是毗尼是出家是受具足是故阿羅漢無别出家受具足何以故阿羅漢依如來出家受具足故阿羅漢歸依於佛阿羅漢有恐怖何以故阿羅漢於一切無行怖畏想住如人執劒欲來害已是故阿羅漢無究竟樂何以故世尊依不求依如衆生無依彼彼恐怖以恐怖故則求歸依如是阿羅漢有恐畏以怖畏故依於如來世尊阿羅漢辟支佛有怖畏是故阿羅漢辟支佛有餘生法不盡故有生有餘梵行成故不純事不究竟故當有所作不度彼故當有所斷以不斷故去涅槃界遠何以故惟有如來應等正覺得般涅槃成就一切功德故阿羅漢辟支佛不成就一切功德言得涅槃者是佛方便惟有如來得般涅槃成就無量功德故阿羅漢辟支佛成就有量功德言得涅槃者是佛方便惟有如來得般涅槃成就不可思議功德故阿羅漢辟支佛成就思議功德言得涅槃者是佛方便惟有如來得般涅槃一切所應斷過皆悉斷滅成就第一清淨故阿羅漢辟支佛有餘過非第一清淨言得涅槃者是佛方便惟有如來得般涅槃爲一切衆生之所瞻仰出過阿羅漢辟支佛菩薩境界是故阿羅漢辟支佛去涅槃界遠言阿羅漢辟支佛觀察解脱四智究竟得蘇息處者亦是如來方便有餘不了義説何以故有二種死何等爲二謂分段死不思議變易死分段死者謂虚僞衆生不思議變易死者謂阿羅漢辟支佛大力菩薩意生身

乃至究竟無上菩提二種死中以分段死故説阿羅漢辟支佛智我生已盡得有餘果證故説梵行已立凡夫人天所不能辦七種學人先所未作虚僞煩惱斷故説所作已辦阿羅漢辟支佛所斷煩惱更不能受後有故説不受後有非盡一切煩惱亦非盡一切受生故説不受後有何以故有煩惱是阿羅漢辟支佛所不能斷煩惱有二種何等爲二謂住地煩惱及起煩惱住地有四種何等爲四謂見一處住地欲愛住地色愛住地有愛住地此四種住地生一切起煩惱起者刹那心刹那相應世尊心不相應無始無明住地世尊此四住地力一切上煩惱依種比無明住地筭數譬喻所不能及世尊如是無明住地力於有愛數四住地無明住地其力最大譬如惡魔波旬於他化自在天色力壽命眷屬衆具自在殊勝如是無明住地力於有愛數四住地其力最勝恒沙等數上煩惱依亦令四種煩惱久住阿羅漢辟支佛智所不能斷惟如來菩提智之所能斷如是世尊無明住地最爲大力世尊又如取緣有漏業因而生三有如是無明住地緣無漏業因生阿羅漢辟支佛大力菩薩三種意生身此三地彼三種意生身生及無漏業生依無明住地有緣非無緣是故三種意生身及無漏業緣無明住地世尊如是有愛住地數四住地不與無明住地業同無明住地異離四住地佛地所斷佛菩提智所斷何以故阿羅漢辟支佛斷四種住地無漏不盡不得自在力亦不作證無漏不盡者即是無明住地世尊阿羅漢辟支

佛最後身菩薩爲無明住地之所覆障故於彼彼法不知不覺以不知見故所應斷者不斷不究竟以不斷故名有餘過解脱非離一切過解脱名有餘清淨非一切清淨名成就有餘功德非一切功德以成就有餘解脱有餘清淨有餘功德故知有餘苦斷有餘集證有餘滅修有餘道是名得少分涅槃得少分涅槃者名向涅槃界若知一切苦斷一切集證一切滅修一切道於無常壞世間於無常病世間得常住涅槃界於無覆護世間無依世間爲護爲依何以故法無優劣故得涅槃智慧等故得涅槃解脱等故得涅槃清淨等故得涅槃是故涅槃一味等味謂解脱味世尊若無明住地不斷不究竟者不得一味等味謂明解脱味何以故無明住地不斷不究竟者過恒沙等所應斷法不斷不究竟過恒沙等所應斷法不斷故過恒沙等法應得不得應證不證是故無明住地積聚生一切修道斷煩惱上煩惱彼生心上煩惱止上煩惱觀上煩惱禪上煩惱正受上煩惱方便上煩惱智上煩惱果上煩惱得上煩惱力上煩惱無畏上煩惱如是過恒沙等上煩惱如來菩提智所斷一切皆依無明住地之所建立一切上煩惱起皆因無明住地緣無明住地世尊於此起煩惱刹那心刹那相應世尊心不相應無始無明住地世尊若復過於恒沙如來菩提智所應斷法一切皆是無明住地所持所建立譬如一切種子皆依地生建立增長若地壞者彼亦隨壞如是過恒沙等如來菩提智所應斷法一切皆依無明住地生建

立增長若無明住地斷者過恒沙等如來菩提智所應斷法皆亦隨斷如是一切煩惱上煩惱斷過恒沙等如來所得一切諸法通達無礙一切智見離一切過惡得一切功德法王法主而得自在證一切法自在之地如來應等正覺正師子吼我生已盡梵行已立所作已辦不受後有是故世尊以師子吼依於了義一切記說世尊不受後有智有二種謂如來以無上調御降伏四魔出一切世間為一切衆生之所瞻仰得不思議法身於一切爾炎地得無礙法自在於上更無所作無所得地十力勇猛昇於第一無上無畏之地一切爾炎無礙智觀不由於他不受後有智師子吼世尊阿羅漢辟支佛度生死畏次第得解脫樂作是念我離生死恐怖不受生死苦世尊阿羅漢辟支佛觀察時得不受後有觀第一蘇息處涅槃地世尊彼先所得地不愚於法不由於他亦自知得有餘地必當得阿耨多羅三藐三菩提何以故聲聞緣覺乘皆入大乘大乘者即是佛乘是故三乘即是一乘得一乘者得阿耨多羅三藐三菩提阿耨多羅三藐三菩提者即是涅槃界涅槃界者即是如來法身得究竟法身者則究竟一乘無異如來無異法身如來即法身得究竟法身者則究竟一乘究竟者即是無邊不斷世尊如來無有限齊時住如來應等正覺後際等住如來無限齊大悲亦無限齊安慰世間無限大悲無限安慰世間作是說者是名善說如來世尊若復說言無盡法常住法一切世間之所歸依者亦名善說如來是故於末

度世間無依世間與後際等作無盡歸依常住歸依者謂如來應等正覺也法者即是說一乘道僧者是三乘衆此二歸依非究竟歸依名少分歸依何以故說一乘道法得究竟法身於上更無說一乘法事三乘衆者有恐怖歸依如來求出修學向阿耨多羅三藐三菩提是故二依非究竟依是有限依若有衆生如來調伏歸依如來得法津澤生信樂心歸依法僧是二歸依非此二歸依是歸依如來歸依第一義者是歸依如來此二歸依第一義是究竟歸依如來何以故無異如來無異二歸依如來即三歸依何以故說一乘道如來四無畏成就師子吼說若如來隨彼所欲而方便說即是大乘無有二乘二乘者入於一乘一乘者即第一義乘世尊聲聞縁覺初觀聖諦以一智斷諸住地以一智四斷知功德作證亦善知此四法義世尊無有出世間上上智四智漸至及四縁漸至無漸至法是出世間上上智世尊金剛喻者是第一義智世尊非聲聞縁覺不斷無明住地初聖諦智是第一義智世尊以無二聖諦智斷諸住地世尊如來應等正覺非一切聲聞縁覺境界不思議空智斷一切煩惱藏世尊若壞一切煩惱藏究竟智是名第一義智初聖諦智非究竟智向阿耨多羅三藐三菩提智世尊聖義者非一切聲聞縁覺聲聞縁覺成就有量功德聲聞縁覺成就少分功德故名之爲聖聖諦者非聲聞縁覺諦亦非聲聞縁覺功德世尊此諦如來應等正覺初始覺知然後爲無明㲉藏世間開現演說是故名聖諦聖

諦者說甚深義微細難知非思量境界是智者所知一切世間所不能信何以故此說甚深如來之藏如來藏者是如來境界非一切聲聞緣覺所知如來藏處說聖諦義如來藏處甚深故說聖諦亦甚深微細難知非思量境界是智者所知一切世間所不能信若於無量煩惱藏所纏如來藏不疑惑者於出無量煩惱藏法身亦無疑惑於說如來藏如來法身不思議佛境界及方便說心得決定者此則信解說二聖諦如是難知難解者謂說二聖諦義何等爲說二聖諦義謂說作聖諦義說無作聖諦義說作聖諦義者是說有量四聖諦義何以故非因他能知一切苦斷一切集證一切滅修一切道是故世尊有爲生死無爲生死涅槃亦如是有餘及無餘說無作聖諦義者說無量四聖諦義何以故能以自力知一切受苦斷一切受集證一切受滅修一切受滅道如是八聖諦如來說四聖諦如是無作四聖諦義惟如來應等正覺事究竟非阿羅漢辟支佛事究竟何以故非下中上法得涅槃何以故如來應等正覺於無作四聖諦義事究竟以一切如來應等正覺知一切未來苦斷一切煩惱上煩惱所攝受一切集滅一切意生身除一切苦滅作證世尊非壞法故名爲苦滅所言苦滅者名無始無作無起無盡離盡常住自性清淨離一切煩惱藏世尊過於恒沙不離不脫不異不思議佛法成就說如來法身世尊如是如來法身不離煩惱藏名如來藏世尊如來藏智是如來空智世尊如來藏者一切阿羅漢辟支佛

大力菩薩本所不見本所不得世尊有二種如來藏空智世尊空如來藏若離若脱若異一切煩惱藏世尊不空如來藏過於恒沙不離不脱不異不思議佛法世尊此二空智諸大聲聞能信如來一切阿羅漢辟支佛空智於四不顛倒境界轉是故一切阿羅漢辟支佛本所不見本所不得一切苦滅惟佛得證壞一切煩惱藏修一切滅苦道世尊此四聖諦三是無常一是常何以故三諦入有爲相入有爲相者是無常無常者是虚妄法虚妄法者非諦非常非依是故苦諦集諦道諦非第一義諦非常非依一苦滅諦離有爲相離有爲相者是常常者非虚妄法非虚妄法者是諦是常是依是故滅諦是第一義不思議是滅諦過一切衆生心識所緣亦非一切阿羅漢辟支佛智慧境界譬如生盲不見衆色七日嬰兒不見日輪苦滅諦者亦復如是非一切凡夫心識所緣亦非二乘智慧境界凡夫識者二見顛倒一切阿羅漢辟支佛智者則是清淨邊見者凡夫於五受陰我見妄想計著生二見是名邊見所謂常見斷見見諸行無常是斷見非正見見涅槃常是常見非正見妄想見故作如是見於身諸根分别思惟現法見壞於有相續不見起於斷見妄想見故於心相續愚闇不解不知剎那間意識境界起於常見妄想見故此妄想見於彼義若過若不及作異想分别若斷若常顛倒衆生於五受陰無常常想苦有樂想無我我想不淨淨想一切阿羅漢辟支佛淨智者於一切智境界及如來法身本所不見或有衆生

信佛語故起常想樂想我想淨想非顛倒見是名正見何以故如來法身是常波羅蜜樂波羅蜜我波羅蜜淨波羅蜜於佛法身作是見者是名正見正見者是佛眞子從佛口生從正法生從法化生得法餘財世尊淨智者一切阿羅漢辟支佛智波羅蜜此淨智者雖曰淨智於彼滅諦尚非境界況四依智何以故三乘初業不愚於法於彼義當覺當得爲彼故世尊說四依世尊此四依者是世間法世尊一依者一切依上出世間上上第一義依所謂滅諦世尊生死者依如來藏以如來藏故說本際不可知世尊有如來藏故說生死是名善說世尊生死生死者諸受根沒次第不受根起是名生死世尊生死者此二法是如來藏世間言說故有死有生死者諸根壞生者新諸根起非如來藏有生有死如來藏離有爲相如來藏常住不變是故如來藏是依是持是建立世尊不離不斷不脫不異不思議佛法世尊斷脫異外有爲法依持建立者是如來藏世尊若無如來藏者不得猒苦樂求涅槃何以故於此六識及心法智此七法刹那不住不種衆苦不得猒苦樂求涅槃世尊如來藏者無前際不起不滅法種諸苦得猒苦樂求涅槃世尊如來藏者非我非衆生非命非人如來藏者墮身見衆生顛倒衆生空亂意衆生非其境界世尊如來藏者是法界藏法身藏出世間上上藏自性清淨藏此自性清淨如來藏而客塵煩惱上煩惱所染不思議如來境界何以故刹那善心非煩惱所染刹那不善心亦非煩惱所染煩惱

不觸心心不觸煩惱云何不觸法而能得染心世尊然有煩惱有煩惱染心自性清淨心而有染者難可了知惟佛世尊實眼實智爲法根本爲通達法爲正法依如實知見勝鬘夫人說是難解之法問於佛時佛即隨喜如是如是自性清淨心而有染汙難可了知有二法難可了知謂自性清淨心難可了知彼心爲煩惱所染亦難可了知如此二法汝及成就大法菩薩摩訶薩乃能聽受諸餘聲聞惟信佛語若我弟子隨信信增上者依明信已隨順法智而得究竟隨順法智者觀察施設根意解境界觀察業報觀察阿羅漢眼觀察心自在樂禪樂觀察阿羅漢辟支佛大力菩薩聖自在通此五種巧便觀成就於我滅後未來世中若我弟子隨信信增上依於明

信隨順法智自性清淨心彼爲煩惱染汙而得究竟是究竟者入大乘道因信如來者有如是大利益不謗深義爾時勝鬘白佛言更有餘大利益我當承佛威神復說斯義佛言便說勝鬘白佛言三種善男子善女人於甚深義離自毀傷生大功德入大乘道何等爲三謂若善男子善女人自成就甚深法智若善男子善女人成就隨順法智若善男子善女人於諸深法不自了知仰推世尊非我境界惟佛所知是名善男子善女人仰推如來除此諸善男子善女人已諸餘衆生於諸深法堅著妄說違背正法習諸外道腐敗種子者當以王力及天龍鬼神力而調伏之爾時勝鬘與諸眷屬頂禮佛足佛言善哉善哉勝鬘於甚深法方便守護降伏非法善得其宜

汝已親近百千億佛能說此義爾時世尊放勝光明普照大衆身昇虛空高七多羅樹足步虛空還舍衛國時勝鬘夫人與諸眷屬合掌向佛觀無猒足目不暫捨過眼境已踊躍歡喜各各稱歎如來功德具足念佛還入城中向友稱王稱歎大乘城中女人七歲已上化以大乘友稱大王亦以大乘化諸男子七歲已上舉國人民皆向大乘爾時世尊入祇洹林告長老阿難及念天帝釋應時帝釋與諸眷屬忽然而至住於佛前爾時世尊向天帝釋及長老阿難廣說此經說已告帝釋言汝當受持讀誦此經憍尸迦善男子善女人於恒沙劫修菩提行行六波羅蜜若復善男子善女人聽受讀誦乃至執持經卷福多於彼何況廣爲人說是故憍尸迦當讀誦此經爲三十三天分别廣說復告阿難汝亦受持讀誦爲四衆廣說時天帝釋白佛言世尊當何名斯經云何奉持佛告帝釋此經成就無量無邊功德一切聲聞緣覺不能究竟觀察知見憍尸迦當知此經甚深微妙大功德聚今當爲汝略說其名諦聽諦聽善思念之時天帝釋及長老阿難白佛言善哉世尊唯然受教佛言此經歎如來眞實第一義功德如是受持不思議大受如是受持一切願攝大願如是受持說不思議攝受正法如是受持說入一乘如是受持說無邊聖諦如是受持說如來藏如是受持說如來法身如是受持說空義隱覆眞實如是受持說一諦如是受持說常住安隱一依如是受持說顚倒眞實如是受持說自性清淨心隱覆如是受持說

如來眞子如是受持說勝鬘夫人師子吼如是受持復次憍尸迦此經所說斷一切疑決定了義入一乘道憍尸迦今以此說勝鬘夫人師子吼經付囑於汝乃至法住受持讀誦廣分別說帝釋白佛言善哉世尊頂受尊教時天帝釋長老阿難及諸大會天人阿脩羅乾闥婆等聞佛所說歡喜奉行

勝鬘師子吼一乘大方便方廣經

毗耶娑問經

後魏三藏法師瞿曇般若流支譯

清刻龍藏佛說法變相圖

毗耶娑問經翻譯記

菩薩方便攝化衆生必以大悲引邪從正毗耶娑仙即其人也爲導群迷令識因果將諸異見至如來所歸命諮啓聽聞正法因其請說即以名經故因此部毗耶娑問魏尚書令儀同高公慇諸錯習示其歸則簡集能人善辭義者在宅上面出此經典求正法人沙門曇琳婆羅門名瞿曇流支興和四年歲次壬戌月建在申朔次乙丑建功辛巳甲午畢功凡有一萬四千四百五十七字

毗耶娑問經卷上

後魏三藏法師瞿曇般若流支譯

如是我聞一時婆伽婆遊阿踰闍强伽河岸與大比丘衆俱彼比丘衆所作已辦盡一切漏無有障礙離有不退勤爲禪誦跏趺而坐

隨何處坐有在地處二人相隨如法語論群行如鵝如鴛鴦者有在空舍有依樹根皆悉行禪能取如來法之光明正住威儀復有無量菩薩衆俱彼諸菩薩無量功德名稱普聞彼處復有無量百千種種樹林多有婬欲俱耆羅鳥孔雀鵝鳥群蜂等聲婆羅枳樹枝葉垂布如是處者欲心懈怠喜睡頻申皆悉遠離常有無量善香妙華爾時佛告諸比丘言汝諸比丘常當勤行作所應作持戒正行爾時世尊與慧命阿難陀長老大迦葉長老舍利弗長老薄拘羅長老利波多阿若居隣等大聲聞俱歡喜語説爾時西方有光明相猶如日輪時阿難陀漏未盡故見彼相已即白佛言云何世尊西方分處炎色光明甚有威德佛言阿難於此世界有五通仙名毗耶娑

揵陀迦離婦人之子有五百仙以爲眷屬住在彼處勤修苦行不食而齋其身瘦瘠有命而已讀誦不住以爲莊嚴其名曰阿斯仙童子那羅提婆裴苫波耶那那荼延那迦摩延那賨枳囉娑鞞軻那娑徒羅陀等諸大仙人相隨經行即於爾時毗耶娑仙亦見世尊與諸比丘多千眷屬之所圍遶諸根調柔心意寂靜在於禪定離欲安樂在樹林中毗耶娑仙既見佛已思惟念言此人應是一切智者名稱普聞彼必應是不妄語人如是如來勝色具足諸相成就甚爲希有世未曾有如是色相勝妙希有如是世尊捨王欲樂捨轉輪王富樂自在如捨毒食六萬婇女第一端正一切捨已而便出家在林中住仙人衆中有一仙人名那羅陀既見世尊心生歡喜以妙

伽陀讚如來曰
青色樹林中　誰汪洋金色　如淨毗瑠璃
如日出雲山
時彼大仙及諸仙衆聞是說已心喜開眼皆悉合掌欲向佛所爾時佛語諸比丘言汝等比丘見閻浮提如是諸仙繫縛手足自懸著樹不食而齋著樹皮衣卧在塵土若在石上有以兩手合取食已開手而食或有食風有十五日不食而齋或有一月不食而齋頭鬚髮爪悉皆長利寅旦中暮三時讀誦有種姓財有福德財先呪物已置於火中而供養火在地而卧有在露地有在樹下有懸自手著樹而睡或有蹲踞如是睡者或有在水如是睡者有以五熱而炙身者有身遍火自炙卧者有在火餤下風卧者有卧棘刺有日炙身受苦求福自誑其身得處便住種姓勝上心以爲足心以爲喜離無上智諸比丘此大仙人而不能知生死出要以欲癡故還生有中自謂正行不知是邪爾時彼諸比丘歸命如來白言世尊我等梵行眞正具足和集相應得離生有彼毗耶娑大仙人等以阿羅漢威德力故而生畏懼安詳諦視心意敬重一心正意與諸仙人眷屬相隨絞攝長髮并在一箱以好線繩角絡其體形色不白端攝身儀二眼皆黃頭髮無膩絞結相著塊聚非一手執三岐杖置瓶之物世中最醜種種語言悉皆善巧因成就語躡空而行到如來所白言世尊應知此義我何因緣并諸眷屬今來到此佛言大仙一切有生一切諸法我悉知之爾時慧命阿難陀白佛言世尊如是大仙仙

衆圍遶心有正知有種種知細知盡知知而不畏長髮不理爲是何人佛言阿難此是仙人名毗耶娑婆羅門法是其所作造四毗陀善知聲論知種種書時彼一切阿羅漢人見毗耶娑大仙人已作是思惟彼人受苦勤勞持戒爲何所得此毗耶娑生死苦惱未得解脱彼阿羅漢如是思惟此毗耶娑來至佛所云何問難爲問因緣爲問無我時毗耶娑問世尊言佛出世難今諸仙衆和合來此我少難問惟願且住爲我解說佛言大仙恣汝所問隨汝所念皆悉可問我爲汝說時毗耶娑問言世尊云何布施何故布施何義名施云何施主何義施主云何施人而非施主云何不與得名施主云何死已施福隨行施福云何爲有形段聚集可見爲不可見施主施福爲在何處爲在受者爲在施者云何世尊入涅槃已供養塔等而得福報佛入涅槃誰爲受者爾時世尊語毗耶娑大仙人言汝問此法甚爲微細汝有辯才不可思議能如是問爾時長老舍利弗髮白面皺眉垂覆面偏舉一眉長引氣息諦觀思量見已而言此毗耶娑大仙人主有大名聞一切人知一切人說豈可不知同如世間愚癡小兒無智慧者捨說因緣捨說無我二種深法種種善知智言語已而問如是布施之法爾時慧命阿難陀頂禮佛足白言世尊此毗耶娑大仙所問布施果報我亦能說佛言阿難此則非時若問如來聲聞人說此非所儀且止阿難無此道理爾時慧命舍利弗白佛言世尊隨彼仙人何意而問我亦能說能滿其意佛言舍利弗

汝語太卒心不思量長老舍利弗勿作是語此不相應若如是者我聲聞人則不相應若來問我聲聞說者此不相應則有人言彼如來者非一切智當有人言毗耶娑仙往問如來自不能說遣聲聞說或有人言彼如來者有我慢見而不自說爾時彼諸比丘於世尊所生信淨心白言世尊彼大仙問如來能說能斷彼疑爾時世尊語毗耶娑大仙人言汝聽施報復有施分何義布施既布施已自食自淨施已報轉故名布施以何義故名爲施主如是問者大仙當聽若人有物彼信心生信心生已以財付人遣向他國彼人將物向他國施彼人布施財主得福非施者福彼所遣者雖持物施而非捨主若人自物自手施者則是捨主亦是施主大仙當知有三十三不淨布施何等名爲三十三耶一者有人邪心倒見無淨信心而捨財物如是捨者非淨布施二者有人爲報恩故而捨財物則非布施三者有人無悲愍心而捨財物亦非布施四者有人因欲心故而捨財物亦非布施五者有人捨物與火亦非布施六者有人捨物與水亦非布施七者有人生如是心捨物與王望王識念如是捨物非淨布施八者有人以畏賊故捨物與之如是施者亦非淨施又復更有五種捨物皆非淨施何等爲五一者施毒非淨布施二者施刀非淨布施三者教人取肉而施非淨布施四者有人所攝衆生平等施與和集養育望得其力非淨布施五者有人爲名聞故而捨財物非淨布施十四有人爲歌戲故與伎兒物非淨布施十五有

人年終月盡破散財物非淨布施十六有人屋舍因縁而捨財物則非淨布施十七有人善友因縁以他財物授與餘人非淨布施十八有人或在田地或在舍宅或有穀聚或有麥聚鹿鳥所食鼠等所食無清淨心非淨布施十九有人爲學作故與工匠物如是施者非淨布施二十有人身有病患恐命盡故捨物與醫非淨布施二十一者若人打他若罵他巳心悔生愧捨物與之非淨布施二十二者若人施巳心則生疑爲有報不如是施者非淨布施二十三者若人施巳心中悔熱如是施者非淨布施二十四者若人捨物與他人巳如是思量若其有人取我物者皆悉屬我爲我所秉如是施者非淨布施二十五者若人施巳如是思量如是施福惟鍾我身不屬他人如是施者非淨布施二十六者若人年老捨物而施又非中年後時病困死時欲至脉節欲斷苦惱所逼欲入死道無清淨心無信淨心閻魔羅使見之生笑兄弟諸親啼哭悲泣至如是時捨物而與非淨布施二十七者若人爲名捨物布施如是我名他國徧聞其國某城大施之主彼如是施非淨布施二十八者若與餘人遞相憎嫉見彼捨物多行布施見巳心慢不能堪忍以嫉彼故捨物布施非淨布施二十九者貪他女故爲種姓故捨珠捨金若銀金剛若毗瑠璃繒綃衣裳及兜羅綿造作敷具如是捨物非淨布施三十者有人如是思惟捨物與人我無兒息大富饒財應當捨物而行布施如是施者非淨布施三十一者若復有人心生簡擇如是念

言若與此人則有福德若與彼人則無福德如是施者非淨布施三十二者若人布施捨離貧窮衣裳破壞垢膩之者與多豐樂大富之人非淨布施三十三者若復有人望好華果捨物而與非淨布施大仙當知此三十三垢染布施而捨財物彼施報者如以種子種之鹹地爛壞不成大仙當知如是之人非不布施不得果報復次大仙譬如有人隨何所取得種子已種之荒田彼種子界地界相依須得天雨種子變壞雖有芽生不得華果此布施分不得華果亦復如是如是說已毗耶娑仙合掌向佛而作是言如來世尊一切智人以相應語說布施報已作利益安樂衆生又復世尊云何布施不失果報有人持戒有不持戒二俱施與此義云何佛言大仙汝今善聽布施報法若有心信一切施與故名布施不畏未來而行布施不輕毀他行布施者乃名布施大仙當知若復有人不簡福田若有戒人若無戒人心信開眼生愛念已捨物施與心常普緣一切衆生大仙當知彼人施主大仙當知有五種施施主滿足何等爲五一者時施二施行人三施病人及瞻病者四施法器五施欲行異國土者是爲五種復有五施何等爲五一者法施二資生施三屋宅施四燈明施五香鬘施是爲五種大仙問言何者淨施佛言大仙若人有信樂於衆生而生慈心常心喜心捨物布施彼一切淨若願解脫如是布施則爲清淨復有五種無上布施何等爲五一施如來則爲無上二施衆僧則爲無上三施法器則爲無上四施父母則

爲無上五施王者失位貧窮則爲無上如是施者是上布施若施老人孤獨病急是大布施若爲王瞋一向捨棄繫縛欲殺若諸急難爲救彼故不顧自命爲捨財物是大布施施病人藥是大布施若於持戒具足衆僧隨時施與是大布施施求智人是大布施若施畜生有怖畏者所謂熏胡烏鹿等畜是大布施若人貧急施隨所須是大布施大仙當知此爲大施常應正修若復有人爲他所遣持物布施即有淨心同得施福若復有人見他布施心生隨喜亦得施福若人勸施若人施物如是等人皆得大福復次大仙如汝問言云何世尊入涅槃已供養塔等得福報者大仙當聽若人於我入涅槃已當設供養若復有人我未涅槃今現在世供養我者所得福報此二平等何以故法身如來非是色身若人於今現在供養若我滅後而爲供養心平等故得福無異大仙當知如轉輪王徧勅諸國一切人民從今日始勿復殺生莫作妄語彼有一人聞王勅已雖不見王善護王勅如是之人雖不供養轉輪王身王於彼人心生歡喜如是之人善護王勅以不殺生善業因緣報生天處大仙當知若人不見我身色相不學戒句爲何所得若人見我而心邪見如提婆達入地獄故若人於我入涅槃已善學戒者彼勝應知大仙當知今我色勝證一切智無信衆生能令學戒況有信者若人於我入涅槃已而爲供養與現供養等無有異大仙當聽如汝所問布施福德爲在何處如是問者譬如葦草藂密稠穊於中火起若雨墮時

即没彼處如是如是隨何施主布施具足福德和合信雨既墮如是福德即依施主不餘處去大仙當知如是施福非有聚處非有形相如是施已施者身亡施福不離如影隨形是名施者得福報果福果不失譬如甘蔗若蒲萄子如其不壓不得其汁壓之則得非甘蔗中蒲萄子中現前和集有汁可見非在節中亦非無汁如是如是布施財物如是施報於彼施主非住手中非住心中非住腹中而是施報不離施主猶如彼汁不離甘蔗若蒲萄子如是施報不離施主未熟不受命行不盡不得施報譬如樹王尼拘陀子其子微細種之在地則不可見至樹生時方乃可見施主施福亦復如是和合熟時乃得果報譬如賣人所賣至少入於大城彼城功德少物治

生所獲乃多具足而得施亦如是施時雖微得福報大又如蜜蜂採取華味而不損華施主如是隨何布施得果報力則是施主如是大仙施主布施福德勢力言施主者以自施故得名爲施云何受者受他所施能消他物故名受者又問云何爲施福者於世間中能救能護能令滿足得人天身故名福德言他世者次第傳生至後世身故名他世爾時毗耶娑仙白佛言世尊我離疑心決定施分復更有疑世尊此識云何於身中轉識云何見云何於身而生貪樂佛言大仙譬如國王住於城中怖畏他軍先作坑壍周帀繞城備具粮食弓箭刀楯種種器仗多集勇健能鬬戰者立健人幢亦多聚集年少健人給以食粮勑諸酒肆多辦好酒攝出家人布施供養以

好財物攝受諸人既如是已唱聲勑言安住勿動各嚴器仗手執弓箭身著鎧鉀拔刀警防如是誡已他軍來至多有象馬是時國王安慰軍衆作如是言盡力勿畏城壁若有不牢之處當好防護日日常爾如是乃至福德盡已爲他軍衆之所破壞我爾敗散捨國而去識亦如是住身城中諸入中王見無常軍欲至生畏即時造作信心坑壍持戒險岸著憶念鎧發勤精進法藏爲酒善調心馬彼時如是勑戒諸人作所應作若有大力有無量力無常軍衆來逼身城速著施鉀速取智刀慚媿機關安置相應護持實戒如是正住彼無常軍忽然而至即時共鬭遞互相違無常軍勝識則捨去如城中王捨城而去識亦如是和合身中根大界中既破壞已六入失已捨彼身城如壞城王捨城而走彼王如是既捨城已依止餘城識亦如是捨此身已攝取餘身應知此識如王無異爾時毗耶娑仙白佛言世尊如是識者云何知身若有福德若無福德此識云何作如是知我捨此身佛言大仙譬如行人路遇大水其水汎長爲渡彼水故上大栰彼水既長奮波亂動而復甚濁多饒惡虫謂那迦羅舒舒摩羅水蛇惡黿有大惡風亂吹旋轉依彼栰故得到彼岸平安不乏如是之人於彼惡水大畏惡處既得脱已繞栰三帀於彼木栰轉生愛心愛心生已如是思惟善哉此栰能令我度如是大水如是大仙又復更有福德衆生身既死已識如是念由我此身得生善道天中而生我於人身得利不空我此死身猶如牢栰能令我度

惡道大水我身大善合應供養如是之身不誑於我生死過中與我天處如是念已即於彼身生愛念心彼身如栰捨彼身已去向他世若復有人身無福德彼人心識譬如有人身上爛栰濟於大水然彼栰木或出或沒彼人怖畏心生疑慮我於今者將死不久如是之人依彼爛栰甚大怖畏隨流下脫至饒師子虎等惡獸大怖畏處然後得度彼人如是既得度已於彼爛栰生瞋怒心罵彼爛栰作如是言顛倒惡行此水汎長多波濁惡云何如是令我遂到如是惡處我於爛栰竟得何力用此栰爲即便棄捨如是如是衆生心識依無福身隨流下退墮於地獄呵責此身作如是言我得何力我已報得如是惡身如是身者猶如氈那我負此身如負氈那我今甚惡因此爛身到地獄門猶如蓮華自絲所縛大仙當知識亦如是若善福德如依善栰得度生死若無福德如依爛栰則墮惡道彼二種身一有福德一無福德應如是知又復此識轉捨此身得第二身初在胎藏一七日中如是憶知我某處退而來至此亦能憶知前所作業我作此業若作善業心則生喜既住藏中母心喜笑多有勝相顏有笑容酐醧不生面有勝色隨所行動多用右足蹈地坔重無有因緣手摩右脇喜鮮白衣著則嚴好衆生如是有福德識住母脇中如是相現大仙當知若無福識初受生時一七日中則能憶知我某處退而來生此亦能憶知前所作業如是念云我作惡業如是憶念心則愁憂以心憂故母相外現彼無福德無善衆生住母

脇中有外相出身體臭惡而復瘦瘠心愁憂惱數唾不止皺面努眼如是衆生初在脇中即令彼家衰禍得病如是惡業無福衆生欲出胎時或能殺母或藏中死無福衆生有如是相爾時毗耶娑仙白佛言世尊此初識心始入胎時何所憶念何所見知佛言大仙彼識初生如是憶念見樹林中戲樂之處宮殿樓觀池水屈曲平澤寬博種種屋舍此閻浮提多有愛人父母兄弟如是見已極生愛心福德和集遍相攝受有施物者有受物者能知過去宿世之事憶念過去無量百生無量千生彼識如是數數憶念既憶念已心生愛喜能如是知我此母者過去已曾五百世中與我爲母彼既如是心憶念已於彼生處不生願樂心得離欲作如是心我於此處數數生死我於今始不用生死不用有攝如是說已毗耶娑仙問言世尊如是識者於生死中得離欲耶佛言大仙此則非時此則非處彼時彼識無色不見無有光明如是識界非於此處而得離欲於有爲中非是不生若如是者一切衆生有福德者無福德者皆得涅槃彼義如是大仙應知若彼識心如是思念彼識則有如是勝力應如是知非是身力所言識者何故名識集故識思知故名智故名識識識義如是大仙應知爾時世尊即說偈言

護一切怨家　聚集作煩惱　有知有不知
癡慧和合行　見慢無明等　一切皆識知
此三不離識　非餘處別有　雙相應說識
一輪非是車　二輪不能行　有人復有牛
車輪輞和合　是二輪相應　復以繩繫縛

如是爲行車　如是身之車　彼以界和合
復有根和合　識見彼身車　脉節等和合
惟脉根繫縛　髮骨齒頭等　甲皮之所覆
膈及腸處胃　并心肚與肺　彼一切和合
具足故名身　識王身爲車　身車中行坐
一切法皆知　如是名爲識

復次大仙此識微細無色無質非是可見識非有色非青等色色中無根識若離根則無境界若人心中驚動怖畏若疑思量如是一切皆是識力爾時毗耶娑仙白佛言世尊一切衆生本性云何云何生天道云何生鬼道云何生畜生云何生地獄云何生善根何者善根而生天中以何業故生畜生中以何業故生餓鬼中以何業故生地獄中佛言大仙汝當善聽我爲汝説凡夫衆生退於本性若生福德此法乃是一切智知非五通者所知境界非天非梵阿迦尼等之所能知是一切智所知境界此法尚非聲聞所知況餘能知大仙當知若我弟子聲聞之人已離三垢證得初果所知境界諸餘大天天中天等一切不知非汝大仙之所能知乃至不能知其少分如是説已毗耶娑仙心即思惟如是念曰生死誑我如是念已禮如來足白言世尊我今老弊破壞之身無有憶念不能得果不能荷負菩提重擔我於今者歸依世尊歸依於法離三有僧我從今日乃至命盡受三歸依并弟子衆一切如是惟願世尊善爲我説令我眷屬大獲善利世尊乃是一切智日除煩惱闇惟願世尊説此本性衆生本性退生天中佛言大仙今正是時我爲汝説大仙當知

若人以華香鬘而施心樂修行信心相應命終得生鬘莊嚴天又復大仙人欲死時身有善香是華熏香又欲死時上見華網有種種色以散彼人爾時諸親父母兄弟諸眷屬等手執華香而供養之悲號啼哭彼人爾時面色膩潤目視不轉手足正直如是捨命彼欲死時見有勝相所謂見丘見鬘莊嚴見有百千端正婦女遶天宫殿彼人見已而語兄弟諸親等言我於夢中見有丘聚種種寶珠諸莊嚴具散種種華若彼病人如是説者應知此相命終得生鬘莊嚴天彼人欲死則見父母房室和合見已即生又復彼時鬘莊嚴天有二種根和合行欲如閻浮提男子不異有一勝法不淨不出彼心欲發遍相知已身則和合有愛風出而受欲樂即於彼時經七日中住天女藏七日滿已右脇而生即於生時有天善香第一可愛有種種華相繫爲鬘生在胷前彼時復有妙香普熏滿一由旬隨風徧行彼時復有雜色鬘生所謂白色黑黄赤色毗瑠璃色閻浮汁色清淨勝妙鉢頭摩色種種雜色銅色火色如是妙鬘乃至未死不萎不蔫常有善香以是義故名鬘莊嚴彼鬘莊嚴天宫之處有妙天樹不長不短其汁極甜味如甘露其枝垂下而復清淨種種樹林處處和集彼樹有果八分和合天味相應彼果形量如頻螺果隨彼天心憶念何食於彼果中隨念皆得應知彼天食如是果不名摶食於彼地處遠離棘刺妙華莊嚴復有地處有青輭草復有地處金沙徧覆金角上出復有卧處自然而有種種敷具復有天女清淨

無垢妙衣莊嚴徧舉一眉而作戲笑種種衣服莊嚴其身又於彼處第一勝樂行住具足於彼天年壽二百歲命欲盡時則有五相何等爲五一謂彼天所依之樹枝心萎蔫頭低卷屈其華失香二於彼樹心不喜樂三則鬘萎四天風涼變爲熱觸五諸天女心生憐愍皆悉憂愁一切同聲而說偈言

具足天甘果　饒種種天樹　多有天婇女
天勝妙樂處　天中福德盡　捨已而離去

彼諸天女圍遶天子發聲大喚唱如是言無常甚惡無憐愍意如是天子有愛念心今不自在於此處退願天童子速生人中如是天女懊惱說已彼天子身舉體熱發既熱發已身則普然火起一燄即退彼處身雖燄然不受苦惱既退彼已則見人中父母和合如是見已即便受生大仙當知彼鬘莊嚴天子生時云何處胎彼住母腹則有勝相若住藏中母則愛香喜樂華鬘樂種種果青林叢樹受用心適彼一切樂皆悉具足身不疲倦又彼福子住藏中故復有善相或夢見城種種寶物市易之處種種華鬘以散道巷應知彼母有如是相復次大仙如是童子於鬘莊嚴天中退已既生人中若見鬘者生勝愛心樂鮮白衣身色殊勝心無黠慧不愛多婬樂多戲樂若行住等悉皆迅疾樂見戲處好尚細衣愛好樹林見他財富多設方便希望欲得大仙當知鬘莊嚴天退生人中有如是相

毗耶娑問經卷上

音釋

蹲踞（蹲徂尊切踞居御切蹲踞謂蹲足據手如獸之直前足而坐也）躡（尼輒切履也）皺（側救切蹙也皵也）穊（几利切客也）塹（七豔切遶城水也）楯（竪尹切兵器也干櫓之屬）鎧鉀（鎧可亥切亦鉀也鉀古洽切）栰（房越切簿也大曰栰小曰桴）[⿰面干][⿰面黽]（靬古旱切面上黑靬也䵴以證切面上黑子也）窒重（窒烏本切與穩同）輞（文紡切車輞也）萎蔫（萎於為切蔫於乾切萎蔫謂枯悴也）

毗耶娑問經卷下

後魏三藏法師瞿曇般若流支譯

復次大仙四大天王天生退之相復應當知如是大仙若於貧人若於病人生憐愍心若衣若食病患因緣所須醫藥隨時給施爲除寒苦道巷植樹行人坐息造立池井溝渠水槽給施一切如是信心喜心施與彼人以是善業因緣臨欲死時身無垢穢亦不羸瘦身色不變不膩不爛一切身分不受苦惱聲不破壞諸親眷屬悉皆聚集無分散者故不憂惱不患飢渴脚不伸縮不受苦惱不失便利境界不閡故不愁苦諸根不壞彼人如是一切樂足不苦惱死若捨身時識心歡喜見四天王諸天之衆在樹林中戲樂之處見天衆已死屍面色如生蓮華口出好香其香猶如阿娑婆香種種華香隨風熏屍彼死人識見四大王天中生處父母相近爾時天中彼父天子在戲樂處遊行嬉戲欲心起發右手摩觸天女髆下以摩觸故識託懷中至滿七日乃有頭髮具足莊嚴天童子生生即知欲戲笑歌舞一切皆能復次大仙彼四大王諸天住處所有宮殿純金爲地種種莊嚴種種彩色彫飾分明百千天女在天宮殿有百千樹妙莊嚴枝有隨意風觸身受樂復次大仙彼四大王天衆住處城隍平正其城四方縱廣八萬四千由旬大仙當知於彼林中有天寶珠以爲燈明踈妙繒綵以衣樹身懸旛枝上樹極柔軟諸天見之心生愛樂於彼林中吹笛拍手琵琶鼓等和合樂聲在彼窟中復次大仙彼天童子種種食力所謂摶食天飯善

香能生天力香色味等功德具足有天粳米名蓮華光自然而熟甜如甘露種種色味具足相應有二食盤一是金盤一是寶盤隨彼天子所須飲食何者何等如是如是彼彼飲食皆盤中生復次大仙彼天爾時牟佉離汁生彼盤中即變名爲華阿娑婆彼有善香其汁清冷飲則涼樂又復彼香令天童子醉樂怡適復次大仙彼四大王子隔宮殿周帀常有妙好華蔓多饒妙華莊嚴殿柱以如是柱莊嚴宮殿金寶金剛有諸天等娑羅那恒上攀樹枝有百千柱牀卧之處有諸天童子及天女在中行坐令彼宮殿端嚴勝妙彼女殊勝身相舉動皆可觀瞻天衣光明莊嚴其身妙聲環釧以姿其媚善香妙色欲心相應身極輭弱歌舞戲笑恒常不絶亦有姿媚兩兩

共合出美妙聲與笛一音彼天宮殿如是具足復次大仙彼天宮柱金寶間錯懸以繒旛處處垂下復次大仙彼四大王受勝欲樂提頭賴吒毗樓勒叉毗樓博叉拘毗樓等彼四大王在宮殿中喜笑歌舞嘯詠等聲天食充飽諸根喜樂善愛意生彼處勝樂皆悉具受復次大仙彼四大王天衆之中諸天童子長臂洪直不麤不細行如醉象具丈夫力柔輭之身具足天相彼天行時則有勝香熏一由旬復次大仙彼壽天年五百歲命無中天傷彼處勝樂一切具受開眼看視有喜愛相彼諸天衆多有戲處謂蘇婆伽荼迦之處迦曇婆迦及毗摩羅光明莊嚴林王之處闍那迦等勝戲樂處有如是等第一香處受用心喜彼諸天子行彼處已華珠金寶間錯階陛其

階方正勝妙莊嚴名寶珠階百千天女妙聲歌詠珠寶樂器自然出聲多受欲樂福盡命終則有相現初則失影不聞華香迦陵頻伽天女妙聲耳不復聞大仙當知又天衆中彼天童子於天宮殿衆集之處至日不往彼宮殿中百千天女樹生瓔珞有妙勝華俱翅羅聲欲鳥之聲林中具有心不生樂在地旋轉衣裳垢膩其身蒸熱悲苦看視地上旋轉於華帳處心不喜樂身中汗出彼目當開今則眄瞬彼處動轉如魚出水爲日所暴翻覆迴轉獨在地住天女見已皆來圍遶詳共悲哀同聲啼哭如是說言何期愛人欲向何處何期第一種種莊嚴柔軟之身異異無垢胷膺寬博兩肩可喜平正之身柔軟之身何期戲處遊戲常樂種種處行今忽捨我復捨天宮欲向何處彼諸天女既傷歎已復說偈言

種種善心作　天樹妙莊嚴　此四大王處
多饒飲食樂　有四柱相應　福德天勝處
多饒天女愛　豐華善心喜　何忽惡無常
今捨此而去

彼諸天女如是圍遶大聲號哭涎出聲壞並啼並言可憐可愍彼諸天女作如是言離而遠住復伸右臂取華散之作如是言生善道去居善道去向人界去生福處地信心犁之應知彼天如是之身彼欲死天既聞此已如是思惟自知身死極大愁苦舉體蒸熱以蒸熱故身則銷洋猶如蘇渧於彼死處墓田之中銷洋盡壞身體萎蔫有掃風來吹彼天身作一千分碎末散去徧在虛空於彼處退欲受人身見閻浮提父母和合彼既見已歡喜

愛樂即彼處生初受生已其毋相出所謂喜笑欲得勝食不喜食肉喜著赤衣光明之衣樂見人衆聚會之處於兄弟等生勝愛心藏内脇中不受苦惱無有涎唾又不惡心無有身病在彼藏中善具足手然後出生彼旣生已端正好色見者愛念彼若增長聞四天王心則歡喜修行施戒飲酒不醉心常醒悟身則肥鮮恒以衆香莊嚴其身愛林戲處心多欲染自身諸根樂近婦女數數飲食樂好美饍常修歌樂身體膩潤不黑不白其眼猶如青毗瑠璃大仙當知四大王天退生人中本性如是四大王處所熏相續有如是相復次大仙若有衆生捨離殺生信心清淨修行布施離偷盜已以佉陀尼蒲闍尼食黎何朱沙餘所須物衣裳財物寶珠金等捨以布施信樂心喜以諸華等而爲供養禮拜塔寺奉施供養命終之時身不壞爛膩垢便利臭穢皆無心生歡喜自憶念身所作善根臨欲死時則有相現面如金色鼻正不曲心不動亂咽不抒氣亦不咳嗽及上氣等身不蒸熱根不破壞節脉不斷身不苦惱在於卧處身不迴轉語聲不破復次大仙如是衆生或熱病死或中毒死或貪華果而上樹上墮樹而死或食好食不消故死彼欲捨陰内識往見三十三天宫殿莊嚴有珠金寶及金剛等於分分處種種間雜作金魚形摩伽羅形莊嚴殿門門上金幢有種種樂迭相打觸出美妙聲能令心喜饒種種枝相應好樹莊嚴林中謂憂荼迦婆羅栴檀香汁作泥以塗地處金色彩畫白眞珠帶徧懸樹下地皆柔輭常有莊嚴

一切時淨有好金沙徧布其地迸天珠炎以爲燈鬘多有天女天所分處光明莊嚴常作天歌美妙音聲肘後莊嚴胷有瓔珞咽半瓔珞臂釧指環及耳璖等種種莊嚴端正天女大仙當知三十三天諸天之衆彼處天子當於爾時遊戲受樂受諸欲行彼於戲處樹林中行心生愛喜彼福德識見彼天上天子天女同一處坐心喜愛樂速生彼處如線穿珠牽線珠走不生異道即於生時彼天婦女手中華生彼女見已自知有兒即以此華授與夫言君今得子可生歡喜彼天見之喜心增上必知其妻得天童子如是二天心生喜悅如是童子七日滿已長髮旋動清淨無垢天衣具足彼天未生七日之中如是憶念我其處退生此天中某我父母我作善業如是思惟極生喜心喜心生已生則欲發有欲即癡彼樂欲者遥見宮殿天戲樂處如是見已希望欲得即便行往詣彼戲處如醉象行臂如象手洪圓纖長胷則平正臂如金色上下身麤中身則細行則詳審深心勇健腰如弓弝背骨平直兩髀洪滿如芭蕉樹善知天法髭髮短細天香甚香爪甲赤薄身體香潔無主莊嚴取以嚴身天無病苦身有善香著妙天衣色相殊妙天華嚴身於宮殿中次第漸行彼處見有無主天女見天童子一切悉來圍遶而住作如是言聖子善來善來聖子此汝宮殿我無夫主久離夫主獨有童子我今色少妙色具足應相供養乳若金瓶面如蓮華開敷之色我身猶如雲中電行端正可喜我是天女今相供養奉給走使此戲樂處波離

耶多俱枳陀邏俱邏婆迦多有枝心柔軟可喜而爲莊嚴六萬天女娛樂此處今相娛樂奉給聖子餘宫殿處皆悉不空彼有琵琶鼓笛等樂種種音聲天敷莊嚴師子座處自然出生彼天既見種種莊嚴妙好播蓋如王受位坐師子座彼天童子亦復如是坐師子座彼既坐已諸樂器中出可愛聲音一切箱唱聲説言此善衆生於閻浮提造福德業而來生此天宫殿中語天女言汝來汝來速近此處可爲戲樂善作歌舞樂此天子此於人中作善根者此聲出已六萬天女彼樹林中兩手取華善香莊嚴第一天衣名頭居羅彼衣輕踈勝上珠寳以爲脚釧釧有妙聲如是婦女而來近之奉給供養彼諸天女端正可喜猶如初月面如蓮華其香猶如阿娑婆華如是婦女來近童子作如是言如是聖子我以一切所須之物供養供給隨彼所用此是童子自善根力和集所得自福所攝於今在此受天欲樂如是大仙彼天童子天女相隨三十三天歡喜園林衆雜林中白衣石上有勝光明娑卑都林佉羅佉囉陀陀羅迦池泉流水阿吒婆迦妙色好華波離耶多俱枳陀羅在如是等戲樂之處第一涼樂彼處無有大力惡風彼處彼處林中多有若干妙聲衆鳥多有天華亦饒天果皆有妙香毗瑠璃珠牟娑羅珠及碼碯等種種寳珠以爲燈明復有衆蜂及諸欲醉俱翅羅等種種諸鳥有美妙聲有他養鳥有金翅鳥此鳥青咽以妙珠寳間錯其身毗瑠璃皆長而嚴好有種種聲娑陀離多美妙歌聲於彼林中有種種華雜色

間錯莊嚴其地彼天童子在如是處受諸欲樂復次大仙三十三天宮殿地處有妙池水清吟如月八分具足清而無垢復有勝妙百葉蓮華開敷鮮榮其池岸邊寶樹莊嚴華落在地如是功德微妙之水天子天女於彼池中相隨戲樂彼於戲處如心稱意若須食者有種種寶間錯槃生隨其所須皆悉具足食色香白如君陀華拘物陀華如雪等色色香具足天女斟張奉天童子食足安樂尋即銷化離辛澀苦三種食過如是食者天力無上名曰蘇陀在彼槃中摶而食之如業所得大仙當知若人施時垢心布施得報亦爾同一槃食食摶色異有赤摶者有黄摶者有黒摶者身服一種成就一色而槃中食異異不同如是大仙若人施已心生悔熱彼業得報食色則劣復次大仙三十三天有戲樂處彼處名爲尸利沙紺有種種樹枝華嚴好種種天樹百千和合地處清淨猶如玻瓈無垢柔輭復有天樹華果具足如是處者非欲者住尸利沙迦清淨之處天女不住如是勝妙尸利沙紺戲樂之處一切樹林常有好華如是華林常有諸天在下語說大仙當知我之所有聲聞之人諸弟子中最爲勝者所謂長老伽婆波帝於婆羅門種姓中生遊心禪思慈心悲心三昧眼開住慈三昧於七日中息不出入大仙當知彼時既入慈三昧已心若須風則有風吹若其不須則無風吹劫盡燒時地爲一焰彼身乃至如芥子許亦不能燒若須彌山墮其身分於節節上即令停住不能令動若復難陀優波難陀二惡龍王毒力熾盛

彼惡力毒若以氣噓能動須彌如是毒力四大海水能令味鹹大仙當知如是大力惡毒龍王伽婆波帝三昧力故能令無毒又復大仙彼時長老伽婆波帝尸利沙紺戲樂處行彼諸天女染欲心强或因遊戲至於彼處若見長老伽婆波帝生愛信心能以天中曼陀羅華居世賒迦如是等華散而供養合掌禮敬又復彼處三十三天諸天子等圍遶供養如是長老伽婆波帝奉以天飯天甘露汁施令飽足於日日中如是供養伽婆波帝於彼林處樹枝摇動深處遊行爲彼天子敷演伽陀優陀那尼陀那伊帝毗利多迦闍多迦裴不略阿浮多達摩毗尼修多羅優波提舍阿波提舍令彼天子聞已生信心喜悅樂故在彼處天妙宮殿坐禪讀誦遊行止住亦復遊彼尸利沙迦戲樂之處復次大仙三十三天有善法堂天衆集處大仙當知善法堂柱八萬四千彼柱皆是金寶金剛若牟娑羅及迦羅婆若碼碯等勝栴檀椽並比在上鈴鬘妙聲金沙覆地大仙當知彼善法堂垂天繒旛竪立寶幢懸旛在上復有樂聲琵琶箏笛大鼓小鼓拍手吹貝簫嘯美音天子天女手如妙華柔輭之狀如樹枝心遍相執手心生愛喜口常含笑彼天童子彼天婦女如是受樂大仙當知彼善法堂多天集處種種珠寶間錯其地彼地青臓如毗瑠璃滑而無垢猶如淨鏡多饒天華種種香末遠離風日青虫蚊虻如是等過無有眠睡懈怠頻申彼善法堂樂觸風窻重樓屋壁種種莊嚴間錯之文形如半月狀似牛眼天網縵覆鵄尾妙門寬大

廣博有樂髑風寶鬘莊嚴徧散妙華善香馨馥多饒無量百千天女欲心戲笑無有嫉心鬬諍等過遁相染欲愛心堅固頰淨無垢如月鏡輪天女之法以香彩色用黕頰額以莊嚴面天女詠聲共相娛樂大仙當知彼善法堂四方四角四相寬博多有樹林邃密雲闇有種種華戲樂之處如是樹林廣百由旬分分處處種種端嚴有金蓮華復有散華徧布其地復有種種微妙歌聲有種種樹其樹名爲居迦那陀波利耶多拘毗陀羅如是等樹處處多有以爲莊嚴復次大仙彼善法堂一切所須金寶金剛若牟娑羅及迦羅婆復有日珠毗瑠璃等各有大聚無主無護多饒財物金寶之藏彼一切物一切寶聚皆悉莊嚴善法堂處彼諸寶聚有種種色以爲莊嚴彼善法堂周圍復有百千戲處以爲莊嚴無熱無惱種種衣服嚴飾其處復次大仙三十三天於戲樂處嬉戲樂行一切皆來集善法堂娛樂喜樂復次大仙三十三天善見宮殿淨如月鏡多有香華垂鬘莊嚴有千天女嚴飾微妙遊戲娛樂媚眼眄視奮動眉面猶如亂波行虛空中以種種華莊嚴其身善見宮殿莊嚴如是多有珠瓶在宮殿中鈴網簾障出微妙聲以爲莊嚴若馬若象行在宮殿脚足傷地則起金塵彼處多有端正天女身著寶珠赤色光明若嗚若抱若捉衣裳令彼戲處殊勝奇妙復次大仙善見宮殿有六萬柱彼柱皆是天妙金寶以毗瑠璃及金剛寶爲柱頭間種種雜寶間錯其柱彼宮殿中汁香葉香沉水等香種種香熏復有種種善香勝熏

帝釋天王在彼勝處百千天女之所圍遶帝釋王手執金剛牙在寶殿上娛樂戲樂復次大仙三十三天因陀羅王九千龍力帝釋王臂如天象鼻身色如金鮮淨無垢形體平正身中則細上下分麤骨節不現體實不虛髮毛旋動清淨無垢身有光明衣則舒長知因陀羅所作釋論能破諍論多有無量百千天子常隨親近天林宮殿及遊戲處隨逐遊行金繩絡身天妙瓔珞若半瓔珞莊嚴其胷其身勝妙不細不麤中腰則細二髀平等常以白飯甘露汁食百千天女目矚視之眉頰端正彼有醉象耳扇生風風聲美妙復次大仙彼大天王因陀羅主身脉不現香氣勝妙如善華香彼大天王輭美音聲大仙當知彼大天王自身善香若天白象欲發極醉聞王身香即時醒解復次大仙因陀羅王身量高下與餘諸天乘馬之量高下平等因陀羅王身色勝妙見王身者金像不現爾時毗耶娑大仙白佛言世尊希有世尊彼帝釋王大因陀羅甚爲勝妙實如世尊聖法具足所說不異佛言大仙汝以何義如是美歎此無常身大因陀羅而言希有心生驚恠譬如伎兒巧以泥團造作種種人畜等形又縛葉等插華在外以諸彩色畫爲軍衆木爲機關彩畫彫飾如採生華畫飾莊嚴不過少時華則萎蔫如以燈炷置於爐中以火燒之則有光明帝釋王身亦復如是大仙當知阿泥樓大父母所生其身力大大仙當知因陀羅王所有身力阿泥樓大父母所生身力爲大復次大仙汝今且觀阿泥樓大神通身力如是說時阿泥

樓大心即憶念如來加我如是念已即入三昧入三昧已身如金色即有天王新勝金冠如洋金色在其頭上寶珠垂下傍面連肩動摇相摩珠髻青髮身體色潤有勝光明目如天上勝毗瑠璃其色紺青復有珠寶牟娑羅寶迦羅婆寶日珠等寶莊嚴身臂彼以化力令身如是復出天香徧諸大衆一切普熏彼毗耶娑見其身已心則變動從座而起合掌恭敬生希有心高聲唱言予予善哉何何快哉我得人身有果不空我於今者到如來所如來今者作一切智相應語說令我今者得見如是未曾有法爾時世尊語毗耶娑大仙人言汝意云何若因陀羅帝釋王身阿泥樓大長老之身如是二身何者爲勝爾時毗耶娑大仙白佛言世尊因陀羅王身阿泥樓大身百分之中不及其一於千分中亦不及一阿泥樓大身色具足如來語言如是大仙勿生歡喜以作福德發如是願故得彼身爾時大仙毗耶娑衆歡喜心開白佛言世尊惟願世尊更爲我說三十三天佛言大仙三十三天帝釋天王第一天后名曰舍支百千天女住歡喜林有種種華開發光明集在其身頰如蓮華脣色猶如金頻婆果第一光明微細衣服林間戲處安行遨遊以天莊嚴善莊嚴耳寶釧天珂莊嚴手臂以好瓔珞及半瓔珞莊嚴其身脚著寶釧釧有妙聲種種音樂歡喜林中如是遊行頰分寬博妙華散地在上而行齊下陰上有細毛文妙寶跨衣行則聲出目青而寬開而有媚髮青長黒一一毛旋鼻隆而直遠離瞋嫉鬬諍等過瞋怒皺面波

奮動亂皆悉遠離身無藏過大仙當知舍支天后有喜欲力勝彌樓山第一勝處彼處廣長多有樹林其樹饒枝暎障之處心生愛樂微風吹華動散出香復觸其身舍支身形不長不短不麤不細其面嚴好如開蓮華口出妙香善巧語說增長佛種大仙當知三十三天一切天衆身體皆香無有病患於遊戲處若於宮殿如是遊行復次大仙三十三天壽命千歲彼天彼處如是行已至命盡時彼天宮殿本未曾有五種相出應如是知何等爲五池有清水猶如玻瓈冷而有文有樂觸風彼處多有種種枝華既入池已油膩汗出既見如是油膩汗已心生疑慮即便出水走向樹林彼既速行天女見之順後急行與共相隨既到一樹即便住坐既住坐已天女憂悲發聲歎息咽中聲破如是問言聖子今者何故捨我獨在樹下此有何樂如是說已彼天童子以憂歎聲語天女言我頭額上從本以來未有膩出如是說已於兩腋下即有汗出而彼天女見汗出已捨離遠去彼見天女遠離身已心生憂懼出入氣麤氣麤出已其心發熱心既熱故頭上妙鬘本未曾萎今者則萎鬘既萎已衣未曾垢今則垢出天敷卧處不樂不樂彼諸天女見如是相心即思念此天童子死相已出將欲破壞知其必死聞其氣臭不可堪耐即爾遠之圍遶而住以聞其臭憐愍悲歎咽喉聲破口不能正作如是言何期第一柔輭身天在戲樂處林中行者此三天處如是池水有鴛鴦鳥善法堂處歡喜之林鵝王鴛鴦曼陀耆泥池水香潔多有樹

林樹名象壥波利耶多俱者多羅在彼戲處多有蜜蜂在雜林中以爲莊嚴常此處行令忽捨我去向何處五相既現壞破欲去彼諸天女如是啼哭復更啼哭彼見啼哭心則破壞生大怖畏其身發熱眼目亂視如行道路失伴之人亦如賈人海行船没亦如遺失如意珠者心懊躃地如大力風能墮山角無常大風令天子墮亦復如是彼身蒸熱在地旋轉如伽樓羅所捉龍子生大怖畏舉身戰動兩手合掌向天女言我今患熱汝來汝來可以手掌摩我令冷如是心急身熱欲然如是身心俱受苦惱彼諸天女憂悲燒心住在遠處心生憐愍憂悲苦惱身不能近不摩不觸於樹林中取枝華葉舒手遙置天子心上作如是言童子今者天福德盡願汝速生閻浮提處彼天聞已知必定死高聲唱言何期苦哉何期苦哉此三天處乃是惡處如是種種具足莊嚴戲樂之處第一宮殿受諸戲樂多有天女種種愛染繫縛心已忽於今者趣於死道住在遠處如是說言願汝死已生閻浮提彼天如是數思惟已聞彼語已舉身欲起極生悲苦啼哭而言何期苦哉歡喜樹林種雜樹林白衣石上遊戲坐處何其善法波留沙迦波利耶多此毗婆闍曼陀者尼大波流沙迦如是宮殿第一宮殿堅固門扇一切和集我今忽捨此天宮殿不得自在而便退此三十三天命欲盡故於自宮殿不能復見惟見天女低面向下以手拭眼引氣破面彼欲退天復作是言我於今者欲行死道何期汝等是我所愛不共我語我今欲行生死長道

愛人可來急抱我咽我從今已不復見汝汝亦如是不復見我如是天處何期甚惡業果盡已闇無所見云何此處三十三天欲退之時皆悉空耶云何此處三十三天豈無琴樂拍手等耶而我今者不復聞聲何期此處三十三天第一可愛天乾闥婆天色莊嚴金剛堅地如是千眼帝釋天王復有何等福德衆生和集往彼而得見耶波利耶多俱枳陀羅諸樹華鬘在我頭上何期萎蔫彼欲退天如是號喚三十三天聞彼聲已一切愁憂取種種華以自莊嚴清淨鬚髮帝釋天王百千天衆而為圍遶天后舍支天女圍遶那羅達離支多伽大般遮尸棄敦扶盧等天乾闥婆天樂歌聲美妙音聲而來向彼欲趣死道五相出者既近見已一切如是生憐愍心同聲唱言何期苦哉此惡無常無有悲心帝釋天王見彼如是欲退天已梵聲說言我等一切法皆如是莫生愛著當斷愛心若不斷愛則生惡道諸餘天子亦復如是一切同聲如是說言君善道去生於人中一切衆生造業之地如是說已彼欲退天心即念言我今實退即時合掌向彼天衆如是說言三十三天一切天子惟願忍我我退時至彼時天子引氣直視有二相生蓮華葉眼一切莊嚴皆悉失沒彼諸天子見欲退天離莊嚴已取曼羅婆居世舍耶居迦那大如是等華遙散其身即作天樂琵琶鼓笛種種音聲而以樂之彼見如是供養身已雖退天處心生歡喜於閻浮提心生希望眼中淚出其聲則麤因有時業法集相應盡命命盡死已伽阿那風吹彼死天

彼風善香吹之令散如是散已即時遠離三十三天不知所在無有處所不能生他若想若知彼既退已生於人間在胎藏中毋則相現喜笑歌舞心喜染欲心常歡喜喜樂華果樹林之處樂著種種雜色衣服常喜飲食雖住藏内毋脇不苦不樂邪欲心喜善香華鬘莊嚴卧則善夢非顛倒見大仙當知三十三天退生此時住毋藏中有如是相大仙當知其毋爾時一切藏過皆悉遠離後則出生大仙當知彼時童子既出生已身分平正掌文成就可喜柔輭腰細齒密身體柔輭其心愛樂勝功德欲性愛欲事心愛細衣樂林戲處身有勝香大富豐財金寳具足大姓種族常行施戒欲心多者則生貧家心喜布施不黒不白手足齊平一切見者皆悉愛敬性愛論義其心柔輭少於瞋心樂行他妻於自妻妾不生愛樂於諸親舊兄弟眷屬心不愛戀大仙當知三十三天退生人中本性如是世尊說已毗耶娑仙一切仙衆心生歡喜歎言善哉

毗耶娑問經卷下

音釋

齌 徂奚切肚臍也　階陛 階古諧切砌也級也陛傍禮切升堂之階也　眄瞬 眄普患切目流視也瞬食閏切目動也　抒 丈呂切引而泄之曰抒　弝 必駕切弓弣也手執處爲弝　髭 將支切口上鬚也　鵄 赤脂切　頬頷 頬吉協切輔頬也頷五華切頷也　腋 羊益切左右肘脇之間曰腋　懊 烏皓切懊惱也　躃 必益切不能行也